NAQUELE DIA

A marca FSC é a garantia de que a madeira utilizada na fabricação do papel deste livro provém de florestas de origem controlada e que foram gerenciadas de maneira ambientalmente correta, socialmente justa e economicamente viável.

DENNIS LEHANE

Naquele dia

Tradução
Luciano Vieira Machado

Copyright © 2008 by Dennis Lehane

Grafia atualizada segundo o Acordo Ortográfico da Língua Portuguesa de 1990, que entrou em vigor no Brasil em 2009.

Título original
The given day: a novel

Capa
Kiko Farkas/ Máquina Estúdio
Mateus Valadares/ Máquina Estúdio

Foto de capa
© Bettmann/ Corbis/ LatinStock

Preparação
Silvia Massimini Felix

Revisão
Ana Luiza Couto
Huendel Viana

Dados Internacionais de Catalogação na Publicação (CIP)
(Câmara Brasileira do Livro, SP, Brasil)

Lehane, Dennis
    Naquele dia / Dennis Lehane ; tradução Luciano Vieira Machado. — São Paulo : Companhia das Letras, 2009.

    Título original: The given day : a novel.
    ISBN 978-85-359-1536-5

    1. Ficção norte-americana I. Título

09-08276   CDD-813

Índice para catálogo sistemático:
1. Ficção : Literatura norte-americana 813

[2009]
Todos os direitos desta edição reservados à
EDITORA SCHWARCZ LTDA.
Rua Bandeira Paulista, 702, cj. 32
04532-002 — São Paulo — SP
Telefone (11) 3707-3500
Fax (11) 3707-3501
www.companhiadasletras.com.br

para Angie, meu lar

Quando Jesus vier nos visitar, ela disse,
Ele dará a volta à montanha, de trem.
Josh Ritter, "Wings"

Personagens

Luther Laurence — criado, atleta
Lila Waters Laurence — esposa de Luther

Aiden "Danny" Coughlin — agente da polícia de Boston
Capitão Thomas Coughlin — pai de Danny
Connor Coughlin — irmão de Danny, promotor assistente do condado de Suffolk
Joe Coughlin — irmão caçula de Danny
Ellen Coughlin — mãe de Danny
Tenente Eddie McKenna — padrinho de Danny
Nora O'Shea — criada da casa dos Coughlin
Avery Wallace — criado da casa dos Coughlin

Babe Ruth — jogador de beisebol da equipe Boston Red Sox
Stuffy McInnis — companheiro de equipe de Ruth
Johnny Igoe — agente de Ruth
Harry Frazee — dono do Boston Red Sox

Steve Coyle — parceiro de patrulha de Danny Coughlin

Claude Mesplede — vereador do Sexto Distrito
Patrick Donnegan — chefe do Sexto Distrito

Isaiah e Yvette Giddreaux — diretores da seção da Associação Nacional pela Promoção dos Negros (ANPPN) de Boston
"Velho" Byron Jackson — presidente do sindicato dos carregadores, Hotel Tulsa
Diácono Skinner Broscious — gângster, Tulsa
Dandy e Smoke — capangas do Diácono Broscious
Clarence Jessup "Jessie" Tell — corretor de apostas, amigo de Luther, Tulsa
Clayton Tomes — criado, amigo de Luther, Boston

Sra. DiMassi — senhoria de Danny Coughlin
Federico e Tessa Abruzze — vizinhos de Danny

Louis Fraina — presidente da Associação dos Trabalhadores Letões
Mark Denton — patrulheiro do Departamento de Polícia de Boston (DPB), organizador do sindicato
Rayme Finch — agente do Departamento de Investigação
John Hoover — advogado, Departamento de Justiça
Samuel Gompers — presidente da Federação Americana do Trabalho (FAT)
Andrew J. Peters — prefeito de Boston
Calvin Coolidge — governador de Massachusetts
Stephen O'Meara — comissário de polícia de Boston até dezembro de 1918
Edwin Upton Curtis — sucessor de O'Meara na função de comissário
Mitchell Palmer — procurador geral dos Estados Unidos
James Jackson Storrow — ex-presidente da General Motors, homem de grande poder político

BABE RUTH EM OHIO

Prólogo

Devido às restrições impostas à Grande Liga de Beisebol pelo Ministério da Defesa durante a Primeira Guerra Mundial, as finais do campeonato de 1918 foram realizadas em setembro e divididas entre dois estádios. O Chicago Cubs sediou os três primeiros jogos; os quatro últimos foram disputados em Boston. No dia 7 de setembro, depois que o Cubs perdeu o terceiro jogo, os dois times embarcaram juntos na Estação Central de Michigan para uma viagem de vinte e sete horas. Babe Ruth se embebedou e começou a roubar chapéus.

Para início de conversa, tiveram de metê-lo à força no trem. Depois do jogo, ele foi a uma casa alguns quarteirões a leste do Wabash, onde sempre se podia contar com um carteado, uma boa provisão de bebidas alcoólicas, uma ou duas mulheres — e se Stuffy McInnis não soubesse onde procurá-lo, Babe teria perdido a viagem de volta para casa.

Ele vomitou na parte de trás do vagão de alojamento, enquanto o trem partia resfolegando da Estação Central, pouco depois das oito da noite, serpenteando por entre os currais. O ar estava carregado de fumaça e cheiro de bois abatidos, e Ruth não conseguia divisar uma mísera estrela no céu escuro. Ele tomou uma golada do cantil, enxaguou o vômito da boca com uísque, cuspiu-o por cima do parapeito de ferro e contemplou o cintilar da linha do horizonte de Chicago, que surgia diante dele enquanto o trem se afastava. Como sempre acontecia ao partir de algum lugar com o corpo moído pela ressaca, sentiu-se gordo e dominado por um sentimento de orfandade.

Babe tomou mais um pouco de uísque. Aos vinte e três anos, ele finalmente estava se tornando um dos mais temidos batedores da Liga. Numa temporada em que o número de *home runs** na Liga Americana chegara a noventa e seis, Ruth fora responsável por onze. Diabo, aquilo era quase doze por cento. Mesmo levando em conta as três semanas de maré baixa que ele tivera em junho, os lançadores já tinham começado a tratá-lo com respeito. Os batedores das equipes adversárias também, porque naquela temporada Ruth levara o Sox a trinta vitórias. Ele jogara cinquenta e nove no campo esquerdo e treze na primeira base.

Mas tinha dificuldade com as bolas dos canhotos. Aí é que estava seu problema. Numa hora em que as listas dos jogadores se reduziam cada vez mais porque muitos deles tinham ido para a guerra, Ruth tinha um ponto fraco que os técnicos das equipes adversárias começaram a explorar.

Que se fodam.

Ele disse isso ao vento e tomou outra golada do cantil, presente de Harry Frazee, o dono do Sox. Ruth saíra do time em julho. Ele fora jogar no Chester Shipyards da Pensilvânia porque o treinador Barrow valorizava mais seu talento de lançador que sua habilidade com o taco, e Ruth estava cansado de ser lançador. Você eliminava um rebatedor e recebia aplausos. Conseguia um *home run* e o estádio ia ao delírio. O problema é que o Chester Shipyards também o preferia na posição de lançador. Quando Frazee ameaçou processá-los, Chester Shipyards mandou Ruth de volta.

Frazee foi ao encontro de Ruth no trem e conduziu-o ao banco traseiro de seu cupê Rauch & Lang Electric Opera. O carro era marrom, com estofado preto, e Ruth sempre se admirava de poder ver sua imagem refletida no aço a qualquer hora do dia e independentemente do tempo que fizesse. Ele perguntou a Frazee quanto custaria um carro daquele. Acariciando preguiçosamente o estofado escuro, enquanto seu motorista entrava na Atlantic Avenue, Frazee passou o cantil a Babe e respondeu: "Mais que você, Ruth".

Na inscrição gravada no estanho do cantil, lia-se:

---

* No beisebol, golpe que permite ao batedor completar o circuito das bases. (N. T.)

Ruth, G. H.
CHESTER, Penna.*
1/7/18 — 7/7/18

Agora, no trem, ele passa o dedo na inscrição e toma mais um gole, sentindo o odor carregado de sangue de boi misturado ao cheiro metálico de cidades industriais e de trilhos quentes. *Eu sou Babe Ruth* — ele teve vontade de gritar para fora do trem. E quando não estou bêbado e sozinho curtindo um fim de ressaca, tenho meu valor. Um dente na engrenagem, sim, claro que sei disso, mas um dente com uma incrustação de diamante. O dente dos dentes. Mais dia, menos dia...

Ruth levantou o cantil, fez um brinde a Harry Frazee e a todos os Harrys Frazees do mundo, com uma enfiada de epítetos obscenos e um sorriso radioso. Então tomou um trago que lhe subiu às pálpebras e as puxou para baixo.

"Eu vou dormir, sua puta velha", sussurrou Ruth para a noite, para o horizonte, para o cheiro de gado abatido, para os campos sombrios do Meio-Oeste que se estendiam à sua frente. Para cada uma das cidadezinhas sem cor que havia entre aquele ponto e a Governor's Square. Para o céu enfumaçado e sem estrelas.

Entrou cambaleando na cabine que dividia com Jones, Scott e McInnis, e quando acordou às seis da manhã, ainda completamente vestido, estava em Ohio. No desjejum no vagão restaurante, tomou dois bules de café e ficou observando a fumaça que saía das chaminés das fundições e das usinas de aço espalhadas pelas colinas negras. Como lhe doía a cabeça, acrescentou algumas gotas de uísque ao café, e a dor passou. Jogou canastra por algum tempo com Everett Scott, e então o trem fez uma longa parada em Summerford, outra cidadezinha industrial. Eles esticaram as pernas num campo adiante da estação, e foi então que, pela primeira vez, ele ouviu falar de uma greve.

Eram Harry Hooper, capitão do Sox e jardineiro direito, e o segunda base Dave Shean falando com o jardineiro esquerdo Leslie Mann e com o apanhador Bill Killefer, do Cubs.** McInnis disse que os quatro tinham ficado confabulando durante toda a viagem.

---

* Pensilvânia. (N. T.)

** Jardineiro direito, jardineiro esquerdo, segunda base e apanhador são posições dos jogadores no jogo de beisebol. (N. T.)

"Falando de quê?", perguntou Ruth sem muita certeza de que aquilo lhe importava.

"Não sei", disse Stuffy. "Amolecer o jogo para ganhar uma grana? Perder de propósito?"

Hooper foi ao encontro deles.

"Vamos entrar em greve, rapazes."

Stuffy McInnis disse: "Você está bêbado".

Hooper negou com a cabeça. "Eles estão fodendo com a gente, rapazes."

"Quem?"

"A Comissão. Quem mais poderia ser? Heydler, Hermann, Johnson. Eles."

Stuffy McInnis espalhou fumo num papelzinho, lambeu-o delicadamente e torceu as pontas. "Como assim?"

Ele acendeu o cigarro. Ruth tomou um gole do cantil e lançou um olhar para além do campo, onde havia um pequeno grupo de árvores sob o céu azul.

"Eles mudaram a tabela do Campeonato e a porcentagem dos nossos ganhos. Fizeram isso no inverno passado e até agora não nos disseram nada."

"Espere", disse McInnis. "Nós recebemos sessenta por cento das quatro primeiras bilheterias."

Harry Hooper negou com a cabeça e Ruth sentiu que sua atenção começava a diminuir. Ele notou as linhas do telégrafo que se estendiam de um extremo ao outro do campo, perguntando a si mesmo se conseguiria ouvir o zumbido delas caso se aproximasse o bastante. Arrecadação, distribuição. Ruth queria mais um prato de ovos, um pouco mais de bacon.

Harry disse: "Nós *ganhávamos* sessenta por cento. Agora ganhamos cinquenta e cinco. O comparecimento aos estádios diminuiu. Por causa da guerra, sabe como é. E é nosso dever patriótico receber cinco por cento a menos."

McInnis sacudiu os ombros. "Então cabe a nós..."

"Então perdemos quarenta por cento disso para Cleveland, Washington e Chicago."

"Por quê?", indagou Stuffy. "Por ter lhes dado uma surra nas eliminatórias?"

"Então... então mais dez por cento a título de contribuição para a guerra. Está entendendo agora?"

Stuffy fechou a cara. Ele estava a fim de chutar alguém, alguém pequeno e em quem ele pudesse afundar o pé.

Babe jogou o chapéu para cima e apanhou-o atrás das costas, catou uma pedra e atirou-a para o céu. E tornou a lançar o chapéu para o alto.

"Tudo vai se resolver", disse ele.

Hooper olhou para ele. "O quê?"

"Seja lá o que for", assegurou Babe. "Vamos recuperar tudo."

Stuffy perguntou: "Como, Gidge? Você pode me dizer? Como?".

"De um jeito ou de outro", respondeu Babe, sentindo a cabeça voltar a doer. Falar de dinheiro lhe dava dor de cabeça. O mundo fazia sua cabeça latejar — os bolcheviques derrubando o czar, o Kaiser devastando a Europa, anarquistas jogando bombas nas ruas deste país, explodindo desfiles militares e caixas de correio. Havia gente com raiva, havia gente gritando, gente morrendo nas trincheiras e fazendo manifestações em frente às fábricas. E tudo isso tinha a ver com dinheiro. Babe sabia muito bem, mas detestava pensar sobre essas coisas. Gostava de dinheiro, gostava bastante, e sabia que estava ganhando um bocado e pretendia ganhar muito mais. Gostava de sua nova lambreta, gostava de comprar bons charutos e de ficar em espaçosos quartos de hotel com pesadas cortinas e de pagar rodadas de bebidas no bar. Mas odiava pensar sobre dinheiro e falar de dinheiro. Babe só queria mesmo chegar a Boston. Ele queria dar duro e depois cair na gandaia. A Governor's Square era cheia de bordéis e de bons bares. O inverno se aproximava; ele queria aproveitar enquanto podia, antes que a neve e o frio chegassem. Antes que ele se visse enfiado novamente em Sudbury com Helen e o cheiro de cavalos.

Ele bateu no ombro de Harry e repetiu sua opinião. "De um jeito ou de outro, as coisas vão se ajeitar. Você vai ver."

Harry Hooper olhou para o ombro, para o campo à sua frente, e depois novamente para Ruth, que sorriu.

"Seja um Babe* bonzinho", disse Harry Hooper, "e deixe a conversa para os adultos."

Harry Hooper voltou-lhe as costas. Ele estava com um chapéu de palha duro, ligeiramente puxado para trás, deixando a testa à mostra. Ruth detestava

---

* Babe, o apelido de Ruth, significa "bebê". (N. T.)

chapéus de palha; seu rosto era redondo e rechonchudo demais para eles. Eles o faziam parecer uma criança tentando ser elegante. Ele se imaginou tirando o chapéu de Harry e atirando-o no teto do trem.

Harry foi em direção ao campo, queixo abaixado, puxando Stuffy McInnis pelo braço.

Babe apanhou uma pedra e fitou as costas do casaco listrado de Harry Hooper, imaginou uma luva de apanhador ali, pensou no som que a pedra afiada faria contra uma espinha. Ele ouviu um som agudo tomando o lugar do outro em sua cabeça, um estalido surdo e distante, semelhante ao de uma acha de lenha estalando na lareira. Lançou um olhar ao leste, onde o campo acabava no pequeno grupo de árvores. Babe ouvia o trem silvando suavemente atrás dele, as vozes esparsas dos jogadores e o farfalhar do campo. Dois engenheiros passaram por trás dele falando sobre um trilho quebrado, dizendo que levariam duas horas, talvez três, para consertar. Ruth pensou *Duas horas neste buraco?*, tornou a ouvir um estalido ao longe e teve certeza de que por trás das árvores estavam jogando beisebol.

Ele cruzou o campo sozinho, sem ser notado, sentindo que os sons iam ficando mais próximos — as vaias ritmadas, o roçar de pés no gramado, o ruído de uma bola despachada para ir morrer na luva de alguém. Ele foi avançando por entre as árvores, tirou o casaco por causa do calor, e quando emergiu do bosque as equipes estavam mudando de lado, os homens correndo em direção a uma faixa de terra ao longo da linha da primeira base, enquanto o outro grupo afastava-se rapidamente de uma faixa junto à terceira.

Homens de cor.

Ele ficou onde estava e fez um aceno de cabeça para o jardineiro central, que corria para tomar posição a alguns metros dele. O homem respondeu ao aceno de Babe, dando a impressão de examinar as árvores para ver se elas pretendiam produzir mais gente branca naquele dia. Então voltou as costas para Babe, dobrou o corpo para a frente e apoiou a mão enluvada nos joelhos. Ele era parrudo, ombros tão largos quanto os de Babe, mas com menos volume na área da cintura e também (Babe tinha de reconhecer) na bunda.

O lançador não perdeu tempo. Ele mal fez um movimento circular para lançar a bola, com aqueles tremendos braços compridos; girou o braço direito como se estivesse atirando uma pedra com um estilingue para atravessar o oceano. Mesmo de onde estava, Babe teve certeza de que a bola cruzou a base do batedor pegando fogo. Por mais que este se esforçasse, deixou-a passar a uma distância de uns quinze centímetros.

Mas ele acertou a seguinte em cheio, com um ruído tão alto que só poderia ter vindo de um taco quebrado. A bola passou por Babe, depois se ergueu devagar em direção ao céu azul, como um pato que tivesse resolvido nadar de costas, e o jardineiro central deslocou um pé, abriu a luva e a bola caiu, como se aliviada, bem no meio do couro.

Ruth nunca fizera um teste de visão. Ele não permitia. Sabia que sua vista era muito mais apurada que a da maioria das pessoas. Ainda criança, era capaz de ler os letreiros das ruas, mesmo os pintados nos cantos dos edifícios, a distâncias muito maiores que qualquer outra pessoa. Ele conseguia ver a textura das penas de um falcão cem metros acima dele, caçando, deslocando-se rápido como um raio. As bolas lhe pareciam gordas e vagarosas. Quando fazia um lançamento, a luva do pegador parecia um travesseiro de hotel.

Assim, mesmo àquela distância ele percebeu que o rosto do batedor estava em péssimas condições. Um cara baixinho, magro feito um cabo de vassoura, mas com alguma coisa no rosto, vergões vermelhos ou cicatrizes na pele parda. Ele era pura energia, ali em seu posto, aos saltos, movimentando pés e quadris, um cão fila de pé na base do batedor, tentando se conter para não irromper de dentro da própria pele. E quando ele acertou a bola depois de ter perdido dois pontos, Ruth teve certeza de que aquele negro ia voar, mas não esperava que fosse tão rápido.

A bola nem acabara de descrever um arco em direção aos pés do jardineiro direito (àquela altura Ruth sabia que ele não conseguiria pegar a bola antes de ela cair no chão) e o lebréu já estava dando a volta na primeira base. Quando a bola bateu no gramado, o jardineiro direito pegou-a com a mão sem luva e não fez mais que avançar alguns passos, agachado, depois parou e largou-a — a bola escapou de sua mão como se ele a tivesse surpreendido na cama com sua filha, e num piscar de olhos ela atingiu a luva do segunda base. Mas o lebréu já estava na segunda, ativo. Sem escorregões, sem se abaixar. Ficava dançando ali como se estivesse apanhando o jornal da manhã, olhando para trás em direção ao jardineiro central, e aí Ruth percebeu que o rapaz estava olhando para ele. Babe levou a mão ao chapéu, e o rapaz lhe deu um breve sorriso soturno e arrogante.

Ruth resolveu manter os olhos no rapaz, sabendo que, fizesse o que fizesse, daria a impressão de ser algo especial.

* * *

O homem da segunda base jogara para o Wrightville Mudhawks. Seu nome era Luther Laurence e ele fora dispensado do Mudhawks em junho, depois de ter brigado com Jefferson Reese, técnico do time e primeira base, um sujeito dentuço e sorridente que se comportava como um poodle de madame com os brancos e falava mal do próprio povo na casa em que trabalhava, perto de Columbus. Luther ficou sabendo dos detalhes, certa noite, por uma garota com quem ele andava saindo, Lila, uma bela jovem que trabalhava na mesma casa que Jefferson Reese. Ela contou a Luther que certa noite Reese estava servindo sopa de uma terrina na sala de jantar. Os brancos falavam o tempo todo dos crioulos arrogantes de Chicago, da forma desabusada como caminhavam pelas ruas, sem nem ao menos abaixar a vista à passagem de uma mulher branca. O velho Reese se saiu com esta: "Lawse, é uma terrível vergonha. Sim, sor, os negros de Chicago não passam de chimpanzés pulando de galho em galho. Não têm tempo de ir à igreja. Querem encher a cara na sexta-feira, jogar pôquer no sábado e transar com a mulher de outro homem até o domingo".

"Ele disse isso?", perguntou Luther a Lila na banheira do Dixon Hotel, só para negros. Ficou com espuma no corpo ao entrar na água, jogou-a nos seios pequenos e duros de Lila, apreciando as bolhas em sua carne cor de ouro não brunido.

"Disse coisa muito pior", continuou Lila. "Mas não vá querer peitar esse cara agora, meu bem. É um sujeito cruel."

De todo modo, quando Luther topou com ele no abrigo do Estádio Inkwell, Reese logo parou de sorrir e exibiu aquele seu olhar — um olhar antigo e duro, que mostrava não estar muito distante da inclemente canícula dos campos — que fez Luther pensar "Oh-oh", mas àquela altura Reese já viera para cima dele, punhos feito pontas de taco de beisebol no rosto de Luther. Ele tentou se virar como pôde, mas Jefferson Reese tinha mais que o dobro de sua idade, dez anos como agregado em casa de brancos e uma fúria que, quando aflorava, se fazia ainda mais forte e brutal por ter sido guardada bem fundo e por muito tempo. Ele jogou Luther no chão, golpeando-o depressa e sem piedade até que o sangue, misturado ao barro, à cal e à poeira do campo, esguichou de seu corpo.

Aeneus James disse a Luther, quando o amigo estava na ala beneficente do St. John's: "Porra, rapaz, você rápido desse jeito, por que não deu no pé quando o velho maluco te olhou torto?".

Luther teve um longo verão para ponderar sobre aquela pergunta, e ainda não conseguira atinar com uma resposta. Rápido como era — e ele nunca conhecera ninguém mais veloz —, ele se perguntava se simplesmente já estava cansado de correr.

Agora, porém, vendo o homem gordo que o fazia lembrar de Babe Ruth olhando para ele de entre as árvores, Luther se pegou pensando: "Você acha que já viu alguém correr, ô branquelo. Pois não viu não. Mas logo vai ver. Conte aos seus netos".

E ele partiu voando da segunda base no mesmo instante em que Sticky Joe Bean, feito um polvo, terminava o arremesso, e por pouco Luther não viu os olhos do homem branco se arregalarem, ficando do tamanho de sua pança. Os pés de Luther moviam-se com tal rapidez que o chão sob ele corria mais rápido que ele sobre o chão. E de fato ele sentia o chão mover-se como um rio no começo da primavera, e imaginava Tyrell Hawke na terceira base, encolhendo-se por ter passado a noite inteira bebendo. E Luther contava com isso, porque hoje ele não se contentaria com a terceira base, não senhor, pode acreditar que beisebol é um jogo de velocidade e eu sou o sujeito mais veloz que vocês jamais haverão de ver — e quando ele levantou a cabeça, a primeira coisa que avistou foi a luva de Tyrell bem perto de seu ouvido. Em seguida ele viu, à sua esquerda, a bola, uma estrela deslocando-se obliquamente a toda a velocidade e soltando fumaça. Luther gritou "Buu!" e lá veio ela alta e com força, e, sim senhor, a luva de Tyrell se ergueu uns oito centímetros. Luther mergulhou, e a bola chiou sob a luva, roçou os cabelos da nuca de Luther, quente feito a navalha da barbearia de Moby na Meridian Avenue, e ele tocou na terceira base com as pontas dos dedos do pé direito e chegou a toda a velocidade à linha, o chão deslizando tão rápido sob seus pés que parecia prestes a acabar num abismo, talvez no fim do mundo. Ele ouvia o apanhador Ransom Boynton gritando pela bola: "Ei, aqui, aqui! Aqui, agora!". Ele levantou a vista, viu Ransom poucos metros mais adiante, e adivinhou a trajetória da bola pelo olhar e pela crispação que sentiu nos joelhos. Luther tomou um hausto de ar do tamanho de um bloco de gelo, transformou as panturrilhas em molas e os pés em barris de pistola. Ele atingiu Ransom com tanta força que mal sentiu, simplesmente foi por cima dele e viu a bola bater no tapume atrás da base do batedor no momento exato em que seu pé tocava nela, e ouviu os dois sons — um forte e nítido, o outro arrastado e poento. E ele pensou: mais rápido que qualquer um de vocês nem sequer *sonhou* ser.

Ele parou ao se chocar contra o peito de seus companheiros de equipe. Em meio aos gritos e puxões, ele se voltou para ver a cara gorda do homem branco, mas ele não estava mais junto ao arvoredo. Não, ele já estava quase na segunda base, cruzando o campo, correndo *em direção* a Luther, o rostinho de bebê sacudindo-se e sorrindo, os olhos se mexendo nas órbitas como se acabasse de completar cinco anos e alguém lhe tivesse dito que ia ganhar um pônei, e ele não pudesse controlar o próprio corpo, sendo obrigado a pular e correr de alegria.

Luther olhou muito bem para aquele rosto e pensou: Não.

Mas então Ransom Boynton parou ao lado dele e disse em voz alta: "Vocês não vão acreditar, mas aquele ali é o Babe Ruth. Correndo pra lá feito uma porra de um trem de carga".

"Posso jogar?"

Ninguém podia acreditar que ele tinha dito aquilo. Isso foi depois que ele correu em direção a Luther, levantou-o do chão, segurou-o diante do rosto e disse: "Menino, já vi muita gente correndo, mas nunca vi — nunca, está ouvindo? — ninguém correr como você". Então se pôs a abraçar Luther e bater-lhe nas costas dizendo "Puxa vida, que espetáculo!".

E então tiveram certeza de que ele de fato era Babe Ruth. Babe ficou surpreso ao ver quantos daqueles homens tinham ouvido falar nele. Mas Sticky Joe o vira certa vez em Chicago, e Ransom o tinha visto atuar como lançador pela esquerda duas vezes em Cleveland. Os demais tinham lido sobre ele nas páginas de esporte dos jornais e da *Revista de Beisebol*. As sobrancelhas de Ruth arquearam-se como se ele não pudesse acreditar que existissem negros que soubessem ler no planeta.

Ruth disse: "Quer dizer que vocês querem autógrafos?".

Ninguém se mostrou interessado, Ruth ficou chateado, e todo mundo se pôs a fitar os próprios sapatos e a olhar para o céu.

Luther pensou em dizer a Ruth que ele estava diante de jogadores muito bons. Alguns eram verdadeiras lendas. Sabe o homem com braços de polvo? No ano anterior, ele havia contabilizado trinta e duas vitórias contra duas derrotas para o Miller-sport King Horns, da Liga dos Operários de Ohio. Trinta e dois a dois com um e setenta e oito de média de corridas limpas. Veja só. E Andy Hughes, jogando perto da segunda base no time adversário, pois aquele era um jogo improvisado, estava fazendo uma média de trezentos e noventa por mil na equipe dos Downtown Sugar Shacks, de Grandview Heights. Além disso, só gente branca gostava de autógrafos. E, afinal de contas, que diabo era um autógrafo, senão um ciscado de galinha num pedaço de papel?

Luther abriu a boca para explicar isso, mas deu uma olhada no rosto do homem e viu que não faria diferença: o cara era uma criança. Um garoto com corpo de hipopótamo, carnes sacudindo-se, coxas tão volumosas que davam a impressão de que logo iriam se ramificar, mas de todo modo uma criança. Ele tinha os maiores olhos que Luther vira na vida. Luther haveria de lembrá-los muitos anos depois, enquanto os via mudarem ao longo do tempo nos jornais. Viu aqueles olhos minguarem e escurecerem progressivamente a cada nova fotografia. Mas então, nos campos de Ohio, Ruth tinha os olhos de um menininho gordo no pátio da escola, olhos cheios de esperança, de medo e desespero.

"Posso jogar?", disse ele estendendo suas patas de são-bernardo. "Com vocês todos?"

Aquilo caiu feito uma bomba, os homens inclinando-se para a frente para não cair na risada, mas a fisionomia de Luther ficou impassível. "Bem..." Ele olhou em volta, contemplou os outros homens, olhou novamente para Ruth, sem se apressar. "Depende", disse ele. "Você conhece bem o jogo, sor?"

Com aquilo, Reggie Polk se estatelou no chão. Muitos outros jogadores caíram na gargalhada, esfregando os próprios braços. Ruth, porém, surpreendeu Luther. Aqueles olhos grandes ficaram pequenos e claros como o céu, e Luther logo entendeu tudo: com um taco na mão, ele podia ter a idade de qualquer um deles.

Ruth enfiou um cigarro apagado na boca e afrouxou a gravata. "Aprendi uma coisa ou outra em minhas viagens, senhor...?"

"Laurence, sor. Luther Laurence", respondeu Luther ainda de rosto impassível.

Ruth passou o braço em torno dele. Um braço do tamanho da cama de Luther. "Em que posição você joga, Luther?"

"Sou jardineiro central, sor."

"Bem, menino, então não precisa se preocupar com nada, a não ser levantar a cabeça."

"Levantar a cabeça, sor?"

"E ficar olhando minha bola passar acima dela."

Luther não pôde se conter; um sorriso largo tomou-lhe o rosto.

"E quer parar de me chamar de 'sor', Luther? Aqui somos jogadores de beisebol."

Oh, era bem parecido com a primeira vez em que Sticky Joe o eliminou! Três *strikes*, os três seguidinhos como a linha atrás da agulha, o homem gordo não tocou o couro nem uma vez.

Ele riu depois do último, apontou o taco para Sticky Joe, fazendo-lhe um largo aceno com a cabeça. "Mas eu estou te entendendo, garoto. Eu sou um aluno atento."

Ninguém queria deixá-lo lançar, então ele substituiu um jogador a cada *inning* no resto do campo. Ninguém se incomodava em deixar de jogar um *inning*. Babe Ruth... pelo amor de Deus. Podiam não querer autógrafos, mas por um bom tempo aquelas histórias valeriam uns bons drinques.

Em um dos *innings* ele jogou pela esquerda, Luther no centro e Reggie Polk, que atuava como lançador para a equipe deles, estava enrolando entre os lançamentos, como era seu costume, e Ruth disse: "Então, o que é que você faz quando não está jogando bola, Luther?".

Luther falou um pouco sobre seu trabalho na fábrica de munições perto de Columbus, disse-lhe que a guerra foi uma coisa terrível, mas com certeza rendeu um bom dinheirinho. "Isso é verdade", disse Ruth, embora parecesse a Luther que ele falara só por falar, não porque entendesse o espírito da coisa. Ruth então perguntou a Luther o que tinha acontecido com seu rosto.

"Cacto, senhor Ruth."

Eles ouviram o estalido do taco e Ruth interceptou uma bolinha fraca — que se movia como uma bailarina nas pontas dos dedinhos grossos dos pés — e atirou-a de volta à segunda base.

"Tem muitos cáctus em Ohio? Nunca ouvi dizer."

Luther sorriu. "Na verdade, senhor Ruth, eles são chamados de 'cacti' quando a gente fala de mais de um. E tem vastos campos deles em todo o estado. Montes e montes de *cacti*."

"E você? Caiu num desses campos?"

"Sim, sor. Uma queda feia."

"Parece que você caiu de um avião."

Luther balançou a cabeça bem devagar. "Zepelim, senhor Ruth."

Os dois riram mansa e demoradamente, e Luther ainda estava rindo quando levantou a luva e apanhou no ar o tiro de Rube Gray.

No *inning* seguinte alguns brancos apareceram de entre as árvores, e a maioria deles foi reconhecida logo de cara — Stuffy McInnis, não havia dúvida; Everett Scott, meu Deus; e depois alguns do Cubs, meu Jesus — Flack, Mann, um terceiro cara cujos traços ninguém reconheceu e que poderia ser jogador de qualquer das duas equipes. Eles vieram avançando pelo lado direito do campo, e logo estavam de pé atrás do velho banco, não muito firme, junto à linha da primeira base. Estavam todos de terno, gravata e chapéu, naquele calor, fumando charutos, gritando vez por outra por alguém chamado "Gidge", deixando Luther totalmente confuso, até ele perceber que era assim que chamavam Ruth. Quando Luther tornou a olhar, viu que mais três homens tinham se juntado ao grupo — Whiteman, do Sox, Hollocher, que jogava junto à segunda base pelo Cubs, e um rapaz magro de cara vermelha e queixo projetado para a frente feito uma aba extra de pele, que ninguém reconheceu. Luther gostou daquele número — eram oito, mais Ruth, o que dava um time completo.

Por mais ou menos um *inning*, foi tudo bem, e os brancos em geral ficaram na deles, alguns fazendo som de macacos e outros gritando "Não perca essa bola, urubu. Ela vem que vem" ou "Você devia ficar mais embaixo dela, negão" — mas Luther já tinha ouvido merda pior, muito pior. O que ele não estava gostando nem um pouco é que, toda vez que levantava a vista, os oito caras pareciam ter avançado uns cinco centímetros em direção à linha da primeira base, e logo ficou difícil correr por aquele lado, rebater um lançamento com brancos à sua direita, tão próximos que dava para sentir o cheiro de colônia deles.

E então, entre um e outro *inning*, um deles disse: "Por que vocês não deixam um de nós experimentar?".

Luther notou que Ruth parecia estar procurando um buraco onde se enfiar.

"Que é que você diz, Gidge? Você acha que seus novos amigos se importariam se um de nós jogasse um pouco? A gente sempre ouve dizer que esses negros são muito bons. Correm feito uns condenados, pelo que dizem."

O homem estendeu a mão para Babe. Ele era um dos poucos que ninguém reconheceu, devia ser freguês do banco dos reservas. Com suas mãos grandes, nariz achatado e ombros feito cabeça de machado, o homem parecia um armário com duras arestas. Tinha olhos que Luther já vira em brancos pobres — uma vida inteira comendo raiva em vez de comida. Desenvolvera por aquilo um gosto que nunca iria perder, por mais que comesse direito pelo resto da vida.

Ele sorriu para Luther como se soubesse o que ele estava pensando. "Que me diz, rapaz? Que tal deixar um de nós participar de um lance ou outro?"

Rube Gray ofereceu-se para ceder seu lugar por um tempo, e os brancos elegeram Stuffy McInnis a mais recente contratação da Liga Negra de Ohio Meridional, entregando-se àquele riso estúpido que parecia próprio dos brancos grandalhões — mas Luther era obrigado a reconhecer que ele tinha uma coisa de bom: Stuffy McInnis *sabia* jogar, rapaz. Luther vinha lendo sobre McInnis desde que ele começara sua carreira na equipe de Filadélfia, em 1909.

Depois da última bola fora de jogo do *inning*, porém, Luther veio correndo do centro e deu com os outros homens brancos enfileirados ao longo da linha da base do batedor, tendo à frente Flack, do Chicago, com um taco apoiado ao ombro.

Babe ensaiou resistir, pelo menos por um momento — Luther tinha de reconhecer. Babe disse: "Ora, vamos, camaradas, nós estamos jogando".

Flack lhe deu um sorriso largo e radioso: "Agora nós vamos ter um jogo melhor, Ruth. Vamos ver como esses rapazes se saem diante do melhor das Ligas Americana *e* Nacional".

"Oh, você quer dizer as ligas brancas?", disse Sticky Joe Beam. "É disso que você está falando?"

Todos olharam para ele.

"O que você está dizendo, garoto?"

Sticky Joe Beam tinha quarenta e dois anos e parecia uma fatia de bacon queimada. Ele crispou os lábios, abaixou os olhos para o barro do chão, depois lançou um tal olhar à fileira de homens brancos que Luther imaginou que ia haver briga.

"Eu disse vamos ver como vocês se saem", falou ele encarando-os. "Uh, sors."

Luther olhou para Ruth, cruzou o olhar com o dele, e o menino gordo de carona de bebê lhe deu um sorriso incerto. Luther lembrou-se de um trecho da Bíblia, que sua avó repetia o tempo todo quando ele era criança, sobre o quanto a fraqueza da carne leva a melhor sobre os desejos do coração.

"É o seu caso, Babe?", teve vontade de perguntar. É o seu caso?

Babe começou a beber logo que os negros escolheram seus nove jogadores. Ele não sabia o que estava acontecendo — era apenas uma partida de beisebol, brancos contra pretos, exatamente como camisa contra sem-camisa —, mas mesmo assim ele se sentia triste e envergonhado. Aquilo não fazia nenhum sentido. Era só um jogo. Uma brincadeira de verão, enquanto esperavam o conserto do trem. Nada mais. Ainda assim, como a tristeza e a vergonha não o largassem, ele tirou a tampa do cantil e tomou uma boa golada.

Babe pediu dispensa de sua função de lançador, disse que o cotovelo ainda se ressentia do primeiro jogo. Disse que tinha de se preocupar com o recorde da Série Mundial e que não iria arriscar isso por causa de um joguinho improvisado no mato.

Então Ebby Wilson atuou como lançador. Ebby era um rapaz comum de Ozarks, de queixo protuberante, que jogava no Boston desde julho. Ele sorriu quando lhe puseram a bola nas mãos. "Está certo, rapazes. Vamos acabar com esses negros antes que a gente perceba. Antes que eles percebam, também." E se pôs a rir, ainda que ninguém o acompanhasse na piada.

Ebby começou a lançar petardos que, num abrir e fechar de olhos, lhe permitiram eliminar os três primeiros batedores. Então Sticky Joe foi para o monte do lançador, e tudo mudou. Quando ele despachava aquele longo arremesso com um movimento de tentáculo, só Deus sabia o que podia acontecer. Ele arremessava bolas rápidas que ficavam invisíveis; bolas de efeito que tinham olhos e se desviavam logo que viam um taco, piscando para você; bolas curvas capazes de dar a volta a um pneu; bolas fortíssimas que explodiam dez centímetros antes da base do batedor. Ele eliminou Mann. Ele eliminou Scott. E conseguiu tirar McInnis no final do *inning* num vacilo na segunda base.

Travou-se então um duelo de lançadores por alguns *innings*, não muitos atingiram um ponto depois do monte do lançador, e Ruth começou a bocejar no lado esquerdo do campo, tomando grandes goladas do cantil. Não obstante, os negros marcaram um ponto no segundo e outro no terceiro, quando Luther Laurence transformou uma corrida da primeira para a segunda numa corrida da primeira para a base do lançador, avançando tão rápido pelo centro do campo que aquilo tomou Hollocher de surpresa. Quando ele parou de se atarantar com a bola, Luther Laurence estava cruzando a base do lançador.

O que tinha começado como uma mera brincadeira passou de uma surpresa respeitosa ("Nunca vi *ninguém* dominar a bola como esse velho negro. Nem você, Gidge. Diabo, nem mesmo Walter Johnson. O cara é um fenômeno.") para a piada nervosa ("Acha que vamos marcar um ponto antes de voltarmos para a porra da Série Mundial?") e para a raiva ("Este campo é dos crioulos. Aí é que está. Queria vê-los jogar no Wrigley. Queria vê-los jogar no Fenway. Merda.")

Os negros eram capazes de rebater a bola sem girar o corpo — meu Deus do céu, eram capazes disso; a bola ia parar a quinze centímetros da base do batedor, ficando absolutamente imóvel como se tivesse levado um tiro. E o que eles corriam... E eram capazes de roubar bases como se fosse simples como decidir se era preferível ficar na segunda a ficar na primeira. E eram capazes de tomar a primeira base quase sem esforço. No fim do quinto, tinha-se a impressão de que eles podiam passar o dia inteiro nisso, simplesmente ir lá e fazer mais um ponto. E então Whiteman, vindo da primeira base, foi até o monte do lançador, levou um papo com Ebby Wilson, e a partir daí Ebby passou a jogar para valer, como se não se importasse de ficar o inverno todo com o braço na tipoia.

Na primeira metade do sexto, os negros vencendo de 6 x 3, Stuffy McInnis pegou uma bola forte de Sticky Joe Beam e a atirou tão longe, por cima das árvores, que Luther Laurence nem se preocupou em ir atrás dela. Eles pegaram outra bola da bolsa de lona ao lado do banco, e Whiteman, depois de bater uma bola longa, atingiu a segunda base de pé. Então Flack pegou dois *strikes*, perdeu seis bolas e terminou por acertar uma simples à esquerda logo atrás do campo interno, e o placar passou a 6 x 4, com um corredor na primeira base, um na terceira e ninguém fora do jogo.

Babe sentia aquilo no ar enquanto limpava o taco com um trapo. Sentia o fluxo sanguíneo deles enquanto avançava em direção à base do batedor, escarvando a terra com o sapato. Aquele instante, aquele sol, aquele céu, aquela madeira e couro e membros e dedos e a agonia de esperar para ver o que iria *acontecer* eram belos. Mais belos que mulheres, palavras e mesmo o riso.

Sticky Joe lhe enviou uma primeira bola perto do corpo. Logo depois mandou uma bola curva que teria atirado os dentes de Babe para o sul de Ohio, se ele não tivesse recuado a cabeça para se esquivar. Ele apontou o taco para Sticky Joe, acompanhando-o com o olhar como se se tratasse de um rifle. Ele viu a alegria nos olhos escuros do velho, sorriu, e o velho também sorriu. Os dois balançaram a cabeça e Ruth teve vontade de beijar a testa encalombada do velho.

"Vocês concordam que a bola foi fora?", gritou Babe, e ele percebeu que até Luther estava rindo lá no centro do campo.

Meu Deus, como era bom. Mas, ei, lá vem ela, um puta tiro, e Ruth viu de relance a costura da bola, viu aquela linha vermelha mergulhar como um peixe listrado, começando a girar a baixa altura, muito mais baixo que o lugar onde se encontrava. Mas ele sabia para onde a sacana estava indo e que, se não a interceptasse, se não tirasse aquela bola desgraçada do espaço, do tempo, ele a veria escalar o céu como se tivesse mãos e joelhos. Ruth se pôs a correr pela linha e viu Flack disparar da primeira, e foi então que ele sentiu que avaliara mal. Não era uma coisa simples. Ele gritou "Espere!", mas Flack se pusera a correr. Whiteman estava a poucos passos da terceira base, mas parado, braços apontados em ambas as direções, enquanto Luther recuava para o grupo de árvores. Ruth viu a bola aparecer do mesmo céu onde desaparecera e cair logo depois das árvores, na luva de Luther.

Flack já saía da segunda base, e em grande velocidade. Quando Luther atirou a bola para a primeira, Whiteman voltou a tocar a terceira. Não havia dúvida de que Flack era muito rápido, mas Luther tinha um verdadeiro canhão naquele seu corpo magricela; a bola passou silvando acima do campo enquanto Flack calcava o chão pesadamente como uma diligência. Ele se ergueu no ar quando a bola bateu na luva de Aeneus James, e Aeneus — o grandalhão que estava jogando como jardineiro central quando Ruth apareceu de entre as árvores — abaixou o braço comprido. Flack, correndo em direção à primeira base, deslizou sobre o peito, lhe atingiu o ombro e tocou-o no peito antes que o outro alcançasse a base.

Aeneus abaixou a mão livre em direção a Flack, mas Flack ignorou-a e se pôs de pé.

Aeneus lançou a bola novamente para Sticky Joe.

Flack sacudiu a poeira da calça e se postou na primeira base. Ele apoiou as mãos nos joelhos e posicionou o pé direito em direção à segunda base.

Sticky Joe olhou para ele de sua posição no monte do lançador.

Aeneus James perguntou: "Que está fazendo, sor?".

Flack disse: "Como assim?", num tom exaltado.

Aeneus James explicou-se: "Só queria saber por que você ainda está aqui, sor".

Flack respondeu: "É o lugar onde um homem tem de ficar quando está na primeira base, garoto".

Aeneus James pareceu exausto de repente, como se acabasse de chegar em casa depois de um turno de catorze horas de trabalho e descobrisse que sua cama fora roubada.

Ruth pensou: Oh, meu Deus, não.

"Você está fora do jogo, sor."

"O que você está dizendo, garoto? Eu estava salvo."

"O cara estava salvo, seu crioulo", disse Ebby Wilson, surgindo de repente ao lado de Ruth. "Dava para ver a um quilômetro de distância."

Então alguns homens de cor se aproximaram, perguntando qual era o problema.

Aeneus disse: "O cara diz que estava salvo".

"O quê?", disse Cameron Morgan vindo depressa da segunda base. "Você só pode estar brincando."

"Cuidado com o que diz, garoto."

"Eu é que decido com quê ter cuidado."

"Ah, é assim?"

"É o que eu acho."

"O cara estava salvo. E ainda com uma margem."

"O cara estava fora", disse Sticky Joe suavemente. "Sem querer lhe faltar ao respeito, senhor Flack, mas o senhor estava fora."

Flack pôs as mãos atrás das costas e aproximou-se de Sticky Joe. Ele empinou a cabeça para o homem, que era mais baixo que ele. Sabe-se lá por quê, tomou fôlego.

"Você acha que estou na primeira base porque me confundi, é?"

"Não, senhor, não acho."

"Então o que você acha, garoto?"

"Acho que o senhor estava fora."

Agora todos estavam na primeira base — os nove caras de cada time e os nove negros que tinham se sentado depois que se organizou um novo jogo.

Ruth ouviu "fora" e "salvo" várias e várias vezes. Ele ouviu "garoto", "crioulo", "neguinho" e "peão". E então ouviu alguém chamando-o pelo nome.

Ele levantou a vista, viu Stuffy McInnis olhando para ele e apontando para a base. "Gidge, você é quem estava mais perto. Flack diz que estava salvo. Ebby viu muito bem isso, e *ele* também diz que estava salvo. Que é que você nos diz, Babe? Salvo ou fora?"

Babe nunca tinha visto tantos rostos negros furiosos juntos. Dezoito. Narigões chatos, músculos rijos nos braços e nas pernas, gotas de suor nos cabelos duros. Ruth apreciara tudo o que vira neles, mas ainda assim não gostava da forma como olhavam para você, como se soubessem alguma coisa a seu respeito e não fossem dizer. Da rapidez com que aqueles olhos o procuravam, para depois se abaixarem e se desviarem para bem longe.

Seis anos atrás, fizera-se a primeira greve na Grande Liga de Beisebol. O Detroit Tigers recusou-se a jogar até que Ban Johnson revogasse a suspensão de Ty Cobb, por ter batido num torcedor que estava na arquibancada. O torcedor era um inválido, tinha cotos em lugar de braços, não tinha mãos para se defender, mas Cobb o agrediu, mesmo depois de ele estar caído no chão, metendo-lhe as chuteiras no rosto e nas costelas. Ainda assim os companheiros de Cobb tomaram partido dele e fizeram greve em apoio a um sujeito de quem ninguém gostava. Diabo, todo mundo odiava Cobb, mas a questão não era essa. A questão era que o torcedor chamara Cobb de "meio crioulo", e não havia nada pior para chamar um branco, salvo talvez "chegado num crioulo" ou simplesmente "crioulo".

Babe ainda estava no reformatório quando ouviu aquela história, mas entendeu a posição do pessoal do Tigers. Tudo bem. Você pode bater papo com um negro, e até rir e brincar com ele, quem sabe até dar um troquinho a mais, na época do Natal, àqueles com quem você ficou de troça. Mas aquela ainda era uma sociedade de brancos, um lugar baseado em conceitos de família e trabalho honesto (e *o que* estavam fazendo aqueles negros no campo, em pleno dia de trabalho, jogando uma partida, enquanto seus familiares estavam em casa, certamente passando fome?). Tudo somado e medido, é sempre melhor ficar do lado da gente de sua casta, as pessoas com quem se tem de conviver, comer e trabalhar pelo resto da vida.

Ruth mantinha os olhos na base. Ele não queria saber onde Luther estava, arriscar-se a encarar a multidão de rostos negros e cruzar com o olhar dele.

"Ele estava salvo", disse Ruth.

Os negros ficaram loucos. Eles se puseram a gritar, apontando para a base e berrando "*Mentira!*", e isso continuou por algum tempo. Então, como se tivessem escutado um apito de cachorro que ninguém mais ouvira, eles pararam. Seus corpos se distenderam, eles encurvaram os ombros e olharam diretamente para Ruth como se pudessem ver no fundo de sua mente, e Sticky Joe Beam disse: "Tudo bem, tudo bem. Se é assim que vamos jogar, é assim que vamos jogar".

"É assim que vamos jogar", disse McInnis.

"Sim, sor", disse Sticky Joe. "Agora está tudo esclarecido."

E todos voltaram às suas posições.

Babe sentou-se no banco, bebeu, sentiu-se conspurcado e se pegou querendo arrancar a cabeça de Ebby Wilson e jogá-la numa pilha, junto com a cabeça de Flack. Aquilo não fazia sentido — ele, Babe, fizera o que tinha de fazer por sua equipe —, mas isso não o impedia de sentir o que estava sentindo.

Quanto mais bebia, pior se sentia, e lá pelo oitavo *inning* ele tinha calculado o que iria acontecer se usasse sua próxima jogada para perder de propósito. Àquela altura ele tinha trocado de posição com Whiteman, estava jogando na primeira base. Luther Laurence esperava no círculo *on-deck*, Tyrell Hawke postava-se na caixa do rebatedor, e Luther olhava para Ruth como se ele fosse apenas mais um branco, lançando-lhe aqueles olhares neutros que a gente vê em carregadores, engraxates e meninos de recado. Babe sentiu um aperto no coração.

Mesmo depois de dois lances na base passíveis de contestação (e até uma criança poderia imaginar quem ganhou a causa) seguidos de uma longa bola torta que o pessoal da Grande Liga considerou um *home run*, eles ainda estavam perdendo dos negros por nove a seis na segunda metade do nono *inning*, quando o orgulho das Ligas Nacional e Americana começou a fazer seu papel de orgulho das Ligas Nacional e Americana.

Hollecher bateu uma bola ao longo da linha da primeira base. Então Scott atirou uma bola por cima da cabeça do terceira base. Flack perdeu três. Mas McInnis lançou uma para a direita; todas as bases estavam ocupadas, um jogador eliminado, George Whiteman vindo para a base do lançador, e Ruth no círculo de espera. O jogador de centro de campo aprofundava-se mais e Sticky Joe Beam não mandava nada que George não pudesse rebater para longe. De repente Babe se pegou rezando por uma coisa pela qual nunca torcera na vida: um *double play*,* para que ele não tivesse de rebater.

Whiteman se aproveitou de um mergulho muito lento; quando ele bateu, a bola subiu bem alto depois guinou à direita em algum ponto depois do diamante, de forma brutal, rápida e para fora. Obviamente para fora. Então Sticky Joe Beam o eliminou com duas bolas rápidas, das mais maliciosas que Babe tinha visto em sua vida.

Enquanto avançava para a base do batedor, Babe calculou quantos daqueles seis pontos tinham sido marcados em jogo limpo, e chegou a um total de três. Três. Aqueles negros totalmente desconhecidos, num campo fuleiro em Cu do Mundo, Ohio, tinham enfrentado alguns dos melhores jogadores do mundo, deixando que fizessem apenas três míseros pontos. Diabo, o próprio Ruth estava acertando uma média de uma em cada três bolas. E olhe que ele estava se esforçando. E não se tratava apenas dos lançamentos de Beam. Não. A atitude era: atire a bola num lugar onde eles não estejam. Mas aqueles negros estavam por toda a parte. Você pensava que havia uma brecha, a brecha sumia. Você fazia um arremesso que nenhum mortal seria capaz de interceptar, e um dos caras apanhava em sua luva, sem nem ao menos girar o corpo.

Se eles não tivessem trapaceado, aquele seria um dos grandes momentos da vida de Ruth — enfrentando alguns dos melhores jogadores que tivera pela frente, com o jogo nas mãos, na segunda parte do nono *inning*, três bases ocupadas, dois jogadores eliminados. Uma tacada, e ele podia liquidar o jogo.

E ele *podia* liquidar o jogo. Fazia algum tempo que ele observava Sticky

---

* Passe no beisebol que põe dois jogadores fora do campo. (N. T.)

Joe, o cara estava cansado, e Ruth vira todos os seus arremessos. Se eles não tivessem trapaceado, o ar que Ruth sorvia pelas narinas agora teria sobre ele o efeito de cocaína pura.

O primeiro arremesso de Sticky Joe veio muito devagar e frouxo, e Ruth teve de regular o giro para a direita, para errar a rebatida. Ele perdeu de forma clamorosa, tentando forçar aquilo, e até Sticky Joe pareceu surpreso. O arremesso seguinte foi mais vigoroso, com algum efeito, Ruth rebateu, e a bola saiu do campo de jogo na área atrás do receptor. A bola seguinte foi cair no barro, e a próxima passou na altura de seu queixo.

Sticky Joe apanhou a bola, saiu do monte do lançador por um instante, e Ruth sentiu que ele o estava olhando. Ele via as árvores atrás de Luther Laurence, via Hollocher, Scott e McInnis em suas bases, e pensou em como teria sido legal se o jogo tivesse sido limpo, se no arremesso seguinte ele pudesse, com a consciência tranquila, mandar a bola para Deus lá no céu. E quem sabe...

Ele levantou a mão e saiu da caixa do rebatedor.

Era só um jogo, não era? Foi isso o que ele pensou consigo mesmo quando resolveu amolecer. Quem iria se importar se ele perdesse um joguinho bobo?

Mas o contrário também era verdade. Quem se importaria se ele ganhasse? Amanhã aquilo teria alguma importância? Claro que não. Aquilo não iria *afetar* a vida de ninguém. Agora, naquele instante, já havia dois jogadores fora, três bases ocupadas, na segunda metade do nono *inning*.

Se ele me der uma bola de bandeja, resolveu Ruth enquanto voltava para a caixa do rebatedor, vou aproveitar. Como posso resistir? Aqueles homens em suas bases, este taco em minha mão, o cheiro de barro, de grama e de sol.

É uma bola, um taco, nove homens. Apenas um instante. Nada que seja para sempre. Apenas um instante.

E lá vinha a bola, mais lenta do que era de se esperar, e Ruth percebia isso na expressão do rosto do velho negro. Ele já percebeu quando a bola saiu da mão do outro: era uma bola frouxa.

Babe pensou em errar a tacada, fazer o que tinha de fazer.

Então se ouviu o apito do trem, alto, agudo, ganhando os céus, e Ruth pensou "É um sinal", apoiou o pé e girou o taco, ouviu o apanhador dizer

"Merda" e então... aquele *som*, aquele belo som de madeira contra o couro e a bola desapareceu no céu.

Ruth correu alguns metros pela linha e parou porque sabia que não havia conseguido.

Babe notou Luther Laurence olhando para ele, apenas por uma fração de segundo, e sacou que Luther tinha percebido: que ele havia tentado um *home run*, uma grande tacada. Que ele tentou tomar aquele jogo trapaceado daqueles que tinham jogado limpo.

Os olhos de Luther desviaram-se do rosto de Ruth, de tal forma que Ruth percebeu que eles nunca o fitariam novamente. E Luther levantou os olhos, afastando-se para se colocar sob a bola. Ele posicionou os pés, levantou a luva acima da cabeça. Não havia mais nada a fazer, pois Luther estava bem embaixo dela.

Mas Luther se afastou.

Luther abaixou a luva e começou a andar em direção ao jardim interno, e o mesmo fez o jardineiro direito, o jardineiro esquerdo, a bola caiu com um ruído surdo atrás deles, e eles nem ao menos se voltaram para olhá-la, simplesmente continuaram andando, e Hollocher atravessou a base do batedor mas não havia nenhum apanhador esperando. O apanhador estava andando em direção ao banco junto à terceira base, da mesma forma que o terceira base.

Scott chegou à base do batedor, mas McInnis parou de correr na terceira base e ficou lá olhando os negros andando em direção ao banco como se estivessem na segunda metade do segundo *inning*, e não do nono. Lá eles se reuniram, enfiaram seus tacos e luvas em duas sacolas de lona, agindo como se os brancos não estivessem presentes. Ruth teve vontade de atravessar o campo e aproximar-se de Luther para lhe dizer alguma coisa, mas Luther não se voltou nem uma vez. E logo todos eles se puseram a andar em direção à estrada de terra atrás do campo. Ruth perdeu Luther de vista no mar de negros, e já não saberia dizer se ele era o cara que ia na frente ou o que ia à esquerda, e Luther não se voltou.

O apito tornou a tocar. Nenhum dos brancos se mexera e, ainda que os negros parecessem andar devagar, quase todos já tinham deixado o campo.

À exceção de Sticky Joe Beam. Ele veio, pegou o taco que Babe usara, botou-o no ombro e encarou Babe.

Babe estendeu-lhe a mão. "Grande jogo, senhor Beam."
Sticky Joe Beam ignorou a mão de Babe.
Ele disse: "Pode acreditar, é seu trem, sor", e afastou-se do campo.

Babe voltou para o trem e tomou um drinque no bar.

O trem partiu de Ohio e avançou celeremente pela Pensilvânia. Ruth ficou sentado sozinho, bebendo e contemplando a Pensilvânia, com toda aquela poeira e colinas esgaravatadas. Pensava em seu pai, que morrera duas semanas atrás em Baltimore, numa briga com o irmão de sua segunda mulher, Benjie Sipes. O pai de Babe acertou dois socos e Sipes apenas um, mas foi este que contou, porque a cabeça do pai bateu no meio-fio e ele morreu no Hospital Universitário algumas horas depois.

Os jornais exploraram o caso por alguns dias. Quiseram saber sua opinião, o que estava sentindo. Babe disse que sentia a morte do homem. Era uma coisa triste.

Seu pai o enfiou no reformatório quando Babe tinha oito anos. Disse que ele precisava aprender a se comportar. Disse que estava cansado de tentar fazer que se preocupasse com ele próprio e com sua mãe. Disse que o reformatório lhe faria bem. Disse que tinha um bar para tocar. E que viria buscá-lo quando ele tomasse um pouco de juízo.

Quando sua mãe morreu, ele estava internado lá.

Aquilo era muito triste, ele dissera aos jornais. Uma coisa triste.

Babe ficou esperando sentir alguma coisa. Fazia duas semanas que esperava.

De modo geral, a única ocasião em que ele sentia alguma coisa — além da autocomiseração que sentia quando estava muito embriagado — era quando rebatia uma bola. Não quando a arremessava. Não quando pegava a bola. Só quando a rebatia. Quando a madeira chocava-se contra o couro. Ele girava os quadris e os ombros, os músculos das coxas e das panturrilhas se retesavam, e ele sentia o pulsar do próprio corpo quando terminava o movimento do taco preto, e a bola branca disparava mais rápido e mais alto que qualquer coisa no planeta. Por isso que ele mudara de ideia e se aplicara no lance naquela tarde, porque não tinha como não fazê-lo. A bola estava muito fácil, de bandeja, dando sopa. Foi por isso que ele o fez. Essa é que era a verdade. Essa é que era toda a verdade.

Ele começou a jogar pôquer com McInnis, Jones, Mann e Hollocher, mas todo mundo só falava sobre a greve e sobre a guerra (ninguém mencionava o jogo; era como se todos tivessem chegado a um acordo tácito de que ele não acontecera), por isso ele deu uma boa cochilada e quando acordou já tinham quase passado por Nova York. Então ele tomou mais alguns drinques para desanuviar a mente, tirou o chapéu de Harry Hooper enquanto este dormia, enfiou o punho dentro dele, rompendo a parte de cima, e ajeitou-o de volta na cabeça de Harry Hooper. Alguém sorriu e disse: "Gidge, você não respeita nada?". Então ele pegou outro chapéu, desta vez o de Stu Springer, chefe do Departamento de Vendas do Cubs, fez um buraco nele, e logo metade do vagão estava atirando chapéus em sua direção, estimulando-o a continuar. Babe subiu nos bancos e foi de gatinhas de um a outro fazendo "Uh uh uh", como se fosse um macaco, sentindo de repente um orgulho inexplicável que avançava feito uma onda por suas pernas e seus braços, como hastes de trigo crescendo loucamente, e ele gritou: "Sou o homem macaco! Sou o Babe Ruth, porra. Vou comer vocês!".

Uns tentaram derrubá-lo, outros tentaram acalmá-lo, mas ele pulou do encosto dos bancos e agitou-se no corredor, pegou mais alguns chapéus, amassou uns e abriu buracos em outros. O pessoal começou a aplaudir, bater palmas e assobiar. Ele batia palmas feito um macaco, coçava a bunda fazendo "Uh uh uh" e todo mundo estava gostando, todos estavam gostando.

Então se acabaram os chapéus. Eles cobriam o piso do vagão, pendiam dos compartimentos de bagagem. Pedaços de palha ficaram presos a algumas janelas. Ruth os sentia em sua espinha, bem na base de seu cérebro. Sentia-se aturdido, eufórico e pronto para tirar as gravatas. Os ternos. A bagagem.

Ebby Wilson encostou a mão no peito dele. Ruth nem ao menos sabia ao certo de onde o outro viera. Ele viu Stuffy de pé em seu banco, oferecendo-lhe um copo de alguma coisa, gritando e sorrindo, e Ruth lhe fez um aceno.

Ebby Wilson disse: "Faça um novo".

Ruth olhou para ele: "O quê?".

Ebby abriu as mãos, num gesto razoável. "Faça outro chapéu. Você o estragou, agora me faça um novo."

Alguém assobiou.

Ruth alisou os ombros do casaco de Wilson. "Eu lhe pago uma bebida."

"Não quero bebida nenhuma. Quero meu chapéu."

Ruth já ia dizer "Foda-se seu chapéu" quando Ebby Wilson o empurrou. O empurrão não foi muito forte, mas o trem fez uma curva na mesma hora. Ruth sentiu o balanço da curva, sorriu para Wilson e resolveu esmurrá-lo em vez de insultar. Ele deu o soco, percebeu que ia atingir os olhos de Ebby Wilson, que já não se mostrava tão arrogante nem preocupado com seu chapéu, mas o trem jogou novamente, trepidou, e Ruth sentiu que o soco saía muito aberto, sentiu o próprio corpo guinar para a direita, ouviu uma voz sussurrar em seu coração: "Você não é assim, Gidge. Você não é assim".

Seu punho atingiu a janela. A dor refletiu-se no cotovelo, no ombro, no lado do pescoço e no vazio logo abaixo do ouvido. Sentiu o sacolejar da própria barriga como um espetáculo público, sentiu-se novamente gordo e com uma sensação de orfandade. Deixou-se cair num banco vazio, sugou o ar por entre os dentes e afagou a mão dolorida.

Luther Laurence, Sticky Joe e Aeneus James com certeza estavam sentados numa varanda em algum lugar, sentindo o calor da noite, fazendo passar uma garrafa de mão em mão. Talvez estivessem falando sobre ele, comentando a expressão de seu rosto quando viu Luther afastar-se da bola que vinha caindo. Talvez estivessem rindo, repetindo uma batida, um arremesso, um tento.

E lá estava ele, no meio do mundo.

Eu dormi enquanto passávamos por Nova York, pensou Babe quando lhe trouxeram um balde com gelo e enfiaram sua mão nele. Lembrou-se então de que aquele trem não passava por Manhattan, só por Albany, mas mesmo assim continuou com uma sensação de perda. Já a vira uma centena de vezes, mas gostava de contemplá-la, contemplar suas luzes, os rios escuros que a circundavam feito um tapete, as torres de argila muito brancas contra a escuridão da noite.

Ele tirou a mão de dentro do balde de gelo e a examinou. A mão dos arremessos. Estava vermelha, inchada, e ele não conseguia fechá-la.

"Gidge", gritou alguém do fundo do vagão, "o que é que você tem contra chapéus?"

Babe não respondeu. Olhou pela janela e se pôs a contemplar a paisagem plana, de vegetação pobre, de Springfield, Massachusetts. Apoiou a testa na janela para refrescá-la e viu o próprio reflexo confundindo-se com o reflexo da paisagem.

Ruth levantou a mão inchada para o vidro e viu a paisagem deslocando-se através dela. Imaginou a paisagem curando suas articulações doloridas e torceu para que não estivessem quebradas. Tudo por causa de coisas estúpidas como chapéus.

Ele se imaginou encontrando-se com Luther em alguma rua empoeirada de uma cidadezinha empoeirada, pagando-lhe um drinque e pedindo desculpas. Luther diria, não se preocupe, senhor Ruth, sor, e lhe contaria outra história sobre os *cacti* de Ohio.

Mas então Ruth imaginou os olhos de Luther, não revelando nada para além da sensação de que eram capazes de enxergar dentro de você e de que não aprovavam nem um pouco o que viam. Ruth então pensou: "Foda-se você, cara, e sua aprovação. Não preciso dela, está ouvindo?".

Não preciso dela.

Ele estava apenas no começo. Estava pronto para estourar. Ele podia sentir. Grandes coisas. Grandes coisas estavam a caminho. Dele. Vindas de toda parte. Era essa a impressão que vinha tendo ultimamente, como se o mundo inteiro estivesse preso num estábulo, inclusive ele. Mas logo logo ele iria rebentar as amarras e desembestar.

Babe manteve a cabeça apoiada na janela, fechou os olhos, sentiu a paisagem rural deslizando por seu rosto e começou a roncar.

MISSÃO SIMPLES E ROTINEIRA

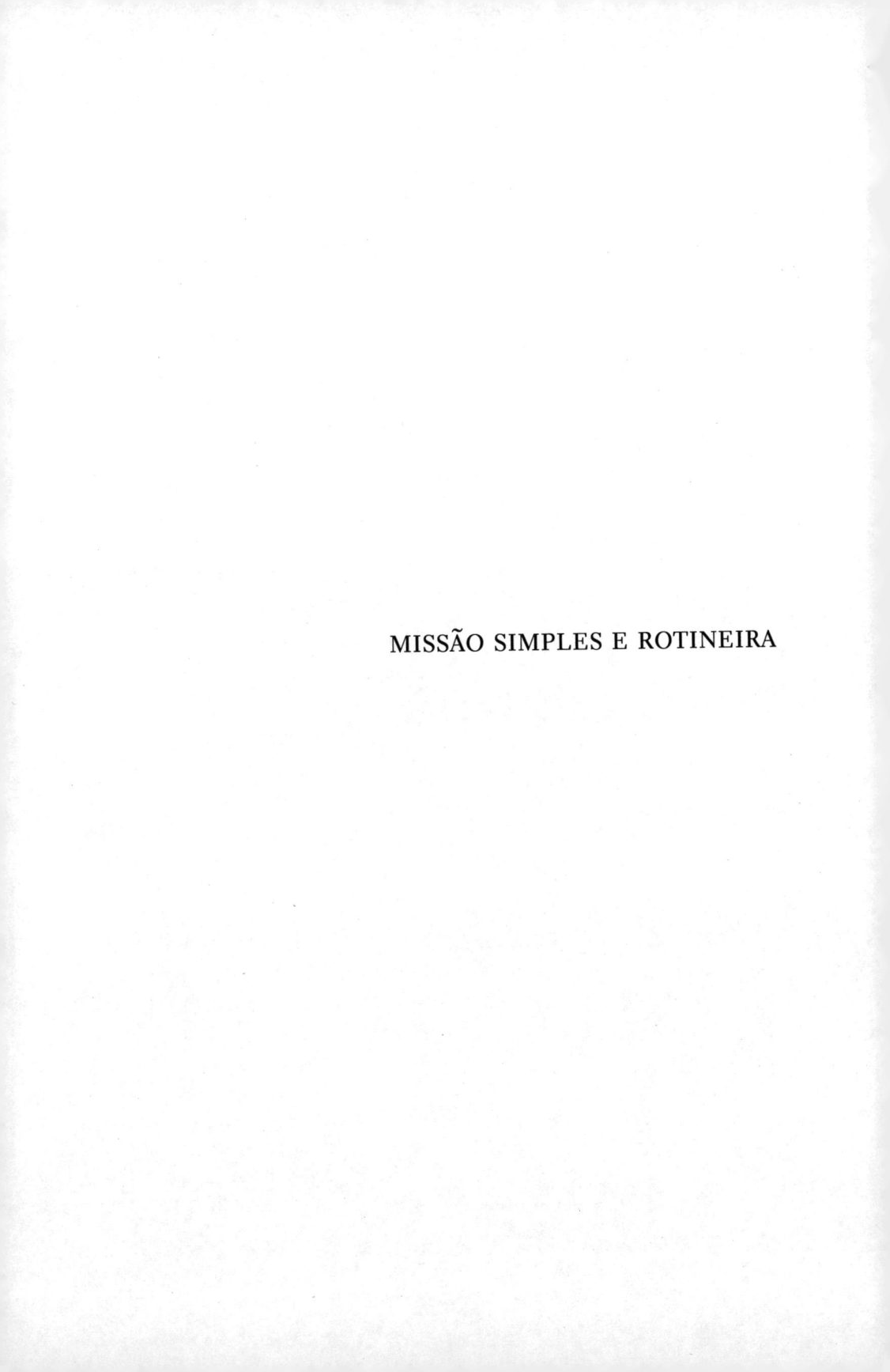

1.

Numa noite úmida de verão, Danny Coughlin, um agente da polícia de Boston, travou uma luta de quatro rounds contra outro policial, Johnny Green, no Mechanics Hall, bem em frente ao Copley Square. Coughlin-Green era a luta final de um campeonato de quinze rodadas, envolvendo gente de toda a polícia, inclusive pesos-mosca, pesos-médios, pesos meio pesados e pesos-pesados. Danny Coughlin, com um metro e noventa de altura e noventa e nove quilos, era peso-pesado. Um gancho esquerdo duvidoso e um jogo de pé um tanto lento impediam-no de lutar profissionalmente, mas seu jab esquerdo, tipo facão de açougueiro, combinado com a explosão de seu cruzado direito, superava todas as habilidades de qualquer outro semiprofissional da Costa Leste.

Aquele espetáculo de pugilismo durava um dia inteiro e intitulava-se Boxe & Distintivos: Socos da Esperança. A renda era dividida meio a meio entre o Asilo São Tomás para Órfãos Inválidos e a própria associação policial, o Boston Social Club, que usava os donativos para um fundo de saúde destinado a policiais feridos e ao custeio de despesas com uniformes e equipamento, as quais o departamento se recusava a pagar. Os folhetos que anunciavam os eventos eram colados nos postes e afixados na frente das lojas dos bairros nobres, o que resultava em donativos de pessoas que na verdade não pretendiam comparecer ao espetáculo. Ao mesmo tempo, esse material de propaganda saturava os bairros mais miseráveis de Boston, onde com certeza se encontrava a fina flor da criminalidade — os arruaceiros, os rufiões, o pessoal que usava soco-inglês e, naturalmente, os Gusties, a maior e mais poderosa e aterrorizante gangue de rua da cidade, sediada no South End de Boston, mas que estendia seus tentáculos por toda a Boston.

A lógica era simples:

A única coisa de que os criminosos gostavam quase tanto quanto espancar os policiais era assistir aos policiais espancando-se uns aos outros.

Os policiais espancavam-se uns aos outros no Mechanics Hall, nos eventos Boxe & Distintivos: Socos da Esperança.

Portanto: os criminosos acorriam em massa ao Mechanics Hall para vê-los fazer isso.

O padrinho de Danny Coughlin, o tenente Eddie McKenna, resolvera tirar partido dessa teoria em benefício do Departamento de Polícia de Boston, em geral, e da Divisão de Esquadrões Especiais, em particular. Os homens do esquadrão de Eddie McKenna tinham passado o dia misturados à multidão, efetuando prisões e mais prisões com surpreendente frieza e eficiência. Eles esperavam que um dos alvos saísse do salão principal, em geral para ir ao banheiro, metiam-lhe um cassetete na cabeça e arrastavam-no para uma das viaturas que esperavam na ruazinha ao lado. No momento em que Danny entrou no ringue, boa parte dos meliantes com mandado de prisão já tinha sido presa ou se raspado, mas alguns — os irremediavelmente tontos — ainda vagavam pelo salão enfumaçado, pisando o chão grudento de cerveja derramada.

O *corner man* de Danny era Steve Coyle, que também era seu parceiro de patrulha no Primeiro Distrito Policial, no bairro North End. Eles faziam a ronda de uma ponta a outra da Hanover Street, do cais Constitution até o Crawford House Hotel. E desde que faziam isso Danny vinha lutando boxe, com Steve servindo-lhe de *corner man* e cuidando de seus ferimentos.

Danny, sobrevivente do bombardeio de 1916 do Distrito da Salutation Street, gozava do maior prestígio desde que fizera sua estreia no ringue. Tinha ombros largos, cabelos e olhos negros; não era raro ver mulheres lançando-lhe olhares, e não apenas as jovens imigrantes ou as que fumavam em público. Steve, por sua vez, era atarracado e redondo feito um sino de igreja, com uma carona bulbosa e rosada e pernas arqueadas. No começo do ano ele passara a integrar um quarteto vocal na esperança de atrair a atenção das moças, decisão que lhe valera bons frutos na primavera passada, embora as perspectivas não se mostrassem muito boas com a chegada do outono.

Diziam que Steve falava tanto que dava dor de cabeça em aspirina. Ele perdeu os pais em tenra idade e ingressou no departamento sem recomendação de terceiros. Depois de nove anos de trabalho, ainda era um simples ronda. De sua parte, Danny pertencia a uma boa linhagem do Departamento de Polícia de Boston: era filho do capitão Thomas Coughlin do Décimo Segundo Distrito do South End de Boston e afilhado de Eddie McKenna, dos Esquadrões Especiais. Danny estava no serviço havia menos de cinco anos, mas todos os policiais da cidade sabiam que ele não tinha lá muito amor ao uniforme.

"Por que diabo esse cara está demorando tanto?" Steve vasculhou o fundo do salão, e era difícil ignorá-lo, considerando-se as roupas que costumava usar. Ele afirmava ter lido em algum lugar que os escoceses eram os mais temidos *corner men* do pugilismo. Por isso, nas noites de luta, Steve trajava um saiote escocês. Um autêntico kilt xadrez vermelho, meias vermelhas com losangos pretos, casaco de tweed cinza escuro e colete de cinco botões combinando, gravata cor de prata, autênticos borzeguins escoceses nos pés e gorro escocês na cabeça. O mais surpreendente não era a naturalidade com que usava aqueles trajes, mas o fato de que ele nem ao menos era escocês.

O público, constituído de bêbados de caras rubicundas, ia ficando cada vez mais agitado, e cresciam as brigas de verdade na plateia, que irrompiam no intervalo entre as lutas travadas no ringue. Danny encostou-se nas cordas e bocejou. O Mechanics Hall fedia a suor e a bebida alcoólica. Uma fumaça densa e úmida enovelava-se em volta de seus braços. A rigor Danny deveria estar em seu vestiário, mas na verdade ele não tinha vestiário, apenas um banco no corredor de manutenção, onde Woods, da Nona, foi procurá-lo cinco minutos antes para lhe dizer que era hora de ir para o ringue.

E lá estava ele num ringue vazio, esperando Johnny Green, enquanto o burburinho da multidão ia ficando cada vez maior e mais forte. Na oitava fileira, um cara bateu em outro com uma cadeira dobrável. O agressor estava tão bêbado que caiu em cima da vítima. Um policial avançou em sua direção, abrindo caminho com um capacete numa das mãos e o cassetete na outra.

"Por que você não vai ver o que está atrasando Green?", perguntou Danny a Steve.

"Por que você não se mete debaixo do meu saiote e se encolhe?" Steve apontou o queixo para a multidão. "Veja só esse monte de bêbados agitados. Não quero que rasguem meu kilt e estraguem meus borzeguins."

"Meu Deus", disse Danny. "E você sem sua caixa de engraxate." Ele ficou batendo as costas nas cordas por algum tempo. Esticou o pescoço, girou as mãos e os pulsos. "Lá vem fruta."

Steve exclamou "O quê?" e deu um passo atrás quando uma cabeça de alface voou por cima das cordas e caiu no meio do ringue.

"Engano meu", corrigiu Danny. "Verdura."

"Não tem importância", disse Steve apontando. "Lá vem o aspirante. Já não era sem tempo."

Danny lançou um olhar para o corredor entre as cadeiras e viu Johnny Green enquadrado pelo retângulo branco do vão da porta. A multidão sentiu sua presença e se voltou. Ele veio andando pelo corredor com seu *corner man*, um cara que Danny reconheceu como um sargento da Quinze, mas cujo nome não recordava. Lá pela décima quinta fileira, um dos caras dos Esquadrões Especiais de Eddie McKenna, um capanga chamado Hamilton, levantou um sujeito pelas narinas e arrastou-o para o corredor. Pelo visto os caubóis das Especiais achavam que podiam mandar às favas todo o faz de conta, agora que a luta final ia começar.

Car Mills, o porta-voz do Departamento de Polícia de Boston, estava chamando Steve do outro lado das cordas. Steve pôs um joelho no chão para falar com ele. Danny ficou olhando Johnny Green aproximar-se, não gostando nem um pouco do que via nos olhos do cara, uma coisa meio solta. Johnny Green olhava a multidão, olhava o ringue, olhava Danny — mas não via. Olhava para tudo, mas via *através* de todas as coisas. Era um olhar que Danny já vira antes, principalmente no rosto de bêbados irremediáveis e vítimas de estupro.

Steve veio por trás dele e pôs-lhe a mão no braço. "Mills acaba de me dizer que é a terceira luta dele em vinte e quatro horas."

"O quê? De quem?"

"De quem? Do puto do Green. Ele teve uma luta na noite passada no Crown de Somerville, outra hoje de manhã no pátio da estação ferroviária de Brighton, e agora está aqui."

"Quantos rounds?"

"Mills ouviu dizer que na noite passada foram treze. E perdeu por nocaute."

"Então o que ele está fazendo aqui?"

"Aluguel", disse Steve. "Dois filhos e uma mulher grávida."

"Uma porra de um *aluguel*?"

A multidão estava de pé — as paredes trepidavam, os caibros tremiam. Danny achava que não se surpreenderia se de repente o teto voasse em direção ao céu. Johnny Green entrou no ringue sem roupão, postou-se em seu canto, bateu uma luva contra a outra, os olhos fixos em alguma coisa dentro do próprio cérebro.

"Ele nem sabe onde está", disse Danny.

"Sabe sim", afirmou Steve. "E está vindo para o centro."

"Pelo amor de Deus, Steve."

"Não me venha com essa. Vai lutar."

No centro do ringue, o juiz, o detetive Bilky Neal, que também fora lutador de boxe, pôs uma mão no ombro de cada lutador. "Quero uma luta limpa. Além disso, quero que pareça limpa. Alguma pergunta?"

Danny disse: "Esse cara não está vendo nada".

Os olhos de Green fitavam os próprios sapatos. "Vejo o bastante para arrancar sua cabeça fora."

"Se eu tirar minhas luvas, você conta meus dedos?"

Green levantou a cabeça e cuspiu no peito de Danny.

Danny recuou. "Que porra é essa?", disse ele removendo o cuspe com a luva e limpando-a no calção.

A multidão se pôs a gritar. Garrafas de cerveja chocavam-se contra a base do ringue.

Green fitou Danny com olhos que deslizavam como alguma coisa solta num navio. "Se você quiser desistir, desista. Em público, para que eu receba a grana. Pegue o megafone e anuncie sua desistência."

"Não vou desistir."

"Então lute."

Bilky Neal lhes deu um sorriso ao mesmo tempo nervoso e colérico. "Pessoal, o público está ficando impaciente."

Danny apontou com uma luva. "Olhe para ele, Neal. Olhe para ele."

"Ele me parece estar bem."

"Mentira. Eu..."

O soco de Green acertou o queixo de Danny. Bilky Neal recuou a toda a velocidade e acenou com o braço. O sino tocou. A multidão urrou. Green acertou outro soco na garganta de Danny.

A multidão enlouqueceu.

Danny adiantou-se ao golpe seguinte e agarrou Green. Enquanto Johnny desferia uma dezena de socos rápidos e curtos no pescoço de Danny, este falou: "Desista, está bem?".

"Foda-se. Eu preciso... eu..."

Danny sentiu um líquido morno escorrer-lhe pelas costas. Ele se desvencilhou do clinch.

Johnny levantou a cabeça. Uma espuma rosa derramava-se sobre seu lábio inferior e escorria pelo queixo. Ele ficou assim por cinco segundos, uma eternidade no ringue, braços caídos ao longo do corpo. Danny notou quão infantil se tornara a expressão de seu rosto, como se ele simplesmente tivesse acabado de sair do ovo.

Então os olhos de Green se apertaram, seus ombros se encolheram, as mãos se levantaram. Mais tarde o médico diria a Danny (quando ele fez a besteira de perguntar) que um corpo submetido a uma pressão extrema muitas vezes age por reflexo. Se na ocasião Danny soubesse disso, talvez fizesse alguma diferença, embora ele desejasse muito entender qual seria ela. Uma mão que se ergue num ringue de boxe raras vezes significa algo além do que normalmente se imagina. O punho esquerdo de Green entrou no espaço entre seus corpos, o ombro de Danny se crispou e ele acertou um cruzado direito na cabeça de Johnny Green.

Instinto. Nada mais que isso.

Não sobrou grande coisa de Johnny. Ele ficou caído na lona, agitando os calcanhares, cuspindo espuma branca e gotas cor-de-rosa. A cabeça balançava da esquerda para a direita. A boca beijava o ar à maneira dos peixes.

Três lutas no mesmo dia?, pensou Danny. Porra, você está brincando?

Johnny sobreviveu. Johnny se recuperou. Sem condições de voltar a lutar, claro, mas depois de um mês já conseguia falar claramente. Passados dois meses deixou de mancar, e a contração do lado esquerdo da boca sumiu.

Com Danny as coisas foram diferentes. Não que ele se sentisse responsável. Às vezes sim, mas na maior parte do tempo tinha consciência de que a paralisia já atingira Johnny Green antes de seu contra-ataque. Não, a questão era de equilíbrio — em apenas dois anos, Danny escapara do bombardeio da Salutation Street e perdera a única mulher que amara na vida, Nora O'Shea, uma irlandesa que trabalhava como criada para seus pais. O caso parecia fadado ao fracasso desde o princípio, e fora Danny quem tomara a iniciativa de romper. Mas, desde que ela saiu de sua vida, ele não conseguia achar uma boa razão para continuar a viver. Agora, por pouco não matara Johnny Green no ringue do Mechanics Hall. Tudo isso no curto espaço de vinte e um meses. Tempo suficiente para levar um homem a se perguntar se Deus lhe guardava algum rancor.

"A mulher dele deu no pé", disse Steve a Danny dois meses depois. Era princípio de setembro, e Danny e Steve faziam a ronda no North End. O North End era um bairro essencialmente italiano e pobre, um lugar onde os ratos pareciam o antebraço de um açougueiro e as crianças em geral morriam antes de ensaiar os primeiros passos. Falar inglês era uma coisa rara; era muito difícil avistar um carro. Não obstante, Danny e Steve gostavam tanto do bairro que moravam no coração dele, em andares diferentes de um edifício da Salem Street, a apenas alguns quarteirões da Primeira Delegacia, na Hanover.

"Mulher de quem?"

"Agora não vá se culpar", disse Steve. "Do Johnny Green."

"Por que ela o deixou?"

"O outono vem chegando. Eles foram despejados."

"Mas ele voltou a trabalhar", falou Danny. "Trabalho burocrático, mas não deixa de ser trabalho."

Steve balançou a cabeça. "Mas isso não contrabalança os dois meses em que ele ficou sem trabalhar."

Danny parou e olhou para o parceiro. "Não *pagaram* o Johnny? Ele estava lutando num evento patrocinado pelo departamento."

"Você quer mesmo saber?"

"Sim."

"Porque, nos últimos dois meses, quando alguém toca no nome de Johnny Green, você se fecha mais que um cinto de castidade."

"Eu quero saber", disse Danny.

Steve deu de ombros. "Era um evento patrocinado pelo Boston Social Club. Então, a rigor, ele estava fora do trabalho quando se machucou. Portanto...", acrescentou ele tornando a sacudir os ombros. "Nada de pagamento."

Danny não respondeu e procurou encontrar algum conforto ali nas cercanias. O North End fora seu lar até os sete anos de idade, antes de os irlandeses que construíram suas ruas e os judeus que vieram em seguida terem sido expulsos pelos italianos. Estes o povoaram tão densamente que, se tirassem uma fotografia de Nápoles e outra da Hanover Street, a maioria teria dificuldade de distinguir qual tinha sido feita nos Estados Unidos. Danny tornara a mudar para o bairro aos vinte anos, e de lá não pretendia sair.

Danny e Steve faziam sua ronda no ar cortante que cheirava a fumaça de chaminé e a toucinho cozido. Mulheres idosas andavam pelas ruas com seus passinhos miúdos. Carroças e cavalos avançavam pelo calçamento de pedra. Das janelas abertas vinha o ruído de gente tossindo. Bebês guinchavam numa tal altura que Danny podia imaginar seus rostos vermelhos. Em muitas habitações, galinhas vagavam pelos corredores, bodes defecavam nos poços das escadas, porcas faziam seus ninhos em folhas de jornal rasgadas, em meio a uma densa nuvem de moscas. Acrescente-se a isso uma profunda desconfiança contra tudo o que não fosse italiano, inclusive a língua inglesa, e aí temos uma sociedade que nenhum americano jamais conseguiria compreender.

Assim, não era de surpreender que o North End tenha se tornado a zona por excelência de recrutamento das mais importantes organizações anarquistas, bolcheviques, radicais e subversivas da Costa Leste. Circunstância que, por algum motivo perverso, fez Danny gostar ainda mais do bairro. Dissessem o que quisessem do povo de lá — e a maioria dizia, em voz alta e insolentemente —, não se podia pôr em dúvida a sinceridade de sua revolta. De acordo com a Lei de Espionagem de 1917, a maioria deles podia ser presa e deportada por falar mal do governo. Em muitas cidades isso haveria de acontecer, mas prender alguém no North End por pregar a derrubada dos Estados Unidos era como prender as pessoas por deixarem seus cavalos defecar na rua — não seria difícil encontrá-las, mas era melhor que viessem com um caminhão bem grande.

Danny e Steve entraram num bar na Richmond Street. As paredes eram forradas de cruzes negras de lã, umas três dúzias pelo menos, a maioria do tamanho da cabeça de um homem. A esposa do proprietário começara a tricotá-las quando a América entrou na guerra. Danny e Steve pediram *espressos*. O dono pôs as xícaras em cima do balcão de vidro, mais uma tigela com cubinhos de açúcar mascavo, e se afastou. Sua mulher veio da sala dos fundos com bandejas de pão e depositou-as nas prateleiras sob o balcão até o vidro cobrir-se de vapor sob seus cotovelos.

A mulher disse a Danny: "Logo a guerra vai acabar, hein?".

"Parece que sim."

"Isso é bom", assentiu ela. "Vou fazer mais uma cruz. Quem sabe ajuda." Ela lhes deu um sorriso hesitante, fez uma mesura e voltou para a sala dos fundos.

Eles tomaram seus *espressos*. Quando saíram do bar, o sol estava mais brilhante e ofuscou os olhos de Danny. A fuligem das chaminés ao longo do porto deslocava-se no ar e sujava o calçamento de pedra. O bairro estava silencioso, exceto pelo rangido da porta de uma loja se abrindo, o chiado de uma carroça entregando lenha e o martelar das patas dos cavalos que a puxavam. Danny queria que tudo continuasse assim tranquilo, mas logo as ruas se encheriam de ambulantes, de gado, de meninos vadios, de bolcheviques e anarquistas fazendo discursos improvisados. Então alguns dos homens iriam entrar nos bares para um café da manhã atrasado, músicos se postariam nas esquinas não ocupadas pelos oradores e alguém iria bater numa mulher, num marido ou num bolchevique.

Uma vez controlados os agressores de mulheres, de maridos e de bolcheviques, apareceriam batedores de carteiras, haveria pequenas extorsões, jogos de dados, carteado nas salas dos fundos dos bares e barbearias e gente da gangue Mão Negra vendendo proteção contra todo tipo de coisa, de incêndios a peste, e principalmente contra a própria Mão Negra.

"Hoje à noite vai haver outra reunião", disse Steve. "Grandes realizações."

"Reunião do Boston Social Club?", exclamou Danny sacudindo a cabeça. "'Grandes realizações.' Você está falando sério?"

Steve girou o pequeno cassetete em sua cinta de couro. "Você já parou para pensar que se tivesse comparecido às reuniões do sindicato, a esta altura você estaria na Divisão de Detetives, todos teríamos tido aumentos de salário e Johnny Green ainda teria mulher e filhos?"

Danny espiou o céu iluminado, mas sem sol. "É um clube social."

"É um sindicato", disse Steve.

"Então por que se chama Boston Social Club?", perguntou Danny, bocejando contra o céu claro de couro curtido.

"Boa pergunta. Na verdade, aí é que está a questão. Estamos tentando mudar isso."

"Pode mudar o que quiser. Nós somos policiais, Steve: não temos direitos. O BSC não passa de um clubinho de meninos, uma merda duma casa na árvore."

"Estamos acertando uma reunião com Gompers, Dan. Da Federação Americana do Trabalho."

Danny parou. Se contasse isso ao pai ou a Eddie McKenna, dali a dois dias receberia um distintivo de ouro e seria promovido.

"A FAT é um sindicato nacional. Você está maluco? Eles nunca deixarão que policiais entrem no sindicato."

"Quem? O prefeito? O governador? O'Meara?"

"O'Meara", disse Danny. "É ele quem dá as cartas."

O comissário de polícia Stephen O'Meara tinha a convicção inabalável de que o posto de policial era a mais alta das funções públicas e por isso exigia uma imagem externa e interna de honradez. Quando ele assumiu o DPB, cada distrito policial era um feudo, o domínio particular de qualquer vereador ou chefe de distrito que tivesse se enfiado na lama mais rápido do que a concorrência. Os homens tinham um aspecto lamentável, vestiam-se de forma lamentável e estavam cagando e andando para isso.

O'Meara corrigiu boa parte disso. Não tudo — Deus o sabe —, mas ele deu um jeito de se livrar de alguns pesos mortos e esforçou-se por indicar os chefes de distrito e os vereadores mais nocivos. Ele pressionou o sistema podre na esperança de derrubá-lo. Não que o sistema tenha caído, mas ocasionalmente ele chega a balançar. O suficiente para que O'Meara tenha condições de mandar um bom número de policiais de volta a suas comunidades, a fim de que conheçam as pessoas a quem servem. E era isso o que você fazia no DPB de O'Meara, caso fosse um patrulheiro esperto (sem muitas relações influentes): servia as pessoas. Não os chefes de distrito nem os pequenos czares com seus barretes de ouro. Você parecia mesmo um policial, comportava-se como tal, não cedia diante de ninguém e nunca transigia quanto ao princípio básico: você era a lei.

Mas era evidente que nem mesmo O'Meara era capaz de conseguir um aumento de salário. Fazia seis anos que não havia reajuste, e o último só viera graças à pressão de O'Meara, depois de oito anos de impasse. Assim, Danny e todos os outros homens da força policial continuavam recebendo salários de 1905. E, na última reunião com o BSC, o prefeito dissera que, ainda por algum tempo, aquilo era o máximo que eles podiam esperar.

Vinte e nove centavos por hora, com uma carga horária semanal de setenta e três horas. Sem hora extra. E isso para os patrulheiros do período diurno, como Danny e Steve Coyle, a nata da corporação. Os coitados que trabalhavam à noite ganhavam míseros vinte e cinco centavos por hora e trabalhavam oitenta e três horas por semana. Danny teria considerado aquilo uma afronta, se não se enquadrasse numa verdade que ele reconheceu desde que começou a andar: o sistema fodia com os trabalhadores. A única decisão realista que um homem podia tomar era se ia enfrentar o sistema e morrer de fome ou jogar com ele de forma ousada o bastante para não ser vítima de suas injustiças.

"O'Meara, claro", concordou Steve. "Também gosto do velho, pode acreditar. Gosto dele, Dan. Mas ele não está nos dando o prometido."

Danny falou: "Talvez eles realmente *não* tenham o dinheiro".

"Foi isso o que eles disseram no ano passado. Que esperássemos a guerra acabar para ver nossa lealdade recompensada." Steve estendeu as mãos. "Estou olhando, mas não estou vendo nenhuma recompensa."

"A guerra não acabou."

Steve Coyle fez uma careta. "Para todos os efeitos, sim."

"Ótimo, então reabram as negociações."

"Já fizemos isso. E semana passada recebemos um outro 'não'. E o custo de vida vem subindo desde junho. Diabo, estamos morrendo de fome, Dan. Se você tivesse filhos ia saber."

"Você não tem filhos."

"A viúva do meu irmão, que Deus o tenha, tem dois. É como estar casado. A danada pensa que sou uma loja de departamento em dia de liquidação."

Danny sabia que Steve estava dando em cima da viúva desde um ou dois meses depois de o corpo do irmão dele baixar à cova. A artéria femoral de Rory Coyle fora atingida por uma tesoura de tosar num curral de Brighton, e ele se esvaiu em sangue em meio a trabalhadores estupidificados e vacas indiferentes. Quando o patrão se recusou a pagar até mesmo uma mínima indenização à família, os trabalhadores usaram a morte de Rory Coyle como um apelo para um movimento reivindicatório, mas a greve durou apenas três dias, e logo o Departamento de Polícia de Brighton, o pessoal da agência Pinkerton e alguns sujeitos violentos de fora, bons manejadores de tacos, entraram em ação e reconduziram Rory Joseph Coyle à sua legítima condição de joão-ninguém.

Do outro lado da rua, um homem com um gorro de malha azul e bigode de pontas viradas — indefectíveis sinais de identificação de um anarquista — ajeitou seu caixote de madeira ao pé de um poste e consultou o caderno que levava debaixo do braço. Por um instante Danny sentiu uma estranha simpatia pelo homem e se perguntou se ele tinha filhos, esposa.

"A FAT é nacional", repetiu ele. "O departamento jamais vai permitir isso."

Steve pôs a mão no braço do parceiro, os olhos perdendo o costumeiro brilho de alegria. "Venha a uma de nossas reuniões, Dan. No Fay Hall. Terças e quintas."

"Mas para quê?", perguntou Danny no instante em que o cara do outro lado da rua começou a gritar em italiano.

"Venha e pronto", disse Steve.

Depois de seu turno, Danny jantou sozinho e tomou alguns drinques no Costello's, bar da zona portuária frequentada por policiais. A cada rodada, Johnny Green ia encolhendo, Johnny Green e suas três lutas num mesmo dia, sua boca cheia de espuma, seu trabalho burocrático e sua ordem de despejo. Ao sair, Danny pegou seu cantil e foi andando pelo North End. Tinha folga no dia seguinte, depois de vinte de serviço. Por algum motivo perverso, sua exaustão o manteve desperto e inquieto. As ruas estavam novamente silenciosas, a noite adensando-se à sua volta. Na esquina da Hanover com a Salutation, ele se encostou a um poste de iluminação e lançou um olhar à delegacia, cujas persianas estavam fechadas. As janelas mais baixas, próximas à calçada, estavam chamuscadas, mas afora isso não se poderia imaginar que lá dentro tivesse ocorrido algum ato de violência.

A Polícia Portuária resolvera se mudar para outro edifício, alguns quarteirões mais adiante, na Atlantic. Eles declararam aos jornais que a mudança já vinha sendo planejada havia um ano, mas ninguém engoliu essa história. O edifício da Salutation Street há muito deixara de ser um lugar onde as pessoas se sentiam seguras. E a ilusão de segurança era o mínimo que a população esperava de uma delegacia de polícia.

Uma semana antes do Natal de 1916, Steve sofreu uma infecção por estreptococos. Danny, trabalhando sozinho, prendera um ladrão que saía de um navio atracado em meio a blocos de gelo, no mar cinzento e encapelado do cais Battery. Aquilo era um caso da alçada da Polícia Portuária. Danny só teve de entregar o ladrão.

Fora fácil pegá-lo. Quando ele vinha descendo devagar a prancha de embarque com um saco de aniagem às costas, o saco retiniu. Danny, bocejando, no fim de seu turno, observou que o cara não tinha nada de estivador ou de carroceiro: nem mãos, nem calçados, nem andar. Danny o mandou parar. O ladrão sacudiu os ombros e pôs o saco no chão. O navio que ele roubara ia levar comida e medicamentos para crianças famintas da Bélgica. Quando alguns transeuntes viram as latas de comida caindo no chão, espalharam a notícia, e no momento em que Danny algemava o ladrão, uma multidão começava a se formar na ponta do cais. As crianças famintas da Bélgica eram a grande sensação do mês. Os jornais estavam cheios das cruéis atrocidades dos alemães contra os inocentes e piedosos flamengos. Danny teve de sacar o cassetete e erguê-lo acima do ombro para conseguir empurrar o ladrão por entre a multidão e avançar pela Hanover, rumo à Salutation Street.

Longe do cais, na quietude do domingo, as ruas estavam ensolaradas e polvilhadas da neve que caíra por toda a manhã, os flocos minúsculos e secos como cinza. O ladrão estava de pé ao lado de Danny, na recepção, mostrando-lhe as mãos gretadas, dizendo que algumas noites no xadrez vinham bem a calhar para fazer o sangue voltar a circular, com todo aquele frio — quando dezessete bananas de dinamite explodiram no porão.

A forma exata como se deu a explosão foi motivo de uma discussão que se estendeu por semanas entre a gente da vizinhança. Debatiam se fora precedida por dois ou três ruídos surdos. Se o edifício tremera antes ou depois de as portas voarem das dobradiças. Todas as janelas do outro lado da rua estouraram, do térreo ao quinto andar, de uma ponta a outra do quarteirão, o que provocou um barulho impossível de distinguir da explosão original. Para as pessoas que estavam na delegacia, porém, as dezessete bananas de dinamite fizeram um barulho bem distinto, totalmente diferente de todos os que se seguiram quando os pavimentos ruíram e as paredes racharam.

O que Danny ouviu foi um trovão. Não necessariamente o mais alto que jamais ouvira, mas o mais profundo. Como um gigantesco e sombrio bocejo de um deus descomunal. Ele nunca duvidaria se tratar de um trovão se não tivesse percebido imediatamente que o som vinha de baixo. O uivo com som de barítono fez as paredes tremerem e sacudiu os pavimentos. Tudo isso em menos de um segundo. Tempo bastante para que o ladrão olhasse para Danny, e Danny olhasse para o sargento de serviço, e este para dois patrulheiros que estavam a um canto, discutindo a guerra na Bélgica. Então o ribombo e a trepidação aumentaram. A parede atrás do sargento de serviço começou a soltar pó de gesso. Parecia leite ou sabão em pó. Danny quis apontar para que o sargento visse aquilo, mas ele desaparecera: simplesmente se deixou cair atrás da escrivaninha como um condenado à morte tombando do cadafalso. As janelas estouraram. Danny olhou através delas e viu uma nesga cinzenta de céu. O chão em que pisava desabou.

Da explosão ao desabamento, talvez dez segundos. Danny abriu os olhos um ou dois minutos depois e ouviu os alarmes de incêndio. Um outro som vibrava no ouvido direito, um pouco mais agudo, embora não tão alto. Um contínuo chiado de chaleira. O sargento de serviço jazia de costas à sua frente, um pedaço de escrivaninha sobre os joelhos, olhos fechados, o nariz e alguns dentes quebrados. Danny tinha alguma coisa cortante enfiada em suas costas, as mãos e os braços estavam cobertos de escoriações. O sangue lhe escorria de um buraco no pescoço. Ele tirou o lenço do bolso e aplicou-o sobre o ferimento. Partes de seu casaco e de seu uniforme estavam estraçalhadas. Seu capacete sumira. Homens de cuecas, policiais que dormiam em beliches entre um e outro turno, jaziam entre os destroços. Um deles, de olhos abertos, olhava para Danny como se este pudesse explicar por que ele acordara e se vira naquela situação.

Lá fora, sirenes. A trepidação dos pneus dos carros de bombeiros. Apitos.

O rosto do sujeito de cueca estava ensanguentado. Ele levantou a mão branca feito cal e limpou um pouco do sangue.

"Anarquistas desgraçados", disse ele.

Fora o primeiro pensamento de Danny, também. Wilson se reelegera prometendo manter distância dos problemas belgas, franceses e alemães. Mas pelo visto houvera uma mudança de intenções em algum lugar dos corredores do poder. De repente, julgava-se absolutamente necessário que os Estados Unidos participassem do esforço de guerra. Rockefeller afirmava isso. JP Morgan também. Posteriormente, a imprensa comprou a ideia. As crianças belgas estavam sendo maltratadas. Morrendo de fome. Os hunos tinham fama de adorar atrocidades — bombardeavam hospitais franceses, matavam de fome mais crianças belgas. Sempre as crianças, observou Danny. Boa parte da nação começou a ficar com uma pulga atrás da orelha, mas foram os radicais que iniciaram os tumultos. Duas semanas antes, alguns quarteirões mais adiante, houvera uma manifestação de anarquistas, socialistas e da organização Operários Industriais do Mundo. A polícia municipal e a portuária dispersaram os manifestantes, prenderam alguns deles, quebraram algumas cabeças. Os anarquistas fizeram ameaças nos jornais, anunciaram represálias.

"Anarquistas desgraçados", repetiu o policial de cueca. "Malditos terroristas italianos."

Danny testou a perna esquerda, depois a direita. Quando teve certeza de que poderiam sustentar seu peso, pôs-se de pé. Ele olhou os buracos no teto. Buracos do tamanho de tonéis de cerveja. Dali do fundo do porão dava para ver o céu.

Alguém gemeu à sua esquerda, e ele viu a parte de cima da cabeleira ruiva do ladrão apontando de sob argamassa, madeira e um pedaço de porta de uma das celas do fundo do corredor. Ele tirou uma prancha enegrecida das costas do cara e um tijolo de cima de seu pescoço. Ajoelhou-se ao lado do ladrão, e este lhe deu um débil sorriso de agradecimento.

"Como você se chama?", perguntou Danny, porque de repente aquilo lhe pareceu importante. Mas a vida deslizou das pupilas do ladrão como se caísse de um ressalto. Danny contava que a vida se erguesse, levantasse voo. Em vez disso, ela afundou em si, um animal recolhendo-se à sua toca, até não restar mais nada dele. No lugar onde há pouco havia um homem, agora apenas um arremedo, uma coisa distante, esfriando pouco a pouco. Ele apertou com mais força o lenço no pescoço, fechou as pálpebras do ladrão com o polegar, sentindo uma agitação inexplicável por não saber o nome daquele homem.

No Hospital Geral de Massachusetts, um médico tirou os fragmentos de metal do pescoço de Danny com uma pinça. O metal era parte de um estrado de cama que o atingira antes de ir se encravar numa parede. O médico disse a Danny que o pedaço de metal passara tão perto de sua carótida que poderia tê-la partido em duas. Ele examinou o ferimento mais um pouco e explicou que o metal passara a cerca de um milésimo de milímetro. Acrescentou então que aquilo era um acontecimento tão improvável quanto ser atingido na cabeça por uma vaca voadora. Em seguida, recomendou-lhe que, dali para a frente, evitasse os edifícios que os anarquistas gostavam de explodir.

Poucos meses depois que deixou o hospital, Danny começou seu infausto caso com Nora O'Shea. Num dia em que lhe fazia a corte às escondidas, ela lhe beijou a cicatriz do pescoço e disse que ele era uma pessoa abençoada.

"Se sou uma pessoa abençoada", disse ele, "o que era o ladrão?"

"Não era você."

Os dois estavam no quarto do Tidewater Hotel que dava para o passeio de tábuas de Nantasket Beach, em Hull. Eles pegaram o barco a vapor na área central da cidade e passaram o dia no Paragon Park, andando no carrossel e nas xícaras gigantes. Comeram puxa-puxa e mexilhões fritos tão quentes que tiveram de esfriá-los na brisa marinha para conseguir pô-los na boca.

Nora saiu-se melhor que ele no estande de tiro. É verdade que acertou por sorte, mas bem no alvo, e foi Danny que teve de receber o ursinho de pelúcia das mãos do funcionário, que o entregou com um sorrisinho maroto. O ursinho já estava roto, as costuras estourando e deixando sair estofo marrom e serragem. Mais tarde, no quarto, ela o usou para se defender numa luta de travesseiros, e isso foi o fim do ursinho. Eles sacudiram com as mãos o estofo e a serragem. Danny, de joelhos, achou sob a cama de metal um dos botões que serviam de olhos ao urso e enfiou-o no bolso. Não pretendia guardá-lo senão por aquele dia, mas agora, passado mais de um ano, nunca saía de casa sem ele.

O caso de Danny e Nora começou em abril de 1917, o mês em que os Estados Unidos entraram em guerra contra a Alemanha. Era um mês atipicamente quente. As plantas se cobriram de flores antes do esperado. Já perto do fim do mês, seu perfume chegava às janelas bem acima do nível da rua. Deitado com Nora em meio ao aroma das flores e à constante ameaça de chuva que nunca vinha — enquanto os navios partiam para a Europa, os patriotas faziam manifestações nas ruas, e um novo mundo parecia brotar sob eles ainda mais rápido que o desabrochar das flores —, Danny tinha consciência de que aquele relacionamento estava fadado a acabar. E isso mesmo antes de ele saber os segredos mais tristes de Nora, quando o relacionamento ainda era um radioso botão. Desde que acordou no porão da Salutation Street, Danny sentia uma sensação de desamparo que não o largava mais. Não era só o episódio da Salutation (se bem que aquilo haveria de ter um peso importante em seus pensamentos pelo resto da vida) — era o mundo. O modo como ele ganhava velocidade a cada dia que passava. O fato de que, quanto mais célere se tornava, menos parecia guiado por um leme ou por uma constelação. A forma como continuava seguindo adiante, independentemente dele.

Danny deixou as ruínas cercadas de tapumes da Salutation e atravessou a cidade com seu cantil. Pouco antes do amanhecer, ele entrou na ponte da Dover Street e se pôs a contemplar a silhueta dos edifícios contra o céu, a cidade surpreendida entre a sombra e o dia, sob o rápido deslizar de nuvens baixas. A cidade compunha-se de calcário, tijolos e vidro, com suas luzes apagadas por causa do esforço de guerra, uma profusão de bancos e tavernas, restaurantes e livrarias, joalherias e armazéns, magazines e pensões. Ele via tudo aquilo amontoado no espaço entre a noite passada e o amanhã, como se não tivesse conseguido seduzir nenhum dos dois. Ao amanhecer, uma cidade não exibia nenhum adorno, maquiagem ou perfume. O que se via era serragem nos assoalhos, o copo de vidro caído, o calçado solitário com uma correia rebentada.

"Estou bêbado", disse ele à água, vendo a imagem enevoada do próprio rosto no rio cinzento, em meio a uma mancha de luz que vinha do poste de iluminação sob a ponte. "Muito bêbado", acrescentou ele cuspindo na própria imagem, mas sem acertar.

Ouviu vozes que vinham de sua direita. Ele se voltou e os viu — a primeira leva da arribação matinal, saindo de South Boston, em direção à ponte: mulheres e crianças entrando na cidade para trabalhar.

Ele saiu da ponte e deu com a porta do edifício de uma empresa atacadista falida, especializada no comércio de frutas. Ele os viu chegarem, primeiro em grupos, depois em verdadeiras torrentes. As mulheres e as crianças sempre na frente, pois seus turnos começavam uma ou duas horas antes do que o dos homens, para que pudessem chegar em casa mais cedo e preparar o jantar. Algumas tagarelavam em voz alta, alegremente, outras seguiam silenciosas ou ainda sonolentas. As mulheres mais velhas andavam com as mãos nas costas, nos quadris ou em outros lugares onde sentiam dor. Muitas trajavam roupas grosseiras de operários de usinas e fábricas. Outras, uniformes preto e branco engomados de domésticas e faxineiras de hotel.

Ele tomou um gole do cantil no vão escuro da porta, torcendo para que ela estivesse entre aquelas pessoas, e ao mesmo tempo para que não estivesse.

Algumas crianças estavam sendo conduzidas pela Dover por duas mulheres mais velhas que as repreendiam por causa dos gritos, por arrastarem os pés e por atrasarem as outas. Danny se perguntou se aquelas eram as mais velhas das respectivas famílias, mandadas ao trabalho na mais tenra idade para continuarem a tradição da família, ou se eram as mais novas, e o dinheiro para a escola já havia sido gasto antes.

Então ele viu Nora. Seus cabelos estavam cobertos com um lenço amarrado na altura da nuca, mas ele sabia que eram crespos e rebeldes, motivo pelo qual ela os mantinha curtos. Vendo suas pálpebras inchadas, percebeu que ela não dormira bem. Ele sabia que Nora tinha uma mancha na base da coluna, que esse sinal era de um vermelho vivo contra a pele clara e tinha a forma de uma sineta. Ele sabia que ela se preocupava com seu sotaque irlandês de Donegal e que se esforçava por se livrar dele desde o dia em que o pai de Danny a arrastou para a casa dos Coughlin cinco anos atrás, na véspera de Natal, depois de encontrá-la morrendo de fome e de frio nas docas da Northern Avenue.

Ela e outra jovem desceram da calçada para desviar das crianças retardatárias, e Danny sorriu quando a moça passou discretamente um cigarro a Nora, que o escondeu no côncavo da mão e deu um trago rápido.

Ele pensou em sair do vão da porta e chamá-la. Imaginou-se refletido nos olhos dela, os olhos dele vagos por causa da bebida e da incerteza. Onde os outros veriam audácia, ela veria covardia.

E ela estaria certa.

Onde os outros veriam um homem alto e forte, ela veria uma criança fraca.

E ela estaria certa.

Então ele permaneceu no vão da porta. Deixou-se ficar ali, com a mão no bolso da calça, mexendo com o dedo no botão que servira de olho ao urso de pelúcia, até vê-la desaparecer em meio à multidão que se dirigia à Dover Street. E ele odiou a si mesmo e a ela pela desgraça que causaram um ao outro.

2.

Luther perdeu o emprego na fábrica de munições em setembro. Ele chegou para iniciar sua jornada e encontrou uma tira amarela de papel na bancada. Era uma quarta-feira e, como já se tornara um hábito durante a semana, na noite anterior Luther deixara a bolsa de ferramentas sob a bancada, cada ferramenta envolta num oleado, umas ao lado das outras. As ferramentas eram suas, não da empresa, e tinham sido presente de seu tio Cornelius, um velho que ficara cego antes do nascimento do sobrinho. Quando Luther era menino, Cornelius sentava-se na varanda, tirava um frasquinho de óleo do bolso do macacão que costumava usar — quer fizesse trinta e oito graus à sombra, quer a pilha de lenha estivesse coberta de geada — e se punha a limpar seu jogo de ferramentas, que reconhecia pelo tato. Enquanto limpava, ia explicando a Luther que aquela não era uma chave crescente, menino, era uma chave-inglesa, entenda bem, e um homem que não consiga notar a diferença só pelo tato pode ser um macaco.* Ele ensinava Luther a reconhecer suas ferramenta tal como ele as reconhecia. Ele vendava o menino, que se punha a rir na varanda quente, e então lhe passava um parafuso, pedia que

---

* Em inglês, chave-inglesa é *monkey wrench*, literalmente: chave de macaco. Daí o gracejo do velho. (N. T.)

ele o encaixasse numa chave tubular, repetia a operação diversas vezes até a brincadeira da venda perder a graça e os olhos de Luther começarem a arder por causa do suor. Com o passar do tempo, porém, as mãos de Luther começaram a ver, sentir o cheiro e o sabor das coisas, a ponto de algumas vezes ele achar que seus dedos viam as cores antes que os olhos vissem. Talvez por isso ele nunca tivesse vacilado num lance de beisebol.

Luther nunca se feriu durante o trabalho. Nunca machucou o polegar trabalhando na prensa de metal, nunca se cortou na hélice de um propulsor pegando-a pelo lado errado quando precisava levantá-la. E durante todo esse tempo seus olhos estavam em algum outro lugar, encarando as paredes de zinco, enquanto ele imaginava o mundo que ficava do outro lado, sabendo que algum dia terminaria indo para lá, e que ele seria vasto.

A tira de papel amarelo dizia "Procure Bill", só isso, mas Luther sentiu algo naquelas palavras que o fez pegar a bolsa de couro de ferramentas sob a bancada e levá-la consigo, enquanto andava pela fábrica em direção à sala do encarregado das turmas de trabalho. Ele a trazia na mão quando se postou diante da escrivaninha de Bill Hackman, e este, com um olhar triste e suspirando o tempo todo — o que não era tão ruim, tratando-se de gente branca —, disse: "Luther, vamos dispensá-lo".

Luther pensou que ia desmaiar, sentiu-se tão desgraçadamente pequeno em seu íntimo que via a si mesmo como a pontinha de uma agulha sem o resto da agulha atrás, um pontinho minúsculo suspenso no fundo de seu crânio, observando seu próprio corpo diante da escrivaninha, esperando que aquela pontinha de agulha o mandasse tornar a se mexer.

É isso o que você tem de fazer com os brancos quando eles o olham diretamente nos olhos. Porque eles nunca tinham feito isso antes, exceto nas ocasiões em que fingiam lhe pedir alguma coisa que queriam simplesmente tomar ou, como agora, quando davam uma má notícia.

"Tudo bem", assentiu Luther.

"Não foi uma decisão minha", explicou Bill. "Logo vai ter um monte de rapazes voltando da guerra, e eles vão precisar de trabalho."

"A guerra ainda não acabou", disse Luther.

Bill lhe deu um sorriso triste, do tipo que a gente dá a um cão quando não conseguimos ensiná-lo a sentar e a rolar no chão. "A guerra praticamente acabou. Acredite, nós sabemos."

Com esse "nós", Luther sabia que o outro se referia à empresa, e imaginou que, se alguém sabia, só podia ser a empresa, porque eles vinham lhe pagando regularmente por ajudá-los a fabricar armas desde 1915, muito antes de se imaginar que a América poderia ter alguma coisa a ver com aquela guerra.

"Tudo bem", repetiu Luther.

"Mas claro que você fez um belo trabalho aqui, e pode acreditar que tentamos lhe arranjar um lugar, uma forma de mantê-lo aqui. Mas os rapazes vão voltar aos montões, eles travaram uma luta dura lá, e o Tio Sam quer recompensá-los por isso."

"Tudo bem."

"Escute aqui", disse Bill dando a impressão de estar um pouco frustrado, como se Luther estivesse se mostrando recalcitrante. "Você entende, não é? Você não ia querer que jogássemos esses jovens patriotas na rua. Quer dizer... o que é que isso ia parecer, Luther? Vou lhe dizer uma coisa: não ia parecer nada certo. Ora, você não seria capaz de manter a cabeça erguida se estivesse andando na rua e um desses rapazes passasse por você procurando emprego, e você com o gordo cheque do salário no bolso."

Luther não disse nada. Não disse que muitos dos rapazes patriotas que arriscaram a vida por seu país eram negros, mas que com certeza não seria um deles que iria ocupar seu lugar. Diabo, ele seria capaz de apostar que, se voltasse à fábrica dali a um ano, os únicos rostos negros seriam os do pessoal da limpeza, que esvaziava as latas de lixo do escritório e varria as aparas de metal do chão da fábrica. E ele não perguntou em voz alta quantos dos rapazes brancos que iriam substituir todos aqueles negros teriam de fato servido na guerra além-mar ou recebido condecorações por fazerem trabalho de datilografia ou qualquer coisa do tipo em lugares como a Geórgia ou nos cafundós do Kansas.

Luther não abriu a boca, simplesmente a manteve fechada até Bill se cansar de falar sozinho e dizer a Luther que fosse receber suas contas.

E então lá estava Luther, de orelhas em pé, ouvindo dizer que talvez pudesse — talvez — arrumar algum trabalho em Youngstown, e outra pessoa soubera que estavam contratando gente numa mina nos arredores de Ravenswood, do outro lado do rio, na Virgínia Ocidental. Mas todo mundo dizia que a economia andava mal novamente. Muito mal.

Então Lila começou a falar de uma tia sua que morava em Greenwood. Luther disse: "Nunca ouvi falar desse lugar".

"Não é em Ohio, menino. Nem na Virgínia Ocidental nem em Kentucky."

"Onde é que fica então?"

"Em Tulsa."

"Oklahoma?"

"Um-hum", assentiu ela, a voz mansa como se já tivesse planejando aquilo há algum tempo e quisesse, sutilmente, fazer que Luther pensasse que a ideia fora dele.

"Bobagem, mulher", disse ele passando-lhe a mão nos braços. "Eu não vou para Oklahoma."

"Para onde você vai então? Para a casa do vizinho?"

"E o que há na casa do vizinho?", exclamou ele dirigindo o olhar para o lado.

"Não há empregos. É isso o que quero dizer com a casa vizinha."

Luther pensou um pouco, percebendo que ela o envolvia, como se estivesse muitos passos adiante dele.

"Baby", disse ela, "a única coisa que Ohio nos fez foi manter nossa pobreza."

"Não nos tornou pobres."

"Não nos fará ricos."

Os dois estavam sentados no balanço que ele construíra no que restara da varanda onde Cornelius lhe ensinou o que sabia de seu ofício. Dois terços da varanda foram carregados pelas enchentes de 1913. Luther ficava planejando reconstruí-la, mas, com tanto beisebol e tanto trabalho nos últimos anos, não tinha tempo para isso. E lembrou-se de que conseguira guardar algum dinheiro. Não duraria para sempre — Deus o sabia —, mas pela primeira vez na vida conseguira juntar algum. Em todo caso, pelo menos o bastante para tentar alguma coisa.

Meu Deus, como gostava de Lila. Não que ele já estivesse disposto a ir atrás do pastor e abrir mão de toda a sua juventude; tinha apenas vinte e três anos. Mas com certeza gostava de sentir seu cheiro, de conversar com ela, gostava da forma como seus corpos se encaixavam quando ela se sentava ao lado dele no balanço da varanda.

"O que é que tem nessa Greenwood onde sua tia mora?"

"Empregos. Consegue-se emprego em todo lugar. Uma cidade grande e promissora, povoada só de negros, e todos ganhando muito bem, baby. Eles têm médicos e advogados; os rapazes têm belos carros, as moças vestem roupas muito bonitas, e todos têm casa própria."

Ele beijou-lhe o alto da cabeça porque, mesmo sem acreditar nela, gostava de ver que Lila, de tanto querer que determinada coisa *fosse* verdade, muitas vezes terminava se convencendo de que *podia* ser verdade.

"É mesmo?", disse ele com um risinho. "Eles também têm brancos que trabalham a terra para eles?"

Ela recuou a mão, bateu na testa dele e mordeu-lhe o punho.

"Diabo, mulher, essa é a mão com que arremesso. Cuidado aí."

Ela levantou-lhe o punho, beijou-o, depositou-o entre os seios e disse: "Ponha a mão na minha barriga, baby".

"Não consigo alcançar."

Ela deslocou um pouquinho o corpo, então a mão dele alcançou-lhe a barriga. Ele tentou descer mais, mas ela agarrou seu pulso.

"Mexe aqui."

"Estou mexendo."

"É isso que te espera em Greenwood."

"Sua barriga?"

Ela beijou-lhe o queixo.

"Não, bobinho. Seu filho."

Eles pegaram o trem em Columbus no dia 1º de outubro, percorreram mil e trezentos quilômetros, onde os campos estivais haviam trocado seu ouro por camadas de geada noturna que se derretia pela manhã, gotejando na terra feito glacê. O céu era de um azul de metal recém-saído da prensa. Medas de feno pontilhavam campos marrom acinzentados. No Missouri, Luther viu uma tropa de cavalos correr por mais de um quilômetro, os corpos cinzentos como o vapor de seu hálito. O trem ia soltando fumaça em meio a tudo isso, fazendo o chão trepidar, bradando aos céus, e Luther expirou junto ao vidro, pôs-se a rabiscar com o dedo, desenhando bolas de beisebol, tacos, uma criança com a cabeça grande demais para o corpo.

Lila olhou para os desenhos e riu. "É assim que nosso filho vai ser? Com essa cabeçona, como o pai? Comprido e magro?"

"Não", disse Luther. "Vai ser como você."

Ele deu à criança seios do tamanho de balões. Lila riu, bateu na mão dele e apagou o desenho do vidro da janela.

A viagem durou dois dias, e na primeira noite Luther perdeu um pouco de dinheiro num jogo de cartas com alguns cabineiros. Lila ficou louca com aquilo até a manhã seguinte, mas afora isso Luther não conseguia se lembrar de uma ocasião na vida de que tivesse gostado mais. Lembrava-se de um ou outro jogo de beisebol, e de uma ida a Memphis, com seu primo Sweet George, quando tinha dezessete anos, e os dois passaram momentos inesquecíveis na Beale Street. Mas viajar de trem com Lila — ciente de que seu filho vivia no corpo dela (o corpo que já não era apenas uma vida, mas uma vida e meia) e de que lá estavam os dois, como ele sempre sonhara, no mundão de Deus, embriagados pela velocidade da travessia — fez que ele se sentisse aliviado da ansiedade que lhe apertava o peito desde que era menino. Ele nunca soubera de onde vinha aquela inquietação, apenas que nunca deixara de senti-la e que durante a vida inteira tentara se livrar dela se entregando ao trabalho, ao jogo, à bebida, à trepação e ao sono. Agora, porém, sentado num banco com os pés apoiados no piso fixado no dorso de aço ligado a rodas que se encaixavam em trilhos e avançavam no tempo e no espaço como se estes não fossem nada, ele amava a vida, amava Lila, amava seu filho e tinha plena consciência, como sempre tivera, de que amava a velocidade, porque as coisas dotadas de velocidade não podiam ser contidas e, portanto, não podiam ser vendidas.

Eles chegaram à estação ferroviária de Santa Fe, em Tulsa, às nove da manhã e foram recebidos por Marta, a tia de Lila, e por James, seu marido. James era muito alto, Marta, muito baixa, ambos negros retintos, a pele tão esticada sobre os ossos que Luther se perguntava como conseguiam respirar. Apesar da altura de James, altura que alguns homens só alcançam montados num cavalo, com certeza era Marta quem estava no comando.

Uns quatro ou cinco segundos depois que se encontraram, Marta disse: "James, querido, quer pegar as malas deles? Vai deixar a pobre garota desmaiar com esse peso?".

Lila respondeu: "Está tudo bem, titia, eu...".

"James", falou Marta batendo os dedos no quadril do marido, e o homem se apressou em obedecer. Então ela sorriu, pequena e graciosa, e continuou: "Menina, você está bonita como sempre, louvado seja Deus".

Lila deixou que o tio James pegasse as malas e disse: "Titia, este é Luther Laurence, o rapaz de quem lhe falei nas minhas cartas".

Embora pudesse imaginar, Luther surpreendeu-se ao saber que seu nome fora escrito num papel que atravessara quatro fronteiras estaduais, para finalmente chegar às mãos de Marta, e que seu polegar minúsculo tinha tocado, ainda que casualmente, as letras que o compunham.

Tia Marta lhe deu um sorriso muito menos caloroso que o que dera à sobrinha. Ela pôs a mão dele entre as suas e olhou-o nos olhos.

"Prazer em conhecê-lo, Luther Laurence. Aqui em Greenwood somos muito religiosos. Você também é?"

"Sim, senhora. Claro."

"Está bem, então", disse ela apertando-lhe a mão e sacudindo-a levemente. "Vamos nos dar muito bem, espero."

"Sim, senhora."

Luther contava com uma longa caminhada da estação ferroviária até a casa de Marta e James, mas este os levou a um Olds Reo vermelho e brilhante feito uma maçã recém-tirada de um balde d'água. O carro tinha rodas com raios de madeira e capota preta conversível. James dobrou-a e prendeu-a na parte de trás do carro. Eles puseram as malas no banco de trás, onde ficaram também Marta e Lila, que já estavam falando pelos cotovelos. Luther ficou no banco da frente com James, e lá partiram eles, Luther pensando que um negro dirigindo um carro daqueles em Columbus era o mesmo que pedir para ser morto e roubado. Na estação ferroviária de Tulsa, porém, os brancos nem ao menos pareciam tomar conhecimento deles.

James explicou que o Olds tinha um motor *flathead* V8 de sessenta cavalos, passou a terceira e abriu um largo sorriso.

"Em que você trabalha?", perguntou Luther.

"Tenho duas oficinas de automóveis", disse James, "com quatro homens trabalhando para mim. Gostaria de pôr você para trabalhar lá, filho, mas no momento a equipe está completa. Mas não se preocupe... o que não falta em Tulsa é emprego, muitos empregos. Você está na terra do petróleo, garoto. Isto aqui deu um salto da noite para o dia por causa do petróleo bruto. Simplesmente estourou. Há vinte e cinco anos, não tinha nada disso aqui. Havia apenas um pequeno posto comercial no meio do nada. Dá para acreditar?"

Luther viu pela janela o centro da cidade, edifícios mais altos do que os que conhecera em Memphis, da altura dos que vira em fotos de Chicago e Nova York, ruas cheias de carros e de gente. Seria razoável, pensou, imaginar que um lugar como aquele levaria um século para ser construído, mas o país simplesmente não tinha tempo para esperar mais, não queria saber de paciência nem tinha motivos para isso.

Luther ficou olhando para a frente enquanto avançavam por Greenwood. James acenou para alguns homens que trabalhavam na construção de uma casa, eles responderam ao cumprimento. Ele tocou a buzina, e Marta explicou que estavam chegando na parte da Greenwood Avenue conhecida como a Wall Street Negra, olhe ali...

E Luther viu um banco para negros e uma sorveteria cheia de adolescentes negros, uma barbearia, um salão de bilhar, uma mercearia grande e antiga, um grande magazine, um escritório de advocacia, um consultório médico e a redação de um jornal — e todos esses lugares ocupados por gente de cor. Então eles passaram por um cine-teatro, grandes lâmpadas em toda a volta de uma gigantesca marquise branca. Luther olhou por cima da marquise para ver o nome do lugar — Dreamland, Terra do Sonho — e pensou: olhe só onde viemos parar. Muito apropriado.

Quando eles entraram na Detroit Avenue, onde ficava a casa de James e Marta Hollaway, o estômago de Luther estava começando a embrulhar. As casas eram de tijolos vermelhos ou de pedras marrom escuras, e tão grandes quanto as casas dos brancos. E não de gente branca que estivesse dando duro para sobreviver, mas sim de gente branca bem de vida. Os gramados bem aparados eram de um verde brilhante, e várias casas tinham varandas em toda a sua volta e toldos reluzentes.

Eles entraram na estradinha de acesso à casa e logo James parou o carro, e já não era sem tempo, porque Luther estava tão tonto que temia vomitar.

"Oh, Luther, não é de morrer?", exclamou Lila entusiasmada.

Sim, pensou ele, era uma possibilidade.

Na manhã seguinte Luther se pegou casando antes mesmo de tomar o café da manhã. Anos mais tarde, quando alguém lhe perguntava como é que ele viera a se casar, Luther sempre respondia:

"Não faço a mais parca ideia."

Ele acordou no porão. Marta deixou bem claro na noite anterior que em sua casa um homem e uma mulher que não fossem marido e esposa não podiam dormir num mesmo pavimento, quanto mais no mesmo quarto. Então Lila ficou com uma bela cama, num belo quarto, no primeiro andar, e coube a Luther um lençol jogado em cima de um sofá quebrado no porão. O móvel tinha cheiro de cachorro (eles tiveram um, que morrera havia muito tempo) e de charuto. E, quanto ao último detalhe, o culpado era o tio James. Toda noite, depois do jantar, ele fumava seu mata-ratos no porão, porque a tia Marta não lhe permitia fumar em sua casa.

Havia um monte de coisas que a tia Marta não admitia em sua casa — praguejar, ingerir bebidas alcoólicas, invocar o nome do Senhor em vão, jogar cartas, gente de má índole, gatos —, e Luther tinha a impressão de que acabava de se enquadrar na lista.

Então ele foi dormir no porão, acordou com torcicolo e impregnado do cheiro do cachorro morto há muito tempo e de charutos recentíssimos. Imediatamente, ouviu o som de vozes exaltadas vindo lá de cima. Vozes femininas. Luther fora criado com sua mãe e uma irmã mais velha, que morreram da febre de 1914. Quando se permitia pensar nelas, aquilo lhe doía a ponto de tirar-lhe a respiração, pois eram mulheres orgulhosas, fortes, de riso alto, que lhe dedicavam um amor tempestuoso.

Ora, aquelas duas mulheres estavam discutindo com o mesmo ânimo tempestuoso. Nada no mundo, na opinião de Luther, valia o risco de entrar numa sala onde duas mulheres estivessem mostrando as garras.

Não obstante, ele se aproximou da escada sorrateiramente para escutar melhor o que diziam, e o que ouviu fez que desejasse trocar de lugar com o cão dos Hollaway.

"Estou só me sentindo meio mal, titia."

"Não minta para mim, menina. *Não minta*! Sei muito bem o que significam essas náuseas logo de manhã. Você está de quantos meses?"

"Não estou grávida."

"Lila, você é filha da minha irmã e é minha afilhada. Mas, garota, eu vou virar você pelo avesso se mentir para mim novamente, está ouvindo?"

Luther ouviu Lila prorromper em soluços e sentiu vergonha em imaginá-la naquela situação.

Martha gritou: "James!". Luther ouviu os passos largos do homem avançando em direção à cozinha e se perguntou se ele estava levando consigo sua espingarda.

"Traga o rapaz aqui para cima."

Luther abriu a porta antes que James tivesse tempo de fazê-lo. Antes mesmo de cruzar o vestíbulo, sentiu sobre si o olhar furioso de Marta.

"Olhem só quem está aqui. Muito bonito. Eu lhe disse que aqui em casa somos muito devotos, não disse, moleque?"

Luther achou melhor não falar nada.

"Nós somos cristãos. E não toleramos pecadores debaixo do nosso teto. Não é verdade, James?"

"Amém", disse James, e Luther notou que ele trazia a Bíblia na mão, o que era ainda mais assustador que a espingarda imaginada.

"Você engravidou esta pobre moça inocente e esperava o quê? Estou falando com você, rapaz! E então?"

Luther lançou um olhar prudente à mulherzinha, furiosa, e notou que ela parecia prestes a arrancar-lhe um pedaço.

"Bem, na verdade, nós não..."

"'Na verdade, nós não' uma ova!", exclamou Marta batendo o pé no chão da cozinha. "Se lhe passa pela cabeça, por um segundo sequer, que uma pessoa respeitável vai alugar uma casa para você em Greenwood, está enganado. E você não vai ficar debaixo do meu teto nem mais um segundo. Não, senhor. Você acha que pode engravidar minha única sobrinha e sair por aí namorando à vontade? Estou aqui para lhe dizer que a coisa hoje não vai ser assim."

Luther viu Lila olhando para ele por entre uma torrente de lágrimas.

Ela disse: "O que você vai fazer, Luther?".

E James, que, além de homem de negócios e mecânico, também era — como então ficou claro — pastor e juiz de paz, levantou a Bíblia e disse: "Acho que temos uma solução para o seu problema".

3.

No dia em que o Red Sox jogou em casa sua primeira partida da Série Mundial contra o Cubs, George Strivakis, sargento que estava de plantão na Primeira Delegacia, chamou Danny e Steve em sua sala e perguntou-lhes se conseguiam se equilibrar num barco em movimento.

"Como assim?"

"Vocês podem se juntar a dois agentes da Portuária e ir visitar um navio para nós?"

Danny e Steve se entreolharam e sacudiram os ombros.

"Vou ser franco", disse Strivakis. "Há alguns soldados doentes no navio. O capitão Meadows está sob as ordens do delegado geral, que está sob as ordens do próprio O'Meara, para tentar resolver a situação da forma mais discreta possível."

"Doentes? Como assim?", perguntou Steve.

Strivakis deu de ombros.

Steve riu alto. "Doentes *como*, sargento?"

Outro sacudir de ombros. Mais que qualquer outra coisa, aquilo dava nos nervos de Danny: o velho George Strivakis não queria se comprometer.

Danny disse: "Por que nós?".

"Porque dez homens já recusaram. Vocês são o décimo primeiro e o décimo segundo."

"Oh", fez Steve.

Strivakis inclinou o corpo para a frente. "O que desejamos é que dois agentes brilhantes representem orgulhosamente o Departamento de Polícia da grande cidade de Boston. Vocês vão até o barco, avaliam a situação e tomam a decisão que melhor atenda aos interesses dos seus colegas. Se vocês cumprirem a missão, serão recompensados com meio dia de folga e a eterna gratidão do nosso querido departamento."

"Nós gostaríamos de receber um pouco mais que isso", falou Danny. Ele olhou o sargento por cima da escrivaninha. "Com o devido respeito ao nosso querido departamento, é claro."

Eles terminaram por entrar num acordo: os dois receberiam pelos dias parados, caso contraíssem a doença dos soldados, fosse lá qual fosse, teriam folga nos dois sábados seguintes, e o departamento pagaria as despesas da lavanderia das próximas três vezes que lavassem os uniformes.

Strivakis disse: "Vocês são uns mercenários", e apertou-lhes as mãos para selar o acordo.

O navio da Marinha americana *McKinley* acabara de chegar da França. Ele trazia soldados que estavam voltando de batalhas em lugares com nomes como St. Mihiel, Pont-à-Mousson e Verdun. Em algum ponto entre Marselha e Boston, muitos soldados ficaram doentes. A condição de três deles era considerada tão desesperadora que os médicos do navio entraram em contato com Camp Devens para dizer ao coronel que estava no comando que aqueles homens morreriam antes do pôr do sol, a menos que fossem transferidos para um hospital militar. E então, numa bela tarde de setembro, quando bem poderiam estar discutindo alguma coisa amena sobre a Série Mundial, Danny e Steve foram ao encontro de dois oficiais da Polícia Portuária no cais Comercial, enquanto as gaivotas empurravam o nevoeiro para o mar e a negra massa da zona portuária fumegava.

Um dos policiais da Portuária, um inglês chamado Ethan Gray, entregou a Danny e a Steve máscaras cirúrgicas e luvas de algodão brancas.

"Eles dizem que isso ajuda", disse ele sorrindo sob o sol inclemente.

"Eles quem?" Danny passou a máscara cirúrgica pela cabeça e puxou-a rosto abaixo até ela ficar em volta do pescoço.

Ethan Gray deu de ombros. "O eterno e onipresente 'eles', que tudo veem."

"Ah, esses", exclamou Steve. "Nunca gostei deles."

Danny enfiou as luvas no bolso de trás e viu Steve fazer o mesmo.

O outro agente da Polícia Portuária não havia dito uma palavra desde que se encontraram no cais. Era um cara baixo, magro e pálido, cabelos úmidos caindo-lhe na testa cheia de espinhas. Marcas de queimadura apareciam logo abaixo das mangas de sua camisa. Olhando-o mais de perto, Danny percebeu que lhe faltava a parte inferior da orelha esquerda.

Ah, bom, a Salutation Street.

Um sobrevivente do clarão branco e das chamas amarelas, dos pavimentos que ruíram e da chuva de gesso. Danny não se lembrava de tê-lo visto durante a explosão, mas o fato é que não se lembrava de muita coisa do que acontecera depois que a poeira baixou.

O cara estava sentado numa barra de aço negra, pernas compridas estendidas à sua frente, evitando cruzar o olhar com o de Danny. Aquele era um traço característico dos sobreviventes da Salutation Street — eles se sentiam constrangidos em reconhecer uns aos outros.

A lancha aproximou-se do cais. Ethan Gray ofereceu um cigarro a Danny, que o pegou e agradeceu com um gesto de cabeça. Gray estendeu o maço a Steve, mas ele recusou.

"E que instruções o sargento de serviço deu a vocês?"

"Instruções absolutamente simples", disse Danny inclinando-se para a frente enquanto Gray lhe acendia o cigarro. "Cuidem para que todos os soldados continuem no navio, a menos que recebam uma contraordem."

Balançando a cabeça, Gray exalou um penacho de fumaça. "Foi a mesma ordem que nos deram."

"Disseram-nos também que, se eles tentarem passar por cima de nós, invocando alguma bobagem do tipo regulamentação de exceção aplicável em tempos de guerra, devemos deixar claro que este pode ser o país deles, mas isto aqui é nosso porto e nossa cidade."

Gray tirou um fragmento de tabaco da língua e jogou-o na brisa do mar. "Você é filho do capitão Tommy Coughlin, não é?"

Danny fez que sim com a cabeça. "Como você soube?"

"Bem... para começar, não é todo dia que se vê um patrulheiro da sua idade tão confiante quanto você." Gray apontou para o peito de Danny. "E o nome no distintivo ajudou."

Danny bateu a cinza do cigarro quando a lancha desligou o motor. Ela girou até a popa ficar no lugar onde antes estava a proa e o lado direito tocar na parede do cais. Um cabo apareceu do outro lado da amurada e jogou uma corda ao parceiro de Gray. Enquanto ele a amarrava, Danny e Gray terminaram de fumar seus cigarros e se aproximaram do cabo.

"Você precisa usar uma máscara", disse Steve Coyle.

O cabo balançou a cabeça várias vezes, tirou uma máscara cirúrgica do bolso de trás e bateu continência duas vezes. Ethan Gray, Steve Coyle e Danny responderam à primeira.

"Quantos estão a bordo?", perguntou Gray.

O cabo fez uma meia continência e abaixou a mão. "Só eu, um médico e o piloto."

Danny puxou a máscara para cima e cobriu a boca. Desejou não ter fumado. Por causa da máscara, o cheiro do cigarro encheu-lhe as narinas e impregnou-lhe os lábios e o queixo.

Eles encontraram o médico na cabine principal quando a lancha partiu do cais. Era um velho cuja calvície lhe tomava metade da cabeça. Na outra metade erguia-se um denso tufo de cabelos brancos que parecia uma sebe. Ele estava sem máscara e apontou para as que os outros estavam usando.

"Podem tirar essas máscaras. Nenhum de nós está usando isso."

"Como você sabe que são dispensáveis?", perguntou Danny.

O velho sacudiu os ombros. "Fé?"

Parecia uma tolice ficar ali de uniforme e máscara tentando se equilibrar na lancha que avançava pelo mar agitado. Ridículo, na verdade. Danny e Steve tiraram as máscaras. Gray seguiu-lhes o exemplo. O parceiro dele, porém, continuou com a sua, olhando para os outros policiais como se eles estivessem loucos.

"Peter", disse Gray, "francamente."

Peter inclinou a cabeça para a frente e continuou com a máscara.

Danny, Steve e Gray sentaram-se a uma mesinha de copa, na frente do médico.

"Que ordens vocês receberam?", perguntou o médico.

Danny respondeu.

O médico apertou o nariz no ponto em que os óculos se encaixavam. "Foi isso que imaginei. Seus superiores permitiriam que transportássemos os doentes, em veículos do Exército, por via terrestre?"

"Para onde?", perguntou Danny.

"Camp Devens."

Danny lançou um olhar a Gray, que sorriu. "Uma vez saídos do porto, eles estão fora da minha área de atuação."

Steve Coyle disse ao médico: "Nossos superiores gostariam de saber o que temos por aqui".

"Não temos bem certeza. Pode ser a mutação do vírus de uma gripe que vimos na Europa. E pode ser alguma outra coisa."

"Se for essa gripe", falou Danny, "foi muito grave na Europa?"

"Muito", respondeu o médico calmamente, o olhar límpido. "Achamos que o vírus pode ter relação com o que surgiu em Fort Riley, no Kansas, há uns oito meses."

"Posso lhe perguntar, doutor, quão sério foi o surto?", disse Gray.

"Em duas semanas ele matou oitenta por cento dos soldados que o contraíram."

Steve assobiou. "Muito sério, então."

"E depois?", perguntou Danny.

"Acho que não entendi muito bem."

"A doença matou os soldados. E depois?"

O médico deu-lhes um sorriso tenso e estalou os dedos. "Ela sumiu."

"Mas voltou", disse Steve Coyle.

"Provavelmente", assentiu o médico, e apertou o nariz novamente. "Os homens estão adoecendo no navio. Amontoados daquele jeito, é o pior ambiente possível para evitar o contágio. Esta noite cinco morrerão, se não pudermos removê-los de lá."

"Cinco?", surpreendeu-se Ethan Gray. "Para nós disseram que eram três."

O médico sacudiu a cabeça e mostrou-lhes cinco dedos.

Na popa do *McKinley*, eles encontraram um grupo de médicos e majores. O céu estava nublado. As nuvens, cinzentas, volumosas, parecendo esculturas de braços e pernas, deslocavam-se devagar acima da água em direção à cidade e aos seus vidros e tijolos vermelhos.

"Por que eles mandaram patrulheiros?", disse o major Gideon apontando para Danny e Steve. "Vocês não têm autoridade para tomar decisões na área de saúde pública."

Danny e Steve ficaram calados.

Gideon tornou a dizer: "Por que patrulheiros?".

"Nenhum capitão se dispôs a cumprir essa missão", disse Danny.

"Vocês acham isso engraçado?", exclamou Gideon. "Meus homens estão doentes. Eles lutaram numa guerra que vocês não se deram ao trabalho de lutar, e agora estão morrendo."

"Eu não estava brincando", afirmou Danny apontando para Steve Coyle, para Ethan Gray e para Peter, que tinham marcas de queimadura na pele. "Nós nos apresentamos como voluntários, major. *Ninguém*, à exceção de nós, se dispôs a vir aqui. E, por falar nisso, temos autoridade sim. Recebemos ordens muito claras sobre o que é ou não é aceitável na presente situação."

"E o que é aceitável?", perguntou um dos médicos.

"No que diz respeito ao porto", disse Ethan Gray, "vocês têm permissão para transportar seus homens por lancha e usar apenas o píer Commonwealth. Além daí, é jurisdição do Departamento de Polícia de Boston."

Eles olharam para Danny e Steve.

Danny explicou: "O governador, o prefeito e todo o Departamento de Polícia estão empenhados em evitar que ocorra um pânico generalizado. Então, na calada da noite, mandaremos caminhões do Exército para receber vocês no píer Commonwealth. Lá vocês podem desembarcar os doentes e levá-los diretamente para Devens. E não será permitido que parem durante o trajeto. Vocês serão escoltados por um carro da polícia com as sirenes desligadas". Os olhares de Danny e do major Gideon se encontraram. "Está bem assim?"

Gideon terminou por balançar a cabeça, aquiescendo.

"A Guarda Nacional foi notificada", disse Steve Coyle. "Eles vão montar um posto avançado em Camp Devens e trabalhar com seus oficiais para garantir que ninguém saia da base até a coisa ficar sob controle. São ordens do governador."

Ethan Gray perguntou: "Quanto tempo levará para controlar a doença?".

Um dos médicos, um sujeito alto de cabelos cor de palha, respondeu: "Não temos ideia. Ela mata quem quer e depois desaparece. Pode sumir dentro de uma semana ou de nove meses".

Danny disse: "Desde que não se dissemine entre a população civil, nossos chefes podem viver com isso".

O médico deu um risinho. "A guerra está acabando. Já faz semanas que os homens estão voltando em grande número. Trata-se de um vírus, senhores, e bastante resistente. Vocês consideraram a possibilidade de já haver alguém infectado na sua cidade?" O médico olhou bem para eles. "De que seja tarde demais? Muito, muito tarde?"

Danny fitou as nuvens volumosas que avançavam em direção ao continente. O resto do céu se abrira. O sol voltara, alto e inclemente. Um belo dia, daqueles com os quais a gente sonha durante um longo inverno.

Os cinco soldados gravemente doentes vieram na lancha com eles, embora ainda tardasse muito a anoitecer. Danny, Steve, Ethan Gray, Peter e dois médicos acomodaram-se na cabine principal, e os soldados doentes ficaram deitados no convés de bombordo, sob os cuidados de outros dois médicos. Danny vira aqueles homens sendo baixados para a lancha com cordas e roldanas. Com aquelas cabeças descarnadas, rostos escaveirados, cabelos empapados de suor e lábios em que se viam restos de vômito, já pareciam mortos. Três deles tinham a pele levemente azulada, bocas descamadas, olhos arregalados e brilhantes. Sua respiração era ofegante.

Os quatro oficiais da polícia se mantiveram na cabine. A profissão deles lhes ensinara que muitos riscos podem ser evitados: se você não quer levar um tiro ou uma facada, evite a companhia de pessoas que brincam com revólveres e facas; se não quer ser espancado e assaltado, não saia de botecos de cara cheia; se não quer perder, não jogue.

Mas aquilo era uma coisa totalmente diferente. Podia acontecer com qualquer um deles. Podia acontecer com todos eles.

De volta à delegacia, Danny e Steve fizeram seu relatório ao sargento

Strivakis e se separaram. Steve foi à casa da viúva de seu irmão, e Danny foi tomar um drinque. Dali a um ano, Steve ainda estaria frequentando a viúva Coyle, mas Danny teria muito mais dificuldade para achar uma bebida. Enquanto as costas Leste e Oeste preocupavam-se com a recessão e a guerra, com telefones e beisebol, com os anarquistas e suas bombas, os Progressistas e seus eternos aliados religiosos insurgiram-se no Sul e no Meio-Oeste. Danny não conhecia ninguém que tivesse levado a sério a possibilidade de aprovação da Lei Seca, mesmo quando ela já estava no Congresso. Parecia impossível, com todas as outras mudanças que se faziam no tecido social do país, que essa proibição hipócrita tivesse alguma chance de aprovação. Mas um belo dia o país inteiro acordou e descobriu que os idiotas repressores não só tinham uma chance, como estavam ganhando terreno. Levaram a melhor quando todos os demais estavam preocupados com coisas que pareciam mais importantes. Agora o direito de beber estava na dependência de um estado: Nebraska. Dependendo do que votassem no referendo Volstead, dentro de dois meses, ficaria decidido se uma nação inteira de beberrões ia se tornar abstêmia.

Nebraska. Quando Danny ouviu esse nome, praticamente só lhe vieram à mente milho, silos para cereais e céus de um azul profundo. Trigo também: suas hastes. Será que lá se bebia? Será que lá havia bares, ou apenas silos?

Igrejas eles tinham. Quanto a isso, nenhuma dúvida. Pregadores que brandiam os punhos no ar e vituperavam o Nordeste ateu que nadava num mar de cerveja clara, de imigrantes de pele escura e de luxúria pagã.

Nebraska. Caramba.

Danny pediu duas doses de uísque irlandês e uma caneca de cerveja gelada. Tirou a camisa que usava, desabotoada, por cima da camiseta. Debruçou-se sobre o balcão quando o barman lhe trouxe os drinques. Seu nome era Alfonse, e corria o boato de que ele fazia parte de um bando de desordeiros que atuava na zona leste da cidade, embora Danny ainda não tivesse encontrado um policial que pudesse lhe imputar alguma coisa mais concreta. Naturalmente, quando o suspeito era um barman conhecido por suas doses generosas, quem iria querer investigar a fundo?

"É verdade que você parou de lutar boxe?"

"Não tenho muita certeza", disse Danny.

"Na sua última luta, perdi dinheiro. Achei que vocês fossem chegar ao terceiro round."

Danny levantou as mãos abertas. "O cara teve um derrame, porra."

"Foi culpa sua? Eu vi ele levantando o braço."

"É mesmo?" Danny engoliu uma de suas doses de uísque. "Então está tudo bem."

"Você sente falta de lutar?"

"Ainda não."

"Mau sinal." Alfonse tirou o copo vazio de Danny do balcão. "Um homem não sente falta daquilo que já sabe amar."

"Nossa", disse Danny, "quanto você cobra por essas gotas de sabedoria?"

Alfonse cuspiu num copo e enfiou-o debaixo do balcão. Era possível que o cara tivesse lá sua razão. No presente momento, Danny não estava gostando de desferir golpes contra nada. Ele apreciava o sossego e o cheiro do porto. Gostava de beber. Se bebesse um pouco mais, acabaria gostando de outras coisas, como jovens operárias e os pés de porco que Alfonse mantinha na outra ponta do balcão. Gostava do vento do fim do verão, naturalmente, e da música chorosa que os italianos faziam nas vielas todas as noites; era um verdadeiro passeio, quarteirão a quarteirão, em que a flauta dava lugar ao violino, que era substituído pelo clarinete ou pelo bandolim. Se bebesse bastante, Danny seria capaz de amar tudo, o mundo inteiro.

Uma mão pesada bateu em suas costas. Ele virou a cabeça e viu Steve olhando para ele, sobrancelha levantada.

"Espero que ainda aceite companhia."

"Ainda."

"Ainda vai pagar a primeira rodada?"

"A primeira." Danny viu o olhar sombrio de Alfonse e apontou para cima do balcão. "Onde está a viúva Coyle?"

Steve tirou o casaco com um movimento de ombros e se sentou. "Rezando. Acendendo velas."

"Por quê?"

"Sem motivo. Amor, talvez?"

"Você contou a ela", falou Danny.

"Contei."

Alfonse trouxe para Steve uma dose de uísque e um balde com cervejas. Quando ele se afastou, Danny perguntou: "O que você disse a ela exatamente? Falou sobre a gripe no navio?".

"Um pouquinho."

"Um pouquinho", repetiu Danny engolindo a segunda dose. "As autoridades federais, estaduais e da Marinha nos fizeram jurar silêncio, e você vai e conta à viúva?"

"Não foi bem assim."

"Como é que foi, então?"

"Tudo bem, foi assim mesmo." Steve tomou sua dose. "Mas ela pegou as crianças e correu para a igreja. Ela só vai contar ao próprio Cristo."

"E ao vigário. E a dois padres. E a algumas freiras. E aos filhos."

Steve disse: "Mas esse troço não vai ficar em segredo por muito tempo mesmo".

Danny levantou sua caneca. "Bem, de qualquer forma não é que você estava tentando ser promovido."

"Saúde." Os dois fizeram um brinde e beberam. Alfonse lhes serviu novas doses e os deixou a sós.

Danny olhou para as próprias mãos. O médico lhe disse na lancha que às vezes a gripe se manifestava nas mãos, mesmo quando não se notava nenhum sinal na garganta nem na cabeça. Segundo o médico, por efeito da doença, os nós dos dedos amarelavam, as pontas inchavam e as articulações latejavam.

Steve disse: "Como vai a garganta?".

Danny tirou as mãos do balcão. "Bem. E a sua?"

"Ótima. Quanto tempo mais você vai querer ficar fazendo isso?"

"Isso o quê?", exclamou Danny. "Beber?"

"Pondo nossas vidas a prêmio por menos do que ganha um condutor de bonde."

"Os condutores de bonde são importantes", disse Danny levantando um copo. "São vitais para o município."

"E os estivadores?"

"Eles também."

"Coughlin", disse Steve em tom amistoso, mas Danny sabia que o parceiro só o chamava pelo sobrenome quando estava com raiva. "Coughlin, precisamos de você. De sua voz. De seu glamour."

"Meu glamour?"

"Sim, porra. Você sabe o que quero dizer. A falsa modéstia não vai nos ajudar merda nenhuma agora, essa é a pura verdade."

"Ajudar a quem?"

Steve deu um suspiro. "Nós contra eles. Eles vão nos matar, se puderem."

"Esqueça essa história de cantar", disse Danny revirando os olhos. "Você precisa encontrar um grupo de teatro."

"Eles nos mandaram para aquele barco sem nada, Dan."

Danny fechou a cara. "Vamos ter folga nos dois próximos sábados. Vamos..."

"Aquela porra *mata*. E por que fomos lá?"

"Não seria pelo dever?"

"Dever." Steve virou a cabeça para o outro lado.

Danny deu um risinho. Faria qualquer coisa para aliviar o clima que de repente ficara tão pesado. "Pelo amor de Deus, Steve, quem iria nos pôr em situação de risco? Quem? Com a folha de serviços que você tem? Com o pai e o tio que eu tenho? Quem iria nos pôr em situação de risco?"

"Eles."

"Por quê?"

"Porque não lhes passa pela cabeça que não poderiam."

Danny deu mais um risinho seco, embora se sentisse perdido de repente, como alguém tentando apanhar moedas numa corredeira.

Steve disse: "Você já notou que quando eles precisam de nós falam de dever, mas quando precisamos deles falam de orçamento?". Ele tocou seu copo de leve no de Danny. "Se nós morrermos em consequência do que fizemos hoje, Dan, sabe o que vai acontecer? Eles vão cagar e andar para nossas famílias."

Danny soltou um riso frouxo no bar vazio. "O que você acha que podemos fazer quanto a isso?"

"Lutar", disse Steve.

Danny balançou a cabeça. "Neste exato momento, o mundo inteiro está lutando. A França, a porra da Bélgica... quantos mortos? Ninguém nem ao menos faz ideia de quantos. Você acha que está adiantando alguma coisa?"

Steve balançou a cabeça.

"E então?" Danny sentiu vontade de arrebentar alguma coisa. Alguma coisa grande, alguma coisa que fosse se despedaçar. "O mundo é assim mesmo, Steve. É assim que funciona esta merda de mundo."

Steve Coyle balançou a cabeça. "É assim que funciona *um* mundo."

"Ao diabo com ele." Danny tentou se livrar de algo que vinha sentindo ultimamente, algo que era parte de um contexto mais amplo, de um crime maior. "Vou lhe pagar mais uma."

"O mundo deles", disse Steve.

4.

Numa tarde de domingo, Danny foi à casa do pai em South Boston para se encontrar com Os Velhos. O lanche da tarde de domingo na casa dos Coughlin era um acontecimento político, e o fato de ter sido convidado a conversar com eles logo depois da refeição significava que, de certa maneira, Os Velhos o estavam ungindo. Danny tinha a esperança de que um distintivo de detetive — que tanto seu pai quanto o tio Eddie vinham ventilando nos últimos meses — fizesse parte de sua sagração. Aos vinte e sete anos, ele se tornaria o mais jovem detetive da história do DPB.

Seu pai ligara para ele na noite anterior. "Andam dizendo que o velho George Strivakis está perdendo a razão."

"Não que eu tenha notado", disse Danny.

"Ele o encarregou de uma missão, não foi?", perguntou o pai.

"Ele me propôs e eu aceitei."

"Num barco cheio de soldados empesteados."

"Eu não diria que se trata de uma peste."

"Como você a chamaria, rapaz?"

"Casos graves de pneumonia, talvez. 'Peste' me parece um pouco dramático."

O pai soltou um suspiro. "Eu não sei o que lhe vai na cabeça."

"Steve devia ter ido sozinho?"

"Se fosse preciso."

"Quer dizer então que a vida dele vale menos que a minha."

"Ele é um Coyle, e não um Coughlin. Não preciso me desculpar por proteger os meus."

"Alguém tinha de fazer aquilo, pai."

"Não um Coughlin. Não você, Danny. Você não foi educado para se apresentar como voluntário em missões suicidas."

"'Para proteger e servir'", disse Danny.

Um leve arfar, que mal se podia ouvir. "Lanche da tarde amanhã. Às quatro em ponto. Dá para vir ou é uma coisa saudável demais para você?"

Danny sorriu. "Dá para ir", respondeu ele, mas seu pai já tinha desligado.

Assim, na tarde seguinte ele se viu subindo a K Street. O sol banhava os tijolos marrons e vermelhos de uma luz suave e as janelas abertas exalavam cheiro de repolho, batata e pernil cozidos. Seu irmão Joe, que estava brincando na rua com outros meninos, o avistou. Seu rosto se iluminou e ele veio correndo na calçada ao encontro de Danny.

Joe estava vestido em seus trajes dominicais — calção cor de chocolate apertado nos joelhos, camisa branca e gravata azul, boné de golfe tombado de lado, combinando com o conjunto. Danny estava presente quando sua mãe comprou aquelas roupas. Joe não parava de se mexer, e sua mãe e Nora lhe diziam que ele parecia um homenzinho, muito elegante naquele traje de legítima casimira do Oregon e que o pai dele devia ter sonhado em ter um igual àquele na sua idade. E durante todo esse tempo Joe ficou olhando para Danny como se o irmão pudesse ajudá-lo a se livrar daquilo.

Danny apanhou Joe no ar e o abraçou, apertando a face macia contra a dele, braços agarrados ao seu pescoço. E Danny surpreendia-se em descobrir a frequência com que se esquecia do quanto seu irmão mais novo o amava.

Joe tinha onze anos e era baixo para a sua idade. Danny sabia, porém, que o irmão compensava isso sendo um dos meninos mais durões de um bairro cheio de meninos durões. Ele apertou as pernas em volta dos quadris de Danny, inclinou-se para trás e sorriu. "Soube que você parou de lutar boxe."

"É o que dizem."

Joe estendeu a mão e tocou na gola do uniforme de Danny. "Como é que foi isso?"

"Acho que eu devia treinar você", disse Danny. "O primeiro macete é ensinar a dançar."

"Nenhum deles dança."

"Claro que eles dançam. Todos os grandes lutadores de boxe tiveram aulas de dança."

Ele avançou alguns passos na calçada com o irmão e começou a girar. Joe se pôs a bater em seu ombro dizendo: "Pare, pare".

Danny girou novamente. "Estou te envergonhando?"

"Pare", disse ele rindo e batendo em seu ombro novamente.

"Na frente dos seus amigos?"

Joe agarrou-lhe as orelhas e deu um puxão. "Para com isso."

Os meninos que estavam na rua olhavam para Danny como se não soubessem ao certo se tinham motivo para ter medo. Danny disse: "Algum de vocês também quer?".

Ele levantou Joe no ar e, sempre lhe fazendo cócegas, terminou por deixá-lo no chão. Foi então que Nora abriu a porta que dava para o alpendre, e ele teve vontade de sair correndo.

"Joey", ela falou. "Sua mãe quer que você volte para casa agora. Disse que você precisa se limpar."

"Eu estou limpo."

Nora ergueu uma sobrancelha. "Eu não estou pedindo, garoto."

Joe despediu-se dos amigos com um aceno constrangido e subiu as escadas de má vontade. Nora desarrumou-lhe os cabelos quando ele passou. O menino bateu nas mãos dela e continuou andando. Nora encostou-se no umbral e ficou olhando para Danny. Ela e Avery Wallace, um negro velho, eram os criados dos Coughlin, se bem que a verdadeira posição de Nora na casa fosse muito mais nebulosa que a de Avery. Ela fora parar lá por acaso, cinco anos atrás, na véspera de Natal. Era uma fugitiva da costa nordeste da Irlanda, de pele acinzentada, tiritando de frio. Ninguém conseguia imaginar do que ela estava fugindo, mas, desde que o pai de Danny levou-a para dentro de casa envolta em seu casacão, enregelada e suja, ela passou a funcionar como uma das peças essenciais do lar dos Coughlin. Não como membro da família, não era *bem* isso, pelo menos não para Danny, mas totalmente integrada e gozando de toda simpatia.

"O que o traz aqui?", perguntou ela.

"Os Velhos", disse Danny.

"Eles estão maquinando e conspirando, não é, Aiden? E onde é que você se encaixa nessa trama?"

Ele se inclinou um pouco para a frente. "Só minha mãe me chama de Aiden."

Ela desviou o corpo para trás. "Está me chamando de mãe, é?"

"De jeito nenhum, embora você pudesse ser uma mãe excelente."

"Manteiga não derreteria em sua boca."*

"Você sim."

Por um instante fugaz, os olhos dela vibraram. Olhos claros, da cor de manjericão. "Você vai precisar se confessar por causa disso."

"Não preciso confessar nada a ninguém. Vá se confessar você."

"E por que *eu* deveria fazer isso?"

Ele deu de ombros.

Ela recuou o corpo para o vão da porta, aspirou a brisa da tarde, olhos doridos e impenetráveis como sempre. Ele teve vontade de lhe afagar o corpo até as mãos caírem.

"O que você disse para o Joe?"

Ela avançou um pouco e cruzou os braços. "Sobre o quê?"

"Sobre minha situação no boxe."

Ela lhe deu um sorrisinho triste. "Eu disse que você nunca mais vai lutar boxe. Simplesmente isso."

"Simplesmente, hein?"

"Dá para ver isso na sua cara, Danny. Você não gosta mais de boxe."

Ele ia confirmar com um gesto de cabeça, mas se conteve, porque Nora tinha razão, e ele não suportava a ideia de ser tão transparente para ela. Sempre fora e sempre seria, não havia dúvida, o que era horrível. Às vezes ele pensava nos retalhos de si mesmo que fora espalhando pela vida afora, os outros Dannys — a criança Danny, o Danny que um dia sonhara em ser presidente, o Danny que queria frequentar a universidade e o Danny que descobrira, tarde demais, estar apaixonado por Nora. Peças importantes dele

---

* A expressão, aqui traduzida literalmente, quer dizer que a pessoa dá a impressão de ser boazinha. (N. T.)

próprio, espalhadas por aí, e não obstante ela era dona da peça principal, e o fazia sem prestar muita atenção, como se a mantivesse no fundo de sua bolsa, junto com partículas brancas de talco e uns poucos trocados.

"Quer dizer que você vai entrar", disse ela.

"Sim."

Ela se afastou para deixá-lo passar. "Então é melhor ir em frente."

Os Velhos saíram do escritório para o lanche — homens rubicundos, dados a piscar os olhos, homens que tratavam sua mãe e Nora com a cortesia do Velho Mundo, coisa que no íntimo Danny achava irritante.

Os primeiros a se sentar foram Claude Mesplede e Patrick Donnegan, vereador e chefe do Sexto Distrito, respectivamente, mancomunados e finórios feito um velho casal jogando bridge.

Sentados diante deles estavam Silas Pendergast, procurador do condado de Suffolk e chefe de Connor, irmão de Danny. Silas tinha grande talento para se fazer passar por respeitável e moralmente correto, mas na verdade era um eterno bajulador das instâncias do poder do distrito, que lhe financiaram os estudos de direito e o mantinham dócil e levemente embriagado desde então.

Na extremidade da mesa, ao lado de seu pai, estava Bill Madigan, subchefe de polícia e, segundo alguns, o homem mais próximo do comissário O'Meara.

Ao lado de Madigan, um homem que Danny nunca vira antes chamado Charles Steedman, um sujeito alto e silencioso, e o único a exibir um corte de cabelo de três dólares numa sala cheia de cortes de cinquenta centavos. Steedman trajava um terno branco, gravata branca e polainas de duas cores. Ele disse à mãe de Danny, quando ela lhe perguntou, que era, entre outras coisas, vice-presidente da Associação de Hotéis e Restaurantes da Nova Inglaterra e presidente do Sindicato de Valores Fiduciários do condado de Suffolk.

Danny seria capaz de jurar, pelos olhos arregalados e pelo sorriso hesitante de sua mãe, que ela não tinha ideia de que diabos Steedman acabara de dizer, mas de todo modo ela balançou a cabeça como se tivesse entendido.

"É uma organização como a dos Operários Industriais do Mundo?", perguntou Danny.

"Esses aí são criminosos", disse seu pai. "Subversivos."

Charles Steedman levantou a mão e sorriu para Danny, os olhos claros como vidro. "É um pouquinho diferente da OIM, Danny. Eu sou banqueiro."

"Oh, *banqueiro*!", exclamou a mãe de Danny. "Que maravilha."

O último homem a sentar à mesa, tomando lugar entre os irmãos de Danny, Connor e Joe, foi o tio Eddie McKenna, não um tio de sangue, mas era como se fosse da família. Era o melhor amigo do pai de Danny desde que os dois eram adolescentes e corriam pelas ruas de seu novo país. Ele e o pai de Danny certamente faziam uma dupla formidável no DPB. Enquanto Thomas Coughlin era a verdadeira imagem da correção — cabelo, corpo e fala corretos —, Eddie McKenna personificava o apetite, a carne e o gosto por grandes histórias. Ele supervisionava o Esquadrão Especial, unidade que organizava todos os desfiles, visitas de dignitários, controlava greves de trabalhadores, distúrbios e agitação social de todo tipo. Sob a supervisão do tio Eddie, a unidade se tornou cada vez mais nebulosa e mais poderosa, um departamento à sombra do departamento, que mantinha as taxas de criminalidade baixas, "indo até a fonte, antes que ela começasse a se manifestar". A turbulenta unidade de policiais caubóis de Eddie — o tipo de policial que o comissário O'Meara jurara expurgar da corporação — atacava as quadrilhas que estavam *a caminho* de assaltos, grampeava ex-presidiários a cinco passos da Penitenciária de Charlestown e tinha uma rede de informantes, velhacos e espiões de rua tão imensa que teria sido uma bênção para cada policial da cidade, se McKenna não mantivesse todos os nomes e todo o histórico desses nomes somente na cabeça.

Ele olhou para Danny por cima da mesa e apontou-lhe o garfo para o peito. "Soube o que aconteceu ontem enquanto vocês estavam no porto trabalhando?"

Danny balançou a cabeça devagar. Depois da bebedeira da noite anterior com Steve Coyle, ele passara a manhã dormindo. Nora trouxe o último prato, vagem com alho, que chegou à mesa fumegante.

"Eles entraram em greve", disse Eddie McKenna.

Danny não entendeu. "Quem?"

"O Sox e o Cubs", respondeu Connor. "Nós estávamos lá, Joe e eu."

"Mandem todos eles lutar contra o Kaiser, é o que eu digo", vociferou Eddie McKenna. "Um bando de vagabundos e bolcheviques."

Connor deu uma risadinha. "Você acredita numa coisa dessas, Dan? Esse povo pirou."

Danny sorriu tentando imaginar a cena. "Vocês não estão me enganando?"

"Não, aconteceu mesmo", disse Joe, agora todo alvoroçado. "Eles estavam furiosos com a diretoria dos times, recusaram-se a vir jogar, e as pessoas começaram a atirar coisas e a gritar."

"E então", continuou Connor, "tiveram de mandar Honey Fitz para acalmar a multidão. E acontece que o prefeito estava presente, sabe? E o governador também."

"Calvin Coolidge." O pai dele sacudiu a cabeça, como fazia sempre que o nome do governador vinha à baila. "Um republicano de Vermont chefiando o estado democrático de Massachusetts." Ele soltou um suspiro. "Que Deus nos proteja."

"Então, eles estavam lá", disse Connor. "Mas ninguém estava nem aí para Peters, apesar de ele ser o prefeito. Curley e Honey Fitz estavam na tribuna de honra, dois *ex*-prefeitos que são muito mais populares. Então eles mandam Honey ir falar com eles de um megafone. Honey acaba com o distúrbio antes que ele comece para valer. Mas as pessoas continuam a atirar coisas, a quebrar arquibancadas, o diabo. Aí os jogadores apareceram para jogar, mas ninguém aplaudiu, juro."

Eddie McKenna afagou o barrigão e expirou ruidosamente pelo nariz. "Bem, agora espero que tomem as medalhas desses bolcheviques. Só o fato de eles receberem 'medalhas' simplesmente por jogar já é coisa de embrulhar o estômago. Aí eu digo: tudo bem. De todo modo, o beisebol já está morto. Um bando de vagabundos que não tem coragem de lutar pela pátria. E Ruth é o pior deles. Você ficou sabendo que ele quer jogar como batedor, Dan? Li no jornal hoje de manhã — não quer mais atuar como lançador, disse que vai cair fora se não lhe derem aumento e ao mesmo tempo o deixarem longe do monte do lançador. Você acredita numa coisa dessas?"

"Ah... este mundo", suspirou o pai tomando um gole de Bordeaux.

"Bem", disse Danny olhando em volta da mesa. "Qual era a queixa deles?"

"Ahn?"

"O que estavam reivindicando? Eles não iriam fazer greve por nada."

Joe falou: "Eles disseram que a diretoria alterou o contrato de trabalho". Danny viu o irmão revirar os olhos, tentando se lembrar dos detalhes. Joe, fanático por esportes, era a fonte mais confiável, naquela mesa, em tudo o que dizia respeito a beisebol. "Disseram também que não receberam o dinheiro prometido e que todos os outros times receberam em outras Séries. Então eles fizeram greve." Joe deu de ombros, como a dizer que tudo fazia sentido, e em seguida tratou de comer o peru.

"Eu concordo com Eddie", disse o pai. "O beisebol acabou. Nunca mais vai voltar."

"Vai sim", exclamou Joe desesperado. "Vai sim."

"Este país...", lamentou o pai, com um dos muitos sorrisos de sua coleção, naquele caso um sorriso tenso. "Todo mundo acha certo ser contratado para trabalhar e então cruzar os braços se o trabalho for duro."

Danny e Connor levaram café e cigarros para a varanda dos fundos e Joe os seguiu. O garoto subiu na árvore do quintal pois sabia que, embora aquilo fosse proibido, seus irmãos não iriam lhe chamar a atenção.

Connor e Danny eram tão diferentes que as pessoas achavam que eles estavam brincando quando diziam ser irmãos. Danny era alto, cabelos negros e ombros largos, ao passo que Connor tinha cabelos loiros, alinhados e compactos, como os do pai. Mas Danny herdara os olhos azuis de Thomas e seu senso de humor matreiro. Já Connor tinha os olhos castanhos e o temperamento — uma afabilidade sinuosa que disfarçava um coração voluntarioso — da mãe.

"Papai falou que ontem você foi a um navio de guerra."

Danny fez que sim com a cabeça. "Fui."

"Ouvi dizer que tinha soldados doentes."

"Nesta casa as notícias correm", disse Danny.

"Bem, eu trabalho para a Promotoria."

Danny deu uma risadinha. "Você está com tudo, hein, Con?"

Connor franziu o cenho. "Eles estavam mal? Os soldados?"

Danny olhou para o cigarro e girou-o entre o polegar e o indicador. "Muito mal."

"O que eles têm?"

"Francamente, não sei. Pode ser gripe, pneumonia ou alguma coisa de que ninguém ouviu falar." Danny deu de ombros. "Tomara que fique só nos soldados."

Connor encostou-se no parapeito. "Dizem que logo vai acabar."

"A guerra?", disse Danny com um gesto de cabeça. "Sim."

Por um instante, Connor pareceu constrangido. Estrela em ascensão na promotoria, ele também defendera a entrada da América na guerra. Mas, de algum modo, escapara do recrutamento, e os dois irmãos sabiam quem normalmente era responsável pelos "de algum modo" em sua família.

Joe disse: "Olhem aqui". Os dois olharam para cima e viram que ele conseguira subir no segundo galho mais alto da árvore.

"Se você rachar a cabeça", advertiu Connor, "mamãe te dá um tiro."

"Não vou rachar a cabeça", disse Joe, "e mamãe não tem revólver."

"Ela vai usar o do papai."

Joe continuou onde estava, como se estivesse ponderando sobre o que ouvira.

"Como vai Nora?", perguntou Danny, tentando aparentar indiferença.

Connor agitou o cigarro na escuridão. "Pergunte você mesmo a ela. Ela é meio esquisita. Age de forma correta perto da mamãe e do papai, sabe? Mas ela já deu uma de bolchevique para cima de você?"

"Bolchevique?", disse Danny com um sorriso. "Ah, não."

"Dan, você precisava ouvi-la falar dos direitos dos trabalhadores, do voto feminino, dos pobres filhos de imigrantes nas fábricas e bla-bla-blá. O velho ia ter um troço se a ouvisse. Mas lhe garanto que ela vai mudar."

"É mesmo?" Danny riu diante da ideia de que Nora ia mudar, ela que seria capaz de morrer de sede se alguém lhe desse ordens para beber água. "E como vai ser isso?"

Connor voltou a cabeça, com um sorriso no olhar. "Você não ficou sabendo?"

"Eu trabalho oito dias por semana. É claro que perco um pouco das fofocas."

"Vou me casar com ela."

Danny ficou de boca seca e temperou a garganta. "Você pediu a mão dela?"

"Ainda não, mas já falei com papai sobre isso."

"Falou com papai, mas não com ela."

Connor deu de ombros e novamente abriu um largo sorriso. "Qual é o problema, mano? Ela é bonita, nós vamos juntos ao teatro e ao cinema, mamãe lhe ensinou a cozinhar. Ela vai dar uma excelente esposa."

"Con", disse Danny, mas o irmão mais novo levantou a mão.

"Dan, Dan, eu sei que *aconteceu*... alguma coisa entre vocês. Eu não sou cego. A família inteira sabe."

Aquilo era novidade para Danny. Lá em cima, Joe girava em torno da árvore feito um esquilo. O ar esfriara e a sombra espalhava-se devagarinho sobre a casa.

"Ei, Dan. É por isso que estou lhe contando. Eu queria saber se para você tudo bem."

Danny encostou-se no parapeito. "O que você acha que 'aconteceu' entre mim e Nora?"

"Bem, não sei."

Danny balançou a cabeça, pensando: ela não vai se casar com ele.

"E se ela recusar?"

"E por que faria isso?", disse Connor levantando as mãos abruptamente diante daquele absurdo.

"Com esses bolcheviques, nunca se sabe..."

Connor riu. "Como eu disse, isso logo vai mudar. Por que ela não aceitaria? Vamos passar todo nosso tempo livre juntos. Vamos..."

"Ao cinema, como você disse. Alguém com quem ir ao teatro. Não é a mesma coisa."

"Mesma coisa que o quê?"

"Amor."

Connor apertou os olhos. "Isto *é* amor." Ele balançou a cabeça, olhando para Danny. "Por que você sempre quer complicar as coisas, Dan? Um homem encontra uma mulher, eles têm afinidades, um legado comum. Eles se casam, constroem uma família, incutem essas ideias nos filhos. Isto é civilização. Isto é amor."

Danny sacudiu os ombros. A raiva de Connor se mesclava ao embaraço, combinação sempre perigosa, principalmente quando ele estava num bar. Danny era o filho que lutava boxe, mas o verdadeiro valentão da família era Connor.

Connor era dez meses mais novo que Danny. Isso fazia deles o que se costuma chamar de "gêmeos irlandeses". Afora a consanguinidade, porém, eles nunca tiveram muito em comum. Os dois receberam o diploma do segundo grau no mesmo dia. Danny passou raspando. Connor, que era um ano mais novo, com distinção. Danny entrou para a polícia imediatamente, ao passo que Connor aceitou uma bolsa de estudos integral na Faculdade Católica de Boston, no South End. Depois de dois anos estudando em horário integral, ele se graduou *summa cum laude* e entrou na Escola de Direito de Boston. Uma vez formado em advocacia, não havia a menor dúvida sobre o lugar em que ia trabalhar. Havia uma vaga esperando por ele na promotoria desde que trabalhara lá como contínuo, na adolescência. Agora, passados quatro anos, estava começando a pegar casos importantes, ações penais maiores.

"Como vai o trabalho?", perguntou Danny.

Connor acendeu outro cigarro. "Tem gente muito ruim por aí afora."

"Quem são?"

"Não estou falando de baderneiros e arruaceiros. Estou falando de radicais, de gente que atira bombas."

Danny inclinou a cabeça e apontou para a cicatriz no próprio pescoço.

Connor deu uma risadinha. "Certo, certo. Olha com quem estou falando. Acho que eu simplesmente não sabia o quanto essa gente de merda é ruim. Agora agarramos um cara e vamos deportá-lo quando ganharmos a ação. O sujeito ameaçou explodir o Senado."

"Só ameaçou?", perguntou Danny.

Connor sacudiu a cabeça irritado. "Não é isso. Sabe que fui a um enforcamento há uma semana?"

Danny disse: "Você foi a um...?".

Connor fez que sim com a cabeça. "Às vezes temos de fazer isso. Faz parte do trabalho. Silas quer que o pessoal da Commonwealth* saiba que os representamos até o fim."

"Isso parece não combinar com seu belo terno. De que cor ele é? Amarelo?"

Connor bateu na própria cabeça. "Dizem que é creme."

---

* Commonwealth: o nome oficial de quatro estados dos Estados Unidos: Kentucky, Massachusetts, Pensilvânia e Virgínia. (N. T.)

"Oh, creme."

"Na verdade não foi nada divertido." Connor ficou observando o quintal. "O enforcamento", completou ele olhando para Danny com um sorriso fino. "Na promotoria, porém, dizem que a gente se acostuma."

Os dois ficaram calados por um instante. Danny sentia a nuvem sombria do mundo lá de fora — com seus enforcamentos e doenças, suas bombas e sua pobreza — descer sobre o mundinho deles.

"Quer dizer que você vai se casar com Nora", disse ele finalmente.

"É o que pretendo", falou Connor erguendo e abaixando as sobrancelhas.

Ele pôs a mão no ombro do irmão. "Boa sorte, Con."

"Obrigado", agradeceu Connor com um sorriso. "A propósito, soube que você se mudou para outro lugar."

"Para outro lugar, não", disse Danny. "Mudei só de andar. Com uma vista mais bonita."

"Há pouco tempo?"

"Há mais ou menos um mês", disse Danny. "Pelo visto, algumas notícias custam a se espalhar."

"Isso acontece quando a gente não visita a mãe."

Danny pôs a mão no coração e começou a falar com sotaque irlandês: "Ah, esse filho desnaturado que não visita a mãe todos os dias da semana".

Connor riu. "Mas você continua no North End?"

"É meu lar."

"É um fim de mundo."

"Você cresceu lá", disse Joe, que apareceu de repente, pendurado no galho mais baixo da árvore.

"É verdade", disse Connor. "Mas papai mudou com a família para cá tão logo foi possível."

"Trocou uma favela por outra", disse Danny.

"Mas é uma favela irlandesa", insistiu Connor. "Nunca a trocaria por uma favela italiana."

Joe pulou no chão. "Isto aqui não é uma favela."

"Daqui até a K Street, não."

"Nem o resto do bairro", disse Joe dirigindo-se à varanda. "Eu conheço favelas", afirmou ele com toda a segurança, depois abriu a porta e entrou.

* * *

No escritório do pai, eles acenderam charutos e perguntaram a Danny se queria um. Ele recusou, mas enrolou um cigarro e sentou-se próximo à escrivaninha ao lado do subchefe de polícia Madigan. Mesplede e Donnegan estavam perto das garrafas, servindo-se de boas doses da bebida de seu pai, e Charles Steedman, de pé junto à janela alta atrás da escrivaninha, acendia seu charuto. A um canto, do lado das portas, seu pai e Eddie McKenna conversavam com Silas Pendergast. O procurador balançava a cabeça o tempo todo, sem dizer grande coisa, enquanto o capitão Thomas Coughlin e o tenente Eddie McKenna falavam com ele, mãos no queixo, testas inclinadas para a frente. Silas Pendergast assentiu com um gesto de cabeça uma última vez, tirou o chapéu do gancho e se despediu de todos.

"Ele é um bom homem", disse o pai, aproximando-se da escrivaninha. "Ele entende o bem comum." Seu pai tirou um charuto do estojo, cortou a ponta e, sobrancelhas abaixadas, sorriu para os demais. Todos retribuíram o sorriso, porque o humor de seu pai era contagioso, ainda que não se soubesse o que o motivava.

"Thomas", disse o subchefe de polícia, falando em tom reverente a um homem que, na hierarquia, lhe era muito inferior, "imagino que você tenha explicado a ele a cadeia de comando."

O pai de Danny acendeu o charuto e prendeu-o com os dentes de trás, mantendo-o aceso. "Eu disse que o homem atrás da carroça não precisa ver a cara do cavalo. Acho que ele entendeu o que eu quis dizer."

Claude Mesplede veio por trás da cadeira onde Danny estava sentado e bateu-lhe no ombro. "Seu pai continua sendo um grande comunicador."

O pai lançou um olhar a Claude, enquanto Charles Steedman sentava-se junto à janela atrás dele e Eddie McKenna, à esquerda de Danny. Dois políticos, um banqueiro, três policiais. Interessante.

O pai dele disse: "Sabem por que eles vão ter tantos problemas em Chicago? Sabem por que a taxa de criminalidade vai disparar depois da Lei Seca?".

Os homens esperaram, seu pai tirou uma baforada do charuto e contemplou o copo de conhaque em cima da mesa, ao seu alcance, mas não o pegou.

"Porque Chicago é uma cidade nova, senhores. O fogo purgou-a de história, de valores. E Nova York é densa demais, grande demais e abarrotada demais de gente que não é de lá. Eles não conseguem manter a ordem, não com o que vem por aí. Mas Boston", e então ele pegou o copo de conhaque e tomou um gole, a luz refletindo-se no vidro. "Boston é pequena e não foi corrompida por essas modernidades. Boston entende o bem comum, o modo como as coisas funcionam." Ele levantou o copo. "À nossa bela cidade, senhores. Ah, ela é uma grande e velha mulher."

Eles brindaram e Danny viu seu pai rindo para ele, se não com a boca, com os olhos. Thomas Coughlin exibia uma série vertiginosa de atitudes diferentes, sucedendo-se numa tal velocidade que era fácil esquecer que todas elas eram diferentes aspectos de um homem convicto de estar fazendo o bem. Thomas Coughlin era servo do bem. Era o vendedor do bem, seu mestre de cerimônias. Caçava os cães que lhe mordiam os tornozelos, carregava o caixão de seus amigos tombados, lisonjeava seus aliados hesitantes.

Restava a questão de saber, questão que acompanhou Danny por toda a vida, o que era exatamente aquele bem. Tinha alguma coisa a ver com a lealdade e com a primazia da honra de um homem. Estava ligado à ideia do dever, e havia um tácito entendimento sobre todas as coisas, a ele relacionadas, que se deviam calar. Apenas por uma questão de necessidade, o bem apresentava uma disposição conciliatória para com a classe alta lá de fora, ao passo que no íntimo se mantinha firmemente antiprotestante. Era contra os negros, pois se considerava uma dádiva o fato de os irlandeses, apesar de todas as suas lutas e das que ainda estavam por vir, serem norte-europeus e inegavelmente brancos, brancos como a lua da noite passada. Além disso, nunca se pensou em fazer sentar todas as raças à mesa, mas apenas garantir que a última cadeira estivesse reservada para um irlandês, antes que as portas da sala fossem fechadas. E, acima de tudo, pelo que Danny tinha entendido, estava ligado à ideia de que aqueles que representavam o bem em público gozavam do direito a certas liberdades em sua vida privada.

Seu pai disse: "Você já ouviu falar na Associação dos Trabalhadores Letões de Roxbury?".

"Os *lets*?", perguntou Danny, sentindo de repente o olhar de Charles Steedman, de seu posto na janela, voltado para ele. "Um grupo de operários socialistas, constituído principalmente por gente que emigrou da Rússia e da Letônia."

"E o que me diz do Partido dos Trabalhadores do Povo?", indagou McKenna.

Danny balançou a cabeça. "Eles estão no bairro Mattapan. São comunistas."

"União pela Justiça Social?"

Danny disse: "O que é isso? Um teste?".

Nenhum dos homens respondeu. Simplesmente ficaram olhando para ele, graves e atentos.

Ele suspirou. "Acho que essa União pela Justiça Social é composta principalmente de intelectuais de boteco do Leste europeu. São contra a guerra."

"Eles são contra tudo", disse Eddie McKenna. "Totalmente antiamericanos. São fachadas bolcheviques — todas elas — fundadas pelo próprio Lênin, para semear a agitação na nossa cidade."

"Nós não gostamos de agitação", disse o pai de Danny.

"E os galleanistas?", perguntou Madigan. "Já ouviu falar deles?"

Mais uma vez, Danny sentiu os olhares dos demais voltados para ele.

"Os galleanistas", respondeu ele tentando evitar que o tom de voz lhe traísse a irritação, "são os seguidores de Luigi Galleani. São anarquistas que querem eliminar todos os governos e todas as formas de propriedade."

"O que você acha deles?", perguntou Claude Mesplede.

"Dos galleanistas? Dessa gente que atira bombas?", exclamou Danny. "Eles são terroristas."

"Não são só os galleanistas", disse Eddie McKenna. "Todos os radicais."

Danny deu de ombros. "Não me incomodo muito com os vermelhos. Em sua maioria, me parecem inofensivos. Eles imprimem lá os seus panfletos, bebem demais à noite e terminam incomodando a vizinhança quando se põem a cantar em altos brados coisas sobre Trotski e a Mãe Rússia."

"As coisas talvez tenham mudado ultimamente", disse Eddie. "Temos ouvido boatos."

"De quê?"

"Uma insurreição em grande escala."

"Quando? Que tipo de insurreição?"

O pai balançou a cabeça. "Essa informação só está sendo passada às pessoas que precisam tomar conhecimento dela, o que ainda não é seu caso."

"No devido tempo, Dan", disse Eddie McKenna abrindo-lhe um largo sorriso. "No devido tempo."

"'O objetivo do terrorismo'", disse seu pai, "'é provocar terror.' Sabe quem disse isso?"

Danny fez que sim com a cabeça. "Lênin."

"Ele lê jornais", disse o pai dele com uma piscadela.

McKenna inclinou o corpo para Danny. "Estamos montando uma operação contra os planos dos radicais, Dan. E precisamos saber exatamente para que lado você torce."

"Ahn ahn", fez Danny, que ainda não tinha entendido qual era o jogo.

Thomas Coughlin inclinara o corpo para trás, afastando-se da luz, o charuto apagado entre os dedos. "Quero que nos diga o que anda rolando no clube social."

"Que clube social?"

Thomas Coughlin franziu o cenho.

"O Boston Social Club?", perguntou Danny olhando para Eddie McKenna. "*Nosso sindicato?*"

"Não é um sindicato", disse Eddie McKenna. "Só pretende ser."

"E não podemos ter isso", disse o pai. "Nós somos policiais, Aiden, não trabalhadores comuns. Esse é um princípio a ser defendido."

"Que princípio é esse?", indagou Danny. "Foder com o trabalhador?" Danny olhou em volta da sala, contemplou os homens reunidos ali, numa tranquila tarde de domingo. Seu olhar se deteve em Steedman. "Qual seu interesse no que está acontecendo aqui?"

Steedman lhe deu um sorriso suave. "Interesse?"

Danny balançou a cabeça afirmativamente. "Estou tentando imaginar o que você está fazendo aqui."

Steedman ruborizou-se, olhou para seu charuto, as mandíbulas crispando-se.

Thomas Coughlin disse: "Aiden, não se deve falar com os mais velhos nesse tom. Você não deve..."

"Estou aqui", disse Steedman, levantando os olhos do charuto, "porque os trabalhadores deste país esqueceram seu lugar. Eles esqueceram, jovem senhor Coughlin, que estão à disposição daqueles que lhes pagam os salários e alimentam suas famílias. Você sabe o que pode resultar de uma greve de dez dias? Só dez dias?"

Danny deu de ombros.

"Pode levar um negócio de médio porte à inadimplência. E quando se está inadimplente, as ações despencam. Os investidores perdem dinheiro. Um monte de dinheiro, e eles têm de reduzir seus *negócios*. Então o banco tem de intervir. Às vezes, a única solução é a execução hipotecária. O banco perde dinheiro, os investidores perdem dinheiro, *suas* empresas perdem dinheiro, seu empreendimento inicial vai por água abaixo e os trabalhadores perdem o emprego. Assim, ainda que o sindicato, à primeira vista, pareça uma boa ideia, trate-se de uma coisa absolutamente despropositada até como tema de debate entre pessoas educadas." Ele tomou um gole de conhaque. "Isso responde à sua pergunta, filho?"

"Não estou bem certo de que sua lógica se aplica ao setor público."

"Ela se aplica triplamente", disse Steedman.

Danny lhe deu um riso contido e voltou-se para McKenna. "Os Esquadrões Especiais vão para cima dos sindicatos, Eddie?"

"Vamos para cima dos subversivos. Uma ameaça a esta nação", respondeu ele a Danny, girando bruscamente os grandes ombros. "Preciso que você aprimore seus talentos em algum lugar. E pode começar por aí mesmo."

"No *nosso* sindicato."

"Se é assim que você quer chamá-lo."

"O que isso pode ter a ver com um ato de 'insurreição'?"

"É uma missão simples e rotineira", esclareceu McKenna. "Você nos ajuda a descobrir quem realmente dá as cartas lá, quem são os verdadeiros estrategistas, e coisa e tal, e então teremos mais confiança em mandá-lo atrás de peixes maiores."

Danny assentiu com um gesto de cabeça. "O que eu ganho com isso?"

Ouvindo isso, o pai dele inclinou a cabeça apertando os olhos até que ficassem reduzidos a pequenas fendas.

Madigan disse: "Bem, não sei se isso...".

"O que você ganha com isso?", interrompeu o pai. "Sabe o que vai acontecer se você for bem-sucedido no BSC e *depois* com os bolcheviques?"

"O quê?"

"Você ganha um distintivo de ouro", afirmou o pai com um sorriso. "Era isso que você queria ouvir de nós, não é? Você estava contando com isso, não é?"

Danny sentiu um impulso irresistível de ranger os dentes. "Se isso não estiver em pauta, nada feito."

"*Se* você nos disser o que precisamos saber sobre a infraestrutura desse suposto sindicato de policiais e *se* você se infiltrar num grupo radical de nossa escolha e voltar com a informação necessária para frustrar qualquer ato de violência orquestrada..." Thomas Coughlin olhou para o subchefe de polícia Madigan e depois novamente para Danny. "Bem, vamos pôr você no primeiro lugar da fila."

"Eu não quero o primeiro lugar. Eu quero o distintivo de ouro. Vocês já enrolaram demais com isso."

Os homens trocaram olhares, como se não tivessem esperado essa reação desde o princípio.

Depois de certo tempo, seu pai disse: "Ah, o rapaz sabe o que quer, não é?".

"Sabe sim", afirmou Claude Mesplede.

"Não há a menor dúvida", disse Patrick Donnegan.

Danny ouviu a voz da mãe na cozinha, bem além das portas da sala onde eles se encontravam. Não conseguiu entender nada, mas, o que quer que a mãe tenha dito, fez Nora rir. O som daquele riso fez que ele imaginasse o pescoço de Nora, a carne acima de sua traqueia.

O pai dele acendeu um charuto. "Um distintivo de ouro para o homem que trouxer alguns radicais e nos contar o que se passa no Boston Social Club."

Danny sustentou o olhar do pai. Ele tirou um cigarro do seu maço de Murads, bateu-o na quina de sua chanca e o acendeu. "Por escrito."

Eddie McKenna deu uma risadinha. Claude Mesplede, Patrick Donnegan e o subchefe de polícia Madigan pousaram o olhar nos próprios sapatos, no tapete. Charles Steedman bocejou.

O pai de Danny ergueu uma sobrancelha. Foi um gesto vagaroso, com o qual pretendia demonstrar que admirava o filho. Mas Danny sabia que, embora Thomas Coughlin tivesse uma série estonteante de traços de caráter, a capacidade de admirar não era um deles.

"Esse é o teste que você escolheu para definir sua vida?" Seu pai finalmente inclinou-se para a frente, o rosto pleno do que muita gente poderia interpretar erroneamente como prazer. "Ou prefere deixar isso para um outro dia?"

Danny não disse nada.

Seu pai olhou em volta da sala novamente. Finalmente ele deu de ombros e cruzou o olhar com o de Danny.

"Combinado."

Quando Danny saiu do escritório, sua mãe e Joe tinham ido dormir, e tudo estava às escuras. Ele foi para a frente da casa, porque sentia que ela lhe pesava nos ombros e arranhava-lhe a cabeça. Sentou-se no alpendre e tentou decidir o que faria em seguida. As janelas da K Street estavam escuras. O bairro estava tão silencioso que ele conseguia ouvir o leve agitar das ondas, alguns quarteirões mais adiante.

"E qual o trabalho sujo que te pediram para fazer agora?", perguntou Nora, com as costas apoiadas na porta.

Ele se voltou para olhá-la. Aquilo lhe doía, mas ele continuou olhando. "Não é tão sujo assim."

"Ah, mas também não é limpo."

"Aonde você quer chegar?"

"Aonde quero chegar?", disse ela com um suspiro. "Faz um tempão que não vejo você feliz."

"O que é ser feliz?", disse ele.

Ela abraçou o próprio corpo, tentando proteger-se do frio da noite. "É ser o contrário do que você é."

Já tinham se passado mais de cinco anos desde a véspera de Natal em que o pai de Danny entrara pela porta da frente da casa carregando Nora O'Shea nos braços como se fosse lenha. Embora seu rosto estivesse rosado por causa do frio, sua carne estava cinzenta, e os dentes, batendo de frio, estavam moles devido à desnutrição. Thomas Coughlin contou à família que a encontrara nas docas da Northern Avenue, cercada por rufiões, e então ele e o tio Eddie os atacaram com seus cassetetes, como se ainda fossem patrulheiros novatos. Pobre criança abandonada, apenas um punhado de carne sobre os ossos! E quando o tio Eddie o lembrou de que era véspera de Natal e a pobre menina conseguiu balbuciar um fraco "Obrigada, senhor, obrigada", a voz igualzinha à dela — oh, querida e falecida mãe, que Deus a tenha —, não era um sinal do próprio Cristo na véspera de Seu aniversário?

Nem mesmo Joe, à época com apenas seis anos e ainda suscetível aos charmes do pai, engoliu aquela história, mas ela fez baixar na família um generoso espírito de Natal. Connor tratou de encher a banheira, e a mãe deu à menina de tez cinzenta e grandes olhos fundos uma xícara de chá. Ela ficou olhando para os Coughlin de detrás da xícara, os ombros nus e sujos apontando de sob o grande casaco como pedras úmidas.

Então seu olhar se encontrou com o de Danny, e antes que passasse adiante se acendeu nos olhos dela uma luzinha que parecia incomodamente familiar. Naquele instante, que ele haveria de repassar em sua mente dezenas de vezes nos anos seguintes, teve a certeza de ver seu próprio coração, disfarçado, olhando para ele pelos olhos famintos da menina.

Bobagem, disse consigo mesmo. Bobagem.

Logo ele haveria de perceber quão rápido aqueles olhos eram capazes de mudar — como aquela luz que lhe parecera um reflexo de seus próprios pensamentos tinha a faculdade de, num piscar de olhos, se tornar dura, distante, ou dar a impressão de uma alegria fingida. Apesar disso, sabendo que a luz estava lá, esperando a ocasião de reaparecer, ele se apegou à remotíssima possibilidade de desvelá-la quando quisesse.

Naquele instante ela o olhava atentamente na varanda, sem dizer nada.

"Onde está o Connor?", perguntou ele.

"Foi para o bar", disse ela. "Disse que estaria no Henry's, caso você quisesse procurá-lo."

Seus cabelos cor de areia derramavam-se em cachos que lhe cingiam a cabeça e desciam até logo abaixo das orelhas. Ela não era alta nem baixa, alguma coisa parecia agitar-se sob a sua carne o tempo todo, como se lhe faltasse uma camada e, caso a gente o olhasse bem de perto, pudesse ver o fluxo sanguíneo.

"Soube que vocês dois estão namorando."

"Para."

"Foi o que ouvi dizer."

"O Connor é um menino."

"Ele tem vinte e seis anos. É mais velho que você."

Ela deu de ombros. "Ainda é um menino."

"Vocês estão namorando?", disse Danny jogando o cigarro na rua e olhando para ela.

"Eu não sei o que estamos fazendo, Danny." Ela parecia cansada. Não tanto do dia, mas dele. Aquilo o fez sentir-se como uma criança, petulante e muito fácil de magoar. "Você gostaria que eu dissesse que não tenho lealdade pela sua família, uma dívida de gratidão com seu pai, que nunca poderei pagar? Que tenho certeza que não quero casar com seu irmão?"

"Sim", disse Danny. "É o que eu gostaria de ouvir."

"Bem, não posso dizer isso."

"Você se casaria com ele por gratidão?"

Ela suspirou e fechou os olhos. "Eu não sei o que faria."

Danny sentiu um aperto na garganta, como se ela fosse implodir. "E quando Connor descobrir que você deixou um marido em..."

"Ele morreu", disse ela numa voz sibilante.

"Morreu para você. Não é o mesmo que ter morrido de verdade, certo?"

Os olhos dela agora estavam em fogo. "Aonde você quer chegar, rapaz?"

"Como você acha que ele vai reagir a essa notícia?"

"Só posso esperar", disse ela com voz cansada novamente, "que ele encare as coisas de uma forma melhor que você."

Por um instante, Danny ficou calado, e ambos fitaram o espaço que havia entre eles. Danny esperava que seu olhar parecesse tão implacável quanto o dela.

"Isso não vai acontecer", disse ele descendo as escadas e mergulhando no silêncio e na escuridão.

5.

Uma semana depois que Luther se viu na condição de marido, ele e Lila encontraram uma casa na Archer Street, em Elwood, pequena, de um quarto, com água encanada. Luther conversou com uns rapazes do salão de bilhar Ganso de Ouro, na Greenwood Avenue, e eles disseram que se quisesse emprego devia procurar no Hotel Tulsa, do outro lado dos trilhos de Santa Fe, na Tulsa branca. Está caindo dinheiro das árvores por lá, Caipira. Luther não se importava de ser chamado de Caipira por enquanto, desde que eles não se acostumassem com isso. Foi ao hotel e falou com o homem que tinham lhe indicado, um cara conhecido como Velho Byron Jackson. O Velho Byron (todos o chamavam assim, até gente mais velha que ele) era o presidente do sindicato dos carregadores. Ele disse que Luther começaria trabalhando como ascensorista e que depois ele veria o que fazer.

Então Luther começou a trabalhar nos elevadores, e mesmo isso era uma mina de ouro: as pessoas lhe davam vinte e cinco centavos praticamente toda vez que ele girava a manivela e abria a cabina. Oh, Tulsa estava nadando no dinheiro do petróleo! As pessoas dirigiam os maiores carros, usavam os mais belos chapéus e as roupas mais finas. Os homens fumavam charutos grossos como tacos de bilhar, as mulheres cheiravam a perfume e a pó de arroz. As pessoas andavam rápido em Tulsa, comiam depressa em pratos grandes e bebiam depressa em copos altos. Os homens batiam nas costas uns dos outros, cochichavam entre si e caíam na gargalhada.

Depois do trabalho, os carregadores, os ascensoristas e os porteiros voltavam todos para Greenwood, ainda com muita adrenalina correndo nas veias, iam para os salões de bilhar e para os bares perto da First e da Admiral e então eles dançavam, bebiam e também brigavam um pouco. Uns se embebedavam com cerveja Choctaw e uísque de centeio, outros ficavam mais altos que pipas por conta do ópio ou, nos últimos tempos, da heroína.

Luther convivia há apenas duas semanas com os rapazes quando alguém lhe perguntou se queria fazer um trabalhinho extra. Mal ele ouviu a proposta, já estava recolhendo apostas da loteria clandestina para o Diácono Skinner Broscious, que assim era chamado por ter fama de cuidar muitíssimo bem de seu rebanho e invocar a ira do Todo-poderoso quando alguma de suas ovelhas se extraviava. Segundo diziam, o Diácono Broscious fora jogador em Louisiana. Ele ganhou uma bolada na mesma noite em que matou um homem — dois acontecimentos não necessariamente dissociados — e veio para Greenwood com uma boa grana e algumas garotas que logo tratou de pôr na prostituição. Quando essas primeiras garotas enfiaram na cabeça a ideia de trabalhar em regime de sociedade, ele a princípio deu a parte que cabia a cada uma e então as trocou por outro bando de jovens sem essas ideias deletérias de regime de sociedade. Foi aí que o Diácono Broscious diversificou seus negócios, partindo para o ramo dos *saloons*, das apostas, e para o comércio de Choctaw e de heroína e ópio, e qualquer pessoa que trepasse, usasse droga, se embebedasse ou jogasse em Greenwood fatalmente teria contato com o Diácono ou com alguém a seu serviço.

O Diácono Broscious pesava para lá dos cento e oitenta quilos. Na maioria das vezes, quando curtia o ar da noite pelas bandas da Admiral com a First, ele o fazia acomodado numa imensa cadeira de balanço de madeira, que alguém equipara com rodas. O Diácono tinha a seu serviço dois sujeitos ossudos, amarelos, magérrimos e de juntas nodosas, chamados Dandy e Smoke, que empurravam a cadeira de balanço pela cidade, a hora que fosse, e em muitas noites ele se punha a cantar. Tinha uma bela voz, alta, doce e forte. Cantava *spirituals* e cantigas de presos e chegou a criar uma versão de "I'm a Twelve O'Clock Fella in a Nine O'Clock Town" muitíssimo melhor que a versão branca gravada em disco por Byron Harlan. E então lá estaria ele, rodando para cima e para baixo na First Street, cantando com aquela voz tão bonita que, segundo alguns, Deus se recusara a dar aos seus anjos prediletos para não despertar a inveja em toda a legião. O Diácono Broscious batia palmas, seu rosto cobria-se de gotas de suor, o sorriso largo e brilhante feito uma truta — e por um instante as pessoas esqueciam quem ele era, até alguém se lembrar de que lhe devia alguma coisa. Então esse alguém via para além do suor, do sorriso e da cantoria, e essa visão deixava uma marca que se imprimia até em filhos que ele ainda não gerara.

Jessie Tell disse a Luther que a última vez que alguém sacaneara para valer com o Diácono — "Quer dizer sacanagem para valer mesmo, com *total* falta de respeito", explicou Jessie —, Broscious se sentou em cima dele e ficou se mexendo até não ouvir mais os gritos. Então ele abaixou a vista e viu que o imbecil do crioulo tinha batido as botas e jazia no barro, fitando o vazio, boca escancarada, um braço estendido como se estivesse tentando alcançar alguma coisa.

"Você podia ter me contado isso antes de eu começar a trabalhar para o cara", disse Luther.

"Você recolhe apostas, Caipira. Você acha que o dono desse tipo de negócio pode ser um cara *legal*?"

"Eu já lhe disse para não me chamar de Caipira."

Eles estavam no Ganso de Ouro, relaxando depois de um longo dia sorrindo para brancos do outro lado dos trilhos. Luther sentia a bebida chegando ao nível em seu sangue em que tudo ficava mais vagaroso e mais bonito, sua vista ficava mais aguçada e nada lhe parecia impossível.

Logo Luther haveria de ter muito tempo para se perguntar como fora terminar recolhendo apostas para o Diácono. Levou algum tempo para concluir que aquilo nada tinha a ver com dinheiro — diabo, o que ele ganhava de gorjeta no Hotel Tulsa era quase duas vezes mais que seu salário na fábrica de munições. E ele não almejava um futuro trabalhando em negócios ilegais. Lá em Columbus ele vira muitos caras que tentaram subir essa escada; normalmente eles caíam, e caíam gritando. Então, por quê? Era aquela casa em Elwood, pensou ele: a casa o comprimia de tal forma que ele chegava a sentir o peso do beiral em seus ombros. E era também Lila, ainda que gostasse muito dela — e ele às vezes se surpreendia em ver o quanto a amava, o quanto a visão de seu rosto quando ela acordava e piscava os olhos, com uma das faces colada ao travesseiro, era capaz de incendiar seu coração. Mas, antes que tivesse tempo de curtir aquele amor, quem sabe desfrutar um pouco dele, cá estava ela com um filho, ela que tinha apenas vinte anos, e ele vinte e três. Um filho. Uma responsabilidade para o resto da vida. Uma coisa que cresce enquanto você envelhece. Que não se importa se você está cansado, se você está tentando se concentrar em outra coisa, se você está com vontade de fazer amor. Um filho simplesmente *existia*, lançado bem no centro de sua vida e berrando feito um condenado. E Luther, que nunca chegou a conhecer de fato seu pai, estava absolutamente convicto de que, gostasse ou não gostasse, não se mostraria à altura dessa responsabilidade. Até então, porém, ele desejara levar essa vida a mil, com uma pequena dose de perigo para dar um molho, alguma coisa para recordar quando se sentasse na cadeira de balanço e brincasse com os netos. Eles veriam um velho sorrindo feito um louco, se lembrando do jovem que vagara pela noite de Tulsa com Jessie e dançara à margem da lei apenas o bastante para dizer que aquele não era seu mundo.

Jessie era o primeiro e o melhor amigo que Luther fizera em Greenwood, e isso logo iria lhe trazer problemas. O nome dele era Clarence, seguido do sobrenome Jessup, por isso todos o chamavam de Jessie ou de Jessie Tell, e ele tinha um jeito que atraía tanto homens quanto mulheres. Ele era carregador e ascensorista substituto no Hotel Tulsa e tinha o dom de deixar todo mundo tão animado quanto ele, o que fazia as horas passarem mais depressa. Como o próprio Jessie recebera alguns apelidos, nada mais justo que fizesse o mesmo com todos os seus conhecidos (fora ele quem, no Ganso de Ouro, apelidara Luther de Caipira). Esses apelidos saíam de sua língua com tal rapidez e precisão que normalmente pegavam, tomando o lugar do nome pelo qual a pessoa era conhecida, por mais antigo que fosse. Jessie atravessava o saguão do Hotel Tulsa empurrando um carrinho de metal ou algumas malas, gritando "Que é que há, Magro?" e "Você sabe que é verdade, Tufão", seguido de um suave "He he, certo", e antes do anoitecer as pessoas já estavam chamando Bobby de Magro e Gerald de Tufão, e a maioria ficava contente com a troca.

Se as coisas estivessem calmas, Luther e Jessie disputavam corridas nos elevadores. Quando carregavam malas — correndo feito loucos enquanto se desmanchavam em sorrisos para os brancos que chamavam a ambos de George, ainda que os dois usassem crachás em que seus nomes apareciam perfeitamente legíveis —, apostavam para ver quem adivinhava o peso delas. Depois de atravessarem os trilhos do terminal San Francisco, voltavam para Greenwood e iam para os bares ou galerias nas cercanias da Admiral, e continuavam a conversar animadamente, ambos andando depressa e falando depressa. Luther sentia que entre eles havia a camaradagem de que vinha sentindo falta, a mesma camaradagem dos velhos tempos de Columbus, que tinha com Sticky Joe Beam, Aeneus e alguns outros homens com quem ele jogava bola, bebia e, antes de Lila, ia atrás das mulheres. A vida — *vida de verdade* — ele a vivia aqui, no Greenwood, que irrompia à noite com seu ruído de bolas de bilhar, suas guitarras de três cordas, saxofones, bebidas e homens relaxando depois de tantas horas sendo chamados de George, de filho, de garoto, do que quer que os brancos quisessem chamá-los. Não era apenas razoável, mas também esperado, que um homem fosse relaxar com outros homens depois de dias como aqueles que tiveram, dizendo o tempo todo "Sim, sor", "Como vai?" e "Pois não".

Jessie Tell não era apenas veloz — ele e Luther recolhiam apostas na mesma área e faziam isso muito rápido —, mas também alto e corpulento. Não tanto quanto o Diácono Broscious, mas ainda assim um homem grande, e era chegado em heroína. Adorava os rapazinhos e o uísque de centeio, as mulheres com a bunda grande, a cerveja Choctaw e a música, mas, cara... sua paixão mesmo era a heroína.

"Merda", costumava dizer. "Negros como eu precisam de alguma coisa para relaxar, senão os brancos nos matam antes que possamos conquistar o mundo. Diga que estou certo, Caipira. Diga. Porque é verdade, e você sabe disso."

O problema era que o vício de Jessie — que era, como tudo nele, grande — se tornou muito dispendioso. Ainda que ele descolasse muito mais gorjetas que qualquer outro no Tulsa Hotel, isso não adiantava muito, pois o dinheiro era depositado numa caixinha comum e dividido igualmente entre os empregados ao final de cada turno. E ainda que recolhesse apostas para o Diácono e recebesse dois centavos de cada dólar que os clientes perdiam — e os clientes de Greenwood perdiam tanto quanto jogavam, e o faziam numa escala assustadora —, Jessie não conseguia bancar o próprio vício se jogasse limpo.

Então ele trapaceava.

A forma como se faziam as apostas na área do Diácono Broscious era simples: não existia crédito. Se você quisesse apostar dez centavos num número, pagava onze centavos antes que o recolhedor das apostas saísse da sua casa, sendo o centavo a mais por conta da comissão. Se você quisesse jogar cinquenta, pagava cinquenta e cinco. E assim por diante.

    Broscious não acreditava nessa de ir tomar dinheiro dos negros caipiras *depois* de eles terem perdido. Não via o menor sentido nisso. Ele tinha coletores de verdade, para dívidas de verdade, e não podia acabar com a raça de um negro malandro por causa de uma merreca. De merreca em merreca, porém, dava para encher malas de dinheiro, rapaz. Naqueles dias especiais em que as pessoas achavam que a sorte estava dando sopa, dava para encher um celeiro.

    As pessoas que recolhiam as apostas levavam o dinheiro consigo, e era evidente que Broscious tinha de pegar rapazes em quem confiasse. Mas, como o Diácono não chegou a ser o que era confiando nas pessoas, Luther sempre teve a impressão de que estava sendo vigiado. Não sempre, veja bem, apenas em uma de três correrias. Na verdade ele nunca vira alguém vigiando, mas não custava nada agir com base nessa suposição.

    Jessie dizia: "Você superestima o Broscious, rapaz. O cara não pode ter olheiros por toda parte. E, mesmo que tivesse, eles também seriam gente como nós. Quando você sai de uma casa, eles não podem saber se só o pai jogou ou se a mamãe, o vovô e o tio Jim também jogaram. E claro que você não vai embolsar os quatro dólares deles. Mas, se você ficar com um, quem é que vai saber? Deus? Talvez, se Ele estiver olhando. Mas Broscious não é Deus".

    Com certeza ele não era. Ele era alguma outra coisa.

    Jessie tentou encaçapar a bola seis, mas errou. Ele olhou para Luther e sacudiu os ombros preguiçosamente. Pelos olhos turvos do amigo, Luther percebeu que ele tomara outro pico ainda há pouco, no momento em que fora ao banheiro.

    Luther derrubou a doze.

    Jessie apoiou-se no taco para se manter de pé e estendeu a mão para trás procurando a cadeira. Quando se certificou de que ela estava no rumo de sua bunda, deixou-se cair nela, estalou os lábios e tentou umedecer aquela sua linguona.

    Luther não se conteve. "Essa merda vai acabar com você, rapaz."

    Jessie sorriu e sacudiu o dedo em sua direção. "Não vai fazer nada comigo agora, a não ser com que eu me sinta bem. Então, cale a boca e jogue."

Esse era o problema de Jessie — por mais que ele falasse com você, ninguém conseguia falar com ele. Uma parte dele — o cerne, muito provavelmente — ficava irritadíssima com qualquer apelo à razão. Para ele, o senso comum era uma *afronta*.

"O fato de todo mundo estar fazendo uma coisa", disse ele a Luther certa vez, "não significa que seja uma puta boa ideia, não é?"

"Mas não significa que seja ruim."

Jessie sorriu aquele seu sorriso que conquistava as mulheres e lhe valia drinques de graça. "Claro que sim, Caipira. Claro que sim."

Caramba, como as mulheres o amavam. Ao vê-lo, os cachorros se alvoroçavam e se mijavam de tanta alegria, e as crianças o seguiam pela Greenwood Avenue como se um boneco saltador fosse pular da bainha de sua calça.

Porque havia algo intacto naquele homem. E as pessoas o seguiam, talvez, somente para ver aquilo se quebrar.

Luther encaçapou a seis e a cinco, e quando levantou os olhos Jessie estava cochilando, um pouco de baba pendendo do canto da boca, braços e pernas enroscados no taco como se tivesse resolvido tomá-lo por uma bela mulher.

Eles cuidariam dele ali no bilhar. Talvez o levassem para a sala dos fundos, caso o salão se enchesse. Ou então o deixassem sentado ali mesmo. Luther recolocou o taco no suporte, tirou o chapéu da parede e mergulhou na escuridão de Greenwood. Pensou em procurar um lugar onde pudesse jogar mais um pouco. Naquela mesma hora, havia um jogo em andamento na sala dos fundos do primeiro piso do Posto de Gasolina Po. Só de pensar no jogo, Luther sentiu uma coceira na cabeça. Mas ele já jogara demais durante aquele pouco tempo que tinha passado em Greenwood. E a única coisa que podia fazer para esconder de Lila o quanto perdera era batalhar por gorjetas no hotel e recolher apostas para Broscious.

Lila. Ele lhe prometera chegar antes do pôr do sol, e já estava bem atrasado. O céu estava azul-escuro, o rio Arkansas, negro e prateado. Embora fosse a última coisa que desejasse fazer, com a noite à sua volta enchendo-se de música e de sonoros e alegres assobios, Luther respirou fundo e tomou o caminho de casa, para ir cumprir seu papel de marido.

Lila não gostava muito de Jessie — o que não era de surpreender —, nem de nenhum dos amigos de Luther, das noites que passava fora ou dos serões para Broscious. Assim, a casinha da Elwood Avenue ia parecendo cada vez menor.

Uma semana antes, quando Luther perguntara: "E de onde vamos tirar dinheiro?", Lila disse que ia arranjar um emprego. Luther riu, sabendo que nenhum branco ia admitir uma negra grávida para lavar suas panelas e limpar o chão, porque as mulheres brancas não queriam que seus maridos se pusessem a imaginar como o bebê fora parar ali, e os homens brancos também não iam gostar daquilo. Eles teriam de explicar aos filhos por que é que nunca tinham visto uma cegonha preta.

Depois do jantar daquela noite, ela disse: "Agora você é um homem, Luther. Um marido. Você tem responsabilidades".

"E eu estou assumindo tudo, não estou?", disse Luther. "Não estou?"

"Bem, está sim, isso lá é verdade."

"Tudo bem, então."

"Mas mesmo assim, meu bem, você podia passar algumas noites em casa. Você podia dar um jeito de consertar aquelas coisas que prometeu consertar."

"Que coisas?"

Ela tirou a mesa. Luther levantou-se, foi até onde estava o casaco que pendurara no gancho ao chegar em casa e pegou os cigarros.

"Coisas", disse Lila. "Você disse que ia fazer um berço para o bebê, consertar os degraus afundados e..."

"E, e, e", disse Luther. "Porra, mulher, eu dou duro o dia inteiro."

"Eu sei."

"Sabe mesmo?", disse ele num tom muito mais áspero do que pretendera.

Lila disse: "Por que você anda o tempo todo mal-humorado?".

Luther odiava aquele tipo de conversa. Parecia-lhe que agora não conseguiam falar em outro tom. Ele acendeu um cigarro. "Não vivo mal-humorado", disse, ainda que pensasse o contrário.

"Você vive mal-humorado", disse ela passando a mão na parte da barriga em que a gravidez começava a se tornar visível.

"Porra, e por que não viveria?", queixou-se Luther. Ele não queria praguejar diante dela, mas sentia o álcool em seu corpo, álcool que, na companhia de Jessie, ele mal notava estar bebendo, porque Jessie e sua heroína faziam um uisquinho parecer tão perigoso quanto uma limonada. "Dois meses atrás, eu não era um futuro pai."

"E daí?"

"E daí?"

"O que você quer dizer com isso?" Lila pôs os pratos na pia e voltou para a salinha de jantar.

"Eu quero dizer o que eu disse, porra", respondeu Luther. "Um mês atrás..."

"O quê?" Ela o fitava, esperando.

"Um mês atrás eu não estava em Tulsa, não estava casado à força e não estava morando numa casinha de merda, numa avenidinha de merda numa cidadezinha de merda, *Lila*. Estava?"

"Esta não é uma cidadezinha de merda." A voz de Lila aumentava de volume à medida que ela erguia o corpo. "E você não casou à força."

"Praticamente."

Olhar negro e punhos cerrados, ela aproximou-se dele. "Você não me quer? Você não quer seu filho?"

"Eu queria ter a possibilidade de escolha, porra", disse Luther.

"Você tem essa possibilidade e passa todas as noite aí pelas ruas. Você nunca volta para casa como um homem deve fazer, e quando volta está bêbado, drogado, ou os dois."

"É o único jeito", disse Luther.

Os lábios dela tremiam quando ela perguntou: "E por quê?".

"Porque só assim para aguentar..." Ele se conteve, porém tarde demais.

"Aguentar o quê, Luther? Eu?"

"Vou sair."

Ela agarrou-lhe o braço. "Me aguentar, Luther? É isso?"

"Vá para a casa da sua tia, agora", disse Luther. "Lá você pode se queixar de como estou longe de ser um cristão. Discutam uma forma de me ganhar para Deus."

"Me aguentar?", disse ela pela terceira vez, com uma voz sumida e magoada.

Luther foi embora antes que lhe desse na cabeça arrebentar alguma coisa.

* * *

Eles passavam os domingos na ampla casa da tia Marta e do tio James na Detroit Avenue, que Luther veio a considerar como a Segunda Greenwood.

Ninguém mais ia querer pensar dessa forma, mas Luther sabia que existiam duas Greenwoods, assim como duas Tulsas. A gente se encontrava em uma ou em outra, dependendo se estivesse ao norte ou ao sul do terminal de San Francisco. Ele tinha certeza de que a Tulsa branca, numa visão menos superficial, continha muitas Tulsas diferentes, mas não conhecia bem nenhuma delas, visto que suas interações nunca iam muito além de "Em que andar, madame?".

Mas em Greenwood a divisão se tornara muito mais clara. Você tinha uma Greenwood "ruim", que eram as ruelas distantes da Greenwood Avenue, bem a norte do cruzamento com a Archer, e os vários quarteirões próximos à First e à Admiral, onde se ouviam disparos nas noites de sexta-feira e onde os transeuntes ainda sentiam um leve cheiro de fumaça de ópio nas manhãs de domingo.

Mas a "boa" Greenwood, as pessoas gostavam de acreditar, constituía os restantes noventa e nove por cento da comunidade. Era Standpipe Hill, a Detroit Avenue e o centro comercial da Greenwood Avenue. Era a Primeira Igreja Batista, o restaurante Bell & Little e o Cine Dreamland, onde Carlitos ou a namoradinha da América flanavam na tela, a quinze centavos o ingresso. Era o *Tulsa Star* e um subdelegado negro andando pelas ruas com um distintivo reluzente. Era o doutor Lewis T. Weldon e o sr. Lionel A. Garrity, John e Loula Williams, proprietários da Confeitaria William's, da Oficina William's e do próprio Dreamland. Era O. W. Gurley, dono da mercearia, do armazém e, de quebra, do Gurley Hotel. Era, aos domingos, os cultos matinais e os almoços da tarde, com a fina porcelana, as mais alvas toalhas de linho e alguma coisa clássica e delicada rodando na vitrola como os sons de um passado que nenhum deles seria capaz de definir bem.

E era esse aspecto da outra Greenwood que irritava mais Luther: aquela música. Bastava ouvir alguns poucos compassos para saber que se tratava de música branca. Chopin, Beethoven, Brahms. Luther podia imaginá-los sentados ao piano, tocando em algum salão com assoalho polido e janelas altas, enquanto nas salas contíguas os criados andavam nas pontas dos pés. Aquela era música feita por homens e para homens que chicoteavam seus cavalariços, fodiam com suas criadas e saíam no fim de semana para caçar pequenos animais que eles nunca comiam. Homens que gostavam de ouvir o latido dos cães e o súbito alçar voo dos pássaros. Eles voltavam para casa cansados de não fazer nada e compunham ou ouviam música como aquela, contemplavam pinturas de antepassados tão inúteis e vazios quanto eles próprios e davam lições de moral aos filhos sobre o certo e o errado.

Tio Cornelius passara a vida trabalhando para homens como aqueles antes de ficar cego. Luther também conhecera alguns e sentia-se contente de poder tomar distância deles. Mas ele não suportava a ideia de que aqui, na sala de jantar de James e Marta Hollaway, na Detroit Avenue, os rostos negros reunidos pareciam decididos a beber, comer e ganhar dinheiro até ficarem brancos.

Como ele preferia estar lá pelas bandas da First e da Admiral, na companhia de porteiros, de cavalariços e dos homens que carregavam de lá para cá suas caixas de engraxate e de ferramentas. Homens que trabalhavam e jogavam com o mesmo empenho. Homens que nada queriam, como se dizia, além de um uisquinho, um joguinho de dados, uma trepadinha para alegrar a vida.

Não que ele tivesse ouvido alguém dizer algo assim ali na Detroit Avenue. De jeito nenhum. A conversa deles era mais na base de "O Senhor odeia...", "O Senhor não...", "O Senhor não quer..." e "O Senhor não admite...", fazendo que Deus parecesse um patrão irascível, hábil no chicote.

Ele e Lila estavam à mesa e Luther ouvia-os falar sobre o homem branco como se ele e a família logo viessem se sentar ali com eles aos domingos.

"Outro dia, o próprio Paul Stewart", dizia James, "veio à minha oficina com seu Daimler e disse: 'Senhor James, não confio em ninguém do outro lado dos trilhos como confio no senhor para cuidar deste carro'."

Um pouco depois, o sr. Lionel Garrity declarou o seguinte: "Mais dia, menos dia as pessoas vão entender o que nossos rapazes fizeram na guerra e dizer 'Está na hora. Hora de deixar toda essa sujeira para trás. Todos nós. Sangramos da mesma forma, pensamos da mesma forma'".

Luther viu Lila sorrir e balançar a cabeça ao ouvir isso e teve vontade de tirar o disco da vitrola e quebrá-lo no joelho.

Pois o que Luther mais odiava era o fato de que por trás daquilo tudo —

de todo aquele requinte, de toda aquela nobreza recém-adquirida, de todos aqueles colarinhos de pontas viradas, sermões moralistas, mobília elegante, gramados aparados e carros fantásticos — havia o medo. O terror.

Se nos comportarmos, eles perguntavam, vocês deixam a gente jogar?

Luther pensou em Babe Ruth e nos caras de Boston e Chicago naquele verão e teve vontade de dizer: não. Eles não vão deixar. Chega uma hora em que eles querem alguma coisa, e aí fazem o que bem entendem, só para lhes ensinar.

E ele imaginou Marta, James, o dr. Welson e o sr. Lionel A. Garrity olhando para ele de boca aberta e mãos estendidas:

Ensinar-nos o quê?

Qual é o seu lugar.

6.

Danny conheceu Tessa Abruzze na mesma semana em que as pessoas começaram a adoecer. A princípio a imprensa noticiou que o mal atingira apenas os soldados de Camp Devens, mas aí dois civis caíram mortos no mesmo dia nas ruas de Quincy, e em toda a cidade as pessoas passaram a ficar dentro de casa.

Danny chegou ao seu andar com o monte de pacotes que carregara pela escada apertada. Eles continham suas roupas, recém-lavadas e embrulhadas em papel pardo, e amarradas com fita por uma lavadeira da Prince Street, uma viúva que lavava quilos de roupas numa tina no meio da cozinha. Ele tentou pôr a chave na fechadura ainda segurando os pacotes, mas, depois de algumas tentativas sem sucesso, recuou e depositou-os no chão. Na outra ponta do corredor, uma jovem saiu de seu apartamento e soltou um grito.

Ela disse *"Signore, signore"*, num tom hesitante, como se não estivesse certa de que merecia atenção. Apoiou a mão na parede, e uma água cor-de--rosa escorreu-lhe pelas pernas e gotejou de seus tornozelos.

Danny se perguntou se já a vira antes. Depois ficou imaginando se ela estava com a gripe. Só então notou que ela estava grávida. A chave girou, a porta se abriu e ele chutou os pacotes para dentro de casa, porque nada que ficasse dando sopa num corredor no North End permaneceria ali por muito tempo. Ele fechou a porta, avançou no corredor em direção à mulher e viu que a parte de baixo de seu vestido estava encharcada.

Com a mão ainda apoiada na parede, ela abaixou a cabeça, e os cabelos negros caíram-lhe sobre a boca. Seus dentes estavam cerrados numa careta mais crispada que as que ele vira em cadáveres. Ela disse: "*Dio, aiutami. Dio, aiutami*".

Danny perguntou: "Cadê seu marido? Cadê a parteira?".

Ele segurou-lhe a mão e ela a apertou com tanta força que Danny sentiu uma pontada que lhe chegou ao cotovelo. Os olhos da mulher voltaram-se para ele e ela balbuciou alguma coisa em italiano tão rápido que ele não entendeu nada, e aí percebeu que ela não falava uma palavra de inglês.

"Senhora DiMassi." O grito de Danny ecoou pela escada. "Senhora DiMassi!"

A mulher apertou-lhe a mão ainda com mais força e soltou um grito por entre os dentes cerrados.

"*Dove è il vostro marito?*", perguntou Danny.

A mulher sacudiu a cabeça várias vezes, e Danny ficou sem saber se ela queria dizer que não tinha marido ou que ele não estava em casa.

"A... *la*..." Danny tentou lembrar-se da palavra italiana para "parteira". Ele acariciou as costas da mão dela e disse: "Psst. Está tudo bem". Danny fitou aqueles olhos grandes e cheios de ansiedade. "Escute... escute, você... a... *la ostetrica!*" Danny ficou tão alvoroçado por lembrar a palavra em italiano que voltou a falar inglês. "Sim? Onde está...? *Dove è? Dove è la ostetrica?*"

A mulher esmurrou a parede, enfiou as unhas na palma da mão de Danny e gritou tão alto que ele berrou "Senhora Di*Massi*!" com uma espécie de pânico que nunca sentira desde seu primeiro dia como policial, quando de repente lhe ocorreu que ele era a única resposta que o mundo julgava adequada aos problemas dos outros.

A mulher enfiou o rosto na mão dele e disse "*Faccia qualcosa, uomo insensato! Mi aiuti!*". Danny não entendeu tudo, mas pescou o "homem estúpido" e "ajuda", então a puxou em direção à escadaria.

A mão dela continuou na dele, o braço enlaçando-lhe o abdome, o corpo grudado às suas costas, enquanto desciam os degraus para chegarem à rua. O Hospital Geral de Massachusetts era longe demais para ir a pé, e ele não via nem táxi ou mesmo um caminhão nas ruas, somente gente, gente por toda parte porque era dia de feira, e Danny pensava consigo mesmo que, sendo dia de feira, deveria haver alguns caminhões, porra, mas não, somente hordas de gente, frutas, hortaliças e porcos inquietos fuçando a palha nas pedras do calçamento.

"Pronto-socorro de Haymarket", disse ele. "É o mais próximo. Você está entendendo?"

A mulher fez um rápido gesto de cabeça e ele percebeu que ela respondia ao seu tom de voz. Foram abrindo caminho por entre a multidão, e as pessoas começaram a lhes dar passagem. Danny gritou algumas vezes "*Cerco un'ostetrica! Un'ostetrica! C'è qualcuno che conosce un'ostetrica?*", mas só lhe respondiam com um solidário meneio de cabeça.

Quando eles saíram do outro lado da multidão, a mulher encurvou as costas com um gemido agudo, e Danny pensou que ela ia deixar cair o bebê na rua, a dois quarteirões do pronto-socorro, mas o corpo dela desabou sobre o dele. Ele a ergueu nos braços e começou a andar e cambalear, andar e cambalear. A mulher nem era tão pesada, mas contorcia o corpo, agarrava o ar e esmurrava o peito dele.

Eles andaram vários quarteirões, tempo bastante para Danny achá-la bonita em sua agonia. Se era por causa dela ou apesar dela, ele não sabia muito bem, mas, de todo modo, bonita. No último quarteirão, ela passou os braços em volta do pescoço dele, os punhos pressionando-lhe os músculos, e se pôs a sussurrar ao seu ouvido repetidamente: "*Dio, aiutami. Dio, aiutami*".

No pronto-socorro, Danny entrou com ela na primeira porta que viu, e eles foram parar num corredor marrom com assoalho de carvalho escuro, pálidas luzes amarelas e um único banco. Sentado ali, um médico de pernas cruzadas, fumando um cigarro. Ele lançou um olhar quando os dois entraram no corredor. "O que vocês estão fazendo aqui?"

Ainda segurando a mulher nos braços, Danny disse: "Está falando sério?".

"Vocês entraram pela porta errada." O médico esmagou o cigarro no cinzeiro, levantou-se e examinou a mulher atentamente. "Há quanto tempo ela está em trabalho de parto?"

"Eu só sei que a bolsa dela rompeu há dez minutos."

O médico pôs uma mão sob a barriga da mulher e outra em sua cabeça. Ele lançou a Danny um olhar calmo e distante. "Esta mulher vai dar à luz."

"Eu sei."

"Em seus braços", continuou o médico, e Danny quase a deixou cair.

O médico disse "Espere aqui" e passou por uma porta dupla a meio caminho do fim do corredor. Ouviu-se o barulho de alguma coisa batendo lá dentro, e então ele apareceu na porta dupla trazendo uma maca de ferro com uma das rodas enferrujada e rangendo.

Danny pôs a mulher na maca. Ela fechara os olhos, mas sua respiração continuava ofegante. Danny descobriu que a umidade que vinha sentindo nos braços e na cintura — umidade que ele havia pensado ser água —, era na verdade sangue, e mostrou então os braços ao médico.

O médico balançou a cabeça e disse: "Como é o nome dela?".

"Não sei", respondeu Danny.

O médico franziu o cenho e foi empurrando a maca em direção à porta dupla, por onde entrou, e Danny o ouviu chamando por uma enfermeira.

Danny encontrou um banheiro no fim do corredor. Lavou as mãos e os braços com sabonete e ficou olhando o remoinho róseo na pia. O rosto da mulher continuava em sua cabeça. O nariz dela era levemente arqueado, com uma saliência a meia altura, e seu lábio superior era mais grosso que o inferior. A mulher tinha um pequeno sinal sob o queixo, que mal se podia notar porque sua pele era muito escura, quase tão escura quanto os cabelos. Ele ainda sentia a vibração da voz dela em seu peito, sentia-lhe as coxas e a parte inferior das costas nas mãos, viu o arco em que se transformou o pescoço no instante em que ela deitou a cabeça no colchão da maca.

Danny foi até a sala de espera na outra ponta do corredor. Passando por trás do balcão da recepção, ele entrou na sala, deu a volta e foi se sentar junto aos enfaixados e aos constipados. Um sujeito tirou um chapéu-coco preto da cabeça, vomitou dentro dele e limpou a boca com um lenço. O homem olhou para dentro do chapéu, depois para as pessoas que estavam na sala de espera, parecendo constrangido. Com todo o cuidado, depositou o chapéu embaixo do banco de madeira, limpou a boca novamente com o lenço, recostou o corpo e fechou os olhos. Alguns estavam com máscaras cirúrgicas, e quando tossiam era uma tosse úmida. A enfermeira da recepção também estava de máscara. Ninguém falava inglês, exceto um carroceiro cujo pé fora atropelado por uma carroça. Ele contou a Danny que o acidente acontecera bem ali na frente, senão ele teria ido a um hospital de verdade, um hospital digno de americanos. Por várias vezes ele olhou o sangue seco sobre o cinto e a virilha de Danny, mas não perguntou o que tinha acontecido.

Chegou uma mulher com a filha adolescente. A mulher tinha pele escura e cintura larga, mas a filha era magra, quase amarela, e tossia sem parar, emitindo um som que parecia o de engrenagens de metal rangendo sob a água. O carroceiro foi o primeiro a pedir uma máscara à enfermeira, mas, quando a sra. DiMassi encontrou Danny na sala de espera, ele também estava com uma, sentindo-se constrangido e envergonhado. Ainda se ouvia a mocinha, que já estava em outro corredor, para além de outras portas duplas, com aquelas engrenagens rangendo.

"Por que está usando isso, agente Danny?", perguntou a sra. DiMassi sentando-se ao seu lado.

Danny tirou a máscara. "Ainda há pouco passou aqui uma mulher muito doente."

Ela disse: "Muitos doentes hoje em dia. Digo ar livre. Digo para ir para os terraços. Todo mundo diz eu louca. Ficam dentro de casa".

"Ouviu falar de..."

"Tessa, sim."

"Tessa?"

A sra. DiMassi balançou a cabeça. "Tessa Abruzze. Você trouxe ela para cá?"

Danny fez que sim.

A sra. DiMassi riu. "A vizinhança toda comentando. Que você não é tão forte como parece."

Danny sorriu. "É mesmo?"

Ela falou: "Sim, mesmo. Eles dizem seus joelhos dobram e Tessa não é pesada".

"Você avisou o marido dela?"

"Bah", fez a sra. DiMassi desferindo um golpe no ar. "Ela não tem marido. Só pai. Pai um homem bom. Filha?" E desferiu outro golpe no ar.

"Quer dizer que você não a tem em alta conta", concluiu Danny.

"Eu cuspiria", disse ela, "mas esse chão limpo."

"Então por que está aqui?"

"Ela minha inquilina", respondeu com simplicidade.

Danny pôs uma mão nas costas da velhinha. O corpo dela ia para frente e para trás, e seus pés balançavam acima do chão.

Quando o médico entrou na sala de espera, Danny tinha recolocado a máscara. A sra. DiMassi também estava com uma. Daquela vez o doente fora um homem de cerca de vinte e cinco anos, que certamente trabalhava com carga e descarga, a julgar pelas roupas. Ele apoiou um joelho no chão, na frente do balcão da entrada, e levantou a mão, como a dizer que estava bem, estava bem. Não tossia, mas os lábios e a parte de baixo do queixo estavam arroxeados. Ele continuou naquela posição, respirando ruidosamente, até a enfermeira vir buscá-lo. Ela o ajudou a se levantar. Apoiado na mão da enfermeira, vacilou. Seus olhos estavam vermelhos, úmidos e não viam nada à sua frente.

Então Danny recolocou a máscara, foi para trás do balcão, pegou uma máscara para a sra. DiMassi e para alguns outros que estavam na sala de espera. Ele distribuiu as máscaras e sentou-se. Cada vez que expirava, sentia a pressão do ar contra os lábios e o nariz.

A sra. DiMassi disse: "O jornal diz só soldados pegam".

"Os soldados respiram o mesmo ar", respondeu Danny.

"E você?"

Danny afagou-lhe a mão. "Por enquanto não."

Ele fez que ia tirar a mão, mas ela a cobriu com as suas para retê-la. "Nada pega em você, acho."

"Isso mesmo."

"Então eu fico perto", disse a sra. DiMassi achegando-se a ele até suas pernas se tocarem.

O médico entrou na sala de espera e pareceu surpreso ao ver todas aquelas máscaras, embora ele próprio estivesse usando uma.

"É um menino", disse agachando-se diante deles. "Saudável."

"Como está Tessa?", perguntou a sra. DiMassi.

"É assim que ela se chama?"

A sra. DiMassi fez que sim.

"Ela teve uma complicação", disse o médico. "Está com um sangramento que me preocupa. A senhora é a mãe dela?"

A sra. DiMassi negou com a cabeça.

"Senhoria", esclareceu Danny.

"Ah", fez o médico. "Ela tem família?"

"Tem pai", disse Danny. "Ainda estão tentando localizá-lo."

"Não posso deixar ninguém vê-la, a não ser os parentes próximos. Espero que compreendam."

Danny falava baixo. "O caso é sério, doutor?"

Os olhos do médico traíam cansaço. "Estamos fazendo o possível."

Danny balançou a cabeça.

"Se você não a tivesse trazido para cá", disse o médico, "com toda a certeza o mundo estaria uns cinquenta quilos mais leve. Procure ver as coisas desse ângulo."

"Claro."

Depois de se despedir da sra. DiMassi, o médico se pôs de pé.

"Doutor...", disse Danny.

"Rosen", completou o médico.

"Doutor Rosen", prosseguiu Danny. "Por quanto tempo mais o senhor acha que precisaremos usar máscaras?"

O doutor Rosen olhou em volta da sala de espera demoradamente. "Até a coisa acabar."

"E não está acabando?"

"Mal começou", disse o médico retirando-se e os deixando ali.

O pai de Tessa, Federico Abruzze, se encontrou com Danny àquela noite, no terraço do edifício em que moravam. De volta do hospital, a sra. DiMassi exortou todos os seus inquilinos, nos termos mais ásperos, a levarem seus colchões para o terraço logo depois do pôr do sol. E assim eles se reuniram quatro andares acima do North End, sob as estrelas, sob a espessa fumaça da fábrica Portland Meat e o cheiro do tanque de melaço da Indústria de Álcool dos Estados Unidos.

A sra. DiMassi trouxe sua melhor amiga, Denise Ruddy-Cugini, da Prince Street. Vieram com ela também sua sobrinha Arabella e o marido, Adam, pedreiro recém-chegado de Palermo, na condição de imigrante ilegal. A eles se juntaram Claudio e Sophia Mosca e seus três filhos, o mais velho com apenas cinco anos, e Sophia já grávida do quarto. Pouco depois, Lou e Patricia Imbriano subiram pela escada de incêndio carregando seus colchões, seguidos pelos recém-casados Joseph e Concetta Limone, e finalmente por Steve Coyle.

Danny, Claudio, Adam e Steve Coyle ficaram jogando dados, costas contra o parapeito, e a cada rodada o vinho caseiro de Claudio descia melhor. Danny ouvia a tosse e os gritos que vinham das ruas e dos edifícios, mas ouvia também mães chamando os filhos para casa, o rangido de roupa sendo estendida entre os edifícios, o riso súbito de um homem, um tocador de realejo numa das ruelas, o instrumento ligeiramente desafinado no ar quente da noite.

Ninguém no terraço estava doente ainda. Ninguém tinha tosse, febre ou enjoo. Ninguém apresentava o que diziam ser os primeiros sinais de contágio — dor de cabeça e dores nas pernas —, ainda que os homens, exaustos de suas jornadas de doze horas de trabalho, talvez não fossem notar a diferença. Joe Limone, ajudante de padeiro, trabalhava quinze horas por dia e zombava dos que trabalhavam doze. Concetta Limone, num visível esforço para acompanhar o ritmo do marido, entrava na Patriot Wool às cinco da manhã e saía às seis e meia da tarde. A primeira noite deles no terraço foi como as noites de festas religiosas, quando a Hanover Street enfeitava-se de luzes e flores, os padres conduziam procissões e o ar cheirava a incenso e molho de tomate. Claudio fez uma pipa para o filho, Bernardo Thomas. Ele e as outras crianças estavam no centro do terraço, e a pipa amarela parecia uma barbatana contra o céu azul escuro.

Danny reconheceu Federico logo que ele chegou ao terraço. Certa vez passara por ele na escada, carregando um monte de caixas. Era um velho cortês, vestido de linho marrom-amarelado. Seus cabelos e seu bigode fino eram brancos, cortados rente, e ele trazia uma bengala no estilo da nobreza fundiária, não para apoiar o corpo, mas como um totem. Ele tirou o chapéu de feltro enquanto falava com a sra. DiMassi e então olhou para Danny, que estava sentado no parapeito com os outros homens. Danny se levantou quando Federico Abruzze veio em sua direção.

"Senhor Coughlin?", disse ele com uma pequena mesura e num inglês perfeito.

"Senhor Abruzze", cumprimentou Danny estendendo a mão. "Como vai sua filha?"

Federico apertou a mão de Danny com as duas mãos, fazendo-lhe um ligeiro aceno de cabeça. "Ela está bem. Obrigado por perguntar."

"E seu neto?"

"Ele é forte", afirmou Federico. "Posso conversar com você a sós?"

Danny deu um passo largo por cima dos dados e do dinheiro trocado e foi andando com Federico em direção a um canto vazio do terraço. O velho tirou um lenço branco do bolso e estendeu-o no parapeito. "Por favor, sente-se", convidou.

Danny sentou-se no lenço, sentindo a maresia às suas costas e o vinho em seu sangue.

"Uma bela noite", disse Federico. "Mesmo com tanta gente tossindo."

"Sim."

"Tantas estrelas."

Danny levantou os olhos, contemplou o vasto céu estrelado e voltou o olhar novamente para Federico Abruzze, percebendo no velho a marca do líder tribal. Um prefeito de cidadezinha do interior, talvez, alguém que ministrava sabedoria na *piazza* da cidade em noites de verão.

"Você é muito conhecido aqui no bairro", afirmou Federico.

"É mesmo?", disse Danny.

O velho fez que sim. "Dizem que você é um policial irlandês sem preconceito contra italianos. Dizem que você cresceu aqui e que, mesmo depois de explodirem uma bomba na sua delegacia, mesmo depois de ter trabalhado nessas ruas e conhecido o pior do nosso povo, trata todo mundo como irmão. E agora você salvou a vida da minha filha e do meu neto. Muito obrigado, senhor."

"Não há de quê", disse Danny.

Federico pôs um cigarro entre os lábios, riscou um fósforo na unha do polegar e ficou olhando para Danny através da chama. Ele de repente pareceu mais jovem, o rosto liso, e Danny calculou que estivesse se aproximando dos sessenta, dez anos mais novo do que achara antes de vê-lo mais de perto.

Ele fez um gesto largo com o cigarro, na escuridão. "Nunca deixei uma dívida por pagar."

"O senhor não me deve nada", disse Danny.

"Devo sim, senhor", respondeu o velho. "Devo." Sua voz era um tanto melodiosa. "Mas o custo de imigrar para este país me deixou com recursos escassos. O senhor nos permitiria, a mim e à minha filha, que ao menos lhe oferecêssemos um jantar uma noite dessas?" Ele pôs a mão no ombro de Danny. "Logo que ela esteja recuperada, naturalmente."

Danny fitou o sorriso do homem e se perguntou pelo marido de Tessa. Estaria morto? Será que algum dia ela fora casada? Pelo que Danny sabia dos costumes italianos, ele não poderia imaginar que um homem da estatura e educação de Federico fosse aceitar uma filha solteira e grávida, e ainda mais sob seu teto. E agora parecia que o homem estava tentando articular um namoro entre ele e Tessa.

Que estranho.

"É uma honra, senhor."

"Então está combinado", disse Federico inclinando o corpo para trás. "E a honra é toda minha. Eu aviso quando Tessa estiver bem."

"Estarei esperando."

Federico e Danny atravessaram o terraço em direção à escada de incêndio.

"Essa doença", disse Federico traçando um amplo círculo com os braços e indicando os edifícios à volta deles. "Será que vai passar?"

"Espero que sim."

"Eu também. Este país é tão promissor, tão cheio de possibilidades. Seria uma tragédia se aprendesse a sofrer como a Europa aprendeu." Ele se voltou para a escada de incêndio e segurou os ombros de Danny. "Agradeço-lhe novamente, senhor. Boa noite."

"Boa noite", respondeu Danny.

Federico desceu pela negra escada de ferro, a bengala enfiada debaixo do braço, movimentos desenvoltos e seguros como se tivesse crescido em meio a montanhas e colinas rochosas. Depois que o velho se foi, Danny se pegou olhando para baixo, tentando identificar a estranha sensação de que alguma coisa a mais se passara entre eles, algo que se perdeu no vinho em seu sangue. Talvez a forma como pronunciara as palavras "dívida" ou "sofrer", como se em italiano tivessem outro sentido. Danny tentou seguir uma ou outra pista, mas o vinho era forte demais; o pensamento perdeu-se na brisa, ele desistiu de apanhá-lo e voltou ao jogo de dados.

Um pouco mais tarde, por insistência de Bernardo Thomas, eles soltaram a pipa novamente, mas a linha escapou dos dedos do menino. Antes que ele tivesse tempo de gritar, Claudio deixou escapar um brado de triunfo, como se o grande barato de ter uma pipa fosse o gesto de finalmente libertá-la. O menino não se convenceu de imediato. Ficou olhando para ela, o queixo trêmulo, de forma que os demais adultos se aglomeraram no canto do terraço. Eles levantaram os punhos e gritaram. Bernardo Thomas começou a rir e a bater palmas, as outras crianças se puseram a imitá-lo, e logo estavam todos em clima de festa, torcendo para que a pipa amarela se perdesse na escuridão do céu.

Lá pelo fim da semana, os agentes funerários contrataram seguranças para proteger seus caixões. A aparência deles variava muito — alguns eram de empresas de segurança privada e sabiam tomar banho e barbear-se, outros pareciam jogadores de futebol ou lutadores de boxe decadentes, alguns do North End eram membros pouco graduados da Mão Negra —, mas todos portavam espingardas ou rifles. Entre os doentes havia carpinteiros e, ainda que estivessem com boa saúde, dificilmente poderiam atender à demanda. Em Camp Devens, a gripe matou sessenta e três soldados num só dia. Ela começou a se espalhar no North End, em South Boston e nos edifícios residenciais da Scollay Square, alcançando os estaleiros de Quincy e Weymouth. Então ela ganhou o estado, pegou as linhas férreas, e os jornais começaram a noticiar surtos em Hartford e em Nova York.

A doença chegou à Filadélfia no fim de semana, quando o tempo estava muito bom. As pessoas enchiam as ruas, participando de desfiles em apoio aos soldados e à compra de bônus de guerra, ao Despertar da América, à recém-criada Legião Americana e ao fortalecimento da pureza moral e da determinação, cujo exemplo máximo eram os escoteiros. Ao longo da semana seguinte, carroças percorriam as ruas para recolher cadáveres postos nas varandas na noite anterior, e necrotérios improvisados espalhavam-se por toda a Pensilvânia e pelo lado ocidental de Nova Jersey. Em Chicago a gripe atingiu primeiro a zona sul, depois a zona leste, e as estradas de ferro fizeram que se disseminasse pelas planícies do oeste.

Começaram a circular boatos de que logo haveria uma vacina. De que em agosto se avistara um submarino alemão a cinco quilômetros do porto de Boston; alguns disseram tê-lo visto emergir e soltar um penacho de fumaça cor de laranja, que o vento soprou em direção à costa. Pregadores citavam passagens do Apocalipse e de Ezequiel que profetizavam um veneno carregado pelo vento como castigo para a promiscuidade de um novo século e para os costumes dos imigrantes. O Fim dos Tempos, diziam, chegara.

Corria entre o povo que o único remédio era o alho. Ou terebentina em cubinhos de açúcar. Ou então querosene em cubinhos de açúcar, caso não se dispusesse de terebentina. Assim sendo, os edifícios fediam. Cheiravam a suor, a excrementos, a cadáveres e a moribundos, mas o fedor de alho e de terebentina era pior. Esses cheiros fechavam a garganta de Danny, queimavam suas narinas. Em certos dias, tonto por conta dos vapores de querosene e sufocado pelo cheiro de alho, as amídalas ardendo, ele pensava ter finalmente contraído a doença. Mas não tinha. Ele vira a doença derrubar médicos, enfermeiras, legistas, motoristas de ambulância e dois policiais da Primeira Delegacia e mais seis de outras. E ainda que a doença devastasse o bairro que ele amava, com uma paixão que nem ao menos podia explicar para si mesmo, Danny sabia que não iria contraí-la.

A morte não o pegara na Salutation Street, e agora o rodeava, piscava para ele, mas aí baixava em outra pessoa. Então ele ia a edifícios aonde vários policiais tinham se recusado a ir, ia a pensões e ajudava como podia aquela gente de pele amarelada e acinzentada pela doença, gente cujo suor enegrecia o colchão.

Na delegacia já não havia dias de folga. Pulmões matraqueavam feito gaiolas sacudidas pelo vento, e o vômito era verde-escuro. Nas favelas do North End, começaram a pintar um X nas portas dos infectados, e cada vez mais pessoas passaram a dormir nos terraços dos edifícios. Certas manhãs, Danny e os outros policiais da Primeira Delegacia empilhavam os cadáveres na calçada e esperavam ao sol da tarde a chegada das carroças que levariam os corpos. Ele continuava a usar a máscara, mas apenas porque era proibido deixar de usá-la. Máscaras eram bobagem. Muitos que nunca tiravam a máscara pegaram a gripe e morreram com a cabeça ardendo em febre.

Ele, Steve Coyle e mais meia dúzia de policiais responderam a um chamado em Portland Street, onde havia uma suspeita de assassinato. Quando Steve bateu na porta, Danny percebeu o brilho da adrenalina nos olhos dos outros homens que estavam no corredor. O sujeito que finalmente abriu a porta estava de máscara, mas tinha os olhos vermelhos por causa dela, e seu hálito se liquefazia. Steve e Danny fitaram por vinte segundos o cabo da faca apontando do peito do homem, antes de se darem conta do que estavam vendo.

O homem disse: "O que vocês querem, porra?".

Steve estava com a mão no revólver, mas ele continuou no coldre. Ele levantou a mão para fazer que o homem recuasse. "Quem o esfaqueou, senhor?"

Ouvindo isso, os outros policiais se postaram atrás de Danny e Steve.

"Eu mesmo", disse o cara.

"Você se esfaqueou?"

O sujeito fez que sim, e Danny viu uma mulher sentada no sofá atrás do cara. Ela também estava de máscara, sua pele tinha o tom azulado dos infectados e sua garganta estava cortada.

O cara encostou-se na porta, e esse movimento escureceu ainda mais sua camisa.

"Mostre-me suas mãos", ordenou Steve.

O homem levantou as mãos, e seus pulmões ressoaram com o esforço. "Será que algum de vocês poderia tirar isso do meu peito?"

Steve disse: "Afaste-se da porta".

Ele se afastou, caiu de bunda no chão e ficou contemplando as próprias coxas. Eles entraram na sala. Ninguém queria encostar no cara, então Steve apontou-lhe o revólver.

O sujeito pôs ambas as mãos no cabo da faca e puxou-o, mas o cabo não se mexeu. Steve disse: "Abaixe as mãos, senhor".

O cara sorriu fracamente para Steve, abaixou as mãos e soltou um suspiro.

Danny olhou para a mulher morta. "Você matou sua esposa?"

Um leve sacudir de cabeça. "Eu a curei. Não havia mais nada a fazer, cara. Um troço desses..."

Leo West chamou do fundo do apartamento. "Há crianças aqui."

"Vivas?", perguntou Steve em voz alta.

O cara sentado no chão balançou a cabeça novamente. "Eu as curei também."

"São três", falou Leo West. "Meu Deus", disse ele voltando para a sala. Seu rosto estava pálido, e ele tinha desabotoado o colarinho. "Meu Deus", repetiu ele. "Merda."

Danny disse: "Precisamos de uma ambulância".

Rusty Aborn deu sua risadinha amarga. "Claro, Dan. Quanto tempo elas demoram para chegar atualmente? Cinco, seis horas?"

Steve limpou a garganta. "Esse cara acaba de deixar o País das Ambulâncias", disse ele pondo o pé no ombro do cara e empurrando-o devagar para o chão.

Dois dias depois, Danny saiu do apartamento de Tessa com o filho dela envolto numa toalha. Federico sumira, e a sra. DiMassi estava sentada ao lado da cama de Tessa, que fitava o teto, com uma toalha molhada na testa. Sua pele tinha um tom amarelado, mas ela estava consciente e desperta. Quando Danny pegou a criança, Tessa olhou primeiro para ele, depois para a trouxinha em seus braços — a pele da criança com a cor e a aparência de pedra —, e por fim voltou os olhos novamente para o teto. Danny então desceu as escadas com a criança e saiu do edifício, da mesma forma como, ajudado por Steve Coyle, carregara o corpo de Claudio no dia anterior.

Danny procurou ligar para seus pais quase todas as noites e deu um jeito de ir visitá-los durante a pandemia. Ele ficou com sua família e com Nora na sala de visitas da casa da K Street, tomando chá por sob as máscaras que, a pedido de Ellen Coughlin, toda a família comprometeu-se a usar em toda parte, menos em seus próprios quartos. O chá foi servido por Nora. Normalmente, essa tarefa cabia a Avery Wallace, mas há três dias ele faltava ao trabalho. Estava mal, praticamente acabado, dissera ele ao telefone ao pai de Danny. Danny conhecia Avery desde que ele e Connor eram crianças, e só agora lhe ocorria que nunca fora à casa dele nem conhecera sua mulher. Porque ele era negro?

Aí está.

Porque ele era negro.

Ao levantar os olhos da xícara de chá e contemplar os demais membros da família — estranhamente silenciosos, levantando as máscaras com gestos mecânicos para sorver o chá —, teve uma sensação de absurdo, partilhada por Connor no mesmo instante. Era como se eles ainda fossem coroinhas, ajudando na missa da Gate of Heaven, e bastava um deles olhar para o outro para provocar uma risada no momento mais impróprio. Não importava quantas bengaladas o velho lhes aplicasse na bunda, eles simplesmente não conseguiam se conter. A coisa ficou tão séria que se decidiu separá-los e, depois da sexta série, eles nunca mais ajudaram na missa juntos.

Agora eles estavam experimentando a mesma sensação. O riso rebentou na boca de Danny, seguido imediatamente pelo de Connor. Sem poderem conter o riso, os dois puseram as xícaras no chão e se deixaram vencer por ele.

"O que é?", perguntou o pai. "Qual é a graça?"

"Nada", Connor conseguiu responder, e a palavra saiu abafada pela máscara, o que fez Danny gargalhar ainda mais.

Impaciente e perturbada, a mãe deles disse: "O que é? O que é?".

"Puxa, Dan", disse Connor. "Olhe só você."

Danny sabia que ele se referia a Joe. Ele quis evitar olhar, conseguiu, mas então levantou a vista e viu o menino sentado numa cadeira tão grande que seus sapatos mal chegavam à borda da almofada. Joe, sentado ali com os olhões arregalados, a máscara ridícula e a xícara apoiada no colo do calção xadrez, olhava para os irmãos como se eles fossem lhe dar uma resposta. Mas não havia nada a dizer. A coisa toda era muito boba, muito ridícula. Danny viu as meias com losangos do irmãozinho e seus olhos se encheram de lágrimas enquanto se torcia de tanto rir.

Joe resolveu rir também, e Nora com ele, ambos hesitantes a princípio, mas logo ganhando confiança, porque o riso de Danny sempre fora muito contagiante, e nenhum dos dois conseguia se lembrar da última vez que tinham visto Connor rir tão livre e espontaneamente, e então Connor espirrou, e todos pararam de rir.

A parte de dentro de sua máscara cobriu-se de manchinhas vermelhas que escorreram para fora.

A mãe deles murmurou "Santa Maria Mãe de Jesus" e se benzeu.

"Por que isso?", surpreendeu-se Connor. "Foi um espirro."

"Connor", disse Nora. "Meu Deus, Connor, querido."

"O que é?"

"Con", falou Danny levantando-se da cadeira. "Tire a máscara."

"Oh não, oh não, oh não", sussurrou a mãe.

Connor tirou a máscara e, depois de examiná-la com atenção, balançou a cabeça e respirou fundo.

Danny disse: "Vamos dar uma olhada no banheiro".

A princípio, ninguém se mexeu. Danny e Connor entraram no banheiro, trancaram a porta e só então ouviram a família recobrar os movimentos e reunir-se no corredor.

"Incline a cabeça", ordenou Danny.

Connor inclinou a cabeça. "Dan."

"Cale a boca. Deixe-me olhar."

Alguém girou a maçaneta do lado de fora e o pai disse: "Abram".

"Só um segundinho, está bem?"

"Dan", repetiu Connor, a voz ainda trêmula por causa do riso.

"Quer manter a cabeça inclinada para trás? Não tem a menor graça."

"Bem, você está olhando meu nariz."

"Sei que estou. Cale a boca."

"Está vendo alguma catota?"

"Algumas." Danny sentiu um sorriso forçando os músculos do rosto do irmão. Só Connor mesmo. Sério feito um túmulo em dias normais, e agora, possivelmente à beira do túmulo, não conseguia ficar sério.

Alguém sacudiu a porta novamente e bateu.

"Eu cutuquei", disse Connor.

"O quê?"

"Pouco antes da mamãe trazer o chá. Eu estava aqui, com metade da mão dentro do nariz, Dan. Tinha uma daquelas cacas duras lá dentro, sabe?"

Danny parou de examinar o nariz do irmão. "Você o quê?"

"Eu enfiei o dedo no nariz", explicou Connor. "Acho que preciso cortar as unhas."

Danny olhou para ele, e Connor riu. Danny deu-lhe um tapa no lado da cabeça, e Connor aplicou-lhe um golpe curto na nuca. Quando eles abriram a porta para os outros membros da família, postados pálidos e furiosos no corredor, os dois irmãos estavam rindo como coroinhas.

"Ele está bem."

"Estou bem. Foi só o nariz que sangrou. Olhe, mamãe, já parou."

"Pegue outra máscara na cozinha", disse o pai voltando para a sala de visitas e fazendo um gesto de desagrado.

Danny pegou Joe olhando para eles com uma expressão próxima do espanto.

"Um sangramento no nariz", disse ele a Joe, escandindo as palavras.

"Não tem a menor graça", censurou a mãe deles asperamente.

"Eu sei, mãe", concordou Connor. "Eu sei."

"Eu também sei", reforçou Danny, surpreendendo um olhar de Nora bem semelhante ao da mãe, e então se lembrou de ouvi-la chamar seu irmão de "querido" Connor.

Quando teria começado?

"Não, não sabem", disse a mãe deles. "Não sabem mesmo. Vocês dois nunca souberam." Ela entrou no quarto e fechou a porta.

Quando Danny recebeu a notícia, fazia cinco horas que Steve Coyle estava doente. Acordara de manhã com as coxas parecendo gesso, tornozelos inchados, panturrilhas contraindo-se, cabeça latejando. Ele não perdeu tempo tentando se convencer de que era alguma outra coisa. Esgueirou-se para fora do quarto onde passara a noite com a viúva Coyle, pegou suas roupas e saiu para a rua. Não parou nem uma vez, mesmo com as pernas do jeito que estavam, arrastando-se atrás do resto do corpo como se tivessem resolvido ficar paradas, ainda que o tronco seguisse em frente. Depois de ter andado alguns quarteirões — contou ele a Danny —, as malditas pernas reclamavam tanto que era como se pertencessem a outra pessoa. Elas gemiam a cada passo. Ele tentou andar até o ponto do bonde, mas aí pensou que podia infectar todos os que estivessem no veículo. E então se lembrou de que, de todo modo, os bondes tinham parado de circular. Portanto, o jeito era andar. Do apartamento sem água quente da viúva Coyle, no alto do Mission Hill, até o Peter Bent Hospital eram onze quarteirões. Ele estava quase rastejando quando chegou ao hospital, dobrado para a frente feito um fósforo quebrado, sentindo dores que lhe subiam pelo abdome, pelo peito, pela garganta... meu Deus do céu. E a cabeça então... Quando ele chegou ao balcão de atendimento, era como se alguém tivesse lhe enfiando canos dentro dos olhos.

Ele contou tudo isso a Danny por trás de cortinas de musselina, na ala de doenças infecciosas da UTI do Peter Bent. Não havia mais ninguém ali na tarde em que Danny foi visitá-lo, apenas a massa informe de um corpo do outro lado do corredor. As demais camas estavam vazias, as cortinas fechadas. O que de certa forma era pior.

Danny recebera uma máscara e luvas; as luvas estavam no bolso de seu casaco; a máscara, pendurada ao pescoço. Ainda assim, mantinha a cortina entre ele e Steve. Contrair a doença não o assustava. Nas últimas semanas, quem não tivesse feito as pazes com o Criador era porque não acreditava ser uma criatura. Mas ver a doença reduzir Steve a pó era outra coisa. Algo que ele dispensaria, se Steve permitisse. Não morrer, mas testemunhar a morte.

Steve falava como se ao mesmo tempo tentasse gargarejar. As palavras forçavam caminho pelo catarro, e o fim das frases sempre se afogava. "Nada da viúva. Dá para acreditar?"

Danny ficou quieto. Ele só encontrou a viúva Coyle uma vez, e a única impressão que ela lhe passara fora a de ser uma pessoa inquieta e egoísta.

"Não consigo ver você", disse Steve limpando a garganta.

Danny falou: "Eu estou te vendo, meu chapa".

"Quer abrir a cortina?"

Danny não se moveu de imediato.

"Está com medo? Eu entendo. Esquece."

Danny inclinou-se para a frente algumas vezes, deu um pequeno puxão na calça na altura dos joelhos, inclinou-se mais uma vez e abriu a cortina.

Steve estava sentado em posição ereta, o travesseiro enegrecido por sua cabeça. O rosto estava inchado e ao mesmo tempo esquelético, como o de dezenas de outros infectados, vivos e mortos, que Danny vira naquele mês. Seus olhos estavam esbugalhados como se quisessem fugir das órbitas, e neles se formava uma película leitosa que escorria pelos cantos. Mas sua pele não estava arroxeada nem escura. Ele não estava pondo os pulmões pela boca nem defecando na cama. Portanto, tudo somado, não estava tão doente como era de se temer. Ou pelo menos não ainda.

Ele olhou para Danny, arqueou as sobrancelhas e lhe deu um sorriso cansado.

"Lembra-se daquelas garotas que paquerei neste verão?"

Danny fez que sim. "Com algumas delas você foi mais além."

Ele tossiu. Uma tosse pequena, abafada com o punho. "Escrevi uma canção. Na minha cabeça. 'Garotas do Verão'."

De repente Danny começou a sentir o calor que vinha do corpo do amigo. Se chegava a trinta centímetros dele, as ondas lhe atingiam o rosto.

"'Garotas do Verão', hein?"

"'Garotas do Verão'." Os olhos de Steve se fecharam. "Qualquer dia desses eu canto para você."

Danny viu um balde de água na mesinha de cabeceira. Meteu a mão dentro dele, tirou um pano, torceu-o e pressionou-o na testa de Steve. Os olhos do amigo voltaram-se rapidamente para ele, ardentes e cheios de gratidão. Danny abaixou-lhe a testa, limpou seu rosto, jogou o pano dentro da água fria e torceu-o novamente. Então limpou as orelhas, o pescoço e o queixo do parceiro.

"Dan."

"Sim?"

Steve fez uma careta. "Parece que tem um cavalo em cima do meu peito."

Danny manteve o olhar calmo. Não o desviou do rosto de Steve quando jogou o pano no balde. "Dói muito?"

"Sim, dói."

"Você consegue respirar?"

"Não muito bem."

"Então é melhor chamar um médico."

Steve moveu os olhos rapidamente a essa sugestão.

Danny afagou-lhe a mão e chamou o médico.

"Fique aqui", disse Steve. Seus lábios estavam brancos.

Danny sorriu, fez que sim com a cabeça e girou no banquinho que tinham empurrado para perto da cama quando ele chegou. E chamou o médico novamente.

Avery Wallace, que trabalhara por dezessete anos para a família Coughlin, sucumbiu à gripe e foi enterrado no Cemitério Copp's Hill, num jazigo que Thomas Coughlin comprara para ele dez anos antes. Somente Thomas, Danny e Nora compareceram ao funeral. Ninguém mais.

Thomas disse: "A mulher dele morreu há vinte anos. Os filhos se espalharam por aí, a maioria está em Chicago, um deles foi para o Canadá. Nunca escreviam. Ele perdeu contato. Era um homem bom. Difícil de conhecer, mas, de todo modo, bom".

Danny surpreendeu-se ao perceber um leve tom de pesar na voz do pai.

Quando o caixão de Avery baixou ao túmulo, o pai pegou um punhado de terra e o jogou sobre a madeira. "Que o Senhor tenha piedade da sua alma."

Nora ficou de cabeça baixa, lágrimas escorrendo-lhe pelo queixo. Danny estava chocado. Como fora possível conviver com aquele homem durante quase toda a sua vida e, de alguma forma, nunca tê-lo visto?

Ele jogou um punhado de terra no caixão.

Porque ele era negro. Era por isso.

Steve saiu do Peter Bent Hospital dez dias depois de dar entrada. Como milhares de outros na cidade, sobrevivera à doença, ainda que a gripe estivesse devastando o resto do país, avançando rumo à Califórnia e ao Novo México no mesmo fim de semana em que ele andou até um táxi com Danny.

Ele usava uma bengala, e assim o faria pelo resto da vida, segundo os médicos. A gripe debilitara seu coração e afetara o cérebro. Nunca mais deixaria de ter dores de cabeça. Por vezes, o simples ato de falar já poderia ser um problema. Atividades mais extenuantes certamente o matariam. Há uma semana ele tiraria sarro dessas coisas, mas agora estava calado.

O ponto de táxi não ficava longe, mas eles levaram muito tempo para ir até lá.

"Nem ao menos um trabalho burocrático", ele reclamou quando chegaram ao táxi que estava no começo da fila.

"Eu sei", concordou Danny. "Sinto muito."

"'Muito extenuante', eles disseram."

Steve entrou no táxi com dificuldade. Danny lhe passou a bengala, deu a volta e entrou.

"Para onde?", perguntou o taxista.

Steve olhou para Danny. Danny olhou para ele, esperando.

"Caras, vocês são surdos? Para onde?"

"Fica calmo, porra." Steve lhe deu o endereço do edifício da Salem Street. Quando o motorista deu a partida, Steve olhou para Danny. "Você me ajuda a arrumar minhas coisas para mudar?"

"Você não precisa mudar."

"Não tenho dinheiro para o aluguel. Sem emprego."

"E a viúva Coyle?", perguntou Danny.

Steve sacudiu os ombros. "Desde que peguei a gripe, nunca mais a vi."

"Para onde você vai?"

Outro sacudir de ombros. "Tem de haver alguém que queira contratar um aleijado deprimido."

Danny ficou calado por um instante. Eles avançavam sacolejando pela Huntington.

"Tem de haver uma maneira de..."

Steve pôs a mão no braço do amigo. "Coughlin, eu te amo, cara, mas nem sempre se pode 'dar um jeito'. A maioria das pessoas cai e não há rede de proteção. Nenhuma. Nós simplesmente vamos."

"Para onde?"

Steve ficou calado por um instante. Olhou pela janela, crispou os lábios. "Para o lugar aonde vão as pessoas sem rede de proteção. Para lá."

7.

Luther estava jogando bilhar sozinho no Ganso de Ouro quando Jessie veio lhe dizer que o Diácono queria falar com ele. O Ganso estava vazio, porque Greenwood inteira estava vazia, toda Tulsa estava vazia: a gripe viera como uma tempestade de areia, que duraria até que pelo menos um membro da maioria das famílias a contraísse, e a metade deles morresse. Era proibido sair de casa sem máscara, e a maioria dos estabelecimentos do lado ruim de Greenwood havia fechado, embora o velho Calvin, dono do Ganso, tivesse declarado que, se o Senhor quisesse sua carcaça velha e cansada, era só levá-la embora, e que fizesse bom proveito. Então Luther ia lá e praticava sinuca, apreciando a limpidez com que se ouvia o som das bolas se chocando em meio a todo aquele silêncio.

O Hotel Tulsa permaneceria fechado até que as pessoas parassem de ficar roxas, e ninguém estava apostando em nada, portanto não havia como ganhar dinheiro àquela altura. Luther proibiu Lila de sair de casa, disse que não queria que ela nem o bebê corressem riscos. Isso significava, porém, que ele tinha de ficar em casa com ela. Ele ficou, e a coisa foi muito melhor do que poderia imaginar. Ajeitaram um pouco a casa, deram uma nova demão de tinta em cada aposento e penduraram as cortinas que a tia Marta lhes dera de presente no casamento. Eles arrumaram tempo para fazer amor quase todas as tardes, com mais vagar do que antes, com mais suavidade, sorrisos brandos em lugar dos sôfregos grunhidos e gemidos do verão. Naquelas semanas ele se lembrou do quanto amava aquela mulher, e de como ser amado por ela fazia dele um homem mais digno. Eles fizeram planos para o futuro e o futuro do bebê, e pela primeira vez na vida Luther conseguia imaginar uma vida em Greenwood. Ele pensava em trabalhar duro durante uns dez anos e guardar dinheiro para abrir o próprio negócio, talvez uma carpintaria, talvez uma oficina, onde pudesse consertar as engenhocas que todo santo dia pareciam brotar do coração daquele país. Luther sabia que, quando se fabrica algum aparelho mecânico, hora ou outra ele se quebra, e que a maioria das pessoas não sabe consertá-los. Mas um homem com os dons de Luther era capaz de devolvê-los novinhos em folha, e ainda no mesmo dia.

Sim, naquelas poucas semanas ali, ele conseguiu *ver* tudo aquilo, mas então a casa começou a sufocá-lo novamente. Os sonhos se obscureciam quando ele se imaginava envelhecendo em alguma casa da Detroit Avenue, rodeado de gente como a tia Marta, indo à igreja, abandonando a bebida, o bilhar e a diversão. E um dia ele haveria de acordar de cabelos brancos, já sem sua agilidade, com a sensação de ter deixado de viver a própria vida e seguido a de outra pessoa.

Então ele foi ao Ganso para evitar que aquela inquietação lhe saísse da cabeça e transparecesse nos olhos. Quando Jessie apareceu, a inquietação se manifestou num sorriso aberto e caloroso, porque, cara... ele sentira falta dos dias em que — e haviam se passado apenas duas semanas, embora parecessem dois anos — eles cruzavam os trilhos, vindos da Cidade dos Brancos, para jogar e farrear.

"Eu passei na sua casa", disse Jessie tirando a máscara.

"Porra, por que você está tirando esse troço?"

Jessie lançou um olhar a Calvin e depois a Luther. "Vocês dois estão usando as suas, então por que *eu* tenho de me preocupar?"

Luther simplesmente ficou olhando para ele, porque uma vez na vida Jessie havia dito coisa com coisa, e ele estava chateado por não ter pensado naquilo antes.

Jessie continuou: "Lila me disse que você estaria aqui. Acho que aquela mulher não gosta de mim, Caipira".

"Você estava de máscara?"

"O quê?"
"Quando falou com minha mulher?"
"Porra, cara. Claro."
"Então tudo bem."
Jessie tomou um gole do cantil. "O Diácono disse que quer falar com a gente."
"Com a gente?"
Jessie fez que sim.
"Para quê?"
Jessie deu de ombros.
"Quando ele disse isso?"
"Há uma meia hora."
"Merda", disse Luther. "Por que você não veio aqui antes?"
"Porque primeiro passei na sua casa."
Luther pôs o taco no suporte. "Estamos encrencados?"
"Não, não. Não é isso. Ele só quer falar com a gente."
"Para quê?"
"Eu já lhe disse, não sei."
"Então como você sabe que não é encrenca?", disse Luther, ao saírem do salão de bilhar.
Jessie olhou para ele enquanto amarrava os cordões da máscara na nuca. "Segure as pontas, garota. Mostre um pouco de coragem."
"Vou pôr um pouco de coragem no seu rabo."
"Uma coisa é dizer, outra é fazer, negão", disse Jessie, rebolando para Luther enquanto os dois corriam pela rua deserta.

"Sentem-se aqui perto de mim", disse Broscious quando eles entraram no Club Almighty. "Bem aqui perto, meninos. Venham."
Ele exibia um largo sorriso, um terno branco sobre uma camisa branca e uma gravata vermelha na mesma tonalidade do chapéu de veludo. Estava sentado em uma mesa redonda no fundo do salão do clube, perto do palco. Ele os saudou sob a luz fraca do ambiente, enquanto Smoke trancava a porta atrás deles. Luther sentiu o gogó vibrar com o barulho. Ele nunca estivera naquele clube fora do horário de funcionamento, e seus boxes de couro bege,

paredes vermelhas e banquinhos de cerejeira pareciam menos pecaminosos, porém mais ameaçadores, ao meio-dia.

O Diácono ficou balançando o braço até Luther sentar-se na cadeira da esquerda e Jessie na da direita. Broscious encheu um copo de uísque canadense do pré-guerra para cada um, empurrou-os pela mesa e disse: "Meus rapazes. Sim, claro. Como vão vocês?".

Jessie disse: "Tudo ótimo, senhor".

A custo, Luther falou: "Muito bem, senhor. Obrigado por perguntar".

O Diácono estava sem máscara, embora Smoke e Dandy as usassem, e seu sorriso era grande e branco. "Ah, isso é música para os meus ouvidos, podem acreditar." Ele estendeu a mão por cima da mesa e deu um tapinha no ombro de cada um. "Vocês estão ganhando dinheiro, certo? Eh eh eh. Sim. Vocês gostam de grana, certo? Estão fazendo uns bons dólares?"

Jessie disse: "Estamos tentando, senhor".

"Tentando o cacete. Estão é *ganhando*. Vocês são os melhores coletores de aposta que eu tenho."

"Obrigado, senhor. As coisas andam um pouco apertadas por causa dessa gripe. Tem tanta gente doente, senhor, que eles estão sem ânimo para jogar."

O Diácono fez um gesto largo. "As pessoas ficam doentes. Que é que se pode fazer? Não estou certo? Eles estão morrendo com seus entes queridos? Deus nos abençoe, dói no coração ver tanto sofrimento. Todo mundo andando na rua de máscara e as funerárias sem caixões para vender? Meu Deus. Numa situação dessas, a gente põe as apostas de lado. Você simplesmente tranca elas numa gaveta e reza para que a desgraça acabe. E quando acabar? Aí, você volta direto para a aposta. Claro que volta, porra. Mas não — acrescentou apontando o dedo para eles — *antes* disso. Amém, meus irmãos?"

"Amém", disse Jessie levantando a máscara, enfiando o copo sob ela e engolindo o uísque.

"Amém", disse Luther tomando um pequeno gole.

"Porra, garoto", disse o Diácono. "Você tem de beber e não fingir que bebe."

Jessie riu e cruzou as pernas, pondo-se à vontade.

Luther falou "Sim, senhor", engoliu todo o uísque, e o Diácono encheu novamente seus copos. Luther percebeu que Dandy e Smoke estavam bem atrás deles, a um passo de distância, embora não soubesse dizer quando os dois tinham ido parar ali.

O Diácono tomou um longo e demorado drinque, fez "Ahhh" e lambeu os beiços. Ele cruzou as mãos e debruçou-se sobre a mesa. "Jessie."

"Sim, senhor?"

"Clarence *Jessup* Tell", disse o Diácono Broscious com voz cantante.

"Em carne e osso, senhor."

O sorriso do Diácono voltou, mais radiante que nunca. "Jessie, deixe-me perguntar uma coisa. Qual foi o momento mais inesquecível da sua vida?"

"Como?"

O Diácono arqueou as sobrancelhas. "Você não teve nenhum?"

"Acho que não estou entendendo, senhor."

"O momento mais inesquecível da sua vida", repetiu o Diácono.

Luther sentiu o suor escorrendo pelas coxas.

"Todo mundo tem um momento inesquecível", disse o Diácono. "Pode ser uma experiência agradável, pode ser triste. Pode ser uma noite com uma garota. Não estou certo?" Ele riu, o rosto dobrando-se sobre o nariz por causa do esforço. "Pode ser uma noite com um rapaz. Você gosta de rapazes, Jessie? Na minha profissão, a gente não recrimina aquilo que costumo chamar de gostos especiais."

"Não, senhor."

"Não senhor o quê?"

"Não, senhor, não gosto de rapazes", disse Jessie. "Não, senhor."

O Diácono levantou as mãos como que para pedir desculpas. "Uma garota então, hein? Mas jovem, certo? A gente nunca as esquece de quando somos jovens e elas também. Um belo pedaço de chocolate com uma bunda que a gente pode macetar a noite inteira sem que ela se deforme?"

"Não, senhor."

"Não, senhor. Você não gosta de bunda de mulher?"

"Não, senhor, esse não é meu momento mais inesquecível." Jessie tossiu e tomou outro gole de uísque.

"Merda, então *qual é*, rapaz?"

Jessie desviou os olhos da mesa, e Luther percebeu que ele tentava se acalmar. "Meu momento mais inesquecível, senhor?"

O Diácono bateu na mesa. "O *mais* inesquecível", trovejou piscando para Luther, como se ele e Luther fossem cúmplices naquele joguinho.

Jessie levantou a máscara e tomou outro gole. "A noite em que meu pai morreu, senhor."

O rosto de Broscious se contorceu de compaixão. Ele passou um guardanapo no rosto, sorveu o ar por entre os lábios crispados e arregalou os olhos. "Sinto muito, Jessie. Como foi que o bom homem faleceu?"

Jessie fitou a mesa e depois levantou o olhar até o rosto do Diácono. "Alguns rapazes brancos do Missouri, onde eu fui criado..."

"Sim, filho."

"Chegaram dizendo que ele tinha invadido a fazenda deles e matado uma mula. Disseram que ele matou a mula para comer, mas que pegaram ele no flagra e o puseram para correr. Pois esses rapazes apareceram em casa no dia seguinte, arrastaram meu pai para fora e o espancaram diante da minha mãe, de mim e das minhas duas irmãs." Jessie bebeu o resto do uísque e respirou fundo. "Ah, merda."

"Eles lincharam seu pai?"

"Não, senhor. Deixaram ele lá e, com a cabeça aberta, ele morreu em casa dois dias depois. Eu tinha dez anos."

Jessie abaixou a cabeça.

O Diácono Broscious estendeu o braço por cima da mesa e segurou na sua mão. "Deus do céu", sussurrou o Diácono. "Deus do céu, Deus do céu." Ele pegou a garrafa, encheu novamente o copo de Jessie e olhou para Luther com um sorriso triste.

"Pelo que aprendi", disse o Diácono Broscious, "a coisa mais inesquecível na vida de um homem raramente é prazerosa. O prazer não nos ensina nada, a não ser que o prazer é prazeroso. E que porra de lição é essa? O macaco que bate uma já sacou isso. Não, não", disse ele. "Sabem qual é o verdadeiro tipo de aprendizagem, meus irmãos? É a dor. Pensem no seguinte: nós só nos damos conta de quanto éramos felizes na infância, por exemplo, quando nos tiram a infância. Normalmente a gente só reconhece o verdadeiro amor depois que ele passou. E então, então a gente diz: Meu Deus, era aquilo. Aquilo era verdadeiro. Mas no momento em que você está vivendo..." Ele sacudiu os ombros enormes e encostou o lenço na testa. "O que nos molda", disse ele, "é o que nos mutila. É um preço alto, reconheço. Mas...", ele abriu os braços e lhes deu seu mais radioso sorriso, "o que você aprende com isso não tem preço."

Luther não viu Dandy e Smoke se mexerem, mas quando ouviu o berro do amigo, eles já tinham prendido os punhos de Jessie na mesa, e Smoke segurava firme a cabeça dele entre as mãos.

Luther disse: "Ei, esperem um...".

A bofetada do Diácono acertou a maçã do rosto de Luther, e arrebentou seus dentes, seu nariz e seu olho. Broscious então agarrou os cabelos de Luther e imobilizou-lhe a cabeça. Dandy sacou uma faca e passou na altura da mandíbula de Jessie, cortando desde o queixo até embaixo da orelha.

Jessie continuou gritando até muito depois de tirarem a faca da sua carne. O sangue saltou do ferimento como se tivesse esperando a vida inteira por aquilo. Enquanto Jessie berrava por trás da máscara, Dandy e Smoke mantinham sua cabeça imóvel, e o sangue derramava-se na mesa. Enquanto isso, o Diácono Broscious puxava os cabelos de Luther e dizia: "Se você fechar os olhos, Caipira, eu pego eles para mim".

Luther piscou por causa do suor, mas não fechou os olhos e viu o sangue transbordar do ferimento e derramar-se por toda a mesa. Trocou um olhar rápido com Jessie, e notou que o amigo já deixara de se preocupar com o ferimento na mandíbula, pois entendera que aqueles poderiam ser os primeiros momentos de um longo e último dia na terra.

"Dê uma toalha a essa mocinha", disse o Diácono, afastando a cabeça de Luther com um empurrão.

Dandy jogou uma toalha na mesa, na frente de Jessie, e então ele e Smoke recuaram. Jessie pegou a toalha, apertou-a contra o queixo, tomou ar por entre os dentes e se pôs a chorar baixinho e a balançar na cadeira, a cara toda vermelha do lado esquerdo. Isso durou mais algum tempo, todo mundo quieto e o Diácono com cara de tédio. Quando a toalha ficou mais vermelha que o chapéu do Diácono, Smoke deu outra a Jessie e jogou a que estava ensanguentada no chão, atrás dele.

"Seu pai ladrão sendo morto?", disse o Diácono. "Passa a ser o segundo momento mais inesquecível da sua vida."

Jessie fechou os olhos e apertou a toalha no queixo com tanta força que Luther pode ver os dedos dele ficarem brancos.

"Amém, irmãos?"

Jessie abriu os olhos e fitou o Diácono, que repetiu a pergunta.

"Amém", sussurrou Jessie.

"Amém", disse o Diácono batendo palmas. "Pelas minhas contas, você vem me surrupiando dez dólares por semana de dois anos para cá. Quanto é que dá isso, Smoke?"

"Mil e quarenta dólares, senhor Diácono."

"Mil e quarenta." O Diácono voltou os olhos para Luther. "E você, Caipira, ou fazia a mesma coisa ou sabia e não me contou. Portanto, também me deve."

Como não sabia o que fazer, Luther concordou com um gesto de cabeça.

"Você não precisa balançar a cabeça como se estivesse *confirmando* alguma coisa. Você não precisa confirmar merda nenhuma para mim. Se eu digo que é uma coisa, então é, porra." Ele tomou um gole de uísque. "Agora, Jessie Tell, você pode devolver meu dinheiro ou já injetou ele todo no braço?"

Jessie respondeu com voz sibilante: "Eu posso arrumar, senhor, eu posso arrumar".

"Arrumar o quê?"

"Seus mil e quarenta dólares, senhor."

O Diácono arregalou os olhos e voltou-se para Smoke e Dandy. Os três se puseram a rir e pararam quase ao mesmo tempo.

"Você não entendeu mesmo, não é, seu imbecil? Você só está vivo porque eu, em minha infinita bondade, resolvi generosamente considerar o que você pegou como um empréstimo. Eu lhe emprestei mil e quarenta. Você não roubou. Se eu tivesse decidido que você me roubou, esta faca estaria enfiada agora mesmo na sua garganta e seu pau estaria enfiado na sua boca. Então diga isso."

"Dizer o quê, senhor?"

"Diga que foi um empréstimo."

"Foi um empréstimo, senhor."

"De fato", assentiu o Diácono. "Então, em se tratando de um empréstimo, deixe-me esclarecer uma coisa. Quanto cobramos de juros por semana?"

Luther sentiu a cabeça girar e fez um esforço para não vomitar.

"Cinco por cento", respondeu Smoke.

"Cinco por cento", disse o Diácono a Jessie. "*Por semana.*"

Os olhos de Jessie, que tinham se fechado por causa da dor, abriram-se de repente.

"Quanto se paga de juros sobre mil e quarenta?", perguntou o Diácono.

Smoke respondeu: "Acho que dá cinquenta e dois dólares, senhor Diácono".

"Cinquenta e dois dólares", repetiu o Diácono devagar. "Não parece grande coisa."

"Não, senhor Diácono, não parece."

O Diácono coçou o queixo. "Merda, espere... quanto dá isso por mês?"

"Duzentos e oito, senhor", interveio Dandy.

O Diácono abriu seu sorriso verdadeiro, minúsculo, e estava começando a se divertir. "E por ano?"

"Dois mil quatrocentos e noventa e seis", disse Smoke.

"E multiplicado por dois?"

"Ah", disse Dandy, como se ansioso para ganhar o jogo. "Vai dar... hum... vai dar..."

"Quatro mil novecentos e noventa e dois", disse Luther, sem ao menos ter certeza de que estava falando, nem por quê, até as palavras terem saído de sua boca.

Dandy deu-lhe um tapa atrás da cabeça. "Eu *sabia*, crioulo."

O Diácono encarou Luther, que viu sua cova nos olhos do outro e até ouviu o barulho das pás cavando a terra.

"Até que você não é tão idiota assim, Caipira. Notei desde a primeira vez em que o vi. Saquei que a única besteira que você faz é andar com otários como esse aí sangrando em cima da minha mesa. Foi erro meu permitir que você fizesse amizade com esse crioulo, para minha eterna tristeza." Ele soltou um suspiro e esparramou toda a sua corpulência na cadeira. "Mas agora é tudo leite derramado. Então esses quatro mil novecentos e noventa e dois somados ao empréstimo inicial dão...?" Ele levantou a mão para impedir que qualquer outro respondesse e apontou para Luther.

"Seis mil e trinta e dois."

O Diácono bateu na mesa. "Isso aí. Diabo. E antes que pensem que sou um homem desalmado, vocês precisam entender que mesmo nesse caso eu fui mais que generoso. Imaginem se eu somasse os juros no início de cada semana, como o Dandy e o Smoke haviam sugerido quando calculei a dívida. Estão entendendo?"

Ninguém falou nada.

"Eu disse", continuou o Diácono, "vocês estão entendendo?"

"Sim, senhor", respondeu Luther.

"Sim, senhor", disse Jessie.

O Diácono balançou a cabeça. "Agora como vocês vão me pagar esses seis mil e trinta e dois dólares?"

Jessie afirmou: "Eu vou dar um jeito...".

"Você vai o quê?", disse o Diácono rindo. "Você vai assaltar um banco?"

Jessie não disse nada.

"Quem sabe vocês vão à Cidade dos Brancos e roubam um em cada três homens que encontrarem, todos os dias e todas as noites."

Jessie não disse nada. Luther não disse nada.

"Vocês não conseguem", sussurrou o Diácono, mãos abertas sobre a mesa. "Vocês simplesmente não conseguem. Podem sonhar o quanto quiserem, mas certas coisas estão fora do âmbito das possibilidades. Não, rapazes, não há jeito de me trazerem meus — oh, merda, já é outra semana, quase ia me esquecendo — seis mil e *oitenta e quatro* dólares."

Os olhos de Jessie desviaram-se para o lado, depois voltaram para o centro. "Senhor, acho que preciso de um médico."

"Você vai precisar mesmo é de um agente funerário, se a gente não bolar uma forma de você sair dessa porra dessa enrascada. Portanto, cale essa porra dessa boca."

Luther disse: "Senhor, basta dizer o que quer que a gente faça que a gente faz".

Dessa vez foi Smoke quem lhe deu um tapa na parte de trás da cabeça, mas o Diácono levantou a mão.

"Tudo bem, Caipira. Tudo bem. Você foi direto ao ponto, e eu respeito isso. Então, de certa forma vou respeitar você."

Ele ajeitou as lapelas do casaco branco e inclinou-se sobre a mesa. "Tem umas pessoas que me devem uma boa grana. Algumas na zona rural, outras aqui mesmo na cidade. Smoke, me passe a lista."

Smoke aproximou-se da mesa e entregou ao Diácono uma folha de papel. Broscious examinou a lista e a pôs sobre a mesa de modo que Luther e Jessie pudessem ver.

"Há cinco nomes nesta lista. Cada filho da puta desses me deve pelo menos quinhentos. Vocês vão pegar o dinheiro hoje. E eu sei o que vocês estão falando dentro da cabeças com suas vozinhas lamurientas. Vocês estão pensando: 'Mas Diácono, nós não somos a força bruta dessa organização. Quem deve cuidar desses casos barras-pesadas são o Smoke e o Dandy'. Você está pensando isso, Caipira?"

Luther fez que sim.

"Bem, normalmente o Smoke e o Dandy ou algum outro desses sujeitos assustadores *cuidariam* do caso. Mas não estamos numa época normal. Cada um dos nomes dessa lista tem alguém em casa com a gripe. E não estou a fim de perder nenhum crioulo importante como o Smoke ou o Dandy para essa praga."

Luther disse: "Mas dois crioulos sem importância como nós...".

O Diácono inclinou a cabeça para trás. "Esse rapaz está encontrando sua própria voz. Eu estava certo na avaliação que fiz de você, Caipira: você tem talento." Ele riu e tomou mais um pouco de uísque. "Bem, sim, é disso mesmo que se trata. Vocês vão lá e cobram o dinheiro desses cinco. Se não receberem todo o dinheiro, acho bom vocês darem um jeito de pagar a diferença. Vocês trazem o dinheiro para mim e continuam a fazer mais cobranças até a gripe acabar. E sua dívida ficará reduzida ao principal. "Agora", prosseguiu ele com aquele seu sorriso largo, "o que vocês acham disso?"

"Senhor", disse Jessie. "Essa gripe vem matando as pessoas em apenas *um dia*."

"É verdade", concordou o Diácono. "Então, se vocês a pegarem, amanhã já podem estar mortos nesta mesma hora do dia. Mas, se vocês não trouxerem meu dinheiro, crioulo, pode contar que estarão mortos esta noite."

O Diácono lhes deu o nome de um médico a quem deviam procurar na sala dos fundos de um estande de tiro da Second Street. Eles foram para lá depois de vomitarem na ruela atrás do clube de Broscious. O médico, um velho amarelo, alto e bêbado, de cabelo tingido cor de ferrugem, costurou o queixo de Jessie enquanto este respirava ofegante, as lágrimas escorrendo-lhe silenciosamente pelo rosto.

Na rua, Jessie falou: "Preciso tomar alguma coisa para a dor".

"Se você pensar em um pico, eu mesmo me encarrego de te matar", disse Luther.

"Ótimo", disse Jessie. "Mas com esta dor não consigo pensar. Então, o que você sugere?"

Eles entraram pelos fundos de um drugstore na Second Street, e Luther comprou um papelote de cocaína. Ele fez duas carreirinhas para si, para controlar os nervos, e quatro para Jessie. Jessie cheirou-as uma após a outra e tomou uma dose de uísque.

Luther disse: "Vamos precisar de armas".

"Eu tenho armas", disse Jessie. "Merda."

Eles foram ao apartamento de Jessie, que passou a Luther um trinta e oito, escondeu uma Colt quarenta e cinco nas costas e disse: "Você sabe usar isso?".

Luther balançou a cabeça. "Sei que, se algum filho da puta quiser me expulsar de casa, aponto esse troço para a cara dele."

"E se isso não intimidar o cara?"

"Eu é que não vou morrer hoje", disse Luther.

"Então me diz."

"Diz o quê?"

"Se apontar a arma não adiantar, o que você vai fazer?"

Luther pôs o trinta e oito no bolso do casaco. "Eu encho o filho da puta de bala."

"Vamos lá então, crioulo", disse Jessie com os dentes cerrados, embora dessa vez provavelmente fosse por causa da cocaína. "Vamos ao trabalho."

A aparência dos dois era de dar medo. Luther foi o primeiro a reconhecer isso, ao ver o próprio reflexo na janela da sala de estar de Arthur Smalley, quando os dois subiam os degraus da casa dele: dois negros agitados, com máscaras que lhes cobriam rosto e nariz, um deles com uma fileira de suturas pretas eriçadas como uma grade com lanças. Num dia comum, a simples visão de uma dupla como aquela aterrorizaria os bons cristãos de Greenwood e faria que entregassem o dinheiro, mas naquela época aquilo não significava nada; a maioria das pessoas tinha uma aparência de dar medo. As janelas da casinha estavam pintadas com um X, mas Luther e Jessie não tinham escolha senão subir até a entrada e tocar a campainha.

A julgar pelo que viam no entorno da casa, Arthur Smalley tentara a sorte na agricultura. À esquerda da casa, Luther viu um celeiro desbotado e, a vagar em meio a um campo, um cavalo magro e umas vacas que pareciam cheias de bernes. Mas já fazia tempo que nada fora plantado ou colhido e, em pleno outono, as ervas daninhas vicejavam.

Jessie foi tocar a campainha novamente e a porta se abriu. Através da tela eles viram um homem mais ou menos da altura de Luther, mas com quase o dobro de sua idade. Usava suspensórios sobre uma camiseta amarelada por suor velho, máscara no rosto também amarelada, olhos vermelhos de exaustão, de aflição ou de gripe.

"Quem são vocês?", disse ele, as palavras abafadas como se a resposta, fosse qual fosse, não fizesse a menor diferença para ele.

"O senhor é Arthur Smalley?", perguntou Luther.

O homem enfiou os polegares sob os suspensórios. "O que você acha?"

"Tenho de adivinhar?", retrucou Luther. "Eu diria que sim."

"Então você acertou, menino", disse o homem encostando-se na tela. "O que vocês querem?"

"O Diácono nos mandou aqui", explicou Jessie.

"Ele mandou agora?"

Alguém gemeu de dentro da casa, e Luther também pôde sentir o cheiro que vinha do outro lado da porta. Pungente e azedo ao mesmo tempo, como se tivessem deixado ovos, leite e carne fora da geladeira desde julho.

Arthur Smalley viu que o cheiro fez Luther lacrimejar e escancarou a porta de tela. "Vocês não querem entrar e sentar um pouco?"

"Não, senhor", respondeu Jessie. "O que nos diz de trazer o dinheiro do Diácono?"

"O dinheiro, ahn?", disse ele batendo nos bolsos. "Sim, tenho algum dinheiro. Tirei hoje de manhã do poço de dinheiro. Ainda está um pouco úmido, mas..."

"Nós não estamos brincando, senhor", advertiu Jessie puxando o chapéu e descobrindo a testa.

Na soleira da porta, Arthur Smalley apoiou o corpo para a frente. Luther e Jessie se inclinaram para trás. "Olhem para mim; parece que tenho trabalhado ultimamente?"

"Não, senhor."

"Não, não tenho", disse Arthur Smalley. "Sabem o que andei fazendo?"

Ele sussurrou as palavras e Luther recuou um pouco mais, escapando do sussurro, como se alguma coisa nele soasse repulsiva.

"Enterrei minha filha mais nova no quintal anteontem à noite", murmurou Arthur Smalley com o pescoço esticado. "Embaixo de um olmo. Ela gostava tanto daquela árvore...", acrescentou ele sacudindo os ombros. "Ela tinha treze anos. Minha outra filha está de cama, com a gripe. E minha mulher? Está dormindo há três dias, a cabeça quente feito uma chaleira com água fervendo. Ela vai morrer." Ele balançou a cabeça. "Provavelmente esta noite. Ou então amanhã. Têm certeza de que não querem entrar?"

Luther e Jessie fizeram que não.

"Tenho uns lençóis cheios de suor e de merda que precisam ser lavados. Vocês podiam me dar uma mão."

"O dinheiro, senhor Smalley." Luther queria distância daquela varanda e daquela doença, e odiava Arthur Smalley por não lavar a camiseta.

"Eu não..."

"O dinheiro", disse Jessie já com o quarenta e cinco na mão, balançando junto à perna. "Chega de lorota, vovô. Traz a porra da grana."

Mais um gemido lá dentro, desta vez baixinho, demorado e ressentido. Arthur Smalley ficou olhando para eles por tanto tempo que Luther pensou que o velho entrara numa espécie de transe.

"Vocês não têm um pingo de decência?", perguntou ele, encarando primeiro Jessie e depois Luther.

Luther disse a verdade. "Nem um pingo."

Os olhos de Arthur Smalley se arregalaram. "Minha mulher e minha filha estão..."

"O Diácono não se importa com suas responsabilidades domésticas", disse Jessie.

"E vocês se importam com quê?"

Luther não olhava para Jessie e sabia que Jessie não olhava para ele. Luther puxou o trinta e oito da cintura e apontou para a testa de Arthur Smalley.

"Com o dinheiro", disse ele.

Arthur Smalley olhou para o tambor do revólver, depois para os olhos de Luther. "Menino, como é que sua mãe tem coragem de andar na rua sabendo que pariu uma criatura como você?"

"*O dinheiro*", repetiu Jessie.

"Senão o quê?", disse Arthur, que era exatamente o que Luther temia que ele dissesse. "Você vai atirar em mim? Porra, por mim tudo bem. Você quer matar minha família a tiros? Faça-me esse favor. Vocês não vão..."

"Eu vou fazer você desenterrá-la", disse Jessie.

"Você o quê?"

"Você ouviu."

Arthur Smalley fraquejou e se encostou na ombreira da porta. "Não é possível que tenha dito isso."

"Mas eu disse, porra", falou Jessie. "Vou fazer você desenterrar sua filha. Ou então eu te amarro e você vai ter de me ver desenterrando ela. Aí eu deixo o corpo fora da cova, encho a cova de terra e e te faço enterrar ela de novo."

Nós vamos para o inferno, pensou Luther. Seremos os primeiros da fila.

"O que você acha disso, vovô?", perguntou Jessie recolocando o quarenta e cinco na cintura.

Os olhos de Arthur Smalley encheram-se de lágrimas, e Luther rezou para que elas não caíssem. Por favor, não caiam. Por favor.

Arthur disse: "Não tenho dinheiro nenhum", e Luther entendeu que para ele a luta terminara.

"Então o que você tem?", perguntou Jessie.

Seguido por Jessie, que dirigia seu Ford Bigode, Luther saiu de detrás do celeiro ao volante do Hudson de Arthur Smalley e passou em frente à casa. O homem ficou de pé na varanda enquanto eles passavam. Luther engatou a segunda e acelerou ao cruzar a cerquinha do jardim sujo, querendo se convencer de que não tinha visto a terra recém-revolvida sob o olmo, de que não vira a pá enfiada no monte de terra marrom-escuro. Nem a cruz feita de finas pranchas de pinho pintadas de um branco mortiço.

Quando eles terminaram o serviço com os homens da lista, estavam de posse de muitas joias, mil e quatrocentos dólares em dinheiro vivo e um baú de mogno preso à parte de trás do carro que pertencera a Arthur Smalley.

Eles viram uma criança ficando azul feito um crepúsculo e uma mulher não muito mais velha que Lila jazendo numa cama improvisada na varanda de uma casa, ossos, dentes e olhos voltados para o céu. Viram o cadáver de um homem apoiado contra um celeiro, escuro até não poder mais, como se um raio lhe tivesse rachado o crânio, a carne coberta de vergões.

Era o Juízo Final, Luther não tinha dúvida. Estava chegando para todo mundo. Ele e Jessie iriam se apresentar diante do Senhor e Lhe prestar contas do que fizeram naquele dia. E não havia maneira de prestar contas daquilo. Nem no curso de dez vidas.

"Vamos devolver isso", disse ele depois da terceira casa.

"O quê?"

"Vamos devolver isso e fugir."

"E passar o resto dessas porras dessas nossas curtas vidas olhando por cima do ombro, com medo de ver o Dandy, o Smoke ou algum outro crioulo fodido com uma arma na mão e sem nada a perder? Onde você acha que nós, dois fugitivos negros, iríamos nos esconder?"

Luther sabia que o outro tinha razão, mas sabia também que aquilo estava torturando Jessie da mesma forma que o torturava.

"A gente pensa nisso depois. Nós..."

Jessie riu, e aquele foi o riso mais feio que Luther ouvira de sua boca. "A gente faz isso ou morre, Caipira." E, num movimento largo, ele sacudiu os ombros. "E você sabe disso. A menos que você queira seguir em frente e assinar sua sentença de morte e a da sua mulher."

Luther entrou no carro.

O último cara, Owen Tice, pagou-lhes em dinheiro vivo e disse que de todo modo não lhe sobraria tempo para gastá-lo. Logo que sua Bess falecesse, ele ia pegar a espingarda e fazer a grande viagem com ela. Ele estava com a garganta seca desde o meio-dia, ela estava começando a arder. Além do mais, sem Bess não tinha sentido continuar. Desejou boa sorte aos dois. Disse que entendia a posição deles. Entendia mesmo. A gente precisa sobreviver, não é? Não havia de que se envergonhar.

"Toda a minha família — vocês acreditam numa merda dessas? Há uma semana estávamos todos reunidos em volta da mesa do jantar —, meu filho e minha nora, minha filha e meu genro, três netos e Bess. Comendo e jogando conversa fora. E então, e então... foi como se Deus enfiasse a mão no telhado da casa, pegasse toda a nossa família e a esmagasse."

"Como se fôssemos moscas pousadas na mesa", disse ele. "Simples assim."

* * *

À meia-noite, eles seguiam por uma Greenwood Avenue vazia. Luther contou vinte e quatro janelas marcadas com um X, e eles estacionaram atrás do Club Almighty. Os edifícios da ruela estavam às escuras, as escadas de incêndio erguiam-se acima deles, e Luther imaginou se ainda restava alguma coisa ou se o mundo todo ficara roxo e infectado pela gripe.

Jessie pôs o pé no estribo de seu Ford Bigode, acendeu um cigarro e soprou a fumaça em direção à porta traseira do Club Almighty, balançando a cabeça de vez em quando, como se estivesse escutando uma música que Luther não conseguia ouvir. Então ele olhou para Luther e disse: "Eu saio andando".

"Você sai andando?"

"Sim", disse Jessie. "Eu saio andando, a estrada é longa e o Senhor não está comigo. Nem com você, Luther."

Desde que eles se conheceram, Jessie nunca tinha chamado Luther pelo primeiro nome, nem ao menos uma vez.

"Vamos descarregar esta merda", disse Luther. "Está bem, Jessie?" Ele estendeu a mão para as correias que prendiam o baú com o enxoval de Tug e Ervina Irvine na parte de trás do carro de Arthur Smalley. "Agora vamos. Vamos acabar com essa merda."

"Não está comigo", continuou Jessie. "Não está com você. Não está na ruela. Acho que Ele abandonou este mundo. Ele encontrou outro com que se preocupar." Ele riu e deu uma longa tragada no cigarro. "Quantos anos você acha que a criança azul tinha?"

"Dois", respondeu Luther.

"Foi mais ou menos isso que calculei", disse Jessie. "Mas nós tomamos as joias da mãe dela, não tomamos? Estou com a aliança aqui no meu bolso." Ele bateu no peito, sorriu e completou: "Eh eh, pois é".

"Por que a gente não..."

"Vou lhe dizer uma coisa", disse Jessie puxando o casaco e brandindo os punhos. "Vou lhe dizer uma coisa", repetiu ele apontando para a porta dos fundos da boate, "se esta porta estiver fechada, pode esquecer o que eu disse. Mas se estiver aberta... Deus toma conta desta ruela. É isso aí."

E ele avançou até a porta, girou a maçaneta e ela se abriu.

Luther disse: "Isso não significa merda nenhuma, Jessie. Só que alguém se esqueceu de fechar a porta".

"Diga-me uma coisa", pediu Jessie. "Deixa eu te perguntar... você acha que eu seria capaz de obrigar aquele homem a desenterrar sua filha?"

Luther respondeu: "Claro que não. Nós não seríamos. Nós estávamos de cabeça quente. Só isso. De cabeça quente e no maior cagaço. A gente pirou".

Jessie ordenou: "Largue essas correias, mano. Nós não vamos tirar nada daí agora."

Luther afastou-se do carro e disse: "Jessie".

Jessie esticou a mão tão rápido que poderia ter arrancado a cabeça de Luther do pescoço, mas ela mal roçou sua orelha. "Você é um bom sujeito, Caipira."

Jessie entrou no Club Almighty, e Luther o seguiu. Eles avançaram por um corredor sujo e fedendo a mijo, passaram por uma cortina preta de veludo e chegaram junto ao palco. O Diácono Broscious estava sentado no mesmo lugar em que eles o tinham deixado, na mesa perto do palco. Estava bebericando chá branco com leite num copo transparente e, pelo sorriso que lhes deu, Luther percebeu que havia alguma coisa no chá além de leite.

"Na última badalada", disse o Diácono indicando com um gesto a escuridão à sua volta. "Vocês chegaram na última badalada. Devo pôr minha máscara?"

"Não, senhor", respondeu Jessie. "O senhor não precisa se preocupar."

O Diácono esticou a mão como se estivesse procurando a máscara. Seus movimentos eram pesados e atrapalhados, e a certa altura ele sacudiu as mãos esquecendo aquela ideia, e sorriu para eles com o rosto coberto de gotas de suor.

"Hum", fez ele. "Você parecem *cansados*."

"*Estamos* cansados", disse Jessie.

"Bem, então venham aqui e sentem-se. Chorem suas dores ao Diácono."

Dandy emergiu das sombras à esquerda do Diácono, trazendo um bule de chá numa bandeja, máscara balançando acima da cabeça, ao sopro do ventilador. Ele indagou: "Por que vocês vieram pela porta de trás?".

Jessie respondeu: "Foi onde nossos pés nos trouxeram. Só isso, senhor Dandy", depois sacou o quarenta e cinco do cinturão e atirou na máscara de Dandy, cujo rosto desapareceu num borrifo vermelho.

Luther abaixou-se e disse: "Espere!", enquanto o Diácono levantava as mãos e dizia: "Veja bem...", mas Jessie atirou, e os dedos da mão esquerda do Diácono se soltaram e foram bater na parede atrás dele. O Diácono gritou alguma coisa que Luther não entendeu, depois falou: "Espere aí, oquei?", e Jessie atirou novamente. Por um instante, o Diácono não mostrou nenhuma reação, e Luther achou que o tiro tinha atingido a parede, mas aí notou que a gravata vermelha de Broscious estava se alargando. O sangue aflorava em sua camisa branca. O Diácono deu uma olhada, e de sua boca saiu um único suspiro úmido.

Jessie voltou-se para Luther, brindou-o com o grande sorriso que era sua marca registrada e disse: "Caralho. Um tanto divertido, não é?".

Luther viu alguma coisa que mal percebeu ter visto, algo vindo do palco. Ele quis dizer "Jessie", mas a palavra não saiu de sua boca antes que Smoke, braço estendido, aparecesse entre a bateria e o estrado. Jessie mal começara a se voltar para ele quando o ar pipocou primeiro com uma luz branca, depois amarela e vermelha. Smoke disparou duas balas na cabeça de Jessie e uma no pescoço, e o corpo de Jessie agitou-se feito um boneco elástico.

Ele tombou no ombro de Luther, que tentou segurá-lo, mas em vez disso agarrou sua pistola, enquanto Smoke continuava atirando. Luther levantou o braço na frente do rosto, como se pudesse proteger-se das balas, disparou o quarenta e cinco de Jessie, sentiu o coice da arma na mão, viu todos os mortos e todos os corpos enegrecidos e arroxeados daquele dia e ouviu a própria voz gritando: "Não, por favor, não, por favor". Ele imaginou uma bala atingindo-lhe cada um dos olhos, ouviu um grito — agudo e horrorizado —, parou de atirar e abaixou o braço que protegia o rosto.

De soslaio viu Smoke encolhido no palco, os braços em volta da barriga e a boca escancarada. O pé esquerdo contraía-se espasmodicamente.

De pé no meio de quatro cadáveres, Luther examinou o próprio corpo para ver se tinha ferimentos. Seu ombro estava todo ensanguentado; porém, ao desabotoar a camisa e se apalpar, percebeu que o sangue era de Jessie. Ele tinha um corte sob o olho, mas era um ferimento leve. Fosse lá o que fosse que lhe atingira o rosto, não tinha sido uma bala. Seu corpo, entretanto, parecia pertencer a outra pessoa, a um dono que, quem quer que fosse, não devia ter entrado pela porta dos fundos do Club Almighty.

Ele olhou Jessie estendido no chão, uma parte sua querendo chorar, mas a outra sem sentir absolutamente nada, nem mesmo alívio por estar vivo. A parte de trás da cabeça de Jessie parecia ter servido de pasto a algum animal, e ainda escorria sangue do buraco em seu pescoço. Luther se ajoelhou numa parte do assoalho aonde o sangue ainda não chegara e inclinou a cabeça para olhar nos olhos do amigo. Eles pareciam um pouco surpresos, como se o velho Byron tivesse acabado de lhe dizer que as gorjetas da noite tinham sido maiores que o esperado.

Luther sussurrou "Oh, Jessie", fechou-lhe as pálpebras com o polegar e pôs a mão em seu rosto. A carne começara a esfriar, e Luther pediu a Deus que por favor perdoasse seu amigo pelo que fizera naquele dia, porque ele estava desesperado, sob ameaça, mas, Senhor, ele era um bom homem e nunca antes fizera mal a não ser a si mesmo.

"Você pode... dar... um jeito... nisso."

Luther voltou-se ao ouvir aquela voz.

"Um rapaz es-es-perto como você." O Diácono respirava ofegante. "Rapaz esperto..."

Luther se pôs de pé ao lado do corpo de Jessie com o revólver na mão, andou até a mesa de modo a ficar à direita do Diácono. Isso obrigou o gordo estúpido a girar a cabeçorra para poder vê-lo.

"Vai chamar o médico que vocês foram de tarde." O Diácono tomou outro fôlego e seu peito chiou. "Vai chamar ele."

"E aí você vai simplesmente perdoar e esquecer, não é?", disse Luther.

"Juro... por Deus."

Luther tirou a máscara e tossiu no rosto do Diácono três vezes. "Que tal se eu ficar tossindo em você até descobrirmos se me infectei hoje?"

O Diácono agarrou o braço de Luther, mas Luther se soltou.

"Não *toque* em mim, demônio."

"Por favor..."

"Por favor o quê?"

O Diácono respirou, seu peito chiou novamente e ele lambeu os lábios.

"Por favor", disse ele.

"Por favor *o quê*, seu filho da puta?"

"Dê um jeito... nisso."

"Tudo bem", disse Luther pondo o revólver nas dobras sob o queixo do Diácono e puxando o gatilho, com o homem olhando em seus olhos.

"Assim está bem?", gritou Luther vendo o homem tombar para a esquerda e deslizar no encosto do boxe. "Matar meu *amigo*?", Luther disse e atirou novamente, embora soubesse que ele estava morto.

"Foda-se", berrou Luther para o teto, depois agarrou a própria cabeça e, apertando a arma contra ela, tornou a gritar. Então notou Smoke tentando arrastar-se no palco em meio ao próprio sangue. Luther tirou uma cadeira do caminho com um pontapé e atravessou o palco com o braço estendido. Smoke virou a cabeça e ficou olhando para Luther com olhos que não tinham mais vida que os de Jessie.

Por um espaço de tempo que pareceu uma hora — e Luther nunca haveria de saber exatamente quanto tempo ficou ali —, eles se encararam.

Então Luther sentiu uma nova versão de si mesmo — da qual ele não sabia ao certo se gostava — dizer: "Se você sobreviver, com certeza vai querer me matar".

Smoke piscou os olhos uma vez, bem devagar, confirmando.

Luther abaixou o revólver para ele. Ele viu todas as balas que fabricara em Columbus, viu a sacola preta de seu tio Cornelius, viu a chuva que caíra, quente e suave como o sono, na tarde em que ficou sentado na varanda desejando que seu pai voltasse para casa, quando na verdade já fazia quatro anos que seu pai estava a oitocentos quilômetros de distância, sem a menor pretensão de voltar. Luther abaixou a arma.

Ele viu um lampejo de surpresa atravessar as pupilas de Smoke. Os olhos de Smoke reviraram-se, e ele expeliu um dedal de sangue que lhe escorreu pelo queixo e pela camisa. Smoke caiu no palco e o sangue escorreu de sua barriga.

Luther levantou o revólver novamente. Com certeza agora seria mais fácil, agora que os olhos do homem não o encaravam mais, e ele já atravessava o rio e subia a negra margem, entrando num outro mundo. Bastaria puxar o gatilho mais uma vez. Com o Diácono, ele não hesitou. Por que o fazia agora?

O revólver tremeu em sua mão, e ele o abaixou novamente.

O pessoal do Diácono não levaria muito tempo para juntar as peças daquele quebra-cabeça, para saber que ele estava naquela sala. Quer Smoke sobrevivesse, quer não, o tempo de Luther e de Lila em Tulsa tinha acabado.

Ainda assim...

Ele levantou o revólver novamente, segurou no antebraço para controlar os tremores e apontou para Smoke. Permaneceu assim por um longo minuto, e finalmente teve de encarar o fato de que, mesmo se ficasse ali por uma hora, não iria puxar o gatilho.

"Eu não sou você", disse ele.

Luther olhou para o sangue que ainda escorria do corpo do homem. Lançou um último olhar a Jessie, mais adiante, suspirou e passou por cima do cadáver de Dandy.

"Seus imbecis filhos da puta", disse Luther dirigindo-se à porta. "Vocês é que cavaram isso."

8.

Depois que a epidemia de gripe acabou, Danny voltou a fazer a ronda do dia, enquanto à noite se preparava para assumir o disfarce de radical. Para auxiliá-lo nessa tarefa, Eddie McKenna deixava alguns pacotes à sua porta pelo menos uma vez por semana. Ele os desembrulhava e encontrava pilhas dos últimos jornalecos de propaganda socialista e comunista, além de exemplares de *O capital* e do *Manifesto comunista*, discursos de Jack Reed, Emma Goldman, Big Bill Haywood, Jim Larkin, Joe Hill e Pancho Villa. Ele lia panfletos de agitação e propaganda carregados de retórica e imaginava que, para as pessoas comuns, teriam a mesma clareza que um manual de engenharia. De tanto deparar com determinadas palavras — "tirania", "imperialismo", "opressão capitalista", "fraternidade", "insurreição" —, Danny começou a achar que se fazia necessário um vocabulário simplificado para garantir a comunicação entre os operários do mundo. Porém, à medida que as palavras perdiam a individualidade, igualmente perdiam a força e aos poucos também o sentido. Uma vez perdido o sentido, Danny se perguntava como aqueles idiotas — e na literatura bolchevique e anarquista ele ainda estava por encontrar alguém que não fosse idiota — conseguiriam atravessar uma rua como um corpo unificado, quanto mais subverter um país.

Quando não estava lendo discursos, lia cartas daquilo que costumavam chamar de "vanguarda da revolução operária". Ele lia sobre mineiros em greve queimados em casa com suas famílias, membros do sindicato dos operários severamente punidos, líderes sindicais sendo assassinados nas ruas sombrias das cidadezinhas, sindicatos depredados, sindicatos fora da lei, trabalhadores presos, espancados e deportados. E eram sempre pintados como os inimigos do estilo de vida americano.

Para sua surpresa, ocasionalmente Danny sentia-se tomado pela empatia. Não para com todo mundo, claro — ele sempre achou que os anarquistas eram mentecaptos, que só ofereciam ao mundo desejos sanguinários e olhos vidrados, e pouco do que lia deles mudava sua opinião. Os comunistas também lhe pareciam ingênuos irremediáveis, perseguindo uma utopia que não levava em consideração a mais elementar característica do animal humano: a ganância. Os bolcheviques achavam que ela podia ser curada, como uma doença, mas Danny sabia que a ganância era um órgão, da mesma forma que um coração, e que não se poderia removê-lo sem matar o organismo. Os socialistas eram os mais inteligentes — eles reconheciam a existência da ganância —, mas sua mensagem mesclava-se muitas vezes com a dos comunistas, e não era possível ouvi-la, pelo menos neste país, acima do alarido vermelho.

Por mais que se esforçasse, porém, Danny não conseguia entender por que a maioria dos sindicatos proscritos ou perseguidos merecia essa perseguição. Muitas e muitas vezes o que era repudiado como retórica traiçoeira não passava de um homem diante de uma multidão pedindo para ser tratado como um ser humano.

Certa noite, Danny tocou nesse assunto com McKenna quando tomavam café na zona sul, e McKenna sacudiu o dedo diante dele. "Não é com esses homens que você tem de se preocupar, jovem discípulo. Em vez disso, você deve se perguntar: 'Quem está financiando esses homens? E com que objetivo?'."

Danny bocejou, pois agora vivia sempre cansado e não conseguia se lembrar da última vez que tivera uma boa noite de sono. "Os bolcheviques, talvez?"

"Tem toda razão. Diretamente da Mãe Rússia." Olhos arregalados, ele fitou Danny. "Você acha que isso tudo é uma piada, não? O próprio Lênin disse que o povo da Rússia não vai descansar enquanto todas as nações do mundo não aderirem à revolução. Não é conversa fiada, rapaz. Trata-se de uma ameaça clara contra nosso país." Ele bateu o indicador na mesa. "Meu país."

Danny abafou outro bocejo com o punho. "E como é que vai a história do meu disfarce?"

"Está quase certo", disse McKenna. "Você já entrou para aquele troço que chamam de sindicato dos policiais?"

"Vou a uma reunião na terça-feira."

"Por que demorou tanto?"

"Se Danny Coughlin, filho do capitão Coughlin, — e ele mesmo um bom conhecedor de atos egoístas e de motivações políticas —, fosse de repente pedir para ingressar no Boston Social Club, as pessoas iam ficar um pouco desconfiadas."

"Tem toda razão."

"Lembra do meu velho parceiro, Steve Coyle?"

"O que pegou a gripe? Sim, uma pena."

"Ele defendia o sindicato. Estou deixando passar um certo tempo para fazer parecer que sofri longas e tenebrosas noites por causa da doença dele. Finalmente minha consciência despertou, e por isso preciso ver como são as reuniões. Para que pensem que tenho um bom coração."

McKenna acendeu a ponta enegrecida de um charuto. "Você sempre teve um bom coração, filho. Só que esconde isso melhor que a maioria."

Danny deu de ombros. "Acho que comecei a escondê-lo de mim mesmo, então."

"Isso é sempre um perigo", disse McKenna com um aceno de cabeça, como se esse dilema lhe fosse familiar. "Um belo dia não conseguimos lembrar onde deixamos todas as peças que lutamos para guardar conosco. Ou por que nos esforçamos tanto para isso."

Danny foi jantar com Tessa e o pai dela numa noite em que o ar frio cheirava a folhas queimadas. O apartamento deles era maior que o seu. O dele tinha uma chapa elétrica em cima de uma geladeira, mas o dos Abruzze dispunha de uma pequena cozinha com um fogão Raven. Tessa estava cozinhando, os longos cabelos negros presos atrás, cansada e com a pele brilhando por causa do calor. Federico abriu o vinho que Danny trouxera e deixou-o no parapeito da janela para "respirar", enquanto ele e seu convidado, sentados à pequena mesa de jantar na sala de estar, bebericavam licor de anis.

Federico disse: "Ultimamente não tenho visto você aqui no edifício".

"Estou trabalhando um bocado", respondeu Danny.

"Mesmo agora que a epidemia de gripe acabou?"

Danny fez que sim com a cabeça. Aquilo era apenas mais umas das broncas que os policiais tinham do departamento. O agente da polícia de Boston tirava uma folga a cada vinte dias. E nesse dia de folga não tinha permissão para sair da cidade, no caso de alguma situação de emergência. Então a maioria dos caras solteiros morava de aluguel perto de suas delegacias: de que adiantava montar uma casa, se de todo modo você tinha de estar no trabalho dentro de poucas horas? Além do mais, você era convocado para dormir na delegacia três vezes por semana, numa das camas malcheirosas no pavimento superior, cheia de piolhos ou de percevejos, e recém-desocupada pelo pobre coitado que iria tomar seu lugar na próxima ronda.

"Acho que você trabalha demais."

"Não quer dizer isso ao meu chefe?"

Federico sorriu, e era um grande sorriso, do tipo capaz de aquecer uma sala fria. Ocorreu a Danny que um dos motivos que tornavam aquele sorriso impressionante era o fato de que deixava transparecer toda a dor que havia por trás dele. Talvez fosse isso que ele quisera descobrir naquela noite no telhado — a forma como o sorriso de Federico não mascarava a grande dor que certamente lhe toldava o passado; o sorriso, na verdade, a acolhia. E, no ato de acolhê-la, triunfava sobre ela. Uma versão mais suave do sorriso permaneceu quando ele se inclinou e agradeceu a Danny, num sussurro, por "aquele negócio chato" de remover o recém-nascido de Tessa do apartamento. Federico garantiu que, não fosse pelo fato de Danny andar trabalhando tanto, eles o teriam convidado para jantar tão logo Tessa se recuperara da gripe.

Danny lançou um olhar a Tessa e viu que ela estava olhando para ele. Ela abaixou a cabeça, e uma mecha de cabelos caiu de detrás da orelha e lhe cobriu o olho. Ela não era uma jovem americana, lembrou Danny, alguém para quem o sexo com uma pessoa praticamente estranha podia ser complicado mas não estava excluído. Ela era italiana. O Velho Mundo. Tenha modos.

Ele olhou novamente para o pai dela. "Em quê o senhor trabalha?"

"Pode me chamar de Federico", disse o velho afagando-lhe a mão. "Nós tomamos licor de anis juntos, comemos juntos, você pode me chamar de Federico."

Danny agradeceu fazendo um brinde com o copo. "Federico, em quê você trabalha?"

"Eu dou o sopro dos anjos a meros mortais." O velho pôs as mãos nas costas como um empresário. Encostado à parede, entre duas janelas, havia um fonógrafo. Logo que Danny entrou na sala, o aparelho lhe pareceu deslocado naquele lugar. Era de mogno de fibra compacta, com entalhes que lembravam a realeza europeia. O tampo aberto mostrava um prato forrado de veludo roxo e, embaixo, um gabinete de duas portas dava a impressão de ter sido entalhado a mão e tinha nove prateleiras, com espaço para várias dúzias de discos.

A manivela de metal era banhada em ouro, e mal se podia ouvir o ruído do motor quando o disco tocava. O som era de uma riqueza que Danny nunca ouvira em toda a sua vida. Eles estavam escutando o intermezzo da *Cavalleria Rusticana* de Mascagni, e Danny calculou que, se tivesse entrado no apartamento de olhos vendados, pensaria que a soprano estava na sala de estar com eles. Ele examinou novamente o gabinete e teve certeza de que custara três ou quatro vezes mais que o fogão.

"O Silverstone B-Doze", disse Federico. A voz dele de repente se tornara ainda mais melodiosa do que era. "Eu vendo esses aparelhos. Vendo o B-Onze também, mas acho este mais bonito. O estilo Luís XVI é muito superior ao Luís XV, concorda?"

"Claro", assentiu Danny, da mesma forma que concordaria prontamente se tivessem lhe falado em Luís XIII ou Ivan VIII.

"Não há nenhum outro fonógrafo no mercado que se compare a este", explicou Federico com um brilho no olhar que lembrava o dos evangélicos. "Algum outro fonógrafo toca todo tipo de disco — Edison, Pathé, Victor, Columbia *e* Silverstone? Não, meu amigo, este é o único capaz disso. Você paga seus oito dólares por um modelo de mesa, porque é mais barato", acrescentou ele franzindo o nariz, "e *leve* — bah! — e *cômodo* — bah! — e *ocupa pouco espaço*. Mas terá um som como o deste? Você vai ouvir anjos? Dificilmente. E então a agulha barata vai se danificar, os discos começarão a pular e logo você estará ouvindo estalos e ruídos. E a quantas estará você a essa altura? Oito dólares mais pobre." Ele estendeu o braço em direção ao fonógrafo novamente, orgulhoso como um pai diante do primogênito. "Às vezes qualidade custa caro. Nada mais justo."

Danny conteve um riso diante do velho e de seu fervoroso capitalismo.

"Papai", disse Tessa lá do fogão, "não fique tão..." Ela sacudiu as mãos, procurando a palavra. "... *eccitato*."

"*Excitado*", disse Danny em inglês.

Ela olhou para ele franzindo o cenho. "*Eg-sai-ted?*"

"*Ek*", corrigiu ele. "*Ek-sai-ted.*"

"*Ek-sai-ted.*"

"É quase isso."

Tessa levantou a colher de pau. "Inglês!", gritou ela para o teto.

Danny se perguntou que gosto teria aquele seu pescoço cor de mel. As mulheres... a fraqueza dele desde que chegou à idade de notá-las e ver que elas também o notavam. A visão do colo de Tessa era avassaladora. O doce e tremendo desejo de possuir. De possuir — por uma noite — os olhos, o suor, a palpitação do outro. E ali, bem na frente do pai dela. Meu Deus!

Ele se voltou novamente para o velho, que estava de olhos semicerrados, absorvido pela música. Embevecido. Maravilhado e alheio às novidades do Novo Mundo.

"Eu amo a música", disse Federico abrindo os olhos. "Quando eu era menino, os menestréis e os trovadores visitavam nossa aldeia desde a primavera até o verão. Eu ficava ouvindo aquilo até que minha mãe me enxotasse da praça — às vezes com um chicote, sabe? Os sons. Ah, aqueles sons! A fala é um substituto tão pobre, entende?"

Danny balançou a cabeça. "Não sei não..."

Federico aproximou a cadeira da mesa e inclinou-se para a frente. "A língua dos homens já se torna venenosa desde a infância. Sempre foi assim. Um pássaro não mente. O leão é um caçador, é verdade que temível, mas fiel à sua natureza. A árvore e a pedra são verdadeiras — elas são uma árvore e uma pedra. Nada mais, nada menos. Mas o homem, a única criatura a articular palavras, usa esse grande dom para trair a si mesmo, para trair a natureza e a Deus. Ele é capaz de apontar para uma árvore e dizer que não é uma árvore, postar-se sobre seu cadáver e dizer que não o matou. As palavras, entende, falam para o cérebro, e a mente é uma máquina. A música", disse com seu sorriso radioso, levantando o indicador, "fala à alma, porque as palavras são por demais insignificantes."

"Nunca encarei as coisas desse ponto de vista."

Federico apontou para seu precioso bem. "Aquilo é feito de madeira. É uma árvore, mas não é uma árvore. E a madeira é madeira, claro, mas o que ela faz com a música que sai dela? O que é isso? Você tem uma palavra para designar esse tipo de madeira? Esse tipo de árvore?"

Danny sacudiu os ombros de leve, calculando que o velho estava ficando um pouco embriagado.

Federico fechou os olhos novamente, as mãos flutuando à altura dos ouvidos, como se ele próprio estivesse regendo a música.

Danny percebeu que Tessa o estava olhando novamente, mas dessa vez não abaixou a vista. Ele deu seu melhor sorriso, ligeiramente perturbado e um pouco embaraçado, um sorriso de menino. O queixo de Tessa ruborizou-se, mas ela não desviou o olhar.

Danny voltou-se novamente para o pai dela. Os olhos do velho continuavam fechados, as mãos ainda regendo, embora a música tivesse acabado e a agulha estivesse empacada nos últimos sulcos, num vaivém ininterrupto.

Steve Coyle abriu um largo sorriso quando viu Danny entrar no Fay Hall, onde se reunem os membros do Boston Social Club. Ele avançou por entre cadeiras dobráveis, uma perna arrastando-se visivelmente atrás da outra, e apertou a mão de Danny. "Obrigado por ter vindo."

Danny não esperava aquilo. Sentiu-se duas vezes culpado, por infiltrar-se no BSC sob falsos pretextos, enquanto seu antigo parceiro, doente e desempregado, comparecia para apoiar uma luta da qual já não era um beneficiário.

Danny esforçou-se por sorrir. "Não esperava encontrá-lo aqui."

Por cima do ombro, Steve olhou os homens que estavam no palco. "Eles me deixam participar. Sou um exemplo vivo do que acontece quando você não tem um sindicato com poder de negociação, entende?" Ele deu um tapinha no ombro de Danny. "Como vai?"

"Muito bem", disse Danny. Durante cinco anos ele conhecera, minuto a minuto, cada detalhe da vida de seu parceiro. De repente lhe pareceu estranho dar-se conta de não ter procurado Steve por duas semanas. Estranho e vergonhoso. "Como está se sentindo?"

Steve deu de ombros. "Eu poderia me queixar, mas quem vai ouvir?" Ele riu alto e bateu no ombro de Danny novamente. Sua barba branca estava por fazer. Ele parecia perdido em seu novo corpo avariado. Era como se o tivessem virado de cabeça para baixo e sacudido.

"Você parece bem", afirmou Danny.

"Mentiroso." Mais uma vez, o riso sem jeito, seguido de um ar de seriedade embaraçada, grave e desconfortável. "Estou mesmo muito contente por você estar aqui."

Danny falou: "Ora, não seja por isso".

"Ainda vou transformá-lo num sindicalista", disse Steve.

"Não conte com isso."

Steve lhe deu um terceiro tapinha e começou a apresentá-lo às pessoas. Danny conhecia de vista cerca de metade dos homens, pelo fato de seus caminhos terem se cruzado em várias ocasiões ao longo dos anos. Todos pareciam muito nervosos perto de Steve, como se estivessem torcendo para que ele levasse seus problemas a outro sindicato de policiais, em outra cidade. Como se a má sorte fosse tão contagiosa quanto a gripe. Danny percebia isso em seus rostos quando eles apertavam a mão de Steve — prefeririam que ele estivesse morto. A morte permitia a ilusão do heroísmo. Os alejados transformavam essa ilusão num odor desagradável.

O diretor do BSC, um patrulheiro chamado Mark Denton, andou a passos largos em direção ao palco. Ele era alto, quase tão alto quanto Danny, e magro feito um cabo de vassoura. Sua pele era pálida, dura e reluzente feito teclas de piano, e os cabelos pretos, penteados para trás, grudados na cabeça.

Danny e os outros homens sentaram-se nas cadeiras quando Mark Denton atravessou o palco e pôs as mãos nas bordas da mesa. Ele dirigiu à sala um sorriso cansado.

"O prefeito Peters cancelou a reunião que tínhamos marcada para o final da semana."

Ouviram-se alguns gemidos na sala, uns poucos assobios.

Denton levantou a mão para acalmá-los. "Andam dizendo que os trabalhadores dos bondes vão fazer greve, e o prefeito acha que, no momento, isso é mais importante. Temos de ir para o fim da fila."

"Talvez a gente devesse entrar em greve", disse alguém.

Os olhos negros de Denton brilharam. "Nós não falamos de greve, rapazes. É exatamente o que eles querem. Vocês sabem como isso iria aparecer nos jornais? Tem certeza de que deseja dar esse tipo de munição a eles, Timmy?"

"Não, não quero, *Mark*, mas que alternativa nós temos? Estamos morrendo de fome, porra."

Denton reconheceu isso com um firme aceno de cabeça. "Sei que estamos. Mas pronunciar a palavra 'greve', ainda que num sussurro, é uma heresia. Vocês sabem disso, e eu também. Nossa melhor chance agora é nos *mostrarmos* pacientes e iniciarmos as negociações com Samuel Gompers e a Federação Americana do Trabalho."

"Será que isso vai mesmo acontecer?", perguntou alguém atrás de Danny.

Denton fez que sim. "Aliás, eu estava pensando em apresentar uma moção ao plenário. Eu ia deixar para de noite, mas por que esperar?", disse ele dando de ombros. "Os que forem a favor de que o BSC comece a negociar a filiação à FAT, digam 'Sim'."

Naquele instante Danny sentiu uma agitação atravessar toda a sala, um sentimento de objetivo comum. E ele não podia negar que seu sangue se agitou como o de todos os demais. Uma carona no sindicato mais poderoso do país. Meu Deus.

"Sim", gritou a multidão.

"Quem é contra?"

Ninguém se manifestou.

"Moção aprovada", disse Denton.

Seria realmente possível? Nenhum departamento de polícia do país tinha conseguido isso. Poucos ousaram tentar. Não obstante, eles podiam ser os primeiros. Eles podiam — literalmente — mudar a história.

Danny lembrou-se de que não fazia parte daquilo.

Porque *aquilo* era uma piada. Aquilo era um bando de homens ingênuos, tremendamente sentimentais, que pensavam poder mudar o mundo pela mera força de suas palavras, para atender às suas necessidades. As coisas não funcionavam assim, Danny poderia ter dito a eles. Funcionavam, aliás, de forma bem diferente.

Depois de Denton, os policiais que foram vítimas da gripe desfilaram no palco, falando de si como os sortudos da história; ao contrário de nove outros policiais das dezoito delegacias do município, eles haviam sobrevivido. Dos vinte que estavam no palco, doze tinham voltado aos seus postos. Oito nunca voltariam. Danny abaixou os olhos quando Steve começou a falar. Aquele Steve que, há apenas dois meses, cantava num quarteto vocal, agora mal conseguia articular as palavras, gaguejava o tempo todo. Ele pediu que não o esquecessem, que não esquecessem a gripe. Pediu que se lembrassem da amizade e do companheirismo que uniam a todos os que fizeram o juramento de proteger e servir.

Ele e os outros dezenove sobreviventes saíram do palco sob forte aplauso.

Os homens misturavam-se em volta das cafeteiras ou então formavam rodinhas e faziam circular garrafas de bebida. Danny logo aprendeu a classificar os principais grupos dentro da associação. Havia os falantes — homens altos, como Roper, da Sétima, que desfiavam estatísticas e logo entravam em discussões exaltadas sobre questões semânticas e detalhes sem importância; havia os bolcheviques e os socialistas como Coogan, da Décima Terceira, e Shaw, que trabalhava com ordens de prisão, que não eram muito diferentes de todos os outros radicais e pretensos radicais sobre os quais vinha lendo ultimamente, sempre prontos a embarcar na retórica mais em voga e sacar um slogan vazio; havia também os emotivos — homens como Hannity, da Décima Primeira, que tinha baixa resistência à bebida e cujos olhos logo marejavam quando ouvia falar em "fraternidade" ou "justiça". Em sua maioria, pois, eram o que o velho professor de inglês de Danny no secundário, o padre Twohy, costumava chamar de homens de "muita falação e pouca ação".

Mas havia também homens como Don Slatterly, do Departamento de Investigação de Roubos e Assaltos, Kevin McRae, um policial da Sexta, e Emmett Strack, veterano com vinte e cinco anos de serviço, da Terceira, que falavam muito pouco, mas que observavam — e viam — tudo. Eles circulavam por entre a multidão e recomendavam cuidado ou moderação aqui, dirigiam palavras de esperança ali. Na maioria das vezes, porém, limitavam-se a ouvir e avaliar. Os homens observavam a movimentação deles da mesma forma que os cães observam o lugar de que seus donos acabaram de sair. Era com aqueles homens e com mais uns poucos como eles, concluiu Danny, que o alto escalão da polícia deveria se preocupar, se quisesse evitar uma greve.

De repente Mark Denton apareceu ao lado de Danny, junto às cafeteiras, e lhe estendeu a mão.

"Você é o filho do Tommy Coughlin, certo?"

"Danny." Ele apertou a mão de Denton.

"Você estava na Salutation no dia da explosão, certo?"

Danny fez que sim.

"Mas lá é a Divisão Portuária", disse Denton mexendo o café.

"O acontecimento mais fortuito da minha vida", explicou Danny. "Eu prendi um ladrão no cais e estava deixando ele na Salutation quando, você sabe..."

"Não vou mentir, Coughlin — você é muito conhecido neste departamento. Dizem que a única coisa que o capitão Tommy não consegue controlar é o próprio filho. Isso faz de você um cara popular. Precisamos de gente como você."

"Obrigado. Vou pensar no caso."

Os olhos de Denton varreram a sala. Ele se aproximou mais de Danny. "Pense rápido, está bem?"

Tessa gostava de descer à varanda nas noites de tempo ameno, quando o pai estava fora, vendendo seus Silverstone B-Doze. Ela fumava cigarrinhos pretos com um cheiro e uma aparência igualmente desagradáveis, e algumas noites Danny ia se sentar ao lado dela. Alguma coisa em Tessa o deixava nervoso. Perto dela, seus membros pareciam incomodá-lo, como se não houvesse uma maneira de fazê-los ficar em repouso. Eles conversavam sobre o tempo, sobre comida, sobre fumo, mas nunca falavam sobre a gripe, nem sobre o filho dela, nem sobre o dia em que Danny a levara para o pronto-socorro.

Logo eles trocaram a varanda pelo terraço. Ninguém subia lá.

Ele ficou sabendo que Tessa tinha vinte anos. Que crescera na aldeia siciliana de Altofonte. Quando ela tinha dezesseis anos, um homem poderoso chamado Primo Alivieri a viu passando de bicicleta pelo bar em que estava com os amigos. Ele procurou se informar sobre ela e marcou um encontro com seu pai. Federico era o professor de música na aldeia, famoso por falar três línguas, mas corria à boca pequena que estava ficando *pazzo*, tendo casado em idade tão avançada. A mãe de Tessa falecera quando ela tinha dez anos, e o pai a criara sozinho. Ela crescera sem irmãos e sem dinheiro que a pudessem proteger. Então, fechou-se um acordo.

Tessa e o pai fizeram uma viagem a Collesano, no sopé das montanhas Madonie, na costa do Tirreno, e chegaram um dia depois do aniversário de dezessete anos de Tessa. Federico contratara guardas para proteger o dote de Tessa, principalmente joias e moedas herdadas da família materna. Em sua primeira noite na casa de hóspedes da propriedade de Primo Alivieri, cortaram as gargantas dos guardas quando eles dormiam no celeiro e roubaram o dote. Primo Alivieri ficou mortificado e mandou vasculhar a cidade em busca dos bandidos. Ao anoitecer, durante um jantar elegante no salão principal, garantiu aos seus convidados que ele e seus homens estavam fechando o cerco contra os suspeitos. O dote seria recuperado e eles se casariam, como planejado, naquele fim de semana.

Quando Federico desmaiou à mesa, com um sorriso sonhador estampado no rosto, os homens de Primo levaram-no para a casa de hóspedes, e Primo violou Tessa sobre a mesa e depois no chão de pedra, perto da lareira. Ele a mandou de volta à casa de hóspedes, onde ela tentou acordar Federico, mas ele continuou a dormir o sono dos mortos. Ela se deitou no chão ao lado da cama, com o sangue grudado entre as coxas, e finalmente adormeceu.

Na manhã seguinte, eles acordaram com uma balbúrdia no pátio e Primo gritando seus nomes. Saíram da casa de hóspedes e encontraram Primo com dois de seus homens, espingardas penduradas às costas. Os cavalos e a carroça de Tessa e Federico estavam no pátio. Primo lançou-lhes um olhar furioso.

"Um grande amigo da aldeia escreveu para me informar que sua filha não é virgem. Ela é uma *putana*, indigna de ser noiva de um homem de minha posição. Suma da minha vista, homenzinho."

Federico ainda lutava contra o sono, parecendo completamente atordoado.

Então ele notou o sangue que encharcara o belo vestido branco de sua filha enquanto eles dormiam. Tessa não viu como ele arranjou o chicote, se era o do seu cavalo ou tirado de um gancho do pátio, mas num movimento a chicotada pegou nos olhos de um dos homens de Primo Alivieri e espantou os cavalos. Quando o outro capanga inclinou-se para ajudar o companheiro, a égua de Tessa soltou-se de sua mão e deu um coice no peito do homem. As rédeas do cavalo escorregaram e o animal saiu correndo do pátio. Tessa teria corrido atrás, mas estava hipnotizada pelo pai, seu doce, gentil e um tanto *pazzo* pai, que derrubara Primo Alivieri no chão a chicotadas, e que continuaria a espancá-lo até que seu corpo soltasse pedaços no pátio. Com o auxílio de um dos guardas (e com sua espingarda), Federico tomou o dote da filha de volta. O baú estava bem visível no quarto do patrão. Ele e Tessa conseguiram pegar a égua e partiram da aldeia antes do anoitecer.

Dois dias mais tarde, tendo gastado metade do dote em propinas, eles embarcaram num navio em Cefalu, com destino à América.

Danny ouviu essa história num inglês imperfeito e hesitante, não porque Tessa não tivesse domínio da língua, mas porque tentava ser precisa.

Danny riu. "Quer dizer então que no dia em que a socorri, quase alucinando, tentando me comunicar com meu italiano estropiado, você estava me entendendo?"

Tessa arqueou as sobrancelhas e deu um leve sorriso. "Naquele dia, a única coisa que eu conseguia entender era a dor. Você acha que eu ia lá me lembrar do inglês? Essa... essa língua maluca de vocês. Vocês usam quatro palavras, quando uma só já daria conta do recado. Vocês fazem isso o tempo todo. Lembrar o inglês naquele dia?", disse ela fazendo um gesto em sua direção. "Menino estúpido."

"Menino?", disse Danny. "Sou alguns anos mais velho que você, meu bem."

"Sim, sim", respondeu ela acendendo mais um daqueles seus cigarros desagradáveis. "Mas você é um menino. Vocês são um país de meninos. E de meninas. Nenhum de vocês se tornou adulto. Acho que vocês se divertem demais."

"Com quê?"

"Com isto", disse ela erguendo a mão em direção ao céu. "Esta nação grande e boba. Vocês americanos... não têm história. Existe apenas o agora. Agora, agora, agora. Eu quero isto *agora*. Eu quero aquilo *agora*."

Danny sentiu uma repentina onda de irritação. "Ainda assim todo mundo parece ansioso para deixar seus países e vir para cá."

"Ah, sim. Ruas calçadas com ouro. A grande América onde qualquer um pode fazer fortuna. Mas o que dizer dos que não conseguem? Que dizer dos operários, agente Danny? Hein? Eles trabalham, trabalham e trabalham, e se adoecerem de tanto trabalhar, a empresa diz: 'Bah. Vá embora e não volte mais'. E se eles sofrem um acidente de trabalho? É a mesma coisa. Vocês americanos falam da sua liberdade, mas para mim não passam de escravos que acham que são livres. Vejo empresas que usam crianças e famílias como se fossem porcos e..."

Danny repeliu aquela fala com um gesto. "Mesmo assim *você está aqui*."

Ela o fitou com seus grandes olhos negros. Era um olhar cauteloso, a que ele se acostumara. Tessa nunca dizia nada sem pensar. Ela se acercava de cada dia como se precisasse estudá-lo antes de formar uma opinião sobre ele.

"Você tem razão." Ela bateu o cigarro no parapeito. "Vocês são um país muito mais... *abbondante* que a Itália. Vocês têm essas cidades grandes e barulhentas. Vocês têm mais automóveis num quarteirão que em toda Palermo. Mas vocês são um país muito jovem, agente Danny. Vocês são como uma criança que pensa ser mais inteligente que o pai ou os tios que vieram antes."

Danny deu de ombros, viu Tessa contemplando-o com os mesmos olhos calmos e cautelosos de sempre. Ele tocou o joelho no dela e contemplou a noite.

Certa noite no Fay Hall, quando ele estava sentado no fundo do salão, antes de mais uma reunião do sindicato, se deu conta de que agora dispunha de todas as informações que seu pai, Eddie McKenna e os Velhos esperavam dele. Ele sabia que Mark Denton, como líder do BSC, era exatamente como temiam — inteligente, calmo, intrépido e prudente. Sabia que seus homens de confiança — Emmett Strack, Kevin McRae, Don Slatterly e Stephen Kearns — eram da mesma estirpe. Sabia também quem eram os imprestáveis e os inconsequentes, mais propensos a vacilar, a ceder, a se deixar subornar.

Naquele instante, quando Mark Denton entrou novamente no palco e dirigiu-se à mesa para dar início à reunião, Danny se deu conta de que já sabia tudo o que precisava saber desde a primeira reunião, e aquela já era a sétima.

A única coisa que lhe restava fazer era se sentar com McKenna ou com seu pai e lhes passar suas impressões, as poucas anotações que fizera e uma breve lista da hierarquia do Boston Social Club. Depois disso, ele estaria a meio caminho de seu distintivo de ouro. Diabo, talvez até mais além. A um passo dele.

Então, por que ainda estava ali?

Aquela era a questão do mês.

Mark Denton disse: "Pessoal", e sua voz estava mais suave que o normal, quase inaudível. "Senhores, poderiam me dar um pouco de atenção?"

Havia alguma coisa na calma de sua voz que tocou cada homem que se encontrava no salão. A sala foi ficando silenciosa em grupos de quatro ou cinco fileiras até chegar ao fundo. Mark Denton balançou a cabeça em sinal de agradecimento, deu-lhes um leve sorriso e piscou várias vezes.

"Como muitos de vocês sabem", prosseguiu Denton, "quem me treinou para este trabalho foi John Temple, da Nona Delegacia. Ele costumava dizer que, se não pudesse fazer de mim um agente da polícia, não restariam motivos para não contratar mulheres."

Enquanto pipocavam risadas por todo o salão, Denton abaixou a cabeça por um instante.

"O agente John Temple faleceu esta manhã devido a sequelas da gripe. Ele tinha cinquenta e um anos."

Todos tiraram seus chapéus. Mil homens abaixaram a cabeça no salão enfumaçado. Denton continuou: "Peço que prestemos a mesma homenagem ao agente Marvin Tarleton, da Quinta, que morreu a noite passada devido aos mesmos problemas."

"Marvin morreu?", alguém gritou. "Ele estava melhorando."

Denton balançou a cabeça. "O coração dele parou às onze horas da noite passada." Ele se inclinou sobre a mesa. "A resolução preliminar do departamento é de que a família deles não receba pensão por morte, pois o município já arbitrou de forma semelhante..."

Por um instante, o som das vaias, dos assovios e das cadeiras derrubadas sobrepôs-se à sua fala.

"...porque", gritou ele, "porque, *porque*..."

Vários homens foram puxados de volta para suas cadeiras. Outros se calaram.

"...porque", continuou Mark Denton, "a autoridade municipal afirma que os homens não morreram no trabalho."

"Como então eles pegaram a gripe, porra?", gritou Bob Reming. "Dos seus cachorros?"

Denton disse: "A autoridade municipal diria que sim. Dos cachorros deles. Eles são cachorros. A autoridade municipal acredita que eles podem ter contraído a gripe em inúmeras ocasiões fora do trabalho. Assim sendo... eles não morreram no cumprimento do dever. É só isso que precisamos saber. É isso que temos de aceitar".

Ele se afastou da mesa quando atiraram uma cadeira para cima. Segundos depois, estourou a primeira troca de socos. E outra. E uma terceira começou na frente de Danny, que procurou manter distância, enquanto os gritos enchiam o saguão e o edifício estremecia de raiva e desespero.

"Vocês estão com raiva?", gritou Mark Denton.

Danny viu Kevin McRae abrir caminho por entre a multidão e acabar com uma das brigas puxando os cabelos dos homens e erguendo-os do chão.

"Vocês estão com raiva?", gritou Denton novamente. "Vão em frente... fiquem aí trocando porradas."

A calma começou a voltar ao salão. Metade dos homens aproximou-se novamente do palco.

"É isso o que eles querem que vocês façam", bradou Denton. "Que se arrebentem uns aos outros. Vão em frente. Sabem o que o prefeito, o governador e a Câmara Municipal vão fazer? Vão *rir* de vocês."

Os últimos homens que ainda brigavam pararam e se sentaram.

"Vocês estão com raiva o bastante para *fazer* alguma coisa?", perguntou Mark Denton.

Ninguém respondeu.

"Estão?", gritou Denton.

"Sim!", gritaram mil homens em uníssono.

"Somos um sindicato, homens. Isso significa que nos levantamos como um só homem, com o mesmo objetivo, e levamos nossas reivindicações para o lugar onde *eles* vivem. E exigimos nossos direitos enquanto homens. Quem de vocês quiser ficar em casa, que fique, porra! Os outros... que me mostrem do que somos feitos."

O salão levantou-se como um só — mil homens, alguns de rosto afogueado, alguns com lágrimas de raiva nos olhos. E Danny, não mais um judas, também se levantou.

Ele se encontrou com o pai quando estava saindo da Sexta, em South Boston.

"Estou fora."

O pai dele parou nos degraus de entrada da delegacia. "Fora de quê?"

"Do trabalho de informante no sindicato, dos radicais, a coisa toda."

O pai desceu as escadas, aproximando-se dele. "Esses radicais podem fazer de você um capitão aos quarenta, filho."

"Não me importo."

"Você não se importa?", disse o pai dirigindo-lhe um sorriso murcho. "Se você jogar essa chance fora, vai passar mais cinco anos sem a menor possibilidade de conseguir o distintivo de ouro. Se é que algum dia terá."

Essa perspectiva encheu-o de medo, mas ele enfiou as mãos mais fundo nos bolsos e balançou a cabeça. "Não vou dedurar meus colegas."

"Eles são subversivos, Aiden. Subversivos dentro do nosso próprio departamento."

"Eles são policiais, pai. A propósito, que tipo de pai é você que me manda fazer um serviço como esse? Você não podia achar outra pessoa?"

O rosto do pai adquiriu um tom cinza. "É o preço do ingresso."

"Que ingresso?"

"Para o trem que nunca descarrila." Ele passou as costas da mão na testa. "Seus netos andariam nele."

Danny fez um gesto de recusa. "Vou para casa, pai."

"Sua casa é aqui, Aiden."

Danny contemplou o edifício de calcário branco com colunas gregas e balançou a cabeça. "É a sua."

Naquela noite ele foi até a porta de Tessa, bateu de leve, olhando para os dois lados do corredor, mas ela não respondeu. Então deu meia volta e seguiu para o próprio apartamento, sentindo-se como um menino levando comida roubada debaixo do casaco. No momento em que chegava à sua porta, ele ouviu a de Tessa se abrir.

Ele se voltou e a viu avançando em sua direção pelo corredor, com um casaco sobre a anágua, descalça, com uma expressão de susto e curiosidade. Quando Tessa se aproximou, Danny tentou pensar em algo que pudesse dizer.

"Eu ainda estou com vontade de conversar", disse ele.

Ela voltou-se para ele, olhos grandes e negros. "Quer ouvir mais histórias dos velhos tempos?"

Ele a imaginou no assoalho do salão de Primo Alivieri, o contraste de sua pele com o mármore e a forma como a luz do fogo se refletia em seus cabelos negros. Era vergonhoso excitar-se com uma imagem como aquela.

"Não", disse ele. "Essas histórias não."

"Outras histórias, então?"

Danny abriu a porta de seu apartamento. Tratava-se de um gesto automático, mas então ele encarou Tessa e viu que o gesto lhe pareceu tudo, menos casual.

"Quer entrar para conversarmos?", perguntou.

Ela ficou ali com seu casaco e a anágua branca puída, encarando-o por um bom tempo. Ele podia ver seu corpo por baixo da anágua. Um leve brilho de suor salpicava-lhe a pele morena sob o côncavo da garganta.

"Eu quero entrar", disse ela.

9.

A primeira vez que Lila pôs os olhos em Luther foi num piquenique ao lado do Minerva Park, numa área verde às margens do rio Big Walnut. Era uma reunião de que deveriam participar apenas as pessoas que trabalhavam na mansão da família Buchanan, em Columbus, enquanto esta se encontrava de férias em Saginaw Bay. Mas então uma pessoa falou para outra, que falou para outra, e esta para mais outra, e quando Lila chegou, no fim da manhã daquele dia quente de agosto, havia pelo menos sessenta pessoas animadíssimas se divertindo à beira do rio. Havia se passado um mês do massacre dos negros em East St. Louis, e aquele mês transcorrera devagar e sombrio para os trabalhadores da casa dos Buchanan, boatos pipocando aqui e ali que contradiziam os informes dos jornais e, naturalmente, a conversa dos brancos em volta da mesa de jantar dos patrões. Ouvir as histórias — de mulheres brancas atacando mulheres negras com facas de cozinha enquanto os brancos incendiavam o bairro e preparavam suas forcas e matavam negros a tiros — era motivo bastante para que uma nuvem negra de preocupação pairasse sobre as cabeças dos conhecidos de Lila. Quatro semanas depois, porém, parecia que as pessoas queriam se livrar daquela nuvem por um dia, divertir-se enquanto ainda era possível.

Alguns homens cortaram ao meio um barril de petróleo, cobriram as metades com telas de arame e começaram a fazer um churrasco. As pessoas trouxeram cadeiras e mesas, e as mesas estavam repletas de peixe frito, salada de batata e coxas de peru assadas, gordas uvas roxas e montes e montes de hortaliças. Crianças a correr, gente dançando, alguns homens jogando beisebol na relva murcha. Dois rapazes tinham trazido seus violões e travavam um "duelo", como se estivessem numa esquina em Helena, e o som de seus violões era claro como o céu.

Lila estava sentada com as amigas, todas elas criadas — Ginia, cc e Darla Blue —, tomando chá doce, vendo as crianças e os homens brincarem, e não era difícil adivinhar quais dos homens eram solteiros, porque eles agiam de forma mais pueril que as crianças, fazendo cabriolas, agitando-se e falando alto. Eles lembravam pôneis antes de uma corrida, escarvando a terra com as patas, empinando-se.

Darla Blue, que tinha um cérebro de galinha, disse: "Eu gosto daquele ali".
Todas olharam. Todas gritaram.
"Aquele de dente quebrado e com a moita na cabeça?"
"Ele é uma graça."
"Para um cachorro."
"Não, ele..."
"Olha o barrigão todo derramado", disse Ginia. "Vai até o joelho. E aquela bunda parece ter cinquenta quilos de caramelo derretido por dentro."
"Eu gosto de homens meio cheinhos."
"Bem, então é o seu verdadeiro amor, porque ele é bem redondo. Redondo feito uma lua cheia. Não existe nada duro naquele homem. E *nem vai endurecer.*"

Elas gritaram mais um pouco, batendo nas próprias coxas, e cc perguntou: "E você, Lila Water? Você está vendo seu príncipe?".

Lila fez que não com um gesto de cabeça, mas as moças não acreditaram nem um pouco.

Contudo, por mais que gritassem e insistissem, ela mantinha os lábios cerrados e os olhos sob controle, porque o vira, via-o agora pelo canto do olho, atravessando a grama como a própria brisa e apanhando a bola no ar num rápido movimento com a luva, num gesto tão desembaraçado que quase chegava a ser cruel. Um homem esbelto. Pela forma como andava, parecia ter sangue de gato. Onde os outros homens tinham articulações, ele tinha molas, azeitadíssimas. Mesmo quando lançava a bola, a gente não via seu braço, a parte dele que fizera o movimento, mas sim cada centímetro quadrado dele, movendo-se como um todo.

Música, concluiu Lila. O corpo do homem era nada menos que música.

Ela ouvira os outros homens chamá-lo pelo nome — Luther. Quando ele veio correndo, na sua vez de empunhar o taco, um menino correu ao lado dele e tropeçou no chão de terra. O menino caiu de queixo no chão, abriu a boca num gemido, mas Luther levantou-o sem perder o ritmo e disse: "Escute aqui, menino, nada de choro no *sábado*".

A criança ficou de boca aberta, e Luther lhe abriu um largo sorriso. O menino soltou um grito e começou a rir como se não fosse parar mais.

Luther jogou o menino para cima e olhou direto para Lila, fazendo-a perder o fôlego e abaixar a vista ante a rapidez com que os olhos dele buscaram os seus. "Ele é seu, senhora?"

Lila voltou os olhos para os dele e disse: "Eu não tenho filhos".

"Ainda", disse CC, e riu alto.

Aquilo inibiu o que quer que Luther ia dizer. Ele pousou os pés da criança no chão e abaixou os olhos, evitando o olhar dela, e deu um sorriso para o ar, o queixo puxado para a direita. Então tornou a fitá-la com a maior calma.

"Bem, essa é uma bela notícia", disse ele. "Sim, bela como este dia de hoje, senhora."

E então a cumprimentou com o chapéu e avançou para pegar o taco.

No fim do dia, ela estava rezando. Deitada no peito de Luther sob um carvalho cem metros rio acima, distante da festa, com o Big Walnut escuro e brilhante à sua frente, ela confessou ao Senhor temer um dia gostar demais daquele homem. Mesmo que ficasse cega enquanto dormia, seria capaz de reconhecê-lo numa multidão só pela voz, pelo cheiro, pela forma como o ar lhe abria caminho. Ela sabia que o coração dele era impetuoso, mas que sua alma era bondosa. Quando ele deslizou o polegar pela parte interna de seu braço, ela pediu a Deus que a perdoasse pelo que estava prestes a fazer. Isso porque, por aquele homem ousado e gentil, ela estava disposta a fazer o que quer que pudesse mantê-lo aceso dentro dela.

Então o Senhor, do alto do céu, a perdoou ou a condenou — ela nunca saberia ao certo —, porque lhe deu Luther Laurence. No ano em que se conheceram, Ele deu Luther a ela umas duas vezes por semana. No resto do tempo ela trabalhava na casa Buchanan, e Luther, na fábrica de munições, vivendo a vida como se ela fosse regulada pelo ritmo do relógio.

Ah, ele era bravo e arredio. Contudo, ao contrário de tantos homens, isso não era uma escolha sua e não traía nenhuma má intenção. Ele teria mudado de atitude se alguém conseguisse dizer como. Mas era o mesmo que explicar pedra à água, areia ao ar. Luther trabalhava na fábrica; quando não estava trabalhando, estava jogando bola; quando não estava jogando bola, estava consertando alguma coisa; quando não estava consertando alguma coisa, vagava à noite pela cidade de Columbus. E quando não estava fazendo nada disso, estava com Lila, e ela gozava de toda a sua atenção, pois se Luther focava em algo, esquecia todo o resto, de modo que, quando era Lila o objeto de sua atenção, ele a fazia rir e era um sedutor empenhado , e ela sentia que nada, nem mesmo o calor do Senhor, seria capaz de projetar uma luz de tal intensidade.

Então Jefferson Reese lhe deu a surra que o mandou para o hospital — onde ficou por uma semana — e tirou alguma coisa dele. Não se sabia ao certo o que era essa coisa, mas dava para notar sua falta. Lila odiava imaginar seu homem encolhido no chão, tentando se proteger, enquanto Reese o espancava, dava-lhe pontapés, descarregando uma selvageria há muito represada. Ela tentara advertir Luther contra Reese, mas o namorado não lhe dera ouvidos, porque alguma parte dele precisava trombar contra as coisas. O que ele descobriu, caído no chão enquanto aqueles punhos e pés encarniçavam-se contra ele, foi que, se você bate de frente com determinadas coisas — com coisas ruins —, elas não se limitam a revidar. Não, isso não é o bastante. Elas procuram esmagar você, persistem nisso, e a única maneira de escapar com vida é a pura sorte, nada mais. As coisas ruins deste mundo só têm uma lição a dar: somos piores do que você consegue imaginar.

Ela amava Luther porque nele não havia essa espécie de maldade. Ela amava Luther pois o que o fazia impetuoso e selvagem era o mesmo que o fazia gentil — ele amava o mundo. Amava-o da mesma forma que a gente ama uma maçã tão doce que é impossível deixar de dar umas boas dentadas. Ele amava o mundo, fosse ou não correspondido.

Mas em Greenwood aquele amor e aquela luz de Luther tinham começado a esvanecer. A princípio, ela não conseguia entender aquilo. Sim, havia maneiras melhores de se casar do que a deles. A casa em Archer era pequena, a epidemia devastou a cidade, e tudo isso no curto espaço de oito semanas — mesmo assim eles estavam no paraíso. Eles estavam num dos poucos lugares do mundo em que um negro e uma negra andavam de cabeça erguida. Os brancos não apenas os deixavam em paz, mas também os respeitavam, e Lila concordava com a afirmação do irmão Garrity de que Greenwood haveria de ser um modelo para o resto do país e que dali a dez ou vinte anos haveria Greenwoods em Mobile, Columbus, Chicago, Nova Orleans e Detroit. Porque os negros e os brancos encontraram uma forma de conviver pacificamente em Tulsa, e a paz e a prosperidade que daí resultaram eram boas demais para que o resto do país as ignorasse.

Luther, porém, via mais alguma coisa. Algo que consumia sua gentileza e sua luz, e Lila começou a temer que o filho deles não chegasse ao mundo a tempo de salvar o pai. Porque em seus dias de maior otimismo ela sabia que bastaria aquilo: Luther segurar o próprio filho e se convencer de uma vez por todas de que já era tempo de se tornar um homem.

Ela passou a mão na barriga, disse ao filho que crescesse mais depressa, mais depressa, e ouviu a porta de um carro bater. Pelo som, ela percebeu que era o carro do louco do Jessie Tell, e que Luther viera com aquele infeliz, os dois com certeza mais que chapados. Ela se levantou da cadeira, pôs a máscara no rosto e amarrou as fitas atrás da cabeça no momento em que Luther entrou pela porta.

A primeira coisa que ela notou não foi o sangue, embora ele lhe cobrisse toda a camisa e o pescoço. O que ela notou antes de tudo foi que sua cara não estava boa. Por trás do rosto já não havia mais o Luther que ela vira pela primeira vez no campo de beisebol, não o Luther que sorrira para ela, puxando seu cabelo para trás, enquanto a possuía numa fria noite de Ohio. Não o Luther que lhe fez cócegas até que ela soltasse um grito rouco, não o Luther que fez desenhos do filho na janela de um trem em movimento. Aquele homem não vivia mais naquele corpo.

Então ela notou o sangue e aproximou-se dele dizendo: "Luther, meu bem, você precisa de um médico. O que aconteceu? O que aconteceu?".

Luther a deteve, agarrou-lhe os ombros como se ela fosse uma cadeira para a qual era preciso achar um lugar, olhou em volta e disse: "Você precisa fazer as malas".

"O quê?"

"Este sangue não é meu. Não estou ferido. Você precisa arrumar as malas."

"Luther, Luther, olhe para mim, Luther."

Ele olhou para ela.

"O que aconteceu?"

"Jessie morreu", disse ele. "Jessie morreu e Dandy também."

"Quem é Dandy?"

"Trabalhava para o Diácono. O Diácono morreu. Os miolos do Diácono ficaram grudados numa parede."

Ela recuou, afastando-se dele, e levou a mão à garganta, porque não sabia onde mais as colocar. "O que você fez?", perguntou ela.

Luther ordenou: "Você tem de fazer as malas, Lila. Temos de fugir".

"Eu não vou fugir", disse ela.

"O quê?", exclamou ele inclinando a cabeça para ela. Seus rostos estavam a apenas alguns centímetros, mas Lila sentia como se ele estivesse a milhares de quilômetros, do outro lado do mundo.

"Não vou sair daqui", disse ela.

"Vai sim, mulher."

"Não, não vou."

"Lila, estou falando sério. Arrume as malas, porra."

Ela balançou a cabeça.

Olhos inebriados, Luther cerrou os punhos, atravessou o quarto e esmurrou o relógio pendurado acima do sofá. "Nós *vamos embora*."

Ela observou o vidro caindo em cima do sofá, viu que o segundo ponteiro ainda estava em movimento. Era só consertá-lo. Ela sabia como.

"Jessie morreu", disse ela. "Você voltou aqui para me dizer isso? O cara pede para ser morto, por pouco também não leva você, e você espera que eu diga que você é meu homem, que eu faça as malas depressa e abandone minha casa porque eu amo você?"

"Sim", disse ele segurando-a novamente pelos ombros. "Sim."

"Bem, não vou fazer isso", disse ela. "Você é um estúpido. Eu lhe avisei o que aconteceria se você andasse com aquele sujeito e com o Diácono, e agora você vem aqui com as marcas do castigo por seu pecado, coberto com o sangue de outro homem, e me pede *isso*?"

"Quero que você parta comigo."

"Você matou alguém esta noite, Luther?"

Olhos desvairados, a voz que era um sussurro, ele respondeu. "Matei o Diácono. Atirei na cabeça dele."

"Por quê?", disse ela, agora também sussurrando.

"Porque foi por causa dele que Jessie morreu."

"E o Jessie matou quem?"

"O Jessie matou o Dandy. Smoke matou Jessie e eu atirei no Smoke. Provavelmente ele também vai morrer."

Ela sentia dentro de si a onda de raiva varrendo-lhe o medo, a pena e o amor. "Quer dizer então que Jessie mata um homem, um homem atira nele, aí você atira nesse homem e mata o Diácono? É isso o que você está me dizendo?"

"Sim. Agora..."

"É isso o que você está me dizendo?", gritou ela batendo-lhe nos ombros e no peito com os punhos, depois na cabeça, e continuaria assim indefinidamente se ele não lhe agarrasse os punhos.

"Lila, escute..."

"Fora da minha casa. Fora da minha casa! Você matou. Você é um impuro aos olhos de Deus, Luther. E Ele vai puni-lo."

Luther recuou, afastando-se dela.

Ela permaneceu onde estava e sentiu seu filho chutar dentro do útero. Não foi um chute muito forte, mas antes leve, hesitante.

"Tenho de arrumar algumas coisas."

"Então arrume", disse ela dando-lhe as costas.

Enquanto ele amarrava seus pertences na traseira do carro de Jessie, ela ficou dentro de casa ouvindo os movimentos dele lá fora e refletindo que aquele amor não podia terminar de outra maneira, visto que sempre ardera num fogo muito intenso. E ela pedia perdão a Deus por aquilo que agora percebia ter sido seu maior pecado: eles tinham procurado o céu nesta terra. Uma busca dessa natureza baseava-se no orgulho, o pior dos sete pecados capitais. Pior que a cobiça, pior que a ira.

Quando Luther voltou, ela continuou sentada no mesmo lado da sala.

"Então é assim?", disse ele baixinho.

"Acho que sim."
"É assim que terminamos?"
"Acredito que sim."
"Eu...", disse ele estendendo a mão.
"O quê?"
"Eu amo você, mulher."
Ela balançou a cabeça.
"Eu disse que amo você."
Ela balançou a cabeça novamente. "Eu sei. Mas você ama mais outras coisas."

Ele negou com a cabeça, a mão ainda entendida, esperando que ela a segurasse.

"Ah, você ama sim. Você é uma criança, Luther. E agora essas suas brincadeiras trouxeram a carnificina para nosso lar. O responsável foi você, Luther. Não foi Jessie nem o Diácono. Foi você. Só você. Você. Você, com seu filho na minha barriga."

Ele abaixou a mão e se deixou ficar na soleira da porta um longo tempo. Por várias vezes abriu a boca para dizer alguma coisa, mas as palavras teimavam em não sair.

"Eu amo você", repetiu ele, e a voz lhe saiu rouca.

"Eu também amo você", disse ela, embora naquele momento ela não o sentisse em seu coração. "Mas você precisa ir embora antes que alguém venha aqui atrás de você."

Ele sumiu da porta tão rápido que ela não saberia dizer se o vira mexer-se. Num instante ele estava ali, no instante seguinte ela ouviu os sapatos ressoando nas pranchas de madeira, o motor sendo ligado e, por um breve instante, funcionando em marcha lenta.

Quando ele pisou na embreagem e engatou a primeira, o carro fez um grande barulho. Ela se pôs de pé, mas não foi até a porta.

Quando ela finalmente foi à varanda, ele já tinha ido embora. Ela olhou a estrada, tentando ver as lanternas traseiras do carro, e mal conseguiu avistá-las ao longe, em meio à poeira que os pneus levantavam na escuridão da noite.

Luther deixou as chaves do carro de Arthur Smalley na varanda da casa dele e um bilhete em que se lia: "viela do Club Almighty". Escreveu outro bilhete informando aos Irvine como encontrar seu enxoval e depositou nas varandas dos doentes as joias, o dinheiro e tudo o mais que lhes haviam tomado. Quando chegou à casa de Owen Tice, ele viu, através da porta de tela, o homem à mesa, morto. Depois de puxar o gatilho, a espingarda dera o coice, mas continuou em suas mãos crispadas, na vertical, entre as coxas.

Luther fez o caminho de volta, na noite cinzenta, e entrou em casa. Deixou-se ficar na sala de estar olhando sua mulher dormir na cadeira onde ele a deixara. Foi ao quarto, pôs boa parte do dinheiro de Owen Tice sob o colchão, voltou à sala e contemplou a mulher por mais alguns instantes. Ela ressonava levemente, deu um gemido e ergueu as coxas, aproximando-as da barriga.

Tudo o que ela dissera era a pura verdade.

Mas como tinha sido fria. Só agora ele percebeu como ela procurara magoá-lo da mesma forma que ele a magoara nos últimos meses. Aquela casa, que por vezes Luther temera e procurara evitar, agora ele queria tomar nos braços, levá-la para o carro de Jessie e carregá-la consigo para onde quer que estivesse indo.

"Eu amo você, Lila Waters Laurence", disse ele. Depois beijou a ponta do próprio indicador e tocou-lhe a fronte.

Ela não se mexeu, e Luther inclinou-se, beijou-lhe a barriga, saiu de casa, voltou para o carro de Jessie e rumou para o norte, com o sol erguendo-se sobre Tulsa e os pássaros despertando de seu sono.

10.

Durante duas semanas, quando o pai de Tessa não estava em casa, ela vinha bater à porta de Danny. Eles raramente dormiam, mas Danny não diria que aquilo que faziam era amor. Um tanto bruto demais para isso. Em várias ocasiões, ela dava ordens — mais devagar, mais rápido, com mais vigor, ponha aqui, não aí, role, levante-se, deite-se. Para Danny, o modo como eles agarravam, apertavam e mordiscavam um ao outro parecia uma coisa desesperada. Mesmo assim, ele sempre queria mais. Às vezes ele se pegava, no meio da ronda, desejando que o uniforme não fosse tão apertado, pois roçava partes de seu corpo já arranhadas até a última camada da carne. Naquelas noites, o quarto dele dava a impressão de um covil. Os dois entravam e laceravam um ao outro. Os sons do bairro chegavam até eles — uma ocasional buzina de carro, gritos de crianças jogando bola nas vielas, relinchos dos estábulos atrás de seu edifício e até mesmo o barulho de passos, na escada de incêndio, de outros moradores que tinham descoberto o terraço já abandonado por ele e por Tessa —, mas lhes pareciam sons de uma vida que lhes era alheia.

Não obstante toda a sua entrega no quarto, Tessa continha-se depois do sexo. Voltava sorrateiramente para seu apartamento, sem uma palavra, e nunca adormeceu na cama dele. Aquilo não o incomodava. Na verdade, ele preferia assim — uma coisa ardente, mas fria. Ele se perguntava se sua parte no desencadear daquela fúria terrível tinha a ver com seus sentimentos para com Nora, com sua ânsia de castigá-la por amá-lo, abandoná-lo e continuar vivendo.

Não havia o menor risco de ele se apaixonar por Tessa. Ou ela por ele. Em meio a todo aquele enlace febril, ele tinha a percepção de um desprezo, não exatamente dela por ele nem vice-versa, mas da parte de ambos, por se deixarem dominar por um vício tão estéril. Certa vez, quando estava em cima dele, mãos agarradas ao seu peito, Tessa sussurrou "Tão jovem", como se aquilo fosse uma censura.

Quando Federico estava na cidade, convidava Danny para tomar licor de anis. Eles ficavam ouvindo ópera no Silverstone, enquanto Tessa permanecia no sofá estudando inglês nos manuais que Federico trouxera de suas viagens pela Nova Inglaterra e pela região do Kansas, Missouri e Nebraska. A princípio, Danny temeu que Federico descobrisse a relação de intimidade que havia entre seu companheiro de bebida e sua filha, mas Tessa se deixava ficar no sofá, uma perfeita estranha, as pernas enfiadas sob a anágua, a blusa de crepe cingindo-lhe o pescoço. Toda vez que seus olhares se encontravam, Danny via que o dela era vazio de tudo, exceto de curiosidade linguística.

"Defina *a-vi-dez*", disse ela certa ocasião.

Em noites como aquela, Danny voltava para seu apartamento sentindo-se ao mesmo tempo traidor e traído, sentava-se junto à janela e ficava até tarde da noite lendo o material fornecido por Eddie McKenna.

Ele foi a uma reunião do BSC, depois a outra, e a situação daqueles homens pouco havia mudado. O prefeito continuava se negando a se reunir com eles, ao passo que Samuel Gompers e a Federação Americana do Trabalho pareciam ter segundas intenções quanto a lhes reconhecer o status de sindicato.

"Mantenham a confiança", ele ouviu Mark Denton dizer no salão certa vez. "Roma não foi construída em um dia."

"Mas *foi* construída", disse um sujeito.

Certa noite, quando voltou de dois dias seguidos de trabalho, deu com a sra. DiMassi arrastando o tapete de Tessa e Federico pela escada. Danny quis ajudá-la, mas a velha o repeliu, deixou cair o tapete no vestíbulo, soltou um longo suspiro e só então olhou para ele.

"Ela foi embora", disse a velha senhora, e Danny percebeu que ela sabia de sua relação com Tessa e que aquilo mudaria a forma como ela o olharia enquanto ele morasse ali. "Foram embora sem uma palavra. E ainda por cima me devendo o aluguel. Acho que, se você a procurar, não vai encontrar. As mulheres da aldeia dela são conhecidas por seus corações negros. Umas bruxas, ouvi dizer. Tessa tem um coração negro. A morte do bebê enegreceu-o ainda mais. Você", disse ela ao passar por ele, a caminho de seu apartamento, "com certeza piorou as coisas."

Ela abriu a porta e olhou para ele. "Eles estão esperando por você."

"Quem?"

"Os homens no seu apartamento", disse a sra. DiMassi entrando no dela.

Enquanto subia as escadas, Danny abriu o fecho de couro do coldre. Uma parte dele pensava em Tessa, em como não seria difícil encontrá-la, se a pista ainda estivesse fresca. Ele achava que ela lhe devia uma explicação. Ele estava certo de que havia alguma.

No alto da escada, ouviu a voz do pai vindo de seu apartamento e recolocou o fecho do coldre. Em vez de seguir em direção à voz, porém, foi ao apartamento de Tessa e Federico. A porta estava entreaberta. Ele a abriu. O tapete havia sido retirado, mas afora isso a sala parecia igual. Ao andar pela sala, porém, percebeu que não havia mais fotografias. No quarto, os armários estavam vazios e a cama nua. O tampo da penteadeira onde ficavam os pós e os perfumes de Tessa estava vazio. A um canto, o porta-chapéus exibia ganchos vazios. Ele voltou à sala de estar, sentiu uma fria gota de suor escorrer-lhe por trás da orelha, depois pelo pescoço: eles não tinham levado o Silverstone.

O tampo estava aberto. Danny aproximou-se do fonógrafo, e logo sentiu o cheiro. Alguém derramara ácido no prato e o veludo fora corroído até não sobrar nada. Ele abriu o gabinete e viu os queridos discos de Federico reduzidos a cacos. Sua primeira impressão foi a de que eles tinham sido assassinados; o velho nunca deixaria aquilo para trás nem permitiria que alguém o destruísse daquela forma.

Então ele viu o bilhete colado na porta direita da cabine. A letra era de Federico, igual à do bilhete em que ele o convidara para jantar naquela primeira noite; de repente, Danny sentiu-se mal.

Policial,
Esta madeira ainda é uma árvore?

Federico

"Aiden", disse o pai dele na porta. "Que bom ver você, meu rapaz."

Danny olhou para o pai. "Que diabo é isso?"

O pai entrou no apartamento. "Os outros inquilinos dizem que ele parecia um velho muito gentil. Você também é da mesma opinião, não é?"

Danny deu de ombros. Sentia-se entorpecido.

"Bom, ele não é nem gentil nem velho. Que significa aquele bilhete que ele te deixou?"

"Uma piada nossa, particular", disse Danny.

O pai dele franziu o cenho. "Nada disso aqui é particular, menino."

"Por que você não me diz o que está acontecendo?"

O pai dele sorriu. "A explicação o espera no seu apartamento."

Danny seguiu-o pelo corredor e encontrou dois homens em seu apartamento. Estavam de gravata borboleta e pesados ternos cor de ferrugem com listras escuras, cabelos grudados na cabeça com vaselina e partidos ao meio. Os sapatos eram marrons, polidos. Secretaria de Justiça. Eles não poderiam dar mais na vista se usassem os distintivos colados na testa.

O mais alto dos dois olhou para ele. O mais baixo estava sentado à borda da mesinha de centro de Danny.

"Agente Coughlin?", disse o homem alto.

"Quem é você?"

"Perguntei primeiro", retrucou o homem alto.

"Pouco me importa", respondeu Danny. "Eu moro aqui."

O pai de Danny cruzou os braços e encostou-se na janela, satisfeito em assistir ao espetáculo.

O homem alto olhou o outro por cima do ombro, depois de novo para Danny. "Meu nome é Finch. Rayme Finch. Rayme. Não Raymond. Só Rayme. Pode me chamar de agente Finch." Ele tinha o físico de um atleta, membros flexíveis e ossos rijos.

Danny acendeu um cigarro e encostou-se à ombreira da porta. "Você está com um distintivo?"

"Já o mostrei para o seu pai."

Danny deu de ombros. "Mas não mostrou para mim."

Enquanto Finch levava a mão ao bolso de trás, Danny viu que o homenzinho da mesa de centro o observava com um leve desprezo, que ele normalmente associava a bispos ou coristas. Ele era alguns anos mais jovem que Danny, teria no máximo vinte e três, bem uns dez anos mais novo que o agente Finch. Mas tinha fundas olheiras escuras sob os olhos esbugalhados, como se tivesse o dobro da idade. Ele cruzou as pernas e tocou em alguma coisa no próprio joelho.

Finch mostrou o distintivo e uma carteira de identidade com o timbre do governo dos Estados Unidos: Departamento de Investigação.

Danny deu uma rápida olhada. "Você é do DI?"

"Tente dizer isso sem esse sorrisinho."

Danny apontou o polegar para o outro cara. "E quem é ele exatamente?"

Finch abriu a boca, mas o outro homem limpou a mão com um lenço antes de estendê-la a Danny. "John Hoover, senhor Coughlin", disse o homem, e Danny ficou com a mão cheia de suor. "Eu trabalho com o departamento antirradical da Secretaria de Justiça. Você não é amigo dos radicais, é, senhor Coughlin?"

"Não há alemães no edifício. Não é disso que a Secretaria de Justiça cuida?" Ele olhou para Finch. "E o DI se ocupa principalmente de fraudes de falências, não é?"

O sujeito da mesa de centro olhou para Danny como se lhe quisesse morder fora a ponta do nariz. "Nosso campo de atuação se expandiu um pouco desde o início da guerra, agente Coughlin."

Danny balançou a cabeça. "Bem, boa sorte", disse ele do vão da porta. "Vocês se incomodam de dar o fora da porra do meu apartamento?"

"Nós também lidamos com desertores", explicou o agente Finch, "agitadores, ativistas, pessoas que pretendem fazer guerra contra os Estados Unidos."

"Deve ser um bom meio de vida."

"Muito bom. Vamos atrás principalmente dos anarquistas", disse Finch. "Esses filhos da puta estão entre os primeiros da nossa lista. Você sabe... gente que joga bombas, agente Coughlin. Como aquela menina que você estava comendo."

Danny emparelhou os ombros com os de Finch. "Eu estou comendo quem?"

O agente Finch virou-se e encostou à ombreira da porta. "Você *estava* trepando com Tessa Abruzze. Pelo menos é assim que ela se apresentava. Estou certo?"

"Eu conheço a senhorita Abruzze. E daí?"

Finch lhe deu um leve sorriso. "Você não sabe merda nenhuma."

"O pai dela é vendedor de fonógrafos", disse Danny. "Eles tiveram uns problemas na Itália, mas..."

"O *pai* dela", interrompeu Finch, "é marido dela." Ele arqueou as sobrancelhas. "Você me ouviu bem. E ele não tinha porra nenhuma a ver com fonógrafos. Federico Abruzze nem é seu nome verdadeiro. Ele é um anarquista, mais especificamente um galleanista. Você sabe o que esse termo significa ou vou precisar explicar?"

"Eu sei", respondeu Danny.

"O nome dele é Federico Ficara. E sabe o que ele fazia enquanto você fodia a mulher dele? Fabricava bombas."

"Onde?", perguntou Danny.

"Aqui mesmo." Rayme Finch apontou o polegar para o corredor.

John Hoover cruzou uma mão sobre a outra e descansou-as na fivela do cinturão. "Vou perguntar novamente. Você é simpatizante dos radicais?"

"Acho que meu filho já respondeu essa pergunta", disse Thomas Coughlin.

John Hoover balançou a cabeça. "Não que eu tenha ouvido, senhor."

Danny olhou para ele. A pele do homem era como pão tirado do forno antes da hora, e suas pupilas eram tão minúsculas e escuras que pareciam mais próprias de um animal.

"O motivo da pergunta é que estamos fechando a porta do estábulo. Depois que os cavalos foram embora, eu concordo, mas pelo menos antes que ele tenha queimado até as cinzas. O que é que a guerra nos mostrou? Que o inimigo não está só na Alemanha. O inimigo veio em navios, aproveitando-se da nossa política de imigração permissiva, e começou a atuar. Ele faz palestras para mineiros e operários de fábricas, disfarça-se de amigo do operário e dos oprimidos. Mas o que ele de fato é? Um prevaricador, um enganador, uma doença estrangeira, um homem resolvido a destruir nossa democracia. Ele deve ser reduzido a pó." Hoover enxugou a nuca com o lenço; a parte de cima de seu colarinho estava escura de suor. "Então vou lhe perguntar pela terceira vez: você colabora com o elemento radical? Afinal de contas, você é um inimigo de meu Tio Sam?"

Danny disse: "Ele está falando sério?".

"Ah, sim", disse Finch.

Danny disse: "Seu nome é John, certo?".

O homem rechonchudo olhou para ele e confirmou com um pequeno gesto de cabeça.

"Você lutou na guerra?"

Hoover negou com a cabeçorra. "Não tive essa honra."

"A honra...", disse Danny. "Bem, eu também não tive a *honra*, mas isso porque fui considerado quadro indispensável para o trabalho no front interno. Qual a sua desculpa?"

Hoover corou e pôs o lenço no bolso. "Há muitas maneiras de servir à pátria, senhor Coughlin."

"Sim, há", concordou Danny. "Tenho um buraco no pescoço por servir à minha. Portanto, sabe o que vai acontecer se você questionar meu patriotismo novamente? Vou pedir para o meu pai se afastar da porra da janela e vou atirar você por ela."

O pai de Danny levou uma mão à altura do coração e afastou-se da janela.

Hoover, porém, lançou a Danny um límpido olhar azul de quem tem a consciência tranquila. A força moral de um menino baixinho que travava batalhas de faz de conta com bastões. Que envelheceu, mas não cresceu.

Finch limpou a garganta. "O problema que temos aqui, meus amigos, são bombas. Podemos voltar a esse assunto?"

"Como você ficou sabendo da minha relação com Tessa?", disse Danny. "Vocês estavam me seguindo?"

Finch negou com um gesto de cabeça. "Ela contou. Ela e o marido Federico foram vistos pela última vez há dez meses no Oregon. Eles caíram de porrada em cima de um funcionário da ferrovia que tentou examinar a bolsa de Tessa. Tiveram de pular do trem que ia a todo vapor. O problema é que tiveram de deixar a bolsa para trás. A polícia de Portland entrou no trem, encontrou detonadores, dinamite, algumas pistolas. A caixa de ferramentas de um verdadeiro anarquista. O funcionário, pobre diabo desconfiado, morreu em consequência dos traumatismos."

"Você ainda não respondeu à minha pergunta", disse Danny.

"Nós os localizamos aqui, há mais ou menos um mês. Afinal de contas, aqui é a base de Galleani. Ouvimos dizer que ela estava grávida. Mas então a gripe dominava tudo, e isso diminuiu nosso ritmo. Na noite passada um cara do submundo anarquista que, digamos assim, colabora conosco, nos deu o endereço de Tessa. Ela deve ter ficado sabendo, porém, porque sumiu no mundo antes que tivéssemos tempo de encontrá-la. Como chegamos a você? Ora, foi fácil. Perguntamos a todos os moradores do edifício se Tessa ultimamente vinha apresentando algum comportamento suspeito. Fosse homem ou mulher, todos responderam: 'Além de trepar com o policial do quinto andar? Não'."

"Tessa mexendo com bombas?" Danny balançou a cabeça. "Não engulo essa."

"Não?", disse Finch. "Há uma hora John encontrou no quarto dela aparas de metal nas fendas do assoalho e marcas de queimadura que só podem ser de ácido. Quer dar uma olhada? Eles estão fabricando bombas, agente Coughlin. Ou melhor, eles fabricaram bombas. Provavelmente usando o manual escrito pelo próprio Galleani."

Danny foi à janela e abriu-a. Sorveu o ar frio e olhou as luzes do porto. Luigi Galleani, pai do anarquismo na América, propunha-se abertamente a derrubar o governo federal. Pense em qualquer ato terrorista de grandes proporções dos últimos cinco anos, e pode ter certeza de que foi ele quem arquitetou.

"Quanto à sua namorada", prosseguiu Finch, "seu nome verdadeiro *é* Tessa, mas com certeza essa é a única coisa verdadeira que você sabe sobre ela." Finch aproximou-se da janela, postando-se ao lado de Danny e de seu pai. Ele lhe mostrou um lenço dobrado e o abriu. "Está vendo isto?"

Danny olhou o conteúdo do lenço e viu um pó branco.

"Isto é explosivo à base de mercúrio. Parece sal de cozinha, não é? Mas, se você o puser numa pedra e der uma martelada, tanto a pedra quanto o martelo irão pelos ares. E com certeza seu braço também. Sua namorada nasceu em Nápoles, e seu nome de solteira é Tessa Valparo. Cresceu num bairro miserável, perdeu os pais para a cólera e começou a trabalhar num bordel aos doze anos de idade. Aos treze, ela matou um cliente. Com uma navalha e uma imaginação digna de nota. Ligou-se a Federico pouco depois que eles chegaram aqui."

"E logo conheceram Luigi Galleani", disse Hoover, "em Lynn, a norte daqui. Eles o ajudaram a planejar atentados em Nova York e Chicago, e escreviam matérias melosas para os pobres operários de Cape Cod a Seattle.

Eles trabalharam nessa desgraça propagandista que é o *Cronaca Sovversiva*. Você conhece?"

Danny disse: "Não é possível morar aqui no North End e não conhecer. Pelo amor de Deus, as pessoas embrulham o peixe com ele".

"Mas ele é ilegal", disse Hoover.

"Bem, é ilegal distribuí-lo pelo correio", disse Rayme Finch. "Na verdade, fui o responsável por essa proibição. Invadi a redação. Prendi Galleani duas vezes. Garanto a você que vou deportá-lo antes do final do ano."

"Por que ainda não deportou?"

"Até agora, a lei protege os subversivos", explicou Hoover. "Por enquanto."

Danny riu. "Eugene Debs está em cana por ter feito uma porra dum *discurso*."

"Em que defendia a violência", disse Hoover em voz alta e tensa, "contra este país."

Danny olhou para o pavãozinho e revirou os olhos. "Minha pergunta é: se vocês podem prender um ex-candidato à presidência por ter feito um discurso, por que não podem deportar o mais perigoso anarquista do país?"

Finch suspirou. "Filhos americanos e mulher americana. Foi isso o que lhe valeu votos de simpatia da última vez. Mas ele vai ser deportado. Pode acreditar. Da próxima vez, porra, ele vai mesmo."

"Todos serão", concluiu Hoover. "Até o último desgraçado."

Danny voltou-se para o pai. "Diga alguma coisa."

"Dizer o quê?", perguntou o pai calmamente.

"Diga o que está fazendo aqui."

"Eu já lhe disse que estes cavalheiros me informaram que meu filho estava dormindo com uma subversiva. Uma fabricante de bombas, Aiden."

"Danny."

O pai dele tirou do bolso do casaco um macinho de Black Jack e ofereceu aos demais. John Hoover pegou um tablete, mas Danny e Finch recusaram. O pai e Hoover tiraram o invólucro da goma de mascar e a puseram na boca.

O pai de Danny suspirou. "Se chegasse aos jornais, *Danny*, a notícia de que meu filho estava gozando dos favores, digamos assim, de uma radical violenta, enquanto o marido dela fabricava bombas bem debaixo do seu nariz — que imagem isso iria passar do meu querido departamento?"

Danny voltou-se para Finch. "Então o negócio é encontrá-los e deportá-los. O plano é esse, não é?"

"Não tenha dúvida. Mas, enquanto eu não os encontro e enquanto não vão embora", disse Finch, "eles estão planejando fazer algum barulho. Sabemos que planejaram alguma coisa para maio. Pelo que sei, seu pai já lhe falou sobre isso. Nós não sabemos onde ou quem eles estão pretendendo atacar. Temos algumas hipóteses, mas os radicais são imprevisíveis. Eles vão atrás da lista de juízes e políticos de sempre, mas o que nos dá trabalho são os alvos industriais que temos de proteger. Que indústria eles irão escolher? Carvão, ferro, chumbo, açúcar, aço, borracha, têxteis? Vão atacar uma fábrica? Uma destilaria? Uma torre de petróleo? Não sabemos. Mas temos certeza de que eles vão fazer um atentado contra alguma coisa grande aqui na sua cidade."

"Quando?"

"Talvez amanhã, talvez daqui a três meses", disse Finch dando de ombros. "Ou talvez esperem até maio, não sei dizer."

"Mas nós lhe garantimos", disse Hoover, "que o atentado vai ser de grande impacto."

Finch enfiou a mão no bolso do casaco, desdobrou um pedaço de papel e passou-o a Danny. "Encontramos isto no armário dela. Acho que é um rascunho."

Danny olhou o papel. O texto era composto com letras recortadas de jornal e coladas na folha:

Vão em frente!
Deportem-nos. Vamos dinamitar vocês.

Danny devolveu o papel.

"É uma nota para a imprensa", disse Finch. "Não tenho dúvida. Só que eles ainda não a enviaram. Mas, quando ela chegar às ruas, pode ter certeza de que logo virá uma explosão."

Danny perguntou: "E por que vocês estão me dizendo tudo isso?".

"Para ver se você tem interesse em impedi-los."

"Meu filho é um homem orgulhoso", disse Thomas Coughlin. "Ele não deixaria que uma coisa dessas se espalhasse e manchasse sua reputação."

Danny ignorou-o. "Qualquer pessoa com um mínimo de juízo tentaria impedi-los."

"Mas você não é qualquer pessoa", argumentou Hoover. "Galleani já tentou explodir você."

"O quê?", exclamou Danny.

"Quem você acha que mandou explodir Salutation Street?", perguntou Finch. "Você acha que foi ao acaso? Foi uma vingança pela prisão de três deles, num protesto contra a guerra, um mês antes. Quem você acha que estava por trás daquele atentado em que morreram dez policiais em Chicago no ano passado? Galleani e seus asseclas. Eles tentaram matar Rockefeller. Tentaram matar juízes. Jogaram bombas em desfiles militares. Diabo, eles explodiram uma bomba na catedral de St. Patrick. Galleani e seus asseclas. Na virada do século, gente com esse mesmo tipo de filosofia matou o presidente McKinley, o presidente da França, o primeiro-ministro da Espanha, a imperatriz da Áustria e o rei da Itália. Tudo isso num espaço de seis anos. Eles podem até explodir a si mesmos de vez em quando, mas não são nada engraçados. São assassinos. E eles estavam aqui fabricando bombas debaixo de seu nariz, enquanto você fodia com uma delas. Ah, deixe-me fazer um correção: enquanto ela estava fodendo com você. Portanto, o quanto essa história vai ter de se tornar um assunto pessoal para você, agente Coughlin, antes que você acorde?"

Danny pensou em Tessa na cama dele, nos sons guturais que eles emitiam, nos olhos dela arregalando-se quando ele a penetrava, nas unhas rasgando-lhe a pele, na boca abrindo-se num sorriso. Lá de fora vinha o barulho das pessoas subindo e descendo a escada de incêndio.

"Você os viu de muito perto", prosseguiu Finch. "Se os vir novamente, vai ter um ou dois segundos de vantagem sobre qualquer um que saísse às ruas com uma fotografia desbotada."

"Não vou conseguir encontrá-los aqui", disse Danny. "Aqui não. Sou americano."

"Aqui é a América", disse Hoover.

Danny apontou para as pranchas do assoalho e balançou a cabeça. "Aqui é a Itália."

"Mas e se pudermos aproximá-lo deles?"

"Como?"

Finch passou uma fotografia a Danny. Não era muito boa, dava a impressão de ter sido copiada várias vezes. O homem retratado teria uns trinta anos, fino nariz aristocrático e olhos estreitos, reduzidos a fendas. Bem barbeado, cabelos claros, uma pele que dava a impressão de palidez, embora aquilo fosse mais uma suposição da parte de Danny.

"Não parece um bolchevique de carteirinha."

"Mas é", disse Finch.

Danny devolveu a fotografia. "Quem é ele?"

"Seu nome é Nathan Bishop. Um verdadeiro galã. Médico inglês e radical. Quando esses terroristas explodem acidentalmente a própria mão ou saem feridos de um motim, não podem simplesmente procurar um pronto-socorro. Eles recorrem ao nosso amigo aqui. Nathan Bishop é o curandeiro do movimento radical de Massachusetts. Os radicais não costumam se confraternizar fora de suas células, mas Nathan é um elo entre eles. Ele conhece todos os que estão no jogo."

"E ele bebe", disse Hoover. "E muito."

"Então mande algum de seus homens aproximar-se dele."

Finch balançou a cabeça. "Não vai dar."

"Por quê?"

"Posso ser franco? Não temos verba." Finch pareceu embaraçado. "Então procuramos seu pai, e ele nos disse que você já está preparando o terreno para pegar uma célula de radicais. Queremos que você feche o cerco sobre todo o movimento. Que nos dê números de placas de carro, número de efetivos. Enquanto isso, fica de olho em Bishop. Mais cedo ou mais tarde seus caminhos vão se cruzar. Se você se aproximar dele, se aproxima do resto desses filhos da puta. Já ouviu falar na Associação dos Trabalhadores Letões de Roxbury?"

Danny fez que sim. "Por aqui eles são chamados de *lets*."

Finch inclinou a cabeça como se aquilo fosse novidade para ele. "Sabe-se lá por que diabo de razão sentimental, eles parecem ser o grupo predileto de Bishop. Ele é amigo do líder deles, um judeu chamado Louis Fraina, com ligações comprovadas com a Mãe Rússia. Temos ouvido boatos de que Fraina é quem está liderando tudo isso."

"Tudo o quê?", perguntou Danny. "Vocês me deixaram no escuro, sem saber de nada."

Finch olhou para Thomas Coughlin. O pai de Danny levantou as mãos, palmas para cima, e deu de ombros.

"Eles devem estar planejando alguma coisa grande para a primavera."

"O quê, exatamente?"

"Uma revolta nacional no Primeiro de Maio."

Danny riu. Ninguém o acompanhou.

"Está falando sério?"

O pai fez que sim. "Uma série de atentados a bomba, seguidos de uma revolta armada, com a colaboração de todas as células radicais nas grandes cidades do país."

"Com que finalidade? Eles não podem tomar Washington de assalto."

"Foi isso o que Nicolau disse de São Petersburgo", respondeu Finch.

Danny tirou o sobretudo, o casaco azul, e ficou de camiseta. Ele desafivelou o cinturão com a arma, pendurou-o na porta do armário, pôs uma dose de uísque num copo e não ofereceu a bebida a ninguém. "Quer dizer que esse tal Bishop mantém contato com os *lets*?"

Finch confirmou com um gesto de cabeça. "Às vezes. Os *lets* não têm relações ostensivas com o pessoal de Galleani, mas todos são radicais, portanto Bishop mantém contato com os dois grupos."

"Bolcheviques de um lado", concluiu Danny, "anarquistas de outro."

"E Nathan Bishop fazendo a ligação entre os dois."

"Quer dizer então que me infiltro nos *lets* e vejo se eles estão fazendo bombas para o Primeiro de Maio ou se mantêm algum tipo de ligação com Galleani?"

"Se não com ele, com seus seguidores", disse Hoover.

"E se eles não tiverem ligação?", perguntou Danny.

"Consiga a lista de contatos deles", disse Finch.

Danny serviu-se de outra dose. "O quê?"

"A lista de contatos deles. É a chave para derrubar qualquer grupo de subversivos. Quando invadimos a redação da *Cronaca* no ano passado, eles tinham acabado de imprimir seu último número. Peguei os nomes de cada um dos destinatários do jornal. Com base nessa lista, a Secretaria de Justiça conseguiu deportar sessenta deles."

"Arram. Ouvi dizer que certa vez um sujeito foi deportado por ter chamado Wilson de veado."

"Nós tentamos", disse Hoover. "Infelizmente, o juiz decidiu que era mais conveniente prendê-lo."

Até o pai de Danny se mostrou cético. "Por chamar um homem de veado?"

"Por chamar o presidente dos Estados Unidos de veado", disse Finch.

"E se eu encontrar Tessa ou Federico?", perguntou Danny sentindo de repente o cheiro do perfume dela.

"Atire na cara deles", disse Finch. "Depois diga 'Alto'."

"Tem uma coisa aqui que não estou entendendo", disse Danny.

"Está sim", disse o pai.

"Os bolcheviques só falam. Os seguidores de Galleani são terroristas. Uma coisa não é necessariamente igual à outra."

"Nem se anulam necessariamente", disse Hoover.

"Seja como for, eles..."

"*Ei.*" Finch falava num tom áspero, os olhos límpidos. "Você diz 'bolcheviques' ou 'comunistas' como se houvesse nuanças que nós aqui, em nossa estupidez, fôssemos incapazes de discernir. Eles não são *diferentes* — eles são terroristas, porra. Todos eles. Este país está caminhando para um confronto. Achamos que ele se dará no Primeiro de Maio. Que não poderemos dar um passo sem tropeçar em algum revolucionário com uma bomba ou um rifle. E se isso acontecer, este país vai se dilacerar. Imagine a cena: corpos de americanos inocentes despedaçados em nossas ruas. Milhares de crianças, mães, trabalhadores. E tudo isso por quê? Porque esses veados odeiam a vida que nós temos. Porque é melhor que a deles. Porque *somos* melhores que *eles*. Somos mais ricos, mais livres, temos boa parte das melhores terras num mundo constituído principalmente de desertos e oceanos. Mas não queremos exclusividade sobre ele, nós o partilhamos. Eles nos agradecem por isso? Por recebê-los aqui? Não. Eles tentam nos matar. Tentam derrubar nosso governo como se fôssemos os putos dos Romanov. Bem, não somos os putos dos Romanov. Somos a única democracia bem-sucedida do mundo. E não vamos ficar pedindo desculpas por isso."

Danny esperou um instante e então bateu palmas.

Hoover pareceu novamente ter ganas de mordê-lo, mas Finch fez uma mesura.

Danny tornou a ver a Salutation Street, a parede transformada num granizo branco, o piso ruindo sob seus pés. Ele nunca falara sobre aquilo com ninguém, nem mesmo com Nora. Como descrever o absoluto desamparo? Impossível. Não se consegue. Cair do pavimento térreo no porão deu-lhe a certeza absoluta de que nunca mais poderia comer, andar numa rua, sentir o travesseiro contra o rosto.

Vocês me ganharam, pensou ele. Para Deus. Para o acaso. Para o desamparo.

"Eu topo", disse Danny.

"Por patriotismo ou por orgulho?", perguntou Finch arqueando uma sobrancelha.

"Um dos dois", disse Danny.

Depois que Finch e Hoover se foram, Danny e o pai sentaram-se à mesinha e se serviram da garrafa de uísque de centeio.

"Desde quando você deixa os federais se meterem nos assuntos do DPB?"

"Desde que a guerra mudou este país." O pai lhe deu um sorriso distante e tomou um gole diretamente da garrafa. "Se tivéssemos ficado entre os perdedores, talvez ainda fôssemos os mesmos, mas não foi o caso. A Lei Seca...", disse ele pegando a garrafa e dando um suspiro, "vai mudá-lo ainda mais. Vai encolhê-lo, acho. O futuro é federal, não local."

"Seu futuro?"

"O meu?", disse o pai com um riso. "Sou um velho de uma época ainda mais antiga. Não, não o meu futuro."

"O de Con?"

O pai fez que sim. "E o seu. Se você conseguir manter o próprio pênis em casa, que é o lugar dele." Ele arrolhou a garrafa e empurrou-a em direção a Danny. "Quanto tempo falta para você deixar crescer uma barba de comunista?"

Danny mostrou a barba que já lhe apontava no rosto. "Adivinhe."

O pai levantou-se da mesa. "Dê uma boa escovada no seu uniforme antes de guardá-lo. Você vai ficar um bom tempo sem precisar dele."

"Você está dizendo que sou um detetive?"

"O que você acha?"

"Diga com todas as palavras, pai."

O pai olhou para ele, o rosto sem nenhuma expressão. Por fim ele balançou a cabeça. "Se conseguir fazer isso, vai ganhar seu distintivo de ouro."

"Está bem."

"Ouvi dizer que você compareceu à reunião do BSC ontem à noite. *Depois* de ter me dito que não iria dedurar seus colegas."

Danny fez que sim.

"Quer dizer então que agora você é um sindicalista?"

Danny balançou a cabeça. "Tanto quanto o café deles."

O pai olhou-o demoradamente, a mão na maçaneta. "Você devia tirar os lençóis da sua cama e dar uma boa lavada." Thomas fez um vigoroso movimento de cabeça em direção ao filho e foi embora.

Danny ficou de pé ao lado da mesa, abriu a garrafa e tomou um gole, ouvindo os passos do pai perdendo-se no poço da escada. Ele olhou para a cama desarrumada e tomou mais um drinque.

11.

O carro de Jessie levou Luther só até o centro do estado do Missouri. Logo depois de Waynesville, o pneu estourou. Ele ia dirigindo por estradas vicinais, viajando à noite quando possível, mas o pneu estourou quase ao amanhecer. Jessie, naturalmente, não tinha estepe, e Luther não teve escolha senão seguir em frente assim mesmo. Ele avançava devagar pelo acostamento, em primeira marcha, sem nunca atingir uma velocidade superior à de um boi puxando um arado. No exato momento em que o sol se estendeu pelo vale, ele viu um posto de gasolina e se dirigiu para lá.

Dois homens brancos saíram da oficina mecânica, um deles enxugando a mão num trapo, o outro bebendo numa garrafa de sassafrás. Este último disse que sem dúvida era um belo carro e perguntou a Luther como ele tinha ido parar em suas mãos.

Sob o olhar de Luther, cada um se postou de um lado do capô. O que estava com o trapo usou-o para limpar a testa e cuspiu um pouco de tabaco no chão.

"Economizei para comprar", disse Luther.

"Economizou?", disse o homem da garrafa. Ele era magro, ossudo e estava com um casaco de pele de carneiro para se proteger do frio. Tinha uma densa cabeleira ruiva, mas no alto da cabeça havia uma clareira do tamanho de um punho. "Com quê você trabalha?" Ele tinha uma voz agradável.

"Trabalho numa fábrica de munições, que colabora no esforço de guerra", respondeu Luther.

"Arram", fez o homem andando em volta do carro, dando uma boa olhada, agachando-se de vez em quando para verificar se havia áreas amassadas que alguém disfarçara com um martelo e pintura. "Você esteve na guerra, não foi, Bernard?"

Bernard cuspiu novamente, limpou a boca, correu os dedos grossos pela borda do capô, procurando a tranca.

"Estive", disse Bernard. "No Haiti." Ele olhou para Luther pela primeira vez. "Eles nos deixaram naquela cidadezinha e disseram para a gente matar qualquer nativo que nos olhasse torto."

"Muita gente olhou torto para você?", perguntou o ruivo.

Bernard abriu o capô. "Não depois que começamos a atirar."

"Como é seu nome?", perguntou o outro homem a Luther.

"Estou só querendo consertar isso."

"É um nome comprido", disse o homem. "Não acha, Bernard?"

Bernard levantou a cabeça de detrás do capô. "É de encher a boca."

"Meu nome é Cully", disse o homem estendendo a mão.

Luther apertou-lhe a mão. "Jessie."

"Prazer em conhecê-lo, Jessie." Cully deu uma volta por trás do carro e levantou a perna da calça para se agachar junto do pneu. "Ah, claro, aqui está, Jessie. Quer dar uma olhada?"

Luther acompanhou com o olhar o dedo de Cully e viu um rasgão no pneu, bem perto da roda, da largura de uma moeda de cinco centavos.

"Com certeza foi só uma pedra afiada", disse Cully.

"Vocês podem consertar?"

"Sim, podemos. Que distância você andou com o pneu furado?"

"Uns poucos quilômetros", disse Luther. "Mas bem devagar."

Cully deu uma boa olhada na roda e balançou a cabeça. "Parece que a roda não ficou danificada. De onde você está vindo, Jessie?"

Durante a viagem, Luther ficou o tempo todo dizendo a si mesmo que devia inventar uma história. Tão logo começava, porém, seus pensamentos se voltavam para a imagem de Jessie jazendo numa poça do próprio sangue, o Diácono tentando pegar a arma, Arthur Smalley convidando-os a entrar em casa ou Lila aconchegada a ele na sala de estar.

Ele disse "Columbus, Ohio", porque não podia dizer Tulsa.

"Mas você veio do leste", disse Cully.

Sentindo o vento frio nas orelhas, Luther inclinou o corpo para o carro e tirou o casaco do banco da frente. "Fui visitar um amigo em Waynesville", disse Luther. "Agora vou voltar."

"Pegou um caminho gelado de Columbus para Waynesville", disse Cully enquanto Bernard fechava o capô com estrondo.

"Isso acontece", disse Bernard, vindo para o lado do carro. "Belo casaco."

Luther olhou para o casaco. Era um belo sobretudo de lã de carneiro escocês com gola alta, que pertencera a Jessie. Ele gostava de se vestir bem, e tinha orgulho daquele sobretudo mais do que de qualquer outra roupa sua.

"Obrigado", disse Luther.

"Espaçoso", disse Bernard.

"Que quer dizer isso?"

"Um pouco grande para você", disse Cully sorrindo simpaticamente e endireitando o corpo. "O que você acha, Bern? Será que conseguimos consertar o pneu dele?"

"Não vejo por que não."

"Como está o motor?"

Bernard disse: "O cara cuida do carro. Tudo debaixo do capô está zero bala. Sim, senhor".

Cully balançou a cabeça. "Bem, Jessie, será um prazer servi-lo. Em pouco tempo você vai poder seguir em frente." Ele deu mais um volta em torno do carro. "Mas temos algumas leis estranhas neste condado. A gente só pode consertar o carro de um homem de cor depois de verificar os documentos do carro. Você está com sua carteira de motorista aí?"

O homem abriu um sorriso espontâneo e amistoso.

"Não sei onde enfiei."

Cully olhou para Bernard, para a estrada deserta, depois novamente para Luther. "Um puta azar."

"É só um pneu."

"Eu sei, Jessie, eu sei. Diabo, se fosse por mim, teríamos consertado o pneu e você estaria na estrada num abrir e fechar de olhos. Pode ter certeza.

Se fosse por mim, teríamos muito menos leis neste condado. Mas eles têm lá seu jeito de tocar as coisas, e não sou eu quem vai dizer a eles para fazer diferente. Vou lhe falar uma coisa... hoje o movimento aqui está fraco. Por que não deixamos Bernard consertando o carro, enquanto eu levo você à sede do condado? Lá você preenche um formulário, e quem sabe Ethel não lhe emite outra carteira na mesma hora?"

Bernard passou seu trapo no capô. "Este carro já sofreu algum acidente?"

"Não, sor", disse Luther.

"É a primeira vez que ele diz 'sor' ", observou Bernard. "Você notou?"

Cully disse: "Percebi, sim". Ele estendeu a mão a Luther. "Tudo bem, Jessie. É que estamos acostumados com nossos negros do Missouri que mostram um pouco mais de respeito. Repito, para mim não faz diferença, sabe? É como as coisas são, só isso."

"Sim, sor."

"Duas vezes!", exclamou Bernard.

"Por que não pega suas coisas e vamos todos juntos?", disse Cully.

Luther pegou sua valise do banco traseiro e um minuto depois estava no pequeno caminhão de Cully, rumando para o oeste.

Depois de dez minutos de silêncio, Cully disse: "Você sabe que eu lutei na guerra. E você?".

Luther balançou a cabeça.

"É a pior coisa do mundo, Jessie, mas agora não saberia lhe dizer por que estávamos lutando. Parece que lá em 1914 aquele cara sérvio matou o cara austríaco, não é? E logo depois, em um *minuto*, a Alemanha estava ameaçando a Bélgica, e a França dizia, bem, vocês não podem ameaçar a Bélgica, e aí na Rússia — lembra quando eles estavam na guerra? — eles diziam vocês não podem ameaçar a França, e quando menos se espera todo mundo está atirando. E você falou que trabalhava numa fábrica de munições, então eu me pergunto: *eles* lhe disseram o motivo de tudo isso?"

Luther respondeu: "Não. Acho que para eles o negócio era só munição".

"Diabo", disse Cully com um riso aberto. "Talvez fosse o mesmo em relação a todos nós. Talvez seja só isso mesmo. Já não seria alguma coisa?" Ele riu novamente, roçou a coxa de Luther com o punho, e Luther deu um riso de concordância, porque se o mundo inteiro se mostrava tão estúpido, então aquilo já significaria alguma coisa.

"Sim, sor", disse ele.

"Eu li um bocado sobre isso", disse Cully. "Ouvi dizer que em Versalhes eles vão fazer a Alemanha entregar quinze por cento da sua produção de carvão e quase cinquenta por cento do aço. *Cinquenta* por cento. Como é então que esse país desgraçado vai se reerguer? Já pensou numa coisa dessas, Jessie?"

"Estou pensando agora", respondeu ele, e Cully riu.

"Eles vão ter de entregar mais uns quinze por cento do seu território. E tudo isso por apoiar um amigo. Tudo isso. E a questão é a seguinte: quem em nosso meio deixaria de apoiar os amigos?"

Luther pensou em Jessie e se perguntou em quem Cully estava pensando quando olhou pela janela, olhos melancólicos ou pesarosos, Luther não saberia dizer.

"Ninguém", disse Luther.

"Exatamente. Nós não deixamos de *apoiar* os amigos. Nós vamos em seu *socorro*. E todo homem que não apoia um amigo abre mão do direito de se chamar de homem, na minha opinião. E eu entendo que se deva pagar quando se apoia um erro de um amigo. Mas é preciso esfregar a pessoa na lama? Acho que não. Mas pelo visto o mundo pensa diferente."

Ele se recostou no banco, o braço pousado frouxamente no volante, e Luther se perguntava se devia dizer alguma coisa.

"Quando eu estava na guerra", disse Cully, "certo dia um avião sobrevoou o campo e começou a jogar granadas. Caramba. É uma visão que tento esquecer. As granadas começaram a cair nas trincheiras, todo mundo pulando fora. Os alemães começaram a atirar de suas trincheiras, e vou lhe dizer uma coisa, Jessie, naquele dia não dava para dizer o que era pior. O que você faria?"

"Sor?"

Os dedos de Cully descansavam no volante. Ele olhou rapidamente para Luther. "Ficar na trincheira com as granadas caindo em cima de você ou pular para um terreno onde atiram em sua direção?"

"Nem consigo imaginar, sor."

"Acho mesmo que não. Uma coisa horrível, os gritos que os rapazes dão quando estão morrendo. Simplesmente horrível." Cully estremeceu e bocejou ao mesmo tempo. "Sim, senhor. Às vezes a vida só lhe dá a chance de escolher entre uma coisa dura e outra ainda mais dura. Em ocasiões como essas, a gente não pode se dar ao luxo de ficar pensando muito. Tem de começar a agir."

Cully bocejou novamente, calou-se, e eles avançaram assim por mais uns dezesseis quilômetros, as planícies desdobrando-se à sua volta, congeladas sob um duro céu branco. O frio dava a tudo uma aparência de metal brunido com palha de aço. Pedacinhos de gelo cinzento serpeavam às margens da estrada e batiam contra a grade do radiador. Quando chegaram a uma estrada de ferro, Cully parou o caminhão no meio dos trilhos e o motor soltou uma descarga abafada. Cully voltou-se para Luther. Ele cheirava a fumo, embora Luther ainda não o tivesse visto fumar, e tinha pequenas veias cor-de-rosa nos cantos de seus olhos.

"Aqui eles enforcam os negros, Jessie, por muito menos do que roubar um carro."

"Eu não roubei", disse Luther, e imediatamente pensou no revólver que trazia na valise.

"Eles enforcam vocês por *dirigirem* carros. Você está no Missouri, filho." Sua voz era calma e branda. Ele se mexeu e pôs um braço no banco traseiro. "Agora, há um bocado de coisas aqui que têm a ver com a lei, Jessie. Posso não gostar disso, mas quem sabe goste. Mas, mesmo que não goste, não cabe a mim dizer. Eu simplesmente vou em frente, está entendendo?"

Luther não disse nada.

"Está vendo aquela caixa d'água?"

Luther seguiu com o olhar a ponta do queixo de Cully, viu a caixa-d'água a uns duzentos metros dos trilhos.

"Sim."

"Parou de dizer 'sor' novamente", disse Cully arqueando levemente as sobrancelhas. "Gosto disso. Bem, rapaz, dentro de uns três minutos o trem de carga vai passar por estes trilhos. Ele vai parar, ficar pegando água por alguns minutos e seguir para St. Louis. Sugiro que você siga nele."

Luther sentiu a mesma frieza que experimentou quando meteu o revólver sob o queixo do Diácono Broscious. Sentiu-se pronto para morrer no caminhão de Cully, se pudesse levar o sujeito com ele.

"O carro é meu", disse Luther. "Ele é meu."

Cully deu uma risadinha. "Não, no Missouri ele não é seu. Talvez em

Columbus ou em qualquer outra porra de lugar de onde você diz que vem. Mas não no Missouri, rapaz. Você sabe o que Bernard começou a fazer logo que saí do posto?"

Luther estava com a valise no colo, e seus dedos acharam o fecho.

"Ele pegou o telefone e começou a ligar para todo mundo, falando desse cara preto aqui que conhecemos. Um cara dirigindo um carro que ele não teria grana para comprar. Um cara com um belo sobretudo grande demais para ele. O velho Bernard matou alguns crioulos em seus bons tempos e ia gostar muito de matar mais, e nesse exato instante está organizando uma festa. Não uma festa de que você vá gostar muito, Jessie. Acontece que não sou Bernard. Não tenho nada contra você, e linchar um homem é uma coisa que nunca vi nem quero ver. Acho que mancha o coração da gente."

"O carro é meu", disse Luther. "Meu."

Cully continuou como se Luther nada tivesse dito. "Aí, você pode aproveitar minha generosidade ou então dar uma de babaca e ficar por aqui. Mas o que você..."

"O carro..."

"...não pode fazer, Jessie...", disse Cully, a voz de repente soando alto dentro do caminhão. "O que você não pode fazer é ficar por mais um segundo no meu caminhão."

Luther o encarou. Os olhos do outro estavam brandos e não piscavam.

"Então, dá o fora, rapaz."

Luther sorriu. "Você é só um homem bom que rouba carros, não é mesmo, senhor Cully, sor?"

Cully também sorriu. "Hoje não vai ter outro trem, Jessie. Tente pegar o terceiro vagão de carga, na parte de trás, está ouvindo?"

Ele se debruçou sobre Luther e abriu a porta.

"Você tem família?", perguntou Luther. "Filhos?"

Cully inclinou a cabeça para trás e riu. "Oh, não. Não force a barra, rapaz." Ele indicou a porta. "Fora do meu caminhão."

Luther continuou ali sentado por um instante, Cully voltou a cabeça e olhou pelo para-brisa. Um corvo crocitou em algum ponto acima deles. Luther estendeu a mão para a maçaneta.

Ele desceu, pisou no cascalho, e seus olhos deram com a mancha escura de um arvoredo do outro lado dos trilhos, não muito densa, por causa do inverno, a pálida luz da manhã passando por entre os troncos. Cully debruçou-se novamente e fechou a porta. Luther ficou observando-o manobrar o caminhão para fazê-lo dar a volta, o cascalho rangendo sob os pneus. Cully fez-lhe um aceno da janela e voltou pelo caminho de onde viera.

O trem passou por St. Louis, cruzou o Mississippi e entrou em Illinois. Aquilo se revelou o primeiro golpe de sorte de Luther em muito tempo, já que seu destino inicial era East St. Louis. Era lá que morava o irmão de seu pai, Hollis, e Luther vinha planejando vender o carro e ficar quieto por lá.

O pai de Luther, um homem a quem não conhecera pessoalmente, deixara a família e fora para East St. Louis quando Luther tinha dois anos. Ele fugiu com uma mulher chamada Velma Standish, e os dois se estabeleceram na cidade. Timon Laurence terminou por abrir uma loja de venda e conserto de relógios de pulso. Os irmãos Laurence eram três: Cornelius, o mais velho, Hollis, o do meio, e Timon. O tio Cornelius vivia dizendo que Luther não tinha perdido grande coisa em crescer longe do pai. Ele dizia que seu irmão caçula sempre fora um homem irresponsável e com um fraco por mulheres e bebidas desde a época em que tomou conhecimento dessas duas coisas. Que ele deixara uma mulher excelente como a mãe de Luther por uma piranha. (Durante toda a vida de Luther, o tio Cornelius dedicou à sua mãe um amor casto e paciente, sobre cuja sinceridade não pairava dúvida, mas que passou despercebido ao longo dos anos. Era seu destino, disse ele a Luther pouco depois de perder completamente a visão, ter um coração que ninguém desejava a não ser despedaçado, e nunca inteiro, ao passo que seu irmão caçula, um homem de princípios dúbios, recolhia amores para si como se caíssem com a chuva.)

Luther cresceu com uma única velha fotografia de seu pai. De tanto tocá-la com o polegar, a imagem do pai ficou meio apagada e borrada. Quando Luther ficou adulto, já não era possível dizer se se parecia com o pai. Luther nunca confessou a ninguém, nem à mãe, nem à irmã e nem mesmo a Lila, o quanto lhe doía crescer sabendo que seu pai nunca se lembrara dele. Que o homem olhou aquela vida que gerou e pôs no mundo e disse a si mesmo: sou mais feliz sem ela. Luther sonhou um dia procurar o pai, apresentar-se diante dele, jovem orgulhoso e promissor, e ver-lhe o semblante encher-se de pesar e arrependimento. Mas não foi assim que a coisa aconteceu.

Seu pai morrera dezesseis meses antes, com mais uma centena de outros negros, enquanto East St. Louis incendiava-se à sua volta. Luther ficou sabendo por um bilhete, escrito por Hollis, em que as letras de forma pareciam se contorcer de dor na folha de papel amarelo:

Seu pai foi morto a tiros por homens brancos. Lamento dizer.

Luther saiu do galpão de cargas e seguiu em direção à cidade quando o céu começava a escurecer. Levava consigo o envelope da carta do tio Hollis com o endereço rabiscado no verso. No caminho, tirou o envelope do bolso do casaco e segurou-o na mão. Quanto mais se internava na zona negra da cidade, menos podia acreditar no que via. As ruas estavam vazias, em parte devido à epidemia de gripe, mas também porque não fazia sentido andar por ruas onde todas as edificações estavam escurecidas ou reduzidas a escombros cobertos de cinzas. Elas lhe lembravam a boca de um velho já sem a maioria dos dentes, alguns quebrados, outros tortos e imprestáveis. Quarteirões inteiros eram pura cinza em grandes montes, que a brisa da noitinha jogava de um lado a outro da rua. A cinza era tanta que nem mesmo um tornado seria capaz de levá-la embora. Mais de um ano já tinha se passado desde o incêndio, e os montes de cinza continuavam altos. Numa daquelas ruas destruídas pelo fogo, Luther sentiu-se como se fosse o último homem vivo e imaginou que, se o Kaiser tivesse feito seu exército cruzar o oceano com todos os seus aviões, bombas e rifles, a destruição não teria sido tão completa.

Luther sabia que aquilo tudo se dera por causa de empregos: os trabalhadores brancos cada vez mais se convenciam de que estavam pobres porque os trabalhadores negros lhes roubavam os empregos e a comida de suas mesas. Então eles vieram para o bairro negro — homens, mulheres e crianças brancas — e começaram a atacar os negros. Puseram-se a atirar neles, a linchá-los, tocar-lhes fogo, e chegaram a jogá-los no rio Cahokia e apedrejá-los quando tentavam nadar de volta, tarefa que os brancos deixaram principalmente para seus filhos. As mulheres brancas empurravam as negras dos bondes, apedrejavam-nas e golpeavam-nas com facas de cozinha, e, quando a Guarda Nacional chegou, simplesmente ficou ali deixando a coisa rolar.

Dois de julho de 1917.

Quando Luther apareceu na porta do barzinho do tio Hollis, este o levou para a sala dos fundos, serviu-lhe um drinque e disse: "Seu pai estava tentando proteger a lojinha, que nunca rendeu um centavo. Tocaram fogo nela e chamaram por ele. Quando as quatro paredes ardiam em chamas à sua volta, ele e Velma saíram. Alguém lhe acertou um tiro no joelho, e ele ficou caído na rua por algum tempo. Eles entregaram Velma a umas mulheres, que bateram nela com rolos de cozinha. Golpearam-lhe a cabeça, o rosto e os quadris, e ela morreu feito um cachorro, sob uma varanda, depois de ter se arrastado para um beco. Alguém se aproximou do seu pai e, pelo que me disseram, ele tentou se pôr de joelhos, mas nem isso conseguiu fazer. Então ele ficou caindo, pedindo ajuda, e por fim dois homens brancos aproximaram-se e se puseram a atirar nele até acabarem as balas."

"Onde ele foi enterrado?", perguntou Luther.

O tio Hollis balançou a cabeça. "Não restou nada para enterrar, filho. Depois que acabaram de atirar, pegaram o corpo, um de cada lado, e jogaram na loja dele."

Luther levantou-se da mesa, foi até uma pequena pia e começou a vomitar. Aquilo continuou por algum tempo, e era como se ele estivesse vomitando fuligem, fogo amarelo e cinza. Sua cabeça era um torvelinho só de imagens fugazes de mulheres brancas batendo rolos de cozinha em cabeças negras, rostos brancos guinchando de alegria e de fúria, o Diácono cantando em sua cadeira de balanço com rodas, seu pai tentando se ajoelhar na rua, a tia Marta e o honrado senhor Lionel T. Garrity batendo palmas e escancarando sorrisos radiantes, enquanto alguém cantava "Glória a Jesus! Glória a Jesus!" — e o mundo inteiro ardendo em chamas até onde a vista alcançava, até metade do céu azul se tingir de negro e o sol branco sumir atrás da fumaça.

Quando ele acabou de vomitar, enxaguou a boca. Hollis então lhe deu uma toalhinha, ele secou os lábios e enxugou o suor da testa.

"Você está em perigo, rapaz."

"Não, agora eu estou bem."

O tio olhou para ele, balançou a cabeça devagar e serviu-lhe outro drinque. "Não, eu disse que você está *em perigo*. Tem gente procurando você, mandando mensagens para todo lado, até aqui no Meio-Oeste. Você matou um monte de negros numa boate de Tulsa? Você matou o Diácono Broscious? Você pirou, porra?"

"Como você ficou sabendo?"

"Merda. A notícia está correndo por toda parte, rapaz."

"A polícia?"

O tio negou com a cabeça. "A polícia pensa que foi outro louco que fez isso. Clarence Não-sei-das-quantas."

"Tell", disse Luther. "Clarence Tell."

"Isso mesmo." Tio Hollis lançou-lhe um olhar por cima da mesa, respirando forte pelo nariz achatado. "Pelo visto você deixou um deles vivo. Um tal de Smoke?"

Luther fez que sim.

"Ele está no hospital. Ninguém sabe se ele vai se recuperar ou não, mas ele contou a história. Apontou você. Tem pistoleiros desde aqui até Nova York querendo sua cabeça."

"Quanto estão pagando por ela?"

"Esse tal de Smoke diz que paga quinhentos dólares por uma fotografia do seu cadáver."

"E se Smoke morrer?"

O tio Hollis deu de ombros. "Quem quer que assuma o controle dos negócios do Diácono vai cuidar para que você morra."

Luther disse: "E não tenho para onde ir".

"Você tem de ir para o Leste, rapaz. Porque não pode ficar aqui. E trate de ficar longe do Harlem. Escute, conheço um sujeito em Boston que pode receber você."

"Boston?"

Luther refletiu um pouco e logo concluiu que ficar pensando sobre aquilo era perda de tempo, já que não tinha a menor escolha. Se Boston era o único lugar "seguro" que lhe restava no país, tinha de ser Boston mesmo.

"E você?", perguntou ele. "Vai continuar aqui?"

"Eu?", disse o tio Hollis. "Eu não matei ninguém."

"Sim, mas o que é que você tem aqui agora? Tudo foi destruído pelo fogo. Ouvi dizer que os negros estão indo embora ou tentando ir."

"Ir para onde? O problema do nosso povo, Luther, é que ele se agarra a uma esperança e fica preso a ela o resto da vida. Você acha que existe um lugar melhor do que aqui? São só jaulas diferentes, rapaz. Umas mais bonitas que outras, mas de todo modo jaulas." Ele suspirou. "Foda-se. Estou velho demais para me mudar, e isto aqui, isto aqui é o lar que eu conheço."

Eles ficaram em silêncio e terminaram seus drinques.

O tio Hollis inclinou a cadeira para trás e estendeu os braços acima da cabeça. "Bem, tenho uma sala no piso de cima. Você vai ficar lá durante a noite, enquanto faço algumas ligações. De manhã..." Ele sacudiu os ombros.

"Boston", disse Luther.

Tio Hollis balançou a cabeça. "Boston. É o melhor que posso fazer."

Dentro do vagão, com o belo casaco de Jessie coberto de feno para vencer o frio, Luther prometeu ao Senhor que iria se regenerar. Agora nada de jogo de cartas, uísque, cocaína. Nada de parcerias com jogadores, gângsteres, nem com ninguém que ao menos *pensasse* em mexer com heroína. Nada de se entregar aos embalos da noite. Ele iria manter a cabeça baixa para não chamar a atenção e esperar a poeira baixar. E se algum dia ficasse sabendo que poderia voltar a Tulsa, retornaria um outro homem. Um homem arrependido e humilde.

Luther nunca se considerou um homem religioso, mas isso tinha menos a ver com seus sentimentos em relação a Deus que em relação à religião. Sua avó e sua mãe tentaram lhe inculcar a fé batista, e ele fez o que pôde para contentá-las, para que pensassem que ele acreditava, mas essa fé o mobilizava tanto quanto as outras tarefas domésticas que ele fingia fazer. Em Tulsa ele ficou ainda menos propenso a aceitar Jesus, quanto mais não fosse porque a tia Marta, o tio James e todos os seus amigos passavam tanto tempo louvando-O, e ele imaginava que, se Jesus ouvisse mesmo todas aquelas vozes, logo haveria de querer um pouco de silêncio de vez em quando, quem sabe para conseguir dormir.

E Luther chegara a passar por mais de uma igreja de brancos, ouviu-os cantar seus hinos, entoar seus "améns"; viu-os reunir-se em seguida em uma ou outra varanda, com sua limonada e sua beatice. Ele sabia, porém, que se algum dia aparecesse à porta deles morrendo de fome ou ferido, a única resposta a uma súplica de bondade humana seria o amém de uma espingarda apontada para a sua cara.

Assim, os termos da relação de Luther com Deus há muito tempo eram na base de o Senhor segue o Seu caminho que eu sigo o meu. Mas no vagão do trem alguma coisa apossou-se dele, uma necessidade de dar um sentido à própria vida para não passar pela face da terra deixando uma pegada mais rasa que a de um besouro.

Ele cruzou o Meio-Oeste pela ferrovia, passou de novo por Ohio e chegou ao Nordeste. Embora os companheiros encontrados nos vagões de carga fossem menos hostis e perigosos do que sempre lhe disseram, e os policiais nunca os expulsassem do trem, ele não podia deixar de lembrar a viagem que fizera com Lila para Tulsa, e aquilo o encheu de uma tristeza tão grande que parecia não haver lugar para mais nada em seu corpo. Ele se mantinha nos cantos dos vagões e raramente falava, a não ser quando instado pelos outros homens.

Ele não era o único ali a fugir de alguma coisa. Eles fugiam de intimações, da polícia, de dívidas e de esposas. Alguns fugiam em busca das mesmas coisas. Outros apenas de uma mudança. Todos precisavam de emprego. Mas ultimamente os jornais vinham anunciando uma nova recessão. O surto de desenvolvimento, diziam eles, se acabara. As indústrias de armamentos estavam fechando as portas, e sete milhões de homens iriam para a rua. Mais quatro milhões estavam voltando de além-mar. Onze milhões de homens estavam prestes a entrar num mercado de trabalho saturado.

Um desses onze milhões, um branco grandalhão chamado BB, cuja mão esquerda fora esmagada por uma perfuratriz que a transformara numa pasta de carne imprestável, acordou Luther em sua última manhã no trem. Ele abriu a porta, e o vento frio soprou no rosto de Luther, que abriu os olhos e viu BB ao lado da porta aberta, a paisagem deslizando célere à sua frente e ficando para trás. Ainda estava amanhecendo, e a lua continuava no céu como um fantasma de si mesma.

"Que bela paisagem, não é?", disse BB, a cabeçorra apontando para a lua.

Luther fez que sim e cobriu o bocejo com o punho. Ele desentorpeceu as pernas, aproximou-se da porta e ficou ao lado de BB. O céu estava claro, azul e duro. O ar estava frio, mas tinha um odor tão puro que Luther teve vontade de botá-lo num prato e comê-lo. Os campos por onde passavam estavam congelados, a maioria das árvores, nuas. Parecia que ele e BB tinham surpreendido o mundo dormindo, como se ninguém mais, em nenhum lugar, presenciasse aquele amanhecer. Contra aquele duro céu azul, o mais azul que Luther vira em sua vida, tudo parecia tão belo que ele desejou poder mostrá-lo a Lila. Cingir-lhe o ventre com os braços, apoiar o queixo em seu ombro e perguntar-lhe se já tinha visto uma coisa tão azul. Em toda a sua vida, Lila? Você já viu?

Ele recuou, afastando-se da porta.

Eu perdi tudo isso, pensou ele. Eu perdi tudo isso.

Ele viu a lua desmaiando no céu e não tirou os olhos dela. Ficou olhando até que ela se apagasse completamente, o vento insinuando-se em seu casaco.

BABE RUTH E A REVOLUÇÃO OPERÁRIA

12.

Babe passou a manhã distribuindo doces e bolas de beisebol na Escola Industrial para Crianças Acidentadas e Deformadas do South End. Um menino engessado dos tornozelos ao pescoço pediu-lhe que assinasse o gesso, então Babe autografou os dois braços e as duas pernas e respirou fundo e ruidosamente. Em seguida rabiscou o nome no tórax do menino, as letras estendendo-se do quadril direito ao ombro esquerdo, enquanto os outros meninos riam, no que foram acompanhados pelas enfermeiras e até por algumas das irmãs de caridade. O menino engessado disse a Ruth que seu nome era Wilbur Connelly. Ele trabalhava na Fiação de Lã Shefferton, em Dedham, quando algumas substâncias químicas se derramaram no chão, as centelhas de uma cortadeira alcançaram os vapores e incendiaram seu corpo. Babe garantiu a Wilbur que ele iria ficar bom. Um dia ele iria crescer e fazer um *home run* na Série Mundial. E seus ex-patrões da Shefferton iriam ficar roxos de inveja quando aquele dia chegasse. Wilbur Connelly, já meio sonolento, mal conseguia ensaiar um sorriso, mas os outros meninos riram e trouxeram mais coisas para Babe assinar — uma foto tirada das páginas de esporte do *The Standard*, um pequeno par de muletas, um camisetão de dormir amarelado.

Quando ele foi embora com seu agente, Johnny Igoe, este sugeriu que eles dessem um pulo no Orfanato St. Vincent, a alguns quarteirões dali. Não faria mal nenhum, disse Johnny, melhorar a imagem na imprensa e quem sabe dar a Babe uma vantagem em sua última rodada de negociações com Harry Frazee. Babe, porém, sentia-se cansado — cansado de negociar, cansado das câmeras pipocando em seu rosto, cansado de órfãos. Ele gostava de crianças, principalmente de órfãos, mas puxa vida... Os guris daquela manhã, estropiados, arrebentados e queimados lhe tiraram alguma coisa. Os de dedos decepados que não voltariam a crescer, os de rostos feridos que nunca veriam no espelho as cicatrizes desaparecerem e os das cadeiras de rodas que nunca haveriam de, um belo dia, acordar e sair andando. Não obstante, em certo sentido, eles tinham vindo ao mundo para seguir seu destino, e aquilo acabrunhou Babe naquela manhã, simplesmente esgotou suas forças.

Então ele se esquivou de Johnny dizendo-lhe que precisava comprar um presente para Helen, porque a mocinha estava com raiva dele novamente. O que em parte era verdade — Helen andava irritada, mas ele não ia lhe comprar nenhum presente, pelo menos em nenhuma loja. Em vez disso, dirigiu-se ao Castle Square Hotel. O vento frio de novembro soprava contra ele gotas de uma chuva fina, mas Babe estava bem aquecido em seu comprido casaco de arminho. Abaixou a cabeça para proteger os olhos e desfrutou o tranquilo anonimato que o saudava naquelas ruas desertas. No hotel, passou pelo saguão e encontrou o bar quase tão vazio quanto as ruas. Sentou-se no primeiro banco depois da porta, tirou o casaco e o pôs no banco ao lado do seu. O barman estava no outro extremo do balcão, conversando com dois outros homens, então Ruth acendeu um charuto, lançou um olhar em volta, examinou as escuras colunas de nogueira e aspirou o cheiro de couro, perguntando-se como diabos o país ia poder seguir em frente com alguma dignidade, agora que a Lei Seca era algo inevitável. As proibições e a repressão estavam ganhando a guerra, e ainda que seus agentes se chamassem de progressistas, Ruth não conseguia ver grande progresso em negar a um homem o direito de beber ou em fechar um lugar onde se ia buscar o aconchego de um ambiente em que predominavam a madeira e o couro. Diabo, se você trabalha oitenta horas por semana por uma miséria, o mínimo que se pode esperar do mundo é uma caneca de cerveja e uma dose de uísque de centeio. Não que Ruth algum dia na vida tivesse trabalhado oitenta horas por semana, mas ainda assim o princípio era válido.

O barman, um homenzarrão com um denso bigode com pontas viradas para cima de tal forma que nelas se podiam pendurar chapéus, veio andando em sua direção. "O que vai querer?"

Ainda se sentindo solidário com o trabalhador, Ruth pediu duas cervejas e um uísque duplo. O barman pôs as cervejas na sua frente e serviu-lhe uma generosa dose de uísque.

Ruth tomou um pouco de cerveja. "Estou procurando um homem chamado Dominick."

"Sou eu, senhor."

"Me disseram que você tem um reboque possante", disse Ruth.

"É verdade."

No outro extremo, um dos homens raspou a borda de uma moeda no balcão.

"Só um segundo", desculpou-se o barman. "Tem uns cavalheiros com sede ali, senhor."

Ele foi à outra ponta do balcão, ouviu os dois homens por um instante, balançando a cabeçorra, foi até as torneiras de cerveja, depois às garrafas. Ruth notou que os dois homens o observavam, por isso olhou para eles também.

O da esquerda era alto e robusto, cabelos e olhos negros, e tão glamoroso (foi a primeira palavra que veio à mente de Babe) que Ruth se perguntou se o tinha visto no cinema ou nas páginas dos jornais dedicadas aos heróis recém-chegados da guerra. Mesmo do outro extremo do balcão, seus gestos mais simples — levar o copo aos lábios, bater um cigarro apagado na madeira — tinham um charme que Ruth associava a homens capazes de gestos épicos.

O homem ao lado dele era muito mais baixo e menos distinto. Era descorado, melancólico, cabelos castanhos desbotados, parecendo pelos de rato, caindo-lhe o tempo todo sobre a testa; ele os puxava para trás com uma impaciência que aos olhos de Ruth parecia feminina. Tinha mãos e olhos pequenos e um ar de eterno ressentimento.

O glamoroso levantou o copo. "Sou um grande fã de seus feitos atléticos, senhor Ruth."

Babe levantou seu copo e balançou a cabeça em agradecimento. O de cabelo de rato não acompanhou o gesto.

O homem robusto bateu nas costas do amigo e disse: "Beba, Gene, beba", e sua voz soou como o barítono de um grande ator de teatro, capaz de chegar à última fileira da plateia.

Dominick lhes serviu mais bebidas, e eles voltaram à sua conversa. O barman voltou para onde estava Ruth, encheu novamente seu copo de uísque e encostou-se à caixa registradora. "Quer dizer que o senhor precisa do meu serviço de reboque?"

Babe tomou um gole de uísque. "Sim."

"E o que é, senhor Ruth?"

Babe tomou outro gole. "Um piano."

Dominick cruzou os braços. "Um piano. Bem, isso não é muito..."

"Tem de ser içado do fundo de um lago."

Dominick ficou um minuto sem dizer nada, crispou os lábios e olhou para além de Ruth, como se ouvisse o eco de um som que não lhe era familiar.

"Você tem um piano num lago", disse ele.

Ruth fez que sim. "Na verdade, está mais para uma lagoa."

"Uma lagoa."

"Sim."

"Bem, qual dos dois então, senhor Ruth?"

"Uma lagoa", Babe finalmente decidiu-se.

Dominick balançou a cabeça como se já tivesse experiência nesse tipo de problema, e Babe sentiu no peito uma ponta de esperança. "Como é que um piano vai parar no fundo de uma lagoa?"

Ruth mexeu em seu uísque. "Sabe, era uma festa para crianças órfãs. Minha mulher e eu fizemos a festa no inverno passado. Sabe, estávamos reformando a casa, por isso alugamos uma cabana à beira de um lago não muito longe."

"Você quis dizer uma lagoa."

"Sim, uma lagoa."

Dominick pôs uma pequena dose num copo e tomou.

"Então, de qualquer modo", continuou Babe, "todo mundo estava se divertindo muito, nós tínhamos comprado patins para a gurizada, e as crianças estavam aos tropeços em volta da lagoa... ela estava congelada."

"Entendi, senhor."

"E... bem, gosto muito de tocar nesse piano. E Helen com certeza também."

"Helen é sua esposa, senhor?"

"É sim."

"Entendi", disse Dominick. "Continue, senhor."

"Então eu e alguns companheiros resolvemos tirar o piano da sala da frente e empurrá-lo pelo declive até o gelo."

"Uma boa ideia, sem dúvida, senhor."

"E foi o que fizemos."

Babe recostou-se no banco, tornou a acender o charuto, sugou-o até ele ficar bem aceso e tomou mais um gole de uísque. Dominick pôs outra cerveja para ele, e Babe agradeceu com um gesto de cabeça. No minuto em que ficaram calados, puderam ouvir os outros dois homens conversando sobre trabalho alienado e oligarquias capitalistas. Babe não entendia nada. Se estivessem falando grego, o efeito seria o mesmo.

"Esta parte é que eu não entendo", disse Dominick.

Babe resistiu ao impulso de encolher-se em seu banco. "Explique."

"Você o empurrou até o gelo. Ele rebentou o gelo, caiu pelo buraco e levou junto todos os meninos com patins?"

"Não."

"Não", disse Dominick devagar. "Acho que eu teria lido sobre uma coisa dessas. Então, minha pergunta é: como ele afundou no gelo?"

"O gelo derreteu", apressou-se Ruth em responder.

"Quando?"

Babe respirou fundo. "Acho que foi em março."

"Mas a festa...?"

"Foi em janeiro."

"Quer dizer que o piano ficou no gelo durante dois meses antes de afundar."

"Fiquei adiando o resgate", disse Babe.

"Com certeza, senhor." Dominick alisou o bigode. "O dono..."

"Ah, o dono ficou louco", disse Babe. "Louco furioso. Mas eu o paguei."

Dominick tamborilou os grossos dedos no balcão. "Então se o senhor pagou o piano..."

Babe teve vontade de dar o fora do bar. Aquela era a parte que ele ainda não resolvera em sua cabeça. Ele arrumara um outro piano para a cabana de aluguel e para a casa restaurada em Dutton Road, mas toda vez que Helen punha os olhos no novo piano, lançava a Ruth um olhar que o fazia se sentir atraente feito um porco chafurdando na própria merda. Desde que o novo piano entrara na casa, nenhum dos dois o tocara nem uma vez.

"Eu pensei", disse Ruth, "que se pudesse puxar o piano de dentro do lago..."

"Da lagoa, senhor."

"Da lagoa. Se eu pudesse tirar o piano e, sabe, restaurá-lo, seria um belo presente de aniversário de casamento para minha mulher."

Dominick concordou com um gesto de cabeça. "E quantos anos de casados vocês vão completar?"

"Cinco."

"O presente apropriado não seria madeira?"

Babe ficou calado por um instante, pensando sobre aquilo.

"Bem, ele é feito de madeira."

"Tem razão, senhor."

Babe disse: "E nós ainda temos algum tempo. O aniversário vai ser daqui a seis meses".

Dominick serviu outro drinque para cada um e levantou um copo para brindar. "Ao seu otimismo sem limites, senhor Ruth. É isso que faz o nosso país ser o que é atualmente."

Eles beberam.

"Você já viu o que a água faz com a madeira? Com as teclas de marfim, as cordas e todas as partes delicadas de um piano?"

Babe fez que sim. "Eu sei que não vai ser fácil."

"Fácil, senhor? Não sei se vai ser possível." Ele se debruçou sobre o balcão. "Eu tenho um primo que mexe com dragagem. Ele trabalhou no mar na maior parte da vida. Que tal se tentássemos pelo menos localizar o piano, saber a que profundidade do lago ele está?"

"Da lagoa."

"Da lagoa, senhor. Se soubéssemos isso, bem, já seria alguma coisa, senhor Ruth."

Ruth refletiu um pouco e balançou a cabeça. "Quanto isso vai me custar?"

"Não posso dizer nada sem antes falar com meu primo, mas pode ser que seja um pouco mais que o preço de um piano novo. Pode ser menos." Ele sacudiu os ombros e mostrou as mãos a Ruth. "Mas não posso garantir nada sobre o custo final."

"Claro."

Dominick pegou uma folha de papel, escreveu um número de telefone e passou a Ruth. "Este é o número do bar. Eu trabalho sete dias por semana, de meio-dia às dez. Ligue para mim na quinta-feira, que já vou ter alguma informação para o senhor."

"Obrigado", disse Ruth pondo o papel no bolso enquanto Dominick se afastava, ladeando o balcão.

Ele bebeu um pouco mais e fumou seu charuto, enquanto mais alguns homens entravam no bar e iam se reunir aos outros dois que estavam no fundo. Houve novas rodadas de bebidas e ergueram-se brindes ao homem alto e glamoroso que dava a impressão de que logo iria fazer uma espécie de sermão na Igreja Batista do Templo de Tremont. O sujeito alto parecia ser um figurão, porém Ruth não conseguia saber ao certo o que ele era. Mas não tinha importância — ali ele se sentia num casulo quente, protegido contra o frio. Ele gostava de bares de luzes fracas, madeira escura e bancos revestidos de couro macio. As crianças daquela manhã foram se distanciando até ficarem várias semanas para trás. E, se estava frio lá fora, a gente só podia imaginar, porque ali dentro não se podia senti-lo.

De meados do outono até o fim do inverno, era duro para Babe. Ele não sabia o que fazer, não conseguia imaginar o que se esperava dele quando não havia bolas para acertar nem companheiros jogadores com quem conversar. Toda manhã ele se via diante de decisões — como agradar Helen, o que comer, aonde ir, como encher o tempo, o que vestir. Chegada a primavera, ele arrumava sua mala com as roupas de viagem, e na maioria das vezes bastava-lhe abrir o armário para saber o que ia usar; lá estaria seu uniforme, recém-saído da lavanderia da equipe. Seu dia já estaria programado: uma partida, um treino, ou então Bumpy Jordan, o secretário de viagens do Sox, lhe indicava a empresa de táxis que o levaria à cidade a que iriam em seguida. Ele não precisava se preocupar com as refeições, porque tudo já estaria determinado. Nunca se perguntava onde iria dormir — seu nome já estava escrito no livro de registros de um hotel, e um porteiro o aguardava para carregar suas malas. À noite os rapazes estavam à espera no bar, a primavera deslizava mansamente para o verão, o verão desdobrava-se em amarelos brilhantes e verdes fortes, e o ar tinha um cheiro tão bom que podia fazer a gente chorar.

Ruth não sabia em que consistia a felicidade dos outros homens, mas sabia muito bem onde se encontrava a sua: ter seus dias programados por outros, como o irmão Matthias fazia para ele e todos os outros meninos no St.

Mary's. Quando, porém, tinha de encarar a monotonia de uma vida doméstica normal, Ruth sentia-se inquieto e apreensivo.

Mas aqui não, pensou ele quando os homens do bar começaram a se acomodar à sua volta e um par de mãos grandes bateu em seus ombros. Ele voltou a cabeça e viu o sujeito alto que estava no fundo do bar sorrindo para ele.

"Posso lhe pagar uma bebida, senhor Ruth?"

O homem sentou-se ao seu lado, e novamente Ruth teve a impressão de sentir alguma coisa de heroico no sujeito, uma dimensão que não podia se encerrar no espaço exíguo de uma sala.

"Claro", disse Ruth. "Quer dizer que você é fã do Red Sox?"

O homem balançou a cabeça, levantando três dedos para Dominick, e seu amigo mais baixo reuniu-se a ele no balcão, pegando uma cadeira e largando-a no chão com a força de um homem com o dobro de seu tamanho.

"Não especialmente. Gosto de esporte, mas não me agrada a ideia de fidelidade a um time."

"Então por quem você torce quando vai assistir a um jogo?"

"Torcer?", perguntou o homem quando os drinques chegaram.

"Quem você aplaude?", disse Ruth.

O homem abriu um sorriso radioso. "Ora, o desempenho individual, senhor Ruth. A pureza de uma jogada, o espetáculo da demonstração atlética e de coordenação. O time é uma coisa maravilhosa como conceito, posso lhe garantir. Ele aponta para a fraternidade do homem e a união visando a um mesmo objetivo. Mas, se você olhar o que está por trás, vai ver que isso foi roubado por interesses corporativos, a fim de vender um ideal que é a antítese de tudo o que este país alega representar."

Ruth ficou perdido no meio daquele discurso, mas levantou o copo de uísque e fez um aceno de cabeça, que ele esperava expressasse concordância, e tomou um gole.

O sujeito pálido debruçou-se sobre o balcão, olhou para Ruth, macaqueou o gesto de cabeça do jogador e tomou seu uísque. "Ele não entendeu porra nenhuma do que você disse, Jack."

Jack pôs o copo sobre o balcão. "Peço desculpas por Gene, senhor Ruth. Ele perdeu os modos no Village."

"Que *village*?",* perguntou Ruth.

---

* Babe confunde *Village* (Greenwich Village), bairro de Nova York, com *village*, aldeia, em inglês. (N. T.)

Gene reprimiu um riso.

Jack olhou para Ruth com um riso suave. "Greenwich Village, senhor Ruth."

"É em Nova York", disse Gene.

"Eu sei onde fica, compadre", disse Ruth, ciente de que, por mais grandalhão que Jack fosse, não seria páreo para a sua força, caso resolvesse tirá-lo da frente e arrancar os cabelos de rato da cabeça do amigo dele.

"Oh", fez Gene. "o imperador Jones está com raiva."

"O que você disse?"

"Cavalheiros", disse Jack. "Lembrem-se de que somos todos irmãos. Nossa luta é comum. Senhor Ruth, Babe", disse Jack. "Sou uma espécie de viajante. Diga nomes de países do mundo, que com certeza tenho um adesivo de cada um deles na minha mala."

"Você é uma espécie de caixeiro-viajante?", disse Babe pegando um ovo em conserva do frasco e jogando-o na boca.

Os olhos de Jack brilharam. "Pode-se dizer que sim."

Gene disse: "Você não tem a menor ideia de com quem está falando, tem?".

"Claro que tenho, vovô", disse Babe esfregando as mãos para secá-las. "Ele aqui é Jack. Você é Jill."

"Gene", disse o sujeito de cabelos de rato. "Na verdade, Gene O'Neill. E esse com quem você está falando é Jack *Reed*."

Babe manteve os olhos no rato. "Vou ficar com 'Jill'."

Jack riu e bateu nas costas dos dois. "Como eu ia dizendo, Babe, estive por toda parte. Vi competições atléticas na Grécia, na Finlândia, na Itália e na França. Certa vez assisti a uma partida de polo na Rússia, onde um pequeno número de participantes foi atropelado pelos próprios cavalos. Não existe nada mais puro nem mais inspirador que ver homens metidos numa disputa. Mas, como acontece com a maioria das coisas puras, isso termina por ser contaminado pelo dinheiro grosso, pelas negociatas, e posto a serviço de propósitos espúrios."

Babe sorriu. Ele gostava do jeito como Reed falava, ainda que não entendesse o que ele queria dizer.

Um sujeito magro, de silhueta angulosa, reuniu-se a eles e disse: "Esse aí é o grande batedor?".

"É sim", disse Jack. "É Babe Ruth, em pessoa."

"Jim Larkin", disse o homem, apertando a mão de Babe. "Desculpe-me, mas não acompanho seus jogos."

"Não precisa se desculpar, Jim", disse Babe apertando-lhe a mão vigorosamente.

"O que meu conterrâneo aqui está dizendo", prosseguiu Jim, "é que o próximo ópio do povo não é a religião, mas o entretenimento."

"É mesmo?", disse Ruth perguntando-se se Stuffy McInnis estava em casa naquela hora. Se ele atendesse ao telefone, talvez pudessem se encontrar no centro da cidade para traçar um bife e conversar sobre beisebol e mulheres.

"Você sabe por que as ligas de beisebol estão pipocando por todo o país? Em cada fábrica e em cada estaleiro? Por que quase todas as empresas têm um time de trabalhadores?"

"Claro, é divertido", disse Ruth.

"Bom, é verdade", concordou Jack. "Não há dúvida. Mas, analisando bem as coisas, as empresas gostam de beisebol porque ele promove a união na empresa."

"Não há nada de errado nisso", disse Babe, e Gene tornou a bufar.

Larkin inclinou o corpo novamente para Babe, que teve vontade de esquivar-se de seu bafo de gim. "E ele promove a 'americanização', por falta de um termo melhor, entre os operários imigrantes."

"O mais importante, porém, é o seguinte", disse Jack. "Se você trabalha setenta e cinco horas por semana e joga beisebol por mais umas quinze ou vinte, adivinhe o que você não consegue fazer, por estar cansado demais?"

Babe deu de ombros.

"Greve, senhor Ruth", disse Larkin. "Você está cansado demais para fazer greve e até para pensar em seus direitos trabalhistas."

Babe esfregou o nariz para que os outros pensassem que ele estava refletindo sobre aquilo. A verdade, porém, é que ele queria mesmo era ir embora.

"Ao operário!", exclamou Jack levantando o copo.

Os outros homens — e Ruth notou que agora havia uns nove ou dez — levantaram os copos e gritaram "Ao operário!".

Todos tomaram um bom trago, inclusive Ruth.

"À revolução!", gritou Larkin.

Dominick disse: "Ora, ora, cavalheiros", mas sua voz se perdeu entre os gritos dos homens, que se levantavam de seus assentos.

"Revolução!"

"Ao novo proletariado!"

Mais gritos e brindes, e Dominick desistiu de restabelecer a ordem, pondo-se a encher os copos novamente.

Ergueram-se brindes ruidosos aos camaradas da Rússia, da Alemanha e da Grécia, a Debs, Haywood, Joe Hill, ao povo, à união de todos os trabalhadores de todo o mundo!

Enquanto eles se entregavam a uma tremenda exaltação, Babe estendeu a mão para pegar seu casaco, mas Larkin interceptou-lhe o movimento, fazendo outro brinde em altos brados. Ruth olhou para seus rostos rebrilhando de suor e determinação, e talvez alguma coisa além da determinação, algo que ele não sabia ao certo nomear. Larkin girou o quadril para a esquerda, e pelo vão aberto Babe entreviu seu casaco, tentou pegá-lo novamente, enquanto Jack gritava: "Abaixo o capitalismo! Abaixo as oligarquias!". Babe pôs a mão no casaco, mas, sem se dar conta, Larkin esbarrou no braço dele. Babe soltou um suspiro e ensaiou uma nova tentativa.

Então entraram seis caras, vindos da rua. Estavam de terno, e quem sabe em algum outro dia eles exibissem uma aparência respeitável. Mas hoje cheiravam a álcool e raiva. Bastou a Babe observar aqueles olhos para notar que a merda seria jogada no ventilador com tal rapidez que a única saída era tirar o corpo fora.

Connor Coughlin não queria ouvir falar de subversivos naquele dia. Na verdade, ele não queria ouvir falar de porra nenhuma, mas muito menos de subversivos. Eles tinham entregado suas cabeças numa bandeja no tribunal. Nove meses de investigação, mais de duzentos depoimentos, seis semanas de interrogatórios, tudo isso para deportar um galleanista confesso chamado Vittorio Scalone, que falara em alto e bom som em explodir o edifício do Congresso Legislativo Estadual, em plena sessão.

O juiz, porém, achou que aquilo não bastava para deportar um homem. Do alto de seu assento de magistrado, olhou para o promotor Silas Pendergast, para o promotor assistente Connor Coughlin, para o promotor assistente

Peter Wald e para os seis PAs e quatro detetives nas fileiras de trás e disse: "Embora a questão de saber se o estado tem o direito de tomar medidas de deportação a nível de condado seja, para alguns, discutível, este não é o problema em pauta neste tribunal". Ele tirou os óculos e lançou um olhar frio ao chefe de Connor. "Por mais que o promotor Pendergast tenha se empenhado para que assim fosse. A questão não é se o réu cometeu algum ato de traição. E não vejo nenhuma prova de que ele fez algo mais que ameaças vãs, sob a influência do álcool." Ele se voltou para Scalone e o encarou. "O que, nos termos da Lei de Espionagem, ainda constitui um grave crime, meu jovem, pelo qual eu o sentencio a dois anos na Penitenciária de Charlestown, descontados os seis meses já cumpridos."

Um ano e meio. Por traição. Nas escadarias do tribunal, Silas Pendergast lançou a seus jovens assistentes um olhar de tal desapontamento que Connor logo percebeu que seriam todos mandados de volta aos casos banais e que não trabalhariam num crime como aquele por séculos. Eles se puseram a vagar pela cidade acabrunhados, andando de bar em bar, até irem parar no Castle Square Hotel e darem com aquela *merda*.

Toda a conversa parou quando notaram sua presença. Eles foram recebidos com sorrisos nervosos e condescendentes. Connor e Pete Wald dirigiram-se ao balcão e pediram uma garrafa e cinco copos. O barman dispôs a garrafa e os copos no balcão, enquanto todos continuavam calados. Connor adorava aquilo: o gordo silêncio que pairava no ar antes de uma briga. Era um silêncio único, um silêncio pontuado pelo pulsar de corações. O companheiro promotor assistente juntou-se a eles no balcão e encheu-lhes os copos. Uma cadeira rangeu. Pete levantou o copo, lançou um olhar em volta e disse: "Ao procurador geral destes Estados Unidos".

"Bravo! Bravo!", gritou Connor, e eles tomaram suas doses e encheram os copos novamente.

"À deportação dos indesejáveis!", disse Connor, e os outros homens fizeram-lhe coro.

"À morte de Vlad Lênin!", gritou Harry Block.

Todos gritaram com ele, e o outro grupo de homens começou a vaiar e a berrar.

De repente um sujeito alto, de cabelos negros e aparência de artista de cinema surgiu ao lado de Connor.

"Olá", disse ele.

"Dê o fora", disse Connor esvaziando o copo enquanto os outros PAs riam.

"Vamos agir de forma razoável", disse o homem. "Vamos conversar sobre este assunto. Sabe de uma coisa? Talvez você se surpreenda em ver o quanto nossas ideias têm em comum."

Connor não tirou os olhos do balcão. "Arram."

"Todos queremos a mesma coisa", disse o bonitão pondo a mão no ombro de Connor.

Connor esperou que o homem tirasse a mão.

Ele pôs mais uma dose no copo e voltou-se para encarar o homem. Connor pensou no juiz, no traidor Vittorio Scalone saindo do tribunal com um olhar de desprezo. Pensou em tentar explicar a Nora sua frustração e seus sentimentos para com a injustiça, e imaginou que ela poderia reagir bem ou mal. Ela poderia se mostrar receptiva. Poderia também se mostrar distante, vaga. Nunca dava para prever. Às vezes ela parecia amá-lo, às vezes o olhava como se ele fosse um joão-ninguém, digno apenas de um afago na cabeça e um seco beijo de boa-noite no rosto. Ele já antevia os olhos dela... indecifráveis. Inalcançáveis. Nem sempre exprimindo franqueza. Nunca o vendo de verdade. Nem a ninguém, aliás. Alguma coisa sempre resguardada. Exceto, naturalmente, quando ela voltava aqueles olhos para...

Danny.

Aquela revelação lhe surgiu de repente, mas ao mesmo tempo já o acompanhava havia tanto tempo que ele simplesmente não acreditava só agora tê-la encarado. Seu estômago embrulhou e ele sentiu como se uma navalha lhe rasgasse a parte anterior dos olhos.

Ele se voltou com um sorriso para o bonitão, derramou o conteúdo do copo em seus cabelos negros e deu-lhe uma cabeçada no rosto.

Quando o irlandês de cabelos e sardas castanhos derramou a bebida na cabeça de Jack e meteu-lhe uma testada no rosto, Babe quis pegar o casaco na cadeira e dar o fora. Ele sabia, porém, como todo mundo sabe, que a primeira regra numa briga de bar é atacar primeiro o cara mais alto, que por acaso era ele. Assim, não foi nenhuma surpresa quando um banco atingiu-lhe a cabeça por trás, dois brações enlaçaram-lhe os ombros e duas pernas prenderam seus quadris. Babe largou o casaco, girou com o sujeito preso às suas costas e tomou outra pancada de banco de um cara que o olhou com ar de deboche e disse: "Merda, você se parece com Babe Ruth".

Aquilo fez com que o cara às suas costas relaxasse um pouco o aperto. Ruth então correu ao balcão, mas parou bruscamente antes de se chocar contra ele. O sujeito atrás dele soltou-se de suas costas, voou por cima do balcão e foi bater nas garrafas atrás da caixa registradora, com um estrondo.

Babe esmurrou o cara mais próximo dele, e só depois notou, e com grande satisfação, que era Gene, o rato filho da puta, e Gene cambaleou para trás girando nos calcanhares, agitando as mãos enquanto desabava sobre uma cadeira e caía de bunda no chão. Havia uns dez bolcheviques no salão, e muitos deles eram altos, mas os outros caras contavam com uma fúria que faltava aos vermelhos. Babe viu o cara sardento derrubar Larkin só com um soco no meio da cara, depois passar por cima dele e acertar um murro no pescoço de outro. De repente ele se lembrou do único conselho que seu pai lhe dera: nunca se meta num confronto direto com um irlandês numa briga de bar.

Outro bolchevique veio correndo sobre o balcão e pulou na direção de Babe. O jogador esquivou-se dele como de uma bola de beisebol, e o bolchevique foi cair em cima de uma mesa que estremeceu por um segundo e logo desabou sob seu peso.

"É você!", alguém gritou. Ele se voltou e viu o sujeito que o tinha atingido com o banco, com a boca ensanguentada. "Você é o puto do Babe Ruth."

"Sempre me dizem isso", disse Babe. Ele socou a cabeça do cara, apanhou seu casaco do chão e saiu correndo do bar.

A CLASSE OPERÁRIA

13.

No final do outono de 1918, Danny Coughlin parou de fazer ronda, deixou crescer uma barba espessa e renasceu como Daniel Sante, um veterano da greve de 1916 na companhia Thomson Ferro & Chumbo, na Pensilvânia Ocidental. O verdadeiro Daniel Sante tinha mais ou menos a mesma altura de Danny e o mesmo cabelo preto. Além disso, não deixou parentes quando foi convocado para lutar na Grande Guerra. Pouco depois de sua chegada à Bélgica, porém, contraiu a gripe e morreu num hospital de campanha sem disparar um tiro.

Dos mineiros que participaram da greve de 1916, cinco foram condenados a prisão perpétua quando se descobriu uma ligação, embora circunstancial, entre eles e uma bomba que explodiu na casa do presidente da Thomson Ferro & Chumbo, E. James McLeish. O presidente estava tomando seu banho matinal quando o criado trouxe a correspondência. O criado tropeçou ao cruzar o vestíbulo e tentou equilibrar uma caixa de papelão embrulhada em papel pardo. Seu braço esquerdo foi encontrado na sala de jantar; o que sobrou do corpo ficou no vestíbulo. Outros cinquenta grevistas receberam sentenças mais leves ou foram tão espancados pela polícia e por agentes de segurança que ficaram sem condições de viajar por vários anos. Os demais tiveram a mesma sorte da média dos grevistas do Cinturão do Aço — perderam seus empregos e atravessaram a fronteira rumo a Ohio, na esperança de serem contratados por empresas que desconheciam a lista negra da Thomson Ferro & Chumbo.

Era uma boa história para garantir a Danny credenciais na revolução operária, porque nenhuma organização conhecida — nem mesmo os expeditos membros da Operários Industriais do Mundo — teve participação na greve. Ela foi organizada pelos próprios mineiros, e com uma rapidez que provavelmente surpreendeu os organizadores. Quando o pessoal da OIM chegou, a bomba já explodira e os espancamentos já estavam em curso. Só lhes restava visitar os homens no hospital, enquanto a empresa contratava novos operários entre o contingente de desempregados.

Assim, esperava-se que o disfarce de Danny como Daniel Sante resistisse muito bem ao escrutínio dos vários movimentos radicais com que tivesse contato. E resistiu. Ninguém, pelo que ele sabia, questionara sua identidade. O problema é que, embora acreditassem nela, sua história não o fazia se destacar.

Danny comparecia às reuniões, mas ninguém prestava atenção nele. Em seguida ia aos bares e ficava sozinho. Quando tentava entabular uma conversa, concordavam gentilmente com tudo o que dizia, e com a mesma gentileza se afastavam. No quarto que alugara em Roxbury, gastava o dia repassando seus periódicos radicais — *A Era da Revolução*, *Cronaca Sovversiva*, *Proletariado* e *O Operário*. Ele relia Marx e Engels, Reed e Larkin, discursos de Big Bill Haywood, Emma Goldman, Trotski, Lênin e do próprio Galleani até poder recitar a maioria deles de cor. Às segundas e quartas havia reuniões dos *lets* de Roxbury, seguidas de encontros regados a bebida no Bar Sowbelly. Danny passava as noites com eles e as manhãs curtindo uma ressaca do tipo que a gente fica encolhido e querendo a mamãe; os *lets* não faziam nada com moderação, muito menos as bebedeiras. Um monte de Sergueis, de Boris e de Josefs, mais o eventual Peter ou Piotr, os *lets* varavam a noite com vodca, retórica, baldes de cerveja quente. Batendo suas canecas de barro em mesas riscadas e citando Marx, citando Engels, citando Lênin e Emma Goldman, falando em altos brados sobre os direitos dos trabalhadores, enquanto maltratavam a garçonete.

Eles zurravam sobre o líder operário Debs, ganiam sobre Big Bill Haywood, batiam seus copos de bebida nas mesas e prometiam vingança contra a punição dos membros da OIM de Tulsa, ainda que ela tivesse acontecido dois anos antes e não houvesse o menor sinal de que eles fossem retaliar de alguma forma. Eles enfiavam seus gorros de malha, fumavam seus cigarros e desancavam Wilson, Palmer, Rockefeller, Morgan e Oliver Wendell Holmes. Teciam loas a Jack Reed e Jim Larkin e exultavam com a queda da casa de Nicolau II.

Falavam, falavam, falavam, falavam, falavam.

Danny se perguntava se as ressacas dele eram por causa da bebida ou daquelas bobagens. Meu Deus, os bolcheviques conversavam fiado até ficarem vesgos. Até a gente começar a sonhar na cadência das ásperas consoantes russas, temperada com a monotonia das vogais nasais letãs. Duas noites por semana em sua companhia e ele só vira Louis Fraina uma vez, quando o homem fez um discurso e depois sumiu, protegido por um forte esquema de segurança.

Ele vasculhara o estado em busca de Nathan Bishop. Em feiras de trabalho, bares frequentados por conspiradores, campanhas de arrecadação para a causa marxista. Ele participara de reuniões de sindicatos, concentrações de radicais e encontros de utopistas cujas ideias confusas eram de uma infantilidade revoltante. Ele anotava os nomes dos palestrantes e se deixava ficar nos fundos das salas, mas sempre se apresentava como "Daniel Sante", para que, quando ele apertasse a mão de alguém, a pessoa respondesse "Andy Thurston", em vez de apenas "Andy", "camarada Gahn" em vez de "Phil". Quando surgiu uma oportunidade, ele roubou umas duas folhas do livro de presença. Se havia carros estacionados em frente aos locais onde as reuniões aconteciam, ele anotava as placas.

Na cidade, as reuniões eram feitas em casas de jogo de boliche, salões de bilhar, clubes de boxe vespertinos, bares e cafés. No South Shore, os grupos reuniam-se em pavilhões, salões de baile ou em terrenos de parques de diversões, que ficavam vazios enquanto não chegava o verão. No North Shore e no Merrimack Valley, a preferência era por terminais ferroviários e curtumes, à beira da água cheia de efluentes líquidos que deixavam uma espuma cor de cobre ao longo da linha da costa. Nos Berkshires, pomares.

Quando alguém participava de uma reunião, ficava sabendo de outras. Os pescadores de Gloucester falavam de solidariedade para com seus irmãos de New Bedford; os comunistas de Roxbury, por seus companheiros de Lynn. Ele nunca ouviu ninguém falar de bombas ou fazer planos específicos para derrubar o governo. Eles falavam em termos muito vagos. Em voz alta e tom fanfarronesco, como o de uma criança voluntariosa. O mesmo em relação à sabotagem corporativa. Eles *falavam* do Primeiro de Maio, mas só a respeito de outras cidades e de outras células. Os camaradas de Nova York iriam abalar a cidade até os alicerces. Os camaradas de Pittsburgh riscariam o primeiro fósforo para deflagrar a revolução.

As reuniões dos anarquistas normalmente se faziam no North Shore e eram pouco frequentadas. Os que usavam o megafone falavam secamente, sempre lendo em voz alta, num inglês estropiado, o último panfleto de Galleani, de Tommasino DiPeppe ou de Leone Scribano, cujas reflexões eram contrabandeadas de uma prisão ao sul de Milão. Ninguém gritava nem discutia em tom exaltado, o que era preocupante. Danny logo percebeu que não o reconheciam como um deles — alto demais, bem nutrido demais, com dentes demais.

Depois de uma reunião nos fundos de um cemitério em Gloucester, três homens afastaram-se da multidão para segui-lo. Andavam devagar o bastante para não se aproximarem muito, e rápido o suficiente para não o perderem de vista. E pareciam não se importar se ele notava ou não. A certa altura, um deles gritou em italiano. Queria saber se Danny fora circuncidado.

Danny dobrou na esquina do cemitério e atravessou uma área de dunas branquíssimas nos fundos de uma usina de calcário. Os homens, que agora estavam a uns trinta metros de distância, começaram a assobiar asperamente, por entre os dentes, como se dissessem "Oi, meu bem". "Oi, meu bem."

As dunas de calcário fizeram Danny rememorar sonhos passados, esquecidos até aquele momento. Sonhos em que ele atravessava vastos desertos banhados pelo luar, sem a menor ideia de como fora parar ali e de como iria achar o caminho de casa. E a cada passo aumentava ainda mais o medo de não mais haver um lar a que voltar. De que sua família e todos os seus conhecidos tivessem morrido há muito tempo, sendo ele o único sobrevivente, fadado a vagar por regiões desertas. Ele escalou com dificuldade a duna mais baixa, usando as mãos como apoio, num silêncio hibernal.

"Oi, meu bem."

Ele chegou ao alto da duna. Do outro lado se via um céu escuro. Mais abaixo, algumas sebes com portões abertos.

Ele entrou numa rua com o calçamento arruinado e chegou a um sanatório. Na placa acima da porta lia-se Sanatório Cape Ann. Ele abriu a porta, entrou, passou depressa por uma enfermeira que estava no balcão de recepção, e esta o chamou. Ela chamou pela segunda vez.

Ele chegou a um poço de escada, olhou para o saguão e viu os três homens enregelando lá fora, um deles apontando para a placa do sanatório. Com certeza haviam perdido parentes para algum mal que esperava nos andares de cima — tuberculose, varíola, pólio, cólera. Pelos gestos hesitantes que faziam, Danny concluiu que não ousariam entrar. Ele descobriu uma porta que dava para os fundos e saiu por ela.

Era uma noite sem lua, e o ar estava frio de gelar os ossos. Ele fez o caminho de volta correndo, passando pelas dunas brancas e pelo cemitério. Encontrou o carro no lugar onde o tinha deixado, perto do quebra-mar. Ficou sentado dentro do carro por um instante, depois ligou a ignição e tocou com os dedos o botão dentro do bolso. O polegar deslizou pela superfície lisa, e ele tornou a ver Nora batendo nele com o ursinho no quarto do hotel de frente para a praia, os travesseiros espalhados pelo chão, o doce brilho dos olhos dela. Ele fechou os olhos e chegou a sentir seu cheiro. Voltou então para a cidade, com um para-brisa sujo de sal e o próprio medo cristalizando-se no couro cabeludo.

De manhã, Danny esperou por Eddie McKenna e ficou tomando xícaras de café amargo num bar da Harrison Avenue. O piso do bar era de ladrilho xadrez, e o ventilador de teto empoeirado estalava a cada volta das pás. Lá fora, um amolador de facas sacolejava seu carrinho sobre as pedras do calçamento, as lâminas do mostruário balançando-se em seus fios e refletindo a luz do sol. Os reflexos atingiram as pupilas de Danny e as paredes do bar. Ele se voltou para sua mesa, abriu o relógio de bolso. Teve de lutar para fazê-lo deixar de tremer, e isso levou tempo o bastante para ele perceber que McKenna estava atrasado, embora aquilo não o surpreendesse. Danny olhou em volta novamente, examinando o bar para ver se alguns rostos demonstravam atenção demais ou de menos em relação a ele. Quando se certificou de que se tratava apenas do grupo normal de pequenos comerciantes, carregadores negros e secretárias do edifício Statler, voltou ao seu café, com a certeza quase absoluta de que, mesmo curtindo uma ressaca, era capaz de saber se estava ou não sendo seguido.

McKenna ocupou o vão da porta de entrada com seu corpanzil e seu eterno otimismo, aquela beatífica determinação que Danny vira nele desde a época em que Eddie pesava uns quarenta quilos menos e aparecia para visitar seu pai quando eles moravam no North End, sempre com balas de alcaçuz para Danny e Connor. Já naquela época, quando ele era apenas um policial da zona portuária de Charlestown, onde se encontravam os bares mais sanguinários da cidade e uma população de ratos tão prodigiosa que a incidência de tifo e poliomielite era três vezes maior que nos outros distritos, ele ostentava aquela mesma aura. Comentava-se no departamento que já tinham dito a Eddie McKenna que ele nunca poderia se disfarçar, dada sua extraordinária presença. À época, o chefe lhe dissera: "Você é o único cara que conheço que entra numa sala cinco minutos antes de chegar nela".

Ele pendurou o casaco, sentou-se na frente de Danny, olhou para a garçonete e lhe pediu café.

"Minha Nossa Senhora", disse ele a Danny. "Você está fedendo feito um armênio que comeu o bode bêbado..."

Danny deu de ombros e tomou mais um pouco de café.

"...e depois o vomitou nas próprias roupas", continuou McKenna.

"Obrigado pelo elogio, senhor."

McKenna acendeu uma ponta de charuto, e a fumaça embrulhou o estômago de Danny. A garçonete trouxe uma xícara de café à mesa e tornou a encher a de Danny. McKenna ficou apreciando a bunda dela, enquanto ela se afastava.

McKenna tirou um cantil do bolso e passou-o a Danny. "Sirva-se."

Danny derramou algumas gotas em seu café e devolveu-o.

McKenna jogou um caderninho na mesa e pôs ao lado dele um lápis curto e grosso feito o charuto. "Estou vindo de uma reunião com alguns dos outros rapazes. Diga que está fazendo mais progresso que eles."

Os "outros rapazes" do esquadrão tinham sido escolhidos em parte por sua inteligência, mas principalmente por sua facilidade em se fazerem passar por imigrantes. Não havia judeus nem italianos no DPB, mas Harold Christian e Larry Benzie eram morenos o bastante para se passar por gregos ou italianos. Paul Wascon, baixo e de olhos pretos, crescera na parte baixa do West Side de Nova York. Ele falava um iídiche mais ou menos convincente, e se infiltrara numa célula da Ala Esquerda Socialista de Jim Larkin e Jack Reed, que se reunia num porão do West End.

Nenhum deles quisera tomar parte naquela missão. Ela significava mais tempo de trabalho sem aumento de salário, sem pagamento de hora extra e tampouco recompensa, porque a posição oficial do departamento era que aquelas células terroristas eram um problema de Nova York, um problema de Chicago, um problema de São Francisco. Assim, mesmo que o esquadrão tivesse sucesso, nunca lhe dariam o devido crédito, e com certeza não receberiam hora extra.

Mas McKenna os tirara de suas unidades com a costumeira combinação de suborno, ameaça e chantagem. Danny entrara no jogo pela porta dos fundos por causa de Tessa, e só Deus sabe o que foi prometido a Christian e a Benzie. Quanto a Wascon, ele fora pego com a boca na botija em agosto passado, e por isso McKenna o tinha nas mãos pelo resto da vida.

Danny passou suas anotações a McKenna. "Números das placas dos carros da reunião da Irmandade dos Pescadores de Woods Hole. Uma folha do livro de presença do Sindicato dos Telhadores de West Roxbury, outra do Clube Socialista de North Shore. Relatórios sobre todas as reuniões de que participei esta semana, inclusive duas dos *lets* de Roxbury."

McKenna pegou as anotações e guardou-as em sua mochila. "Muito bem, muito bem. O que mais?"

"Nada."

"Como assim?"

"Estou dizendo que não consegui mais nada", disse Danny.

McKenna largou o lápis e soltou um suspiro. "Pelo amor de Deus."

"O quê?", disse Danny, sentindo-se um pouco melhor com o uísque que pusera no café. "Radicais estrangeiros — surpresa — desconfiam de americanos. E eles são paranoicos o bastante para pelo menos *desconfiarem* que sou um agente infiltrado, por mais convincente que seja o meu disfarce. E mesmo que eles engulam essa história de Daniel Sante, nem por isso eu lhes pareceria confiável. Muito menos aos *lets*. Eles ainda estão querendo descobrir qual é a minha."

"Você viu Louis Fraina?"

Danny fez que sim. "Ouvi um discurso seu, mas não tive contato com ele. Fraina se mantém distante da massa, rodeado de figurões e de capangas."

"Achou sua ex-namorada?"

Danny fez uma careta. "Se eu tivesse achado, tenente, a esta altura ela estaria no xadrez."

McKenna tomou um gole do cantil. "Você procurou?"

"Vasculhei toda esta merda de estado. Fui até Connecticut."

"E aqui?"

"Os agentes estão esquadrinhando todo o North End em busca de Tessa e Federico, por isso o bairro inteiro está sob tensão. Fechado. Ninguém vai me dizer nada, tenente. Ninguém vai dizer nada a nenhum americano."

McKenna soltou um suspiro, passou as costas das mãos no rosto. "Bem, eu sabia que não ia ser fácil."

"Não mesmo."

"Continue trabalhando."

Meu Deus, pensou Danny. *Aquilo* era o trabalho de detetive? Ficar pescando sem rede?

"Vou conseguir alguma coisa para você."

"Além de uma ressaca?"

Danny lhe deu um sorriso murcho.

McKenna esfregou o rosto novamente e bocejou. "São uns terroristas desgraçados, juro por Deus." Ele tornou a bocejar. "Ah, você nunca topou com Nathan Bishop, não é? O médico."

"Não."

McKenna pestanejou. "Porque ele acaba de passar trinta dias numa cadeia de Chelsea. Eles o puseram na rua há dois dias. Perguntei a um dos policiais de lá se já o conheciam, eles responderam que Bishop gosta da Taverna Capitol. Ao que parece, a correspondência dele vai para lá."

"A Taverna Capitol", disse Danny. "O inferninho do West End?"

"Esse mesmo", disse McKenna balançando a cabeça. "Talvez você possa arranjar uma ressaca lá e ao mesmo tempo servir à pátria."

Só depois de passar três noites no Capitol é que Danny conseguiu falar com Nathan Bishop. Já na primeira noite, ele o viu logo de cara, quando Bishop entrou no inferninho e sentou-se no bar. O médico sentou-se sozinho em uma mesa iluminada apenas por uma velinha um pouco acima dela, na parede. Na primeira noite, ele leu um livro, e uma pilha de jornais nas duas seguintes. Ele bebia uísque, a garrafa na mesa, ao lado do copo. Nas duas primeiras noites, porém, mal tocou na bebida, o nível da garrafa ficou quase o mesmo, e foi embora com o mesmo passo firme com que entrou. Danny começou a se perguntar se a descrição que Finch e Hoover tinham lhe dado estava correta.

Na terceira noite, porém, ele logo empurrou os jornais para um lado, pôs-se a tomar grandes goladas e a fumar sem parar. A princípio, ficou observando apenas a fumaça do próprio cigarro, o olhar vago e distante. Aos poucos seus olhos começaram a perceber o resto do bar, e um sorriso aflorou em seu rosto, como se alguém o tivesse colado ali com muita pressa.

Logo que Danny o ouviu cantar, não conseguiu ligar a voz ao homem. Bishop era baixo, frágil, um sujeito delicado, de feições e ossos delicados. A voz, porém, sonora e retumbante, lembrava o barulho de um trem.

"Lá vai ele...", disse o barman com um suspiro, embora não parecesse descontente com aquilo.

O primeiro número que Nathan Bishop escolheu para aquela noite foi uma canção de Joe Hill, "The Preacher and The Slave". Sua voz de barítono profundo dava à canção de protesto um inconfundível sabor céltico que combinava com a lareira alta, com a fraca iluminação da Taverna Capitol e com o uivo distante das buzinas dos rebocadores no porto.

"Pregadores de cabelos longos saem todas as noites", cantou ele. "Para lhes dizerem o que é certo e o que é errado. Mas quando lhes perguntam sobre 'o que há para comer', eles respondem com uma voz doce: 'Logo logo vocês vão comer na radiosa terra no alto do céu. Trabalhem, orem e comam forragem, que depois da morte vocês comem torta'. Isso é mentira, isso é mentira..."

Ele abriu um doce sorriso, olhos semicerrados, enquanto alguns clientes do bar batiam palmas sem muito entusiasmo. Foi Danny quem continuou. Ele se levantou da cadeira, ergueu o copo e cantou: "Saem também os carolas e se põem a bradar: 'Deem seu dinheiro a Jesus. Todas as doenças ele logo haverá de curar'."

Danny passou o braço em volta do corpo do cara ao seu lado, um limpador de chaminés meio descadeirado, e o sujeito também levantou o copo. Nathan Bishop saiu de detrás da mesa, tendo o cuidado de levar consigo a garrafa e o copo, e reuniu-se a eles no balcão. Dois marinheiros da Marinha Mercante seguiram-lhe o exemplo, pondo-se a berrar desafinados — mas quem se importava? —, agitando os braços e seus drinques para lá e para cá:

Se você dá duro por filhos e esposa
Buscando conseguir alguma coisa boa nesta vida
Você é um pecador e um homem ruim, dizem eles,
E quando morrer vai para o inferno, não tem saída.

O último verso foi cantado aos gritos e gargalhadas, e então o barman tocou a sineta atrás do balcão e ofereceu uma rodada de graça.

"Estamos cantando por um jantar, rapazes!", gritou um dos marinheiros.

"Vocês vão beber de graça para parar de cantar!", berrou o barman para se fazer ouvir em meio às gargalhadas. "Essa é a condição, e ponto final."

Estavam todos bêbados o bastante para brindar a isso. Em seguida aproximaram-se do balcão para pegar a bebida de graça, e todo mundo começou a trocar apertos de mão — Daniel Sante confraternizou com Abe Rowley, Abe Rowley com Terrance Bonn e Gus Sweet, Terrance Bonn e Gus Sweet com Nathan Bishop, Nathan Bishop com Daniel Sante.

"Que puta voz você tem, Nathan."

"Obrigado. Você também, Daniel."

"Você costuma cantar assim de repente?"

"Do outro lado da lagoa, que é minha terra, é muito comum. Isto aqui estava ficando muito desanimado até eu começar a cantar, você não acha?"

"Não vou discutir."

"Então, saúde."

"Saúde."

Eles ergueram um brinde e viraram os copos.

Sete drinques e quatro canções depois, comeram o ensopado que o barman passara o dia inteiro cozinhando. Estava horrível. A carne marrom, irreconhecível, as batatas cinzentas e duras. Se Danny tivesse de adivinhar a origem do saibro que lhe ficava na boca, diria que era de serragem. Mas a comida os saciou. Depois de comerem, puseram-se a beber, e Danny contou suas mentiras de Daniel Sante sobre a Pensilvânia Ocidental e a companhia de mineração Thomson.

"É isso mesmo, não?", disse Nathan tirando fumo de uma bolsinha em seu colo e enrolando um cigarro. "Se a gente pede qualquer coisa neste mundo, a resposta é sempre 'Não'. Aí você é obrigado a tomar daqueles que antes tomaram de você — em bocados muito maiores, eu diria — e eles têm o atrevimento de chamar você de ladrão. É um absurdo completo." Ele ofereceu a Danny o cigarro que acabara de enrolar.

Danny levantou a mão. "Obrigado, não. Eu prefiro de maço." Ele tirou seus Murads do bolso da camisa e depositou-os sobre a mesa.

Nathan acendeu o dele. "De onde vem essa cicatriz?"

"Esta?", disse Danny apontando para o pescoço. "Explosão de metano."

"Nas minas?"

Danny fez que sim.

"Meu pai era mineiro", disse Nathan. "Não aqui."

"Do outro lado da lagoa?"

"Isso mesmo", disse ele com um sorriso. "A norte de Manchester. Foi lá que cresci."

"Sempre ouvi dizer que a vida lá é uma dureza."

"É sim. E uma terra terrivelmente sombria também. Tudo cinza, com um ou outro marrom. Meu pai morreu lá. Numa mina. Você consegue imaginar?"

"Morrer numa mina?", disse Danny. "Sim."

"Meu pai era forte. Esse é o lado mais triste de toda essa história sórdida, entende?"

Danny fez que sim.

"Bem, veja meu caso, por exemplo. Não sou nenhum modelo de vigor físico. Sem coordenação, péssimo em esportes, míope, pernas tortas e asmático."

Danny deu uma risada. "Você deixou algum problema de fora?"

Nathan riu e levantou a mão. "Muitos. Mas é isso, entende? Sou fisicamente fraco. Se um túnel desabasse e eu tivesse sobre mim centenas de quilos de terra, mais meia tonelada de vigas de madeira, e me sobrasse pouquíssimo oxigênio... bem, eu simplesmente não resistiria. Morreria como um bom inglês, tranquilo e sem me queixar."

"Mas seu pai...", disse Danny.

"Ele se pôs a rastejar", disse Nathan. "Acharam seus sapatos no lugar onde as paredes desabaram sobre ele. Seu corpo foi encontrado trezentos metros mais adiante. Ele conseguiu rastejar. Com as costas quebradas, debaixo de centenas, senão de milhares de quilos de terra e de pedras, e a empresa esperou dois dias para iniciar a escavação. Eles temiam que as tentativas de resgate pusessem em risco as paredes do túnel principal. Se meu pai soubesse disso, me pergunto se teria parado de rastejar antes ou se isso o faria avançar mais quinze metros."

Eles ficaram em silêncio por algum tempo, o fogo crepitando e chiando na madeira ainda um pouco úmida. Nathan Bishop pôs mais uma dose em seu copo. Depois, inclinando a garrafa, derramou uma dose igualmente generosa no copo de Danny.

"Isso é errado", disse ele.

"O quê?"

"O que os homens com recursos exigem de homens despossuídos. E ainda esperam que os pobres se mostrem gratos pelas migalhas. Têm a cara de pau de se sentirem ofendidos — moralmente ofendidos — se os pobres não fingem que estão gostando. Todos eles deviam ser lançados à fogueira."

Danny sentia a bebida agindo dentro dele. "Quem?"

"Os ricos", disse Bishop com um sorriso descansado. "Todos deviam ser queimados."

Danny se viu novamente no Fay Hall, para outra reunião do BSC. Na pauta daquela noite, a recusa do departamento em tratar os episódios de gripe entre os policiais como uma questão trabalhista. Steve Coyle, um pouco mais bêbado do que seria de se esperar, falou de sua luta para conseguir algum tipo de indenização do departamento a que servira durante doze anos.

Esgotada a discussão sobre a gripe, passaram a debater uma proposta para que o departamento arcasse com parte do custo de reposição de uniformes rasgados ou gastos.

"É o mínimo que podemos exigir", disse Mark Denton. "Se eles rejeitarem a proposta, podemos depois acusá-los de não quererem nos fazer nenhuma concessão."

"Acusá-los onde?", perguntou Adrian Melkins.

"Na imprensa", respondeu Mark Denton. "Mais cedo ou mais tarde essa luta vai ser travada na imprensa. Quero ela do nosso lado."

Depois da reunião, enquanto os homens rodeavam as cafeteiras ou partilhavam seus cantis de uísque, Danny se pegou pensando primeiro em seu pai, depois em Nathan Bishop.

"Bela barba", disse Mark Denton. "Você cria gatos dentro dela?"

"É um disfarce", disse Danny. Ele imaginou o pai de Bishop rastejando sob os escombros de uma mina. Imaginou o filho tentando afogar a lembrança em álcool. "Em que posso ser útil?"

"Ahn?"

"O que posso fazer para ajudar?", disse Danny.

Mark recuou um passo e mirou-o de alto a baixo. "Desde que você apareceu aqui pela primeira vez, tenho me perguntado se é um espião ou não."

"A serviço de quem eu iria espionar?"

Denton riu. "Essa é boa. O afilhado de Eddie McKenna, o filho de Tommy Coughlin. Para quem você iria espionar? Ridículo."

"Se eu fosse um espião, por que você me pediria ajuda?"

"Para ver com que rapidez você aceitaria a oferta. Confesso que o fato de você não aceitar de pronto me deixou em dúvida. Agora, cá está você perguntando *a mim* como pode ajudar."

"É verdade."

"Acho que é minha vez de dizer que vou pensar", respondeu Denton.

Eddie McKenna às vezes dirigia reuniões de negócios em seu terraço. Ele morava numa casa estilo Queen Anne, no alto do Telegraph Hill, em South Boston. Dela se tinha uma vista — do Thomas Park, do alto de Dorchester, da silhueta dos edifícios do centro contra o céu, do canal Fort Point e do porto de Boston — que, como sua personalidade, era bastante expansiva. O terraço era liso como uma folha de metal; Eddie tinha lá uma mesinha, duas cadeiras e um telheiro de metal onde guardava suas ferramentas, junto às que sua esposa, Mary Pat, usava no jardim minúsculo que ficava nos fundos da casa. Ele gostava de dizer que tinha uma bela vista, um terraço e o amor de uma mulher, de modo que não podia se queixar de que o bom Deus lhe negara um quintal.

Como tudo o que Eddie McKenna dizia, aquilo tinha igual dose de verdade e de mentira. Sim, dissera certa vez Thomas Coughlin a Danny, o porão de Eddie mal podia conter sua reserva de carvão; seu jardim poderia comportar um tomateiro, um pé de manjericão e talvez uma pequena roseira, mas com certeza nenhum dos instrumentos necessários para cultivá-los. Mas isso não tinha importância, porque não eram apenas instrumentos que Eddie McKenna guardava em seu telheiro.

"O que mais ele guarda?", perguntou Danny.

Thomas levantou o dedo. "Não estou tão bêbado assim, menino."

Naquela noite, Danny estava com seu padrinho junto ao telheiro, com um copo de uísque irlandês na mão e um dos excelentes charutos que Eddie recebia mensalmente de um amigo do DP de Tampa. O ar estava úmido e fumacento como nos dias de forte nevoeiro, mas o céu estava claro. Danny fizera o relatório sobre o encontro com Nathan Bishop, sobre o comentário deste do que se devia fazer com os ricos, mas Eddie mal deu mostras de ter ouvido.

Quando, porém, Danny lhe passou mais uma lista — com nomes e placas de carros de uma reunião da Coalizão dos Amigos dos Povos do Sul da Itália —, Eddie logo se mostrou animado. Ele tomou a lista de Danny, examinou-a rapidamente, abriu a porta do telheiro, tirou uma mochila de couro que ele levava aonde quer que fosse, pôs o papel dentro dela e fechou a porta.

"Não tem cadeado?", perguntou Danny.

Eddie inclinou a cabeça. "Para guardar ferramentas?"

"E mochilas."

Eddie sorriu. "Quem, em seu juízo perfeito, iria se aproximar disto aqui, a não ser com boas intenções?"

Danny sorriu, mas um riso superficial. Ele fumou o charuto observando a cidade e sentindo o cheiro do porto. "Que estamos fazendo aqui, Eddie?"

"Está uma noite bonita."

"Não. Estou falando da investigação."

"Estamos caçando radicais. Estamos protegendo e servindo a esta grande nação."

"Fazendo listas?"

"Você parece um pouco abatido, Dan."

"Como assim?"

"Esquisito. Você tem dormido bem?"

"Ninguém está falando no Primeiro de Maio. Ou pelo menos da maneira como você estava esperando."

"Bem, ninguém espera que eles saiam por aí trombeteando seus nefastos objetivos de cima de telhados, não é? Você mal completou um mês nessa investigação."

"Eles todos falam demais. Mas é só o que fazem."

"Os anarquistas?"

"Não", disse Danny. "*Esses* são os putos dos terroristas. Mas o resto... Você me mandou espionar sindicatos de encanadores, de carpinteiros, todos os grupelhos socialistas de meia-tigela de que se tem notícia. Para quê? Para conseguir nomes? Eu não entendo."

"Temos de esperar que eles nos *ataquem* para nos decidirmos a levá-los a sério?"

"Quem? Os encanadores?"

"Fale sério."

"Os bolcheviques?", perguntou Danny. "Os socialistas? Não tenho muita certeza de que essa gente seja capaz de golpear alguma coisa, a não ser o próprio peito."

"Eles são terroristas."

"Eles são dissidentes."

"Talvez você esteja precisando de umas férias."

"Talvez eu precise apenas saber exatamente o que estamos fazendo aqui."

Eddie passou-lhe o braço no ombro e levou-o para a borda do terraço. Eles contemplaram a cidade — seus parques e suas ruas cinzentas, edifícios de tijolos, telhados negros, as luzes do centro da cidade refletindo-se nas águas escuras que a atravessavam.

"Estamos protegendo isto, Dan. Exatamente isto aqui. É isso que estamos fazendo." Ele tirou uma baforada do charuto. "A pátria e o lar. Nada menos que isso, pode acreditar."

Danny estava com Nathan Bishop, em outra noite na Taverna Capitol, um Nathan que se mostrava taciturno até que, no terceiro drinque, falou:

"Alguém já te deu um murro?"

"O quê?"

Ele levantou os punhos. "Você sabe."

"Claro. Eu lutava boxe", respondeu Danny. E acrescentou: "Na Pensilvânia".

"Mas algum dia você foi literalmente empurrado?"

"Empurrado?", disse Danny balançando a cabeça. "Não que eu me lembre. Por quê?"

"Eu me pergunto se você se dá conta de como isso é excepcional. Andar neste mundo sem medo de outros homens."

Danny nunca pensara naquilo daquela maneira. De repente sentiu-se perturbado pela ideia de que passara a vida inteira achando que o mundo trabalharia para ele. E era o que acontecia normalmente.

"Deve ser bom", disse Nathan. "Só isso."

"Em quê você trabalha?", perguntou Danny.

"Em quê você trabalha?"

"Estou procurando emprego. E você? Você não tem as mãos de um operário. E nem as roupas."

Nathan levou a mão à lapela do casaco. "Estas roupas não são caras."

"Mas também não são trapos. E combinam com os sapatos."

Ouvindo isso, Nathan Bishop deu um sorriso torto. "Observação interessante. Você é da polícia?"

"Sim", disse Danny acendendo um cigarro.

"Eu sou médico."

"Um policial e um médico. Você cura as pessoas em quem eu atiro."

"Estou falando sério."

"Eu também."

"Não acredito."

"Tudo bem, não sou policial. Mas você é médico?"

"Eu fui", disse Bishop esmagando o cigarro. Ele tomou mais um gole.

"É possível deixar de ser médico?"

"É possível deixar de ser qualquer coisa." Bishop tomou outro gole e soltou um longo suspiro. "Já fui cirurgião. A maioria das pessoas que salvei não merecia ser salva."

"Eles eram ricos?"

Danny percebeu uma exasperação no rosto de Bishop que já estava se tornando familiar. Ela significava que Bishop estava entrando numa zona em que se deixava dominar por uma raiva que só podia amainar depois de exaurir completamente suas forças.

"Eles eram totalmente alienados", disse ele, pronunciando a palavra com desprezo. "Se você lhes dissesse: 'Morre gente todo dia. No North End, no West End, em South Boston, em Chelsea. E o que mata elas é *uma coisa*. A pobreza. Só isso. Simplesmente isso'." Ele se pôs a enrolar outro cigarro, debruçando-se sobre a mesa e, ainda com as mãos no colo, sorveu a bebida do copo. "Você sabe o que as pessoas falam quando você lhes diz isso? Elas dizem: 'Que é que *eu* posso fazer?'. Como se isso fosse uma resposta. Que é que *você* pode fazer? Você pode muito bem ajudar, porra. É *isso* o que você pode fazer, seu burguês de merda. O que você *pode* fazer? O que você *não pode* fazer? Arregace essas mangas, porra, levante essa bunda gorda, tire a bunda gorda da sua mulher da mesma almofada e vá para onde seus companheiros — irmãos e irmãs, seres humanos como você, porra — estão literalmente morrendo de fome. E faça seja lá o que for preciso para ajudá-los. É isso o que você pode fazer, porra."

Nathan Bishop liquidou o resto da bebida, pôs o copo no tampo da mesa riscado e olhou em volta, olhos vermelhos e penetrantes.

Na atmosfera pesada que se seguiu àquelas tiradas de Nathan, Danny não disse nada. Ele sentia que os homens da mesa mais próxima estavam inquietos e apreensivos. Um deles de repente começou a falar sobre Ruth, sobre os boatos de que ele seria vendido. Com a respiração pesada, Nathan estendeu o braço para a garrafa e pôs o cigarro entre os lábios. Ele pegou a garrafa com as mãos trêmulas, derramou mais bebida no copo, recostou-se na cadeira, riscou um fósforo na unha do polegar e acendeu o cigarro.

"É isso o que se pode fazer", sussurrou ele.

No Bar Sowbelly, Danny tentava ver, por entre a multidão de *lets* de Roxbury, a mesa dos fundos, onde Louis Fraina estava naquela noite, trajando um terno marrom-escuro e uma gravata-borboleta preta, bebericando num copinho um drinque cor de âmbar. Apenas o brilho de seus olhos por trás de pequenos óculos redondos o distinguia de um professor de faculdade que tivesse entrado no bar errado. Isso e a deferência que os outros tinham para com ele, pondo sua bebida com todo o cuidado na mesa à sua frente, fazendo-lhe perguntas, queixos projetados para a frente como crianças ansiosas, procurando ver se eram ouvidos quando emitiam uma opinião. Dizia-se que Fraina, italiano de nascimento, falava russo quase com a fluência de um nativo e que essa afirmação fora ouvida pela primeira vez da boca do próprio Trotski. Fraina estava com um caderno preto, de capa de tecido, aberto à sua mesa. De vez em quando ele rabiscava algumas anotações com um lápis ou virava as páginas. Raramente levantava os olhos, e quando o fazia era apenas para expressar, com um leve mover de pálpebras, sua concordância com a opinião de um interlocutor. Ele e Danny não chegaram a trocar nem sequer um olhar.

Os outros *lets*, porém, finalmente deixaram de tratar Danny com a condescendência com que se tratam as crianças e os imbecis. Ele não diria que já confiavam nele, mas estavam se habituando a tê-lo por perto.

Mesmo assim, os *lets* falavam um inglês tão estropiado que logo se cansavam de conversar com ele e davam o fora assim que um conterrâneo os interrompia em sua língua materna. Naquela noite, eles estavam com uma longa pauta de problemas e soluções que tinham trazido da reunião para o bar.

Problema: os Estados Unidos deflagraram uma guerra velada contra o governo provisório bolchevique da nova Rússia. Wilson autorizou o envio da 339ª Divisão, que, unindo-se às forças britânicas, tomou o porto russo de Arcangel, no Mar Branco. Pretendendo cortar suprimentos de Lênin e de Trotski e fazê-los morrer de fome durante um longo inverno, as forças americanas e britânicas, em vez disso, estavam enfrentando o frio de um inverno antecipado. Segundo se dizia, estavam à mercê dos russos brancos, um grupo de militares corruptos e de gângsteres tribais. Essa manobra importuna não passa de mais uma tentativa, da parte do capitalismo ocidental, de dobrar a vontade do grande movimento popular.

Solução: os trabalhadores de todo o mundo deviam se unir e criar uma agitação social até que os americanos e britânicos retirassem suas tropas.

Problema: os bombeiros e policiais oprimidos de Montreal estavam sendo brutalmente aviltados e privados de seus direitos pelo Estado.

Solução: os trabalhadores de todo o mundo deveriam se unir e promover manifestações até que o governo canadense cedesse à polícia e aos bombeiros e lhes pagasse um salário justo.

Problema: a revolução estava no ar na Hungria, na Baviera, na Grécia e até na França. Na Alemanha, os espartaquistas estavam mobilizando Berlim. Em Nova York, os membros do Sindicato dos Portuários recusavam-se a comparecer ao trabalho, e em todo o país os sindicatos ameaçavam greves com a palavra de ordem "Sem cerveja não se trabalha", caso a Lei Seca fosse aprovada.

Solução: em apoio a todos esses camaradas, os trabalhadores do mundo deviam fazer manifestações de protesto.

Podiam.

Poderiam.

Deviam.

Nenhum plano efetivo de revolução chegara aos ouvidos de Danny. Nada de concreto para desencadear a insurreição.

Só mais bebedeira, mais conversa fiada, que logo desandava em gritos exaltados de bêbados e bancos quebrados. E não eram apenas homens que varavam a noite quebrando bancos e berrando; havia também mulheres, embora nem sempre fosse fácil distinguir uns de outras. Na revolução operária não havia lugar para o sistema de castas sexista dos Estados Unidos Capitalistas da América... mas a maioria das mulheres do bar tinha feições duras e tez cinzenta. Eram tão assexuadas em suas roupas e falas grosseiras quanto os homens a que chamavam de camaradas. Todos eles eram destituídos de humor (mal bastante comum entre os letões) e, pior ainda, opunham-se politicamente a ele: o humor era considerado uma doença sentimental, um subproduto do romantismo, e as ideias românticas não passavam de mais um ópio que as classes dominantes usavam para impedir as massas de ver a verdade.

"Riam o quanto quiserem", disse Hetta Losivich naquela noite. "Riam e fiquem parecidos com imbecis, com hienas. E os industriais vão rir de vocês porque eles os terão exatamente do jeito que querem. Impotentes. Rindo, mas impotentes."

Um estoniano musculoso chamado Pyotr Glaviach bateu no ombro de Danny. "Pampulats, não é? Amanhã, não é?"

Danny olhou para ele. "Não sei de que diabos você está falando."

Glaviach tinha uma barba tão desgrenhada que dava a impressão de ter sido interrompido no ato de comer um guaxinim. A barba agora se sacudia, pois ele inclinara a cabeça para trás, caindo na gargalhada. Ele era um dos raros letões capaz disso, como se para compensar a falta de riso de seus companheiros. Não era, porém, um riso em que Danny confiasse, pois, segundo diziam, ele fora um dos fundadores da organização dos *lets*, homens que se juntaram em 1912 para se lançar nas primeiras escaramuças contra Nicolau II. Esses primeiros *lets* iniciaram ataques guerrilheiros contra os soldados czaristas, cujo número era oitenta vezes maior que o deles. Viviam ao relento durante o inverno russo, alimentando-se de batatas meio congeladas, e massacravam aldeias inteiras se desconfiassem de que lá vivia ao menos um simpatizante dos Romanov.

Pyotr Glaviach disse: "Amanhã vamos sair para distribuir pampulats. Para os trabalhadores, certo? Entendeu?".

Danny não estava entendendo. Ele balançou a cabeça. "Pampu o quê?"

Pyotr Glaviach bateu as mãos impaciente. "Pampulat, seu burro, pampulat."

"Eu não..."

"Panfletos", disse um homem atrás de Danny. "Acho que ele quer dizer panfletos."

Danny voltou-se para trás. Lá estava Nathan Bishop, um cotovelo apoiado no encosto do banco de Danny.

"Sim, sim", disse Pyotr Glaviach. "Vamos distribuir panfletos. Vamos espalhar a notícia."

"Diga a ele 'oquei'", falou Nathan Bishop. "Ele adora essa expressão."

"Oquei", disse Danny a Glaviach, levantando o polegar.

"Oquei! O-quei, miiister! Você encontra comigo aqui", disse Glaviach, levantando o polegar de forma enfática. "Oito horas."

Danny soltou um suspiro. "Estarei aqui."

"A gente se divertir", disse Glaviach batendo nas costas de Danny. "Talvez encontre mulheres bonitas." Ele soltou outra gargalhada e se afastou cambaleando.

Bishop sentou-se no boxe de Danny e lhe passou uma caneca de cerveja. "A única maneira de conseguir mulheres bonitas nesse movimento é sequestrando as filhas dos nossos inimigos."

Danny disse: "O que você está fazendo aqui?".

"Como assim?"

"Você faz parte dos *lets*?"

"Você faz?"

"Estou tentando."

Nathan deu de ombros. "Não posso dizer que pertenço a alguma organização. Eu ajudo. Conheço Lou há muito tempo."

"Lou?"

"O camarada Fraina", disse Nathan apontando com o queixo. "Você gostaria de conversar com ele um dia desses?"

"Você está brincando? Seria uma honra."

Bishop deu um pequeno sorriso reservado. "Você tem algum talento?"

"Eu escrevo."

"Bem?"

"Espero que sim."

"Depois me passe algumas amostras, que eu vou ver o que posso fazer." Ele olhou em volta, observando o bar. "Meu Deus, que ideia deprimente."

"O quê? Eu me encontrar com o camarada Fraina?"

"Ahn? Não. Glaviach me fez pensar. Não existe mesmo mulher bonita em nenhum dos movimentos. Nem... Bem, existe uma."

"Existe uma?"

Ele fez que sim. "Como posso ter me esquecido? Há uma." Ele assobiou. "Deslumbrante, é o que ela é."

"Ela está aqui?"

O outro riu. "Se ela estivesse aqui, você teria notado."

"Qual o nome dela?"

Bishop mexeu a cabeça tão depressa que Danny temeu ter deixado perceber sua condição de espião. Bishop olhou-o nos olhos, parecendo examinar seu rosto.

Danny tomou um gole de cerveja.

Bishop voltou os olhos para a multidão. "Ela tem um monte de nomes."

14.

Luther desceu do trem de carga em Boston, onde, orientando-se pelo mapa do tio Hollis, achou a Dover Street sem dificuldade. De lá ele seguiu para a Columbus Avenue e chegou ao coração do South End. Quando localizou a St. Botolph Street, foi andando numa calçada forrada de folhas úmidas, ao longo de mansões de tijolos vermelhos. Ao chegar ao número 121, subiu a escadinha da entrada e tocou a campainha.

O homem que morava no 121 era Isaiah Giddreaux, pai da segunda esposa do tio Hollis, Brenda. Hollis se casara quatro vezes. A primeira e a terceira esposas o deixaram, Brenda morreu de tifo, e há uns cinco anos ele e a quarta se afastaram. Hollis disse a Luther que, apesar de toda a saudade que sentia de Brenda — e muitas vezes essa era uma saudade dolorosa —, ele sentia a mesma falta do pai dela. Isaiah Giddreaux voltara a viver no Leste em 1905, para integrar o Movimento Niágara, liderado pelo doutor Du Bois, mas ele e Hollis continuaram mantendo contato.

A porta foi aberta por um homem baixo e magro, trajando um terno preto de lã e gravata azul-marinho com bolinhas brancas. Os cabelos, também marchetados de branco, eram cortados rente. Usava óculos redondos por trás dos quais se viam seus olhos calmos e límpidos.

Ele estendeu a mão. "Você deve ser Luther Laurence."

Luther apertou-lhe a mão. "Isaiah?"

Isaiah disse: "Senhor Giddreaux, por favor, filho".

"Senhor Giddreaux, sim, senhor."

Apesar de sua baixa estatura, Isaiah dava a impressão de ser alto. Absolutamente ereto, mãos cruzadas na frente da fivela do cinturão, olhos tão claros que era impossível decifrá-los. Eles bem podiam ser os olhos de um cordeiro deitado à última réstia de sol numa tarde de verão, ou os de um leão, esperando que o cordeiro adormecesse.

"Seu tio Hollis está bem, não é?", disse ele enquanto conduzia Luther pelo vestíbulo.

"Está sim, senhor."

"Como vai o reumatismo?"

"Os joelhos dele doem muito à tarde, mas afora isso está em excelente forma."

Quando subia uma ampla escada, precedendo Luther, Isaiah olhou-o por cima do ombro. "Ele parou de se casar, espero."

"Acho que sim, senhor."

Luther nunca entrara numa daquelas casas típicas com fachada de arenito pardo. Sua largura o surpreendeu. Observando da rua, ele não saberia dizer o comprimento dos quartos nem a altura do teto. Era tão bem mobiliada quanto qualquer casa da Detroit Avenue, com pesados lustres, escuras vigas de eucalipto e canapés franceses. O quarto principal dos Giddreaux ficava no andar superior, e havia mais três quartos no primeiro, rumo a um dos quais Isaiah conduziu Luther e abriu a porta apenas o bastante para que ele pusesse a mala no chão. Antes que Isaiah o conduzisse de volta, Luther entreviu uma bela cama de bronze e uma cômoda de nogueira com uma bacia de porcelana em cima. Aquela casa de três pavimentos, mais um terraço com vista para todo o bairro, pertencia a Isaiah e à sua mulher Yvette. O South End, pelo que Luther concluiu da descrição de Isaiah, era uma Greenwood em botão, o lugar onde negros conseguiram construir algumas coisinhas para eles próprios, com restaurantes que serviam comidas ao seu gosto e clubes que tocavam música ao seu gosto. Isaiah disse a Luther que originalmente aquele fora um bairro para domésticos que trabalhavam nas casas das famílias tradicionais e abastadas de Beacon Hill e de Back Bay. E o motivo pelo qual as casas eram tão bonitas — todas de tijolos vermelhos e fachadas de arenito pardo — é que os domésticos fizeram todo o esforço para viver no estilo de seus patrões.

Eles desceram as escadas e voltaram para a sala de visitas, onde um bule de chá já os esperava.

"Senhor Laurence, seu tio fala muito bem do senhor."

"É mesmo?"

Isaiah confirmou com um gesto de cabeça. "Ele diz que você é um tanto agitado, mas que isso vai se atenuar quando encontrar paz para se tornar um homem íntegro."

Luther não soube o que responder.

Isaiah pegou o bule, serviu o chá para os dois e passou a xícara a Luther. Isaiah pingou uma única gota de leite em sua xícara e mexeu o chá devagar. "Seu tio contou muita coisa sobre mim?"

"Só que o senhor é pai da mulher dele e que participou do Niágara com Du Bois."

"*Doutor* Du Bois. Participei sim."

"O senhor o conhece?", perguntou Luther. "O doutor Du Bois?"

Isaiah confirmou. "Conheço-o muito bem. Quando a Associação Nacional pela Promoção dos Negros resolveu abrir um escritório aqui em Boston, ele me pediu para chefiá-lo."

"Isso é uma grande honra, senhor."

Isaiah concordou com um leve gesto de cabeça, pôs um cubinho de açúcar em sua xícara e mexeu. "Fale-me de Tulsa."

Luther pôs um pouco de leite no chá e tomou um pequeno gole. "Senhor?"

"Você cometeu um crime, não é?" Ele levou a xícara aos lábios. "Hollis fez por bem em não me dar detalhes sobre o assunto."

"Então, com o devido respeito, senhor Giddreaux, eu... me permito fazer a mesma coisa."

Isaiah se mexeu e puxou a perna da calça para baixo, de modo que lhe cobrisse a meia. "Ouvi dizer que as pessoas andam falando de um tiroteio numa boate mal afamada de Greenwood. Você não está sabendo de nada disso, está?"

O olhar de Luther cruzou com o do homem. Ele não disse nada.

Isaiah tomou outro gole de chá. "Você acha que tinha alguma alternativa?"

Luther fitou o tapete.

"Vou precisar repetir?"

Luther manteve os olhos no tapete. Ele era azul, vermelho e amarelo, e todos os tons se mesclavam em torvelinhos multicoloridos. Luther calculou que era caro. Por causa dos torvelinhos.

"Você acha que tinha alternativa?" A voz de Isaiah estava calma como sua xícara de chá.

Luther levantou a vista, olhou para ele, mas continuou calado.

"Além disso, você matou gente de sua raça."

"O mal não se preocupa com raça, senhor", disse Luther, e sua mão tremia ao pôr a xícara na mesa de centro. "O mal simplesmente vai misturando e emporcalhando tudo até as coisas começarem a degringolar."

"É assim que você define o mal?"

Luther lançou um olhar em volta da sala, tão refinada quanto as requintadas casas da Detroit Avenue. "Quando nós o vemos, o reconhecemos."

Isaiah bebericou o chá. "Alguns diriam que um assassino é mau. Você concorda?"

"Concordo que alguns diriam isso."

"Você cometeu um assassinato."

Luther ficou calado.

"Logo...", continuou Isaiah levantando a mão.

"O senhor me permite? Com todo o respeito, eu não disse que cometi nada, senhor."

Eles ficaram em silêncio por um instante, um relógio tiquetaqueando atrás de Luther. De alguns quarteirões mais adiante, veio o som longínquo de uma buzina de automóvel. Isaiah terminou de tomar o chá e recolocou a xícara na bandeja.

"Depois vou apresentá-lo à minha mulher. Yvette. Acabamos de comprar um edifício onde funcionará o escritório da ANPPN aqui. Você vai fazer um trabalho voluntário no escritório."

"Eu o quê?"

"Você vai fazer trabalho voluntário lá. Hollis me disse que você é muito jeitoso, e há muita coisa a consertar no edifício antes de abrirmos o escritório. Você vai pegar no pesado aqui, Luther."

Dar um duro. Merda. Quando foi a última vez que aquele homem pegou no pesado, além de levantar a xícara de chá? Aquilo estava parecendo a mesma merda que ele deixara em Tulsa — gente negra endinheirada agindo como se seu dinheiro lhes desse o direito de sair por aí dando ordens. E o velho idiota agia como se pudesse ler a mente de Luther, falando sobre o mal como se fosse capaz de reconhecê-lo caso ele sentasse ao seu lado e lhe pagasse uma bebida. Com certeza aquele homem estava prestes a sacar uma Bíblia. Mas ele se lembrou da promessa, que fizera no trem, de se tornar um novo Luther, um Luther melhor, e decidiu dar mais um tempo antes de ver como se comportar em relação a Isaiah Giddreaux. O homem trabalhava com W. E. B. Du Bois, que era um dos dois únicos homens do país que Luther achava dignos de sua admiração. O outro, naturalmente, era Jack Johnson, que não aceitava desaforo de ninguém, fosse negro ou branco.

"Sei de uma família de brancos que precisa de um criado. Você pode fazer esse tipo de trabalho?"

"Não vejo por que não."

"Eles são gente boa, tanto quanto os brancos podem ser." Ele abriu as mãos. "Mas preste atenção no seguinte: o chefe da família é um capitão da polícia. Se você tentar usar um nome falso, acho que ele vai descobrir."

"Não é preciso", disse Luther. "O negócio é não falar em Tulsa. Sou apenas Luther Laurence, de Columbus." Luther desejou sentir alguma coisa além daquele cansaço. Começaram pipocar pontinhos no ar, entre ele e Isaiah. "Obrigado, senhor."

Isaiah balançou a cabeça. "Pode subir. Nós o acordaremos para o jantar."

Luther sonhou que estava jogando beisebol em meio a uma inundação. Que os jogadores que jogavam fora do quadrado eram carregados pelas águas. Que tentava acertar a bola acima da linha da água e que homens riam toda vez que seu taco acertava a água lamacenta que lhe subia acima da cintura, acima das costelas, enquanto Babe Ruth e Cully passavam por ele voando num avião pulverizador de inseticidas, jogando granadas que não explodiam.

Ele acordou e viu uma mulher idosa derramando água quente na bacia em cima da cômoda. Ela o olhou por cima do ombro, e por um instante

Luther pensou que era sua mãe. Elas tinham a mesma altura e a mesma pele clara salpicada de sardas escuras nas maçãs do rosto. Mas os cabelos daquela mulher eram grisalhos e ela era mais magra que sua mãe. Seu corpo, porém, irradiava o mesmo calor, a mesma benevolência, como se a alma fosse boa demais para ficar contida nele.

"Você deve ser o Luther."

Luther sentou-se na cama. "Sou sim, senhora."

"Que bom. Seria horrível se um outro homem tivesse entrado aqui às escondidas e tomado seu lugar." Ela pôs ao lado da bacia uma navalha, um tubo de creme de barbear, um pincel e um pote. "O senhor Giddreaux acha que um homem deve se sentar à mesa barbeado, e o jantar está quase servido. Depois você faz uma toalete mais caprichada. Que tal?"

Luther pôs os pés no chão e conteve um bocejo. "Está bem, senhora."

Ela estendeu uma mão delicada e pequena como a de uma boneca. "Eu sou Yvette Giddreaux, Luther. Seja bem-vindo à minha casa."

Enquanto esperavam que Isaiah tivesse notícias do capitão da polícia, Luther acompanhou Yvette Giddreaux ao futuro escritório da ANPPN na Shawmut Avenue. O edifício era em estilo Segundo Império, um monstro barroco revestido de pedras cor de chocolate, com águas-furtadas. Luther nunca tinha visto aquele estilo, a não ser em livros. Ele foi andando na calçada e aproximou-se do prédio, olhando para cima. As linhas do edifício eram retas, sem reentrâncias nem ressaltos. A estrutura sofrera alterações por causa do próprio peso, mas não mais do que se podia esperar de um edifício que, pelo que Luther calculava, teria sido construído na década de 1830. Ele deu uma boa olhada na inclinação dos cantos e concluiu que os alicerces estavam firmes, portanto o arcabouço estava em bom estado. Ele desceu da calçada e foi andando pela rua, olhando para o telhado do edifício.

"Senhora Giddreaux?"

"Sim, Luther."

"Parece que está faltando uma parte do telhado."

Ele olhou para ela. Segurando a bolsa com firmeza na frente do corpo, ela lhe lançou um olhar tão inocente que só podia ser fingido.

Ela disse: "Acho que ouvi falar de alguma coisa assim".

Luther continuou a vasculhar o telhado com o olhar, a partir do ponto em que notara a falha, e localizou uma depressão onde menos esperava que estivesse — bem no meio da cumeeira. A sra. Giddreaux continuava a olhar para ele com o ar mais inocente do mundo. Ele pôs a mão delicadamente sob o braço dela e a conduziu para dentro do edifício.

A maior parte do teto do primeiro andar desabara. O que tinha sobrado gotejava. A escada logo à sua direita estava preta. As paredes estavam sem o gesso em meia dúzia de lugares, traves e colunas à mostra, e enegrecidas pelo fogo em vários outros pontos. O assoalho fora tão danificado pelo fogo e pela água que até a laje do piso estava em petição de miséria. Todas as janelas estavam vedadas com tábuas.

Luther deu um assobio. "Vocês compraram isto aqui num leilão?"

"Mais ou menos", disse ela. "O que você acha?"

"Será que é possível ter o dinheiro de volta?"

Ela bateu em seu braço. Pela primeira vez, mas Luther tinha certeza de que não seria a última. Ele resistiu ao impulso de puxá-la para si, da forma como faria com sua mãe ou irmã, achando ótimo que elas sempre lhe resistissem e que aquilo invariavelmente lhe custasse um murro nas costelas ou no quadril.

"Deixe-me adivinhar", disse Luther. "George Washington nunca dormiu aqui, mas seu criado sim, não é?"

Ela lhe mostrou os dentes, os punhos pequenos apoiados nos pequenos quadris. "Você consegue consertar isto?"

Luther riu e ouviu o som ecoando no edifício gotejante. "Não."

Ela olhou para ele, o rosto duro, os olhos cheios de alegria. "Mas então como é que você poderá ser útil, Luther?"

"Ninguém consegue consertar *isto aqui*. Estou surpreso que a prefeitura não o tenha condenado."

"Eles tentaram."

Luther olhou para ela e soltou um longo suspiro. "A senhora sabe quanto se gastaria para tornar isto aqui habitável?"

"Não se preocupe com o dinheiro. Você consegue dar um jeito nisto?"

"Francamente, não sei." Ele deu outro assobio, calculando os meses, senão os anos, de trabalho. "Acho que eu não teria muita gente para me ajudar, não é?"

"De vez em quando vamos reunir alguns voluntários, e quando precisar de alguma coisa, é só fazer uma lista. Não posso garantir que você vai receber tudo o que precisar na hora, mas vamos tentar."

Luther balançou a cabeça e fitou seu rosto bondoso. "A senhora percebe que o esforço que isso vai exigir é uma coisa *bíblica*?"

Outro tapinha no braço. "Então é melhor pôr mãos à obra."

Luther soltou um suspiro. "Sim, senhora."

O capitão Thomas Coughlin abriu a porta de seu escritório e deu a Luther um largo e caloroso sorriso. "O senhor deve ser Laurence."

"Sim, senhor capitão Coughlin."

"Nora, por enquanto, é só isso."

"Sim, senhor", disse a jovem irlandesa que Luther acabara de conhecer. "Prazer em conhecê-lo, senhor Laurence."

"O prazer é meu, senhorita O'Shea."

Ela fez uma mesura e saiu.

"Entre", disse o capitão Coughlin abrindo bem a porta. Luther entrou num escritório que cheirava a fumo de boa qualidade, a fogo recém-aceso na lareira e ao outono, que já estava no fim. O capitão Coughlin conduziu-o a uma cadeira forrada de couro, deu a volta a uma grande escrivaninha de mogno e sentou-se junto à janela.

"Isaiah Giddreaux disse que você é de Ohio."

"Sim, sor."

"Eu o ouvi dizer 'senhor'."

"Sor?"

"Ainda há pouco. Quando nos encontramos." Seus olhos azuis-claros brilharam. "Você disse 'senhor', não 'sor'. Como você vai querer falar, filho?"

"Como o senhor prefere, capitão?"

O capitão Coughlin fez um gesto com um charuto apagado para indicar sua indiferença. "Como achar melhor, senhor Laurence."

"Sim, senhor."

Outro sorriso, sendo que este menos caloroso, antes exprimindo uma certa presunção. "De Columbus, certo?"

"Sim, senhor."

"E o que fazia lá?"

"Trabalhava na Fábrica de Armamentos Anderson, senhor."

"E antes disso?"

"Eu trabalhei de carpinteiro, de pedreiro, encanador, qualquer coisa, senhor."

O capitão Coughlin recostou-se na cadeira e apoiou os pés na escrivaninha. Ele acendeu um charuto, ficou observando Luther através da chama e da fumaça até a ponta ficar toda vermelha. "Mas você nunca trabalhou numa casa de família."

"Não, não trabalhei, senhor."

O capitão Coughlin inclinou a cabeça para trás e se pôs a soltar anéis de fumaça em direção ao teto.

Luther disse: "Mas eu aprendo rápido, senhor. E consigo consertar qualquer coisa. E fico muito bem de casaca e luvas brancas".

O capitão Coughlin riu. "Você é rápido. Muito bem, filho. Muito bem." Ele passou a mão atrás da cabeça. "Não estamos oferecendo um trabalho em período integral e tampouco moradia."

"Entendo, senhor."

"Você iria trabalhar umas quarenta horas por semana, na maior parte do tempo levando a senhora Coughlin à missa, fazendo faxina, manutenção e servindo as refeições. Você cozinha?"

"Cozinho, senhor."

"Não precisa se preocupar com isso. Nora cuidará da maior parte do trabalho." O capitão Coughlin abanou novamente o charuto. "É essa moça que você acaba de conhecer. Ela mora conosco. Ela também faz trabalhos domésticos, mas agora passa a maior parte do dia trabalhando numa fábrica. Logo você vai conhecer a senhora Coughlin", disse ele, os olhos voltando a brilhar. "Posso ser o chefe da família, mas Deus se esqueceu de avisá-la. Entende o que quero dizer? O que quer que ela peça, você tem de fazer imediatamente."

"Sim, senhor."

"Procure se manter na parte leste do bairro."

"Senhor?"

O capitão Coughlin tirou os pés da escrivaninha. "O lado oeste, senhor Laurence, é conhecido por sua intolerância contra os negros."

"Sim, senhor."

"Vai correr a notícia, claro, de que você trabalha para mim. Para muitos vagabundos isso pode servir de advertência, mas todo o cuidado é pouco."

"Obrigado pelo aviso, senhor."

Os olhos do capitão fitaram-no novamente através da fumaça. Dessa vez, eles eram parte da fumaça, serpenteavam nela, boiavam em volta de Luther, fitando seus olhos, seu coração, sua alma. Luther já tivera algumas amostras dessa capacidade em outros policiais — não era sem razão que se falava em olhos de policial —, mas o olhar do capitão Coughlin chegava a um nível de invasão que Luther nunca vira em homem nenhum. E esperava que não tivesse de enfrentar aquilo outra vez.

"Quem o ensinou a ler, Luther?" A voz do capitão era suave.

"Uma certa senhora Murtrey, senhor. Da Escola Hamilton, pertinho de Columbus."

"O que mais ela lhe ensinou?"

"Senhor?"

"O que mais, Luther?", repetiu o capitão Coughlin tirando outra baforada do charuto.

"Não entendi a pergunta, senhor."

"O que mais?", disse o capitão pela terceira vez.

"Senhor, eu não estou entendendo o que quer dizer."

"Você cresceu pobre, não é?" O capitão inclinava-se ligeiramente para a frente, e Luther teve de se conter para não recuar a cadeira.

Luther fez que sim. "Sim, senhor."

"Trabalhou como meeiro?"

"Não muito, senhor. Mas minha mãe e meu pai, sim."

O capitão Coughlin balançou a cabeça, lábios repuxados numa expressão de amargura. "Eu também nasci na miséria. Uma choça de dois aposentos, coberta de colmo, que dividíamos com moscas e ratos. Não era um lugar adequado para uma criança. Certamente não era lugar para uma criança inteligente. Sabe o que uma criança inteligente termina por aprender num ambiente desses, senhor Laurence?"

"Não, senhor."

"Sim, você sabe, filho." O capitão Coughlin sorriu pela terceira vez desde que Luther o conheceu, e aquele sorriso serpenteava no ar como o olhar do capitão e envolvia. "Não fique de bobeira comigo, filho."

"O problema é que não sei direito onde estou pisando, senhor."

O capitão Coughlin empinou a cabeça e a balançou. "Uma criança inteligente nascida num meio desfavorecido, Luther, aprende a seduzir." Ele estendeu a mão por cima da escrivaninha, os dedos contorcendo-se na nuvem de fumaça. "Aprende a se esconder por trás do charme, de forma que ninguém nunca sabe o que ela realmente está pensando. Ou sentindo."

Ele foi até uma garrafa atrás da escrivaninha e derramou duas doses de um líquido cor de âmbar em copos de cristal. O capitão deu a volta à escrivaninha e passou um copo a Luther. Era a primeira vez que ele recebia um copo das mãos de um branco.

"Eu vou contratá-lo, Luther, porque você me intriga." O capitão sentou-se numa ponta da escrivaninha e tocou seu copo no copo de Luther, estendeu a mão para trás, pegou um envelope e passou-o a Luther. "Avery Wallace deixou isto para quem assumisse o posto dele, fosse lá quem fosse. Observe que o selo dele não foi violado."

Luther viu uma cera marrom que servia de selo no verso do envelope, virou-o de frente e viu que estava endereçado ao MEU SUBSTITUTO, DE AVERY WALLACE.

Luther tomou um gole de uísque. Ele nunca provara bebida tão boa. "Obrigado, senhor."

O capitão Coughlin balançou a cabeça. "Eu respeitava a privacidade de Avery. Vou respeitar a sua. Mas nunca vá pensar que eu não o conheço, filho. Eu o conheço como conheço o espelho."

"Sim, senhor."

"'Sim senhor' o quê?"

"Sim, senhor. O senhor me conhece."

"E o que é que eu sei de você?"

"Que sou mais esperto do que dou a perceber."

"E o que mais?", perguntou o capitão.

Luther enfrentou seu olhar. "Não sou tão esperto quanto o senhor."

Um quarto sorriso, repuxado para cima do lado direito e confiante. "Bem-vindo à minha casa, Luther Laurence."

Luther leu o bilhete de Avery Wallace no bonde, na volta para a casa dos Giddreaux.

Ao meu substituto,

Se você está lendo este bilhete, é porque já morri. Se você o está lendo, é porque também é negro, como eu fui, porque os brancos na K, na L e na M Street só contratam empregados negros. A família Coughlin, para uma família branca, até que não é má. O capitão não tolera desrespeito, mas afora isso ele o tratará bem, se você não o contrariar. Seus filhos em geral são bons. De vez em sempre o senhor Connor vai dar duro em você. Joe é só um menino, e vai lhe encher a paciência se você deixar. Danny é um estranho. Esse com certeza pensa com a própria cabeça. Mas é como o capitão: ele o tratará bem e como um homem. Nora também tem uns pensamentos esquisitos, mas não se deixa iludir por ninguém. Você pode confiar nela. Tenha cuidado com a senhora Coughlin. Faça o que ela pedir e nunca a questione. Trate de ficar longe do tenente McKenna, amigo do capitão. Ele é uma coisa que o Senhor podia muito bem ter dispensado. Boa sorte.

Cordialmente,
Avery Wallace

Luther levantou os olhos do bilhete quando o bonde cruzava a Broadway Bridge e o canal Fort Point deslizava morosamente lá embaixo, exibindo seus reflexos prateados.

Então aquela era sua nova vida. E aquela era sua nova cidade.

Toda manhã, às seis e meia em ponto, a sra. Ellen Coughlin saía do número 221 da K Street e descia as escadas, onde Luther a esperava ao lado do carro da família, um Auburn de seis cilindros. A sra. Coughlin saudava-o com um gesto de cabeça, aceitava sua mão e sentava-se no banco do passageiro. Quando ela se acomodava, Luther fechava a porta com todo o cuidado, tal como lhe ensinara o capitão Coughlin, e conduzia a sra. Coughlin por uns poucos quarteirões até a igreja Portão do Céu, onde ela assistia à missa das sete horas. Ele ficava fora do carro enquanto durasse a missa, e sempre batia um papo com outro criado, Clayton Tomes, que trabalhava para a sra. Amy Wagenfeld, uma viúva que morava na M Street, o endereço mais elegante de South Boston, numa mansão que dava para o Independence Square Park.

A sra. Ellen Coughlin e a sra. Amy Wagenfeld não eram amigas — tanto quanto Luther e Clayton sabiam, mulheres brancas idosas não tinham amigos —, mas seus criados terminaram por fazer amizade. Os dois vinham do Meio-Oeste — Clayton crescera em Indiana, não muito longe de French Lick — e ambos eram criados de patrões que pouco teriam o que fazer com eles se tivessem posto ao menos um pé no século XX. A primeira tarefa de Luther depois de trazer a sra. Coughlin de volta para casa toda manhã era cortar lenha para o fogão, ao passo que a de Clayton era carrear carvão para o porão.

"Hoje em dia", dizia Clayton, "o país inteiro — pelo menos quem tem condições — usa a eletricidade, mas a senhora Wagenfeld não quer nem saber disso."

"A senhora Coughlin também não", disse Luther. "Naquela casa tem querosene para incendiar o quarteirão inteiro. Eu passo metade do dia limpando a fuligem das paredes, mas o capitão diz que ela nem quer tocar no assunto. Ele conta que levou nove anos para convencê-la a pôr água encanada na casa e a parar de usar a privada do quintal."

"Mulheres brancas...", dizia Clayton, e em seguida repetia com um suspiro: "Mulheres brancas...".

Quando Luther levava a sra. Coughlin para a K Street e lhe abria a porta de entrada, ela lhe dizia um suave "Obrigada, Luther". Depois de servir-lhe o café da manhã ele raramente a via pelo resto do dia. Durante um mês, a comunicação entre eles limitou-se ao "obrigada" dela, e à resposta de Luther: "Foi um prazer, senhora". Ela não lhe perguntou onde ele morava, se tinha família ou de onde era, e Luther sabia o bastante sobre a relação entre patrões e criados para ter consciência de que não lhe cabia tomar a iniciativa de conversar com ela.

"Não é fácil conhecê-la", disse-lhe Nora certo dia em que foram à Haymarket Square comprar mantimentos para a semana. "Faz cinco anos que estou naquela casa, e nem sei se posso dizer que a conheço melhor do que na noite em que cheguei."

"Contanto que não descubra defeitos no meu trabalho, ela pode ficar calada feito uma pedra."

Nora pôs uma dúzia de batatas na sacola que levara para as compras. "Você está se dando bem com todos os outros?"

Luther fez que sim. "Eles parecem uma boa família."

Nora balançou a cabeça, mas Luther ficou sem saber se aquilo era um sinal de concordância ou se tinha a ver com a maçã que ela estava examinando. "O pequeno Joe com certeza gostou de você."

"O menino gosta de beisebol."

Ela sorriu. "'Gostar' talvez não seja uma palavra forte o bastante."

Desde que Joe descobriu que Luther jogava beisebol, as horas fora da escola passaram a ser ocupadas por jogos de apanhar, arremessar e instruções de campo no pequeno quintal dos Coughlin. Como Luther terminava seu trabalho ao anoitecer, passava as três últimas horas do dia jogando, situação que o capitão aprovou imediatamente. "Se isso mantiver o garoto longe da saia da mãe, deixo você montar um time se quiser, senhor Laurence."

Joe não tinha grandes pendores para os esportes, mas tinha garra e, para um garoto de sua idade, era bastante atento às instruções que Luther lhe dava. Luther ensinou-lhe a apoiar o joelho no chão ao rebater uma bola e a coordenar os arremessos e os movimentos do taco. Ensinou-lhe a separar os pés e firmá-los no chão para rebater uma bola alta e lenta, e nunca pegá-la numa altura abaixo da cabeça. Ele tentou ensiná-lo a arremessar, mas o menino não tinha braço nem paciência para isso. A única coisa que ele queria era fazer as vezes de batedor, e em grande estilo. Então Luther descobriu mais um motivo para censurar Babe Ruth: ter transformado o jogo em uma questão de maltratar a bola, um espetáculo de circo, fazendo que todo garoto branco de Boston pensasse que o beisebol era uma espécie de oba-oba e que estourar a bola num *home run* era um barato.

À exceção da hora em que trabalhava para a sra. Coughlin de manhã e os momentos em que jogava com Joe, Luther passava a maior parte do expediente com Nora O'Shea.

"E o que você está achando do trabalho até agora?"

"Parece que não tenho muito o que fazer."

"Você não quer fazer um pouco do meu trabalho?"

"Está falando sério? Quero sim. Eu a levo à igreja, depois a trago de volta. Sirvo o café da manhã, encero o carro, engraxo os sapatos do capitão e do senhor Connor e escovo seus ternos. Às vezes dou um lustro nas medalhas do capitão em ocasiões especiais. Aos domingos, sirvo bebidas ao capitão e aos seus amigos no escritório. No resto do tempo, espano coisas que não precisam ser espanadas, limpo o que já está limpo e varro assoalhos que não precisam ser varridos. Corto um pouco de lenha, carrego um pouco de carvão, alimento uma pequena fornalha. Quer dizer, quanto tempo levo para fazer isso? Duas horas? Passo o resto do dia fingindo estar ocupado até você ou o senhor Joe chegarem em casa. Nem sei por que eles me contrataram."

Ela apoiou a mão de leve em seu braço. "Todas as boas famílias têm um."

"Um negro?"

Nora balançou a cabeça, os olhos brilhando. "Nesta parte do bairro. Se os Coughlin não contratassem você, teriam de explicar por quê."

"Como assim? Explicar por que eles não passaram a usar eletricidade?"

"Explicar por que não conseguem manter as aparências." Eles iam subindo a East Broadway em direção a City Point. "Os irlandeses daqui me lembram os ingleses lá da minha terra. Cortinas de renda nas janelas, calças enfiadas nas botas, claro, como é bem do seu feitio."

"Aqui, talvez você possa fazer isso", disse Luther. "Mas no resto deste bairro..."

"Fazer o quê?"

Ele sacudiu os ombros.

"Fazer o quê?", insistiu ela dando-lhe um puxão no braço.

Ele abaixou os olhos para a mão dela. "Isso que você está fazendo agora, nunca faça em qualquer outra parte do bairro, por favor."

"Ah."

"Isso pode fazer que nós dois sejamos mortos. Independentemente de cortinas de renda, é o que lhe digo."

Toda noite ele escrevia para Lila, e poucos dias depois o envelope voltava fechado.

Aquilo quase o estava aniquilando — o silêncio dela, o fato de estar numa cidade desconhecida, inquieto e anônimo como sempre fora. Certa manhã, porém, Yvette levou a correspondência para a mesa e, delicadamente, pôs mais duas cartas rejeitadas perto dele.

"São da sua mulher?", disse ela sentando-se.

Luther fez que sim.

"Você deve ter feito uma coisa terrível com ela."

Ele disse: "Eu fiz, senhora. Eu fiz".

"Não foi arranjar outra mulher, foi?"

"Não."

"Então eu o perdoo." Ela afagou-lhe a mão, e Luther sentiu o calor penetrando-lhe o sangue.

"Obrigado", disse ele.

"Não se preocupe. Ela ainda gosta de você."

Ele balançou a cabeça, sentindo todo o peso de sua perda. "Ela não gosta, senhora."

Yvette olhou para ele balançando a cabeça devagar. Um sorriso aflorou-lhe nos lábios. "Os homens são bons em muitas coisas, Luther, mas nenhum de vocês sabe coisa alguma sobre o coração das mulheres."

"É exatamente isso", disse Luther. "Ela não quer mais que eu saiba o que lhe vai no coração."

"Não quer."

"Hein?"

"Ela *não quer* que você saiba o que lhe vai no coração."

"Certo", disse Luther desejando ter um buraco onde se enfiar.

"Permita-me discordar de você, filho." A sra. Giddreaux segurou uma de suas cartas de forma que ele pudesse ver o verso do envelope. "O que é isso ao longo da aba?"

Luther olhou, mas não viu nada.

A sra. Giddreaux passou o dedo sob a aba. "Está vendo essa mancha ao longo das bordas da aba? Está vendo como o papel está mais macio embaixo delas?"

Então Luther notou. "Sim."

"Isso aí é vapor, filho. Vapor."

Luther pegou o envelope e o examinou.

"Ela abre suas cartas, Luther, depois as manda de volta como se não tivesse lido. Não sei se dá para chamar isso de amor", disse ela apertando-lhe o braço, "mas não dá para chamar de indiferença."

15.

O outono cedeu lugar ao inverno, num cortejo de ventos úmidos que avançavam pela Costa Leste, e a lista de Danny ia ficando cada vez maior. Que indícios a lista poderia dar a ele — e, aliás, a qualquer outra pessoa — sobre a possibilidade de uma rebelião no Primeiro de Maio? Era um mistério. A maioria dos nomes era de trabalhadores fodidos querendo se sindicalizar ou de românticos iludidos, que supunham que o mundo queria de fato uma mudança.

Danny começou a desconfiar, porém, que seu contato com os *lets* de Roxbury e com o BSC lhe acarretara um vício dos mais improváveis: o gosto por reuniões. As conversas e as bebedeiras dos *lets*, pelo que ele podia ver, não levariam a nada senão a mais conversas e mais bebedeiras. Ainda assim, nas noites em que não havia reuniões e nenhum lugar para onde ir depois, ele se sentia perdido. Ficava enfurnado em seu apartamento, bebendo e mexendo o botão entre o polegar e o indicador com tal violência que, em retrospecto, lhe parecia um milagre ele não ter se partido. Então se via novamente em outra reunião do Boston Social Club no Fay Hall, em Roxbury. E depois em outra.

Essas reuniões não eram muito diferentes das dos *lets*. Retórica, fúria, sensação de impotência. Danny não podia deixar de se admirar da ironia da situação: aqueles homens encarregados de reprimir greves vendo-se encurralados da mesma maneira que os homens que eles maltratavam ou espancavam nas portas das fábricas e usinas.

Outra noite, em outro bar, mais discussões sobre direitos dos trabalhadores, mas dessa vez com o pessoal do BSC — companheiros policiais, patrulheiros, rondas e mestres do cassetete cheios da raiva impotente dos eternos excluídos. Nenhuma negociação ainda, nenhuma conversa séria sobre jornada de trabalho e pagamento justos. E nada de aumento de salário. E dizia-se que do outro lado da fronteira, em Montreal, apenas quinhentos quilômetros ao norte, a prefeitura suspendera as negociações com a polícia e com os bombeiros, e a greve era inevitável.

E por que não?, diziam os homens no bar. Estamos morrendo de fome, porra. Fodidos, sem um puto e presos a um trabalho que não nos permite alimentar nossas famílias nem nos dá tempo de vê-las direito.

"Meu caçula", disse Francie Deegan. "Meu caçula, rapazes, está usando as roupas dos irmãos, e eu fiquei surpreso ao descobrir que os mais velhos não as usam porque já não lhes servem. De tanto que trabalho, eu achei que eles estavam na segunda série, quando na verdade estão na quinta. Pensei que eles batiam na minha cintura, mas eles já chegaram no meu peito, rapazes."

Quando ele se sentou em meio aos gritos de "Apoiado! Apoiado!", Sean Gale se pronunciou:

"Os putos dos portuários, rapazes, estão ganhando três vezes mais que nós, policiais, que os prendemos por embriaguez e baderna nas noites de sexta-feira. Assim, é melhor alguém começar a pensar em como pagar o que nos é de direito."

Mais gritos de "Apoiado! Apoiado!". Um deles cutucou o vizinho, que cutucou outro, e todos olharam e viram o comissário de polícia de Boston, Stephen O'Meara, de pé ao balcão, esperando seu chope. Quando lhe trouxeram o chope e o bar ficou em silêncio, o grande homem esperou que o barman raspasse o excesso de espuma. Ele pagou o chope e aguardou o troco de costas para o salão. O barman computou o pagamento na caixa registradora e deu o troco em moedas a Stephen O'Meara. O comissário deixou uma das moedas no balcão, embolsou o resto e se voltou para o salão.

Deegan e Gale abaixaram a cabeça, esperando a execução.

O'Meara foi andando entre os homens, levantando o chope bem alto para que não derramasse, e sentou-se numa cadeira junto à lareira, entre Marty Leary e Denny Toole. Devagar, ele percorreu com olhos indulgentes aqueles homens reunidos e depois tomou um gole do chope. A espuma ficou presa em seu bigode como um bicho-da-seda.

"Está frio lá fora", disse O'Meara, depois tomou outro gole enquanto a lenha crepitava atrás dele. "Mas aqui temos um belo fogo." Ele balançou a cabeça apenas uma vez, mas pareceu dirigir-se a cada um deles com aquele gesto. "Não tenho uma resposta para vocês. Vocês não estão recebendo o pagamento justo, não há como negar."

Ninguém ousou falar. Os homens, que pouco antes se mostravam barulhentos, raivosos e indignados ao extremo, desviavam os olhos.

O'Meara dirigiu a todos um sorriso feroz e chegou a bater o joelho no de Denny Toole. "Aqui é um ótimo lugar, não?" Ele olhou em volta novamente, procurando alguma coisa ou alguém. "Coughlin, meu rapaz, é você mesmo aí com essa barba?"

Danny sentiu o olhar dele e um aperto no peito. "Sim, senhor."

"Suponho que você esteja disfarçado."

"Sim, senhor."

"De urso?"

Todo o salão caiu na gargalhada.

"Não exatamente, mas é quase isso."

O olhar de O'Meara se abrandou e se mostrou tão destituído de orgulho que Danny sentiu como se eles dois fossem os únicos homens naquele salão. "Conheço seu pai há muito tempo, filho. Como vai sua mãe?"

"Vai bem, senhor", respondeu Danny, agora sentindo os olhares dos outros homens.

"Uma mulher delicada como nenhuma outra. Dê-lhe lembranças minhas, está bem?"

"Darei, senhor."

"Se me permite... qual é sua posição nesse impasse econômico?"

Os homens voltaram os olhos para ele, enquanto O'Meara tomava outro gole de cerveja sem tirar os olhos dos de Danny.

"Eu entendo...", começou Danny, e então sentiu a garganta seca. Desejou que o salão ficasse escuro feito breu para deixar de sentir aqueles olhares. Meu Deus.

Ele tomou um gole de seu chope e recomeçou. "Eu entendo, senhor, que o custo de vida está afligindo a cidade e que as verbas estão curtas."

O'Meara balançou a cabeça.

"E entendo, senhor, que não somos cidadãos comuns, mas servidores públicos, obrigados por juramento a cumprir nosso dever. E que não existe profissão mais nobre que a do servidor público."

"Nenhuma", concordou O'Meara.

Danny balançou a cabeça.

O'Meara fitou-o. Os homens o observavam.

"Mas...", disse Danny sem alterar o tom de voz. "Fizeram-nos uma promessa, senhor. Garantiram-nos que os salários ficariam congelados enquanto durasse a guerra, mas que seríamos recompensados por nossa paciência com um aumento de duzentos por ano logo que terminasse a guerra." Então Danny ousou olhar em volta e enfrentar todos aqueles olhares, esperando que eles não notassem os tremores que lhe percorriam as panturrilhas.

"Eu concordo", disse O'Meara. "Pode acreditar, agente Coughlin. Mas o aumento do custo de vida é um fato, e o município está quebrado. A coisa não é simples. Eu gostaria que fosse."

Danny balançou a cabeça e já ia se sentar, e então descobriu que não conseguia. Suas pernas não deixavam. Ele olhou para O'Meara, percebendo que a decência vivia naquele homem como um órgão vital. Ele cruzou o olhar com o de Mark Denton, que fez um gesto de cabeça.

"Senhor", disse Danny. "Não temos dúvidas de que o senhor concorda. Ninguém tem. E nós sabemos que o município está sem dinheiro. Sim, sim." Danny tomou fôlego. "Mas promessa é dívida, senhor. Talvez, no final das contas, seja isso que importe. E o senhor disse que a coisa não é simples, mas é, senhor. Com todo o respeito, permita-me dizer que é sim. Não é fácil, é muito difícil. Mas é simples. Um monte de homens excelentes e corajosos não consegue fechar suas contas. E promessa é dívida."

Ninguém disse nada, ninguém se mexeu. Foi como se tivessem jogado uma granada no meio do salão e ela não tivesse explodido.

O'Meara se pôs de pé. Os homens abriram alas quando ele passou pela frente da lareira, aproximando-se de Danny. Ele estendeu a mão. Danny teve de colocar seu chope sobre o consolo da lareira para estender a mão trêmula e apertar a do outro homem.

O velho apertou-a com firmeza, sem sacudir o braço.

"Promessa é dívida", disse O'Meara.

"Sim, senhor", Danny conseguiu dizer.

O'Meara balançou a cabeça, soltou-lhe a mão e se voltou para o salão. Danny sentiu como se aquele momento se congelasse no tempo, como se tecido por deuses no mural da história — Danny Coughlin e o Grande Homem lado a lado, o fogo da lareira crepitando atrás deles.

O'Meara ergueu seu chope. "Homens, vocês são o orgulho desta grande cidade. Eu tenho orgulho de ser um de vocês. E promessa *é* dívida."

Danny sentia o calor do fogo às suas costas. Sentiu a mão de O'Meara em sua espinha.

"Vocês confiam em mim?", gritou O'Meara. "Conto com a confiança de vocês?"

A resposta veio em coro: "Sim, senhor!".

"Não vou decepcioná-los. Podem acreditar."

Danny viu o que se desenhava no rosto daqueles homens: afeição. Simplesmente isso.

"Um pouco mais de paciência, homens, é só o que peço. Sei que é pedir muito. Não tenham dúvida. Mas vocês estão dispostos a dar mais um tempo a este velho?"

"Sim, senhor!"

O'Meara respirou fundo e ergueu o copo bem alto. "Aos homens do Departamento de Polícia de Boston... não há outros como vocês em todo este país."

O'Meara tomou todo o chope numa golada. Os homens se animaram e fizeram o mesmo. Marty Leary pediu uma nova rodada, e Danny observou que de certa forma eles tinham voltado a ser crianças, meninos, unidos numa fraternidade absoluta.

O'Meara inclinou-se para a frente. "Você não é seu pai, filho."

Danny olhou para ele, sem saber como interpretar aquilo.

"Seu coração é mais puro que o dele."

Danny não conseguia falar.

O'Meara apertou-lhe o braço um pouco acima do cotovelo. "Não venda isso, filho. Não é possível comprá-lo de volta nas mesmas condições."

"Sim, senhor."

O'Meara fitou-o mais uma vez, demoradamente. Mark Denton deu um chope para cada um, e O'Meara largou o braço de Danny.

Depois de terminar seu segundo chope, O'Meara despediu-se dos homens. Danny e Mark Denton acompanharam-no até a saída do bar, onde uma pesada chuva, que caía do céu negro, os esperava.

O motorista dele, o sargento Reid Harper, saiu do carro e protegeu o chefe com um guarda-chuva. Saudou Danny e Denton com um gesto de cabeça enquanto abria a porta para O'Meara. O comissário apoiou um braço na porta e voltou-se para eles.

"Vou falar com o prefeito Peters amanhã, logo na primeira hora. Vou chamar a atenção sobre o caráter urgente dessa questão e marcar uma reunião na prefeitura para entrar em negociação com o Boston Social Club. Vocês veem algum problema em representar os homens na reunião?"

Danny olhou para Denton, perguntando-se se O'Meara estava ouvindo as batidas de seus corações.

"Não, senhor."

"Não, senhor."

"Está bem, então", disse O'Meara estendendo a mão. "Permitam-me agradecer a vocês dois. Sinceramente."

Eles trocaram apertos de mão.

"Vocês são o futuro do sindicato dos policiais de Boston, cavalheiros", disse ele abrindo-lhes um sorriso amistoso. "Espero que estejam à altura de sua missão. Agora, saiam da chuva."

Ele entrou no carro. "Para casa, Reid, antes que a patroa pense que virei um mulherengo."

Reid Harper deu a partida no carro enquanto O'Meara lhes fazia um pequeno aceno pela janela.

A chuva lhes encharcava os cabelos e escorria pela nuca.

"Meu Deus", disse Mark Denton. "Meu Deus, Coughlin."

"Eu sei."

"Você sabe? Você entende o que acaba de fazer aqui? Você nos salvou."

"Eu não..."

Denton lhe deu um forte abraço, levantando-o da calçada. "Você nos salvou, porra!"

Ele girou com Danny na calçada e se pôs a gritar na rua. Danny lutava para se desvencilhar, mas também se pusera a rir, os dois gargalhando feito doidos na rua, debaixo da chuva que caía nos olhos de Danny, que se perguntava se alguma vez na vida se sentira tão bem.

Ele se encontrou com Eddie McKenna na Governor's Square, no bar do Hotel Buckminster.

"O que é que você conseguiu?"

"Estou me aproximando de Bishop. Mas ele é astuto."

McKenna abriu os braços. "Eles desconfiam que você é um espião, não acha?"

"Como eu disse antes, com certeza isso lhes passou pela cabeça."

"Você tem alguma ideia?"

Danny fez que sim. "Tenho uma. Mas implica um risco."

"Que risco?"

Ele apresentou um caderno com capa de tecido, igual ao que vira nas mãos de Fraina. Procurou em cinco papelarias antes de encontrá-lo. Ele o passou a McKenna.

"Faz duas semanas que trabalho nisso."

McKenna se pôs a folheá-lo, arqueando as sobrancelhas vez por outra.

"Eu manchei algumas páginas com café, e até furei uma delas com um cigarro."

McKenna deu um pequeno assobio. "Eu notei."

"São as reflexões políticas de Daniel Sante. O que você acha?"

McKenna ficou passando as páginas com o polegar. "Você falou de Montreal e dos espartaquistas. Ótimo. Olha só — Seattle e Ole Hanson. Ótimo, ótimo. Falou do porto de Arcangel também?"

"Claro."

"E a Conferência de Versalhes?"

"Você se refere à principal conspiração do mundo?", disse Danny revirando os olhos. "Acha que eu iria deixar isso passar?"

"Vamos com calma", disse Eddie sem levantar os olhos do caderno. "Essa arrogância prejudica os espiões."

"Passei semanas sem conseguir nada, Eddie. Como poderia me mostrar arrogante? Mostrei o caderno a Bishop e ele disse que ia passá-lo a Fraina, só isso."

Eddie o devolveu. "Está muito bom. A gente quase chega a pensar que você acredita nisso."

Danny ignorou o comentário e recolocou o caderno no bolso do casaco.

Eddie abriu a tampa do relógio de bolso. "Procure evitar as reuniões do sindicato por algum tempo."

"Não posso."

Eddie fechou a tampa e recolocou o relógio no colete. "Ah, tudo bem. Atualmente você é o *próprio* BSC."

"Bobagem."

"Depois do seu encontro com O'Meara, é isso o que andam dizendo, pode acreditar." Ele deu um sorriso manso. "Estou na força há quase trinta anos, e aposto como nosso caro comissário nem ao menos sabe meu nome."

Danny disse: "Uma questão de lugar certo, na hora certa, acho".

"No lugar errado", disse ele franzindo o cenho. "Acho bom você tomar cuidado, rapaz. Porque os outros agora estão de olho em você. Aceite este conselho do tio Eddie — recue. Há tempestades se formando em toda parte. Em toda parte. Nas ruas, nos pátios das fábricas e agora no nosso departamento. O poder? É uma coisa efêmera, Dan. E hoje mais do que nunca. Procure ser discreto, não erguer demais a cabeça."

"Ela já está erguida."

Eddie deu um tapa na mesa.

Danny recuou o corpo. Ele nunca vira Eddie perder aquela sua calma traiçoeira.

"Se sua cara aparecer no jornal com o comissário, com o prefeito, sabe o que vai acontecer? Já imaginou o que isso significará para *minha* investigação? Não posso usar você se Daniel Sante, aprendiz de bolchevique, se transformar em Aiden Coughlin, representante do BSC. Preciso da *lista de contatos* de Fraina."

Danny fitou aquele homem que ele conhecera desde sempre, vendo um outro lado dele, um lado que ele desconfiava estar ali o tempo todo, mas que nunca chegara a testemunhar de fato.

"Por que a lista de contatos, Eddie? Pensei que estivéssemos em busca de provas da existência de planos de revolta para o Primeiro de Maio."

"Estamos procurando ambas as coisas", disse Eddie. "Mas, se eles são tão lacônicos como você diz, Dan, e sua capacidade de investigar for um pouco menor do eu esperava, então basta conseguir essa lista de contatos antes que sua cara apareça na primeira página dos jornais. Você podia fazer isso para o seu tio, companheiro?" Ele saiu do boxe, vestiu o casaco e jogou algumas moedas na mesa. "Acho que isso deve bastar."

"Nós acabamos de chegar", disse Danny.

O rosto de Eddie voltou a ser a máscara que sempre fora na presença de Danny... maliciosa e benigna ao mesmo tempo. "A cidade nunca dorme, rapaz. Tenho coisas a resolver em Brighton."

"Brighton?"

Eddie fez que sim. "Stockyards. Odeio aquele lugar."

Danny acompanhou Eddie até a porta. "Anda amarrando gado agora, Eddie?"*

"Melhor que isso." Eddie abriu a porta para o frio que havia lá fora. "Negros. Uns crioulos doidos estão reunidos agora mesmo, fora do horário de trabalho, para discutir seus direitos. Você acredita numa coisa dessas? Aonde isso vai parar? Só falta agora os chinas tomarem as roupas que enviamos para a lavanderia como reféns."

O motorista de Eddie parou o Hudson preto junto ao meio-fio. "Quer uma carona?"

"Eu vou andando."

"É bom para curar bebedeira. Boa ideia", disse ele. "A propósito, conhece alguém chamado Finn?", perguntou Eddie, fisionomia alegre e franca.

Danny foi na mesma toada. "Em Brighton?"

Eddie fechou a cara. "Eu disse que ia a Brighton caçar negros. Finn lhe parece um nome de negro?"

"Parece irlandês."

"E é. Conhece alguém com esse nome?"

"Negativo. Por quê?"

"Só para saber", disse Eddie. "Tem certeza?"

"É como eu disse, Eddie." Danny levantou a gola para se proteger do frio. "Não."

---

* Na fala de Eddie, *Stockyards* é nome próprio. Como nome comum, porém, significa curral temporário para gado a ser vendido ou transportado. Daí o comentário de Danny. (N. T.)

Eddie balançou a cabeça e foi até a porta do carro.

"O que é que ele faz?", perguntou Danny.

"Ahn?"

"Esse Finn que você está procurando", disse Danny. "O que ele faz?"

Eddie fitou-o por um longo tempo. "Boa noite, Dan."

"Boa noite, Eddie."

O carro de Eddie seguiu pela Beacon Street, e Danny pensou em entrar novamente, ligar para Nora da cabine telefônica do saguão do hotel e dizer--lhe que McKenna talvez a estivesse investigando. Mas então ele a imaginou com Connor — segurando-lhe a mão, beijando-o, talvez se sentando em seu colo quando não havia ninguém em casa — e chegou à conclusão de que existiam muitos Finns no mundo. E metade deles estava na Irlanda ou em Boston. McKenna podia estar se referindo a qualquer um deles. Qualquer um.

16.

A primeira coisa que Luther teria de fazer no edifício da Shawmut Avenue era impedir a entrada da água. O que significava começar pelo telhado. Era um belo telhado de ardósia, arruinado pela má sorte e pela negligência. Numa bela manhã fria em que o ar cheirava a fumaça de fábrica e o céu estava claro e azulíssimo, ele foi avançando pela cumeeira. Recolheu pedaços de ardósia que os machados dos bombeiros tinham atirado nas calhas e juntou aos que apanhara lá embaixo, no piso. Retirou a madeira chamuscada ou estragada pela água, fixando em seu lugar novas pranchas de carvalho e cobrindo-as em seguida com a ardósia que recuperara. Quando esta acabou, ele usou a ardósia que a senhora Giddreaux dera um jeito de conseguir de uma empresa de Cleveland. Luther começou num sábado, logo que o dia clareou, e acabou no final da tarde do domingo. Sentado na cumeeira, brilhando de suor no frio, ele limpou a testa, olhou para o céu claro, voltou a cabeça e contemplou a cidade que se estendia à sua volta. Sentiu no ar o aroma do anoitecer que se aproximava, embora seus olhos ainda não vissem o menor sinal dele. E poucos aromas seriam mais agradáveis que aquele.

Nos dias de semana, o horário de trabalho de Luther era tal que, quando os Coughlin sentavam-se à mesa do jantar, ele, que ajudara Nora a preparar a comida e pusera a mesa, já tinha ido embora. Aos domingos, porém, o lanche da tarde ocupava o dia inteiro. Vez por outra aquilo fazia Luther lembrar-se das refeições na casa da tia Marta e do tio James em Standpipe Hill. Alguma coisa que tinha a ver com a ida à igreja e com as roupas domingueiras suscitava um gosto por declarações pomposas, ele notara, tanto entre os brancos como entre os negros.

Quando servia a bebida no escritório do capitão, às vezes tinha a impressão de que aquelas declarações se dirigiam a *ele*. Às vezes surpreendia olhares oblíquos de um dos amigos do capitão, quando pontificava sobre eugenia ou sobre as diferenças intelectuais entre as raças, já comprovadas, ou alguma imbecilidade do mesmo calibre, que só os ociosos têm tempo de discutir.

O que falava menos, mas tinha os olhos mais ardentes, era aquele contra o qual Avery Wallace o advertira, o tenente Eddie McKenna. Um homem gordo, que respirava com dificuldade pelas narinas atravancadas de pelos. Ele tinha um sorriso radioso como uma lua cheia num rio e uma dessas personalidades ruidosas e brincalhonas que Luther acreditava não merecerem a menor confiança. Homens como aquele sempre escondiam a parte de si mesmos que não estava rindo; eles a guardavam tão fundo que ela ficava ainda mais faminta, como um urso recém-saído da hibernação, emergindo pesadamente da caverna com um faro tão aguçado que não havia como lhe escapar.

De todos os homens que se reuniam no escritório do capitão aos domingos — e o rol mudava de uma semana para outra —, era McKenna quem mais prestava atenção em Luther. À primeira vista, aquilo parecia uma coisa boa. Ele sempre agradecia a Luther quando este lhe trazia um drinque ou tornava a encher-lhe o copo, ao passo que os outros homens agiam simplesmente como se ele não fizesse mais que a obrigação, e raramente lhe agradeciam. Logo ao entrar no escritório, normalmente McKenna perguntava sobre a saúde de Luther, sobre como passara a semana, como estava reagindo ao tempo frio. "Se você precisar de mais um casaco, filho, é só nos dizer. Normalmente a gente tem alguns a mais na delegacia. Mas não posso garantir que cheirem muito bem", e dava um tapinha nas costas de Luther.

Ele parecia imaginar que Luther era do sul, e Luther não viu nenhum motivo para desfazer aquele equívoco até um certo fim de tarde, num daqueles domingos.

"Você é de Kentucky?", disse McKenna.

A princípio, Luther não percebeu que a pergunta era para ele. Estava de pé, ao lado do aparador, enchendo uma tigelinha com cubinhos de açúcar.

"Imagino que você é de Louisville. Acertei?" McKenna olhou diretamente para ele enquanto punha um naco de carne de porco na boca.

"De onde eu sou, senhor?"

Os olhos de McKenna brilharam. "Foi isso que eu perguntei, filho."

O capitão tomou um gole de vinho. "O tenente se orgulha da capacidade de reconhecer sotaques."

Danny disse: "Mas não consegue se livrar do seu, hein?".

Connor e Joe riram. McKenna apontou o garfo para Danny. "Este aqui já era um sabichão desde que usava fraldas." Ele voltou a cabeça. "Então, de onde você é, Luther?"

Mas, antes que Luther pudesse responder, o capitão Coughlin levantou a mão. "Deixe que ele adivinhe, senhor Laurence."

"Eu tentei adivinhar, Tom."

"Você errou."

"Ah." McKenna limpou os lábios com o guardanapo. "Quer dizer que não é de Louisville?"

Luther balançou a cabeça. "Não, senhor."

"Lexington?"

Luther balançou a cabeça novamente, sentindo os olhares de toda a família sobre si.

McKenna inclinou-se para trás, uma mão afagando a barriga. "Bem, vamos ver. Você não fala arrastado como no Mississipi, quanto a isso não há dúvida. E Geórgia também está fora de cogitação. Mas sua fala é grave demais para ser da Virgínia e rápida demais para ser do Alabama."

"Estou achando que ele pode ser das Bermudas", disse Danny.

Luther cruzou o olhar com o dele e sorriu. De todos os membros da família Coughlin, era com Danny que ele menos convivera, mas Avery tinha razão: não se via nenhuma falsidade nele.

"Cuba", disse Luther a Danny.

"Fica muito ao sul", disse Danny.

Os dois riram.

O olhar de McKenna tinha perdido o ar de esperteza. Seu corpo inteiro se ruborizara. "Ah, agora os rapazes aí estão de brincadeira." Ele sorriu para Ellen Coughlin, que estava do outro lado da mesa. "Estão de brincadeira", repetiu ele cortando sua carne de porco assada.

"Então, qual seu palpite, Eddie?", disse o capitão Coughlin espetando uma fatia de batata.

McKenna levantou os olhos do prato. "Vou pensar um pouco mais sobre o senhor Laurence, antes de arriscar outro palpite furado sobre o assunto."

Luther voltou à bandeja do café, mas não sem antes perceber mais um olhar de Danny. Um olhar não muito agradável, com uma ponta de piedade.

Luther vestiu o sobretudo enquanto saía para a varanda e viu Danny encostado no capô de um Oakland 49 marrom-escuro. Danny levantou uma garrafa de alguma coisa na direção de Luther. Quando este chegou à rua, viu que se tratava de uísque, uísque dos bons, de antes da guerra.

"Aceita uma bebida, senhor Laurence?"

Luther pegou a garrafa de Danny, aproximou-a da boca e fez uma pausa, olhando para ele, para certificar-se de que a intenção do outro era mesmo partilhar uma garrafa com um negro. Danny arqueou zombeteiramente uma sobrancelha. Luther levou a garrafa aos lábios, inclinou-a e bebeu.

Quando Luther a devolveu, o policial alto não limpou a garrafa com a manga do casaco, simplesmente a levou aos lábios e tomou uma boa golada. "Este é de primeira, hein?"

Luther lembrou-se da afirmação de Avery Wallace de que aquele Coughlin era um estranho que tinha as próprias ideias. Ele fez que sim com a cabeça.

"Bela noite."

"Sim." De um frio cortante, mas sem vento, o ar um pouco carregado com a poeira das folhas secas.

"Vai mais um?", disse Danny passando-lhe novamente a garrafa.

Luther tomou um gole olhando o homenzarrão branco e seu rosto franco e bonito. Com toda a certeza um mulherengo, pensou Luther, mas não do tipo que vive só para isso. Alguma coisa por trás daqueles olhos dizia a Luther que aquele homem ouvia música que outros não ouviam, que se orientava sabe-se lá por quais princípios.

"Você gosta de trabalhar aqui?"

Luther fez que sim. "Gosto. Você tem uma bela família, sor."

Danny revirou os olhos e tomou mais um gole. "Será que você pode deixar de me chamar de 'sor', senhor Laurence? Acha que é possível?"

Luther recuou um passo. "Como é que você quer que o chame então?"

"Aqui fora pode me chamar de Danny. Mas lá dentro...", acrescentou Danny apontando a casa com o queixo, "me chame de senhor Coughlin."

"O que é que o senhor tem contra o 'sor'?"

Danny sacudiu os ombros. "Eu acho besteira."

"Certo. Então pode me chamar de Luther."

Danny balançou a cabeça. "Um brinde a isso."

Luther riu enquanto o outro erguia a garrafa. "Avery me avisou que você era diferente."

"Avery saiu da tumba para lhe dizer que sou diferente?"

Luther fez que não com a cabeça. "Ele escreveu um bilhete para seu 'substituto'."

"Ah", fez Danny pegando a garrafa de volta. "O que você acha do meu tio Eddie?"

"Parece ser um bom sujeito."

"Não, não é", disse Danny em tom suave.

Luther encostou-se no carro ao lado de Danny. "Não, não é."

"Você percebe que ele fica rodeando você?"

"Sim."

"Seu passado é limpo, Luther?"

"Como o da maioria, acho."

"Então não é tão limpo assim."

Luther sorriu. "Isso aí."

Danny tornou a lhe passar a garrafa. "Tio Eddie é capaz de ler o pensamento das pessoas mais que qualquer um. Entra em suas mentes e vê o que quer que estejam escondendo. Quando aparece um suspeito na delegacia que ninguém consegue dobrar, chamam meu tio. Ele sempre obtém uma confissão. Vale-se de quaisquer meios para conseguir isso."

Luther se pôs a rolar a garrafa entre as mãos. "Por que você está me dizendo isso?"

"Ele desconfia de alguma coisa em relação a você — dá para ver isso pelo seu olhar —, e nós levamos a brincadeira longe demais, o que o incomodou. Ele ficou pensando que estávamos rindo *dele*, e isso não é nada bom."

"Eu gosto dessa bebida", disse Luther desencostando do carro. "Nunca partilhei uma garrafa com um homem branco." Ele sacudiu os ombros e acrescentou: "Mas é melhor ir andando".

"Não estou te interrogando."

"Não, é?", disse Luther olhando para ele. "E como vou saber?"

Danny estendeu as mãos. "Neste mundo só existem dois tipos de homens dignos de menção: os que são o que parecem, e os outros. Em qual dos tipos você acha que eu me enquadro?"

Luther sentiu o uísque fluindo sob sua carne. "Você é o tipo mais estranho com quem cruzei nesta cidade."

Danny tomou um gole e levantou os olhos para as estrelas. "Eddie é capaz de ficar espreitando você durante um ano ou até dois. Ele vai se armar de toda a paciência do mundo, pode acreditar. Mas, quando ele finalmente o pegar, você não vai ter nenhuma chance de escapar." Ele olhou nos olhos de Luther. "Parei de me incomodar com o que Eddie e meu pai fazem para atingir desordeiros, trapaceiros e criminosos armados, mas não gosto quando eles vão atrás de gente comum, está entendendo?"

Luther pôs as mãos nos bolsos, pois o tempo estava ficando cada vez mais fechado e frio. "Então você está dizendo que pode controlar esse cão?"

Danny sacudiu os ombros. "Talvez. Só vou saber quando chegar a hora."

Luther balançou a cabeça. "E o que você ganha com isso?"

Danny sorriu. "O que eu ganho?"

Luther se pegou sorrindo também, sentindo que *ambos* agora estavam se sondando, mas se divertindo com aquilo. "Neste mundo, a única coisa de graça é o azar."

"Nora", disse Danny.

Luther voltou para perto do carro e pegou a garrafa de Danny. "O que tem ela?"

"Eu gostaria de saber como vão as coisas entre ela e meu irmão."

Luther bebeu mantendo os olhos em Danny e riu.

"O que é?", perguntou Danny.

"O cara está apaixonado pela namorada do irmão e me pergunta 'o que é'", disse Luther rindo novamente.

Danny também riu. "Digamos que Nora e eu temos uma história."

"Isso não é novidade", disse Luther. "Só estive com vocês dois na mesma sala esta vez, mas até meu tio, que era cego, notaria isso."

"É tão óbvio assim?"

"Não podia ser mais óbvio. Não entendo por que o senhor Connor não nota. Mas quando se trata de Nora, ele deixa de ver um monte de coisas."

"É verdade."

"Por que você não pede ela em casamento? Ela iria aceitar na hora."

"Não, não iria. Pode acreditar."

"Aceita sim. Aquela sua esquiva? Ora, aquilo é amor."

Danny balançou a cabeça. "Você já viu alguma mulher agir logicamente quando se trata de amor?"

"Não."

"Pois então", disse Danny lançando um olhar à casa. "Não sei absolutamente nada sobre elas. Não saberia dizer o que elas estão pensando de um minuto a outro."

Luther sorriu e balançou a cabeça. "Acho que isso não o impede de levar sua vida numa boa."

Danny ergueu a garrafa. "Ainda sobraram dois dedos. Um último gole?"

"Não leve a mal se eu aceitar." Luther tomou um gole, devolveu a garrafa e ficou olhando Danny esvaziá-la de vez. "Vou ficar de olhos e ouvidos atentos. Que tal?"

"Ótimo. Se Eddie fizer alguma investida contra você, fale comigo."

Luther estendeu a mão. "Fechado."

Danny apertou-a. "Gostei de conhecer você, Luther."

"Eu também, Danny."

De volta ao edifício da Shawmut Avenue, Luther verificou, com todo o cuidado, se ainda havia goteiras, mas nada vazava do telhado, e ele não notou nenhuma umidade nas paredes. Para começar, retirou o gesso e viu que quase todas as madeiras que estavam por baixo podiam ser aproveitadas; algumas exigiriam um pouco mais que esperança e carinho, mas esperança e carinho teriam de bastar. O mesmo se podia dizer do piso e da escada. Normalmente, quando uma edificação está arruinada pela negligência, pelo fogo e pela água, a primeira coisa a fazer é se livrar de todo o material comprometido. Em vista, porém, dos parcos recursos, que os obrigavam à estratégia de pedir, tomar emprestado e surrupiar, a única solução, no caso, era aproveitar o que pudesse ser aproveitado, até mesmo os pregos. Ele e Clayton Tomes, o criado dos Wagenfeld, tinham o mesmo horário de trabalho nas mansões de South Boston, e os mesmos dias de folga também. Depois de um jantar com Yvette Giddreaux, Clayton, antes mesmo de se dar conta, foi incluído no projeto, e naquele fim de semana Luther finalmente contou com um pouco de ajuda. Eles passaram o dia carregando a madeira aproveitável e os acessórios de metal para o segundo andar, para que pudessem começar a trabalhar nas instalações elétricas e hidráulicas na semana seguinte.

Era um trabalho duro, que os cobria de poeira, suor e greda. Que os exauria com suas infinitas alavancas de improviso e suas madeiras a serem arrancadas na garra do martelo. O tipo do trabalho que faz os ombros se apertarem contra o pescoço, a cartilagem sob as rótulas dar a impressão de ser feita de sal, pedras quentes se enfiarem na parte mais baixa das costas, mordendo as bordas da espinha. O tipo do trabalho que faz um homem sentar-se no meio do assoalho poeirento, encostar a cabeça nos joelhos, murmurar "ufa!" e demorar-se com a cabeça abaixada e os olhos fechados.

Depois de semanas de quase ócio na casa dos Coughlin, porém, Luther não trocaria aquilo por nada. Aquele era trabalho para a mão, a mente e o músculo. Trabalho que deixava uma marca própria de quem o executou, mesmo depois de este ter partido.

A habilidade — dissera certa vez o tio Cornelius — era apenas uma palavra bonita para descrever o que acontece quando o trabalho se une ao amor.

"Merda", disse Clayton deitado de costas no corredor de entrada, olhando para o teto dois andares acima. "Você imagina que, se ela pretende pôr encanamento dentro da casa..."

"Ela pretende sim."

"...então só de canos de escoamento, Luther, só de tubos de escoamento... que vão ter que ir do porão ao terceiro andar, são quatro pavimentos, rapaz."

"E são tubos de cinco polegadas", disse Luther com uma risadinha. "De ferro fundido."

"E se tivermos de pôr *mais desses* tubos em cada andar, talvez dois saindo dos banheiros..." Os olhos de Clayton se arregalaram tanto que pareciam dois pires. "Luther, isso é uma *loucura*."

"É sim."

"Então por que você está rindo?"

"E por que você também está?", disse Luther.

"E que me diz de Danny?", perguntou Luther a Nora quando os dois andavam no Haymarket.

"Como assim?"

"Ele não parece se encaixar nessa família."

"Não sei se Aiden se encaixa em alguma coisa."

"Por que você às vezes o chama de Danny e outras de Aiden?"

Ela deu de ombros. "A coisa simplesmente aconteceu. Eu notei que você não o chama de *senhor* Danny."

"E daí?"

"Você chama Connor de 'senhor'. Até o Joe você trata assim."

"Danny me pediu que não o chamasse de 'senhor', a menos que a gente esteja com outras pessoas."

"Vocês são amigos íntimos, não?"

Merda. Luther esperava não ter se traído. "Não me lembro de ter dito que somos amigos."

"Mas está na cara que você gosta dele."

"Ele é diferente. Acho que nunca encontrei um branco como ele. Mas também não sei se conheci uma mulher branca como você."

"Eu não sou branca, Luther. Eu sou irlandesa."

"É mesmo? Qual a cor de vocês?"

Ela sorriu. "Cinza batata."

Luther riu e apontou para si mesmo. "Pardo, da cor de lixa de madeira. Prazer em conhecê-la."

Nora lhe fez uma pequena mesura. "O prazer foi meu, senhor."

Depois de um daqueles lanches dominicais, McKenna insistiu em levar

Luther para casa de carro, e o criado, enquanto vestia o casaco no vestíbulo, não teve tempo de inventar um pretexto para recusar.

"Está um frio horrível", disse McKenna, "e eu prometi a Mary Pat chegar em casa cedo." Ele se levantou da mesa e beijou a sra. Coughlin no rosto. "Você pode tirar meu casaco do cabide, Luther? Eis aí um bom rapaz."

Danny não estava presente àquela refeição. Luther olhou em volta e viu que ninguém estava prestando atenção.

"Pessoal, logo nos veremos."

"Boa noite, Eddie", disse Thomas Coughlin. "Boa noite, Luther."

"Boa noite, senhor", respondeu Luther.

Eddie seguiu pela East Broadway, dobrou à direita na West Broadway onde, mesmo numa fria noite de domingo, havia uma agitação e uma imprevisibilidade dignas de uma noite de sexta-feira em Greenwood. Jogos de dados a céu aberto, prostitutas debruçadas às janelas, música alta em todos os bares, tantos bares que nem se podia contar. Era difícil avançar, mesmo num carro grande e pesado.

"Você é de Ohio?", disse McKenna.

Luther sorriu. "Sim. O senhor chegou perto quando falou Kentucky. Eu pensei que o senhor ia acertar naquela noite, mas..."

"Ah, eu sabia", disse McKenna estalando os dedos. "Só que do outro lado do rio. De que cidade?"

O barulho da West Broadway fazia o carro vibrar, e suas luzes fundiam-se no para-brisa como sorvete. "Pertinho de Columbus, senhor."

"Já andou num carro de polícia antes?"

"Nunca, sor."

McKenna riu alto como se estivesse cuspindo pedras. "Ah, Luther, você pode achar difícil acreditar, mas antes de Tom Coughlin e eu nos tornarmos irmãos de distintivo, ficamos um bom tempo do lado errado da lei. Passeamos bastante de camburão, e muitas vezes dormimos na cadeia da sexta para o sábado, por causa das bebedeiras." Ele sacudiu a mão. "Assim são as coisas para os imigrantes, esse eterno semear, essa tentativa de imaginar os costumes das pessoas. Eu simplesmente achei que você tinha tomado parte nos mesmos rituais."

"Eu não sou imigrante, sor."

McKenna olhou para ele. "Como assim?"

"Eu nasci aqui, sor."

"O que quer dizer com isso?"

"Não quero dizer nada, sor. Só... que o senhor acabou de dizer que assim são as coisas com os imigrantes, e talvez sejam mesmo, mas eu estava dizendo que eu não sou..."

"O que é que talvez seja mesmo?"

"Senhor?"

"O que é que talvez seja mesmo?" McKenna sorriu para ele enquanto avançavam sob a luz de um poste.

"Sor, eu não sei o que o senhor..."

"Você *disse*."

"Sor?"

"Você *disse*. Você disse que cadeia é coisa para imigrantes."

"Não, sor, eu não disse."

McKenna puxou o lobo da orelha. "Então meu ouvido deve estar cheio de cera."

Luther não disse nada, simplesmente ficou olhando pelo para-brisa quando eles pararam num semáforo na esquina da D com a West Broadway.

"Você tem alguma coisa contra os imigrantes?", disse Eddie McKenna.

"Não, sor, não."

"Acha que ainda não conquistamos nosso direito de sentar à mesa?"

"Não."

"Imagina que temos de esperar que nossos netos o façam em nosso lugar, não é?"

"Sor, eu não quis dizer que..."

McKenna apontou um dedo para Luther e caiu na gargalhada. "Peguei você, Luther. Preguei uma bela peça, hein?" Ele bateu no joelho de Luther e soltou outra sonora gargalhada quando o sinal abriu. Ele seguiu pela Broadway.

"Essa foi boa, sor. O senhor me pegou."

"Claro que sim!", disse McKenna batendo no painel do carro. Eles começaram a cruzar a Broadway Bridge. "Você gosta de trabalhar para os Coughlin?"

"Gosto, sor, gosto."

"E para os Giddreaux?"

"Sor?"

"Os Giddreaux, filho. Você acha que não sei deles? Isaiah é uma grande celebridade negroide por estas bandas. Dizem que Du Bois confia muito nele. E que ele tem umas ideias de igualdade racial para nossa bela cidade. Que coisa, hein?"

"Sim, sor."

"Claro, é uma grande coisa mesmo." Ele sorriu o mais caloroso dos sorrisos. "Claro que tem gente por aí que diz que os Giddreaux não são amigos de seu povo. Que na verdade são inimigos. Que eles vão levar esse seu sonho de igualdade a um desfecho horrível e que o sangue da sua raça correrá nestas ruas. É isso que alguns diriam." Ele levou a mão ao peito. "Alguns. Não todos, não todos. É uma vergonha que haja tanta discórdia neste mundo, você não acha?"

"Sim, sor."

"Uma trágica vergonha." McKenna balançou a cabeça fazendo muxoxos enquanto entrava na Botolph Street. "E sua família?"

"Sor?"

McKenna ficou observando as portas das casas enquanto avançavam devagar pela rua. "Você deixou uma família em Canton?"

"Columbus, sor."

"Columbus, certo."

"Não, sor. Só tinha eu mesmo."

"E o que o trouxe a Boston, então?"

"É aquela ali."

"Ahn?"

"A casa dos Giddreaux, sor, o senhor acaba de passar por ela."

McKenna pisou no freio. "Está bem, então", disse ele. "Outra hora a gente conversa."

"Fico esperando, sor."

"Aqueça-se, Luther! Agasalhe-se bem!"

"Farei isso. Obrigado, sor." Luther saiu do carro, deu a volta, subiu na calçada ouvindo a janela do carro se abaixando.

"Você leu alguma coisa a respeito?", perguntou McKenna.

Luther se voltou. "A respeito de quê, sor?"

"Boston!", exclamou McKenna animado, com as sobrancelhas arqueadas.

"Não, senhor."

McKenna balançou a cabeça como se aquilo fizesse todo sentido para ele. "Mil e trezentos quilômetros."

"Sor?"

"A distância", disse McKenna, "entre Boston e Columbus." Ele deu um tapinha na porta do carro. "Boa noite para você, Luther."

"Boa noite, sor."

Luther ficou parado na calçada olhando McKenna se afastar. Ele levantou os braços e olhou as próprias mãos. Elas tremiam, mas nem tanto. Nada mal, considerando-se a situação.

17.

Danny encontrou-se com Steve Coyle para tomar um drinque na Taverna Warren no meio de uma tarde de domingo, um dia mais com cara de inverno que de outono. Steve fez um monte de piadas com a barba de Danny e lhe perguntou sobre seu caso, embora este tivesse de lhe repetir, pedindo desculpas, que não podia discutir uma investigação em andamento com um civil.

"Mas sou eu", disse Steve levantando a mão. "É só brincadeira, é só brincadeira. Eu entendo." Ele deu um sorriso ao mesmo tempo largo e fraco. "Eu entendo."

Então eles conversaram sobre casos antigos, sobre os velhos tempos. A cada copo que Danny tomava, Steve tomava três. Àquela altura Steve estava morando no West End, num porão sem janelas de uma casa que fora dividida em seis seções, todas com um forte cheiro de carvão.

"Ainda não tem encanamento interno", disse Steve. "Dá para acreditar? Só no barracão do quintal, como se estivéssemos em 1910. Como se estivéssemos no oeste de Massachusetts, ou se fôssemos pretos." Ele balançou a cabeça. "E se você não chegar em casa até as onze horas, a velhota tranca a porta e você fica do lado de fora. Que vida." Ele tornou a abrir seu grande sorriso para Danny e bebeu um pouco mais. "Mas, quando eu tiver meu carrinho, as coisas vão mudar. Pode acreditar."

O mais recente plano de Steve era montar um carrinho de frutas na frente do Faneiul Hall Marketplace. O fato de já haver uma dezena de carrinhos desse tipo, de propriedade de homens violentos, quando não absolutamente desonestos, parecia não desanimá-lo. O fato de os atacadistas do comércio de frutas se mostrarem tão desconfiados dos varejistas iniciantes que os faziam pagar mais caro nos primeiros seis meses, o que impedia o negócio de deslanchar, também era descartado por Steve como "boato". O fato de, há dois anos, a prefeitura ter parado de dar alvará de funcionamento para esse tipo de comércio naquela área tampouco o abalava. "Com todo aquele pessoal que eu conheço na Prefeitura", disse ele a Danny. "Diabo, eles vão é me *pagar* para eu começar meu comércio."

Danny não o lembrou de que, duas semanas antes, Steve lhe dissera ser ele, Danny, a única pessoa dos velhos tempos que respondia aos seus telefonemas. Danny simplesmente balançou a cabeça e deu um riso de encorajamento. O que mais podia fazer?

"Mais um?", disse Steve.

Danny olhou o relógio. Ele ia jantar com Nathan Bishop às sete. "Não posso."

Steve, que já fizera sinal ao barman, disfarçou o desânimo que lhe perpassou o olhar com seu sorriso exagerado e com um riso que mais parecia um latido. "Encerrado, Kevin."

O barman fechou a cara e tirou a mão da torneira do barril. "Você me deve um dólar e vinte centavos", disse ele a Coyle. "E acho bom você ter esse dinheiro agora, seu bêbado."

Steve bateu nos bolsos, mas Danny falou: "Eu tenho".

"Tem certeza?"

"Sim." Danny saiu do boxe e aproximou-se do balcão. "Ei, Kevin, tem um minutinho?"

O barman se aproximou como se estivesse fazendo um favor. "O que é?"

Danny pôs um dólar e quatro moedas de cinco centavos no balcão. "Para você."

"Deve ser meu aniversário."

Quando ele estendeu a mão para pegar o dinheiro, Danny agarrou-lhe o pulso e puxou-o.

"Sorria, senão eu o quebro."

"O quê?"

"Sorria como se estivéssemos conversando sobre o Sox, ou então eu quebro seu pulso, porra."

Kevin sorriu, o queixo travado, olhos arregalados.

"Se você chamar meu amigo de 'bêbado' mais uma vez, seu garçom de merda, quebro todos os seus dentes e os enfio no seu cu."

"Eu..."

Danny girou o punho do outro. "Não faça porra nenhuma. Só balance a cabeça."

Kevin mordeu o lábio inferior e balançou a cabeça quatro vezes.

"E a próxima rodada é por conta da casa", disse Danny largando-lhe o punho.

Eles foram andando pela Hanover à luz mortiça do anoitecer. Danny pensou em ir à sua pensão, pegar algumas peças de roupa mais quentes e levá-las para o apartamento onde morava com a identidade falsa. Steve disse que queria dar umas voltas por seu velho bairro. Eles chegaram à Prince Street no momento em que multidões se dirigiam à Salem Street. Quando chegaram à esquina do quarteirão onde ficava o edifício de Danny, viram um mar de gente rodeando um Hudson Super 6 preto, alguns homens e muitos meninos pulando e tornando a pular em cima do estribo e do capô.

"Que diabo é isso?", disse Steve.

"Agente Danny, agente Danny", gritava a sra. DiMassi acenando para ele freneticamente da escadaria à entrada do edifício. Danny abaixou a cabeça por um instante... semanas de trabalho naquele disfarce, e agora certamente tudo estava arruinado, porque a velha o reconhecera a vinte metros de distância, apesar da barba. Através do ajuntamento de pessoas, ele viu que o motorista do carro e o passageiro usavam chapéu de palha.

"Eles pegaram minha sobrinha", disse a sra. DiMassi quando ele e Steve se aproximaram. "Eles pegaram Arabella."

Danny, que olhava o carro de outro ângulo, viu Rayme Finch ao volante tocando a buzina e tentando fazer o carro avançar.

A multidão não queria deixar. Eles ainda não estavam atirando nada contra o carro, mas berravam, cerravam os punhos e praguejavam em altos brados em italiano. Danny viu dois membros do Mão Negra movendo-se junto à multidão.

"Ela está no carro?", perguntou Danny.

"Na parte de trás", exclamou a sra. DiMassi. "Eles a pegaram."

Danny apertou-lhe a mão para encorajá-la e começou a abrir caminho por entre a multidão. O olhar de Finch cruzou com o de Danny, e seus olhos se apertaram. Passados uns dez segundos, era evidente, pela sua fisionomia, que reconhecera Danny. Mas a expressão do rosto logo deu lugar a outra. Não a de medo da multidão, mas uma forte determinação, enquanto mantinha o carro engrenado e tentava avançar lentamente.

Alguém empurrou Danny, ele quase perdeu o equilíbrio e foi esbofeteado por umas mulheres de meia-idade de braços pesados. Um menino subia num poste com uma laranja na mão. Se ele tivesse boa pontaria, a situação logo iria engrossar.

Danny conseguiu chegar ao carro, e Finch abriu a janela. Arabella estava encolhida no banco de trás, olhos arregalados, dedos apertando o crucifixo, lábios mexendo-se numa oração.

"Tire-a daí", disse Danny.

"Disperse a multidão."

"Você quer provocar um tumulto?", perguntou Danny.

"Você quer ver alguns italianos mortos na rua?" Finch tocou a buzina com o punho. "Faça-os sair do caminho, Coughlin."

"Essa moça não tem nada a ver com os anarquistas", disse Danny.

"Ela foi *vista* com Federico Ficara."

Danny olhou para Arabella. Ela olhou para ele com olhos que nada viam, a não ser a crescente fúria da multidão. Danny recebeu uma cotovelada nas costas e foi empurrado brutalmente contra o carro.

"Steve!", chamou ele. "Você está aí atrás?"

"A uns três metros."

"Você consegue abrir espaço para mim?"

"Vou ter de usar minha bengala."

"Por mim, tudo bem." Danny se voltou, enfiou o rosto no vão da janela que Rayme Finch abrira para ele e disse: "Você a viu com Federico?".

"Sim."

"Quando?"

"Cerca de meia hora atrás. Perto da padaria."

"Foi você mesmo quem viu?"

"Não, foi outro agente. Federico conseguiu escapar, mas identificamos perfeitamente esta garota."

Danny recebeu uma cabeçada nas costas. Ele revidou e acertou um queixo.

Ele pôs os lábios no vão da janela. "Se você a levar e a trouxer de volta para o bairro, Finch, ela vai ser assassinada, está me ouvindo? Você vai matá-la. Deixe que eu resolvo isso." Outro corpo abalroou suas costas, e um homem subiu no capô do carro. "Mal consigo respirar aqui fora."

Finch disse: "Agora não podemos recuar".

Outro sujeito subiu no capô, e o carro começou a balançar.

"Finch! Você já fodeu com ela ao enfiá-la no carro. As pessoas vão pensar que ela é informante de qualquer jeito. Mas podemos resolver a situação, se você a deixar sair agora. Senão..." Outro corpo se chocou contra o de Danny. "Meu Deus, Finch! Abra esta porra desta porta."

"Temos de ter uma conversa."

"Ótimo. Vamos conversar. Abra a porta."

Finch lhe lançou um último olhar demorado para informá-lo de que o caso não estava encerrado, de modo nenhum, então estendeu a mão e abriu a porta traseira. Danny segurou a maçaneta e se voltou para a multidão. "Está havendo um engano. *Ci è stato un errore.* Para trás. *Sostegno! Sostegno!* Ela vai sair. *Sta uscendo.* Para trás. *Sostegno!*"

Para sua surpresa, a multidão recuou alguns passos. Ele abriu a porta do carro e puxou a jovem trêmula do banco. Várias pessoas gritaram hurras e bateram palmas, enquanto Danny puxava Arabella contra si e a conduzia até a calçada. As mãos da jovem estavam crispadas contra o peito, e Danny sentiu que havia uma coisa quadrada e dura sob seus braços. Ele a olhou nos olhos, mas viu apenas medo.

Danny apertou Arabella contra seu corpo e, enquanto andava, ia agradecendo às pessoas com gestos de cabeça. Ele lançou um último olhar a Finch e fez um gesto de cabeça, indicando a rua. Ouviram-se mais alguns aplausos, e a multidão começou a se afastar do carro. Finch fez o carro avançar alguns centímetros. A multidão ia recuando, e os pneus iam rodando. Então a primeira laranja o atingiu. A fruta estava congelada e parecia mais uma pedra. Depois foi uma maçã, em seguida uma batata, e choveram frutas e hortaliças sobre o carro. Ainda assim, ele conseguia avançar pela Salem Street. Alguns moleques corriam ao lado do carro gritando, mas eles sorriam, e as zombarias da multidão lhes pareciam festivas.

Quando Danny chegou à calçada, a senhora DiMassi tomou sua sobrinha dos braços dele e levou-a em direção à escadinha de acesso ao edifício. Danny viu as lanternas traseiras do carro de Finch chegarem à esquina. Steve Coyle ficou ao seu lado, limpando a cabeça com um lenço e contemplando a rua coberta de frutas semicongeladas.

"Isso pede uma bebida, hein?", disse ele passando seu cantil a Danny.

Danny tomou um gole, mas não disse nada. Ele olhou para Arabella Mosca, amparada pelos braços da tia. Ele se perguntou de que lado estava àquela altura.

"Precisamos ter uma conversa com ela, senhora DiMassi."

A sra. DiMassi olhou para ele.

"Agora", disse ele.

Arabella Mosca era uma mulher miúda, com grandes olhos amendoados e cabelos curtos muito escuros. Ela não falava uma palavra de inglês além de *"hello"*, *"good-bye"* e *"thank you"*. Ela se sentou no sofá da sala de estar, as mãos agarradas às da sra. DiMassi, e ainda de casaco.

Danny disse à sra. DiMassi: "Você pode perguntar a ela o que está escondendo sob o casaco?".

A sra. DiMassi olhou para o casaco da sobrinha, franziu o cenho, apontou para o casaco e pediu-lhe que o abrisse.

Arabella abaixou o queixo para o peito e balançou vigorosamente a cabeça em sinal de recusa.

"Por favor", disse Danny.

A sra. DiMassi não era do tipo de dizer "por favor" a uma parente mais jovem. Em vez disso, meteu-lhe um tapa. Arabella mal reagiu. Abaixou mais a cabeça e balançou-a novamente. A sra. DiMassi inclinou-se para trás e ergueu o braço.

Danny interpôs o corpo. "Arabella", disse ele num italiano estropiado, "eles vão deportar seu marido."

Ela levantou o queixo.

Ele balançou a cabeça, confirmando. "Os homens de chapéu de palha. Vão mesmo."

Da boca de Arabella jorrou uma torrente de italiano, e a sra. DiMassi levantou a mão. Arabella falava tão depressa que mesmo a tia tinha dificuldade de entender o que dizia. Ela se voltou para Danny.

"Ela disse que eles não podem fazer isso. Ele trabalha."

"Ele trabalha ilegalmente", disse Danny.

"Bah", fez ela. "Metade deste bairro é ilegal. Vão deportar todo mundo?"

Danny negou com a cabeça. "Só os que os incomodam. Diga isso a ela."

A sra. DiMassi pôs a mão sob o queixo de Arabella. "*Dammi quel che tieni sotto il cappotto, o tuo marito passerà il prossimo Natale a Palermo.*"

"Não, não, não", respondeu Arabella.

A sra. DiMassi levantou o braço novamente, falando tão depressa quanto Arabella: "*Questi americani ci trattano come cani. Non ti permetterò di umiliarmi dinanzi ad uno di loro. Apri il cappotto, o te lo strappo di dosso!*"

Fosse lá o que tivesse dito — Danny pescou "cães americanos" e "não me faça passar vergonha" —, o fato é que a coisa funcionou. Arabella abriu o casaco e tirou uma sacola de papel branco. Ela o deu à sra. DiMassi, que o passou a Danny.

Danny olhou para dentro, viu um maço de papéis e tirou a folha de cima:

Enquanto vocês descansam e se ajoelham, nós trabalhamos. Nós executamos. Isso é só o começo, não o fim. Nunca é o fim. Seu deus infantil e seu sangue infantil correm para o mar. Em seguida será a vez de seu mundo infantil.

Danny mostrou a folha a Steve e disse à sra. DiMassi: "Quando ela ia distribuir isso?".

A sra. DiMassi falou com a sobrinha. Arabella se pôs a balançar a cabeça, depois parou. Ela sussurrou uma palavra à tia, que se voltou para Danny. "Ao anoitecer."

Ele se voltou para Steve. "Quantas igrejas têm missa à noite?"

"No North End? Umas duas ou três. Por quê?"

Danny apontou para a folha. "'Enquanto vocês descansam e se ajoelham', entendeu?"

Steve balançou a cabeça. "Não."

"Você descansa no sabá", disse Danny. "Você se ajoelha na igreja. E no final 'seu sangue corre para o mar'. Deve ser uma igreja de frente para o mar."

Steve aproximou-se do telefone da sra. DiMassi. "Vou ligar para lá. Qual é seu palpite?"

"Só há duas igrejas que se enquadram. St. Teresa e St. Thomas."

"Hoje à noite não tem missa em St. Thomas."

Danny dirigiu-se à porta. "Depois você me alcança?"

Steve sorriu, já com o fone no ouvido. "Claro, eu e minha bengala", disse ele fazendo um gesto para que Danny saísse. "Vá, vá. E sabe de uma coisa, Dan?"

Danny parou à porta. "Sim?"

"Atire primeiro", disse ele. "E continue atirando."

A igreja de St. Teresa ficava na esquina da Fleet com a Atlantic, fronteira ao cais Lewis. Uma das mais antigas do North End, ela era pequena e estava começando a ruir. Danny inclinou o corpo para recuperar o fôlego, a camisa encharcada de suor por causa da correria. Tirou o relógio do bolso: cinco e quarenta e oito. Logo a missa iria acabar. Se, como na Salutation, a bomba estivesse no porão, a única coisa que se podia fazer, praticamente, seria entrar correndo na igreja e mandar todo mundo sair. Steve tinha telefonado, de modo que o esquadrão antibomba já devia estar a caminho. Mas, se a bomba estivesse mesmo no porão, por que não teria detonado? Os paroquianos estavam ali havia mais de quarenta e cinco minutos. Tempo de sobra para o pavimento explodir sob seus pés...

Então Danny ouviu, à distância, a primeira sirene, a primeira radiopatrulha partindo da Primeira Delegacia, com certeza seguida de outras.

O cruzamento estava calmo, vazio — uns poucos calhambeques estacionados na frente da igreja, nenhum muito diferente de uma carroça puxada por cavalos, embora dois deles fossem muitíssimo bem cuidados, traindo o orgulho dos donos. Ele examinou os telhados do outro lado da rua, pensando: por que uma igreja? Mesmo para os anarquistas, parecia um suicídio político, principalmente no North End. Então ele se lembrou de que as igrejas do bairro celebravam missas à noite apenas para reunir os operários, considerados tão "essenciais" durante a guerra que não se lhes concedia o direito de uma folga no sabá. "Essencial" significava alguma relação, por mais distante que fosse, com as forças armadas — homens e mulheres que trabalhavam com armas, aço, borracha ou álcool industrial. Assim sendo, aquela igreja não era apenas uma igreja, era um alvo militar.

Dentro da igreja, dezenas de vozes entoavam um hino. Ele não tinha escolha senão mandar as pessoas saírem. Por que a bomba ainda não explodira, ele não sabia dizer. Talvez ele estivesse uma semana adiantado. Talvez o encarregado da bomba estivesse tendo dificuldade em detoná-la. Muitas vezes os anarquistas tinham esse problema. Havia uma dezena de razões plausíveis para a explosão não acontecer, mas nenhuma delas importaria se ele deixasse que os fiéis morressem. O negócio era fazê-los sair para ficarem em segurança, e só *depois* se preocupar com os questionamentos ou um eventual ovo na cara. Por enquanto, o que importava era fazê-los sair.

Ele começou a cruzar a rua e notou que um dos calhambeques estava parado em fila dupla.

Não havia razão para isso. Havia espaço bastante de ambos os lados da rua. O único trecho que não estava livre era o que ficava bem na frente da igreja. E era ali que o carro estava estacionado em fila dupla. Era um cupê Rambler 63, provavelmente de 1911 ou 1912. Danny parou no meio da rua, simplesmente estacou, a pele do pescoço e sob seus braços cada vez mais viscosa. Ele expirou e tornou a se movimentar, agora mais rápido. Quando se aproximou do carro, viu o motorista meio encurvado atrás do volante, um chapéu preto cobrindo-lhe a testa. O barulho da sirene aumentou, e muitas outras se somaram à primeira. O motorista endireitou o corpo. Sua mão esquerda estava no volante. Danny não conseguia ver a mão direita.

Dentro da igreja, o hino terminou.

O motorista inclinou a cabeça e virou o rosto para a rua.

Federico. Agora sem nenhum cabelo grisalho, sem o bigode, o rosto mais magro por causa daquelas mudanças, mais ávido.

Ele viu Danny, mas seus olhos não traíram nenhum sinal de reconhecimento, apenas uma vaga curiosidade para com aquele grande bolchevique de barbaça atravessando uma rua no North End.

As portas da igreja se abriram.

A sirene que vinha na frente parecia estar a um quarteirão de distância. Um rapaz saiu de uma loja quatro casas mais adiante, boné de tweed na cabeça, alguma coisa embaixo do braço.

Danny enfiou a mão sob o casaco. Federico cruzou o olhar com o dele.

Danny puxou o revólver do casaco enquanto Federico pegava alguma coisa no banco do carro.

Os primeiros fiéis chegavam aos degraus da igreja.

Revólver em riste, Danny gritou: "Voltem para dentro!".

Ninguém pareceu perceber que era com eles que Danny falava. Danny se deslocou para a esquerda, girou o revólver e acertou um tiro no para-brisa de Federico.

Na escadaria da igreja, muitas pessoas gritaram.

Danny atirou pela segunda vez, e o para-brisa estourou.

"Para dentro!"

Uma coisa quente passou assobiando sob sua orelha. Ele viu a boca de uma arma relampejar à sua esquerda — o rapaz atirando nele com uma pistola. A porta de Federico se abriu. Ele estava com uma banana de dinamite com a mecha acesa. Danny apoiou o cotovelo no côncavo da mão e atirou na rótula esquerda de Federico, que gritou e tombou contra o carro. A banana de dinamite caiu no banco da frente.

Agora Danny estava perto o bastante para ver outras bananas de dinamite empilhadas no banco de trás. Eram uns dois ou três feixes.

Um fragmento de pedra voou do calçamento da rua. Ele se abaixou e atirou no rapaz. O rapaz tombou no chão, seu boné caiu, e uma longa cabeleira cor de caramelo derramou-se sob ele, quando o rapaz rolou para debaixo de um carro. Não era um rapaz. Tessa. Pelo canto do olho, ele viu que o Rambler se movimentava e atirou novamente. A bala atingiu o estribo, um tiro vergonhoso, e então seu revólver clicou, pois estava sem munição. Ele achou balas nos bolsos, jogou as cápsulas vazias na rua, correu agachado até um poste e encostou o ombro nele. Mãos trêmulas, tentou recarregar o revólver enquanto balas ricocheteavam nos carros mais próximos e atingiam o poste.

Com voz queixosa e desesperada, Tessa gritava o nome de Federico, e então bradou: "*Scappa, scappa, amore mio! Mettiti in salvo! Scappa!*".

Federico girou o corpo para sair do banco da frente, e seu joelho bom se chocou contra o chão. Danny saiu de detrás do poste e atirou. O primeiro tiro atingiu a porta, mas o segundo acertou na bunda de Federico. Mais um grito estranho quando o sangue jorrou, escurecendo os fundilhos da calça. Ele se deixou tombar contra o banco e rastejou para dentro. Num relance, Danny reviu na cabeça aqueles dois no apartamento de Federico, que o brindava com seu riso caloroso e radiante. Danny repeliu aquela imagem quando Tessa soltou um grito gutural de esperança frustrada. Ao atirar, ela segurava a pistola com as duas mãos. Danny mergulhou para a esquerda e rolou na rua. As balas estilhaçavam as pedras do calçamento. Danny continuou a rolar até chegar ao carro do outro lado da rua, quando então percebeu, pelo barulho do revólver de Tessa, que ela estava sem munição. Federico deu um impulso para sair do Rambler, arqueou as costas, virou o corpo, abriu a porta do carro. Danny atirou e atingiu-lhe a barriga. Federico caiu de volta dentro do Rambler. A porta se fechou contra suas pernas.

Danny atirou na direção do lugar onde vira Tessa da última vez, mas ela não estava mais lá. Partira correndo, passara por várias casas além da igreja, apertando a mão contra o quadril... e a mão estava vermelha. Lágrimas escorriam-lhe pelas faces, e sua boca estava aberta num uivo silencioso. Quando a primeira radiopatrulha se aproximou, Danny lançou-lhe um último olhar e correu em direção ao primeiro carro da polícia de mãos levantadas, tentando fazê-lo afastar-se, antes que se aproximasse demais.

A explosão expandiu-se como se viesse de sob a água. A primeira onda atingiu as pernas de Danny fazendo-o cair na sarjeta, enquanto via o Rambler erguer-se inteiro no ar. Ele caiu de volta no chão, quase no lugar onde estava antes. As janelas explodiram, as rodas ficaram destruídas. Uma parte do teto virou para trás como se fosse uma lata. Os primeiros degraus da igreja estilhaçaram-se, espalhando cascalho para todos os lados. As pesadas portas de madeira soltaram-se dos gonzos. Os vitrais estouraram. Escombros erguiam-se no ar, em meio a uma poeira branca. Chamas saíam do carro. Chamas e uma densa fumaça escura. Danny se pôs de pé, sentindo o sangue gotejando dos ouvidos.

Um rosto apareceu em sua frente. Um rosto que lhe era familiar. Esse rosto gritou seu nome. Danny levantou as mãos, uma delas ainda segurando o revólver. O policial — agora Danny lembrava-se do nome, agente Glen de tal, Glen Patchett — balançou a cabeça: Não, guarde seu revólver.

Danny abaixou o revólver e guardou-o no casaco. O calor do fogo chegou-lhe às faces. Ele via Federico, o corpo escurecido, em chamas, encostado à porta do lado do passageiro como se estivesse dormindo e logo fosse dar uma volta. De olhos fechados, Danny lembrou-se da primeira noite em que se sentaram à mesa, a noite em que Federico, parecendo enlevado pela música, fechara os olhos fingindo reger a música que vinha do fonógrafo. As pessoas começaram a deixar a igreja, saindo pelos lados, e de repente Danny passou a ouvi-las como se estivessem no fundo de um buraco de mais de um quilômetro de profundidade.

Ele se voltou para Glen: "Balance a cabeça se estiver me ouvindo".

Patchett lançou-lhe um olhar interrogativo, mas balançou a cabeça.

"Mande um aviso a todos os carros e delegacias para que prendam Tessa Ficara. Vinte anos de idade, italiana. Um metro e sessenta e cinco de altura, cabelos longos castanhos. Está com um sangramento no quadril direito. Glen, ela está vestida como um rapaz. Calção preso à altura dos joelhos, camisa xadrez, suspensórios, sapatos marrons. Entendeu?"

Patchett rabiscou em seu caderno e balançou a cabeça.

"Armada e perigosa", disse Danny.

Mais rabiscos.

O canal de seu ouvido esquerdo desobstruiu-se de repente, e mais sangue lhe escorreu pelo pescoço, mas agora ele conseguia ouvir os sons, repentinos e dolorosos. Ele levou a mão ao ouvido. "Porra!"

"Agora você está me ouvindo?"

"Sim, Glen, sim."

"Quem é o sujeito carbonizado no carro?"

"Federico Ficara. Há três mandados de prisão federais contra ele. Você deve ter ouvido falar nele mais ou menos há um mês. Chegado em atirar bombas."

"Mas agora está morto. Você o acertou?"

"Três vezes", disse Danny.

Glen ficou olhando a poeira branca e os pequenos fragmentos que caíam em seus cabelos e em seus rostos. "Que jeito de foder com um domingo."

Eddie McKenna chegou à cena do crime uns dez minutos depois da explosão. Danny estava sentado, em meio ao entulho, no que restava dos degraus da escadaria da igreja e ouviu seu padrinho conversando com Fenton, o sargento do Esquadrão Antibomba.

"Sabe o que deve ter acontecido, Eddie? O plano era detonar a dinamite no carro, quando todo mundo estivesse aglomerado na frente da igreja depois da missa, como é de costume. Mas, quando a italianada começou a sair da igreja, o filho de Coughlin, que estava lá, gritou dizendo que voltassem para dentro, disparando um tiro para o alto a fim de convencê-los. Então as pessoas entraram de volta correndo, e Coughlin começou a atirar no canalha que estava no Rambler. Entra mais uma pessoa na jogada — segundo o Esquadrão Tático, era uma mulher, dá para acreditar? — e Danny atira nela também, mas sem deixar o sujeito sair do carro nem a pau. Fez que ele explodisse com suas próprias bombas."

"Uma ironia deliciosa", disse McKenna. "A partir de agora, os Esquadrões Especiais vão assumir o controle, sargento."

"Diga isso ao Esquadrão Tático."

"Oh, eu direi, pode ficar sossegado." Ele pôs a mão no ombro de Fenton antes que ele pudesse se afastar. "Como especialista no ramo, sargento, o que teria acontecido se a explosão ocorresse quando os paroquianos estivessem na rua?"

"Morreriam pelos menos vinte. Talvez uns trinta. Os demais ficariam feridos, mutilados, sabe-se lá mais o quê."

"É isso mesmo", disse McKenna. Ele se aproximou de Danny balançando a cabeça e sorrindo para ele. "Você sofreu um arranhão, pelo menos?"

"Parece que não", disse Danny. "Mas meus ouvidos estão doendo pra cacete."

"Primeiro a Salutation Street, depois a gripe, e agora isto?" McKenna sentou-se na escadaria da igreja, arregaçou as pernas da calça até os joelhos. "Quantas vezes se pode escapar por pouco, rapaz?"

"Pelo visto, eu estou tentando descobrir."

"Dizem que você a feriu. Essa tal de Tessa."

Danny fez que sim. "Acertei seu quadril direito. Pode ter sido um disparo meu ou então um ricochete."

"Você tem um jantar para daqui a uma hora, não é?", disse McKenna.

Danny inclinou a cabeça. "Você não espera que eu vá a esse jantar, não é?"

"Por que não?"

"A essa altura, o cara com quem eu ia jantar deve estar dando pontos em Tessa."

McKenna balançou a cabeça. "Ela é uma profissional. Não tenha dúvida. Ela não iria entrar em pânico e atravessar toda a cidade sangrando, antes do anoitecer. Agora deve estar escondida em algum lugar." Os olhos deles examinaram os edifícios à sua volta. "Com certeza ainda nas redondezas. Vou pôr mais policiais na rua hoje à noite. Além disso, seu amigo Nathan com certeza não é o único médico escroto nessa jogada. Por isso, acho que você devia ir ao jantar, como combinado. Claro que agora se trata de um risco calculado. Mas vale a pena correr esse risco."

Danny examinou o rosto do outro, procurando algum indício de que estava brincando.

"Você está *tão* perto", disse McKenna. "Bishop pediu para ver seus escritos. Você deu a ele. Agora ele o convida para jantar. Aposto todo o ouro da Irlanda como Fraina vai estar lá."

"Não temos certeza de que..."

"Temos sim", interrompeu McKenna. "Dá para deduzir. E se os astros conspirarem a favor, e Fraina o levar para a redação de A *Era da Revolução*?"

"O quê? Você quer que eu diga 'Ei, agora que somos todos amiguinhos, que tal vocês me passarem a lista de contatos de toda a organização?' ou alguma coisa do tipo?"

"Roube-a", disse McKenna.

"O quê?"

"Se você entrar na redação, roube-a, rapaz."

Danny se pôs de pé, um pouco desequilibrado, um dos ouvidos ainda obstruído. "O que é que há de tão importante nessas listas?"

"Com elas podemos acompanhar o movimento deles."

"Acompanhar os movimentos."

McKenna confirmou com um gesto de cabeça.

"Você é um puta mentiroso", disse Danny descendo as escadarias. "E não vou nem chegar perto da redação. Vamos nos encontrar num restaurante."

McKenna sorriu. "Tudo bem, tudo bem. Os Esquadrões Especiais vão lhe dar proteção, cuidar para que esses bolcheviques nem ao menos sonhem em olhar de cara feia para você. Satisfeito?"

"Que tipo de proteção?"

"Você conhece Hamilton, do meu esquadrão, não é?"

Danny fez que sim. Jerry Hamilton. Jersey Jerry. Um sujeito brutal. A única coisa que o separava da cadeia era um distintivo.

"Eu conheço Hamilton."

"Ótimo. Fique de olhos abertos esta noite e se prepare."

"Para quê?"

"Você vai saber quando acontecer, eu lhe garanto." McKenna levantou-se e sacudiu a poeira branca de sua calça. O pó continuava caindo sem parar desde a explosão. "Agora vá e trate de se limpar. Você está coberto de poeira. Nos cabelos, no rosto. Está parecendo um daqueles selvagens australianos que a gente vê em livros ilustrados."

18.

Quando Danny chegou ao restaurante, encontrou a porta trancada e as janelas com as persianas fechadas.

"Fecha aos domingos", disse Nathan Bishop saindo de um vestíbulo escuro para a fraca luz amarelada do poste de iluminação mais próximo. "Falha minha."

Danny olhou de ambos os lados da rua. "Onde está o camarada Fraina?"

"Em outro lugar."

"Que outro lugar?"

Nathan franziu o cenho. "O outro lugar para onde a gente vai."

"Sei."

"Porque este aqui estava fechado."

"Certo."

"Você sempre sofreu de mongolismo ou acabou de pegar?"

"Sempre."

Nathan estendeu a mão. "O carro está do outro lado da rua."

Danny o viu — o Olds modelo M, Pyotr Glaviach ao volante, olhando para a frente. Ele girou a chave e o ronco do pesado motor ecoou na rua.

Andando em direção ao carro, Nathan olhou por cima do ombro. "Você vem?"

Danny torceu para que os homens de McKenna estivessem em algum lugar fora de suas vistas, à espreita, e não enchendo a cara num bar da esquina até resolverem se dirigir ao restaurante e fazer o que quer que fora planejado. Ele imaginava a cena — Jersey Jerry e algum outro bandido com um distintivo de latão, ambos parados na frente do restaurante às escuras, um deles olhando o endereço que escrevera na própria mão, depois balançando a cabeça, embaraçado feito uma criança de cinco anos de idade.

Danny desceu da calçada e andou em direção ao carro.

Eles avançaram alguns quarteirões e dobraram na Harrison, sob uma chuvinha fraca. Pyotr Glaviach ligou o limpador de para-brisa. Como tudo o mais no carro, ele era pesado, e o barulho do movimento de vaivém ressoava no peito de Danny.

"Que silêncio", disse Nathan.

Danny olhou a Harrison Avenue, as calçadas vazias. "Sim. Bem, hoje é domingo."

"Eu estava me referindo a você."

O restaurante chamava-se Oktober. O nome aparecia apenas na porta, em letras vermelhas tão pequenas que Danny passara em sua frente várias vezes nos últimos meses sem tê-las visto. Três mesas dentro, e apenas uma estava posta. Nathan conduziu Danny até ela.

Pyotr passou o ferrolho na porta da frente, sentou-se junto dela, as mãos grandes no colo, como cães adormecidos.

Louis Fraina estava no balcão minúsculo, falando rapidamente ao telefone em russo. Ele balançava a cabeça o tempo todo, rabiscando freneticamente num caderno. Nesse meio tempo, a garçonete, uma mulher corpulenta na casa dos sessenta anos, trouxe para Nathan e Danny uma garrafa de vodca e uma cestinha de pão de centeio. Nathan pôs uma bebida para cada um e ergueu o copo num brinde. Danny o acompanhou.

"Saúde", disse Nathan.

"O quê? Não sabe russo?"

"Meu Deus do céu, não. Sabe o que os russos dizem dos ocidentais que sabem falar russo?"

Danny balançou a cabeça.

"Que são espiões." Nathan pôs mais vodca em seus copos, parecendo ler os pensamentos de Danny. "Você sabe por que Louis é uma exceção?"

"Por quê?"

"Porque ele é o Louis. Experimente o pão. É bom."

Do balcão veio uma explosão de palavras russas, seguidas de uma gargalhada, e Louis Fraina pôs o fone no gancho. Ele foi até a mesa e se serviu de vodca.

"Boa noite, cavalheiros. Que bom que vieram."

"Boa noite, camarada", disse Danny.

"O escritor", disse Louis Fraina estendendo a mão.

Danny apertou-a. Fraina segurou-lhe a mão com firmeza, mas não a ponto de querer provar alguma coisa. "Prazer em conhecê-lo, camarada."

Fraina sentou-se e pôs mais vodca em seu copo. "Vamos deixar o 'camarada', por enquanto. Li seu trabalho, portanto não duvido do seu compromisso ideológico."

"Oquei."

Fraina sorriu. Assim de perto, ele mostrava uma cordialidade imperceptível em seus discursos ou nas poucas vezes em que Danny o vira confabulando com os companheiros nos fundos do Sowbelly. "Pensilvânia Ocidental, não é?"

"Sim", disse Danny.

"O que o trouxe a Boston?", disse o outro tirando um pedaço do pão escuro e jogando-o na boca.

"Eu tinha um tio que morava aqui. Quando cheguei, ele já tinha ido embora. Nem sei bem para onde."

"Ele era um revolucionário?"

Danny balançou a cabeça. "Era sapateiro."

"Então ele podia fugir da luta calçado em bons sapatos."

Danny inclinou a cabeça e sorriu.

Fraina recostou-se na cadeira e fez um sinal à garçonete. Ela balançou a cabeça e desapareceu nos fundos do restaurante.

"Vamos comer", disse Fraina. "Vamos falar sobre revolução depois da sobremesa."

Eles comeram salada ao vinagre e azeite, que Fraina chamou de *svejie ovoshy*. Seguiu-se então *draniki*, um prato com batatas, depois *zharkoye*, uma iguaria de carne e mais batatas. Antes de provar, Danny não fazia ideia de que gosto teria aquela comida, mas viu que era muito boa, bem melhor que a papa servida todas as noites no Sowbelly o levara a imaginar. Não obstante, durante todo o jantar ele teve dificuldade em se concentrar. Em parte, por causa do zumbido em seus ouvidos. Ele só ouvia metade do que lhe diziam e, quando lhe parecia adequado, reagia à outra metade com sorrisos ou meneios de cabeça. Mas não era a deficiência da audição que lhe tirava o interesse pelo que se passava à mesa. Era a sensação, cada vez mais presente nos últimos tempos, de que aquele trabalho não estava lhe caindo bem.

Ele acordara naquela manhã e, por causa disso, um homem agora estava morto. Se merecia ou não morrer — e merecia sim —, não era o que preocupava Danny naquele momento, mas o fato de que *ele* o matara. Duas horas antes. Ele se pôs de pé no meio da rua e atirou nele como num animal. Ele ouvia seus gritos agudos. Via cada uma das balas entrando no corpo de Federico Ficara — a primeira no joelho, a segunda na bunda, a terceira na barriga. Todas dolorosas, a primeira e a terceira dolorosíssimas.

Duas horas atrás, e agora ele estava de volta ao trabalho, e o trabalho era se sentar à mesa com dois homens que pareciam, no máximo, exaltados demais, mas de modo nenhum criminosos.

Quando ele atingiu Federico na bunda (e aquilo era o que mais o incomodava, a indignidade do ato, Federico tentando se esgueirar para fora do carro como um animal ferido), perguntou-se o que criara uma situação como aquela — três pessoas atirando numa rua de uma cidade, perto de um carro cheio de bombas. Nenhum deus concebera aquele roteiro, nem mesmo para o mais reles de seus animais. Quem criara um Federico? Uma Tessa? Não foi Deus, mas o homem.

Eu matei você, pensou Danny. Mas não matei *aquilo*.

Ele percebeu que Louis Fraina estava falando com ele.

"Pode repetir?"

"Eu disse que, para um escritor tão exaltado, você é uma pessoa muito taciturna."

Danny sorriu. "Eu gosto de deixar tudo no papel."

Fraina balançou a cabeça e tocou seu copo no copo de Danny. "Muito bem." Ele se recostou na cadeira, acendeu um cigarro, soprou a chama para apagá-la como uma criança apaga uma vela, concentrado, lábios crispados. "Por que a Associação dos Trabalhadores Letões?"

"Acho que não entendi bem a pergunta."

"Você é americano", disse Fraina. "Você só precisa andar pouco menos de um quilômetro na cidade para chegar ao Partido Comunista Americano, do camarada Reed. Apesar disso, você preferiu a companhia de leste-europeus. Você não se sente bem entre seus conterrâneos?"

"Não."

Fraina inclinou a mão na direção de Danny. "Então?"

"Eu quero escrever", disse Danny. "O camarada Reed e o camarada Larkin não costumam admitir recém-chegados no seu jornal."

"Mas eu sim?"

"É o que dizem", respondeu Danny.

"Por falar nisso", disse Fraina, "francamente, gostei dos seus escritos. De suas reflexões."

"Obrigado."

"Alguns são... bem, um pouco elaborados demais. Empolados, eu diria."

Danny sacudiu os ombros. "Falo de coração, camarada Fraina."

"A revolução precisa de gente que fale com a cabeça. Inteligência, precisão... é isso o que o partido mais valoriza."

Danny balançou a cabeça.

"Quer dizer então que você quer colaborar com o jornal, não é?"

"Muito."

"Não é um trabalho glamoroso. De vez em quando você vai escrever no jornal, claro, mas esperamos que também trabalhe na prensa e na remessa, datilografando nomes e endereços nos envelopes. Você pode fazer isso?"

"Claro", disse Danny.

Fraina tirou um fragmento de fumo da língua e jogou-o no cinzeiro. "Venha à nossa redação na próxima sexta-feira. Vamos ver o que você acha."

Simples assim, pensou Danny. Simples assim.

Saindo do Oktober, ele se viu atrás de Louis Fraina e Pyotr Glaviach, enquanto Nathan Bishop cruzava a calçada para abrir a porta traseira do Olds modelo M. Fraina tropeçou, e um tiro ecoou na rua deserta. Pyotr Glaviach puxou Fraina para o chão e cobriu o corpo dele. Os óculos do homenzinho escorregaram no meio-fio e caíram na sarjeta. O homem que atirara saiu do vão de uma porta do edifício vizinho, um braço estendido. Danny pegou a tampa de uma lata lixo, bateu com ela na pistola, que disparou outra vez e voou da mão do homem. Danny deu com a tampa da lata na testa dele. Ouviu-se o som de sirenes. Elas estavam cada vez mais perto. Danny bateu no homem novamente com a tampa de metal, e ele caiu de bunda no chão.

Ele se voltou enquanto Glaviach empurrava Fraina para o banco de trás do carro e subia no estribo. Nathan Bishop entrou na parte da frente, acenando freneticamente para Danny. "Venha!"

O atirador agarrou os tornozelos de Danny e puxou-lhe as pernas. Danny caiu na calçada com tal violência que seu corpo quicou.

Uma radiopatrulha entrou na Columbus.

"Vão!", gritou Danny.

O Olds chiou quando deu a partida.

"Descubra se ele é um russo branco!", berrou Glaviach do estribo, enquanto a radiopatrulha chegava à frente do restaurante e o Olds fazia uma curva fechada à esquerda e sumia de vista.

Os dois primeiros policiais a chegarem correram para dentro do restaurante, empurraram a garçonete e mais dois homens que tinham se arriscado a sair, e fecharam a porta atrás de si. A radiopatrulha seguinte chegou quase ao mesmo tempo e freou em cima do meio-fio. McKenna desceu do carro, já rindo do absurdo de tudo aquilo, e Jersey Jerry Hamilton soltou os tornozelos de Danny. Eles se levantaram. Os dois policiais que acompanhavam McKenna se aproximaram e os empurraram violentamente contra a radiopatrulha.

"Bastante realista, não acha?", disse McKenna.

Hamilton esfregou a testa várias vezes e esmurrou o braço de Danny. "Estou sangrando, seu porra."

"Eu não mirei na cara."

"Não mirou..." Hamilton cuspiu sangue na rua. "Eu devia socar sua..."

Danny avançou para ele. "Eu podia mandar você para o hospital agora mesmo, caralho. É isso o que você quer, seu delinquente?"

"Ei, por que ele acha que pode me tratar desse jeito?"

"Porque ele pode", disse McKenna batendo no ombro dos dois. "Contenham-se, cavalheiros."

"Não, estou falando sério", disse Danny. "Você quer sair no pau comigo?"

Hamilton desviou os olhos. "Falei por falar."

"Você falou por falar", repetiu Danny.

"Cavalheiros", disse McKenna.

Danny e Jersey Jerry apoiaram as mãos no capô da radiopatrulha, e McKenna fingiu que os revistava.

"Isso é uma cagada", sussurrou Danny. "Eles vão perceber."

"Que nada", disse McKenna. "Você é um cético."

McKenna lhe pôs algemas frouxas e empurrou-os para a parte de trás da radiopatrulha. Ele se sentou ao volante e levou-os de volta pela Harrison.

No carro, Hamilton disse: "Sabe de uma coisa? Se algum dia eu o encontrar quando você estiver de folga...".

"O que você vai fazer?", perguntou Danny. "Chorar de novo?"

McKenna levou Danny ao seu apartamento na Roxbury e parou o carro meio quarteirão antes do edifício.

"Como está se sentindo?"

A verdade era que ele estava com vontade de chorar. Não por alguma coisa em particular. Era uma exaustão absoluta. Ele esfregou o rosto com as mãos.

"Eu estou bem."

"Você acabou com a raça de um terrorista carcamano em condições dificílimas há apenas quatro horas, depois partiu para uma reunião clandestina com outro provável terrorista e..."

"Porra, Eddie, eles não são..."

"O que você está dizendo?"

"...terroristas porra nenhuma. Eles são comunistas. E com certeza eles gostariam de nos ver fracassar, de ver todo o governo desabar e se afundar no oceano. Pode acreditar. Mas eles não jogam bombas."

"Rapaz, como você é ingênuo."

"Que seja", disse Danny estendendo a mão para a maçaneta.

"Dan", disse McKenna pondo a mão em seu ombro.

Danny esperou.

"Nas últimas semanas se exigiu demais de você. Reconheço isso, Deus é testemunha. Mas não vai demorar muito para você conseguir seu distintivo de ouro. E então tudo estará às mil maravilhas."

Danny balançou a cabeça para que Eddie tirasse a mão de seu ombro. Eddie se afastou.

"Não, não estará", disse Danny e saiu do carro.

Na tarde seguinte, no confessionário de uma igreja em que nunca entrara, Danny se ajoelhou e se benzeu.

O padre disse: "Você está cheirando a bebida".

"É porque eu estava bebendo, padre. Eu dividiria com o senhor, mas deixei a garrafa em casa."

"Você veio se confessar, filho?"

"Não sei."

"Como não sabe? Ou você pecou ou não pecou."

"Eu matei um homem a tiros ontem. Na frente de uma igreja. Imagino que o senhor já saiba dessa história."

"Sim, sei. O homem era um anarquista. Você...?"

"Sim. Eu o atingi três vezes e *tentei* cinco", disse Danny. "Errei duas vezes. Sabe qual é o problema, padre? Você vai dizer que agi certo, não é?"

"Cabe a Deus..."

"Ele ia explodir uma igreja. Uma das suas igrejas."

"Correto. Você agiu certo."

"Mas ele está morto. Eu o tirei desta terra. E não consigo me livrar da sensação..."

Seguiu-se um longo silêncio, que se prolongou ainda mais pelo fato de ser o silêncio de uma igreja; ela cheirava a incenso e a sabão e era recamada de veludos espessos e madeira escura.

"Que sensação?"

"A sensação de que nós — o sujeito que matei e eu — estamos dentro do mesmo barril, entende?"

"Não, você não está sendo claro."

"Desculpe-me", disse Danny. "Há um grande barril de merda, entende? E a classe..."

"Meça suas palavras."

"...e a classe dominante e os ricos *não* vivem nele, certo? É lá que eles jogam todas as consequências das quais não querem saber. E a ideia desses filhos da puta..."

"Você está numa casa de Deus."

"...sabe qual é a ideia, padre? A ideia é que a gente deve se comportar direitinho e ir embora quando eles tiverem arrancado o que queriam de nós. Aceitar o que eles nos dão, e beber, e comer, e achar tudo muito bom e dizer: 'Humm, por favor, mais. *Obrigado*'. E vou lhe dizer uma coisa, padre. Eu já estou de saco cheio, porra."

"Saia desta igreja imediatamente."

"Claro. O senhor vem comigo?"

"Acho que você precisa ficar sóbrio."

"E eu acho que o senhor precisa parar de se esconder nesse mausoléu e ir observar como seus paroquianos realmente vivem. Tem feito isso ultimamente, padre?"

"Eu..."

"Ou algum dia já fez?"

"Por favor", disse Louis Fraina, "sente-se."

Passava um pouco da meia-noite. Três dias depois da simulação da tentativa de assassinato. Por volta das onze horas, Pyotr Glaviach ligou para Danny e lhe deu o endereço de uma padaria em Mattapan. Quando Danny chegou, Pyotr Glaviach saiu do Olds modelo M e, com um aceno, chamou-o para um beco entre a padaria e uma alfaiataria. Seguido de Danny, ele foi até os fundos e entrou na despensa. Louis Fraina esperava, sentado numa cadeira de madeira de encosto maciço, de frente para outra exatamente igual.

Danny sentou-se na cadeira. Ele ficou tão perto do homenzinho de olhos negros que este podia, se quisesse, estender a mão e tocar os fios de sua barba impecável. Os olhos de Fraina mantinham-se no rosto de Danny. Não eram os olhos febris de um fanático. Eram olhos de um animal que, de tão acostumado a ser caçado, mostrava um certo tédio. Ele cruzou os tornozelos e recostou-se na cadeira. "Conte-me o que aconteceu depois que fomos embora."

Danny apontou o polegar para trás. "Já contei a Nathan e ao camarada Glaviach."

Fraina balançou a cabeça. "Conte-me."

"A propósito, onde está Nathan?"

"Conte-me o que aconteceu", respondeu Fraina. "Quem era aquele homem que tentou me matar?"

"Não descobri seu nome. Não falei com ele."

"Pois é. É como se fosse um fantasma."

Danny disse: "Tentei falar com ele, mas a polícia atacou imediatamente. Eles me espancaram, bateram nele e tornaram a me surrar. Depois eles nos enfiaram na parte traseira do carro e nos levaram para a delegacia".

"Qual?"

"Roxbury Crossing."

"E no caminho você não trocou umas palavrinhas com meu agressor?"

"Bem que tentei, mas ele não respondeu. Então o policial me mandou fechar a matraca."

"Ele falou assim? Fechar a *matraca*?"

Danny fez que sim. "Ameaçou meter o cassetete na minha boca."

Os olhos de Fraina cintilaram. "Que eloquência."

O piso estava cheio de farinha de trigo velha. A sala cheirava a fermento, suor, açúcar e mofo. Grandes latas marrons, algumas da altura de um homem, enfileiravam-se ao longo das paredes, e entre elas sacos de farinha e de trigo. Uma lâmpada nua pendia do teto no meio da sala e, das sombras que ela projetava, vinham guinchos de ratos. Os fornos com certeza estavam apagados desde o meio-dia, mas a sala estava quentíssima.

Fraina disse: "Ele estava muito perto, você não acha?".

Danny pôs a mão no bolso e tateou o botão em meio a algumas moedas. Ele o apertou na palma da mão e inclinou-se para a frente. "Não entendi, camarada."

"O pretenso assassino." Ele fez um gesto circular. "Esse homem de quem ninguém descobriu nenhum sinal. Esse homem que ninguém viu, nem mesmo um camarada conhecido meu que estava detido provisoriamente numa cela da Roxbury Crossing naquela noite, um veterano da primeira revolução contra o czar, um letão legítimo, como nosso camarada Pyotr."

O estoniano grandalhão estava encostado à grande porta do refrigerador, braços cruzados, e não deu nenhum sinal de ter ouvido o próprio nome.

"Ele também não viu você lá", disse Fraina.

"Eles não me puseram na detenção", disse Danny. "Eles se divertiram à vontade e me despacharam num camburão para Charlestown. Eu já disse isso ao camarada Bishop."

Fraina sorriu. "Bem, então está tudo certo. Está tudo ótimo." Ele bateu palmas. "Ei, Pyotr? O que é que eu disse a você?"

Olhos fixos nas prateleiras atrás da cabeça de Danny, Glaviach disse: "Está tudo certo".

"Está tudo certo", repetiu Fraina.

Danny se deixou ficar ali sentado, o calor da sala esquentando-lhe os pés, o couro cabeludo.

Fraina inclinou-se para a frente, joelhos contra joelhos. "Exceto, bem... que o tal homem estava muito perto, a uma distância de apenas dois metros ou pouco mais quando atirou. Como é que uma pessoa erra a uma distância dessas?"

"Ficou nervoso?", disse Danny.

Fraina afagou o cavanhaque e balançou a cabeça. "Foi o que imaginei a princípio. Mas aí comecei a pensar. Nós três estávamos juntos. Quatro, se contarmos você, que vinha atrás. E o que havia à nossa frente? Um grande e maciço carro de passeio. Então lhe pergunto, camarada Sante, onde foram parar as balas?"

"Acho que na calçada."

Fraina estalou a língua e balançou a cabeça. "Infelizmente, não. A gente fez uma busca. Procuramos por toda a parte, num raio de dois quarteirões. Isso foi fácil, porque a polícia não procurou. Uma arma disparada dentro do perímetro urbano. Dois disparos, e a polícia reage como se se tratasse apenas de uma agressão verbal."

"Humm", fez Danny. "Isto é..."

"Você é um federal?"

"Não entendi, camarada."

Fraina tirou os óculos e limpou-os com um lenço. "Da Secretaria de Justiça? Da Imigração? Departamento de Investigação?"

"Eu não..."

Ele se pôs de pé, recolocou os óculos e abaixou os olhos para Danny. "Ou quem sabe da polícia local? Faz parte de uma operação policial secreta que dizem estar havendo na cidade? Ouvi dizer que os anarquistas de Revere têm um novo membro que afirma ser do norte da Itália, mas fala com sotaque e ritmo sulistas." Ele deu uma volta e se postou atrás da cadeira de Danny. "E você, Daniel? Quem é você?"

"Eu sou Daniel Sante, mecânico de Harlansburg, Pensilvânia. Não sou policial, camarada. Não sou agente do governo. Sou exatamente o que digo ser."

Fraina agachou-se atrás dele, inclinou o corpo e sussurrou ao ouvido de Danny: "Que outra resposta você poderia dar?".

"Nenhuma", respondeu Danny inclinando a cabeça até conseguir ver a esguia silhueta de Fraina. "Porque é a verdade."

Fraina pôs a mão na nuca. "Um homem tenta me assassinar e faz um tremendo disparo. Você vem em meu socorro, porque está saindo junto comigo. A polícia chega segundos depois do disparo. Todo mundo no restaurante é detido, mas ninguém é interrogado. Preso pela polícia, o assassino desaparece. Você é solto sem sofrer nenhuma acusação e, por uma grande coincidência, acontece de ser um escritor de certo talento." Ele voltou a se postar diante de Danny e bateu na própria têmpora. "Vê o quanto há de sorte nesses acontecimentos?"

"Então foi sorte."

"Eu não acredito em sorte, camarada. Eu acredito em lógica. E essa sua história não tem nenhuma." Ele se agachou diante de Danny. "Agora vá embora. Diga aos seus chefes burgueses que não existe absolutamente nada contra a Associação dos Trabalhadores Letões e que ela não viola nenhuma lei. Diga a eles também que não precisam mandar outro caipira para confirmar."

Danny ouviu os passos de alguém entrando na despensa atrás dele. Passos, talvez, de duas pessoas. Talvez três, no total.

"Eu sou exatamente o que digo ser", falou Danny. "Sou um homem dedicado à causa e à revolução. Não vou embora. Recuso-me a negar minha identidade diante de quem quer que seja."

Fraina se levantou. "Vá embora."

"Não, camarada."

Pyotr Glaviach usou o cotovelo para impulsionar o corpo, afastando-o da porta do refrigerador. O outro braço estava atrás das costas.

"Pela última vez", disse Fraina. "Vá embora."

"Não posso, camarada. Eu..."

Quatro pistolas se engatilharam. Três atrás dele, a quarta na mão de Pyotr Glaviach.

"Levante-se!", gritou Glaviach, e o grito reverberou nas maciças paredes de pedra.

Danny se pôs de pé.

Pyotr Glaviach postou-se atrás dele. Sua sombra projetava-se no chão, diante de Danny, e a sombra estendeu um braço.

Fraina olhou para Danny com um sorriso pesaroso. "Essa é a única opção que lhe sobrou, e pode expirar a qualquer momento." Ele estendeu o braço em direção à porta.

"Você está enganado."

"Não", disse Fraina. "Não estou. Boa noite."

Danny não respondeu. Ele passou por Fraina. As sombras dos quatro homens do fundo da sala tomavam a parede à sua frente. Ele abriu a porta sentindo uma coceira ardente na base do crânio, saiu da padaria e mergulhou na noite.

A última coisa que Danny fez no quarto alugado por Daniel Sante foi raspar a barba no banheiro do primeiro andar. Ele cortou quase tudo com uma tesoura, enfiando os grossos tufos numa sacola de papel, depois a encharcou com água quente e aplicou uma volumosa camada de creme de barbear. A cada vez que passava a navalha, sentia-se mais enxuto, mais leve. Quando ele raspou a última porção de espuma e o último fio de barba, sorriu.

Danny e Mark Denton reuniram-se com o comissário O'Meara e o prefeito Andrew Peters no gabinete deste, numa tarde de sábado. O prefeito pareceu a Danny um homem deslocado, como se não combinasse com o gabinete, com sua grande mesa de trabalho, com sua camisa engomada, de colarinho alto, e seu terno de tweed. Ele ficava o tempo todo mexendo no telefone sobre sua mesa e ajeitando o mata-borrão.

Assim que os policiais se sentaram, o prefeito lhes sorriu. "A nata do DPB, não é, cavalheiros?"

Danny correspondeu ao sorriso.

Stephen O'Meara estava de pé atrás da mesa de trabalho de Peters. Antes mesmo de dizer uma palavra, já tinha o comando da sala. "O prefeito Peters e eu examinamos o orçamento para o próximo ano e vimos alguns lugares onde podemos mexer num dólar aqui, outro ali. Claro que não será o bastante. Mas já é um começo, cavalheiros, e um pouco mais que isso: é o reconhecimento público de que levamos suas reivindicações a sério. Não é isso, senhor prefeito?"

Peters levantou os olhos do porta-lápis. "Ah, claro que sim."

"Consultamos as equipes de defesa sanitária sobre a possibilidade de uma vistoria nas condições de higiene em todas as delegacias. Eles concordaram em começar no primeiro mês do próximo ano." Os olhares de O'Meara e Danny se cruzaram. "É um começo satisfatório?"

Danny olhou para Mark, depois para o comissário. "Bastante satisfatório, senhor."

O prefeito Peters disse: "Ainda estamos pagando as dívidas do projeto de instalação de esgotos na Commonwealth Avenue, cavalheiros, para não falar da expansão das linhas de bondes, da crise de combustíveis domésticos durante a guerra e de um déficit considerável no financiamento das escolas públicas nos distritos brancos. A cotação dos nossos títulos está baixa e caindo ainda mais. E agora o custo de vida explodiu num grau sem precedentes. De modo que nos preocupamos com a situação de vocês. Podem acreditar. Mas precisamos de tempo".

"E de fé", disse O'Meara. "Só mais um pouco. Os cavalheiros poderiam consultar os companheiros de farda? Fazer uma lista das suas queixas e experiências no dia a dia de trabalho? Testemunhos pessoais de como esse desequilíbrio fiscal está afetando sua vida doméstica? Os senhores se disporiam a preencher um formulário sobre as condições sanitárias das delegacias e elaborar uma lista do que acreditam ser abusos sistemáticos de poder nas esferas mais altas da hierarquia?"

"Sem medo de represálias?", perguntou Danny.

"Sem nenhum medo", disse O'Meara. "Eu lhes garanto."

"Então, claro", disse Mark Denton.

O'Meara confirmou com um gesto de cabeça. "Vamos nos reunir aqui novamente dentro de um mês. Nesse meio tempo, não precisamos divulgar nossas reivindicações para a imprensa nem ficar mexendo em nenhum vespeiro. Isso lhes parece aceitável?"

Danny e Mark confirmaram com um gesto de cabeça.

O prefeito Peters levantou-se e apertou-lhes as mãos. "Sou novo neste cargo, cavalheiros, mas espero poder corresponder à confiança dos senhores."

O'Meara saiu de detrás da mesa e apontou para as portas do gabinete. "Quando abrirmos aquelas portas, a imprensa estará lá. Flashes de câmeras, perguntas feitas aos gritos, essas coisas. Algum de vocês está trabalhando sob uma identidade falsa?"

De imediato um sorriso aflorou os lábios de Danny, e ele se sentiu inexplicavelmente orgulhoso em dizer: "Agora não mais, senhor".

Num boxe no fundo salão da Taverna Warren, Danny entregou a McKenna uma caixa com as roupas do seu Daniel Sante e a chave do lugar em que morava, várias anotações não incluídas em seus relatórios e toda a literatura que estudara para compor sua identidade falsa.

Eddie apontou para o rosto barbeado de Danny. "Então, você desistiu."

"Desisti."

McKenna remexeu na caixa e empurrou-a para um lado. "Não há nenhuma chance de mudar de ideia? Acordar depois de uma boa noite de sono e...?"

Danny lançou-lhe um olhar que o fez parar.

"Acha que eles podiam ter matado você?"

"Não. Pela lógica, não. Mas quando ouvimos quatro armas se engatilharem às nossas costas..."

McKenna balançou a cabeça. "Com certeza isso faria o próprio Cristo reconsiderar a sabedoria de Suas convicções."

Eles ficaram em silêncio por algum tempo, cada um ocupado com seu copo e com seus pensamentos.

"Eu poderia criar para você uma nova identidade falsa, transferi-lo para outra célula. Há uma em..."

"Pare, por favor. Eu estou fora. Nem ao menos sei que diabos estava fazendo. Não sei por que..."

"Não cabe a nós perguntar por quê."

"Não cabe a *mim* perguntar por quê. Essa coisa é cria sua."

McKenna deu de ombros.

"O que é que fiz ali?", disse Danny olhando as próprias mãos espalmadas. "O que é que se conseguiu? Afora fazer listas de sindicalistas e bolcheviques inofensivos..."

"Não existem vermelhos inofensivos."

"...que diabo me mandaram fazer ali?"

Eddie McKenna tomou um gole de cerveja, reacendeu o charuto, um olho espiando através da fumaça. "Nós perdemos você."

"O quê?"

"Perdemos sim, perdemos", disse Eddie baixinho.

"Não sei o que quer dizer. Sou eu. Danny."

McKenna levantou os olhos e fitou as telhas. "Quando eu era menino, morei por algum tempo com um tio. Não lembro se era irmão da minha mãe ou do meu pai, mas de todo modo ele era um irlandês sombrio. Com ele não havia essa história de música, de amor, de luz. Mas ele tinha um cachorro, sabe? Um pobre cachorro sarnento, tonto como ele só, mas *esse* tinha amor, tinha lá sua luz. Ele ficava pulando no lugar quando me via subindo a colina, pulando pelo simples prazer de saber que eu iria afagá-lo, correr com ele, acariciar sua barriga malhada." Eddie tragou o charuto e soprou a fumaça devagar. "Ele ficou doente. Vermes. Começou a botar sangue pelo focinho. A certa altura, meu tio me mandou jogá-lo no mar. Bateu em mim porque me recusei. Bateu mais ainda porque chorei. Então levei o vira-lata até o mar. Carreguei-o nos braços até um ponto em que a água me batia pouco acima do queixo e larguei-o. Eu devia segurá-lo debaixo d'água e contar até sessenta, mas nem seria preciso. Ele é fraco, débil, melancólico, e afunda sem fazer barulho. Volto para a praia e meu tio torna a me bater. 'Por quê?', gritei. Ele aponta. E lá está ele, o fraco vira-lata de cabeça dura, nadando de volta. Nadando em minha direção. Finalmente, ele chega à praia. Está encharcado, treme e arqueja. Esse cachorro é uma maravilha, um romântico, um herói. E, no instante em que ele olha para mim, meu tio mete-lhe o machado na espinha e o parte em dois."

Ele se recostou na cadeira e pegou o charuto no cinzeiro. Uma garçonete retirou umas cinco canecas da mesa vizinha, voltou para trás do balcão, e o salão ficou em silêncio.

"Para que você conta uma história dessas, porra?", disse Danny. "Que diabo há de errado com você?"

"É o que há de errado com você, rapaz. Você meteu esse troço de 'é justo' na cabeça, não negue. Você acha que é possível. Acha mesmo. Dá para sentir isso."

Danny recostou-se, a cerveja derramando-se pelos lados da caneca, enquanto ele a recolocava na mesa. "Devo aprender alguma coisa com essa merda de história do cachorro? O quê? Que a vida é dura? Que o jogo não é limpo? Você acha que isso é novidade para mim? Você acha que eu acredito que os sindicatos ou o BSC têm a mínima chance de conseguir o que lhes é devido?"

"Então por que você está fazendo isso? Seu pai, seu irmão, eu... estamos preocupados, Dan. Muito preocupados. Você se deixou desmascarar por Fraina porque uma parte de você queria ser desmascarada."

"Não."

"E no entanto você fica aí sentado e me diz estar consciente de que nenhum governo sensato ou razoável — municipal, estadual ou federal — permitirá a sovietização deste país. *Nunca*. Mas você continua a mergulhar cada vez mais na lama do BSC, afastando-se daqueles que estão do seu lado. Por quê? Você é meu afilhado, Dan. Por quê?"

"Mudar é doloroso."

"É o que tem a responder?"

Danny se pôs de pé. "Mudar é doloroso, Eddie, mas pode acreditar: a mudança está a caminho."

"Não está."

"Tem de estar."

Eddie balançou a cabeça. "Existem lutas, menino, e existe estupidez. E receio que logo você vá aprender a diferença."

19.

Luther estava na cozinha com Nora, no final de uma tarde de terça-feira. Ela acabara de voltar de seu trabalho na fábrica de sapatos. Luther cortava legumes para a sopa. Nora descascava batatas, quando perguntou: "Você tem namorada?".

"Ahn?"

Nora pousou nele os olhos claros, que cintilavam como um fósforo bruxuleante. "Você ouviu o que eu disse. Você tem uma namorada em algum lugar?"

Luther balançou a cabeça. "Não, senhora."

Ela riu.

"O que é?"

"Claro que você está mentindo."

"Ahn? Por que diz isso?"

"Dá para perceber pelo seu tom de voz."

"Perceber o quê?"

Ela caiu na gargalhada. "Amor."

"O fato de eu amar uma pessoa não significa que ela é minha."

"Bom, essa é a coisa mais certa que você disse em toda esta semana. O fato de amar alguém não significa..." Ela deixou a frase morrer por aí e voltou a cantarolar baixinho, continuando a descascar as batatas. Luther tinha quase certeza de que ela não se dava conta daquele seu hábito de cantarolar.

Usando a faca como espátula, Luther foi empurrando os aipos picados para dentro da panela. Ele se pôs ao lado de Nora para tirar algumas cenouras do escorredor que estava na pia, levou-as para o balcão, cortou-lhes as pontas, alinhou-as e começou a picá-las, quatro de cada vez.

"Ela é bonita?", perguntou Nora.

"Ela é bonita", disse Luther.

"Alta? Baixa?"

"Ela é meio pequena", disse Luther. "Como você."

"Eu sou pequena, é?" Ela lançou um olhar a Luther por cima do ombro, uma mão segurando o descascador, e Luther, como de outras vezes, sentiu a força do vulcão que ardia dentro dela nas ocasiões mais inocentes. Ele não conhecia muitas outras mulheres brancas, e nenhuma irlandesa, mas há muito tempo percebera que era preciso ter cuidado com Nora.

"Você não é grande", disse ele.

Ela o fitou por um longo tempo. "Faz meses que nos conhecemos, senhor Laurence, e hoje no trabalho me ocorreu que não sei praticamente nada de você."

Luther deu uma risadinha. "É a história do roto falando do esfarrapado."

"Tem alguma coisa aí que você não quer me dizer?"

"Eu?", exclamou Luther balançando a cabeça. "Sei que você é da Irlanda, mas não exatamente de onde."

"Você conhece a Irlanda?"

"Nem um pouco."

"Então que diferença faria?"

"Eu sei que você chegou aqui cinco anos atrás. Eu sei que você está namorando o senhor Connor, mas não parece dar muita bola para isso. Eu..."

"O que foi, rapaz?"

Luther descobrira que, quando os irlandeses dizem "rapaz" a um negro, não significa a mesma coisa que quando é dito por um branco americano. Ele tornou a rir. "Acertei em cheio, hein, mocinha?"

Nora riu. Ela passou as costas da mão molhada nos lábios, segurando o descascador de lado. "Repita."

"O quê?"

"O sotaque, o sotaque."

"Ah, claro, não sei o que você pretende."

Ela encostou o corpo na borda da pia e fitou-o. "Esse é o tom de voz de Eddie McKenna, sem tirar nem pôr."

Luther sacudiu os ombros. "Nada mal, hein?"

Nora ficou séria. "Não vá deixar que ele veja você fazendo isso."

"Você acha que estou louco?"

Ela pôs o descascador no balcão. "Você tem saudades dela. Dá para ver isso em seu olhar."

"Sinto saudades dela."

"Como ela se chama?"

Luther balançou a cabeça. "Por enquanto, quero guardá-lo para mim, senhorita O'Shea."

Nora enxugou as mãos no avental. "Do que você está fugindo, Luther?"

"E você?"

Ela sorriu, seus olhos tornaram a cintilar, mas dessa vez porque estavam úmidos. "De Danny."

Ele balançou a cabeça. "Percebi isso. E de outra coisa também. Alguma coisa mais antiga."

Ela se voltou para a pia, levantou a panela cheia de água e batatas. "Formamos uma dupla muito interessante, não é, senhor Laurence? Usamos toda a nossa intuição em relação aos outros, não a nós mesmos."

"Então isso nos faz muitíssimo bem", disse Luther.

"Ela disse isso?", perguntou Danny ao telefone de sua casa. "Que fugia de mim?"

"Disse", confirmou Luther, que estava ao telefone do vestíbulo da casa dos Giddreaux.

"Ela falou como se estivesse cansada disso?"

"Não", respondeu Luther. "Ela falou como se já estivesse acostumada a isso."

"Oh."

"Sinto muito."

"Não. Fico muito grato a você, pode acreditar. Eddie voltou a importunar você?"

"Ele me deu a entender que já está descobrindo coisas sobre mim. Mas não disse como nem o quê."

"Oquei. Quando ele disser..."

"Eu aviso você."

"O que você acha dela?"

"De Nora?"

"Sim."

"Acho que ela é mulher demais para você."

A gargalhada de Danny soou como uma explosão. Como se uma bomba tivesse estourado bem perto. "Você acha, hein?"

"É só uma opinião."

"Boa noite, Luther."

"Boa noite, Danny."

Um dos segredos de Nora era que ela fumava. Luther a surpreendeu fumando logo que começou a trabalhar na casa dos Coughlin, e os dois pegaram o hábito de sair de fininho para fumar juntos na hora em que a sra. Ellen Coughlin, no toalete, arrumava-se para o jantar, mas bem antes do horário em que o sr. Connor e o capitão Coughlin voltavam do trabalho.

Numa dessas ocasiões, numa tarde ensolarada mas fria, Luther perguntou-lhe novamente sobre Danny.

"O que você quer saber?"

"Você disse que fugia dele."

"Disse, é?"

"Sim."

"Eu estava sóbria?"

"Foi lá na cozinha."

"Ah", fez ela, e em seguida sacudiu os ombros e expirou ao mesmo tempo, o cigarro levantado na altura do rosto. "Bem, talvez ele tenha fugido de mim."

"Ahn?"

Os olhos dela faiscaram, o perigo que se adivinhava nela prestes a aflorar. "Você quer saber uma coisa sobre seu amigo Aiden? Uma coisa que você nunca haveria de imaginar?"

Luther sabia que se tratava de um daqueles momentos em que o melhor era ficar quieto.

Nora soprou outro jato de fumaça, mais rápido e mais nervoso. "Ele é o próprio rebelde, não é? Muito independente, com ideias próprias, não é?" Ela balançou a cabeça, deu um vigoroso trago no cigarro. "Ele não é. No final das contas, ele não é absolutamente nada." Ela olhou para Luther, um sorriso teimando em aflorar-lhe no rosto. "No final das contas, ele não conseguiria conviver com meu passado, esse passado que tanto você quer saber. Ele quer ser... acho que a palavra seria 'respeitável'. E, naturalmente, eu não poderia lhe oferecer isso."

"Mas o senhor Connor, ele também não me parece do tipo que..."

Ela balançou a cabeça várias vezes. "O senhor Connor não sabe nada do meu passado. Só Danny. E veja como esse conhecimento nos jogou no inferno." Ela lhe deu outro sorriso crispado, esmagou o cigarro no chão, apanhou a ponta apagada do alpendre gelado e enfiou-a no bolso do avental. "Já acabou as perguntas por hoje, senhor Laurence?"

Ele fez que sim.

"Como é o nome dela?", perguntou Nora.

Ele a olhou nos olhos. "Lila."

"Lila", disse ela num tom suave. "Lindo nome esse."

Luther e Clayton Tomes estavam fazendo trabalhos de demolição no edifício da Shawmut Avenue num sábado tão frio que dava para ver seus hálitos condensados. Mesmo assim, a demolição era um trabalho tão pesado — com pés-de-cabra e marretas — que já na primeira hora eles estavam com as camisetas rasgadas.

Perto do meio-dia, fizeram uma pausa, comeram os sanduíches preparados pela sra. Giddreaux e tomaram umas cervejas.

"O que vamos fazer depois disso?", perguntou Clayton. "Dar um jeito na laje do piso?"

Luther fez que sim, acendeu um cigarro e expeliu a fumaça devagar, num sopro longo e cansado. "Na semana que vem e na outra, vamos cuidar da parte elétrica, quem sabe também pôr os tubos de esgoto de que você tanto gosta."

"Merda", disse Clayton balançando a cabeça e dando um sonoro bocejo. "Todo esse trabalho só por um nobre ideal? Com certeza um lugar no Céu dos Crioulos."

Luther deu um riso suave, mas não disse nada. Ele já não se sentia bem dizendo a palavra "crioulo", embora só a tivesse usado em companhia de outros homens de cor. Tanto Jessie como Broscious a falavam o tempo todo, e uma parte de Luther sentia como se a tivesse sepultado junto com eles no Club Almighty. Ele não tinha explicação melhor para isso. O fato é que não conseguia mais pronunciá-la. Como a maioria das coisas, imaginou ele, aquilo iria passar, mas por enquanto...

"Bem, acho que a gente também podia..."

Ele parou de falar quando McKenna entrou pela porta da frente como se fosse o próprio dono do edifício. Ele ficou no vestíbulo, olhando para a escada semidestruída.

"Diabo", sussurrou Clayton. "Polícia."

"Eu sei. Ele é amigo do meu patrão. Ele se finge de amigo, mas não é. Ele não é nosso amigo."

Clayton balançou a cabeça, porque ao longo da vida ambos tinham conhecido muitos brancos que se encaixavam naquela descrição. McKenna entrou na sala em que eles estiveram trabalhando, uma sala grande, a mais próxima da cozinha, certamente uma sala de jantar cinquenta anos atrás.

As primeiras palavras de McKenna foram: "Canton?".

"Columbus", disse Luther.

"Ah, muito bem." McKenna sorriu para Luther e voltou-se para Clayton. "Acho que não nos conhecemos." Ele estendeu a mão carnuda. "Tenente McKenna, do DPB."

"Clayton Tomes", disse Clayton apertando-lhe a mão.

McKenna segurou a mão dele e se pôs a sacudi-la, um sorriso estático no rosto, os olhos procurando os de Clayton, depois os de Luther, parecendo penetrar-lhe o coração.

"Você trabalha para a viúva da M Street, a senhora Wagenfeld, certo?"

Clayton confirmou com um gesto de cabeça. "Ahn, sim, sor."

"Certo." McKenna soltou a mão de Clayton. "Dizem que ela tem uma pequena fortuna em dobrões espanhóis embaixo do depósito de carvão. Isso é verdade, Clayton?"

"Não sei nada disso, senhor."

"E não diria a ninguém se soubesse!", afirmou McKenna sorrindo e dando um tapa tão forte nas costas de Clayton que ele cambaleou para a frente, avançando alguns passos.

McKenna aproximou-se de Luther. "O que o trouxe aqui?"

"Sor?", disse Luther. "O senhor sabe que eu moro com os Giddreaux. Estamos construindo a sede."

McKenna olhou para Clayton e franziu cenho. "A sede? De quê?"

"Da ANPPN", disse Luther.

"Ah, uma obra de vulto", disse McKenna. "Certa vez fiz uma reforma em minha casa. Uma dor de cabeça constante." Ele afastou um pé-de-cabra com o sapato. "Vejo que vocês estão na fase da demolição."

"Sim, sor."

"A coisa está indo?"

"Sim, sor."

"Eu diria que estão quase no fim. Pelo menos neste andar. Mas minha pergunta, Luther, não era a respeito do seu trabalho neste edifício. Não. Quando lhe perguntei o que o trouxe aqui, estava me referindo a Boston. Por exemplo, Clayton Tomes, de onde você é, filho?"

"Do West End, senhor. Nascido e criado lá."

"Exatamente", disse McKenna. "Nossos negros tendem a ficar no lugar onde nasceram, Luther. Poucos vêm para cá sem uma boa razão para isso, quando bem podiam ir para Nova York, ou sabe lá Deus, Chicago ou Detroit, onde há muitos outros da sua raça. Então, o que o trouxe aqui?"

"Um emprego", disse Luther.

McKenna balançou a cabeça. "Percorrer mil e trezentos quilômetros para levar a senhora Ellen Coughlin à igreja? Acho meio esquisito."

Luther deu de ombros. "Então acho que é esquisito, sor."

"É sim, é sim", disse McKenna. "Uma garota?"

"Sor?"

"Você tinha uma namorada por aqui?"

"Não."

McKenna levou a mão ao queixo, alisou a barba por fazer, olhou para

Clayton novamente como se eles estivessem jogando aquele jogo juntos. "Veja, eu acreditaria se você tivesse percorrido mil e trezentos quilômetros por causa de uma boceta. Aí sim, daria para acreditar. Mas desse jeito..."

Ele fitou Luther por um bom tempo com aquele seu semblante satisfeito e aberto.

Quando o silêncio chegou ao segundo minuto, Clayton disse: "É melhor a gente voltar ao trabalho, Luther".

A cabeça de McKenna se voltou num giro lento, e ele dirigiu um olhar direto a Clayton Tomes, que se apressou em desviar os olhos.

McKenna voltou-se novamente para Luther. "Não deixe que eu o tire do trabalho, Luther. É melhor eu também voltar para o meu. Obrigado por lembrar, Clayton."

Clayton balançou a cabeça à própria estupidez.

"De volta ao mundo", disse McKenna com um suspiro cansado. "Hoje em dia as pessoas que ganham um bom salário acham que tudo bem morder a mão que as alimenta. Sabem qual é o alicerce do capitalismo, cavalheiros?"

"Não, sor."

"Sei não, senhor."

"O alicerce do capitalismo, cavalheiros, é a produção e circulação de bens de consumo. Aí está. É nessas bases que se constrói a nação. Portanto, os heróis deste país não são soldados, nem atletas, nem mesmo presidentes. Os heróis são os homens que constroem nossas ferrovias, nossos automóveis e nossas fábricas e fiações de algodão. São eles que fazem o país andar. Assim sendo, os homens que fazem esse trabalho deviam se sentir gratos por tomarem parte no processo de construção da sociedade mais livre do mundo." Ele fez um movimento para a frente e bateu nos ombros de Luther. "Mas ultimamente eles não fazem isso. Dá para acreditar?"

"Não existe um movimento subversivo entre nós negros, sor tenente."

Os olhos de McKenna se arregalaram. "Onde você esteve vivendo, Luther? Agora mesmo está em curso um forte movimento de esquerda no Harlem. Os negros pretensiosos conseguiram um pouco de instrução e agora leem seu Marx, seu Booker T., seu Frederick Douglass, e há homens como Du Bois e Garvey. Há quem afirme que eles são tão perigosos quanto Goldman, Reed e os ateus da OIM." Ele levantou o dedo. "*Alguns* chegam a dizer que a ANPPN é só uma fachada, Luther, com o objetivo de difundir ideias subversivas e sediciosas." Ele bateu de leve no rosto de Luther com a mão enluvada. "Alguns."

Ele se voltou e examinou o teto chamuscado.

"Bem, vocês têm o que fazer aqui, rapazes. Vou deixá-los trabalhar."

Ele pôs as mãos nas costas e foi andando devagar. Nem Luther nem Clayton conseguiram respirar até que ele atravessasse o vestíbulo e descesse os degraus da entrada.

"Oh, Luther", disse Clayton.

"Eu sei."

"Seja lá o que você tenha feito a esse homem, vai ter de desfazer."

"Eu não fiz nada. Ele é assim mesmo."

"Assim como? Branco?"

Luther fez que sim.

"E ruim", disse Luther. "Uma maldade dessas que vai te consumindo até o dia da sua morte."

20.

Depois de sair do Esquadrão Especial, Danny voltou a fazer a ronda a pé na área de sua antiga delegacia, a Primeira, na Hannover Street. Ele foi destacado para fazer a ronda com Ned Wilson, que, a dois meses de completar vinte anos de serviço, já fazia cinco anos que estava cagando e andando para o trabalho. Ned passava a maior parte de seu turno bebendo ou jogando dados no Costello's, e ele e Danny se encontravam durante uns vinte minutos no começo do turno e uns cinco no final. No resto do tempo, Danny ficava livre para fazer como bem entendesse. Quando ele fazia uma prisão importante, ligava para o Costello's de um telefone público e Ned ia ao seu encontro, para que os dois conduzissem juntos o criminoso pela escada de acesso à delegacia. Do contrário, Danny ficava perambulando. Ele andava por toda a cidade, visitando quantas delegacias conseguisse num dia — a Segunda, na Court Square, a Quarta, em LaGrange, a Quinta, no South End, procurando alcançar quantas das dezoito delegacias do DPB fossem possíveis. As três em West Roxbury, Hyde Park e Jamaica Plain estavam a cargo de Emmett Strack; a Sétima, em Eastie, a cargo de Kevin McRae; Mark Denton cobria Dorchester, o Southie e a Décima Quarta, em Brighton. Danny cobria todo o resto — centro, North End, South End e Roxbury.

Seu trabalho era arregimentar policiais e colher depoimentos. À custa de muita falação, saudações efusivas e lisonjas, ele conseguiu persuadir um terço dos policiais com quem conversou a fazer um cuidadoso relatório escrito de sua semana de trabalho, de suas despesas e das condições da delegacia onde trabalhavam. Nas três primeiras semanas em que voltou a fazer ronda, conseguiu levar sessenta e oito homens às reuniões do Boston Social Club no Fay Hall.

A época em que trabalhara na Divisão de Esquadrões Especiais fora marcada por uma autocensura tão severa que Danny agora se perguntava como conseguira levar aquilo adiante. Em contrapartida, aquele trabalho para o BSC, com vistas a criar um sindicato, o fazia se sentir uma pessoa tão útil que beirava o evangélico.

Era isto — concluiu ele certa tarde quando voltou para a delegacia com mais três depoimentos de policiais da Primeira — que eu estava buscando desde Salutation Street: uma razão para o fato de ter sido poupado.

Na caixa de correspondência, encontrou um bilhete de seu pai pedindo-lhe que fosse à sua casa ao final do turno de trabalho. Danny sabia que boa coisa não podia sair daquelas convocações feitas pelo pai, mas de todo modo pegou um bonde para South Boston e atravessou a cidade coberta de neve macia.

Nora atendeu a porta, e Danny percebeu que ela não esperava dar com ele à sua frente. Ela apertou o suéter contra o corpo e recuou um passo abruptamente.

"Danny."

"Boa noite."

Ele mal a tinha encontrado depois da gripe, mal tinha visto alguém da família, exceto naquele jantar de domingo várias semanas antes, quando conheceu Luther Laurence.

"Entre, entre."

Ele cruzou a soleira e tirou o cachecol. "Onde estão mamãe e o Joe?"

"Foram dormir", disse ela. "Vire-se."

Ele deu as costas e ela lhe tirou a neve dos ombros e da parte de trás do casaco.

"Agora me passe o casaco."

Enquanto o tirava, sentiu o leve aroma do perfume que ela usava de forma parcimoniosa. Cheirava a rosas, com um toque de laranja.

"Como vai você?", disse Danny fitando-lhe os olhos claros e pensando: eu podia morrer.

"Bem, e você?"

"Bem, bem."

Nora pendurou o casaco no cabide do corredor e, com todo o cuidado, alisou o cachecol. Era um gesto tão esmerado que Danny, observando-a, prendeu a respiração por um instante. Ela pendurou o cachecol em outro cabide, voltou-se para ele e imediatamente abaixou os olhos como se tivesse sido surpreendida fazendo alguma coisa, o que, de certo modo, acontecera.

Eu faria qualquer coisa, quis dizer Danny. Qualquer coisa. Eu fui um tonto. Primeiro com você, em seguida depois de você, e agora que me vejo aqui diante de você. Um tonto.

"Eu...", principiou ele.

"Hum?"

"Você está ótima", disse ele.

Seus olhares se encontraram novamente. Os olhos dela estavam límpidos, quase calorosos. "Não."

"Não?"

"Você sabe o que quero dizer." Ela olhou para o chão, acariciando os próprios cotovelos.

"Eu..."

"O quê?"

"...sinto muito."

"Eu sei." Ela balançou a cabeça. "Você já se desculpou bastante. Até demais. Você quer ser..." Ela levantou os olhos para ele. "...respeitável, não é?"

Meu Deus... de novo aquela palavra atirada à sua cara. Se pudesse tirar uma palavra de seu vocabulário — apagá-la de uma vez por todas de modo que nunca pudesse ser usada —, seria aquela. Ele estava bêbado quando a pronunciou. Bêbado e perturbado pelas súbitas e sórdidas revelações de Nora sobre a Irlanda. Sobre Quentin Finn.

Respeitável. Merda.

Ele estendeu as mãos, sem conseguir encontrar as palavras certas.

"Agora é minha vez", disse ela. "Eu é que me tornarei respeitável."

Ele balançou a cabeça. "Não."

Pela fúria que tomou conta do rosto dela, Danny percebeu que ela mais uma vez o interpretara mal. Ele quis dizer que a "respeitabilidade" era um objetivo indigno dela, mas ela entendeu ser uma coisa fora do seu alcance.

Antes que ele pudesse explicar, ela disse: "Seu irmão me pediu em casamento".

O coração dele parou. Os pulmões, o cérebro. A corrente sanguínea.

"E...?" A palavra lhe saiu como se sufocada por um denso cipoal.

"Eu disse a ele que ia pensar", respondeu ela.

"Nora", disse ele querendo tocar-lhe o braço, mas ela recuou.

"Seu pai está no escritório."

Ela avançou pelo corredor, e Danny se deu conta de que, mais uma vez, ele a decepcionara. Ele teria de ter respondido de forma diferente. Mais rápido? Mais devagar? Menos previsível? O quê? Se ele tivesse caído de joelhos e feito seu próprio pedido de casamento, ela sairia correndo também? Não obstante, ele percebeu que devia ter feito algum tipo de gesto grandioso, nem que fosse para que ela *pudesse* rejeitá-lo. E isso de certo modo equilibraria os pratos da balança.

A porta do escritório de seu pai se abriu, e ele continuava no mesmo lugar. "Aiden."

"Danny", corrigiu ele com os dentes cerrados.

No escritório do pai, a neve caindo na escuridão do outro lado das vidraças, Danny sentou-se numa das poltronas revestidas de couro, de frente para a escrivaninha. A lareira estava acesa e o fogo se refletia na soleira, banhando a sala de uma luz cor de uísque.

Thomas Coughlin ainda estava de uniforme, a túnica aberta no pescoço, as divisas de capitão sobre o tecido azul encimando-lhe os ombros. Danny estava com suas roupas normais, e tinha a sensação de que aquelas divisas zombavam dele. Seu pai lhe passou um uísque e sentou-se na borda da escrivaninha.

Enquanto bebia, o azul de seus olhos atravessava o copo. Ele se serviu de mais uísque, ficou rolando o copo entre as mãos e olhando para o filho.

"Eddie me contou que você está cada vez mais integrado."

Danny se pegou rolando o copo entre as mãos e abaixou a mão esquerda à altura da coxa. "Eddie gosta de um bom drama."

"É mesmo? Porque o que você anda fazendo ultimamente me faz perguntar se esses bolcheviques não influenciaram você." O pai abriu um ligeiro sorriso e tomou um gole de uísque. "Mark Denton é um bolchevique, sabe? Metade dos membros do BSC é bolchevique."

"Ora, pai, para mim eles são apenas policiais."

"Eles são bolcheviques. Andam falando em greve, Aiden? Uma *greve*?"

"Ninguém disse uma palavra sobre isso na minha presença, senhor."

"Há um princípio que precisa ser respeitado, rapaz. Você consegue entender?"

"E que princípio é esse, senhor?"

"A segurança pública está acima de todos os outros ideais dos homens que usam distintivo da polícia."

"Outro ideal, senhor, é pôr comida na mesa."

O pai dele fez um gesto de recusa àquela afirmação, como se ela fosse fumaça. "Você viu o jornal hoje? Está havendo uma rebelião em Montreal, estão tentando reduzir toda a cidade a cinzas. E não há polícia para proteger a propriedade nem o povo. Também não há bombeiros para combater o fogo, porque eles estão em greve. Podia muito bem ser São Petersburgo."

"Talvez seja só Montreal", disse Danny. "Talvez seja só Boston."

"Nós não somos *empregados*, Aiden. Somos servidores públicos. Nós protegemos e servimos."

Danny se permitiu um sorriso. Era raro poder observar o velho agitar-se sem necessidade, estando ele, Danny, de posse da chave de sua libertação. Danny apagou o cigarro e deixou escapar um risinho.

"Você ri?"

Ele levantou a mão. "Pai, pai. Não vai ser como Montreal. Pode acreditar."

Os olhos do pai se apertaram, e ele se mexeu no tampo da escrivaninha. "Como assim?"

"O que você ouviu, exatamente?"

O pai tirou um charuto do estojo. "Você enfrentou Stephen O'Meara. Meu filho. Um Coughlin. Falando fora de hora. Agora você vai de delegacia em delegacia colhendo depoimentos sobre as condições de trabalho? Você está recrutando gente para seu pretenso 'sindicato' no horário de trabalho?"

"Ele me agradeceu."

O pai fez uma pausa, a ponta do charuto encaixada no cortador. "Quem?"

"O comissário O'Meara. Ele me agradeceu, pai, e pediu a mim e a Mark Denton que *colhêssemos* esses depoimentos. Ao que parece, ele acha que vamos resolver o problema em breve."

"O'Meara?"

Danny fez que sim. O rosto vigoroso do pai ficou lívido. Ele não previra aquilo. Nem em um milhão de anos ele poderia ter imaginado uma coisa daquelas. Danny mordeu o lado interno da bochecha para evitar um largo sorriso.

Peguei você, ele teve vontade de dizer. Vinte e sete anos neste planeta, e finalmente peguei você.

O pai surpreendeu-o ainda mais quando saiu da escrivaninha e segurou-lhe a mão. Danny levantou-se e segurou a mão do pai. O pai apertou a mão dele com vigor, puxou Danny para si e deu-lhe um tapinha nas costas.

"Meu Deus, então você nos dá orgulho, filho. Um grande orgulho." Ele soltou a mão de Danny, bateu em seus ombros e sentou-se novamente na escrivaninha. "Um grande orgulho", repetiu o pai com um suspiro. "Estou aliviado pelo fato de toda essa confusão ter acabado."

Danny se sentou. "Eu também, senhor."

O pai ficou manuseando o mata-borrão em cima da escrivaninha, enquanto Danny observava o vigor e a astúcia voltarem ao seu semblante, como uma segunda camada de pele. Um novo tipo de questão começava a entrar em pauta. Seu pai já ensaiava a abordagem.

"O que você acha do noivado entre Nora e Connor?"

Danny encarou o pai e respondeu em tom firme. "Ótimo, senhor. Muito bom. Eles formam um belo casal."

"Formam sim, formam sim", respondeu o pai. "Você nem imagina o trabalho que tivemos, sua mãe e eu, para impedi-lo de se esgueirar para o quarto dela à noite. São feito crianças." Ele deu a volta à escrivaninha, postou-se atrás dela e se pôs a contemplar a neve. Danny viu o próprio rosto e o do pai refletidos na vidraça. O pai também viu e sorriu.

"Você é a cara do meu tio Paudric. Eu já lhe disse isso?"

Danny negou com um gesto de cabeça.

"O homem mais corpulento de Clonakilty", disse o pai. "Oh, quando ele bebia algo mais forte, ficava com um ar feroz. Certa vez em que um dono de bar se recusou a servi-lo, Paudric quebrou o balcão. Um balcão de carvalho maciço, Aiden. Paudric simplesmente arrancou-lhe um pedaço e se serviu de mais uma dose. Um homem fabuloso, pode acreditar. Oh, e como as mulheres gostavam dele. Nesse aspecto, muito parecido com você. Todo mundo gostava de Paudric quando ele estava sóbrio. E você? Todo mundo gosta de você, não é, filho? Mulheres, crianças, italianos sujos e vira-latas. E Nora."

Danny pôs o copo sobre a escrivaninha. "O que o senhor disse?"

O pai, que estava à janela, voltou-se. "Eu não sou cego, rapaz. Deve ter havido alguma coisa entre vocês dois, e ela pode muito bem amar Con de uma forma diferente. E talvez seja a melhor forma." O pai sacudiu os ombros. "Mas você..."

"O senhor está andando num puta terreno minado."

O pai olhou para ele, a boca entreaberta.

"Só para você saber", disse Danny, sentindo a tensão da própria voz.

Por fim o pai balançou a cabeça. Era um gesto de sabedoria, que reconhecia um aspecto de seu caráter, ao mesmo tempo que refletia sobre as imperfeições de outro. Ele pegou o copo de Danny, levou-o até a garrafa junto com o seu e serviu mais uma dose para cada um.

Ele passou o copo a Danny. "Você sabe por que eu lhe permiti lutar boxe?"

"Porque o senhor não poderia me impedir", respondeu Danny.

O pai dele tocou o próprio copo no de Danny. "Exatamente. Eu sempre soube, desde que você era menino, que você podia ser estimulado ou contido, mas nunca poderia ser moldado. Você está fadado a isso. Desde que começou a andar. Você sabe que eu te amo, menino?"

O olhar de Danny cruzou com o do pai, e ele balançou a cabeça. Ele sabia. Sempre soube. Se as muitas máscaras e os muitos corações que seu pai exibia ao mundo quando lhe convinha fossem arrancados, aquela face e aquele coração seriam sempre evidentes.

"Eu amo Con, claro", disse o pai. "Amo todos os meus filhos. Mas eu amo você de um modo diferente, porque eu amo você na derrota."

"Na derrota?"

O pai confirmou com um gesto de cabeça. "Não posso confiar em você, Aiden. Não posso modelá-lo. Essa história com O'Meara é um exemplo perfeito. *Desta* vez, a coisa funcionou. Mas foi imprudência da sua parte. Podia custar sua carreira. E é uma jogada que eu nunca faria e não permitiria que você fizesse. E é isso que o diferencia de meus outros filhos: não consigo prever seu destino."

"E o de Con?"

O pai respondeu: "Con algum dia vai ser promotor. Prefeito, sem dúvida. Governador, possivelmente. Eu esperava que você se tornasse chefe de polícia, mas isso não está em você".

"Não", concordou Danny.

"E imaginar você como prefeito foi uma das ideias mais engraçadas que tive na vida."

Danny sorriu.

"Assim", disse Thomas Coughlin, "seu futuro é uma coisa que você teima em escrever com seu próprio lápis. Ótimo. Eu aceito a derrota." O pai sorriu para Danny entender que ele falava sério, mas nem tanto. "Mas o futuro de seu irmão é algo de que eu cuido como se fosse um jardim." Ele se acomodou novamente sobre a escrivaninha. Seus olhos estavam claros e brilhantes, sinal inequívoco de que a sentença estava a caminho. "Nora contou bastante sobre a Irlanda, sobre o que a fez vir para cá?"

"Para mim?"

"Sim, para você."

Ele sabe de alguma coisa.

"Não, senhor."

"Nunca lhe contou nada sobre seu passado?"

Talvez tudo.

Danny fez que não. "Para mim, não."

"Engraçado", disse o pai.

"Engraçado?"

O pai sacudiu os ombros. "Pelo visto, vocês tiveram um relacionamento menos próximo do que eu imaginei."

"Um campo muito minado, senhor. Muito minado."

Seu pai deu um leve sorriso. "Normalmente as pessoas falam do próprio passado. Principalmente com... amigos íntimos. Mas Nora nunca faz isso. Você já notou?"

Danny procurou pensar numa resposta, mas o telefone do corredor tocou. Um som alto e agudo. O pai olhou o relógio no consolo da lareira. Quase dez horas.

"Ligar para *esta* casa depois das nove horas?", disse o pai. "Quem é que acaba de assinar a própria sentença de morte? Meu Jesus."

"Pai?", Danny ouviu Nora pegar o telefone do corredor. "Por que você...?"

Nora bateu de leve na porta. Thomas Coughlin disse: "Está aberta".

Nora abriu as portas. "É Eddie McKenna, senhor. Ele diz que é urgente."

Thomas praguejou, afastou-se bruscamente da escrivaninha e andou até o corredor.

Danny, de costas para Nora, falou: "Espere".

Ele se afastou da cadeira, aproximou-se dela no vão da porta e os dois ouviram o pai pegar o fone no cômodo junto à cozinha, no outro extremo do corredor, e dizer: "Eddie?".

"O que é?", disse Nora. "Meu Deus, Danny, estou cansada."

"Ele sabe", disse Danny.

"O quê? Quem?"

"Meu pai. Ele sabe."

"O quê? O que ele sabe, Danny?"

"Sobre você e Quentin Finn, acho. Talvez não tudo, mas alguma coisa. Eddie me perguntou no mês passado se eu conhecia alguém da família Finn. Achei que era mera coincidência. É um nome muito comum. Mas o velho..."

Ele não previu o soco. Danny estava bem perto dela, e quando ela o acertou no queixo, ele sentiu os próprios pés se deslocando. Apesar de baixinha, ela quase o derrubou.

"Você contou para ele", disse ela, praticamente lançando-lhe as palavras no rosto.

Quando ela ia se voltando, ele agarrou-lhe o pulso. "Você está louca, porra?", disse ele num cochicho exasperado. "Você acha que eu seria capaz de algum dia trair você? Você acha? Não desvie o olhar. *Olhe para mim.* Você acha?"

Ela o encarou, e os olhos dela eram os de um animal acossado, dando voltas pela sala, em busca de segurança. Mais uma noite viva.

"Danny", sussurrou ela. "Danny."

"Não acredito que você possa pensar uma coisa dessas", disse ele, e sua voz fraquejou. "Não acredito, Nora."

"Eu não penso", disse ela. Ela apertou o rosto em seu peito por um instante. "Não penso isso, não penso." Nora recuou o corpo e olhou para ele. "O que é que eu faço, Danny? O quê?"

"Eu não sei." Ele ouviu o pai pôr o fone no gancho.

"Ele sabe?"

"Ele sabe *alguma coisa*", disse Danny.

Os passos do pai avançavam pelo corredor, e Nora afastou-se de Danny. Ela lhe lançou um último olhar desvairado, perdido, voltou-se e dirigiu-se ao corredor.

"Senhor."

"Nora", disse Thomas.

"Vai precisar de alguma coisa, senhor? Chá?"

"Não, querida." Ao entrar na sala, sua voz estava um pouco trêmula. O rosto estava cor de cinza e os lábios tremiam. "Boa noite, querida."

"Boa noite, senhor."

Thomas Coughlin fechou atrás de si as portas corrediças, alcançou a escrivaninha com três passos largos, esvaziou o copo e imediatamente pôs outra dose, resmungando alguma coisa consigo mesmo.

"O que é?", disse Danny.

O pai se voltou como se surpreso por ele estar ali. "Derrame cerebral. Estourou na sua cabeça como uma bomba."

"Senhor?"

Olhos arregalados, ele levantou o copo. "Caiu na sala de estar, e lá se foi ele para um encontro com os anjos, antes mesmo que a esposa tivesse tempo de pegar o telefone. Oh, meu Deus."

"Senhor, não estou entendendo nada. De quem o senhor..."

"Ele morreu. O comissário Stephen O'Meara morreu, Aiden."

Danny apoiou a mão no encosto de uma cadeira.

Seu pai se pôs a fitar as paredes do escritório como se elas pudessem lhe dar uma resposta. "Agora, que Deus ajude o departamento."

21.

Stephen O'Meara desceu ao túmulo no Cemitério Holyhood, em Brookline, numa manhã branca e sem vento. Quando Danny escrutou o céu, não viu nem pássaros nem o sol. Neve congelada cobria o chão e o topo das árvores como uma carapaça branca, que combinava com o céu e com o hálito dos acompanhantes do enterro, reunidos em volta do túmulo. Na atmosfera gelada, o eco da salva de vinte e um tiros da Guarda de Honra parecia menos um eco que uma outra saraivada de tiros, menos fúnebre, vinda do outro lado das árvores.

A viúva de O'Meara, Isabella, estava com suas três filhas e o prefeito Peters. As filhas, todas na casa dos trinta anos, estavam acompanhadas dos respectivos maridos, postados à sua esquerda, seguidos pelos netos de O'Meara, que tremiam de frio e não paravam quietos. No final da longa fila, o novo comissário, Edwin Upton Curtis. Era um homem baixo, de rosto com cor e aparência de uma casca de laranja há muito descartada e olhos tão foscos quanto sua camisa marrom. Quando Danny era apenas um bebê, Curtis já tivera um mandato de prefeito, o mais jovem da história do município. Agora ele já não era nem jovem nem prefeito. Em 1896, porém, era um ingênuo republicano de cabelos loiros entregue à sanha dos caciques democratas, enquanto o pessoal da classe alta procurava uma solução mais consistente e de longo prazo. Curtis deixara o mais alto posto da prefeitura um ano após tê-lo assumido, e os cargos que lhe couberam depois foram diminuindo tanto de importância que, duas décadas mais tarde, quando o governador McCall o nomeou para o lugar de O'Meara, ele não passava de um mero aduaneiro.

"Não acredito que ele teve coragem de aceitar o cargo", disse Steve Coyle no Fay Hall. "O cara odeia os irlandeses, odeia a polícia, odeia os católicos. Como podemos esperar receber um tratamento justo?"

Steve ainda chamava a si mesmo de "polícia". Ainda participava de reuniões. Ele não tinha outros lugares aonde ir. Assim, ele considerava como *sua* a questão que estava sendo tratada naquela manhã no Fay Hall. Haviam posto um megafone na parte da frente do palco para que os homens dessem seus testemunhos sobre o falecido comissário, enquanto a grande massa rodeava as cafeteiras e os barris de chope. Os capitães, tenentes e inspetores estavam reverenciando o morto do outro lado da cidade com belas porcelanas e cozinha francesa no Locke-Ober, ao passo que os peões da polícia estavam ali em Roxbury, tentando expressar seu sentimento de perda por um homem que mal tinham conhecido. Assim, os depoimentos começaram a escassear, com cada um contando uma história sobre um encontro casual com o Grande Homem, um líder "rigoroso, mas justo". Milty McElone estava no palco naquele momento, falando da obsessão de O'Meara por uniformes, de sua capacidade de perceber um botão manchado a dez metros de distância num salão apinhado de policiais.

Na plateia, os homens procuravam Danny e Mark Denton. O preço do carvão aumentara mais um centavo no mês anterior. Os policiais voltavam do trabalho e entravam em quartos gelados, enevoados pelo vapor da respiração dos filhos. O Natal estava próximo. Suas esposas estavam cansadas de remendar roupas, cansadas de servir uma sopa cada vez mais rala, revoltadas por não poderem fazer as compras de Natal na Raymonds, na Gilchrist, na Houghton & Dutton. Outras esposas podiam — as mulheres dos condutores de bondes, dos caminhoneiros, dos estivadores e portuários —, e as dos policiais não?

"Estou cansado de ser arrancado da minha cama", disse um dos policiais. "Do jeito que as coisas vão, só durmo lá duas vezes por semana."

"São nossas esposas", disse um outro. "E só estão na pobreza porque se casaram conosco."

Os homens que empunhavam o megafone começaram a expressar sentimentos como esse. Acabaram-se os testemunhos sobre O'Meara. Eles ouviam o vento soprando com força lá fora e viam as vidraças cobertas de gelo.

Quem estava ao megafone agora era Dom Furst, arregaçando as mangas do uniforme azul para mostrar o braço. "Isto aqui são as picadas de inseto que levei na delegacia na noite passada, rapazes. Os insetos pulam na nossa cama quando se cansam das costas dos ratos. E eles vêm atender às nossas necessidades nomeando esse *Curtis*? Curtis é um deles!" Furst fez um gesto em direção a Beacon Hill, o braço nu coberto de marcas vermelhas de picadas. "Há um monte de gente que eles poderiam pegar para substituir Stephen O'Meara e nos mandar o recado 'Estamos pouco ligando'. Mas quando eles escolhem esse escroto de Edwin Curtis, é como se dissessem: 'Que se fodam vocês!'."

Alguns homens atiraram cadeiras nas paredes. Alguns jogaram xícaras de café pelas janelas.

"Acho bom fazermos alguma coisa", disse Danny a Mark Denton.

"Fique à vontade", disse Denton.

"Que se fodam vocês", gritou Furst. "Pois eu digo: que se fodam *eles*, estão me ouvindo? Que se fodam eles!"

Danny ainda avançava com dificuldade, por entre a multidão, em direção ao megafone quando o salão inteiro se pôs a entoar:

"*Que se fodam! Que se fodam! Que se fodam! Que se fodam!*"

Danny sorriu para Dom, fez-lhe um aceno com a cabeça e ficou atrás dele para falar ao megafone.

"Cavalheiros", principiou Danny, mas sua voz foi abafada pela gritaria geral.

"Cavalheiros!", tentou ele novamente. Ele viu Mark Denton em meio à multidão, sorrindo-lhe e arqueando as sobrancelhas.

Mais uma vez. "Cavalheiros!"

Uns poucos olharam para ele. Os demais cantavam, brandiam os punhos no ar e jogavam café e cerveja uns nos outros.

"*Calem a boca, porra!*", gritou Danny ao megafone, em seguida tomou fôlego e lançou um olhar ao salão. "Nós somos seus representantes sindicais, certo? Eu, Mark Denton, Kevin McRae, Doolie Ford. Deixem que nós *negociemos* com Curtis antes de agirem feito loucos."

"Quando?", gritou alguém da multidão.

Danny olhou para Mark Denton.

"No dia de Natal", disse Denton. "Temos uma reunião no gabinete do prefeito."

Danny disse: "Ele não pode estar querendo fazer pouco de nós, pode, rapazes? Ele quer se reunir conosco na manhã de Natal".

"Pode ser que ele seja meio judeu", alguém gritou, e os homens caíram na gargalhada.

"Pode ser", disse Danny. "Mas já é um bom passo na direção certa, rapazes. Uma demonstração de boa-fé. Até lá, vamos dar ao homem o benefício da dúvida, está bem?"

Danny contemplou as várias centenas de rostos; eles não estavam muito convencidos daquilo. Alguns tornaram a gritar "Que se fodam eles!" no fundo do salão, e Danny apontou para a fotografia de O'Meara pendurada na parede à sua esquerda. Enquanto dezenas de olhos seguiam os dedos dele, Danny percebeu uma coisa estimulante e ao mesmo tempo aterradora:

Eles *queriam* que ele os conduzisse.

Para algum lugar. Para qualquer lugar.

"Aquele homem!", gritou ele. "Aquele grande homem baixou ao túmulo hoje!"

A sala ficou em silêncio, acabaram-se os gritos. Todos olhavam para Danny, perguntando-se o que queria com aquilo, para onde os estava conduzindo. Ele também se perguntava.

Ele diminuiu o tom de voz. "Ele morreu com um sonho ainda não realizado."

Vários homens abaixaram a cabeça.

Meu Deus, aonde ele queria chegar com aquilo?

"O sonho dele era o nosso sonho." Danny levantou a cabeça e contemplou a multidão. "Onde está Sean Moore? Sean, eu o vi ainda há pouco. Levante a mão."

Sean Moore ergueu a mão no ar.

Danny olhou-o nos olhos. "Você estava lá naquela noite, Sean. No bar, quando ele ainda estava vivo. Você estava comigo. Você conheceu o homem. E o que foi que ele disse?"

Sean olhou para os homens à sua volta, deslocou o peso do corpo para o outro pé, deu um pequeno sorriso e balançou a cabeça.

"Ele disse..." Os olhos de Danny vasculharam a sala. "Ele disse 'promessa é dívida'."

Metade da sala bateu palmas. Alguns assobiaram.

"Promessa é dívida", repetiu Danny.

Mais palmas, uns poucos gritos.

"Ele nos perguntou se confiávamos nele. Será que confiamos? Porque era o sonho dele, tanto quanto o nosso."

Mentira, Danny bem sabia, mas estava funcionando. Queixos se erguiam em todo o salão. A raiva foi substituída pelo orgulho.

"Ele levantou o copo..." Aqui Danny levantou o seu. Danny sentia o próprio pai atuando dentro dele: a lisonja, o apelo aos sentimentos, o senso teatral. "E disse: '*Aos homens* do Departamento de Polícia de Boston. Não há outros como vocês em todo este país'. Vamos beber a isso, rapazes?"

Eles beberam. Eles deram vivas.

Danny abaixou a voz várias oitavas. "Se Stephen O'Meara sabia que somos inigualáveis, logo Edwin Upton Curtis também vai saber."

Eles começaram a gritar em coro novamente. Danny demorou um pouco para entender a palavra, porque eles a dividiam em duas sílabas, fazendo com que parecessem duas. Ele sentiu o sangue subir-lhe às faces com tal rapidez que parecia frio e recém-entrado no corpo.

"Cough-lin! Cough-lin! Cough-lin!"

Ele localizou o rosto de Mark Denton na multidão e viu um sorriso soturno, a confirmação de alguma coisa, talvez uma intuição prévia do destino.

"Cough-lin! Cough-lin! Cough-lin!"

"A Stephen O'Meara!", gritou Danny, erguendo o copo novamente ao fantasma, a uma ideia. "E ao seu sonho!"

Quando ele se afastou do megafone, os homens o rodearam. Vários chegaram a tentar erguê-lo acima da multidão. Ele levou dez minutos para se aproximar de Mark Denton, que lhe botou um copo de cerveja na mão e, em meio à barulheira geral, inclinou-se para gritar-lhe ao ouvido. "Você lhes deu grandes esperanças."

"Obrigado", gritou Danny em resposta.

"Não há de quê." O sorriso de Mark era tenso. Ele se inclinou novamente. "E se não conseguirmos cumprir o prometido, Dan? Você pensou nisso? O que vai acontecer?"

Danny lançou um olhar aos homens, às faces cobertas de suor, vários deles passando por Mark para bater no ombro de Danny e brindar com ele. Aquilo era estimulante? Diabo, aquilo o fazia sentir o que os reis devem sentir. Reis, generais e leões.

"A gente vai cumprir", gritou ele para Mark.

"É o que eu espero, pode acreditar."

Danny tomou um drinque com Eddie McKenna na Parker House alguns dias depois. Os dois ficaram contentes em encontrar cadeiras vazias perto da lareira numa noite fria em que o vento sacudia as vidraças em seus caixilhos. "Alguma notícia do novo comissário?"

McKenna mexeu no descanso do copo. "Ele é um perfeito lacaio da gente da grana. Uma puta de sangue azul em trajes de virgem. Você sabe que ele foi em cima do próprio cardeal O'Connel no ano passado?"

"O quê?"

McKenna balançou a cabeça. "Ele apresentou um projeto de lei na última convenção republicana para cortar as verbas públicas das escolas paroquiais", disse ele arqueando as sobrancelhas. "Como não podem tirar nossa herança, perseguem nossa religião. Nada é sagrado para esses ricaços. Nada."

"Quer dizer então que a possibilidade de um aumento..."

"O aumento é uma coisa com a qual eu não me preocuparia agora."

Danny pensou em todos os homens gritando seu nome em coro naquela manhã e resistiu ao impulso de esmurrar alguma coisa. Eles tinham chegado tão perto. Tão perto.

Danny disse: "Tenho uma reunião com Curtis e o prefeito daqui a três dias".

McKenna balançou a cabeça. "Só existe uma coisa a fazer nesse período de mudança... mantenha a cabeça baixa."

"E se eu não puder fazer isso?"

"Prepare-se para ganhar mais um buraco nela."

Danny e Mark Denton encontraram-se para discutir a estratégia que usariam na reunião com o prefeito Peters e o comissário Curtis. Eles se sentaram a uma mesa no fundo do Blackstone Saloon, na Congress Street. Era um boteco decadente, um bar bem conhecido dos policiais. Os outros homens, percebendo que Mark e Danny tinham a chave de seu destino, procuraram não incomodá-los.

"Um aumento de duzentos dólares por ano já não basta", disse Mark.

"Eu sei", respondeu Danny. "O custo de vida subiu tanto nos últimos seis meses que as promessas do pré-guerra só iriam elevar os homens ao nível da pobreza. Que tal se pedíssemos trezentos?"

Mark coçou a testa. "É complicado. Eles podiam ir à imprensa antes de nós e dizer que somos gananciosos. E Montreal com certeza não ajudou em nada nossa posição nessa negociação."

Danny lançou mão dos papéis que Denton lhe passara por cima da mesa. "Mas os números nos dão razão." Ele levantou o artigo que recortara do *Traveler* da semana anterior sobre o aumento dos preços do carvão, do azeite, do leite e do transporte público.

"Mas como pedir trezentos, se eles ainda estão resistindo aos duzentos?"

Danny soltou um suspiro e coçou a testa. "Vamos simplesmente pôr essa carta na mesa. Quando eles recusarem, podemos falar em duzentos e cinquenta para os veteranos, duzentos e dez para quem está em início de carreira, e assim começar a criar uma escala."

Mark tomou um gole de cerveja, a pior da cidade, mas também a mais barata. Tirou a espuma do lábio superior com as costas da mão e examinou novamente o recorte do *Traveler*. "Pode funcionar, pode funcionar. E se eles se recusarem terminantemente? Se disserem que não têm nenhum dinheiro, nada de nada?"

"Então a gente tem de abordar a questão das roupas e dos equipamentos. Vamos perguntar se acham justo os policiais terem de pagar por seus uniformes, sobretudos, armas e munições. Vamos perguntar como podem esperar que um policial com um soldo de 1905 pague o próprio equipamento e alimente seus filhos."

"Gosto dessa história de filhos", disse Mark com um sorriso torto. "Prepare-se para explorar esse assunto se encontrarmos repórteres na saída, se a coisa não tiver sido como esperávamos."

Danny balançou a cabeça. "Sabe de outra coisa? Temos de baixar em dez horas a carga horária semanal e conseguir que paguem cinquenta por cento a mais pelos serviços especiais. O presidente voltará de viagem dentro de um mês e passará por aqui, não é? Vai descer do navio vindo da França e desfilar pelas ruas da cidade. Você *sabe* que eles vão envolver todos os policiais nisso, independentemente do quanto tiverem trabalhado naquela semana. Vamos pedir que esse pagamento comece a partir daí."

"Eles vão ficar irritados com isso."

"Exatamente. E quando eles ficarem irritados, nós diremos que podemos esquecer *todas* essas reivindicações se eles nos derem o aumento prometido, mais a porcentagem correspondente ao aumento do custo de vida."

Mark ficou matutando sobre aquilo, bebericando a cerveja, olhando a neve que caía do outro lado das janelas, que já começavam a se obscurecer naquele final de tarde. "Temos de cobrá-los também quanto às condições sanitárias insatisfatórias", disse ele. "Uma noite dessas vi ratos na Nona que davam a impressão de não se assustarem nem com balas. Podemos atacá-los com isso, com a história da compra dos equipamentos e do pagamento dos serviços especiais." Mark recostou-se na cadeira. "Sim, acho que você tem razão." Ele tocou o copo no de Danny. "Agora, lembre-se do seguinte: eles *não vão* dizer sim amanhã, vão ficar enrolando. Depois, quando encontrarmos a imprensa, vamos assumir uma posição conciliatória. Vamos dizer que houve algum progresso, mas também podemos chamar a atenção para a nossa pauta de reivindicações. Podemos dizer que Peters e Curtis são homens excelentes e que estão procurando nos ajudar no que diz respeito ao problema da compra de equipamentos. Ao que os repórteres vão responder...?"

"Que problema de equipamentos?", disse Danny sorrindo, quando lhe caiu a ficha.

"Exatamente. A mesma coisa quanto ao custo de vida. 'Bem, nós sabemos perfeitamente que o prefeito Peters pretende superar o descompasso entre o que os homens ganham e o alto preço do carvão.'"

"Essa coisa do carvão é boa", disse Danny, "mas ainda um pouco abstrata. Nosso trunfo são as crianças."

Mark deu uma risadinha. "Você está desenvolvendo uma grande sensibilidade para isso."

"Antes que a gente esqueça", disse Danny erguendo o copo, "eu sou filho do meu pai."

* * *

Na manhã da reunião ele vestiu seu único terno, o que Nora escolhera à época de seu namoro secreto em 1917. Era azul escuro trespassado e, devido ao peso que Danny perdera em seu esforço para ficar parecendo um bolchevique faminto, grande demais para ele. Ainda assim, quando pôs o chapéu e passou os dedos na borda para imprimir-lhe a curvatura desejada, ficou elegante e até garboso. Enquanto mexia na gola alta e fazia o nó da gravata um pouco maior para cobrir o vão entre a gola e a garganta, treinava olhares sombrios e sérios olhando-se no espelho. Temia parecer garboso *demais*, com a aparência de um jovem farrista. Será que Curtis e Peters o levariam a sério? Ele tirou o chapéu, franziu a testa, abriu e fechou o paletó várias vezes e concluiu que ficava melhor fechado. Em seguida treinou mais um pouco o franzir de testa, passou óleo perfumado no cabelo e tornou a pôr o chapéu.

Ele foi andando em direção à central, na Pemberton Square. Era uma bela manhã, fria mas sem vento, o sol parecia uma faixa brilhante de aço e o ar cheirava a fumaça de chaminé, a neve derretendo-se, a tijolo quente e a ave assada.

Ele deu com Mark Denton vindo pela School Street. Os dois sorriram, cumprimentaram-se com um aceno de cabeça e seguiram juntos para Beacon Hill.

"Nervoso?", perguntou Danny.

"Um pouco", respondeu Mark. "Deixei Emma e os meninos sozinhos na manhã de Natal, portanto é bom que a gente consiga alguma coisa. E você?"

"Resolvi não pensar nisso."

"Decisão sensata."

Não havia ninguém na frente da central, não havia repórteres nos degraus. Nenhum. Eles esperavam ver pelo menos o motorista do prefeito, ou o de Curtis.

"O pessoal puxou o carro", disse Mark Denton balançando a cabeça vigorosamente. "Todo mundo já deve estar tomando umas bebidas natalinas."

"É isso", disse Danny.

Eles passaram pela porta da frente e tiraram os chapéus e os sobretudos. Um homenzinho de terno preto e gravata-borboleta vermelha os esperava, uma fina pasta no colo. Seus olhos, grandes demais para o rosto miúdo, davam-lhe uma expressão de eterna surpresa. Ele não era mais velho que Danny, mas metade da cabeça era calva, e a pele exposta ainda estava um pouco rósea, como se a calvície tivesse acontecido na noite anterior.

"Stuart Nichols, secretário pessoal do comissário Curtis. Sigam-me, por favor."

Ele não lhes estendeu a mão nem os olhou nos olhos. Simplesmente se levantou do banco e subiu a ampla escadaria de mármore. Os dois o seguiram.

"Feliz Natal", disse Mark Denton às suas costas.

Stuart Nichols olhou rapidamente por cima do ombro, depois novamente para a frente.

Mark lançou um olhar a Danny. Danny sacudiu os ombros.

"Feliz Natal para você também", disse Danny.

"Pois muito bem, obrigado, agente Danny." Denton mal conseguiu reprimir um sorriso, o que fez Danny lembrar-se do tempo em que ele e Connor eram coroinhas. "E feliz Ano-novo para o senhor."

Stuart Nichols ou não ouviu ou não deu a mínima. No alto da escadaria ele os conduziu por um corredor e parou diante de uma porta de vidro fosco com as palavras COMISSÁRIO DO DPB gravadas numa placa dourada. Ele abriu a porta, levou-os a uma pequena antessala, foi para trás da escrivaninha e pegou o telefone.

"Eles estão aqui, comissário. Sim, senhor."

Ele desligou o telefone. "Sentem-se, cavalheiros."

Mark e Danny sentaram-se no sofá revestido de couro diante da escrivaninha, e Danny tentou ignorar a sensação de que havia algo errado. Eles ficaram ali por cinco minutos. Nesse meio tempo Nichols abriu sua valise, tirou um caderno com forro de couro e fez anotações com uma caneta tinteiro cor de prata, a ponta raspando no papel.

"O prefeito já chegou?", perguntou Mark, mas o telefone tocou.

Nichols pegou o fone, ouviu e recolocou-o no gancho. "Ele vai recebê-los agora."

Nichols voltou ao seu caderno, e Danny e Mark ficaram de pé diante da porta de carvalho do escritório. Mark estendeu a mão para a maçaneta de bronze, girou-a, e Danny entrou com ele no escritório de Curtis.

O comissário estava sentado à escrivaninha. Suas orelhas pareciam ter metade do tamanho da cabeça, lobos pendentes feito abas. A pele era rubicunda e manchada, e a respiração lhe passava pelas narinas com ruído. Ele os olhou e disse: "Você é filho do capitão Coughlin, não é?".

"Sim, senhor."

"O que matou um terrorista no mês passado." Curtis balançou a cabeça como se ele mesmo tivesse planejado aquela morte. Ele olhou alguns papéis espalhados em sua mesa. "Seu nome é Daniel, certo?"

"Aiden, senhor. Mas as pessoas me chamam de Danny."

Curtis fez uma pequena careta.

"Sentem-se, cavalheiros." Atrás dele, uma janela oval tomava boa parte da parede. A cidade estendia-se para além da janela, fria e silenciosa na manhã de Natal, campos brancos, tijolos vermelhos, pedras do calçamento, o porto estendendo-se a partir da massa de terra como uma frigideira azul clara, enquanto dedos de fumaça se erguiam no ar, tiritando contra o céu.

"Patrulheiro Denton", disse Curtis. "Você está na Nona Delegacia, certo?"

"Sim, senhor."

Curtis rabiscou alguma coisa num bloco de anotações, mantendo os olhos neste enquanto Danny se sentava ao lado de Mark. "E o patrulheiro Coughlin... na Primeira?"

"Sim, senhor."

Outro raspar de caneta.

"O prefeito já está a caminho, senhor?", disse Denton enquanto dobrava o casaco sobre os joelhos e o braço direito da cadeira.

"O prefeito está no Maine." Curtis consultou uma folha de papel e tornou a escrever no bloco de anotações. "É Natal. Ele está com a família."

"Então, senhor..." Mark lançou um olhar a Danny e voltou a olhar para Curtis. "Senhor, tínhamos uma reunião marcada para as dez horas com o senhor e com o prefeito Peters."

"É Natal", repetiu Curtis abrindo uma gaveta. Ele remexeu nela por um instante, tirou outra folha de papel de dentro e colocou-a à sua esquerda. "Um feriado cristão. Eu diria que o prefeito Peters merece um dia de folga no dia do nascimento de Nosso Senhor."

"Mas a reunião foi marcada para..."

"Patrulheiro Denton, fui informado de que o senhor não esteve presente a várias chamadas no turno da noite na Nona Delegacia."

"Senhor?"

Curtis levantou a folha de papel à sua esquerda. "Isto aqui é o relatório do seu superior. Você perdeu ou chegou atrasado a nove chamadas em outras tantas semanas."

Pela primeira vez, seus olhos se encontraram.

Mark se mexeu na cadeira. "Senhor, não estou aqui na qualidade de patrulheiro. Estou aqui como diretor do Boston Social Club. E nessa qualidade eu, respeitosamente, afirmo que..."

"Isso caracteriza uma clara negligência do dever." Curtis agitou o papel no ar. "É preto no branco, patrulheiro. A Commonwealth espera que os encarregados de zelar pela paz façam jus ao que recebem. No entanto, você não o fez. Onde estava o senhor que não respondeu a nove chamadas?"

"Senhor, acho que não é isto o que está em pauta agora. Estamos descambando para uma..."

"Claro que é isto que está em pauta, patrulheiro. Você assinou um contrato. Você jurou proteger e servir o povo desta grande Commonwealth. Você jurou, patrulheiro, obedecer e cumprir os deveres para com o Departamento de Polícia de Boston. Um desses deveres, claramente expresso no artigo sétimo do contrato, é responder à chamada. Não obstante, tenho relatórios do comandante e do sargento de serviço da Nona Delegacia informando que você resolveu descumprir esse dever essencial."

"Senhor, com todo o respeito, afirmo que em poucas ocasiões não pude responder à chamada devido aos meus deveres para com o BSC, mas isso..."

"Você não tem *deveres* para com o BSC. Você *optou* por prestar-lhe serviços."

"...mas isso... De todo modo, senhor, eu fui dispensado tanto pelo comandante quanto pelo sargento de serviço."

Curtis balançou a cabeça. "Posso terminar?"

Mark olhou para ele, sentindo a tensão nos músculos das faces e do queixo.

"Posso terminar?", repetiu Curtis. "Posso falar sem ser interrompido? Porque acho isso uma grosseria, patrulheiro. Você acha uma grosseria ser interrompido?"

"Sim, senhor. É por isso que eu..."

Curtis levantou a mão. "Deixe-me afastar a ideia de que você tem elevadas razões morais para isso, patrulheiro, porque com certeza você não tem. Tanto seu comandante como o sargento de serviço admitiram ter fechado os olhos aos seus atrasos e à sua completa ausência à chamada por serem eles também membros do clube social. Não obstante, eles não têm direito a essa decisão." Ele abriu as mãos. "Eles não têm autoridade para isso. Só o posto de capitão ou outro mais elevado permite tais concessões."

"Senhor, eu..."

"Portanto, patrulheiro Denton..."

"Senhor, se eu..."

"Ainda não terminei, senhor. Pode fazer o favor de me deixar *terminar*? Curtis apoiou o cotovelo na mesa, apontou para Mark e sacudiu o rosto manchado. "Você demonstrou ou não uma grande indiferença para com seus deveres de patrulheiro?"

"Senhor, eu tinha a impres..."

"Responda à pergunta."

"Senhor, eu acredito..."

"Sim ou não, patrulheiro. Você acha que o povo desta cidade quer desculpas? Eu conversei com eles, senhor, e eles não querem. Você esteve ou não esteve ausente a essas chamadas?"

Ele inclinou um ombro para a frente, o dedo ainda em riste. Danny teria achado a coisa cômica se tivesse partido de outra pessoa, em outro dia, em outro país. Mas Curtis pôs à mesa uma coisa que eles nunca teriam esperado, algo que eles julgavam totalmente ultrapassado nos tempos modernos: uma espécie de probidade irredutível, que só os irredutíveis possuem. Infensa à dúvida, ela assumia a aparência de inteligência moral e de uma consciência obstinada. O mais terrível era o quanto aquilo o fazia sentir-se pequeno e desarmado. Como era possível lutar contra aquela moral ensandecida, dispondo-se apenas da lógica e da sanidade?

Denton abriu sua pasta e tirou as folhas em que vinha trabalhando havia semanas. "Senhor, se me permite chamar a atenção para o aumento que foi prometido a nós..."

"Nós?", disse Curtis.

"Sim, o Departamento de Polícia de Boston, senhor."

"Você tem o atrevimento de querer representar aqueles homens excelentes?", enfureceu-se Curtis. "Conversei com muitos homens desde que assumi o cargo e posso lhe garantir que *eles* não o consideram um 'líder', patrulheiro Denton. Estão cansados de ver você pondo palavras na boca deles e tachando-os de insatisfeitos. Ora, ainda ontem falei com um soldado da Décima Segunda, e sabe o que ele me disse? Ele disse: 'Comissário Curtis, nós da Décima Segunda temos orgulho de servir nossa cidade numa época de tanta necessidade, senhor. Pode dizer à gente da comunidade que não queremos nos tornar bolcheviques. Somos policiais'."

Mark pegou seu lápis e caderno. "Se o senhor me der o nome dele, senhor, terei o maior prazer em conversar com ele sobre quaisquer queixas que tenha contra mim."

Curtis repeliu aquilo com um gesto. "Eu falei com dezenas e dezenas de homens, patrulheiro Denton, em toda esta cidade. Várias dezenas. E posso lhe garantir que nenhum deles é bolchevique."

"Tampouco eu, senhor."

"Patrulheiro Coughlin", disse Curtis virando outra folha de papel, "você estava numa missão especial, pelo que sei. Investigando células terroristas nesta cidade, não é?"

Danny fez que sim.

"E como é que foi o trabalho?"

"Ótimo, senhor."

"Ótimo?", disse Curtis dando um puxão na carne acima de sua gola alta. "Eu li os relatórios do tenente McKenna. Eles estão cheios de previsões ambíguas, sem nenhuma base na realidade. Isso me fez examinar os arquivos das brigadas especiais anteriores de McKenna, e também nelas não consegui ver nada que fosse de valia à população. E isto, agente Coughlin, é o tipo de trabalho que detrai os deveres a que um policial se obriga sob juramento. Você pode me dizer exatamente que tipo de resultado você pensa ter obtido com esses — como é que se chamam mesmo? — trabalhadores letões antes de ser desmascarado?"

"É a Associação dos Trabalhadores Letões, senhor", disse Danny. "E o resultado obtido é difícil de avaliar. Eu estava sob disfarce, tentando me aproximar de Louis Fraina, o líder do grupo, subversivo notório e editor do *Era da Revolução*."

"Com que objetivo?"

"Temos motivos para acreditar que eles estão planejando um ataque contra esta cidade."

"Quando?"

"O Primeiro de Maio parece ser a data mais provável, mas correram boatos de que..."

"Boatos", disse Curtis. "Pergunto-me se temos mesmo um problema de terrorismo nesta cidade."

"Senhor, com o devido respeito, eu..."

Curtis balançou a cabeça meia dúzia de vezes. "Sim, você matou um a tiros. Sei muito bem disso, e aposto como seus tetranetos também saberão. Mas trata-se de apenas um homem. O único, a meu ver, que atuava nesta cidade. Você está querendo afugentar os investimentos na nossa cidade? Você acha que se descobrirem que estamos desenvolvendo uma operação visando desmascarar *dezenas* de grupos terroristas dentro do perímetro da nossa cidade, alguma empresa com um mínimo de discernimento vai querer abrir uma filial aqui? Ora, eles vão correr para Nova York! Para a Filadélfia! Providence!"

"O tenente McKenna e vários membros do Ministério da Justiça", disse Danny, "acreditam que no Primeiro de Maio haverá uma rebelião por todo o país."

O olhar de Curtis manteve-se no tampo da escrivaninha. No silêncio que se seguiu, Danny se perguntou se o outro chegara a ouvir alguma coisa do que ele dissera.

"Você tinha uns dois anarquistas fazendo bombas debaixo do seu nariz, certo?"

Mark olhou para ele. Danny confirmou com um gesto de cabeça.

"Então você resolveu ir à forra e conseguiu matar um deles."

Danny disse: "Mais ou menos isso, senhor".

"Você tem sede de sangue de subversivos, agente?"

Danny disse: "Não gosto dos que são violentos, mas não chamaria isso de sede de sangue".

Curtis balançou a cabeça. "E que me diz de subversivos dentro do nosso departamento, homens que semeiam a insatisfação nas nossas fileiras, homens que pretendem russificar esta ilustre instituição defensora do interesse público? Homens que se reúnem e falam em greve, em pôr seus interesses mesquinhos acima do bem comum?"

Mark se pôs de pé. "Vamos embora, Dan."

Curtis semicerrou os olhos, que pareciam duas contas negras, verdadeira expressão das promessas não cumpridas. "Se você não se sentar neste momento, vou suspendê-lo — aqui e agora —, e você pode ir à justiça para conseguir a reintegração."

Mark sentou-se. "O senhor está cometendo um erro grave. Quando a imprensa tomar conhecimento disso..."

"A imprensa não veio hoje", disse Curtis.

"O quê?"

"Quando foram informados, ontem à noite, de que o prefeito Peters não estaria aqui e que as discussões teriam pouco a ver com esse 'sindicato' que vocês chamam de clube social, resolveram ficar com suas famílias. Você tem intimidade bastante com algum jornalista para saber o número do telefone da casa dele, patrulheiro Denton?"

Danny sentiu uma dormência e um calor insalubre no corpo quando Curtis voltou a atenção para ele.

"Patrulheiro Coughlin, percebo que seu trabalho está sendo desperdiçado na ronda das ruas. Gostaria que você passasse a trabalhar com o sargento detetive Steven Harris em Assuntos Internos."

Danny sentiu o torpor abandoná-lo. Ele balançou a cabeça. "Não, senhor."

"Você está se opondo a um pedido do seu comissário. Você, que dormiu com uma mulher que atira bombas? Uma mulher que, tanto quanto sei, ainda anda armando emboscadas em nossas ruas?"

"Sim, senhor, mas com todo respeito."

"Não existe respeito na recusa ao pedido de um superior."

"Lamento que o senhor entenda as coisas dessa forma, senhor."

Curtis recostou-se na cadeira. "Quer dizer então que o senhor é amigo do trabalhador, do bolchevique, do subversivo que se fantasia de 'homem comum'."

"Eu acredito que o Boston Social Club representa os homens do DPB, senhor."

"Eu não", disse Curtis. Ele tamborilou na escrivaninha.

"Isso está claro, senhor", disse Danny levantando-se.

Curtis deu um sorriso crispado quando Mark também se levantou. Danny e Mark vestiram seus sobretudos. Curtis recostou-se na cadeira.

"A época em que este departamento era dirigido, *sub rosa*, por homens como Edward McKenna e seu pai acabou. A fase em que o departamento se curvava às exigências dos bolcheviques também acabou. Patrulheiro Denton, ponha-se em posição de sentido, por favor."

Mark girou os ombros e pôs as mãos às costas.

"Você está transferido para a Décima Quinta Delegacia, em Charlestown. Você tem de se apresentar lá imediatamente, ou seja, esta tarde, patrulheiro, e assumir o cargo no turno do meio-dia à meia-noite."

Mark sabia exatamente o que aquilo significava: não seria possível participar de reuniões no Fay Hall, se estivesse trabalhando em Charlestown do meio-dia à meia noite.

"Agente Coughlin, sentido. Você também está sendo transferido."

"Para onde, senhor?"

"Para uma missão especial. Como é notório, o senhor está acostumado a elas."

"Sim, senhor."

O comissário recostou-se na cadeira e passou a mão na barriga. "Até segunda ordem, você vai trabalhar em caso de greves. Toda vez que os trabalhadores fizerem greve contra os homens de bem que lhes pagam o salário, você estará lá para garantir que não haverá violência. Você vai ficar à disposição dos departamentos de polícia de todo o estado, para entrar em ação quando houver necessidade. Até segunda ordem, agente Coughlin, você vai trabalhar reprimindo greves."

Curtis apoiou os cotovelos na escrivaninha e olhou para Danny, esperando uma reação.

"Como quiser, senhor", disse Danny.

"Bem-vindos ao novo Departamento de Polícia de Boston", disse Curtis. "Estão dispensados, senhores."

Ao sair do escritório, Danny estava em tal estado de choque que imaginou que nada poderia piorá-lo, mas então viu os homens esperando sua vez na antessala:

Trescott, secretário de atas do BSC.

McRae, tesoureiro.

Slatterly, vice-presidente.

Fenton, secretário de imprensa.

Foi McRae quem se levantou e disse: "Que diabo está acontecendo? Recebi uma convocação para me apresentar na Pemberton imediatamente. Dan? Mark?".

Mark parecia atordoado. Ele pôs a mão no braço de McRae. "É um banho de sangue", sussurrou.

Lá fora, na escadaria, eles acenderam cigarros e tentaram se recompor.

"Eles não podem fazer isso", disse Mark.

"Eles acabam de fazer."

"Temporariamente", disse Mark. "Temporariamente. Vou procurar nosso advogado, Clarence Rowley. Ele vai pôr a boca no trombone. Ele vai conseguir um mandado de segurança."

"Que mandado?", disse Danny. "Ele não nos suspendeu, Mark. Ele apenas nos transferiu. Ele tem poderes para isso. Não há nenhuma acusação a fazer."

"Quando a imprensa tomar conhecimento disso, eles vão..." Sua voz fraquejou e ele deu um trago no cigarro.

"Talvez", disse Danny. "Se o dia estiver fraco de notícias."

"Meu Deus", disse Mark baixinho. "Meu Deus."

Danny lançou um olhar às ruas vazias e levantou os olhos ao céu limpo. Um dia muito bonito, fresco, claro e sem vento.

22.

Danny, seu pai e Eddie McKenna reuniram-se no escritório antes da ceia do Natal. Eddie não ia ficar para a ceia; sua família o esperava em casa, no Telegraph Hill, a alguns quarteirões dali. "Tom, o homem está fazendo uma verdadeira cruzada. E ele acha que somos infiéis. Ele me enviou uma ordem na noite passada determinando que eu *recicle* nossos homens para que trabalhem com controle de multidões e de distúrbios. Ele também quer que sejam treinados para serviços de polícia montada. E agora ele foi para cima do clube social."

Thomas Coughlin aproximou-se dele com a garrafa de conhaque e tornou a encher-lhe o copo. "Nós vamos resistir a isso, Eddie. Já resistimos a coisas piores."

Eddie concordou com um gesto de cabeça, encorajado pela mão de Thomas Coughlin em suas costas.

Thomas disse a Danny: "Seu companheiro, Denton, está em contato com o advogado do BSC?".

"Rowley, sim", respondeu Danny.

Thomas recostou-se na escrivaninha, passou a mão na nuca e franziu o cenho, sinal de que sua cabeça estava a mil. "Ele foi esperto. Uma coisa seria suspender vocês, mas transferência — embora possa *parecer* ruim — é uma carta que ele pode jogar muito bem, se vocês quiserem enfrentá-lo. E, antes que a gente esqueça, ele pegou você com a história da terrorista com quem você dormiu."

Danny tornou a encher o próprio copo, notando que o anterior se fora muito rápido. "E como ele soube disso? Eu pensei que esse caso fora omitido dos relatórios."

Seu pai arregalou os olhos. "Não partiu de mim, se é isto que está querendo dizer. Partiu de você, Eddie?"

Eddie disse: "Você teve uma pequena briga com alguns agentes da justiça semanas atrás. Foi na Salem Street? Você tirou uma jovem de um carro?".

Danny fez que sim. "Foi assim que cheguei a Federico Ficara."

McKenna sacudiu os ombros. "A justiça vaza feito uma virgem que acabou de trepar, Dan. Sempre foi assim."

"Porra", disse Danny batendo na lateral de uma cadeira revestida de couro.

"Pelo modo como o *comissário* Curtis vê as coisas na presente situação", disse Thomas, "é a hora da vingança. Desforra, cavalheiros. Vingança por todas as comidas de rabo que levou de Lomasney e dos chefões de distrito quando ele era prefeito. Por todos os cargos subalternos que teve de exercer na Commonwealth desde 1897. Por todos os jantares para os quais não foi convidado, por todas as festas das quais ele só soube no dia seguinte. Por todas as vezes em que sua patroa ficou constrangida em ser vista com ele. Ele é um sujeito da mais alta classe, cavalheiros. E até uma semana atrás era um sujeito da classe alta em desgraça." Thomas fez girar o conhaque no copo e estendeu a mão para pegar um charuto. "Isso daria a qualquer homem um desastroso sentimento épico na hora de ajustar as contas."

"Então, o que é que a gente faz, Thomas?"

"Esperar e manter a cabeça baixa."

"Foi o mesmo conselho que dei ao rapaz na semana passada", disse Eddie sorrindo para Danny.

"Estou falando sério. Você, Eddie, vai ter que engolir um bocado do seu orgulho nos próximos meses. Eu sou capitão — ele pode me repreender por uma coisa ou outra, mas minha posição é firme, e no meu distrito houve uma queda de seis por cento na taxa de crimes violentos desde que assumi. Foi aqui", disse ele apontando para o assoalho, "na Décima Segunda, historicamente o distrito não italiano da cidade com maior criminalidade. Ele não pode fazer grande coisa contra mim, a menos que eu lhe dê meios para isso, e estou seriamente resolvido a não fazê-lo. Mas você é um tenente e não age com transparência. Ele vai botar você no torno, rapaz, e apertar até dizer chega."

"Então...?"

"Então, se ele quiser você fazendo o aquecimento dos cavalos, mantendo seus homens em posição de descanso até a volta de Cristo, trate de obedecer." E acrescentou virando-se para Danny: "Trate de ficar longe do BSC".

"Não", disse Danny esvaziando o copo e levantando-se para tornar a enchê-lo.

"Você acabou de ouvir o que eu..."

"Vou reprimir greves para ele, sem reclamar. Vou lustrar meus botões e meus sapatos, mas não vou dar as costas ao BSC. De jeito nenhum."

"Então ele vai crucificá-lo."

Ouviu-se uma leve batida na porta. "Thomas?"

"Sim, querida."

"Jantar daqui a cinco minutos."

"Obrigado, amor."

Os passos de Ellen Coughlin se afastaram, enquanto Eddie pegava o casaco do cabide. "Parece que o Ano-novo vai ser um inferno, cavalheiros."

"Ânimo, Eddie", disse Thomas. "Somos os guardiões, e os guardiões controlam esta cidade. Não se esqueça disso."

"Não vou me esquecer, Tom, obrigado. Feliz Natal."

"Feliz Natal."

"Para você também, Dan."

"Feliz Natal, Eddie. Dê lembranças a Mary Pat."

"Darei, ela vai ficar contente de ouvir isso, pode acreditar."

McKenna saiu do escritório e Danny sentiu o olhar do pai sobre ele novamente enquanto tomava mais um gole.

"Curtis lhe tirou todo o ânimo, não foi, rapaz?"

"Eu vou recuperá-lo."

Por um instante, os dois ficaram calados. Eles ouviam o arrastar de cadeiras e o ruído de pesadas tigelas e pratos na mesa de jantar.

"Von Clausewitz disse que a guerra é a continuação da política por outros meios." Thomas sorriu mansamente e tomou um drinque. "Sempre achei que o inverso é que é verdadeiro."

Connor tinha voltado do trabalho havia menos de uma hora. Ele fora destacado para investigar um incêndio supostamente criminoso e ainda cheirava a fuligem e fumaça. Um incêndio que exigiu a presença de quatro carros de bombeiros, disse ele passando as batatas a Joe. Houve dois mortos. E obviamente o objetivo era pegar o dinheiro do seguro, que vai pagar algumas centenas de dólares mais do que conseguiriam a preços de mercado. Os poloneses, disse ele revirando os olhos.

"Você tem de ter mais cuidado", disse sua mãe. "Agora você não está vivendo só para si mesmo."

Danny viu Nora ruborizar-se e Connor piscar-lhe o olho e sorrir.

"Eu sei, mãe. Eu sei. Vou fazer isso, prometo."

Danny olhou para o pai, que estava sentado à sua direita, à cabeceira da mesa. O pai fitou-o, e seus olhos tinham uma expressão neutra.

"Será que eu perdi um anúncio de noivado?", perguntou Danny.

"Oh, fal..." Connor olhou para a mãe. "Fale", disse ele olhando para Nora, depois para Danny. "Ela disse 'sim', Dan. Nora disse sim."

Nora levantou a cabeça, e seu olhar cruzou com o de Danny. Seus olhos exibiam um orgulho e uma vaidade que ele achou repulsivos.

O sorriso dela é que era fraco.

Danny tomou um gole da bebida que trouxera do escritório do pai e cortou seu pedaço de pernil, sentindo todos os olhares voltados para ele. Connor observava-o, esperando de boca aberta. A mãe olhava-o um tanto confusa. O garfo de Joe estava levantado acima do prato.

Danny depôs o garfo e a faca, abriu um sorriso, que ele sentia ser grande e brilhante. Diabo, parecia imenso. Ele viu que Joe relaxou e que os olhos da mãe se desanuviaram. Forçou o sorriso a se estender também aos olhos, sentiu-os avolumando-se nas órbitas. Ele levantou o copo.

"Mas isso é o máximo!" Ele ergueu ainda mais o copo. "Parabéns para vocês dois. Estou muito feliz por vocês."

Connor riu e levantou o copo.

"Para Connor e Nora!", exclamou Danny.

"Para Connor e Nora!" O resto da família levantou seus copos e eles se tocaram no centro da mesa.

Entre o jantar e a sobremesa, Nora encontrou-se com Danny quando ele voltava do escritório do pai com outra dose de uísque.

"Eu tentei lhe dizer", disse ela. "Ontem liguei para a sua casa três vezes."

"Eu só cheguei em casa depois das seis."

"Oh."

Ele bateu a mão em seu ombro. "Não, isso é ótimo. É tremendo. Eu não poderia estar mais satisfeito."

Ela passou a mão no próprio ombro. "Estou contente."

"Quando é o casamento?"

"Pensamos em dezessete de março."

"O dia de São Patrício. Perfeito. Puxa, no Natal do próximo ano vocês já terão um filho."

"Pode ser."

"Ei... gêmeos!", disse ele. "Não seria ótimo?"

Ele esvaziou o copo. Ela fitou-lhe o rosto como a perscrutá-lo. Danny não tinha a menor ideia do que ela procurava. O que sobrara para ser encontrado? As decisões já estavam tomadas.

"Você...?"

"O quê?"

"Você quer... não sei o que dizer..."

"Então não diga."

"Você quer perguntar alguma coisa? Saber alguma coisa?"

"Negativo", disse ele. "Vou pegar outra bebida. E você?"

Ele entrou no escritório, pegou a garrafa e notou quão pouco sobrara do que havia à sua chegada, no começo da tarde.

"Danny."

"Não", disse ele voltando-se para ela com um sorriso.

"Não o quê?"

"Não diga meu nome."

"Por que não posso...?"

"Como se ele significasse alguma coisa", disse ele. "Use outro tom, está bem? Só isso. Quando você o pronunciar."

Ela torceu o punho com a mão e deixou ambos os braços penderem ao lado do corpo. "Eu..."

"O quê?" Ele tomou uma boa golada.

"Não suporto ver um homem sentir pena de si mesmo."

Ele sacudiu os ombros. "Meu Deus. Como você é irlandesa."

"Você está bêbado."

"Estou apenas começando."

"Sinto muito."

Ele riu.

"Sinto mesmo."

"Deixe-me perguntar-lhe uma coisa... você sabe que o velho está investigando umas coisas na terrinha. Eu disse isso a você."

Olhos no carpete, ela fez que sim.

"É por isso que você está apressando o casamento?"

Ela levantou a cabeça, encarou-o e não disse nada.

"Você realmente pensa que isso a salvará se a família descobrir quando você já estiver casada?"

"Eu acho...", disse ela em voz tão baixa que ele mal conseguia ouvir. "Eu acho que, se eu estiver casada com Connor, seu pai nunca vai me repudiar. Ele vai fazer o que melhor sabe fazer: o que é preciso."

"Você tem tanto medo de ser repudiada?"

"Tenho medo de ficar sozinha", disse ela. "De passar fome novamente. De ficar..." Ela balançou a cabeça.

"O quê?"

Seus olhos se voltaram novamente para o carpete. "Desamparada."

"Meu Deus, meu Deus, Nora, você é a própria sobrevivente, hein?" Ele deu uma risadinha. "Você me dá vontade de vomitar."

"Eu o quê?", perguntou ela.

"Em todo o carpete", completou ele.

Ele ouviu o roçar da anágua quando Nora atravessou o escritório para servir-se de uísque irlandês. Ela engoliu metade da bebida e se voltou para ele. "Quem você pensa que é, rapaz?"

"Bela boca", disse ele. "Maravilha."

"Eu lhe dou vontade de vomitar, Danny?"

"Neste instante, sim."

"E por quê?"

Ele se aproximou dela pensando em levantá-la pelo pescoço branco e macio. Pensou em comer-lhe o coração para que ele nunca mais pudesse fitá-lo através dos olhos dela.

"Você não ama ele", disse Danny.

"Amo sim."

"Não da forma como me amou."

"Quem disse que eu o amei?"

"Você."

"*Você* é quem diz." Ele segurou os ombros dela.

"Afaste-se. Largue-me."

Ele encostou a testa no seu colo. Sentia-se mais sozinho do que em qualquer noite nas trincheiras, mais do que no momento em que a bomba explodiu na delegacia da Salutation Street, mais sozinho e mais insatisfeito consigo mesmo do que jamais imaginou poder se sentir.

"Eu amo você."

Ela empurrou a cabeça dele. "Você ama a si mesmo, rapaz. Você..."

"Não..."

Ela segurou-lhe as orelhas e o encarou. "Sim, você ama a si mesmo. A grande música que você é. Mas eu não tenho ouvido musical, Danny. Não consegui acompanhar."

Ele endireitou o corpo, respirou fundo e olhou-a nos olhos. "Você ama ele? Ama?"

"Vou aprender a amá-lo", disse ela, e esvaziou o copo.

"Você não teve de aprender a me amar."

"E veja aonde isso nos levou", disse ela saindo do escritório.

Mal eles se acomodaram para a sobremesa, a campainha tocou.

Danny sentia o álcool empesteando-lhe o sangue, entorpecendo-lhe os membros, encastelado em seu cérebro, sombrio e vingativo.

Joe foi atender. A porta da frente ficou aberta por tempo bastante para que o ar frio da noite chegasse à sala de jantar. Então Thomas gritou: "Joe, quem é? Feche a porta".

Eles ouviram a porta fechar-se, as vozes abafadas do diálogo entre Joe e uma pessoa que Danny não reconheceu. Era uma voz baixa e grossa. Do lugar onde eles estavam, não dava para entender o que diziam.

"Pai?", disse Joe, já no vão da porta.

Um homem veio atrás dele. Ele era alto, mas tinha os ombros encurvados. O rosto era comprido, coberto por uma barba negra, com manchas grisalhas no queixo. Os olhos eram pretos e pequenos, mas ainda assim protuberantes. O cabelo no alto da cabeça era branco e cortado rente. As roupas, baratas e em farrapos; do outro lado da sala, Danny podia sentir o cheiro delas.

Ele abriu um sorriso, e os poucos dentes que lhe restavam eram amarelos como um cigarro exposto longamente à luz do sol.

"Como vocês estão se sentindo esta noite? Bem, não é?"

Thomas Coughlin levantou-se. "O que é isso?"

O olhar do homem dirigiu-se a Nora.

"E como vai você, amor?"

Nora parecia paralisada, com uma mão na xícara de chá, olhos vazios e estáticos.

O homem levantou a mão. "Sinto muito incomodar, minha gente. O senhor deve ser o capitão Coughlin."

Joe procurou afastar-se do homem, deslocando-se rente à parede até o outro extremo da mesa, aproximando-se de sua mãe e de Connor.

"Sou Thomas Coughlin", disse ele. "E você está na minha casa no Natal. Portanto, é melhor ir dizendo o que deseja."

O homem levantou as mãos sujas. "Senhor, meu nome é Quentin Finn. E tenho a impressão de que minha esposa está à sua mesa."

Quando Connor se levantou, sua cadeira tombou no chão. "Quem diabos..."

"Connor", disse o pai. "Contenha-se, rapaz."

"Oh", fez Quentin Finn. "É ela mesma, não há dúvida. Tão certo quanto é Natal. Sentiu saudades de mim, amor?"

Nora abriu a boca, mas faltaram-lhe palavras. Danny viu o corpo dela encolher-se, a verdadeira encarnação do desamparo. Ela movia a boca, mas as palavras teimavam em não sair. A mentira que ela dissera ao chegar àquela cidade, a mentira que ela contara, cinco anos antes, quando apareceu nua, dentes batendo de frio, na cozinha daquela casa, a mentira que foi construindo, dia após dia desde então, entornou. Espalhou-se por toda a sala até a desordem e confusão de tudo aquilo se reconstituir e renascer em seu contrário: a verdade.

Uma verdade hedionda, Danny observou. Tinha pelo menos o dobro da idade dela. Ele beijara aquela boca? Enfiara a língua entre seus dentes?

"Eu disse: tem tido saudades de mim, meu amor?"

Thomas Coughlin levantou a mão. "Seja mais claro, senhor Finn."

Apertando os olhos, Finn olhou para ele. "Mais claro em relação a quê, senhor? Eu me casei com essa mulher. Dei-lhe meu nome. Partilhei com ela minha terra em Donegal. Ela é minha esposa, senhor. E eu vim para levá-la para casa."

O silêncio de Nora começava a incomodar. Danny via isso claramente — nos olhos de sua mãe, nos de Connor. Caso tivesse pensado em negar tudo, o momento já tinha passado.

Connor disse. "Nora."

Nora fechou os olhos. "Psst", fez ela levantando a mão.

"Psst?", repetiu Connor.

"Isso é verdade?", perguntou a mãe de Danny. "Nora? Olhe para mim. Isso é verdade?"

Mas Nora recusava-se a olhar. Ela não queria abrir os olhos. Balançava a mão para a frente e para trás, como se assim pudesse apagar o tempo.

Danny não podia deixar de se sentir perversamente fascinado pelo homem que se encontrava no vão da porta. *Isso?* — ele queria dizer. Você trepou com *essa coisa?* Ele sentia a bebida circulando em seu sangue e sabia que, por trás daquilo, havia um lado dele que era melhor. Naquele momento, porém, a única parte a que tinha acesso era aquela que encostara a cabeça no peito dela e dissera que a amava.

Ao que ela respondera: você ama a si mesmo.

"Sente-se, senhor Finn", disse o pai.

"Por mim fico em pé mesmo, capitão, não faz diferença."

"O que o senhor espera que aconteça aqui esta noite?", disse Thomas.

"Eu espero sair por esta porta rebocando minha mulher", disse ele balançando a cabeça.

Thomas olhou para Nora. "Levante a cabeça, menina."

Nora abriu os olhos e olhou para ele.

"É verdade que esse homem é seu marido?"

O olhar de Nora cruzou o de Danny. O que ela dissera mesmo no escritório? *"Não suporto ver um homem sentir pena de si mesmo."* E agora, quem é que sente pena de si mesma?

Danny abaixou os olhos.

"Nora", disse o pai. "Responda à pergunta, por favor. Ele é seu marido?"

Ela pegou a xícara, mas suas mãos tremiam tanto que ela a depôs.

"Ele foi."

A mãe de Danny se benzeu.

"Meu Deus!", exclamou Connor chutando o rodapé.

"Joe", disse o pai calmamente. "Vá para o seu quarto. E não queira discutir, filho."

Joe abriu a boca, mas pensou melhor e saiu da sala de jantar.

Danny percebeu que estava balançando a cabeça e parou. *Essa coisa?* Ele queria gritar aquela palavra. Você se casou com essa coisa horrorosa e repugnante? E ainda ousou assumir ares de superioridade em relação a mim?

Ele tomou outro gole enquanto Quentin Finn dava dois passos meio oblíquos sala adentro.

"Nora", disse Thomas Coughlin. "Você disse que ele *foi* seu marido. Quer dizer então que houve uma anulação, não é?"

Nora olhou para Danny novamente. Os olhos dela tinham um brilho que, em outras circunstâncias, poderia ser visto como uma expressão de felicidade.

Danny olhou para Quentin novamente. O homem coçava a barba.

"Nora", disse Thomas. "Você anulou o casamento? Responda, menina."

Nora negou com cabeça.

Danny sacudiu o gelo em seu copo. "Quentin."

Quentin Finn olhou para ele erguendo as sobrancelhas. "Sim, meu jovem?"

"Como você nos achou?"

"Um homem sempre dispõe de certos recursos", disse Quentin. "Já faz um tempo que estou procurando por essa moça."

Danny balançou a cabeça. "Quer dizer que o senhor é um homem de recursos."

"Aiden."

Danny inclinou a cabeça para olhar para o pai, em seguida olhou para Quentin. "Localizar uma mulher do outro lado do oceano, senhor Finn, é uma verdadeira façanha. Uma façanha muito cara."

Quentin sorriu para o pai de Danny. "Vejo que o garoto está bêbado, não é?"

Danny acendeu um cigarro com a vela. "Se me chamar de 'garoto' novamente, irlandês de merda, eu..."

"Aiden!", exclamou o pai. "Basta." Ele se voltou novamente para Nora. "Você tem alguma coisa a dizer em sua defesa, menina? Ele está mentindo?"

"Ele não é meu marido", disse ela.

"Ele diz que sim."

"Não é *mais*."

Thomas debruçou-se sobre a mesa. "Na Irlanda católica não existe divórcio."

"Eu não disse que me divorciei, senhor. Eu só disse que ele não é mais meu marido."

Quentin Finn soltou uma gargalhada que reverberou na sala.

"Meu Deus", repetia Connor sem cessar. "Meu Deus."

"Arrume suas coisas agora, amor."

Nora olhou para ele. Havia ódio nos olhos dela. E medo. Repugnância. Vergonha.

"Ele me comprou", disse ela, "quando eu tinha treze anos. Esse homem é meu primo, sabem?" Ela olhou para cada um dos membros da família Coughlin. "Treze anos. Como se compra uma vaca."

Thomas estendeu a mão sobre a mesa em sua direção. "Uma situação trágica", disse ele baixinho. "Mas ele é seu marido, Nora."

"Porra, você está coberto de razão, capitão."

Ellen Coughlin se benzeu e pôs a mão no peito.

Thomas mantinha os olhos em Nora. "Senhor Finn, se você disser palavrões na minha casa, diante da minha mulher..." Ele virou a cabeça e sorriu para Quentin Finn. "Seu caminho de volta para casa, pode acreditar, será muito menos previsível."

Quentin Finn coçou a barba um pouco mais.

Delicadamente, Thomas puxou as mãos de Nora para si, até cobri-las totalmente com as suas, e olhou para Connor, que apertava o peito das mãos contra as pálpebras inferiores. Thomas voltou-se então para a esposa, que sacudiu a cabeça. Thomas balançou a cabeça e olhou para Danny.

Danny olhou nos olhos do pai, muito claros e azuis. Os olhos de uma criança de inteligência e intenções impecáveis.

Nora sussurrou: "Por favor, não deixe que ele me leve".

Connor fez um barulho que podia ser um riso.

"Por favor, senhor."

Thomas passou a mão nas costas das mãos dela. "Mas você vai ter de ir."

Ela balançou a cabeça, e uma lágrima caiu da maçã de seu rosto. "Mas não agora? Não com ele."

Thomas disse: "Tudo bem, querida". Ele voltou a cabeça. "Senhor Finn."

"Sim, capitão."

"Seus direitos de marido foram reconhecidos e respeitados."

"Obrigado."

"Agora você vai embora. Procure-me amanhã na Décima Segunda delegacia, na East Fourth Street, para resolvermos o problema."

Quentin Finn já sacudia a cabeça, recusando, antes mesmo de Thomas terminar. "Eu não cruzei essa merda de oceano para ser enrolado, homem. Não, muito obrigado, vou levar minha mulher agora."

"Aiden."

Danny empurrou sua cadeira para trás e levantou-se.

Quentin disse: "Tenho meus direitos de marido, capitão. Tenho sim".

"E eles serão respeitados. Mas, por esta noite, eu..."

"E quanto ao filho dela, senhor. O que é que ele vai pensar..."

"Ela tem um filho?", disse Connor levantando a cabeça das mãos.

Ellen Coughlin benzeu-se novamente. "Santa Maria Mãe de Jesus."

Thomas soltou as mãos de Nora.

"Sim, ela tem um gurizinho em casa, pode crer", disse Quentin Finn.

"Você abandonou o próprio filho?", disse Thomas.

Danny viu o fogo nos olhos dela, os ombros se curvarem. Ela envolveu o próprio corpo com os braços, num abraço apertado — presa, sempre uma presa, buscando, maquinando, tensionando o corpo para se proteger da louca arremetida.

Um filho? Ela nunca dissera uma palavra sobre aquilo.

"Ele não é meu", disse ela. "É *dele*."

"Você abandonou um filho?", disse a mãe de Danny. "Um filho?"

"Não é meu", disse Nora estendendo os braços para ela, mas Ellen Coughlin empurrou-os de volta ao seu colo. "Não é meu, não é meu, não é meu."

Quentin se permitiu um sorriso. "Sem a mãe, o garoto se sente perdido. Perdido."

"Ele não é meu", disse ela a Danny. Depois a Connor: "Não é".

"Não", disse Connor.

O pai de Danny levantou-se, passou a mão nos cabelos, coçou a nuca e soltou um fundo suspiro. "Nós confiamos em você", disse ele. "Fazer isso com nosso filho. Com Joe. Como você pôde nos colocar numa situação dessas? Como pôde nos enganar? Nosso *filho*, Nora. Nós lhe confiamos nosso filho."

"E eu agi de forma correta com ele", disse Nora, achando uma força em si mesma que Danny já observara em alguns lutadores — normalmente os menores, nos últimos rounds de uma luta —, alguma coisa que estava muito além da estatura e da força física. "Eu agi corretamente com ele, com o senhor e com sua família."

Thomas olhou para ela, depois para Quentin Finn, depois novamente para ela, e finalmente para Connor. "Você ia se casar com meu filho. Você ia criar problemas para nós todos. Sujar meu nome? *Este* nome e *esta* casa que lhe deu abrigo, alimento, tratando-a como se fosse da família? Como se atreve, mulher? Como se atreve?"

Nora olhou bem para ele, as lágrimas finalmente começando a correr. "Como me atrevo? Esta casa é um caixão de defunto para esse menino." Ela apontou para o quarto de Joe. "Ele sente isso todos os dias. Eu cuido dele porque ele nem ao menos conhece a própria mãe. Ela..."

Ellen Coughlin levantou-se da mesa, mas não saiu dali. Ela pôs a mão no encosto da cadeira.

"Cale a boca", disse Thomas Coughlin. "Cale a boca, criatura."

"Sua puta", disse Connor. "Sua puta suja."

"Oh, meu Deus", disse Ellen Coughlin. "Pare. Pare!"

Joe entrou na sala de jantar e olhou para todo mundo. "O que é?", perguntou ele. "O que é?"

Thomas disse a Nora: "Saia desta casa imediatamente".

Quentin Finn sorriu.

"Pai", falou Danny.

Mas seu pai já estava numa posição que era bem sua, embora poucos a tivessem presenciado. Ele apontou para Danny sem olhar para ele. "Você está bêbado. Vá embora para sua casa."

"O quê?", disse Joe com voz fraca. "Por que todo mundo está gritando?"

"Vá para a cama", ordenou Connor.

Ellen Coughlin levantou a mão olhando para Joe, mas este a ignorou. Ele olhou para Nora. "Por que todo mundo está gritando?"

"Vamos embora agora, mulher", disse Quentin Finn.

Nora disse a Thomas: "Não faça isso".

"Eu disse para você calar a boca."

"Pai", disse Joe. "Por que todo mundo está *gritando*?"

Danny começou: "Ouça...".

Quentin Finn andou até a cadeira onde estava Nora e puxou-a pelos cabelos.

Joe soltou um gemido, Ellen Coughlin gritou e Thomas disse: "Vamos nos acalmar".

"Ela é minha *mulher*." Quentin arrastou-a pelo chão.

Joe correu em sua direção, mas Connor agarrou-o. Joe esmurrou-lhe o peito e os ombros. A mãe de Danny deixou-se cair na cadeira, pôs-se a chorar alto, rezando à Mãe Santíssima.

Quentin puxou Nora violentamente contra si, apertando o rosto dela contra o seu, e disse: "Que tal alguém ir pegar as coisas dela, hein?".

Thomas levantou a mão e gritou: "Não!", porque Danny já levantara o braço, dera a volta à mesa e quebrara o copo de uísque na parte de trás da cabeça de Quentin Finn.

Alguém mais gritou "Danny", talvez sua mãe, talvez Nora, talvez mesmo Joe — mas àquele altura Danny já aplicara os dedos acima dos olhos de Quentin Finn e empurrava-lhe a cabeça em direção à porta da sala. Uma mão agarrou-o pelas costas, mas se soltou quando Danny empurrou Finn para o corredor, arrastando-o em seguida até o final. Joe com certeza deixara a porta destrancada, porque a cabeça de Quentin passou pelo vestíbulo e mergulhou na noite. Quando o peito dele tombou sobre os degraus, deslocou uma camada de neve recém-caída e foi parar na calçada, onde os flocos caíam rápidos e grossos. Seu corpo bateu no cimento, e Danny ficou surpreso ao vê-lo dar alguns passos cambaleantes, bracejando, e depois escorregar na neve e cair no meio-fio, a perna esquerda dobrada sob o corpo.

Danny desceu os degraus com cuidado, porque todo o alpendre era de ferro e a neve estava macia e escorregadia. Na neve da calçada se viam as marcas da passagem de Quentin, cujo corpo deslizara sobre ela. Danny cruzou o olhar com o de Quentin, quando ele se pôs de pé.

"Vamos fazer a coisa ficar divertida", disse Danny. "Corra."

Thomas agarrou-lhe o ombro, fazendo-o dar meia volta, e Danny viu algo nos olhos do pai que nunca tinha visto — insegurança, talvez até medo.

"Deixe ele ir", disse o pai.

A mãe chegou à porta no exato momento em que Danny levantava o pai pelas lapelas, arrastando-o até uma árvore.

"Meu Deus, Danny!" A exclamação era de Connor, do alto da escadaria à entrada da casa. Danny ouviu os sapatos de Quentin Finn chafurdando na neve semiderretida no meio da K Street.

Danny olhou no rosto do pai, apertando-lhe as costas delicadamente contra a árvore. "Deixe Nora arrumar as coisas dela", disse ele.

"Aiden, você precisa se acalmar."

"Deixe que ela leve as coisas de que precisa. Isto aqui não é uma negociação, estamos entendidos?"

O pai o encarou por um longo tempo e finalmente mexeu as pálpebras, o que Danny interpretou como um assentimento.

Ele recolocou o pai no chão. Nora apareceu à porta, a têmpora arranhada pelas unhas de Quentin Finn. Seus olhares se cruzaram e ela deu meia-volta.

Danny deu uma risada que surpreendeu até a si mesmo e pôs-se a correr pela K Street. Quentin tinha uma vantagem de dois quarteirões, mas Danny cortou caminho pelos fundos da K Street, depois pelos da I Street, da J Street, pulando cercas como se ainda fosse um coroinha, sabendo que o único destino possível de Quentin Finn era uma parada de bonde. Ele emergiu de uma viela entre a J e a H, atingiu Quentin Finn nos ombros e este caiu e deslizou na neve no meio da East Fifth Street.

As luzes do Natal pendiam em guirlandas acima da rua, e velas iluminavam as janelas de metade dos lares ao longo do quarteirão. Quentin tentou lutar contra Danny, mas este lhe aplicou uma série de socos de ambos os lados do rosto, mais uma torrente de golpes no abdome seguidos por dois socos que quebraram duas costelas. Quentin tentou correr novamente, mas Danny agarrou-lhe o casaco, fê-lo girar na neve algumas vezes e soltou o corpo contra um poste. Então subiu em cima dele, quebrou-lhe ossos do rosto, quebrou-lhe o nariz e mais algumas costelas.

Quentin chorou. Quentin implorou. Quentin disse: "Pare, pare". A cada sílaba articulada, um fino fio de sangue projetava-se no ar e caía de volta em seu rosto.

Quando Danny sentiu os dedos doerem, parou, sentou-se na barriga de Quentin e enxugou as articulações dos dedos no casaco do homem. Ele esfregou neve na cara de Quentin até ele abrir os olhos.

Danny tomou ar. "Desde os dezoito anos eu não me descontrolava. Você acredita? É verdade. Oito anos. Quase nove..." Ele soltou um suspiro e contemplou a rua, a neve, as luzes.

"Não quero incomodar você", disse Quentin.

Danny riu. "Não diga!"

"Eu... só quero... minha mu-lher."

Danny segurou-lhe as orelhas e bateu-lhe a cabeça no calçamento algumas vezes.

"Logo que você sair do hospital, pegue um navio e vá embora do meu país", disse Danny. "Se você ficar, eu o acuso de agressão a um policial. Está vendo aquelas janelas? Metade delas são de policiais. Você quer comprar uma briga com o Departamento de Polícia de Boston, Quentin? Passar dez anos numa prisão americana?"

Os olhos de Quentin rolaram para a esquerda.

"Olhe para mim."

Os olhos de Quentin pararam, e ele vomitou na gola do próprio casaco.

Danny abanou a mão para dissipar o mau cheiro. "Sim ou não? Quer ser acusado de agressão?"

"Não", respondeu Quentin.

"Você vai voltar para o seu país assim que sair do hospital?"

"Sim, sim."

"Bom moço", disse Danny levantando-se. "Porque se você não for embora, Quentin, sabe o que acontece?", disse ele baixando os olhos e o encarando. "Você vai voltar aleijado para sua terrinha."

Thomas estava na escadaria de entrada da casa quando Danny voltou. As lanternas traseiras do carro de seu pai se acenderam quando o motorista, Marty Kenneally, freou num cruzamento dois quarteirões mais adiante.

"Quer dizer que Marty está levando-a para outro lugar?"

O pai fez que sim. "Eu já avisei que não quero saber para onde ela foi."

Danny olhou para as janelas da casa da família. "Como ficaram as coisas lá?"

O pai examinou o sangue na camisa de Danny, os nós dos dedos lacerados. "Você deixou alguma coisa para o motorista da ambulância?"

Danny encostou o quadril na grade de ferro preta. "Bastante. Eu já chamei a ambulância, de uma cabine pública da J Street."

"Com certeza você apavorou o sujeito."

"Pior que isso." Ele vasculhou os bolsos, encontrou seus Murads, sacudiu o maço e tirou um. Ele ofereceu ao pai, que aceitou. Danny acendeu os dois com o isqueiro e recostou-se na grade.

"Desde que você era adolescente eu não te via assim, rapaz."

Danny soprou um jato de fumaça no ar frio, sentindo o suor começando a secar na parte mais alta do peito e do pescoço. "É, já fazia um bom tempo."

"Você teria me batido?", disse o pai. "Quando me empurrou contra a árvore?"

Danny deu de ombros. "Pode ser. Agora nunca vamos saber."

"Seu próprio pai."

Danny deu uma risadinha. "Você não via problema nenhum em me bater quando eu era menino."

"Mas então se tratava de disciplina."

"Neste caso também", disse Danny fitando o pai.

Thomas balançou a cabeça devagar e soltou uma nuvem de fumaça azul na escuridão da noite.

"Eu não sabia que ela tinha deixado um filho lá, pai. Eu não tinha ideia."

O pai balançou a cabeça.

"Mas você sabia", disse Danny.

O pai lançou-lhe um olhar rápido, a fumaça saindo-lhe pelo canto da boca.

"Você trouxe Quentin aqui. Deixou uma trilha de migalhas de pão, e ele achou a porta."

Thomas Coughlin disse: "Você me superestima".

Danny jogou verde e mentiu: "Ele me disse que você fez isso, pai".

O pai sorveu o ar da noite e olhou para o céu. "Você nunca deixou de gostar dela. Connor tampouco."

"E quanto a Joe? Que dizer do que ele acabou de presenciar lá dentro?"

"Todo mundo algum dia tem de se tornar adulto", disse o pai sacudindo os ombros. "O que me preocupa não é o amadurecimento do Joe, moleque. É o seu."

Danny balançou a cabeça e atirou o cigarro na rua.

"Você não consegue deixar de se preocupar."

23.

No final da tarde de Natal, antes de os Coughlin se sentarem à mesa do jantar, Luther pegou o bonde de volta para o South End. O dia começara com um céu brilhante e ar limpo, mas, quando Luther subiu no bonde, o tempo se fechara e o céu se dobrara e caíra no chão. Apesar disso, as ruas cinzentas e tranquilas mostravam certa beleza, como se a cidade, em particular, tivesse assumido um ar festivo. Logo a neve começou a cair, os flocos pequenos pairando no ar como pipas nas asas de uma súbita ventania, mas, quando o bonde pegou o caminho abaulado da Broadway Bridge, os flocos ficaram grossos como algodão, deslizando por fora das janelas no negro vento. Luther, a única pessoa sentada na área reservada para negros, por acaso cruzou o olhar com o de um homem branco sentado com a namorada algumas fileiras mais adiante. O homem parecia cansado, mas tinha um ar de satisfação, e sua boina de lã barata, puxada sobre o olho direito, lhe dava um levíssimo toque de distinção. O homem balançou a cabeça como se ele e Luther partilhassem o mesmo pensamento, a namorada aninhada em seu peito, de olhos fechados.

"Está com jeito de Natal mesmo, né?", disse o homem deslizando o queixo na cabeça da jovem, as narinas dilatando-se, sentindo-lhe o perfume dos cabelos.

"Está sim", disse Luther, surpreso por não ter dito "tá sim" num bonde praticamente só com gente branca.

"Vai para casa?"

"Sim."

"Encontrar a família?" O branco abaixou o cigarro na altura dos lábios da moça, que abriu a boca e deu uma tragada.

"Mulher e filho", disse Luther.

O homem fechou os olhos por um segundo e balançou a cabeça. "Isso é bom."

"Sim, senhor, é." Luther respirou fundo, tentando conter a onda de solidão que ameaçava engolfá-lo.

"Feliz Natal", disse o homem tirando o cigarro dos lábios da jovem e enfiando-o entre os seus.

"Igualmente, senhor."

No vestíbulo da casa dos Giddreaux, ele tirou o casaco e o cachecol e os pendurou, úmidos e exalando vapor, no aquecedor. Ouvindo as vozes que vinham da sala de jantar, tirou a neve dos cabelos e limpou as mãos no casaco.

Quando abriu a porta e entrou na casa, ouviu os risos e o vozerio de diversas conversas que se misturavam. Copos e pratarias tilintavam. Luther sentiu o cheiro de peru assado, e talvez também o de peru frito, e um leve cheiro de canela que devia vir da cidra quente. Quatro crianças desceram as escadas correndo em sua direção — três negras, uma branca —, riram loucamente na sua cara ao chegarem ao térreo e dispararam pelo corredor rumo à cozinha.

Ele abriu as portas corrediças que davam para a sala de jantar. Os convidados se voltaram e olharam para ele. A maioria era constituída de mulheres, mas havia alguns homens mais velhos, dois com a idade de Luther, que ele supôs serem os filhos da sra. Grouse, criada dos Giddreaux. Pouco mais de uma dúzia de pessoas, no total, metade delas brancas. Luther reconheceu as mulheres que colaboravam com o ANPPN e deduziu que os homens fossem seus maridos.

"Franklin Grouse", disse um negro mais jovem apertando a mão de Luther. Ele lhe ofereceu um copo de gemada com vinho. "Você deve ser o Luther. Minha mãe falou de você."

"Prazer em conhecê-lo, Franklin. Feliz Natal." Luther ergueu o copo e tomou um gole.

Foi um jantar maravilhoso. Isaiah tinha voltado de Washington na noite anterior e prometera só falar sobre política depois da sobremesa. Então eles comeram, beberam, repreenderam as crianças quando elas se excederam um pouco na bagunça, e o tema da conversa passou dos últimos filmes para livros e músicas, depois para os boatos de que os rádios usados na guerra passariam a ser um artigo de consumo que transmitiria notícias, vozes, jogos e músicas de todo o mundo. Luther tentou imaginar como um jogo poderia ser transmitido por uma caixa, mas Isaiah disse que era perfeitamente possível. Em meio a linhas de telefone, de telégrafo, e aos caças Sopwith Camels, o futuro do mundo estava no ar. Viagens, comunicação, ideias — tudo pelo ar. A via terrestre ia sendo deixada de lado, a marítima também, mas o ar era como uma ferrovia que nunca esbarrava no mar. Logo estaríamos falando espanhol, e eles falando inglês.

"E isso é uma coisa boa, senhor Giddreaux?", disse Franklin Grouse.

Isaiah moveu a mão para direita e para a esquerda e repetiu o gesto. "Depende do uso que o homem fizer dela."

"Homem branco ou negro?", perguntou Luther, e todos à mesa se puseram a rir.

Quanto mais feliz e à vontade ele ficava, mais lhe pesava a melancolia. Assim podia ser sua vida — devia ser sua vida — com Lila, agora mesmo, não como convidado à mesa, mas ele próprio à cabeceira de uma, e talvez algumas daquelas crianças pudessem ser seus filhos. Ele viu a sra. Giddreaux sorrindo para ele e, quando ele respondeu ao sorriso, ela lhe deu uma piscadela. Mais uma vez ele teve uma visão de sua alma, de sua graça singela, banhada numa luz azul.

No final da noitada, depois que a maioria dos convidados tinha saído e Isaiah e Yvette tomavam conhaque com os Parthan, dois velhos amigos do tempo que ele passara em Morehouse e ela no Atlanta Baptist, Luther pediu licença, subiu para o terraço levando seu copo de conhaque e deixou-se ficar junto ao gradil. Parara de nevar, mas todos os telhados tinham se avolumado com a neve. Do porto vinha o som das buzinas, e as luzes da cidade estendiam uma faixa amarela na linha do horizonte. Ele fechou os olhos, aspirou o perfume da noite, da neve e do frio, misturado à fumaça, à fuligem e a pó de tijolos. Sentiu como se estivesse inalando o céu, na mais longínqua curva da terra. Estava de olhos bem fechados, procurando obliterar a lembrança da morte de Jessie e o peso no coração, que tinha apenas um nome: Lila. Ele desejava apenas o momento presente, aquele ar que estava em seus pulmões, enchia seu corpo e dilatava-se em sua cabeça.

Mas a coisa não funcionou — Jessie mais que depressa voltou, virou-se para Luther e disse: "Engraçado, não?". Menos de um segundo depois, a cabeça dele explodiu e ele caiu no chão. O Diácono também, logo ele, flutuando na onda que se seguiu a Jessie, tentando agarrar Luther, dizendo: "Dê um jeito nisso". Os olhos dele se esbugalharam, suplicando para não ser aniquilado, hoje não, quando Luther enfiou-lhe o revólver sob o queixo, e os olhos do Diácono diziam: *Não estou pronto para ir. Espere.*

Mas Luther não esperara. E agora o Diácono estava em algum lugar com Jessie, e Luther estava ali, acima do chão. Passou-se apenas um segundo e logo surgiu outra aparição, vinda pelo mesmo caminho, para mudar sua vida de modo a não haver possibilidade de retorno. Apenas um segundo.

"Por que você não me escreve, mulher?", sussurrou Luther ao céu sem estrelas. "Você tem um filho meu, e não quero que ele cresça sem mim. Não quero que ele sinta que não tem pai. Não, não, garota", falou ele baixinho. "Para mim só existe você. Só você."

Ele pegou o copo de conhaque e tomou um gole que lhe afagou a garganta, aqueceu-lhe o peito e abriu seus olhos.

Ele murmurou "Lila" e tomou outro gole.

"Lila", disse ele à fatia amarela da lua, ao céu escuro, ao cheiro da noite e aos telhados cobertos de neve.

"Lila", soltou Luther ao vento, como uma mosca que ele não tivesse coragem de matar, desejando que ela fosse parar em Tulsa.

"Luther Laurence, esta é Helen Grady."
Luther apertou a mão da senhora. Helen Grady tinha um aperto de mão tão firme quanto o do capitão Coughlin, o mesmo cabelo acobreado e bem cuidado, o mesmo olhar impávido.

"Daqui para a frente ela vai trabalhar com você", disse o capitão.

Luther balançou a cabeça, notando que, logo depois de apertar a mão dele, ela limpou a sua no avental imaculado.

"Capitão, onde está...?"

"Nora não trabalha mais aqui, Luther. Notei que havia certa amizade entre vocês, por isso estou lhe informando de sua demissão, em respeito a essa amizade, mas o nome dela nunca mais deve ser pronunciado nesta casa." O capitão segurou o ombro de Luther com firmeza e lhe deu um sorriso igualmente firme. "Está claro?"

"Sim", disse Luther.

Certa noite, Luther encontrou-se com Danny na porta da pensão. Luther saiu do edifício e disse: "Que porra você fez?".

A mão de Danny avançou em direção ao seu casaco, e então ele reconheceu Luther. Ele abaixou a mão.

"Não vai nem dizer oi?", perguntou Danny. "Feliz Ano-novo? Nada do tipo?"

Luther não disse nada.

"Tudo bem", disse Danny sacudindo os ombros. "Em primeiro lugar, este não é o melhor bairro para um negro, você não notou?"

"Estou há uma hora aqui. Notei sim."

"Em segundo", disse Danny, "você está louco de se dirigir a um homem branco nesses termos? Um policial?"

Luther recuou um passo. "Ela estava certa."

"O quê? Quem?"

"Nora. Ela disse que você era um ator. Você encarnava o papel do rebelde. Fingia ser um sujeito que diz não gostar de ser chamado de 'sor', mas agora me diz a que partes da cidade um negro como eu pode ir, me diz como devo me dirigir a um branco em público. Onde está Nora?"

Danny levantou os braços. "Como vou saber? Por que não vai procurá-la na fábrica de sapatos? Você sabe onde fica, não sabe?"

"Porque nossos horários *não coincidem*." Luther aproximou-se de Danny, percebendo que as pessoas estavam começando a observá-los. Não estava descartada a possibilidade de alguém lhe dar uma paulada na cabeça ou simplesmente atirar nele por se aproximar de um homem branco daquela maneira, num bairro italiano. Ou em qualquer bairro.

"Por que você acha que tenho alguma coisa a ver com a saída de Nora da casa?"

"Porque ela amava você, e você não suportava isso."

"Luther, afaste-se."

"Afaste-se você."

"Luther."

Luther inclinou a cabeça.

"Estou falando sério."

"Você, sério? Qualquer um que olhasse bem naquela moça veria todo um mundo de dor que já a afligira. E você, sabe o que você fez? Aumentou ainda mais seus sofrimentos. Você e toda a sua família."

"Minha família?"

"Isso mesmo."

"Se você não gosta da minha família, Luther, você devia resolver isso com meu pai."

"Não posso."

"Por que não?"

"Porque preciso da porra do *emprego*."

"Então eu acho que você devia ir para a casa do meu pai agora. Espero que amanhã você ainda esteja empregado."

Luther recuou mais alguns passos. "Como está indo seu sindicato?"

"O quê?"

"Seu sonho de uma corporação de trabalhadores? Como é que é isso?"

O rosto de Danny se achatou, como se tivesse sofrido um atropelamento. "Vá para casa, Luther."

Luther balançou a cabeça, tomou ar, deu meia volta e começou a andar.

"Ei!", chamou Danny.

Luther olhou para trás e viu-o de pé junto ao seu edifício, no frio do anoitecer.

"Por que você se deu ao trabalho de vir até aqui? Para repreender um homem branco em público?"

Luther negou com a cabeça, voltou-se e recomeçou a andar.

"Ei! Eu lhe fiz uma pergunta."

"Porque ela é melhor que toda a sua família junta!" Luther fez uma mesura no meio da calçada. "Sacou, branquelo? Vá pegar uma corda para me enforcar, ou seja lá o que vocês ianques fazem por aqui. E, se você o fizer, saberei que morri falando a verdade, contra a porra da sua mentira. Ela é melhor que sua família inteira." Ele apontou para Danny. "Melhor que você, principalmente."

Os lábios de Danny se mexeram.

Luther avançou um passo em sua direção. "O quê? O que é isso?"

Danny pôs a mão na maçaneta da porta. "Eu disse que provavelmente você tem razão."

Ele girou a maçaneta, entrou no edifício, e Luther ficou sozinho na rua que escurecia rapidamente, sob os olhares dos italianos maltrapilhos que passavam.

Ele deu uma risadinha. "Merda", disse ele. "Peguei Danny e sua mentira bem onde dói mais." Ele sorriu a uma senhora raivosa que tentava passar. "Isso não é o máximo, senhora?"

Mal Luther chegou em casa, Yvette o chamou. Ele entrou na sala de visitas ainda de casaco, porque a voz dela lhe pareceu terrível. Quando ele entrou, porém, viu que ela sorria, como se tivesse sido tocada de uma alegria celestial.

"Luther!"

"Senhora?" Luther desabotoou o casaco com uma mão.

E lá estava ela radiante. Isaiah passou pela sala de jantar e entrou na sala de visitas logo atrás dela. Ele disse: "Boa noite, Luther".

"Boa noite, senhor Giddreaux."

Isaiah estava com um sorrisinho todo seu quando se sentou na poltrona com sua xícara de chá.

"O que é?", disse Luther. "O que é?"

"Você teve um bom mil novecentos e dezoito?", perguntou Isaiah.

Luther desviou os olhos do sorriso aberto de Yvette e deparou com o sorrisinho de Isaiah. "Bem, senhor, na verdade, não, não tive um bom mil novecentos e dezoito. Um pouco difícil, se quer saber a verdade, senhor."

Isaiah balançou a cabeça. "Bem, ele acabou." Ele olhou para o relógio do consolo da lareira: dez e quarenta e três. "Já se passaram quase vinte e quatro horas." Ele se dirigiu à mulher. "Oh, pare com essa chateação, Yvette. Está começando a torturar *a mim*." Ele lançou um olhar a Luther — *mulheres...* — e então disse: "Ora, vamos. Entregue ao rapaz".

Yvette cruzou a sala em sua direção, e só então Luther notou que ela estava com as mãos às costas desde que ele entrara na sala. O corpo lhe traía a agitação, e um sorriso brincava em seu rosto.

"Isto é para você." Ela se inclinou, beijou-o no rosto, pôs um envelope na mão dele e recuou.

Luther olhou para o envelope — simples, creme, absolutamente comum. Viu o próprio nome no meio, viu o endereço dos Giddreaux logo embaixo, reconheceu a caligrafia — ao mesmo tempo cerrada e sinuosa — e o carimbo do correio no selo: Tulsa, Oklahoma. Suas mãos tremeram.

Ele olhou nos olhos de Yvette.

"E se for um adeus?" Ele sentiu os lábios se crisparem contra os dentes.

"Não, não", disse ela. "Ela *já tinha dito* adeus, filho. Você disse que ela lhe fechou o coração. Corações fechados não escrevem cartas para homens que os amam, Luther. Simplesmente não escrevem."

Luther balançou a cabeça, que tremia como o resto do corpo. Pensou na noite de Natal, quando lançou seu nome na brisa.

"Eu..."

Eles o observavam.

"Vou ler isto lá em cima", disse ele.

Yvette fez-lhe um afago na mão. "Prometa apenas que não vai saltar."

Luther deu uma gargalhada alta, sonora, como se tivesse pipocado. "Eu... não vou fazer isso. Não vou, senhora."

Quando subia as escadas foi dominado pelo medo. Medo de que Yvette estivesse errada, de que muitas mulheres escrevessem para dizer adeus. Pensou em dobrar a carta, pô-la no bolso e dar um tempo antes de ler. Até se sentir mais forte, digamos. Mas, no mesmo instante em que pensava aquilo, sabia muito bem que era mais fácil ele acordar branco no dia seguinte do que acordar com a carta ainda fechada.

Foi até o terraço e ficou de cabeça baixa por um instante. Não rezou, mas tampouco deixou de rezar. Manteve a cabeça abaixada, fechou os olhos e se deixou dominar pelo medo, o horror de perdê-la para sempre.

Por favor, não me machuque, pensou ele enquanto abria o envelope com cuidado, e com o mesmo cuidado tirou a carta de dentro dele. Por favor. Segurou-a entre o polegar e o indicador de cada mão, deixando que a brisa da noite lhe enxugasse os olhos, e então desdobrou-a:

Querido Luther,
Aqui está frio. Agora estou trabalhando como lavadeira. Gente da Detroit Avenue me manda as roupas em grandes sacolas cinzentas. É uma bênção que devo à tia Marta, pois sei que as pessoas podem lavar a roupa em qualquer lugar. Tia Marta e tio James foram minha salvação, e sei que o Senhor age por meio deles. Eles me pedem que lhe diga que gostam de você...

Luther sorriu, duvidando muito daquilo.

...e esperam que você esteja bem. Minha barriga está grande. Tia Marta diz que é um menino, porque a barriga está virada para a direita. Eu também acho. Os pés dele são grandes e ele chuta. Ele vai se parecer com você e vai precisar tê-lo como pai. Você tem de dar um jeito de voltar para casa.
                                                                Lila. Sua esposa.

Luther leu a carta mais seis vezes antes de ter certeza de poder respirar aliviado. Por mais que fechasse e abrisse os olhos na esperança de ler a palavra *amor*, ela não apareceu no papel.
E ainda assim... *Você tem de dar um jeito de vir para casa*; *ele vai precisar tê-lo como pai*; <u>Querido</u> *Luther* e, o mais importante, *Sua esposa*.
Sua esposa.
Ele tornou a olhar a carta e a desdobrá-la. Esticou-a entre os dedos.
Você tem de dar um jeito de vir para casa.
Sim, senhora.
Querido Luther.
Querida Lila.
Sua esposa.
Seu marido.

BABE RUTH E A BOLA BRANCA

24.

Ao meio-dia de 15 de janeiro de 1919, o tanque de melaço da Indústria de Álcool dos Estados Unidos explodiu no North End. Uma criança de rua que estava sob o tanque evaporou-se, e o melaço invadiu os bairros miseráveis em ondas da altura de três andares. Edifícios foram jogados de lado como se empurrados por uma mão desumana. A ponte da ferrovia que passava pela Commercial foi atingida por um pedaço de metal do tamanho de um caminhão e a parte central desabou. Um posto do corpo de bombeiros foi arremessado numa praça da cidade e virou de cabeça para baixo. Um bombeiro morreu, e mais uns dez ficaram feridos. Não se soube logo a causa da explosão, mas o prefeito Andrew Peters, o primeiro político a chegar à cena, afirmou que certamente a responsabilidade era dos terroristas.

Babe Ruth leu todos os relatos dos jornais em que conseguiu pôr as mãos. Ele pulava os trechos longos em que apareciam palavras difíceis como "alcaide" e "infraestrutura", mas aquilo o impressionava muito. Melaço! Dois milhões de galões! Ondas de quinze metros de altura! As ruas do North End, fechadas para automóveis, carroças e cavalos, arrancavam os sapatos de quem tentasse andar por elas. Moscas lutavam por trechos do pavimento em enxames escuros e densos como maçãs cristalizadas. Na praça por trás das estrebarias municipais, dezenas de cavalos tinham sido mutilados por rebites que, no momento da explosão, voaram do tanque feito balas. Eles foram encontrados atolados no esterco, relinchando horrivelmente, incapazes de se levantar do atoleiro. No meio daquela tarde, quarenta e cinco disparos da polícia marcaram a execução dos animais, como se fossem as últimas explosões de uma série de fogos de artifício. Os cavalos mortos foram levantados por guindastes, postos nas carrocerias de caminhões e transportados para uma fábrica de cola de Sommerville. No quarto dia, o melaço tinha se transformado num mármore negro, e as pessoas andavam com as mãos apoiadas nas paredes e nos postes.

Dezessete pessoas morreram e centenas ficaram feridas. Oh, Deus... que expressões teriam seus rostos quando se voltaram e viram aquelas ondas negras rebentando sob o sol. Babe estava sentado ao balcão da Drogaria e Leiteria do Igoe, na Codman Square, esperando por seu agente, Johnny Igoe. Johnny estava nos fundos, embonecando-se para sua reunião com A. L. Ulmerton, com certeza carregando a mão na vaselina e na água-de-colônia. A. L. Ulmerton era o figurão dos cigarros Old Gold ("Nem uma tosse num carregamento de cigarros!"), e queria falar com Babe sobre possíveis contratos publicitários. E agora eles certamente chegariam atrasados, com Johnny demorando-se lá nos fundos e empetecando-se feito uma perua.

Mas na verdade Babe não se importava, porque assim ele tinha tempo de ler mais histórias sobre a inundação e a imediata reação que provocou: a punição dos radicais e subversivos que deviam estar envolvidos no episódio. Agentes do Departamento de Investigação e do Departamento de Polícia de Boston arrombaram as portas da sede da Associação dos Trabalhadores Letões, da seção bostoniana da OIM, da Ala Esquerda do Partido Comunista de Reed e Larkin. Eles encheram as cadeias de toda a cidade e mandaram o excedente para a prisão da Charles Street.

No Tribunal Superior de Suffolk, sessenta e cinco suspeitos de subversão foram levados diante do juiz Wendell Trout. Ele deu ordem para que a polícia libertasse todos os que não tinham sido acusados formalmente de um crime, mas assinou dezoito mandados de deportação para aqueles que não conseguiram comprovar cidadania americana. Dezenas de outros esperavam uma decisão do Departamento de Justiça sobre sua situação de imigração e histórico criminal, o que Babe achava perfeitamente razoável, embora houvesse gente que pensasse diferente. Quando o advogado trabalhista James

Vahey, duas vezes candidato a governador da Commonwealth pelo Partido Democrata, argumentou diante do juiz federal que a detenção de homens não acusados formalmente de um crime era uma afronta à Constituição, foi repreendido pelo tom áspero, e os processos continuaram até fevereiro.

Na edição do *Traveler* daquela manhã havia um ensaio fotográfico que ia da página quatro à página sete. Embora as autoridades ainda não tivessem confirmado a prisão dos terroristas responsáveis, e aquilo deixasse Babe louco, a raiva aflorava apenas por um breve instante; logo era sobrepujada por um delicioso arrepio de excitação, que latejava no alto de sua espinha quando ele se entregava ao espanto ante a devastação: um bairro inteiro esmagado, sacudido e avassalado por aquela gigantesca massa líquida e negra. Fotografias do posto de bombeiros em ruínas, seguidas de fotos de corpos amontoados na Commercial como pães de centeio, outra de dois homens da Cruz Vermelha encostados numa ambulância, um deles com a mão no rosto e um cigarro entre os lábios. Havia uma foto de bombeiros formando um cordão para retirar o cascalho e chegar aos homens. Um porco morto no meio de uma praça. Um velho sentado num alpendre, um dos lados da cabeça apoiado numa mão gotejante de melaço. Uma rua sem saída com uma correnteza marrom na altura das aldravas das portas, com pedras, madeira e vidro suspensos na superfície. E as pessoas — policiais, bombeiros, o pessoal da Cruz Vermelha, médicos e imigrantes com seus xales e chapéus-coco — todos com aquela mesma expressão de espanto: como diabos pôde acontecer uma coisa *dessas*?

Babe deparara muitas vezes com aquela expressão nos últimos dias. Não por algum motivo especial. Simplesmente por tudo. Era como se eles estivessem vagando por este mundo louco, tentando acompanhá-lo, mas sabendo que não conseguiriam, simplesmente não conseguiriam. Então parte deles esperava que o mundo, numa segunda tentativa, viesse por trás e simplesmente os atropelasse, mandando-os — finalmente — desta para melhor.

Uma semana depois houve outra rodada de negociações com Harry Frazee.

O escritório de Frazee cheirava a perfume de bordel e a dinheiro velho. O perfume vinha de Kat Lawson, uma atriz que participava de um dos seis shows que Frazee estava apresentando em Boston naquela temporada. Este se chamava *Seja feliz, garotão* e, como todas os espetáculos de Harry Frazee, tratava-se de uma comédia romântica leve que, noite após noite, era apresentada para plateias lotadas. Ruth a tinha visto, deixando que Helen o arrastasse para assisti-la, pouco depois do Ano-novo, ainda que Frazee, fiel ao que se diz de sua herança judaica, não lhe tivesse dado entradas gratuitas. Ruth teve a experiência perturbadora de ficar segurando a mão de sua mulher na quinta fileira, olhando outra mulher com quem tinha dormido (na verdade, três vezes) saracotear pelo palco no papel de uma inocente faxineira que sonhava em se tornar uma grande corista-dançarina. O obstáculo a esses sonhos era o seu preguiçoso marido irlandês, Seamus, o "garotão" do título. No final da peça, a faxineira se contenta em se tornar corista no palco do New England e seu "garotão" se conforma com os sonhos malucos da esposa, desde que não extrapolem a vizinhança, e até arranja um emprego. Helen levantou-se e aplaudiu depois do último número, uma reprise em grande estilo de "Shine My Star, I'll Shine Your Floors", e Ruth também aplaudiu, embora tivesse certeza de que Kat Lawson lhe passara chatos no ano anterior. Não era nada bom que uma mulher pura como Helen aplaudisse uma fulana corrompida como Kat, e, verdade seja dita, ele ainda estava muito chateado por não ter recebido convites de graça.

Kat Lawson sentou-se num sofá de couro sob um grande quadro com cães de caça. Estava com uma revista no colo, estojo de maquiagem aberto, reaplicando o batom. Harry Frazee pensava estar enganando direitinho a esposa, e achava que Kat era um troféu a ser invejado por Ruth e pelos outros jogadores do Sox (a maioria dos quais já tinha dormido com ela pelo menos uma vez). Harry Frazee era um idiota, e Ruth não precisava de nenhuma outra prova senão o fato de ele deixar a amante na sala durante a negociação de um contrato.

Ruth e Johnny Igoe sentaram-se diante da escrivaninha de Frazee e ficaram esperando que ele expulsasse Kat da sala, mas Frazee deixou claro que ela ficaria onde estava quando disse: "Quer que eu peça alguma coisa para você, querida, antes de começar a tratar de negócios com estes cavalheiros?".

"Negativo", respondeu Kat comprimindo e estalando os lábios enquanto fechava ruidosamente o estojo de maquiagem.

Frazee balançou a cabeça e sentou-se à escrivaninha. Ele olhou para Ruth e Johnny Igoe e desdobrou os punhos da camisa, pronto para entabular o negócio. "Bem, entendo que..."

"Querido", disse Kat. "Você pode me trazer uma limonada? Obrigada, você é um anjo."

Uma limonada. Era começo de fevereiro, até então o dia mais frio da semana mais fria daquele inverno. Tão frio que Ruth ouviu dizer que no North End as crianças andavam patinando no melaço congelado. E ela queria uma limonada.

Harry Frazee, rosto impassível, apertou o botão do interfone e disse: "Doris, quer fazer o favor de mandar Chappy ir buscar uma limonada?".

Kat esperou que ele tirasse o dedo do botão do interfone e sentou-se novamente.

"Oh, e um sanduíche de ovo e cebola."

Harry Frazee inclinou-se para a frente novamente. "Doris? Diga a Chappy que traga também um sanduíche de ovo e cebola, por favor." Ele olhou para Kat, mas ela voltara à sua revista. Ele esperou mais alguns segundos e tirou o dedo do botão do interfone.

"Então", disse ele.

"Então", disse Johnny Igoe.

Frazee abriu as mãos, esperando, uma sobrancelha arqueada num ponto de interrogação.

"Você pensou mais um pouco na nossa proposta?", perguntou Johnny.

Frazee pegou o contrato de Ruth, que estava sobre a escrivaninha. "Acho que se trata de uma coisa com a qual vocês estão familiarizados. Ruth, o senhor está contratado por sete mil dólares para esta temporada. É isso. Assumimos um compromisso. Espero que o senhor honre sua parte."

Johnny Igoe disse: "Considerando o desempenho de Gidge na temporada passada, seus excelentes arremessos na série e, permita-me dizer, a explosão do custo de vida desde que a guerra terminou, achamos justo reconsiderar esse acordo. Em outras palavras, sete mil é pouco".

Frazee soltou um suspiro e recolocou o contrato sobre a escrivaninha. "Eu lhe dei uma bonificação no fim da temporada, senhor Ruth. Eu não tinha obrigação de fazer isso, mas fiz. E ainda não é o bastante?"

Johnny Igoe começou a enumerar, segurando sucessivamente as pontas dos dedos. "Você vendeu Lewis e Shore para o Yanks. Você se desfez de Dutch Leonard para o Cleveland. Você deixou Whiteman ir embora."

Babe endireitou-se na cadeira. "Whiteman foi embora?"

Johnny fez que sim. "Você está rico, senhor Frazee. Todos os seus espetáculos fazem sucesso, você..."

"E por causa disso tenho de renegociar um contrato assinado em boa-fé entre *homens*? Que tipo de princípio é esse? Que tipo de ética é essa, senhor Igoe? Caso você não esteja acompanhando o noticiário, estou travando uma batalha com o comissário Johnson. Estou lutando para conseguir que nossas medalhas da Série Mundial nos sejam devidamente entregues. Essas medalhas não foram liberadas porque seu pupilo entendeu de fazer greve antes do quinto jogo."

"Eu não tenho nada a ver com isso", disse Babe. "Eu nem sabia o que estava acontecendo."

Johnny pôs a mão em seu joelho, tentando acalmá-lo.

Kat levantou-se de repente do sofá. "Bem, você pode pedir a Chappy que me traga um..."

"Psst", fez Frazee. "Estamos tratando de negócios, cabeça de vento", disse ele voltando-se novamente para Ruth. Kat acendeu um cigarro e soprou a fumaça com força por entre os lábios grossos. "Você tem um contrato de sete mil. Isso faz de você um dos jogadores mais bem pagos. E o que é que você quer agora?" Exasperado, Frazee ergueu as mãos em direção à janela, à cidade lá embaixo, à agitação da Tremont Street e do bairro onde se concentravam os teatros.

"Quero o que mereço", disse Babe, recusando-se a ceder diante daquele traficante de escravos, daquele pretenso magnata, daquele pretenso homem de teatro. Na terça-feira anterior, em Seattle, trinta e cinco mil estivadores entraram em greve. No momento em que a cidade estava tentando resolver *isso*, mais vinte e cinco mil trabalhadores paralisaram suas atividades em solidariedade à greve. Seattle parou — sem bondes, sem sorveteiros, sem leiteiros, sem ninguém para recolher o lixo, ninguém para fazer faxina dos edifícios de escritórios, ninguém para operar os elevadores.

Babe desconfiava de que aquilo era só o começo. Naquela manhã os jornais informaram que o juiz responsável pela investigação sobre o acidente com o tanque de melaço da IAEU concluiu que a explosão não resultara da ação de anarquistas, mas da negligência da empresa e da desobediência às normas de inspeção estabelecidas pelo município. A IAEU, na pressa em querer dar um destino comercial à sua destilação de melaço, antes dirigida para uso industrial, enchera o frágil tanque mais do que devia, sem imaginar que as altas temperaturas daquele incomum mês de janeiro fariam o melaço dilatar-se. Os porta-vozes da IAEU, é claro, rejeitaram raivosamente o relatório preliminar, afirmando que os terroristas culpados ainda estavam à solta e que os custos da limpeza eram de responsabilidade do município e de seus contribuintes. Ah, aquilo deixava Babe mordido. Aqueles patrões... aqueles traficantes de escravos. Talvez aqueles caras que estavam no bar alguns meses atrás no Castle Square Hotel tivessem razão — os trabalhadores estavam cansados de dizer "sim, senhor" e "não, senhor". Quando Ruth olhou para Harry Frazee por cima da escrivaninha, sentiu dentro de si uma onda de solidariedade para com seus companheiros trabalhadores de toda parte, seus concidadãos-vítimas. Já era tempo de pedir contas aos endinheirados.

"Quero que você me pague o que mereço", repetiu ele.

"E quanto seria isso, exatamente?"

Foi a vez de Babe pôr a mão na perna de Johnny. "Quinze por um ou trinta por três."

Frazee riu. "Você quer quinze mil dólares por *um* ano?"

"Ou trinta por três anos", disse Babe confirmando com a cabeça.

"E que tal se, em vez disso, eu o vendesse?"

Aquilo abalou um pouco Babe. Vender? Meu Deus do céu. Todo mundo sabia o quanto Frazee se aproximara do coronel Ruppert e do coronel Huston, proprietários dos Yankees, mas os Yankees eram lanterninhas, um time que nunca chegou perto das finais na era das Séries. E se não para o Yanks, então para quem? Cleveland? Baltimore novamente? Filadélfia? Babe não queria mudar de equipe. Ele acabara de alugar um apartamento na Governor's Square. As coisas estavam indo bem para ele — Helen em Sudbury, ele no centro da cidade; quando andava pelas ruas, as pessoas o chamavam pelo nome, as crianças o assediavam, as mulheres piscavam para ele. Em Nova York, porém, ele se deixaria tragar por aquele mar. Mas, quando pensou novamente em seus companheiros trabalhadores de Seattle, nos mortos boiando no melaço, teve consciência de que a questão era maior que seu próprio medo.

"Então me venda", disse ele.

As palavras o surpreenderam. E com certeza espantaram Johnny Igoc e Harry Frazee. Babe encarou Frazee, deixando que este visse em seu semblante a força de sua decisão, que Babe esperava parecer duas vezes maior por conta do esforço que estava fazendo para dominar o medo que havia por trás dela.

"Ou então, sabe de uma coisa?" disse Babe. "Talvez eu simplesmente deixe de jogar."

"E vai fazer o quê?", perguntou Frazee balançando a cabeça e revirando os olhos.

"Johnny", disse Babe.

Johnny Igoe limpou a garganta novamente. "Gidge tem sido procurado por muitos que acreditam que ele tem um grande futuro nos palcos ou no cinema."

"Um *ator*", disse Frazee.

"Ou um lutador de boxe", disse Johnny Igoe. "Nós também estamos recebendo um monte de propostas deles, senhor Frazee."

Frazee riu, riu de verdade. Era um risinho curto, que lembrava o zurro de um asno. Ele revirou os olhos. "Se eu tivesse ganhado uma moedinha de cinco centavos toda vez que um ator tentou me enrolar com histórias de ofertas no meio da temporada, ora, agora eu seria dono do país." Seus olhos brilharam. "Você vai cumprir seu contrato." Ele tirou um charuto da caixa sobre a escrivaninha, cortou a ponta e apontou-o para Ruth. "Você trabalha para mim."

"Por esse salário de crioulo, não." Babe levantou-se, pegou seu casaco de pele de castor do cabide da parede junto à qual estava Kat Lawson. Pegou o de Johnny também, e jogou-o para ele. Frazee acendeu o charuto e olhou para Babe. Babe vestiu o casaco, abotoou-o, inclinou o corpo sobre Kat Lawson e deu-lhe um sonoro beijo no rosto.

"É sempre bom ver você, boneca."

Kat pareceu chocada como se ele tivesse passado a mão na sua bunda ou coisa assim.

"Vamos embora, Johnny."

Johnny dirigiu-se à porta, parecendo tão chocado quanto Kat.

"Se você sair por essa porta", disse Frazee, "a gente se vê no tribunal, Gidge."

"Então a gente se vê no tribunal", disse Babe dando de ombros. "Sabe onde você nunca mais vai me ver, *Harry*? Dentro da porra de um uniforme do Red Sox."

* * *

Em Manhattan, em 22 de fevereiro, agentes do Esquadrão Antibomba do Departamento de Polícia de Nova York e do Serviço Secreto invadiram um apartamento da Lexington Avenue, onde prenderam catorze radicais espanhóis do *Grupo Pro Prensa* e os acusaram de planejar o assassinato do presidente dos Estados Unidos. O crime estava previsto para o dia seguinte, em Boston, aonde o presidente Wilson iria chegar, procedente de Paris.

O prefeito Peters decretara feriado municipal para comemorar a chegada do presidente e tomara as providências necessárias para que se fizesse um desfile, ainda que o Serviço Secreto tivesse recomendado que o trajeto, que era do píer Commonwealth ao Copley Plaza Hotel, não fosse divulgado. Depois das prisões em Nova York, determinou-se que todas as janelas da cidade ficassem fechadas e que agentes federais armados de rifles se postassem nos telhados, ao longo da Summer Street, Beacon, Charles, Arlington, Commonwealth Avenue e Dartmouth Street.

Circularam várias notícias de que o trajeto "secreto" de Peters incluiria a prefeitura, a Pemberton Square, a Sudbury Square e a Washington Street, mas Ruth foi andando em direção à Assembleia Legislativa, porque era para lá que todos pareciam se dirigir. Não era todo dia que se tinha uma chance de ver um presidente, mas Ruth esperava que, se alguém algum dia tentasse matar a *ele*, Ruth, as autoridades agissem melhor, evitando que aparecesse em público. O desfile de automóveis do presidente Wilson entrou na Park Street ao meio-dia em ponto, dobrou à esquerda e pegou a Beacon na altura da Assembleia Legislativa. Do outro lado da rua, no gramado do parque Common, um punhado de sufragistas excêntricas queimava cintas, espartilhos e até alguns sutiãs, gritando: "Sem voto não há cidadania! Sem voto não há cidadania!". A fumaça erguia-se da fogueira, e Wilson mantinha os olhos voltados para a frente. Ele pareceu mais baixo do que Ruth imaginara, mais magro também, acomodado no banco de trás de um sedã conversível, acenando rigidamente para a multidão — um meneio com a mão para o lado esquerdo da rua, para o lado direito, novamente para o esquerdo. Seus olhos não tomavam conhecimento de nada, exceto das janelas altas e do topo das árvores. O que certamente era bom para ele, porque Ruth viu uma densa multidão de aparência hostil, homens sujos sendo contidos pela polícia na altura em que a Joy Street dá acesso ao Common. Eram milhares. Carregavam faixas que os identificavam como grevistas da cidade de Lawrence e gritavam impropérios ao presidente, enquanto a polícia os empurrava, procurando contê-los. Ruth riu quando as sufragistas correram atrás do desfile de carros, ainda bradando seu direito de votar, pernas nuas e geladas porque elas tinham queimado também os próprios calções. Ele atravessou a rua, passando pela pilha de roupas em chamas, no momento em que o cortejo de carros avançava por Beacon. A meio caminho do Common, ele ouviu gritos terríveis da multidão, voltou-se e viu os grevistas de Lawrence atacando os policiais, muitos encontrões, socos perdidos no ar e vozes agudas de indignação.

Caramba, pensou Ruth. O mundo inteiro está em greve.

O cortejo de carros apareceu à sua frente, seguindo vagarosamente pela Charles Street. A passos lentos, por entre a multidão, Ruth seguiu o cortejo que serpenteava em volta do Public Garden e depois ao longo da Commonwealth. No caminho, deu alguns autógrafos, apertou mãos, mas era curioso ver como sua celebridade se reduzia diante de uma figura tão poderosa. As pessoas mostravam menos entusiasmo e estavam menos propensas a agarrá-lo naquela tarde, como se, à forte irradiação da fama de Wilson, Babe fosse apenas um homem comum. Ele podia ser famoso, mas não era por sua causa que os rifles apontavam lá de cima. A fama de Wilson era uma fama ruim. A de Babe era do tipo amigável, simpático.

Quando Wilson subiu no palanque na Copley Square, porém, Babe já se sentia entediado. O presidente podia ser poderoso, letrado e tudo o mais, mas com certeza não sabia falar em público. Você tem de apresentar um show, um pouco de entusiasmo aqui, um pouco de fascínio ali, contar algumas piadas, fazer as pessoas pensarem que você sente tanto prazer na companhia delas quanto elas na sua. Mas Wilson parecia cansado, velho, a voz fina e chiada, falando monotonamente que a Liga das Nações isso, que a nova ordem mundial aquilo, tratando também das grandes responsabilidades que acompanham um grande poder e uma grande liberdade. Apesar de todas aquelas palavras grandiloquentes, ele cheirava a derrota, a alguma coisa velha, esgotada, quebrada e sem conserto. Ruth abriu caminho por entre a multidão, deu mais dois autógrafos já à margem da aglomeração, seguiu pela Tremont e foi em busca de um bife.

Algumas horas mais tarde chegou ao edifício onde morava e encontrou

Harry Frazee esperando-o no saguão. O porteiro voltou para seu posto, e Ruth apertou o botão e ficou esperando junto às portas de metal do elevador.

"Eu vi você quando o presidente estava discursando", disse Frazee. "Não consegui alcançá-lo por causa da multidão."

"Era um monte de gente mesmo", disse Ruth.

"Se ao menos nosso caro presidente soubesse lidar com a imprensa como você, senhor Ruth."

Babe conteve o sorriso que ameaçava aflorar em seu rosto. Ele tinha de dar o crédito daquilo ao agente: Johnny mandara Babe a orfanatos, hospitais, asilos de velhinhas, e os jornais engoliram tudo. Vieram homens de Los Angeles para fazer testes de filmagem, e Johnny falou das propostas que Ruth recebia do mundo do cinema. Na verdade, a única coisa que podia tirar Babe das primeiras páginas dos jornais eram as notícias sobre Wilson. Mesmo o assassinato do primeiro ministro da Baváría foi relegado ao pé da primeira página quando se anunciou a participação de Ruth num filme chamado O beijo da grana. Quando os repórteres perguntavam se ele ia participar dos treinos da primavera, repetia sempre: "Se o senhor Frazee achar que mereço um salário justo, estarei lá".

Faltavam três semanas para o início dos treinos da primavera.

Frazee limpou a garganta. "Vou pagar o que você pediu."

Babe voltou-se para encarar Frazee, que lhe fez um curto aceno com a cabeça.

"Os papéis já estão prontos. Você pode assiná-los no meu escritório amanhã de manhã." Frazee lhe deu um sorriso fino. "Você ganhou esse round, senhor Ruth. Aproveite."

"Certo, Harry."

Frazee aproximou-se dele. Ele exalava um cheiro bom, do tipo que Ruth associava às pessoas muito ricas, pessoas que sabiam coisas que ele nunca saberia e que iam muito além dos apertos de mão secretos de determinadas confrarias. Pessoas como Frazee dominavam o mundo, porque entendiam de uma coisa que sempre escapara a Babe e a homens como ele: dinheiro. Eles planejavam seus movimentos. Eram capazes de prever o momento em que passaria de uma mão para outra. Entendiam também de coisas que Babe não entendia, livros, arte e a história do mundo. Mas principalmente de dinheiro: disso eles entendiam muitíssimo bem.

De vez em quando, porém, você levava vantagem sobre eles.

"Divirta-se no treino da primavera", disse Frazee a Babe quando as portas do elevador se abriram. "Curta Tampa."

"Vou curtir, sim", disse Babe, já imaginando as ondas de calor, as mulheres lânguidas.

O ascensorista ficou esperando.

Harry Frazee tirou do bolso um maço de dinheiro preso por um clipe dourado. Puxou do maço várias notas de vinte enquanto o ascensorista abria a porta e uma mulher que morava no sexto andar, uma bela dama a quem não faltavam admiradores, aproximava-se do elevador, fazendo soar os saltos no piso de mármore.

"Imagino que você esteja precisando de dinheiro."

"Senhor Frazee", disse Babe, "posso esperar até a assinatura do contrato."

"Nada disso, filho. Se um dos meus homens está passando por dificuldades, quero ajudá-lo."

Babe levantou a mão. "No momento, não estou precisando de dinheiro vivo, senhor Frazee."

Babe tentou recuar, mas foi vagaroso demais. Harry Frazee enfiou o dinheiro no bolso interno do casaco de Babe, sob o olhar do ascensorista, do porteiro e da mulher bonita do sexto andar.

"Você merece cada centavo", disse Frazee, "e detesto ver você passando fome."

Babe enrubesceu e enfiou a mão no casaco para devolver o dinheiro.

Frazee se afastou. O porteiro correu para alcançá-lo, segurou a porta para ele. Frazee levou a mão ao chapéu, passou pela porta e mergulhou na noite.

Ruth cruzou o olhar com o da mulher. Ela abaixou a cabeça e entrou no elevador.

"Foi uma brincadeira", disse Ruth no momento em que também entrava, e o ascensorista já acionava a manivela. "Só uma brincadeira."

Ela sorriu e balançou a cabeça, mas Ruth percebeu que ela sentia pena dele.

Quando chegou ao apartamento, Ruth ligou para Kat Lawson e convenceu-a a encontrar-se com ele no Hotel Buckminster. Depois da quarta rodada, ele levou-a para cima e fodeu com ela loucamente. Meia hora depois, transou com ela novamente, pondo-a de quatro, sussurrando-lhe ao ouvido as coisas mais sujas que pôde imaginar. Depois ela ficou dormindo de bruços, os lábios se mexendo, falando baixinho para alguém em seus sonhos. Ele se levantou e se vestiu. Lá fora, para além da janela, estava o rio Charles, as luzes de Cambridge mais adiante, cintilantes e a postos. Enquanto vestia o casaco, ouviu Kat ressonar levemente. Ele enfiou a mão no casaco, pôs o dinheiro de Frazee na penteadeira e saiu do quarto.

West Camden Street. Baltimore.
Ruth estava na calçada na frente do que antes fora o bar de seu pai. O lugar estava fechado, caindo aos pedaços, e uma placa de latão, anunciando uma bebida, pendia atrás de uma vidraça empoeirada. Em cima do bar ficava o apartamento em que vivera com seus pais e sua irmã Mamie, que mal começava a andar quando ele partiu para o Saint Mary's.

O lar, pode-se dizer.

Não obstante, as lembranças que tinha desse lar eram obscuras. Ele se lembrava da parede externa como o lugar onde aprendera a jogar dados. Lembrava-se do eterno cheiro de cerveja no bar e no apartamento acima dele; o cheiro subia através do banheiro e do encanamento da banheira, entranhava-se nas fendas do piso e na parede.

Na verdade, seu lar fora o St. Mary's. West Camden Street fora um mero esboço. Apenas uma antessala.

Vim aqui, pensou Babe, para lhe dizer que cheguei lá. Sou um magnata. Vou ganhar dez mil dólares este ano, e Johnny diz que pode me conseguir mais dez contratos publicitários. Meu rosto vai ser reproduzido em anúncios do tipo que você pendurava na janela. Mas esse você não penduraria, não é? Você era orgulhoso demais para isso. Orgulhoso demais para admitir ter um filho que ganha mais dinheiro num ano do que você em dez. O filho que você mandou embora e tentou esquecer. George Junior. Lembra-se dele?

Não, não me lembro. Estou morto. Sua mãe também. Deixe-nos em paz.

Babe balançou a cabeça.

Eu vou para Tampa, George Pai. Para o treino da primavera. Parei aqui só para mostrar que me tornei alguém.

Tornou-se alguém? Você mal sabe ler, fode com putas. Ganha um cachê de puta para jogar um jogo de puta. Um jogo. Não é trabalho de homem. Jogo.

Eu sou Babe Ruth.

Você é George Herman Ruth Junior, e eu ainda não confiaria em tê-lo trabalhando atrás do balcão. Você iria beber o lucro, se esquecer de fechar a porta. Ninguém quer ver você contando vantagem aqui, menino. Vá jogar suas partidas. Aqui não é mais sua casa.

E quando foi?

Babe levantou os olhos e contemplou o edifício. Pensou em cuspir na calçada, a mesma calçada em que seu pai morreu com o coco rebentado. Mas não cuspiu. Ele enrolou tudo — seu pai, sua mãe, sua irmã Mamie, com quem não falava havia seis meses, seus irmãos já mortos, sua vida ali —, enrolou tudo como um tapete e jogou para trás, por cima do ombro.

Adeus.

Quando sair, cuidado para a porta não bater nesse seu rabo gordo.

Vou embora.

Então vá.

Eu vou.

Vá andando.

Ele foi. Ruth pôs as mãos no bolso e subiu a rua em direção ao táxi que deixara esperando na esquina. Sentia como se não estivesse deixando apenas West Camden Street ou mesmo Baltimore. Ele estava dando o fora de todo um país, a terra natal que lhe dera seu nome, sua natureza, agora absolutamente estranha para ele, um punhado irreconhecível de cinzas.

O campo Plant, em Tampa, era rodeado por uma pista de corrida que há anos não era usada, mas ainda cheirava a bosta de cavalo quando o Giants chegou à cidade para uma partida amistosa contra o Red Sox, ocasião em que começou a vigorar a regra da bola branca.

A implementação dessa regra foi uma grande surpresa. Nem mesmo o treinador Barrow sabia que viria tão cedo. Os boatos que corriam nas ligas eram de que a nova regra só passaria a vigorar no início do campeonato, mas o árbitro da base do batedor, Xavier Long, entrou no abrigo pouco antes do jogo para dizer-lhes que a coisa começaria naquele mesmo dia.

"Por ordem de ninguém menos que o senhor Ban Johnson. Ele até forneceu a primeira bolsa."

Quando os juízes esvaziaram a bolsa no círculo de espera, metade dos rapazes, inclusive Babe, saiu do abrigo para admirar o brilho cremoso do couro, a costura de um vermelho vivo. Pelo amor de Deus, era como olhar para uma pilha de olhos novos. As bolas eram tão vivas, tão limpas, tão brancas.

Antes, a Liga de Beisebol determinava que o time da casa forneceria as bolas de cada jogo, mas não se dizia em que condições elas deveriam estar. Contanto que não estivessem cheias de barro, as bolas podiam ser — e eram — usadas até passarem por cima de um muro ou alguém lhes rasgar a cobertura.

Bolas brancas, então, eram uma coisa que Ruth vira no dia da abertura, nos poucos *innings* iniciais, mas já no fim do primeiro jogo a bola normalmente estava marrom. No final de uma série de três jogos, a bola podia desaparecer no pelo de um esquilo.

No ano anterior, porém, aquelas bolas cinzentas quase mataram dois caras. Honus Sukalowski levou uma bolada na têmpora e nunca mais conseguiu falar direito. Bobby Kestler também foi atingido no coco e desde então não pôs mais a mão num taco. Whit Owens, o lançador que atingiu Sukalowski, abandonou o esporte imediatamente, sentindo-se culpado. Perderam-se três caras em um só ano, e ainda por cima durante a guerra.

Postado à esquerda, Ruth observou a bola descrevendo um arco e vindo em sua direção como um pistolão de fogos de artifício, vítima de seu próprio brilho. Ela vinha assobiando quando ele a pegou. No momento em que a jogou para o abrigo, as pontas dos dedos de Deus tocaram-lhe o peito.

É um novo jogo.
Concordo plenamente.
É o seu jogo, Babe. Todo seu.
Eu sei. Você viu como ela é branca? É tão... *branca*.
Até um cego podia acertá-la, Babe.
Eu *sei*. Um menino cego. Uma menina cega.
Não é mais um jogo de Cobb, Babe. É um jogo de batedores da pesada.
Batedores da pesada. Bela expressão, chefe. Sempre gostei dela.
Mude o jogo, Babe. Mude o jogo e liberte-se.
De quê?
Você sabe.
Babe não sabia, mas de certo modo sabia, por isso disse: "Tudo bem".

"Com quem você está falando?", perguntou Stuffy McInnis ao chegar ao abrigo.

"Com Deus."

Stuffy cuspiu um pouco de fumo no chão. "Diga a Ele que quero Mary Pickford no Hotel Belleview."

Babe ergueu o taco. "Vou ver o que posso fazer."

"Terça-feira à noite."

Babe abaixou o taco. "Bem, é um dia de folga."

Stuffy confirmou com um gesto de cabeça. "Digamos, por volta das seis."

Babe foi andando em direção à caixa do batedor.

"Gidge."

Babe olhou para ele. "Me chame de 'Babe', tá?"

"Claro, claro. Peça a Deus que Mary traga uma amiga."

Babe entrou na caixa do batedor.

"E cerveja!", gritou Stuffy.

Columbia George Smith estava no monte do lançador, jogando pelo Giants. Seu primeiro lançamento foi baixo e na parte interna. Babe conteve um riso quando a bola passou por cima do dedão de seu pé esquerdo. Meu Deus, dava para contar os pontos das costuras! Lew McCarty atirou a bola de volta para seu lançador, e em seguida Columbia George mandou uma bola de efeito que passou assobiando perto das coxas de Babe. Babe estava de olho naquele lance, porque aquilo significava que Columbia George estava arremessando bolas cada vez mais altas. O lançamento seguinte deveria ser na altura da cintura, entrando pelo lado interno, mas fora da área de *strike*, e Babe teria de errar propositalmente se quisesse que Columbia George fizesse o arremesso esperado no próximo lance. Então ele girou o taco e, mesmo tentando errar, acabou acertando a bola de raspão, que atingiu a cabeça de McCarty. Babe saiu da caixa por um instante, Xavier Long tomou a bola de McCarty e se pôs a examiná-la. Ele a limpou com a mão, depois com a manga da camisa, e viu alguma coisa de que não gostou, porque a pôs numa bolsa, na altura da virilha, e voltou com uma bola novinha em folha. Passou-a a McCarty e este a atirou de volta para Columbia George.

Que país!

Babe recuou para a caixa, tentando disfarçar a alegria que sentia. Columbia George começou a girar o braço, preparando-se para o lançamento, e — lá estava — seu rosto se torceu numa careta de mentira que ele fazia toda vez que ia arremessar, e Babe deu um sorriso frouxo.

Ele não ouviu aplausos quando despachou aquela bola branca nova em direção ao sol de Tampa. Nada de vivas e exclamações de admiração.

Silêncio. Um silêncio tão completo que o único som que o rompia era o eco do impacto de seu taco contra o couro da bola. Todas as cabeças no campo Plant voltaram-se para olhar a bola milagrosa voar com tal rapidez que não havia tempo de projetar nem sequer uma sombra.

Quando ela ricocheteou do outro lado do muro da direita do campo, a cento e cinquenta metros da base do batedor, foi parar além da pista de corridas e continuou rolando.

Depois da partida, um dos controladores do jogo disse a Babe e ao treinador Barrow que, segundo as medições, a bola percorrera cento e setenta e seis metros antes de parar na grama. Cento e setenta e seis. Quase dois campos de futebol.

Naquele instante, porém, em que ela pairava sem sombra num céu azul, sob um sol claro, e ele abaixava o taco e andava devagar pela linha da primeira base, acompanhando-a, torcendo para que ela fosse o mais longe possível e mais rápido que qualquer coisa o fizera ou pudesse vir a fazer em tão pouco tempo, Babe viu a coisa mais terrível que jamais vira em toda a sua vida — seu pai sentado em cima da bola. Na verdade, ele a cavalgava, mãos agarradas nas costuras, joelhos pressionados contra o couro, elevando-se cada vez mais no espaço. Ele berrava. Seu rosto crispava-se de medo, lágrimas escorriam-lhe dos olhos, e Babe imaginou que eram grossas e quentes. Até que, junto com a bola, ele sumiu de vista.

Cento e setenta e seis, disseram a Babe.

Ruth sorriu, pensando em seu pai, não na bola. Agora tudo sumira, perdera-se na grama alta. Ficara enterrado no campo Plant, Tampa.

Para nunca mais voltar.

25.

Embora Danny nada tivesse a dizer de positivo sobre o novo comissário, pelo menos podia dizer que era um homem de palavra. Quando a onda de melaço invadiu o bairro de Danny, ele estava tentando manter a ordem a sessenta quilômetros dali, na greve de uma fábrica de caixas em Haverhill. Uma vez controlados os operários da fábrica, ele foi para Charlestown, onde passou dez dias, para reprimir uma greve na indústria pesqueira. A greve teve um fim melancólico quando a Federação Americana do Trabalho recusou-se a apoiá-la por considerar que os trabalhadores não eram operários especializados. Em seguida Danny foi posto à disposição do Departamento de Polícia de Lawrence, onde uma greve de operários têxteis já se arrastava por três meses e contava dois mortos, inclusive um líder operário que levara um tiro na boca saindo de uma barbearia.

Em todas essas greves e nas que se seguiram por todo o final do inverno e começo da primavera — de operários de uma fábrica de relógios em Waltham, de mecânicos de Roslindale, de operários de uma usina em Framingham —, Danny levou cusparadas, ouviu gritos, foi chamado de imbecil, de prostituta, de lacaio e de pus. Foi arranhado, esmurrado, atacado com ovos e pauladas e, certa ocasião em Framingham, levou uma tijolada no ombro. Em Roslindale, os mecânicos conseguiram o aumento reivindicado, mas não os benefícios de saúde. Em Everett, os trabalhadores da indústria de calçados conseguiram metade do aumento pretendido, mas não a pensão. A greve de Framingham foi esmagada com a chegada de caminhões carregados de novos operários e a furiosa investida da polícia. Dado o último empurrão, e depois de os fura-greves adentrarem a fábrica, Danny olhou em volta e viu os homens que tinham restado: alguns encolhidos no chão, outros sentados, uns poucos brandindo os punhos e gritando em vão. Eles de repente tiveram de encarar um novo dia com muito menos do que reivindicavam e muito menos do que tinham antes. Hora de voltar para casa e pensar no que fazer daí em diante.

Danny observou um policial de Framingham, que ele nunca tinha visto, chutando um grevista que não oferecia nenhuma resistência. O policial já não chutava com muita força, e o grevista com certeza estava inconsciente. Danny pôs a mão no ombro do sujeito, que levantou o cassetete, e só então viu o uniforme.

"O que é?"

"Você já atingiu seu objetivo", disse Danny. "Basta."

"Não tem nada de *basta*", disse o policial afastando-se.

Danny voltou para Boston num ônibus com outros policiais. O céu estava cinzento e baixo. Fiapos de neve congelada agarravam-se à superfície da terra feito caranguejos.

"Vai à reunião de hoje à noite, Dan?", perguntou-lhe Kenny Trescott.

Danny quase se esquecera. Agora que Mark Denton raramente estava livre para comparecer às reuniões do BSC, Danny se tornara, de fato, o líder do sindicato. Mas já não era um sindicato de verdade. Fiel às suas raízes e ao seu nome, era mesmo um clube social.

"Claro", disse Danny, sabendo que seria perda de tempo. Agora novamente estavam sem poder nenhum, e sabiam disso, mas uma certa esperança pueril os fazia voltar, discutir e agir como se sua voz tivesse alguma importância.

Era aquilo, ou então não se tinha outro lugar aonde ir.

Ele olhou nos olhos de Trescott e bateu em seu braço. "Claro", repetiu.

Certa tarde, na K Street, o capitão Coughlin voltou para casa cedo e mandou Luther para casa.

"Pode deixar comigo", disse ele. "Vá curtir o resto do dia."

Era um daqueles dias furtivos de fim de inverno em que a primavera aparece para fazer um reconhecimento de terreno. As sarjetas gorgolejavam com a corrente de neve derretida; a luz do sol se decompunha e formava pequenos arco-íris nas janelas e no asfalto negro e luzidio. Mas Luther não saiu flanando por aí. Foi direto ao South End, dirigiu-se à fábrica de sapatos onde Nora trabalhava e chegou lá bem na hora de sua saída. Ela saiu dividindo um cigarro com outra moça, e Luther ficou chocado ao ver-lhe a pele acinzentada e o corpo ossudo.

"Bem, olhe quem está aqui", disse ela com um largo sorriso. "Molly, este é Luther, com quem eu trabalhava."

Molly fez-lhe um leve aceno e deu uma tragada no cigarro.

"Como vai?", perguntou Nora.

"Estou bem, moça", disse Luther, ansioso para se desculpar. "Não pude vir aqui antes. Realmente não pude. Os turnos, sabe como é? Eles..."

"Luther."

"E eu não sabia onde você morava. E eu..."

"Luther." Desta vez ela lhe pôs a mão no braço. "Claro, tudo bem, eu entendo. Pode acreditar." Ela pegou o cigarro da mão de Molly, um gesto comum entre amigos, deu uma tragada rápida e o devolveu. "Pode me acompanhar até minha casa, senhor Laurence?"

Luther fez uma pequena mesura. "Com todo o prazer, senhorita O'Shea."

Ela não morava na pior rua da cidade, mas era quase isso. O lugar ficava na Green Street, no West End, bem perto da Scollay Square, num conjunto de edifícios que a princípio destinava-se principalmente a marujos e onde quartos podiam ser alugados por períodos de meia hora.

Quando eles chegaram ao edifício dela, Nora disse: "Dê a volta por trás. É uma porta verde na ruela. Vou encontrar você lá".

Ela entrou, e Luther pegou a ruela, atento, todos os sentidos em estado de alerta. Eram apenas quatro da tarde, mas a Scollay Square já estava na maior agitação, gritos ecoando nos telhados, uma garrafa se quebrando, um estalo súbito seguido do som de um piano desafinado. Luther chegou à porta verde onde ela o esperava. Ele entrou mais que depressa, ela fechou a porta. Ele a seguiu pelo corredor até seu quarto.

Em outros tempos aquilo devia ter sido um closet. Literalmente. A única coisa que cabia ali era uma cama de criança e uma mesa que comportava apenas um vaso com uma planta. Em vez de planta, via-se um velho lampião de querosene, que ela acendeu antes de fechar a porta. Nora sentou-se à cabeceira, e Luther no pé da cama. As roupas dela estavam cuidadosamente dobradas e arrumadas no chão, um pouco adiante dos pés dele, e Luther precisou ter cuidado para não pisar nelas.

"Ah, agora", disse ela levantando as mãos num gesto que abarcava o quarto como se se tratasse de uma mansão, "estamos no maior luxo, Luther, pode acreditar."

Luther tentou sorrir, mas não conseguiu. Ele crescera na pobreza, mas aquilo era uma coisa horrível. "Ouvi dizer que as fábricas nunca pagam às mulheres um salário que dê para o sustento."

"Não", disse ela. "E andam dizendo que vão cortar nossas horas."

"Quando?"

"Em breve", disse ela sacudindo os ombros.

"O que você vai fazer?"

Ela roeu a unha do polegar e deu de ombros novamente, os olhos traindo uma alegria estranha, como se aquilo fosse uma brinquedo que ela estivesse experimentando. "Não sei."

Luther olhou em volta, procurando um fogareiro. "Onde você cozinha?"

Ela sacudiu a cabeça. "Nós nos reunimos na mesa da nossa senhoria toda noite — exatamente às cinco, por favor. Normalmente comemos beterrabas. Às vezes, batatas. Na terça-feira tivemos até carne. Não sei de que tipo, mas lhe garanto que era carne."

Lá fora alguém soltou um grito. Impossível dizer se era de dor ou de alegria.

"Não vou tolerar isto aqui", disse Luther.

"O quê?"

Ele repetiu. "Não vou tolerar isto aqui. Você e Clayton são os únicos amigos que tenho nesta cidade. Não vou tolerar isto." Ele balançou a cabeça. "Não, senhor."

"Luther, você não pode..."

"Sabe que matei um homem?"

Ela parou de roer a unha e arregalou os olhos para ele.

"Foi por isso que vim para cá, mocinha. Acertei um tiro na cabeça de um homem. Tive de deixar para trás minha esposa, que espera um filho meu. Então, *fiz* umas coisas horríveis, tenho levado uma vida de cão desde que cheguei aqui. Portanto, não vou admitir que alguém — inclusive você — venha me dizer o que posso ou não fazer. Diabo, posso muito bem conseguir comida para você. Fazer que você volte a comer carne. Isso eu posso fazer."

Ela olhou para ele. Lá fora, assobios, som de buzinas.

Ela disse "mocinha?", as lágrimas misturando-se ao riso, e Luther, pela primeira vez na vida, abraçou uma mulher branca. Ela cheirava a gente branca, pensou ele. Ele lhe sentia os ossos quando ela derramava lágrimas em sua camisa, e odiou os Coughlin. Odiava-os em bloco, de forma absoluta.

No começo da primavera, Danny seguiu Nora do trabalho para casa. Em todo o trajeto, ficou um quarteirão atrás dela, e Nora não olhou para trás nenhuma vez. Ele a viu entrar num conjunto da Scollay Square, talvez o pior lugar da cidade para uma mulher morar. E também o mais barato.

Ele voltou a pé para o North End. A culpa não era dele. Se ela acabou indigente, um fantasma de si mesma, bem... ela não devia ter mentido, não é?

Luther recebeu uma carta de Lila em março. Ela chegou num envelope de 8 x 11. Dentro havia outro pequeno envelope branco já aberto, junto com um recorte de jornal.

Querido Luther,
Tia Marta diz que ter um filho na barriga vira a cabeça da mulher e a faz ver e sentir coisas que não têm o menor sentido. Mas vi um homem tantas vezes que perdi a conta. Ele tem um sorriso diabólico e um Oakland 8. Eu o vi na frente de casa, na cidade e duas vezes na frente da agência dos correios. Por isso, durante algum tempo vou parar de escrever: na última vez percebi que ele estava tentando ver as cartas na minha mão. Ele não falou nenhuma palavra comigo, exceto olá e bom-dia, mas acho que ambos sabemos quem ele é, Luther. Acho que foi ele quem um dia desses deixou na minha porta esse recorte de jornal, dentro do envelope. O outro artigo eu mesma recortei. Você vai entender por

quê. Se precisar entrar em contato comigo, por favor, escreva para a casa da tia Marta. Minha barriga está enorme, meus pés doem o tempo todo e subir as escadas é um sacrifício, mas estou feliz. Por favor, tenha cuidado e procure manter-se em segurança.

Com amor,
Lila

Mesmo aterrorizado com o resto da carta e com os recortes de jornal, ainda dobrados, que tinha na mão, Luther fixou o olhar numa palavra: *amor*.

Fechou os olhos. Obrigado, Lila. Obrigado, Senhor.

Ele desdobrou o primeiro recorte. Um pequeno artigo do *Tulsa Star*:

PROMOTOR RETIRA ACUSAÇÕES CONTRA NEGRO

Richard Poulson, barman negro do Club Almighty de Greenwood, foi libertado da custódia do estado quando o promotor Honus Stroudt, em troca da confissão de Poulson de porte ilegal de arma de fogo, resolveu retirar as acusações. O negro Poulson foi o único sobrevivente dos disparos de Clarence Tell no Club Almighty na noite de 17 de novembro do ano passado. Morreram no tiroteio Jackson Broscious e Munroe Dandiford, ambos negros de Greenwood e notórios traficantes de drogas e de mulheres. Clarence Tell, também negro, foi morto por Poulson, depois de este ter sido baleado por Clarence. O promotor Stroudt disse: "Está claro que o negro Poulson atirou em legítima defesa, temendo por sua vida, e que por pouco não sucumbiu aos ferimentos que lhe foram infligidos pelo negro Tell. O povo está satisfeito". Poulson foi condenado a uma pena de três anos, com direito a sursis, por porte ilegal de arma.

Quer dizer então que Smoke estava livre. E razoavelmente saudável. Luther, que já revivera a cena em sua mente por mais de dez vezes, repassou-a novamente — Smoke jazendo no palco em meio a uma poça de sangue que não parava de se avolumar. O braço estendido, o lado detrás da cabeça voltado para Luther. Mesmo agora, sabendo o que poderia resultar daquilo, ainda não estava certo de que tinha de ter puxado o gatilho. O caso do Diácono Broscious era diferente, uma circunstância diferente — olhando nos olhos de Luther, falando suas baboseiras. Mas será que Luther devia ter atirado num homem, que ele julgava moribundo, na parte detrás da cabeça? Não. Mesmo assim, ele achava que provavelmente devia ter atirado. Ele virou o envelope e viu apenas seu nome escrito nele, numa caligrafia masculina grosseira. Abriu-o, olhou o recorte por um instante e resolveu eliminar o "provavelmente" de seus pensamentos. *Devia* ter atirado. Sem a menor dúvida ou arrependimento.

O outro recorte era da edição de 22 de janeiro do *Tulsa Sun*, que descrevia a grande onda de melaço, sob a manchete DESASTRE EM BAIRRO POBRE DE BOSTON.

Não havia nada de especial no artigo — era apenas mais um sobre o desastre do North End, em que o resto do país parecia se comprazer. A única coisa que fazia aquele recorte especial era o fato de que a palavra *Boston*, nas nove vezes que figurava no texto, fora circulada de vermelho.

Rayme Finch carregava uma caixa para seu carro quando deu com Thomas Coughlin esperando por ele. O carro, fornecido pelo governo, era, como condiz com uma secretaria de governo menosprezada e carente de verbas, uma bela merda. Finch deixara o motor funcionando, não apenas porque a ignição muitas vezes recusava-se a pegar, mas também porque tinha a secreta esperança de que alguém o roubasse. Contudo, se aquele desejo se realizasse naquela manhã, ele haveria de lamentar muito: o carro, ainda que fosse uma bela merda, era o único transporte de que dispunha para voltar a Washington.

Por enquanto, porém, ninguém iria roubá-lo, com um capitão da polícia encostado em seu capô. Finch saudou o capitão Coughlin com um aceno de cabeça enquanto punha a caixa com suprimentos no porta-malas.

"Estamos dando o fora, não é?"

"Receio que sim", disse Finch fechando o porta-malas.

"Uma pena", respondeu Thomas Coughlin.

Finch deu de ombros. "Os radicais de Boston se revelaram um pouco mais dóceis do que nos tinham dito."

"Exceto aquele que meu filho matou."

"É, Federico. Ele era um crente. E você?"

"Desculpe?"

"Como anda a investigação? Nunca ouvimos muita coisa do DPB."

"Não havia muito o que dizer. Aquelas células eram uma dureza."

Finch balançou a cabeça. "Você me disse há alguns meses que ia ser fácil lidar com elas."

"Reconheço que os anais da história vão me considerar demasiado confiante quanto a esse ponto."

"Nenhum dos seus homens conseguiu alguma prova?"

"Nada muito consistente."

"Difícil acreditar."

"Não vejo por que não. Não é segredo para ninguém que somos um departamento de polícia em regime de transição. Se O'Meara, que Deus o tenha, não tivesse morrido, Rayme, você e eu estaríamos tendo esta conversa encantadora contemplando um navio partindo para a Itália com o próprio Galleani acorrentado no porão."

Finch não conseguiu conter um sorriso. "Ouvi dizer que você era o xerife mais escorregadio desta cidadezinha de um só cavalo.* Parece que minhas fontes não estavam exagerando."

Thomas Coughlin inclinou a cabeça, o rosto contraído com o embaraço. "Acho que você está mal informado, agente Finch. Com certeza temos mais de um cavalo nesta cidade. Na verdade, temos dezenas. Boa viagem", acrescentou ele tocando o chapéu.

Finch ficou de pé, ao lado do carro, observando o capitão seguir pela rua. Ele concluiu que Thomas Coughlin era um desses homens cujo grande dom era a capacidade de esconder o que estava realmente pensando. O que o tornava um homem perigoso, claro, mas também de um valor inestimável.

Voltaremos a nos encontrar, capitão. Finch entrou no edifício e tornou a subir as escadas para ir pegar a última caixa, aliás a única coisa que restava no escritório vazio. Não tenho a menor dúvida de que tornaremos a nos encontrar.

Danny, Mark Denton e Kevin McRae foram convocados ao gabinete do comissário de polícia em meados de abril. Foram conduzidos ao gabinete vazio por Stuart Nichols, o secretário do comissário, que logo saiu e os deixou sozinhos.

Eles se sentaram em cadeiras duras diante da vasta escrivaninha do co-

---

* Em inglês, *one horse town*: cidadezinha em que nada acontece. (N. T.)

missário Curtis e se puseram a esperar. Eram nove da noite. Uma noite fria em que, vez por outra, caía granizo.

Depois de dez minutos, eles se levantaram das cadeiras. McRae foi até uma janela. Mark espreguiçou-se e deu um leve bocejo. Danny ficou andando de um lado a outro no escritório.

Às nove e vinte, Danny e Mark estavam de pé junto à janela, enquanto Kevin andava de um lado para outro. De vez em quando os três trocavam um olhar de irritação contida, mas ninguém disse nada.

Às nove e vinte e cinco, tornaram a se sentar. Quando o fizeram, a porta à sua esquerda se abriu e Edwin Upton Curtis entrou, seguido por Herbert Parker, seu principal advogado. Quando o comissário foi para trás da escrivaninha, Herbert Parker passou rapidamente diante dos três policiais e largou uma folha de papel no colo de cada um.

Danny abaixou os olhos para a folha.

"Assinem", disse Curtis.

"O que é isso?", perguntou McRae.

"Vocês deviam saber muito bem do que se trata", disse Herbert Parker dando a volta à escrivaninha, postando-se atrás de Curtis e cruzando os braços sobre o peito.

"É o aumento de vocês", disse Curtis sentando-se. "Como vocês queriam."

Danny examinou a folha. "Duzentos por ano?"

Curtis fez que sim. "Quanto aos outros pedidos, vamos levar em conta, mas não tenham muita esperança. Em sua maioria, trata-se de luxo e não de necessidades."

Por um instante, Mark Denton pareceu ter perdido a capacidade de falar. Levantou a folha de papel à altura do ouvido e depois a recolocou devagar sobre o joelho. "A esta altura já não basta."

"O que disse, patrulheiro?"

"Não é o bastante", disse Mark. "O senhor sabe disso. Duzentos por ano era um valor adequado para 1913."

"É o que vocês pediram", disse Parker.

Danny balançou a cabeça. "É o que os policiais pediram nas negociações de 1916. O custo de vida subiu..."

"Ora, o custo de vida!", disse Curtis.

"...setenta e três por cento", continuou Danny. "Em sete meses, senhor.

Então, duzentos por ano? Sem auxílio saúde? Sem uma mudança nas condições sanitárias das delegacias?"

"Como vocês bem sabem, eu criei comissões para estudar esses problemas. Agora..."

"Essas comissões", disse Danny, "são constituídas de capitães de distrito, senhor."

"E daí?"

"Daí que eles têm o maior interesse em não achar nada de errado nas delegacias sob seu comando."

"Você está pondo em dúvida a honestidade dos seus superiores?"

"Não."

"Você está pondo em dúvida a honestidade da cadeia de comando deste departamento?"

Mark Denton adiantou-se a Danny. "Essa proposta não é aceitável, senhor."

"É *perfeitamente* aceitável", disse Curtis.

"Não", disse Mark Denton. "Acho que devemos considerar..."

"Esta oferta", disse Herbert Parker, "só está valendo para esta noite. Se não a aceitarem, vocês estarão num mato sem cachorro."

"Não podemos concordar com isso", disse Danny sacudindo a folha de papel no ar. "É muito pouco e tarde demais."

Curtis sacudiu a cabeça. "Pois eu digo que não é. O senhor Parker também. Então não é."

"Porque os senhores *dizem*?", perguntou Kevin McRae.

"Exatamente", respondeu Herbert Parker.

Curtis deslizou as mãos no tampo da escrivaninha. "Vamos acabar com vocês na imprensa."

Parker confirmou com um gesto de cabeça. "Nós lhe demos o que pediram, e vocês rejeitaram."

"Não é bem assim", disse Danny.

"Mas é assim que as coisas vão parecer, filho."

Então foi a vez de Danny, Kevin e Mark se entreolharem.

Finalmente, Mark voltou-se para o comissário Curtis. "Não aceitamos porra nenhuma."

Curtis recostou-se na cadeira. "Boa noite, cavalheiros."

* * *

Luther descia a escada de acesso à casa dos Coughlin, a caminho do bonde, quando viu Eddie McKenna uns dez metros mais adiante, na calçada, apoiado no capô de seu Hudson.

"E como vai aquela bela reforma? Tudo caminhando?" McKenna afastou-se do carro e andou em direção a Luther.

Luther deu um sorriso forçado. "Está indo muito bem, tenente. Muito bem."

E era verdade. Nos últimos tempos ele e Clayton estavam no maior pique. Com a ajuda de homens das seções locais da ANPPN de toda a Nova Inglaterra, homens que a sra. Giddreaux dava um jeito de recrutar para ir a Boston nos fins de semana ou, eventualmente, para trabalhar à noite nos dias de semana, eles estenderam a rede elétrica nas paredes abertas e por toda a casa. Agora estavam fazendo a ligação dos dutos de água da cozinha e dos banheiros com a tubulação principal, uma bela peça de argila que, um mês antes, eles tinham instalado do porão ao teto.

"Quando você acha que a sede vai abrir?"

Era isso que Luther andava se perguntando nos últimos tempos. Havia muita tubulação a ser instalada, e eles ainda esperavam um carregamento de matéria-prima para o primeiro revestimento das paredes, antes de começarem o trabalho de reboco. "Difícil dizer, senhor."

"Não é 'sor'? Normalmente você procura se mostrar um pouco mais sulista quando fala comigo, Luther. Isso eu já tinha notado no começo do inverno."

"Acho que esta noite é 'senhor'", disse Luther, percebendo um outro lado do homem de que ainda não tinha se dado conta.

McKenna deu de ombros. "Bem, mas quanto tempo você acha que vai levar?"

"Até terminar? Alguns meses. Depende de um monte de coisas, senhor."

"Não tenho dúvida. Mas os Giddreaux devem estar planejando cortar a fita de inauguração, esse tipo de coisa, reunir toda a sua gente."

"Espero terminar lá pelo fim do verão."

McKenna apoiou o braço na grade de ferro batido que descia em curva da varanda dos Coughlin. "Preciso que você cave um buraco."

"Um buraco?"

McKenna confirmou com a cabeça, a capa impermeável voando em torno de suas pernas na brisa cálida da primavera. "Na verdade, uma pequena galeria subterrânea. E quero que seja perfeitamente impermeabilizada. Se me permite, sugiro que faça uma forma de concreto."

Luther disse: "E onde o senhor quer que eu construa essa galeria? Na sua casa, senhor?".

Ante essa sugestão, McKenna inclinou-se para trás, um sorriso esquisito nos lábios. "Eu nunca admitiria gente da sua laia na minha casa, Luther. Pelo amor de Deus." Ele bufou só de pensar naquilo, e Luther notou que o homem se livrara do peso de assumir uma falsa personalidade diante dele, Luther. O homem finalmente estava pronto para lhe revelar quem verdadeiramente era. Com orgulho. "Um crioulo em Telegraph Hill? Ah. Não, Luther, a galeria não é para minha casa. É para a sede que você tão nobremente pretende construir."

"O senhor quer que eu faça uma galeria na ANPPN?"

"Sim. Sob o piso. Acho que, da última vez que estive lá, você ainda tinha de terminar o piso do quarto de trás. Onde funcionava a cozinha antes, não é?"

A *última vez* que ele tinha ido lá?

"O que tem isso?"

"Cave um buraco lá. Do tamanho de um homem, digamos. Impermeabilize-o, depois cubra com o piso da sua escolha, mas de modo que seja fácil levantá-lo. Não tenho a pretensão de lhe ensinar seu trabalho, mas sugiro dobradiças e um puxador que não dê na vista."

Luther, que àquela altura estava na calçada, esperava a frase final que daria um desfecho e um sentido àquele palavreado. "Senhor tenente, eu não estou entendendo."

"Você sabe quem se revelou uma grande fonte de informações nestes últimos anos? Sabe?"

"Não", respondeu Luther.

"Edison. Ninguém melhor para rastrear os movimentos de uma pessoa." McKenna pegou um charuto já pela metade, acendeu-o e abanou com a mão a fumaça que se ergueu entre eles. "Você, por exemplo, encerrou sua conta de energia elétrica em Columbus em outubro. Meus amigos da companhia de eletricidade levaram algum tempo para descobrir onde você voltou a se beneficiar desse serviço, mas finalmente descobrimos. Em Tulsa, Oklahoma, em outubro. Ainda está sendo fornecida no seu endereço em Tulsa, portanto só posso concluir que você deixou uma mulher lá. Uma família, talvez? Você está fugindo da polícia, Luther. Percebi isso logo que pus os olhos em você, mas foi muito bom ter a confirmação. Quando perguntei à polícia de Tulsa se eles tinham crimes importantes não solucionados, eles falaram de uma boate num bairro negro onde alguém barbarizou e deixou três mortos. A pessoa fez um trabalho e tanto."

"Não sei do que o senhor está falando", disse Luther.

"Claro, claro", disse McKenna balançando a cabeça. "A polícia de Tulsa disse que o pessoal lá não se preocupa muito quando os negros começam a atirar uns nos outros, principalmente quando se pode pôr a culpa num crioulo morto. Por eles, trata-se de um caso encerrado, com três crioulos impresstáveis na cova. Então, quanto a isso, você está limpo." McKenna levantou o indicador. "A menos que a gente ligue novamente para o DP de Tulsa e peça a eles, a título de obséquio profissional, que interroguem o único sobrevivente do banho de sangue, e durante o interrogatório ele mencione um certo Luther Laurence, à época estabelecido em Tulsa e agora residente em Boston." Seus olhos brilhavam. "Então tenho de me perguntar quantos lugares lhe restariam para se esconder."

Luther sentiu toda a sua capacidade de resistência murchar e morrer. Simplesmente sumiu. "O que você quer?"

"Eu quero uma galeria", disse McKenna, os olhos chamejantes. "Oh, eu quero a lista de contatos do *Crisis*."

"O quê?"

"*Crisis*. O boletim da Associação Nacional pela Promoção dos Chimpanzés."

"Eu sei o que é isso. Mas como eu iria conseguir a lista de contatos?"

"Bem, Isaiah Giddreaux deve ter acesso a ela. Deve haver uma cópia em algum lugar daquele palacete da burguesia negra que você diz ser sua casa. Ache-a."

"E se eu construir sua galeria e encontrar sua lista de contatos?"

"Não fale como se tivesse alternativas, Luther."

"Ótimo. O que você quer que eu ponha nessa galeria?", perguntou Luther.

"Você continua fazendo perguntas?", disse McKenna passando o braço nos ombros de Luther. "Talvez coloquemos você."

* * *

De saída de mais uma reunião inócua do BSC, exausto, a caminho da estação de Roxbury, Danny se viu de repente ao lado de Steve Coyle, como já esperava. Steve ainda frequentava as reuniões, as pessoas ainda desejavam vê-lo pelas costas, pois ele continuava a falar de ambições cada vez maiores e mais loucas. Danny, que tinha de se apresentar ao trabalho dentro de quatro horas, só queria mesmo encostar a cabeça no travesseiro e dormir um dia inteiro.

"Ela ainda está aqui", disse Steve enquanto subiam a escada da estação elevada.

"Quem?"

"Tessa Ficara", respondeu Steve. "Não finja que a esqueceu."

"Não estou fingindo nada", falou Danny num tom que se revelou áspero demais.

"Andei conversando com umas pessoas", apressou-se em dizer Steve. "Pessoas que me devem favores do tempo em que eu fazia a ronda nas ruas."

Danny se perguntou que pessoas seriam essas. Os policiais vivem na falsa impressão de que as pessoas têm um sentimento de gratidão ou dívida em relação a eles, quando nada está mais longe da verdade. A menos que eles lhes salvem a vida ou a carteira, as pessoas não gostam de policiais. Não gostam de tê-los por perto.

"Conversar com as pessoas é um pouco perigoso", disse Danny. "Principalmente no North End."

"Eu disse a você que minhas fontes me devem favores. Confiam em mim. De todo modo, ela não está no North End. Está aqui em Roxbury."

O trem entrou na estação, freou ruidosamente, os dois embarcaram e se sentaram no vagão vazio. "Roxbury, é?"

"Sim. Em algum lugar entre Columbus e Warren, e está trabalhando com o próprio Galleani numa coisa grande."

"Uma coisa maior que o território compreendido entre Columbus e Warren?"

"Escute", disse Steve enquanto os dois emergiam de um túnel e as luzes da cidade iam ficando lá embaixo, à medida que a ferrovia se elevava. "O cara que me disse isso prometeu me dar o endereço exato por cinquenta paus."

"Cinquenta paus?"

"Por que você fica repetindo tudo que eu falo?"

Danny levantou a mão. "Estou cansado, desculpe. Steve, eu não tenho cinquenta paus."

"Eu sei, eu sei."

"Isso corresponde a mais de duas semanas de trabalho."

"Meu Deus, eu disse que sei."

"Eu podia conseguir três, talvez quatro."

"Sim, claro. O quanto você puder. A gente quer pegar essa piranha, certo?"

Na verdade, desde que matara Federico, Danny não pensara em Tessa nem uma vez. Não saberia explicar por quê, mas assim era.

"Se nós não a pegarmos", disse ele, "outra pessoa o fará, Steve. Ela é um problema federal. Você sabe."

"Vou ter cuidado. Não se preocupe."

O problema não era aquele, mas Danny já se acostumara a ver Steve perdendo o fio da conversa. Ele fechou os olhos, a cabeça encostada na janela, enquanto o vagão avançava aos sacolejos, matraqueando.

"Você acha que em breve pode me conseguir os quatro paus?", perguntou Steve.

Danny manteve os olhos fechados temendo que Steve visse sua expressão de desprezo, se ele os abrisse. Ainda de olhos fechados, balançou a cabeça uma vez.

Na estação Batterymarch, recusou o convite de Steve para um drinque, e cada um seguiu seu caminho. Quando Danny chegou à Salem Street, sua visão começava a ser perturbada por manchas. Ele já imaginava sua cama, os lençóis brancos, o travesseiro gostoso...

"Como tem andado, Danny?"

Nora atravessou a rua, vindo em sua direção, passando entre uma carroça puxada por cavalos e um Ford Tin Lizzy barulhento, que soltava jatos de fumaça preta pelo escapamento. Quando ela chegou ao meio-fio, ele parou e se voltou de corpo inteiro para ela. Os olhos de Nora procuravam exibir um falso brilho de alegria. Ela estava com uma blusa clara, de que ele sempre gostara, e uma saia azul que deixava os tornozelos à mostra. Seu casaco parecia fino, mesmo para aquele ar não muito frio, as maçãs do rosto demasiadamente protuberantes, os olhos encovados.

"Nora."

Ela estendeu a mão de um modo que pareceu a Danny ridiculamente formal, e ele a apertou como se se tratasse da mão de um homem.

"E então?", disse ela, ainda tentando fingir alegria.

"E então?", disse Danny.

"Como tem andado?", perguntou ela.

"Tudo bem", disse ele. "E você?"

"Muito bem", disse ela.

"Que bom."

"Sim."

Mesmo às oito da noite as calçadas do North End estavam apinhadas de gente. Danny, cansado de sofrer encontrões, pegou Nora pelo braço e conduziu-a a um café quase vazio. Os dois se sentaram ao lado de uma janelinha que dava para a rua.

Ela tirou o casaco quando o dono do café veio dos fundos, amarrando o avental, e olhou para Danny.

"*Due caffè, per favore.*"

"*Sì, signore. Venire a destra in su.*"

"*Grazie.*"

Nora lhe dirigiu um sorriso hesitante. "Tinha me esquecido o quanto gostava disso."

"Disso o quê?"

"Seu italiano. Como ele soa, sabe?" Ela observou o ambiente à sua volta, depois olhou para a rua. "Você parece estar bem à vontade aqui, Danny."

"E estou mesmo", disse Danny contendo um bocejo. "Sempre me senti em casa aqui."

"E o que me diz da onda de melaço?" Ela tirou o chapéu, colocou-o sobre uma cadeira e alisou o cabelo com a mão. "Andam dizendo que a culpa foi da empresa, não é?"

Danny confirmou com um gesto de cabeça. "Parece que é isso mesmo."

"O cheiro ainda está terrível."

Era verdade. Cada fenda de tijolo, sarjeta e pedra de calçamento do North End tinha algum resquício da onda de melaço. Quanto maior o calor, mais ele fedia. O número de insetos e de roedores triplicou, e as crianças ficaram muito mais expostas a doenças.

O dono do café voltou trazendo as xícaras com a bebida. "*Qui andate, signore, signora.*"

"*Grazie così tanto, signore.*"

"*Siete benvenuti. Siete per avere cosi bello fortunato una moglie, signore.*" O homem bateu palmas, abriu-lhe um largo sorriso e foi para trás do balcão.

"O que ele disse?", perguntou Nora.

"Ele disse que está uma bela noite", disse Danny mexendo um cubinho de açúcar no café. "O que a traz aqui?"

"Saí para fazer uma caminhada."

"Longa caminhada", disse ele.

Ela estendeu a mão para pegar o potinho de açúcar a meio caminho entre os dois. "Como você pode saber se minha caminhada é longa ou não? Para isso você teria de saber onde moro."

Ele pôs seu maço de Murads em cima da mesa. Deus do céu, ele estava absolutamente exausto. "Vamos evitar isso."

"O quê?"

"Esse tipo de discussão."

Ela pôs dois cubinhos de açúcar no café e um pouco de creme. "Como vai o Joe?"

"Está ótimo", disse Danny, perguntando-se se estava mesmo. Fazia um bom tempo que não ia à casa dos pais. Por causa do trabalho, das reuniões do clube social, mas também por algo mais, por uma coisa que ele não tinha a mínima vontade de esclarecer.

Ela bebericou o café e voltou-se para ele, uma alegria forçada no rosto e os olhos fundos. "Quase cheguei a pensar que você devia me ter feito uma visita."

"É mesmo?"

Ela fez que sim, o rosto começando a atenuar a máscara de falsa alegria.

"Por que eu faria isso, Nora?"

Seu rosto reassumiu a expressão de alegria, uma alegria contida. "Ah, não sei. Acho que tinha essa esperança, só isso."

"Esperança", disse ele balançando a cabeça. "A propósito, como é o nome do seu filho?"

Ela brincou com a colher, passou a mão na toalha de mesa xadrez. "O nome dele é Gabriel", respondeu ela baixinho. "E ele não é meu filho, eu já lhe disse isso."

"Você me disse um monte de coisas", argumentou Danny. "E nunca falou desse filho que não era filho até Quentin Finn mencioná-lo."

Ela levantou os olhos e não havia mais brilho neles, nem raiva, tampouco mágoa. Eles pareciam ter chegado a um lugar inacessível.

"Não sei de quem Gabriel é filho. Ele simplesmente estava lá no dia em que Quentin Finn me levou para a choça que ele chama de casa. Àquela altura Gabriel tinha oito anos, e era mais selvagem que um lobo. Uma criança desmiolada e cruel, esse nosso Gabriel. Como você viu, Quentin está abaixo do nível do humano. Mas Gabriel... com certeza foi obra do diabo. Ele era capaz de ficar horas agachado junto à lareira, encarando o fogo como se suas chamas pudessem falar, depois saía de casa sem uma palavra e cegava uma cabra. Isso era Gabriel aos nove anos de idade. Quer que lhe conte como ele era aos doze?"

Danny não queria saber mais nada de Gabriel, nem de Quentin, nem do passado de Nora. Seu passado sujo (e era isso mesmo, não era?), constrangedor. Agora ela estava manchada, uma mulher que ele nunca poderia considerar como sua e encarar o mundo de frente.

Nora tomou mais um pouco de café, lançou-lhe um olhar, e ele sentiu que tudo que havia entre eles estava morrendo. Sentiu que ambos se perdiam, ambos estavam partindo para novas vidas que nada tinham a ver uma com a outra. Qualquer dia desses haveriam de se cruzar no caminho, entre a multidão, e fingir que não tinham se visto.

Ela vestiu o casaco sem que trocassem uma palavra, mas ambos tinham plena consciência do que se passara. Ela pegou o chapéu que deixara na cadeira. O chapéu era tão puído como o casaco, e ele notou a clavícula apontando sob a pele.

Ele abaixou os olhos para a mesa. "Está precisando de dinheiro?"

"O quê?", respondeu ela num sussurro agudo que era quase um guincho.

Ele levantou a cabeça. Os olhos dela marejaram, os lábios contraíram-se contra os dentes, e ela balançou a cabeça devagar.

"Você..."

"Você não disse isso", exclamou ela. "Não disse. Não pode ter dito."

"Eu só quis..."

"Você... Danny? Meu Deus, você não disse isso."

Ele estendeu a mão, mas ela recuou, continuando a balançar a cabeça, depois se precipitou para fora do café e ganhou as ruas apinhadas de gente.

Ele a deixou partir. Ele a deixou partir. Ele dissera ao pai que, depois de surrar Quentin Finn, estava pronto para se tornar adulto. E era verdade. Estava cansado de nadar contra a corrente. Numa única tarde, Curtis lhe ensinara o quanto isso é inútil. O mundo era construído e mantido por homens como seu pai e seus parceiros. Através da janela, Danny lançou um olhar às ruas do North End e concluiu que, no geral, o mundo era bom. Parecia funcionar apesar de si mesmo. Vamos deixar que outros homens lutem as batalhas pequenas e amargas contra o que ele tem de duro. Danny cansara. Nora, com suas mentiras e sua história sórdida, era apenas mais uma fantasia pueril. Ela iria embora e mentiria para mais alguns homens, talvez para um homem rico, e viveria suas mentiras até que elas se apagassem, sendo substituídas pela respeitabilidade de uma matrona.

Danny haveria de encontrar uma mulher sem passado. Uma mulher com quem pudesse sair em público. O mundo era bom. E Danny se faria digno dele. Um adulto, um cidadão.

Seus dedos vasculharam o bolso em busca do botão, mas ele não estava lá. Por um instante, sentiu um medo tão forte que parecia exigir dele uma reação física. Endireitou-se na cadeira e ajeitou os pés como se fosse dar um salto. Então se lembrou de ter visto o botão naquela manhã em meio a uns trocados espalhados em cima da cômoda. Então ele estava lá. A salvo. Recostou-se na cadeira e tomou o café, embora já estivesse frio.

Em 29 de abril, no posto de distribuição dos Correios de Baltimore, um inspetor postal percebeu um fluido escorrendo de dentro de uma caixa parda endereçada ao juiz Wilfred Enniston, do Tribunal do Quinto Distrito. Quando um exame mais detido do pacote revelou que o fluido cavara um buraco na caixa, o inspetor notificou a polícia de Baltimore, que enviou o Esquadrão Antibomba e entrou em contato com o Ministério da Justiça.

Depois do anoitecer, as autoridades tinham descoberto trinta e quatro bombas. Elas estavam em encomendas destinadas ao procurador geral Mitchell Palmer, ao juiz Kenesaw Mountain Landis, a John Rockefeller e mais trinta e uma pessoas. Os trinta e quatro alvos, sem exceção, trabalhavam na indústria ou em órgãos do governo cujas políticas interferiam nas normas de imigração.

Naquela mesma manhã, em Boston, Louis Fraina e a Associação dos Trabalhadores Letões solicitaram permissão para fazer um desfile da Dudley Square Opera House até o Franklin Park, para comemorar o Primeiro de Maio.

A solicitação foi recusada.

VERÃO VERMELHO

26.

No Primeiro de Maio, Luther tomou o café da manhã no Solomon's Diner antes de ir trabalhar na casa dos Coughlin. Ele saiu de lá às cinco e meia e já estava na Columbus Square quando o Hudson preto do tenente McKenna afastou-se do meio-fio e fez uma curva em U na frente dele. Luther não se surpreendeu nem sentiu medo. Na verdade, ele não sentiu nada.

Luther tinha lido o *Standard* no balcão do Solomon's, e logo lhe chamara a atenção a manchete: VERMELHOS PLANEJAM ASSASSINATOS NO PRIMEIRO DE MAIO. Ele comeu seus ovos e leu sobre as trinta e quatro bombas descobertas no Correio. A lista completa das pessoas visadas estava na segunda página. Luther, ainda que não morresse de amores por juízes brancos nem por burocratas brancos, sentiu o sangue gelar nas veias. Em seguida, teve um acesso de fúria patriótica, uma fúria que ele jamais imaginou ser capaz de sentir por um país em que seu povo nunca recebera um tratamento digno nem justo. E apesar disso ele imaginou aqueles vermelhos, a maioria estrangeiros com sotaques cerrados como os próprios bigodes, desejando arruinar *sua* pátria por meios violentos, e se sentiu disposto a se juntar a qualquer multidão que quisesse acabar com a raça deles, teve vontade de pedir à primeira pessoa que encontrasse: me dê um rifle.

Segundo o jornal, os vermelhos planejavam um dia de revolta nacional, e as trinta e quatro bombas interceptadas levavam a supor que havia mais uma centena prestes a explodir. Na semana anterior, apareceram cartazes pregados nos postes da cidade inteira, todos com os mesmos dizeres:

> vão em frente, podem nos deportar. velhos gagás que governam os estados unidos, vocês não perdem por esperar! a tempestade logo se erguerá para esmagá-los e aniquilá-los em sangue e fogo.
> vamos dinamitá-los!

Na edição do dia anterior do *Traveler*, antes mesmo que a notícia das trinta e quatro bombas viesse a público, um artigo apresentara uma relação de comentários sediciosos recentes de autoria de subversivos americanos. Entre eles, o chamado de Jack Reed para "a derrubada do capitalismo e o estabelecimento do socialismo por meio de uma ditadura do proletariado" e o discurso de Emma Goldman, pronunciado no ano anterior, opondo-se ao recrutamento militar e incitando todos os trabalhadores a "seguir o exemplo da Rússia".

Seguir o exemplo da Rússia? Luther pensou: se vocês gostam tanto da Rússia, *mudem* para lá, porra. E levem consigo suas bombas e seu bafo de sopa de cebola. Por umas poucas horas, estranhamente alegre, Luther não se sentia como um negro, nem se lembrava mais de que existia uma coisa chamada cor, apenas uma coisa acima de todas as outras: ele era um americano.

Isso mudou, naturalmente, assim que ele viu McKenna. O homenzarrão saiu do Hudson, sorriu, ergueu um exemplar do *Standard* e disse: "Você viu?".

"Vi", disse Luther.

"Vamos ter um dia muito duro pela frente, Luther." Ele bateu o jornal no peito de Luther algumas vezes. "Onde está minha lista de contatos?"

"Meu povo não é vermelho", disse Luther.

"Oh, agora eles são *seu* povo, hein?"

Merda, Luther teve vontade de dizer, eles sempre foram.

"Você construiu minha galeria?", perguntou McKenna como se cantasse.

"Estou trabalhando nela."

McKenna balançou a cabeça. "Você não estaria mentindo?"

Luther negou com um gesto de cabeça.

"Onde está a porra da minha lista?"

"Está num cofre."

McKenna disse: "Eu só lhe pedi que me trouxesse uma simples lista. Por que toda essa dificuldade?".

Luther deu de ombros. "Eu não sei como estourar um cofre."

McKenna balançou a cabeça como se aquilo fosse perfeitamente razoável. "Você vai me trazer a lista depois do seu trabalho na casa dos Coughlin. A gente se encontra na frente do Costello's. Fica na zona portuária. Às seis horas."

"Não sei como vou poder fazer isso. Não sei estourar um *cofre*."

Na verdade, não havia nenhum cofre. A sra. Giddreaux guardava a lista na gaveta de sua escrivaninha. Destrancada.

McKenna bateu o jornal de leve na própria coxa, como se pensasse sobre o assunto. "Estou vendo que você precisa de inspiração. Tudo bem, Luther. Todos os homens criativos precisam de uma musa."

Luther não tinha ideia do que se tratava agora, mas não gostou nada do tom da voz do outro — despreocupado, confiante.

McKenna passou o braço nos ombros de Luther. "Parabéns."

"Por quê?"

O rosto de McKenna se iluminou. "Por suas núpcias. Ouvi dizer que você se casou no outono passado em Tulsa, Oklahoma, com uma mulher chamada Lila Waters, de Columbus, Ohio. Grande instituição, o casamento."

Luther não disse nada, embora soubesse que seu olhar traía o ódio que estava sentindo. Primeiro o Diácono, agora o tenente Eddie McKenna do DPB — ao que parecia, para onde quer que ele fosse, o Senhor achava por bem colocar demônios em seu caminho.

"O engraçado é que, quando comecei a fuçar as coisas em Columbus, descobri que há uma ordem de prisão contra sua mulher."

Luther riu.

"Você acha engraçado?"

Luther sorriu. "Se você conhecesse minha mulher, McKenna, também daria risada."

"Tenho certeza que sim, Luther", disse McKenna balançando a cabeça várias vezes. "O problema é que essa ordem de prisão não é de mentirinha. Ao que parece, sua mulher e um rapaz chamado Jefferson Reese — esse nome lhe diz alguma coisa? — andaram roubando dos patrões, uma família de nome Hammond. Pelo visto, eles já vinham fazendo isso há anos à época em que sua amada se mandou para Tulsa. Mas o senhor Reese foi preso com algumas molduras de prata e uns trocados, e pôs toda a culpa na sua mulher. Pelo visto, ele achava que o fato de ter uma cúmplice poderia atenuar sua sentença. A acusação maior pesou sobre ele, porém, e agora está na cadeia, e ainda há um mandado de prisão contra sua esposa. Que por sinal está grávida, pelo que me disseram. Então, ela está lá, deixe-me ver se me lembro... na Elwood Street, número 17, em Tulsa, e duvido que ela esteja podendo se mexer muito, com um negrinho no bucho." McKenna sorriu e deu um tapinha no rosto de Luther. "Você já viu o tipo de parteira que eles contratam nas cadeias do interior?"

Luther calou-se, sabendo que não conseguiria se controlar se abrisse a boca.

McKenna lhe deu um tapa no rosto, ainda sorrindo. "Posso lhe garantir que elas não são anjinhos de candura. Elas simplesmente mostram a cara do bebê à mãe, depois pegam a criança — se ela for negra — e a mandam direto para o orfanato. Isso não acontece quando o pai está por perto, claro, mas você não está por perto, não é mesmo? Você está aqui."

Luther disse: "Diga-me o que quer de mim...".

"Porra, eu já lhe disse, Luther. Porra, eu já lhe disse e já repeti." McKenna passou a mão no queixo de Luther e puxou-lhe o rosto para mais perto do dele. "Você pega essa lista e a leva para o Costello's esta noite, às seis. E nada de desculpas, estamos entendidos?"

Luther fechou os olhos e fez que sim com a cabeça. McKenna soltou o rosto dele e deu um passo atrás.

"Agora você está me odiando. Dá para ver. Mas hoje a gente vai ajustar contas neste nosso vilarejo. Hoje, os vermelhos — todos os vermelhos, mesmo os vermelhos pretos — vão receber seus mandados de deportação desta bela cidade." Ele estendeu os braços e sacudiu os ombros. "E amanhã você vai me agradecer porque teremos de novo um belo lugar onde viver."

Ele bateu o jornal na coxa novamente, fez uma mesura solene em direção a Luther e seguiu em direção ao Hudson.

"Você está cometendo um erro", disse Luther.

McKenna olhou por cima do ombro. "O quê?"

"Você está cometendo um erro."

McKenna voltou e deu um soco na barriga de Luther, expulsando todo o ar do seu corpo, dando a impressão de que nunca haveria de voltar. Ele caiu de joelhos, abriu a boca, mas a garganta estava obstruída como os pulmões, e por um terrível espaço de tempo ele não conseguiu inspirar nem expirar. Teve certeza de que ia morrer daquele jeito, de joelhos, o rosto azul como o de alguém acometido da gripe.

Quando o ar lhe voltou, desceu doloroso por sua traqueia, feito uma pá. A primeira vez que expirou, o ar lhe saiu como o chiado das rodas de um trem, seguido de outro, depois outro, até o som da respiração voltar ao normal, embora um tanto agudo.

McKenna se manteve ao seu lado, de pé, esperando pacientemente. "O que é que foi?", perguntou ele em tom brando.

"O pessoal da ANPPN não é vermelho", disse Luther. "E se alguns deles forem, não são do tipo que saem por aí atirando e jogando bombas."

McKenna bateu no lado da cabeça. "Achou que não ouvi direito."

Luther via sua imagem refletida nas íris de McKenna. "O que você acha? Que um bando de negros vai sair atirando por estas ruas? Para darem a você e a outros reacionários babacas deste país um pretexto para nos matar? Você acha que *queremos* ser massacrados?" Ele levantou os olhos para o homem, viu que o punho dele estava cerrado. "Existe um bando de filhos da puta estrangeiros tentando provocar uma revolução agora, McKenna, e eu acho que vocês têm de ir atrás deles. Que devem matá-los feito cães. Não gosto nem um pouco dessa gente. Nenhum negro gosta deles. Este país também é nosso."

McKenna recuou um passo e fitou-o com um sorriso torto.

"O que é que você disse?"

Luther cuspiu no chão e tomou um hausto de ar. "Disse que este país também é nosso."

"Não é não, filho", disse McKenna balançando a cabeçorra. "E nunca haverá de ser."

Ele deixou Luther onde estava, entrou no carro e foi embora. Luther se pôs de pé, respirando até a náusea quase passar. "Sim, é sim", disse ele num sussurro, e se pôs a repetir aquilo até ver as lanternas traseiras do carro de McKenna dobrarem à direita na Massachusetts Avenue.

"Sim, é sim", disse ele mais uma vez, e cuspiu na sarjeta.

* * *

Naquela manhã, começaram a chegar informes da Divisão Nove de Roxbury de que uma multidão começava a se aglomerar diante da Dudley Opera House. Solicitou-se a todas as outras delegacias que enviassem reforços. Os homens da polícia montada dirigiram-se aos estábulos do DPB e prepararam os cavalos.

Homens de todos os distritos foram levados para a Divisão Nove, sob o comando do tenente McKenna. Eles se reuniram no térreo, no amplo saguão diante do balcão de entrada, e McKenna lhes falou do patamar da escada que levava ao segundo andar.

"Nós somos um pequeno grupo privilegiado", disse ele dirigindo a todos um sorriso manso. "Cavalheiros, os letões estão se reunindo numa assembleia ilegal na frente da Opera House. O que vocês acham disso?"

Como ninguém sabia se se tratava de uma pergunta retórica, ninguém respondeu.

"Patrulheiro Watson?"

"Sim, tenente?"

"O que você acha dessa assembleia ilegal?"

Watson, cuja família tinha mudado o nome polonês por ser comprido e impronunciável, endireitou os ombros. "Eu diria que eles escolheram o dia errado, tenente."

McKenna levantou a mão diante dos homens reunidos. "Nós juramos proteger e servir os americanos em geral e os bostonianos em particular. Os letões, bem...", disse ele com um risinho, "os letões não são nem uma coisa nem outra. Ateus e subversivos que são, resolveram ignorar as ordens estritas da municipalidade e pretendem fazer uma passeata partindo da Opera House, seguindo pela Dudley Street até Upham's Corner, em Dorchester. De lá eles planejam dobrar à direita na Columbia Road, continuando até o Franklin Park, onde farão uma manifestação de apoio aos seus camaradas — é isso mesmo, camaradas — da Hungria, da Baváría, da Grécia e, claro, da Rússia. Temos algum russo entre nós agora?"

Alguém gritou: "Nem fodendo!", e os outros homens repetiram em altos brados.

"Algum bolchevique?"

"Nem fodendo!"

"Algum antiamericano covarde, ateu, subversivo, chupa-rola, de nariz aquilino?"

Morrendo de rir, os homens gritaram: "Nem fodendo!".

McKenna encostou-se no corrimão e enxugou a testa com um lenço. "Três dias atrás, o prefeito de Seattle recebeu uma bomba pelo correio. Felizmente para ele, quem abriu o pacote foi a governanta. A coitada está no hospital, com as mãos decepadas. Na noite passada, como todos devem saber, os Correios americanos interceptaram trinta e quatro bombas destinadas ao procurador geral desta grande nação, além de vários doutos juízes e capitães da indústria. Radicais de todos os tipos — mas principalmente bolcheviques ateus — prometeram um *dia nacional de revolta* para hoje, em todas as cidades importantes deste belo país. Cavalheiros, eu lhes pergunto: é nesse tipo de país que desejamos viver?"

"Nem fodendo!"

Os homens moviam-se em volta de Danny, apoiando-se ora num pé, ora noutro.

"Vocês gostariam de sair do país pela porta dos fundos agora mesmo, abandoná-lo a um bando de subversivos e pedir-lhes que façam o favor de apagar as luzes na hora de dormir?"

"Nem fodendo!" Ombros esbarravam uns nos outros, e Danny sentia cheiro de suor, de bafo de ressaca e um estranho odor de cabelo queimado, um cheiro acre de raiva e de medo.

"Ou vocês preferem", gritou McKenna, "retomar este país?"

Os homens já estavam tão habituados a gritar "Nem fodendo!" que muitos repetiram.

McKenna olhou para eles e ergueu as sobrancelhas. "Eu disse: vocês gostariam de retomar esta porra de país?"

"Claro!"

Dezenas daqueles homens participavam das reuniões do BSC com Danny, homens que ainda na noite anterior queixavam-se do modo como o departamento lhes tratava, que se declaravam solidários com todos os trabalhadores do mundo em sua luta contra o Grande Capital. Mas tudo isso, pelo menos no presente momento, tinha sido varrido pelo tônico da unidade e de um objetivo comum.

"Vamos para a Dudley Opera House agora mesmo", gritou McKenna, "ordenar a esses subversivos, esses comunistas, anarquistas e terroristas que deem o fora!"

O que se ouviu foi ininteligível, um brado coletivo do sangue.

"Vamos dizer exatamente isto: 'Sob nossas vistas, não!'", disse McKenna debruçando-se no corrimão, o pescoço esticado, o queixo projetado para a frente. "Vocês querem repetir comigo, cavalheiros?"

"Sob nossas vistas, não!", gritaram os homens.

"Quero ouvir novamente."

"Sob nossas vistas, não!"

"Vocês estão comigo?"

"Sim!"

"Vocês estão com medo?"

"Nem fodendo!"

"Vocês são a Polícia de Boston?"

"Sim!"

"A melhor e a mais respeitada força policial dos quarenta e oito estados?"

"Sim!"

McKenna olhou para eles, a cabeça movendo-se lentamente para abarcar a multidão de um lado a outro, e Danny não viu nenhum humor na expressão de seu rosto, nenhum lampejo de ironia. Apenas convicção. McKenna deixou que o silêncio se estabelecesse, os homens deslocando-se de um lado para outro, as mãos enxugando o suor nas pernas das calças e nos cabos dos cassetetes.

"Então", disse McKenna com voz sibilina, "vamos fazer jus ao nosso salário."

Os homens se voltaram em várias direções, empurrando-se uns aos outros animadamente, vociferando na cara uns dos outros. Então alguém viu onde era a saída. Eles tomaram o corredor, passaram em tropel pela porta, emergiram atrás da delegacia, avançaram pela ruela, alguns já golpeando as paredes e as tampas das latas de lixo com os cassetetes.

Mark Denton encontrou Danny em meio à multidão e disse: "Eu estava me perguntando...".

"O quê?"

"Nós vamos manter a ordem", disse Mark, "ou acabar com ela?"

Danny olhou para ele. "Boa pergunta."

* * *

Quando eles dobraram a esquina e entraram na Dudley Square, Louis Fraina estava no alto dos degraus da Opera House, falando com um megafone a umas duzentas pessoas.

"...eles nos dizem que temos direito a..."

Fraina abaixou o megafone ao vê-los entrar na rua, mas em seguida levantou-o novamente.

"E lá vêm eles agora, o exército particular da classe dominante." Fraina apontou, a multidão se voltou e viu os uniformes azuis avançando em sua direção.

"Camaradas, encham os olhos com o que uma sociedade corrupta faz para preservar a imagem ilusória que tem de si mesma. Eles dizem que este é um país livre, mas não temos liberdade de expressão, temos? Não temos liberdade de nos reunir. Essa liberdade não existe hoje, não para nós. Nós obedecemos às normas, pedimos permissão para fazer a passeata, mas isto nos foi negado. E por quê?", disse Fraina lançando um olhar que abarcava toda a multidão. "Porque eles têm medo de nós."

Os letões voltaram-se completamente para eles. No alto dos degraus, ao lado de Fraina, Danny viu Nathan Bishop. Ele lhe pareceu mais baixo do que lhe parecera anteriormente. Os olhares dos dois se cruzaram, e Bishop inclinou a cabeça, olhando Danny com toda a atenção. Danny o encarou, tentando exibir um orgulho que não sentia. Os olhos de Nathan Bishop se apertaram quando o reconheceu. Reconhecimento seguido de amargura e, depois, o que era mais surpreendente, de absoluto desespero.

Danny abaixou a vista.

"Olhem para os seus capacetes redondos, seus cassetetes e suas armas de fogo. Não se trata de forças da lei, mas de forças da opressão. E eles estão com medo — apavorados, camaradas — porque somos uma força moral. Nós estamos com a razão. Nós somos os trabalhadores desta cidade, e eles não ousarão nos mandar embora."

McKenna ergueu seu megafone quando eles chegaram a trinta metros da multidão.

"Vocês estão desobedecendo ao regulamento municipal que proíbe assembleias não autorizadas."

Fraina levantou seu megafone. "Seus regulamentos são uma mentira. Sua cidade é uma mentira."

"Ordeno-lhes que se dispersem." A voz de McKenna ecoava no ar matinal. "Caso se recusem, serão retirados à força."

Agora eles estavam a uma distância de quinze metros, e começando a se espalhar. Seus rostos eram sombrios e resolutos, e Danny procurou sinais de medo em seus olhos, mas quase não encontrou.

"Força é a única coisa de que eles dispõem!", gritou Fraina. "A força é a arma preferida de todos os tiranos desde a aurora dos tempos. A força é a resposta insensata a uma ação sensata. Nós não violamos nenhuma lei!"

Os letões andaram na direção deles.

"Vocês estão violando o artigo onze ponto quatro do regulamento municipal..."

"Sua ação contra nós é que é contra a lei, senhor. O senhor está violando nossos direitos constitucionais."

"Se vocês não se dispersarem, serão presos. Desçam desses degraus."

"Não vou arredar pé destes degraus..."

"Isto é uma ordem..."

"Eu não reconheço sua autoridade."

"O senhor está violando a lei!"

Os dois agrupamentos se encontraram.

Por um instante, ninguém parecia saber o que fazer. Os policiais misturaram-se com os letões, os letões misturaram-se com os policiais, todos confundidos, e poucos tinham consciência de como aquilo tinha acontecido. No alto do parapeito de uma janela, um pombo arrulhou. O ar ainda estava carregado de umidade. Nos telhados em volta da Dudley Square ainda se viam uns restos da névoa matinal. Assim tão de perto, Danny já não sabia dizer ao certo quem era policial e quem era letão, e um grupo de letões barbudos surgiu pelo lado da Opera House empunhando cabos de machado. Sujeitos corpulentos, pelo visto russos, olhos destituídos de qualquer coisa que pudesse lembrar alguma hesitação.

O primeiro deles alcançou a multidão e brandiu o cabo de machado.

Fraina gritou "Não!", mas o grito se perdeu em meio ao barulho da madeira golpeando o capacete de James Hinman, um patrulheiro da Décima Quarta. O capacete ergueu-se de entre a multidão, caiu na rua, e Hinman desapareceu.

O "letão" mais próximo de Danny era um italiano magro, com bigodes de pontas viradas e boné de tweed. Mal o sujeito teve tempo de se dar conta do quanto estava perto de um policial, Danny deu-lhe uma cotovelada na boca. O cara olhou para ele não como se lhe tivessem quebrado os dentes, mas partido seu coração, e caiu no chão. O letão que veio em seguida atacou Danny pisando no peito do companheiro estendido no chão. Danny sacou o cassetete, mas Kevin McRae ergueu-se por trás do letão corpulento, agarrou-o pelos cabelos olhando para Danny com um sorriso feroz e, girando o sujeito em meio à multidão, atirou-o contra uma parede.

Danny ficou trocando socos por vários minutos com um russo tampinha e meio careca. Embora baixinho, o sacana era bom de briga e ainda por cima estava com soqueiras. Danny empenhava-se tanto em acertá-lo na cara que abriu a guarda e expôs o corpo aos golpes do adversário. Os dois avançavam e recuavam no flanco esquerdo da multidão, Danny tentando nocautear o russo. O sujeito era ágil, mas a certa altura prendeu o pé entre as pedras do calçamento e seus joelhos se dobraram. Ele tropeçou, caiu de costas e tentou levantar-se cambaleando, mas Danny deu-lhe um soco na barriga e um pontapé no rosto. O cara dobrou o corpo e vomitou por um canto da boca.

Ouviram-se apitos quando a polícia montada tentou investir contra a multidão, mas os cavalos insistiam em recuar. Agora estava tudo misturado, letões e policiais embolados, os letões brandindo pedaços de cano, cassetetes e — Deus do céu! — furadores de gelo. Eles atiravam pedras e socos, os policiais também começaram a atacar ferozmente, visando os olhos dos inimigos, batendo cabeças no pavimento. Quando alguém disparou uma pistola, um dos cavalos ergueu-se nas patas traseiras e derrubou o cavaleiro. O cavalo guinou para a direita e caiu, distribuindo patadas para todos os lados.

Dois letões agarraram Danny pelos braços, e um deles o golpeou no rosto. Eles o arrastaram pelas pedras do calçamento, atirando-o contra a grade de metal de uma loja, e o cassetete lhe caiu das mãos. Um deles lhe deu um murro no olho direito. Danny bateu o pé atabalhoadamente e acertou um tornozelo, levantou o joelho e acertou uma virilha. O sujeito ficou sem ar, e Danny jogou-o contra a grade, livrou um braço enquanto o outro letão lhe mordia o ombro. Com o sujeito ainda lhe mordendo o ombro, Danny girou o corpo, jogou-o contra uma parede e sentiu os dentes soltando-se de sua pele. Ele avançou alguns passos, tornou a recuar com o dobro do impulso de quando da primeira vez. Quando o sujeito se soltou de seu corpo, Danny voltou-se, apanhou o cassetete, bateu com ele na cara do sujeito e ouviu o barulho do queixo se quebrando.

Para terminar, deu um pontapé nas costelas do cara e voltou para o meio da rua. Montado num dos cavalos da polícia, um letão atacava a torto e a direito na retaguarda da multidão, golpeando com um pedaço de cano todas as cabeças com capacete que via à sua frente. Muitos outros cavalos vagavam sem cavaleiros. Do outro lado da rua, dois patrulheiros deitavam Francie Stoddard, um sargento da Décima, numa plataforma de carga. Boca aberta, arquejante, a camisa aberta na altura do colarinho, Stoddard comprimia a mão no meio do peito.

Tiros ecoaram no ar. Paul Welch, um sargento da Sexta, girou o corpo levando a mão ao quadril, depois desapareceu em meio ao torvelinho. Danny ouviu barulho de passos e voltou-se a tempo de se esquivar do golpe de um letão que investiu contra ele com um furador de gelo. Danny lancetou o plexo solar do sujeito com o cassetete. O sujeito lhe lançou um olhar de autopiedade e de vergonha, e de sua boca saiu um jato de saliva. Quando ele caiu no chão, Danny tomou-lhe o furador de gelo e atirou-o no telhado mais próximo.

Alguém agarrou a perna do letão que estava a cavalo, fazendo-o cair em meio à multidão. O cavalo avançou a galope pela Dudley Street, em direção à estação elevada. As costas de Danny sangravam, e a visão do olho direito começou a se turvar à medida que a pálpebra inchava. Sua cabeça doía como se estivesse atravessada por pregos. Os letões iam perder a guerra, Danny não tinha dúvida quanto a isso, mas estavam ganhando aquela batalha por ampla margem. Por toda a rua havia policiais prostrados no chão, enquanto os robustos letões, com suas roupas rústicas de cossaco, cabeças elevando-se em meio à turba, soltavam gritos de triunfo.

Danny investiu contra a multidão brandindo o cassetete, tentando dizer de si para si que aquilo não o agradava, que ele não se orgulhava por ser maior, mais forte e mais rápido que a maioria e por ser capaz de derrubar um homem com um soco ou com o cassetete. Com cinco golpes, Danny deixou fora de combate quatro letões e sentiu a multidão voltar-se contra ele. Viu uma pistola apontada em sua direção, viu o buraco do cano e os olhos do jovem letão que a empunhava, na verdade apenas um rapaz, dezenove anos no máximo. A pistola tremia, mas isso não deixava Danny mais tranquilo, porque o menino estava a apenas quatro metros e meio de distância, e a multidão abrira um corredor entre eles para facilitar a mira. Danny não tentou sacar o revólver; não daria para fazê-lo a tempo.

O dedo do rapaz pressionou o gatilho. O tambor girou. Danny pensou em fechar os olhos, mas o braço do rapaz se ergueu e a bala passou por cima de sua cabeça. A pistola disparou no ar.

Nathan Bishop estava ao lado do atirador, esfregando o pulso na área que se chocara contra o cotovelo dele. A luta parecia não lhe ter causado grandes danos: seu terno estava amarrotado, o que não era dizer pouco, tratando-se de um terno creme, num mar de tecidos brancos e azuis e punhos em ação. Uma das lentes de seus óculos estava quebrada. Ele olhou para Danny através da outra lente, ambos ofegantes. Danny sentiu alívio, claro. E gratidão. Mais que tudo, porém, sentiu vergonha.

Um cavalo irrompeu entre os dois, o grande corpo trêmulo, o flanco macio agitando-se no ar. Outro cavalo internou-se na multidão, seguido de mais dois, todos a grande velocidade e montados. Atrás dele se via um exército de uniformes azuis, ainda engomados e limpos. A muralha de pessoas em volta de Danny, de Nathan Bishop e do rapaz ruiu. Muitos dos letões tinham participado de guerrilhas em sua terra natal e sabiam das vantagens da retirada estratégica. Em meio à debandada geral, Danny perdeu Nathan Bishop de vista. Dentro de um minuto, a maioria dos letões passava correndo pela Opera House, e de repente a Dudley Square se viu apinhada de uniformes azuis. Danny e os outros homens se entreolhavam como a dizer: será que essas coisas aconteceram mesmo?

Homens jaziam estropiados na rua e encostados a paredes, e as tropas que vieram em reforço aplicavam golpes de cassetetes contra os adversários, estivessem eles em condição de se mexer ou não. Na periferia do ajuntamento, um pequeno grupo de manifestantes, que pelo visto eram os últimos, se viu isolado por mais tropas de reforço e por mais cavalos. Havia soldados de cabeças quebradas, feridos nos joelhos, nos ombros, nas mãos e nas coxas. Por toda parte, inchaços, olhos arroxeados, braços quebrados e lábios inchados. Danny viu Mark Denton tentando se pôr de pé, andou até ele e estendeu a mão. Mark levantou-se, apoiou o peso do corpo no pé direito e estremeceu.

"Quebrou a perna?", perguntou Danny.

"Acho que torci." Mark passou o braço no ombro de Danny e os dois foram em direção à plataforma de carga, do outro lado da rua, Denton tomando ar e emitindo um forte chiado.

"Tem certeza?"

"Talvez tenha tido um deslocamento", disse Mark. "Porra, Dan, perdi meu capacete."

Ele tinha um corte no contorno do couro cabeludo, agora coagulado e escuro, e apertava o braço livre contra as costelas. Danny encostou-se na plataforma de carga e viu dois policiais ajoelhados ao lado do sargento Francie Stoddard. Um deles cruzou o olhar com o de Danny e balançou a cabeça.

"O que é?", perguntou Danny.

"Ele morreu, se foi", disse o policial.

"Ele o quê?", perguntou Mark. "Como assim...?"

"Ele simplesmente levou a mão ao peito", disse o policial. "Bem no meio da confusão. Ele levou a mão ao peito, ficou todo vermelho e começou a ofegar. Nós o trouxemos para cá, mas..." O policial sacudiu os ombros. "Teve uma porra dum ataque de coração. Dá para acreditar numa coisa dessas? Nisto aqui?", acrescentou o policial lançando um olhar à rua.

Seu parceiro ainda segurava a mão de Stoddard. "O cara está para completar trinta anos e morre desse jeito?", disse o policial aos prantos. "E ele morre *desse jeito*, por causa *deles*?"

"Meu Deus", sussurrou Mark tocando o bico do sapato de Stoddard. Eles tinham trabalhado juntos durante cinco anos na D-10, na Roxbury Crossing.

"Eles acertaram um tiro na coxa de Welch", disse o primeiro policial. "Atiraram na mão de Armstrong. Os filhos da puta estavam atacando com *furadores de gelo*. Dá para acreditar?"

"Vamos ter muitas contas a ajustar", disse Mark.

"Tem toda razão", disse o policial que estava chorando. "Dá para escrever um puta livro sobre isso."

Danny desviou o olhar do corpo de Stoddard. Ambulâncias avançavam pela Dudley Street. Do outro lado da praça, um policial ergueu-se do pavimento sobre pernas trêmulas, limpou o sangue dos olhos e caiu novamente. Danny viu outro policial esvaziar uma lata de lixo num letão estendido no chão e, de quebra, jogar a lata em cima dele. Era o terno creme que fazia Danny continuar se movimentando. Ele se pôs a andar em direção aos dois no momento em que o policial deu um pontapé tão violento que o outro pé se ergueu do chão.

O rosto de Nathan Bishop estava parecendo uma ameixa amassada. Seus dentes estavam espalhados no chão, perto do queixo. Uma orelha estava meio despregada da cabeça. Os dedos de ambas as mãos apontavam em direções desencontradas.

Danny pôs a mão no ombro do policial. Era Henry Temple, um imbecil do Esquadrão Especial.

"Acho que você o matou", disse Danny.

Temple olhou para Danny por um instante como se procurasse atinar com uma resposta adequada, deu de ombros e se afastou.

Danny disse a dois paramédicos que passavam por ali: "Temos um aqui".

Um dos paramédicos fez uma careta. "Ele não tem distintivo? Então vai ter sorte se a gente o levar no final da tarde." Os dois seguiram em frente.

Nathan Bishop abriu o olho esquerdo, que estava incrivelmente branco, destacando-se da ruína de seu rosto.

Danny abriu a boca. Ele queria dizer alguma coisa. Queria dizer *Sinto muito*. Ele queria dizer *Perdoe-me*, mas não disse nada.

Os lábios de Nathan estavam retalhados, mas assim mesmo conseguiram esboçar um sorriso amargo.

"Meu nome é Nathan Bishop", balbuciou ele. "E o seu, hein?"

Ele fechou o olho, e Danny abaixou a cabeça.

Luther tinha uma hora para o almoço. Atravessou às pressas a ponte da Dover Street em direção à casa dos Giddreaux em St. Botolph, que àquela altura funcionava como o quartel-general da ANPPN de Boston. A sra. Giddreaux trabalhava lá com mais uma dúzia de mulheres quase todo dia. Era lá que o *Crisis* era impresso e enviado para o resto do país. Luther chegou em casa e a encontrou vazia, como ele já esperava — quando fazia tempo bom, todas as moças almoçavam no Union Park, uns poucos quarteirões mais adiante, e aquele era o dia mais bonito, até então, de uma primavera muito pouco amena. Ele entrou no escritório da sra. Giddreaux, sentou-se à escrivaninha e abriu a gaveta. Tirou o livro de anotações e deixou-o em cima da escrivaninha, e era lá que ele estava quando, meia hora depois, a sra. Giddreaux voltou e entrou no escritório.

Ela pendurou o casaco e o cachecol no cabide. "Luther, meu querido, o que você está fazendo aqui?"

Luther tocou a lista com o dedo. "Se eu não entregar esta lista de endereços a um policial, ele vai mandar prender minha mulher e tirar-lhe o bebê assim que ele nascer."

O sorriso da sra. Giddreaux se congelou, depois sumiu. "O que você disse?"

Ele repetiu.

A sra. Giddreaux sentou-se na cadeira diante dele. "Conte-me tudo."

Luther contou-lhe tudo, mas não falou da pequena galeria que construíra sob o piso da cozinha na Shawmut Avenue. Ele decidira só tocar no assunto quando soubesse o que McKenna pretendia com aquilo. À medida que Luther falava, a expressão do rosto dela, de seu natural afável, perdia toda a amabilidade e a doçura que lhe viera com a idade. As faces iam ficando lisas e impassíveis feito uma lápide.

Quando ele acabou, ela disse: "Você não lhe deu nada que ele pudesse usar contra nós? Não dedurou ninguém, certo?".

Luther olhou-a nos olhos, boca entreaberta.

"Responda à minha pergunta, Luther. Isso não é brincadeira de criança."

"Não", disse Luther. "Não passei nada a ele."

"Isso não faz o menor sentido."

Luther ficou calado.

"Ele não iria simplesmente puxar você pelo cabresto, sem procurar emporcalhar você com a sujeira dele. A polícia não trabalha assim. Ele teria mandado você colocar alguma coisa aqui ou no edifício novo, alguma coisa ilegal."

Luther balançou a cabeça.

Ela o encarou, a respiração agora mais calma e ritmada.

Luther balançou a cabeça novamente.

"Luther."

Luther contou a ela sobre a pequena galeria.

Ela o olhou com tal expressão de embaraço e dor que ele teve vontade de pular pela janela. "Por que você simplesmente não nos procurou quando ele começou a assediá-lo?"

"Não sei", respondeu Luther.

Ela balançou a cabeça. "Você não confia em ninguém, meu filho? Em ninguém?"

Luther ficou de boca fechada.

A sra. Giddreaux pegou o telefone na escrivaninha, deu uma batidinha no gancho e ajeitou o cabelo atrás da orelha enquanto levava o fone ao ouvido. "Edna? Menina, mande todas as datilógrafas que encontrar para o pavimento principal. Reúna todas elas na sala de estar e na sala de jantar, está ouvindo? Agora. Diga a elas que tragam suas máquinas. Outra coisa, Edna, você tem catálogos telefônicos aí, não é? Não, não posso usar o de Boston. Você tem o da Filadélfia? Ótimo. Mande esse também."

Ela depositou o fone no gancho e se pôs a tamborilar os dedos nos lábios. Quando olhou para Luther novamente, em lugar de raiva havia em seu olhar um brilho de excitação. Então seu rosto assumiu novamente uma expressão sombria, e os dedos pararam de tamborilar.

"O que é?", perguntou Luther.

"Não importa o que você levar para ele esta noite, ele ainda vai querer prendê-lo ou matá-lo a tiros."

"Por que ele faria isso?"

Olhos arregalados, ela olhou para ele. "Para começo de conversa, porque ele pode", disse ela balançando a cabeça devagar. "Ele o fará, Luther, porque você lhe passou a lista. Estando na prisão, você não vai poder contar isso a ninguém."

"E se eu não levar?"

"Oh, então ele simplesmente mata você", disse ela brandamente. "Ele atira em você pelas costas. Não, você tem de levá-la", acrescentou com um suspiro.

Luther ainda estava pensando naquela história de "ele mata você".

"Vou ter de ligar para algumas pessoas. Primeiro, para o doutor Du Bois." Agora os dedos tamborilavam no queixo. "Para o departamento jurídico de Nova York, claro. Para o departamento jurídico de Tulsa também."

"Tulsa?"

Ela olhou novamente para Luther como se acabasse de lembrar que ele ainda estava ali. "Se essa coisa estourar, Luther, e algum policial for prender sua mulher, haverá um advogado esperando-a nos degraus da prisão do condado antes mesmo que ela chegue. Com quem você acha que está lidando?"

"Eu, eu, eu...", disse Luther.

"Você, você, você", disse a sra. Giddreaux, dirigindo-lhe em seguida um pequeno sorriso desapontado. "Luther, seu coração é bom. Você não vendeu seu povo e ficou aqui esperando por mim, quando um homem ordinário teria partido para a rua com a lista. E, acredite, meu filho, eu aprecio esse seu gesto. Mas você ainda é um rapaz, Luther. Um menino. Se você tivesse confiado em nós há quatro meses, não estaria nessa enrascada, e nós tampouco." Ela estendeu o braço por sobre a escrivaninha e afagou-lhe a mão. "Mas tudo bem, todo urso começou como filhote."

Ela o conduziu à sala de estar no momento em que uma dezena de mulheres entrou carregando máquinas de escrever, pulsos contraídos por causa do peso. Cinco delas eram negras, cinco brancas, em sua maioria colegiais e também de famílias com algum dinheiro, e elas olharam para Luther com um misto de medo e de alguma outra coisa que ele não se preocupou muito em descobrir o que era.

"Meninas, metade de vocês fica aqui, a outra metade vai para a sala ali adiante. Quem é que está com o catálogo telefônico?"

A moça que o trazia em cima da máquina de escrever inclinou os braços para que a sra. Giddreaux pudesse vê-lo.

"Leve-o com você, Carol."

"O que nós vai fazer com ele, sra. Giddreaux?"

A sra. Giddreaux lançou-lhe um olhar duro. "O que *nós vamos* fazer com ele, Regina."

"O que nós vamos fazer com ele, senhora Giddreaux?", gaguejou Regina.

A sra. Giddreaux sorriu para Luther. "Vamos dividi-lo em doze partes iguais, meninas, e datilografá-lo inteirinho novamente."

Os policiais que conseguiram voltar a pé para a Nona foram atendidos por paramédicos no porão. Antes de se afastar da Dudley Opera House, Danny viu dois motoristas de ambulância jogarem Nathan Bishop e mais cinco outros radicais feridos na traseira de seus veículos como se joga peixe no gelo. Em seguida eles fecharam as portas e partiram. No porão, desinfetaram o ombro de Danny e deram-lhe uma bolsa de gelo para pôr no olho, embora fosse tarde demais para evitar a inchação. Meia dúzia de homens que pensavam estar bem na verdade não estavam, e foram ajudados a subir as escadas até a rua, de onde foram levados para o Hospital Geral de Massachusetts de ambulância. Uma equipe do Departamento de Suprimentos apareceu com uniformes novos e entregou-os aos homens, não sem antes o capitão Vance lembrá-los, um tanto constrangido, de que o custo das roupas, como sempre, seria descontado em seu pagamento; dadas as circunstâncias, porém, e em caráter excepcional, ele ia ver se conseguia algum desconto.

Quando estavam todos reunidos no porão, o tenente Eddie McKenna subiu no pódio. Ele tinha um corte no pescoço, desinfetado e medicado, mas sem curativo, e sua gola branca estava preta de sangue. Quando ele falou, numa voz que era pouco mais que um sussurro, os homens inclinaram-se para a frente em suas cadeiras dobráveis.

"Homens, perdemos um dos nossos hoje. Um verdadeiro soldado, um policial de ouro. Perdemos em número, e o mundo também perdeu com isso." Ele abaixou a cabeça e se manteve assim por um instante. "Hoje eles nos tiraram um dos nossos, mas não nossa honra." McKenna lançou aos homens um olhar frio e límpido. "Eles não nos tiraram nossa coragem nem nossa virilidade. Eles apenas nos tiraram um dos nossos companheiros."

"Esta noite vamos invadir o território deles", continuou McKenna. "O capitão Vance e eu vamos conduzi-los. Estamos procurando quatro homens, principalmente: Louis Fraina, Wychek Olafski, Pyotr Rastorov e Luigi Broncona. Temos fotografias de Fraina e de Olafski e retratos falados dos outros dois. Mas não vamos ficar só nesses. Vamos reprimir, sem dar a menor trégua, nosso inimigo comum. Vocês todos sabem que aparência têm esses inimigos. Usam uniformes quase tão notórios quanto os nossos. O nosso é azul, o deles é roupa de tecido grosseiro, barba desgrenhada e gorro de malha azul, do tipo usado pelos marinheiros. E têm nos olhos o brilho desvairado dos fanáticos. Nós vamos sair por essas ruas e trazê-los para cá. Quanto a isso", acrescentou ele lançando um olhar à sala, "não há nenhuma dúvida, apenas determinação." Ele segurou a barra do pódio. "Esta noite, meus irmãos, não existe hierarquia. Não há diferença entre um patrulheiro em seu primeiro ano e alguém com vinte anos de serviço e um distintivo de ouro. Porque esta noite estamos todos unidos no rubro do nosso sangue e no azul dos nossos uniformes. Que ninguém duvide, nós somos soldados. E, como escreveu o poeta, 'Ide dizer aos espartanos, ó passantes, que cá estamos firmes no cumprimento de suas leis'. Que isso lhes sirva de bênção, homens. Que isso lhes seja o toque do clarim."

Ele desceu do pódio e bateu continência. Todos se levantaram como um só homem e responderam à saudação. Danny comparou aquilo à confusa mistura de fúria e de medo daquela manhã, e não viu nada do tipo. Conformando-se ao desejo de McKenna, os homens tinham se tornado espartanos, úteis, tão fundidos em seu sentimento de dever que dele não se distinguiam.

27.

Quando o primeiro destacamento de policiais apareceu na porta do *Era da Revolução*, Louis Fraina já os esperava em companhia de dois advogados. Ele foi algemado, levado a um carro de polícia na Humboldt Avenue, e seus advogados foram com ele.

Àquela altura os jornais vespertinos já estavam nas ruas, e à noitinha, quando as lâmpadas dos postes ficaram amarelas, a revolta pelo ataque daquela manhã contra a polícia foi aumentando mais e mais. Danny e um destacamento de dezenove outros policiais foram deixados na esquina da Warren com a St. James, e Stan Billups, o sargento que estava no comando, lhes disse que se espalhassem, entrando de rua em rua em grupos de quatro. Danny percorreu alguns quarteirões da Warren em direção sul, acompanhado de Matt March, Bill Hardy e Dan Jeffries, um cara da Décima Segunda que ele não conhecia. Jeffries ficou animadíssimo por encontrar um xará seu, como se isso fosse um bom sinal. Ao longo da calçada, havia uma meia dúzia de homens em suas roupas de trabalho, homens com bonés de tweed e suspensórios desfiados, provavelmente estivadores, que certamente haviam lido os jornais vespertinos enquanto bebericavam.

"Mandem esses bolcheviques para o inferno", gritou um deles, e foi aplaudido pelos demais. O silêncio que se seguiu foi desagradável, o silêncio de estranhos apresentados um ao outro numa festa a que nenhum dos dois queria comparecer. Três homens saíram de um café um pouco mais adiante. Dois estavam de óculos e traziam livros. Os três trajavam roupas grosseiras de emigrantes eslavos. Antes que o incidente acontecesse, Danny já tinha visto tudo:

Um dos eslavos olhou por cima do ombro. Dois homens que estavam na calçada apontaram. Matt March chamou: "Ei, vocês três!".

Isso foi o bastante.

Os três homens dispararam a correr, os estivadores correram em seu encalço, e Hardy e Jeffries atrás deles. Meio quarteirão mais adiante, os eslavos estavam cercados.

Hardy e Jeffries os alcançaram. Hardy empurrou um estivador, e a luz do poste incidiu sobre seu cassetete no momento em que ele golpeava a cabeça de um dos eslavos.

Danny disse "Ei!", mas Matt March segurou-o pelo braço.

"Dan, espere."

"O quê?"

Matt lhe lançou um olhar direto. "Isto é por Stoddard."

Danny se desvencilhou. "Não sabemos se eles são bolcheviques."

"Não sabemos se eles não são." Mark girou o cassetete e sorriu para Danny.

Danny balançou a cabeça e avançou pela rua.

March gritou: "Você está sendo simplista, Danny".

Quando ele alcançou os estivadores, eles já estavam começando a se afastar. Duas das vítimas rastejavam pela rua e a terceira jazia no calçamento, o cabelo escurecido pelo sangue, o pulso quebrado sobre o peito.

"Meu Deus", disse Danny.

"Oops", fez Hardy.

"Que diabo vocês estão fazendo? Chamem uma ambulância."

"Que se foda", disse Jeffries cuspindo no homem. "Fodam-se os amigos dele também. Você quer uma ambulância? Então procure uma cabine telefônica e chame você mesmo."

O sargento Billups apareceu na rua, um pouco mais adiante. Ele falou com March, encarou Danny e avançou em sua direção. Os estivadores tinham desaparecido. Ouviram-se gritos e barulho de vidros quebrados dois quarteirões adiante.

Billups olhou para o homem que estava no chão, depois para Danny. "Algum problema, Dan?"

"Eu só queria uma ambulância para esse cara", disse Danny.

Billups deu mais uma olhada no homem. "Para mim, ele está muito bem."

"Não está."

Billups aproximou-se do homem e observou-o novamente. "Você está machucado, meu bem?"

O homem não disse nada, apenas apertou com mais força o punho ferido contra o peito.

Billups meteu o salto do sapato no tornozelo do homem. A vítima se contorceu e gemeu por entre os dentes quebrados. Billups disse: "Não ouvi o que você disse, Boris. O que foi?".

Danny levou a mão ao braço de Billups e este o repeliu, batendo em sua mão.

Um osso se partiu, e o homem soltou um sonoro suspiro de incredulidade.

"Agora está melhorzinho, meu bem?" Billup levantou o pé do tornozelo do homem, que rolou no chão e ficou ofegando de cara no calçamento. Billups passou o braço na cintura de Danny e conduziu-o a alguns passos dali.

"Escute, sargento, eu entendo. Todos estamos procurando acertar algumas cabeças. Eu também. Mas as cabeças certas, você não acha? Nós nem ao menos..."

"Ouvi dizer que esta tarde você também estava procurando ajuda e apoio para o inimigo, Dan. Portanto, escute", disse Billups com um sorriso. "Como você é filho de Tommy Coughlin, isso lhe dá algumas regalias, certo? Mas, se você continuar a agir feito um veado comunista, filho de Tommy Coughlin ou não, vou levar isso para o lado pessoal, porra." Ele bateu o cassetete no casaco militar de Danny. "Estou lhe dando uma ordem expressa: suba essa rua e *ataque* alguns subversivos filhos da puta, ou então suma da minha vista."

Quando Danny se voltou, deu com Jeffries rindo baixinho. Danny passou por ele e seguiu pela rua, passando também por Hardy. Quando chegou perto de March, este deu de ombros, e Danny continuou andando, dobrou a esquina, viu três viaturas no final do quarteirão, viu companheiros policiais arrastando pela calçada quem quer que tivesse bigode ou gorro de marinheiro e enfiando-os nos carros.

Ele vagou por vários quarteirões, cruzou com os policiais e seus recém--descobertos irmãos da classe trabalhadora atacando uma meia dúzia de homens que saíam de uma reunião da Organização Fraterna Socialista de Lower Roxbury. A multidão os mantinha acuados, encostados às portas. Os homens estavam reagindo, mas então as portas se abriram atrás deles e alguns caíram para trás, enquanto os outros tentavam conter a multidão sacudindo os braços. A porta da esquerda saltou dos gonzos e a multidão passou como um tropel por cima dos homens e invadiu o edifício. Danny ficou olhando com o olho são, com a certeza de que nada podia fazer para impedir aquilo. Absolutamente nada. A terrível estreiteza de espírito daqueles homens era maior que ele, maior que qualquer coisa.

Luther dirigiu-se ao Costello's, no cais Comercial, e esperou na frente, porque o bar era exclusivo de brancos. Ele ficou esperando por um bom tempo. Uma hora.

Nada de McKenna.

Ele trazia na mão direita um saco de papel com frutas roubadas da casa dos Coughlin para dar a Nora, caso McKenna não resolvesse matá-lo a tiros ou prendê-lo naquela noite. A "lista" datilografada de cinquenta mil assinantes da Filadélfia estava embaixo do braço esquerdo.

Duas horas.

Nada de McKenna.

Luther afastou-se do cais e seguiu em direção à Scollay Square. Talvez McKenna tivesse sido ferido em ação. Talvez tivesse sofrido um ataque cardíaco. Talvez tivesse sido morto num acerto de contas qualquer.

Esperançoso, Luther assobiava.

Danny ficou vagando pelas ruas até dar na Eustis Street, em direção à Washington. Ele resolveu entrar à direita ao chegar à Washington e atravessar a cidade rumo ao North End. Não pretendia parar na Primeira para assinar o ponto de saída. Ele continuava de uniforme. Enquanto andava por Roxbury, no agradável ar da noite que cheirava mais a verão que a primavera, viu que em toda a sua volta o império da lei se fazia sentir, pois todos que pareciam ser bolcheviques, anarquistas, eslavos, italianos ou judeus estavam pagando o preço de sua aparência. Eles jaziam em meios-fios, em alpendres, recostados a postes de iluminação. Seus dentes e seu sangue espalhavam-se no cimento e no asfalto. Um quarteirão mais adiante, um homem que atravessava um cruzamento foi atingido por um carro de polícia na altura dos joelhos. Projetado no ar, ficou bracejando em busca de apoio. Quando caiu, os três policiais que saíram do carro prensaram seu braço no chão, e o que ficou ao volante passou por cima de sua mão.

Danny pensou em voltar ao seu quarto na Salem Street e se deixar ficar sozinho, com o cano do revólver apoiado nos dentes da arcada inferior, sentindo o metal na língua. Durante a guerra, as pessoas morriam aos milhões, sem outro motivo senão o da defesa da propriedade. E agora, nas ruas de todo o mundo, a mesma batalha continuava. Hoje, em Boston. Amanhã, em algum outro lugar. Os pobres lutando contra os pobres. Como sempre fizeram. E eles eram incitados a isso. E isso nunca haveria de mudar. Ele finalmente percebeu. Nunca haveria de mudar.

Ele levantou os olhos para o céu negro salpicado de pontinhos. Eles não passam disso mesmo. Era aquilo, e nada mais. E se existisse um Deus por trás deles, então Ele tinha mentido. Ele prometeu que os mansos herdariam a terra. Não herdarão. Eles só herdarão a pequena porção de terra que adubarem com seus restos mortais.

Aquilo era uma piada.

Ele viu Nathan Bishop olhando para ele, o rosto desfigurado por chutes, perguntando-lhe o nome, e reviveu a vergonha que sentira, o horror a si mesmo. Danny encostou-se num poste de iluminação. Não posso mais fazer isso, disse ele ao céu. Aquele homem era meu irmão, se não pelo sangue, pelo coração e pela filosofia comum. Ele salvou minha vida, e eu nem ao menos fui capaz de lhe propiciar cuidados médicos adequados. Sou um merda. Não posso dar nem mais um passo à frente, porra.

Do outro lado da rua, uma pequena multidão de policiais e de trabalhadores insultava alguns moradores. Finalmente a turba mostrou um pouco de piedade e permitiu que uma mulher grávida se afastasse das outras vítimas e seguisse seu caminho sã e salva. Ela avançou apressadamente pela calçada, ombros encurvados, cabelo coberto por um xale preto, e os pensamentos de Danny voltaram para seu quarto na Salem Street, para o revólver no coldre, a garrafa de uísque.

A mulher passou por ele, dobrou a esquina, e Danny notou que, vista por trás, não se poderia dizer que ela estava grávida. Ela andava com a agilidade de uma pessoa jovem, desembaraçada, ainda não vergada pelo peso do trabalho, filhos ou ilusões perdidas. Ela...

Tessa.

Danny começou a atravessar a rua antes mesmo que o nome lhe viesse à mente.

Tessa.

Ele não fazia ideia de como sabia que era ela, mas sabia. Ele passou para o outro lado da rua, mantendo-se um quarteirão atrás dela, e quanto mais observava seu modo de andar, ao mesmo tempo confiante e langoroso, mais se convencia. Passou por uma cabine telefônica, depois por outra, mas não pensou em entrar em nenhuma das duas e ligar para pedir reforço. De todo modo, não havia ninguém nas delegacias; estavam todos nas ruas, tirando a desforra. Ele despiu o capacete e o casaco, ajeitou-os sob o braço direito, cobrindo o revólver, e passou para o outro lado da rua. Quando ela chegou à Shawmut Avenue, lançou um olhar à calçada, mas Danny não estava lá, portanto ela nada percebeu. Ele, porém, teve sua suspeita confirmada. Era Tessa. A mesma pele morena, a mesma boca bem marcada salientando-se acima do queixo como uma gaveta.

Ela dobrou à direita na Shawmut, e Danny ficou esperando por algum tempo, sabendo que a avenida era larga e que ela só não notaria sua presença se estivesse cega. Ele contou até cinco e recomeçou a andar. Ao chegar à esquina, viu-a um quarteirão mais adiante, entrando na Hammond Street.

Três homens no banco traseiro de um carro aberto estavam olhando para ela, enquanto os do banco da frente olhavam para ele, andando devagar, notando sua calça azul e o casaco azul debaixo do braço. Todos tinham barbas cerradas. Todos usavam gorros de malha. Os homens do banco de trás brandiam porretes. O que estava ao lado do motorista apertou os olhos, e Danny o reconheceu: Pyotr Glaviach, o estoniano grandalhão capaz de derrotar qualquer um numa disputa de bar para ver quem bebia mais, e provavelmente numa luta também. Pyotr Glaviach, veterano da mais suja guerra de sua Letônia natal. O homem que considerara Danny seu companheiro de panfletagem, seu camarada, seu irmão de armas contra a opressão capitalista.

Danny descobriu que havia épocas em que a violência ou sua mera ameaça fazia o mundo andar mais devagar, e todas as coisas chegavam às pessoas como se através da água. Mas muitas vezes também a violência movia-se mais rápido que a marcha do relógio, como era o caso naquele momento. Tão logo ele e Glaviach se reconheceram, o carro parou e os homens desceram. O casaco de Danny ficou preso na coronha do revólver quando ele tentou tirá-lo do coldre. Os braços de Glaviach fecharam-se sobre os dele e o prenderam. Ele levantou Danny no ar, carregou-o pela calçada e bateu suas costas contra um muro de pedras.

Um porrete atingiu seu olho roxo.

"Diga alguma coisa", ordenou Glaviach cuspindo em seu rosto e apertando-lhe o corpo com mais força.

Sem fôlego para falar, Danny cuspiu na cara peluda do grandalhão. Quando a saliva caiu nos olhos do homem, Danny viu que nela já havia um pouco de sangue.

Glaviach deu uma cabeçada no nariz de Danny. Uma luz amarela explodiu em sua cabeça, sombras desceram sobre os homens à sua volta, como se o céu estivesse caindo. Alguém lhe atingiu a cabeça com um porrete novamente.

"Sabe o que aconteceu hoje com nosso camarada Nathan?", disse Glaviach sacudindo o corpo de Danny como se fosse leve como uma criança. "Ele perdeu a audição e talvez a visão de um olho. Foi isso que ele perdeu. E você?"

Mãos agarraram seu revólver, e ele pouco podia fazer para resistir, porque seus braços estavam entorpecidos. Punhos golpearam-lhe o tronco, as costas, o pescoço, mas apesar disso ele se mantinha absolutamente calmo. Sentia a presença da Morte junto com ele na rua, e a voz da Morte era suave. A Morte disse: está tudo bem. Já é tempo. O bolso da frente rasgou-se e caíram uns trocados na calçada. O botão também. Com uma sensação de perda totalmente irracional, Danny viu as moedas rolarem na sarjeta, indo cair entre as grades de um bueiro.

Nora, pensou ele. Merda. Nora.

Quando eles terminaram, Pyotr Glaviach achou o revólver de Danny na sarjeta. Ele o pegou e jogou-o no peito do policial, àquela altura já sem sentidos. Pyotr lembrou-se de todos os homens — catorze — que matara, cara a cara, ao longo dos anos. Esse número não incluía um pelotão inteiro de guardas czaristas que, vítimas de uma cilada, terminaram queimados no meio de um trigal em chamas. Sete anos depois, ele ainda sentia aquele cheiro, ouvia-os gritando feito bebês quando as chamas chegavam aos seus cabelos e aos seus olhos. Não era possível desfazer nada daquilo, tampouco apagar. Ele estava cansado de matar. Foi por isso que veio para a América. Porque estava por demais cansado. E aquilo não tinha fim.

Glaviach cuspiu no policial traidor mais algumas vezes. Em seguida, ele e seus camaradas voltaram para o carro e foram embora.

Luther já estava craque em esgueirar-se para entrar e sair do quarto da pensão onde Nora morava. Ele aprendera que, quanto mais a gente tenta evitar fazer barulho, mais faz. Assim, ele agiu certo quando se pôs a ouvir por trás da porta que dava para o corredor, mas, ao ter certeza de que não havia ninguém lá fora, girou suave e rapidamente a maçaneta e apressou-se a entrar no corredor. Fechou a porta atrás de si e, antes mesmo de ouvi-la tocar no batente, já abrira a porta que dava para a ruela. Àquela altura ele já estava em segurança: um negro saindo de um edifício na Scollay Square não era nenhum problema; um negro saindo do quarto de uma mulher branca, qualquer que fosse o edifício, corria o risco de ser morto.

Na noite do Primeiro de Maio, ele deixou a sacola com frutas no quarto dela, depois de ter ficado em sua companhia por cerca de meia hora, olhando suas pálpebras se fecharem o tempo todo, até não se abrirem mais. Aquilo o deixou preocupado; agora que lhe cortaram horas de trabalho, ela estava mais cansada, não menos, e ele sabia que aquilo tinha a ver com a alimentação. Ela tinha deficiência de alguma coisa. Como ele não era médico, não sabia o que era. Mas agora ela vivia o tempo todo cansada. Cansada e com a pele mais acinzentada, os dentes ficando moles. Foi por isso que Luther lhe levou frutas da casa dos Coughlin. Lembrou-se vagamente de que frutas fazem bem aos dentes e à pele. Não poderia dizer como ficou sabendo isso, mas fazia sentido.

Luther deixou-a dormindo, seguiu pela ruela e, ao chegar ao fim, viu Danny cruzando com dificuldade a Green Street, vindo em sua direção. Na verdade, porém, não era Danny, mas uma versão dele. Um Danny que tinha sido atirado de um canhão contra um bloco de gelo. Um Danny que avançava pela rua todo ensanguentado. Ou pelo menos tentava. Mais que andar, ele cambaleava.

Luther foi ao seu encontro, no meio da rua, quando Danny caiu com um joelho no chão.

"Ei, ei", disse Luther brandamente. "Sou eu. Luther."

Danny levantou os olhos para ele, o rosto dando a impressão de ter sido usado para testar martelos. Estava com um olho roxo: e esse era o olho bom. O outro estava tão intumescido e fechado que parecia ter sido costurado. Os lábios estavam duas vezes mais grossos que o normal, e Luther quis fazer uma brincadeira com aquilo, mas percebeu que não era uma boa hora.

"Então?", disse Danny levantando a mão como se se tratasse de um sinal para iniciar um jogo. "Ainda com raiva de mim?"

Bem, aquilo era uma coisa que pelo visto ninguém conseguira tirar dele — um homem em paz consigo mesmo, perfeitamente à vontade na própria pele. Todo estourado e de joelhos no meio de uma rua vagabunda na vagabundíssima Scollay Square, o homem conversava com uma naturalidade que dava a impressão de que esse tipo de coisa lhe acontecia uma vez por semana.

"Neste *exato* momento, não", disse Luther. "Mas em geral... sim."

"Você não é o único", disse Danny, e vomitou sangue na rua.

Luther não gostou nada daquilo. Ele segurou a mão de Danny e começou a puxá-la para colocá-lo de pé.

"Oh, não, não, não", disse Danny. "Não faça isso. Deixe-me ficar aqui ajoelhado um pouquinho. Ou melhor, deixe que eu me arraste. Vou me arrastar até o meio-fio, Luther. Vou me arrastar até lá."

E de fato ele rastejou do meio da rua até a calçada. Quando a alcançou, arrastou-se um pouco mais e se deitou. Luther sentou-se ao lado dele. Danny terminou por conseguir sentar-se e segurou os joelhos como se fossem as únicas coisas capazes de impedi-lo de despencar da terra.

"Foda-se", disse ele finalmente. "Estou todo fodido." Ele sorriu por entre os lábios rachados, emitindo um som de assobio cada vez que respirava. "Você tem um lenço aí?"

Luther enfiou a mão no bolso, tirou um lenço e passou-o a Danny.

"Obrigado."

"Não há de quê", disse Luther. Algo daquele diálogo soou engraçado a ambos, e os dois se puseram a rir baixinho na noite suave.

Danny limpou o rosto com o lenço até torná-lo imprestável. "Eu vim visitar Nora, preciso falar com ela."

Luther pôs o braço no ombro de Danny, coisa que nunca tinha ousado fazer com um homem branco, mas que, dadas as circunstâncias, parecia perfeitamente natural naquele momento. "Ela precisa dormir e você precisa de um hospital."

"Preciso vê-la."

"Vomite mais um pouco de sangue e repita o que disse."

"Não, eu preciso mesmo."

Luther se inclinou sobre ele. "Você sabe o que sua respiração está parecendo?"

Danny negou com a cabeça.

"Está parecendo a porra dum canário", disse Luther. "Um canário que tomou chumbo no peito. Você está morrendo."

Danny negou com a cabeça novamente, teve ânsias de vômito, mas nada saiu. A coisa se repetiu, mas dessa vez ouviu-se um som, o som que Luther comparara ao assobio de um pássaro agonizante.

"A que distância daqui fica o Hospital Geral de Massachusetts?", disse Danny, e em seguida vomitou mais sangue na sarjeta. "Estou fodido demais para me lembrar."

"Uns seis quarteirões", disse Luther.

"Certo. Seis longos quarteirões." Danny estremeceu e riu ao mesmo tempo, depois vomitou sangue na calçada. "Acho que minhas costelas estão quebradas."

"Quais?"

"Todas", disse Danny. "Estou fodido, Luther."

"Eu sei", disse Luther voltando-se e se arrastando para acompanhar o movimento de Danny. "Posso ajudá-lo a levantar-se."

"Eu agradeceria."

"Quando eu contar até três?"

"Certo."

"Um, dois, três." Luther encostou o ombro nas costas do homenzarrão e empurrou com força. Danny gemeu um bocado, soltou um grito agudo, mas finalmente ficou de pé. Equilibrando-se com dificuldade, mas de pé.

Luther abaixou-se um pouco ao lado dele e pôs o braço esquerdo de Danny em seu ombro.

"O Hospital Geral vai estar cheio", disse Danny. "Porra. Todos os hospitais. Meus companheiros de uniforme azul estão mandando um monte de gente para os prontos-socorros de toda a cidade."

"Que tipo de gente?"

"Russos, em sua maioria. Judeus."

Luther disse: "Há uma clínica para negros na Barton com a Chambers. Você tem alguma objeção a ser tratado por um médico negro?".

"Eu aceitaria até uma garota chinesa caolha, contanto que faça passar essa dor."

"Aposto que sim", disse Luther, e os dois começaram a andar. "Você pode sentar na cama e dizer a todo mundo que não o chame de 'sor'. Como é do gosto de gente boa como você."

"Você é um escroto", disse Danny com um risinho, o que lhe trouxe mais sangue aos lábios. "O que você estava fazendo por aqui?"

"Não se preocupe com isso."

O corpo de Danny balançava tanto que por pouco os dois não se estatelaram na calçada. "Bem, eu me preocupo." Ele levantou a mão, e os dois pararam. Danny tomou fôlego. "Ela está bem?"

"Não. Ela não está bem. Seja lá o que tenha feito contra vocês, já pagou por isso."

"Oh", fez Danny inclinando a cabeça para ele. "Você gosta dela?"

Luther olhou nos olhos do outro. "Gostar no sentido de *amar*?"

"Sim."

"Ora, não. Com certeza não."

Um sorriso tingido de sangue. "Tem certeza?"

"Você quer que o deixe cair no chão? Claro que tenho certeza. Você tem seu gosto, eu tenho o meu."

"E Nora não é do seu gosto?"

"*Mulheres brancas* não são do meu agrado. Aquelas sardas, aquelas bundinhas murchas, aqueles ossinhos e cabelos esquisitos..." Luther fez uma careta e balançou a cabeça. "Comigo não. Não, senhor."

Danny olhou para Luther pelo olho arroxeado e pelo olho inchado. "Mas então..."

"Então", disse Luther subitamente exasperado. "Ela é minha amiga, eu cuido dela."

"Por quê?"

Ele lançou a Danny um olhar demorado e atento. "Porque ninguém se dispõe a fazer isso."

O sorriso de Danny se espalhou pelos lábios rachados e escurecidos. "Tudo bem, então."

Luther disse: "Quem pegou você? Com esse seu tamanho, deve ter sido mais de um".

"Bolcheviques. Em Roxbury, talvez uns vinte quarteirões daqui. Uma longa caminhada. Eu provavelmente mereci", disse Dan ofegante. Ele virou a cabeça para o lado e vomitou. Luther afastou os pés para não sujar os sapatos nem a barra da calça e ficou numa posição meio desajeitada, inclinando-se para o lado e apoiando as costas do outro. Ainda bem que o vômito não tinha tanto sangue quanto Luther temia. Quando Danny terminou, limpou a boca na manga da camisa. "Tudo bem."

Eles andaram aos tropeços por mais um quarteirão antes de Danny precisar descansar novamente. Luther o apoiou num poste, e Danny ficou encostado, de olhos fechados, o rosto molhado de suor.

Ele finalmente abriu o olho são e fitou o céu como se procurasse alguma coisa. "Vou lhe dizer uma coisa, Luther, este foi um ano dos diabos."

Luther repassou o que lhe acontecera naquele ano e começou a rir, e rir para valer, chegando a dobrar o corpo. Um ano atrás... merda. Já se passara uma *eternidade* desde então.

"De que está rindo?", disse Danny.

Luther levantou a mão. "Um ano dos diabos para você e para mim."

"O que é que se há de fazer", disse Danny, "quando tudo o que se procurou construir na vida se revela uma porra duma mentira?"

"Construir uma nova vida, acho."

Danny arqueou uma sobrancelha.

"Ora, só por que está sangrando pelo corpo todo quer que eu tenha pena de você?", disse Luther aproximando-se novamente de Danny, que estava encostado no poste como se este fosse o último amigo que lhe restasse no mundo. "Pois eu não tenho. Livre-se do problema, seja lá qual for. Deus não se importa. Ninguém está nem aí. Se tiver alguma coisa que você possa fazer para resolver essa merda, acabar com esse tormento, então faça, é o que lhe digo."

Danny abriu um sorriso esfacelado, os lábios escurecidos. "Fácil, hein?"

"Nada é fácil", disse Luther sacudindo a cabeça. "Mas é simples."

"Eu queria que..."

"Você andou vinte quarteirões, vomitando sangue, para ir a um lugar encontrar uma pessoa. Se você precisa de alguma coisa mais verdadeira em sua vida que *isso*, garotão branco...", disse Luther com uma risada forte e rápida. "...nesta terra você não vai encontrar."

Danny ficou calado, encarou Luther com o olho bom, e Luther o encarou de volta. Então Danny desencostou do poste e estendeu o braço. Luther o apoiou no ombro e eles continuaram caminhando até a clínica.

28.

Danny passou a noite na clínica. Ele mal se lembrava de ter visto Luther ir embora. Lembrava-se de tê-lo visto depositar um maço de papéis sobre sua mesa de cabeceira.

"Tentei entregar isso ao seu tio, mas ele não apareceu para o encontro."

"Ele esteve muito ocupado o dia inteiro."

"Sim, bem... você cuida para que ele receba isso? E quem sabe dá um jeito para ele me deixar em paz, como certa vez você me prometeu?"

"Claro." Danny estendeu a mão para que Luther a apertasse, depois mergulhou num mundo preto e branco onde todos estavam cobertos de escombros de uma explosão.

A certa altura ele acordou e viu um médico negro sentado ao lado de sua cama. O médico, um homem de aspecto cordial e dedos finos de pianista, confirmou que sete de suas costelas estavam quebradas, e as outras deslocadas. Uma delas tinha rompido um vaso sanguíneo, e foi preciso uma intervenção cirúrgica para suturá-lo. Aquilo explicava por que ele vomitara sangue, e era uma clara indicação de que Luther lhe salvara a vida. Eles enfaixaram o tórax de Danny com esparadrapo, disseram-lhe que ele sofrera uma concussão e iria vomitar sangue por mais alguns dias, por causa das pancadas que os russos lhe deram nos rins. Danny agradeceu ao médico — e as palavras lhe saíram indistintas por causa sabe-se lá de que drogas que lhe administraram pelo cateter intravenoso — e perdeu os sentidos.

Ao acordar pela manhã, viu seu pai e Connor sentados ao lado de sua cama. O pai segurava suas duas mãos e sorria brandamente: "Olhe quem está aqui".

Con dobrou o jornal, sorriu para Danny e balançou a cabeça.

"Quem é que fez isso com você, rapaz?"

Danny ergueu-se um pouco na cama, e suas costelas reclamaram. "Como vocês me acharam?"

"Um preto — dizendo que é médico aqui — ligou para a central da polícia com o número do seu distintivo e disse que outro cara negro o trouxe para cá todo estourado. Ah, mas é chocante ver você num lugar como este."

Na cama vizinha, atrás de seu pai, estava um velho com o pé engessado e suspenso, olhando para o teto.

"O que aconteceu?", perguntou Connor.

"Um bando de letões caiu em cima de mim", disse Danny. "O cara negro de que lhe falaram era Luther. Ele provavelmente salvou minha vida."

O velho da cama vizinha coçou a perna, um pouco acima do gesso.

"Nós abarrotamos as celas com letões e comunas", disse o pai. "Depois você vai dar uma olhada e identificar quem fez isso. Nós também vamos identificar um bocado deles antes de autuá-los."

Danny disse: "Água?".

Con viu uma jarra no peitoril da janela, encheu um copo de água e trouxe-o para ele.

O pai dele disse: "Nós nem precisamos autuá-los, se é que você me entende".

"Não é difícil entendê-lo." Danny tomou a água. "Eu não vi nada."

"O quê?"

"Eles vieram para cima de mim de repente, meteram meu casaco na minha cabeça e mandaram ver."

"Como é que você não conseguiu ver…"

"Eu estava seguindo Tessa Ficara."

"Ela está por aqui?", disse o pai.

"Ontem à noite estava."

"Meu Deus, rapaz, por que você não ligou para pedir reforços?"

"Vocês estavam fazendo uma festa em Roxbury, lembram-se?"

O pai passou a mão no queixo. "Você perdeu a pista dela?"

"Obrigado pela água, Con", disse ele sorrindo para o irmão.

Connor deu uma risadinha. "Você é uma figura, mano. Uma figura."

"Sim, perdi a pista dela. Ela entrou na Hammond Street, e os russos apareceram. Então, o que pretende fazer, pai?"

"Bem, vamos falar com Finch e com o DI. Vou mandar vasculhar a Hammond e todo aquele pedaço para ver se conseguimos alguma coisa. Mas duvido que ela ainda esteja por aí depois da noite passada." O pai exibiu um exemplar do *Morning Standard*. "Manchete de primeira página, rapaz."

Danny sentou-se na cama, e as costelas reclamaram um pouco mais. Ele piscou por causa da dor e leu a manchete: POLÍCIA DECLARA GUERRA AOS VERMELHOS.

"Onde está mamãe?"

"Em casa", disse o pai. "Não dá para metê-la nessa confusão. Primeiro a explosão da Salutation. Agora isto. É demais para o coração dela."

"E quanto a Nora? Ela sabe?"

O pai levantou a cabeça. "Por que ela haveria de saber alguma coisa? Não temos mais nenhum contato com ela."

"Eu gostaria que ela soubesse."

Thomas Coughlin olhou para Connor, depois novamente para Danny. "Aiden, não pronuncie o nome dela. Não fale dela na minha frente."

Danny disse: "Não posso fazer isso, pai".

"O quê?" Essa pergunta partiu de Connor, que estava atrás do pai. "Ela mentiu para nós, Dan. Ela me humilhou. Meu Deus."

Danny soltou um suspiro. "Por quanto tempo ela fez parte da nossa família?"

"Nós a tratamos como se fosse da família", disse o pai, "e veja o que ela nos deu em troca. Agora o assunto está encerrado, Aiden."

Danny balançou a cabeça. "Para você, talvez. Mas para mim..." Ele afastou o lençol do corpo, deixou penderem as pernas ao lado da cama, torcendo para que nenhum dos dois notasse o quanto aquilo lhe custava. Meu Deus! A dor atravessava-lhe o peito. "Con, você pode me passar a calça?"

Semblante grave e transtornado, Con trouxe a calça.

Danny vestiu a calça e pegou a camisa que estava pendurada no pé da cama. Ele a vestiu também, com todo o cuidado, um braço de cada vez, e contemplou o pai e o irmão. "Ouçam, eu dancei conforme a música de vocês, mas agora não consigo mais fazer isso. Simplesmente não consigo."

"Não consegue o quê?", disse o pai. "Você está dizendo bobagens." Ele olhou para o velho negro de perna quebrada como se buscasse uma outra opinião, mas os olhos do homem estavam fechados.

Danny sacudiu os ombros. "Quer dizer que estou falando bobagens. Sabe o que eu descobri ontem? Sabe o que *finalmente* descobri? Que na minha vida porra nenhuma..."

"Isso é jeito de falar?"

"...faz sentido, pai. Exceto ela."

O rosto de seu pai ficou lívido.

Danny disse: "Pode me passar os sapatos, Con?".

Connor negou com um gesto de cabeça. "Pegue você mesmo, Dan", disse ele estendendo as mãos num gesto de tal dor e desamparo que calou fundo em Danny.

"Con."

Connor balançou a cabeça. "Não."

"Con, ouça."

"Ouça o cacete. Você seria capaz de fazer isso comigo? Você seria capaz..."

Connor abaixou as mãos e seus olhos se encheram de lágrimas. Ele olhou para Danny e balançou a cabeça novamente, num gesto que abrangia todo o quarto, e saiu pela porta.

Danny pegou os sapatos sem dizer nada e botou-os no chão.

"Você vai magoar seu irmão e sua mãe?", disse o pai. "E a mim?"

Danny olhou para ele enquanto calçava os sapatos. "Não tem nada a ver com *vocês*, pai. Não posso viver minha vida em função de vocês."

"Oh", fez o pai levando a mão ao coração. "Bem, longe de mim querer privá-lo dos seus prazeres mundanos, rapaz. Deus é testemunha."

Danny sorriu.

O pai não. "Quer dizer então que você tomou partido contra sua família. Você é autônomo, Aiden. Dono do próprio nariz. Isso o faz se sentir bem?"

Danny ficou calado.

O pai levantou-se, pôs o chapéu de capitão na cabeça e o ajeitou. "Você pensa que é o primeiro a se deixar seduzir por essa ideia romântica, própria da sua geração, de seguir o próprio caminho?"

"Não, não acho que sou o primeiro, mas tampouco o último."

"Provavelmente não", disse o pai. "Você ficará sozinho."

"Então ficarei sozinho."

O pai crispou os lábios e balançou a cabeça. "Adeus, Aiden."

"Adeus, senhor."

Danny estendeu a mão, mas o pai a ignorou.

Danny deu de ombros, abaixou a mão, estendeu-a para trás e achou o maço de papéis que Luther tinha lhe dado na noite anterior. Ele o jogou em direção ao pai, na altura do peito. O pai agarrou o maço e o examinou.

"A lista de endereços da ANPPN, que McKenna queria."

Por um instante, o pai ficou de olhos arregalados. "Para que eu ia querer isso?"

"Então devolva."

Thomas esboçou um leve sorriso e enfiou os papéis debaixo do braço.

"Toda essa confusão foi por conta das listas, não foi?", disse Danny.

O pai ficou calado.

"Você vai vendê-las aos empresários, é isso?"

O pai olhou-o nos olhos. "Um homem tem o direito de conhecer o caráter dos homens que trabalham para ele."

"Para poder demiti-los antes que se sindicalizem?", disse Danny balançando a cabeça e ponderando aquela ideia. "Você vendeu seus companheiros."

"Aposto minha vida como nenhum dos nomes da lista é irlandês."

"Eu não estava falando dos irlandeses", disse Danny.

O pai olhou para o teto como se estivesse vendo teias de aranha que precisassem ser retiradas. Ele crispou os lábios, olhou para o filho, o queixo um pouco trêmulo, e não disse nada.

"Quem lhe trouxe a lista dos letões depois que saí?"

"Por sorte", disse o pai num sussurro, "cuidamos disso ontem, durante a batida."

Danny balançou a cabeça. "Ah."

"Mais alguma coisa, filho?"

Danny disse: "Para falar a verdade, sim. Luther salvou minha vida".

"Quer dizer que eu devia dar-lhe um aumento?"

"Não", disse Danny. "Tire seu cão de cima dele."

"Meu cão?"

"O tio Eddie."

"Não sei do que você está falando."

"Mas de todo modo faça o que lhe peço. Ele salvou minha vida, pai."

O pai voltou-se para o velho na cama ao lado, tocou no gesso e piscou-lhe o olho quando ele abriu os olhos. "Ah, você vai muitíssimo bem de saúde, pode acreditar."

"Sim, sor."

"Vai mesmo", disse Thomas lhe dando um riso caloroso. Seus olhos voltaram-se para as janelas atrás de Danny. Ele balançou a cabeça e saiu pela mesma porta pela qual Connor saíra.

Danny pegou o casaco num gancho atrás da porta e vestiu-o.

"É seu pai?", perguntou o velho.

Danny fez que sim com a cabeça.

"Se fosse eu, procuraria evitá-lo por uns tempos."

Danny disse: "Parece que não tenho muita escolha".

"Oh, ele vai voltar. Gente como ele sempre volta. Certo como um dia depois do outro", acrescentou o velho fechando os olhos. "Além disso, ele sempre ganha."

Danny terminou de abotoar o casaco. "Não há nada mais a ganhar", disse ele.

"Não é assim que ele vê as coisas", disse o velho com um sorriso triste. "E é por isso que ele vai continuar saindo vitorioso. Pode crer."

Depois que saiu, Danny visitou outros hospitais até encontrar aquele para onde tinham levado Nathan Bishop. Assim como Danny, Bishop se recusara a ficar, embora tivesse de se esgueirar por entre dois policiais armados para conseguir escapar.

O médico que tratou dele antes de sua fuga olhou para o uniforme esfarrapado de Danny, para as negras manchas de sangue, e disse: "Se você veio para um segundo round, já devem ter lhe dito que...".

"Ele foi embora. Eu sei."

"Perdeu um ouvido", disse o médico.

"Também soube disso. E o olho?"

"Não sei. Ele foi embora antes que eu pudesse fazer um diagnóstico cuidadoso."

"Para onde ele foi?"

O médico deu uma olhada no relógio de pulso e meteu-o no bolso novamente. "Tenho pacientes para cuidar."

"Para onde ele foi?"

Um suspiro. "Acho que para bem longe desta cidade. Eu já disse isso aos dois policiais que o estavam vigiando. Depois de ter escapulido pela janela do banheiro, ele pode ter ido a qualquer lugar. Mas, dos poucos contatos que tivemos, concluí que ele não via nenhum sentido em passar cinco ou seis anos da sua vida numa prisão de Boston."

Mãos nos bolsos, o médico deu meia-volta sem mais uma palavra e foi embora.

Danny saiu do hospital. Ainda sentindo muitas dores, foi andando devagar pela Huntington Avenue em direção ao ponto do bonde.

Ele se encontrou com Nora naquela noite, quando ela voltava do trabalho para casa. Ele ficou com as costas apoiadas na varanda do edifício, não porque ficar sentado fosse muito doloroso, mas porque levantar seria. Ela entrou na rua ao anoitecer, a escuridão apenas atenuada pela luz amarela e fraca das lâmpadas dos postes. Toda vez que seu rosto saía da sombra e se banhava na luz diáfana, ele tomava fôlego.

Então ela o viu. "Minha Nossa Senhora, o que aconteceu com você?"

"Em que parte do corpo?" Uma grossa atadura formava uma saliência em sua testa, e os olhos estavam arroxeados.

"O corpo todo." Ela o examinou com uma expressão que bem podia exprimir humor ou horror.

"Você não ouviu?" Ele inclinou a cabeça, notando que ela também não parecia nada bem, o rosto ao mesmo tempo repuxado e descaído, os olhos protuberantes e vazios.

"Ouvi dizer que houve uma luta entre policiais e os bolcheviques, mas eu..." Ela parou na frente dele, levantou a mão como se fosse tocar-lhe o olho inchado, mas então parou e ficou com a mão erguida no ar. Ela recuou um passo.

"Eu perdi o botão", disse ele.

"Que botão?"

"O olho do urso."

Ela inclinou a cabeça sem entender nada.

"De Nantasket. Daquela vez, sabe?"

"O ursinho de pelúcia? Aquele do quarto?"

Ele fez que sim.

"Você guardou o *olho* dele?"

"Bem, era um botão, mas guardei sim. Ele ainda estava comigo. Eu nunca o tirava do bolso."

Ele percebeu que ela não sabia o que fazer com aquela informação.

"Naquela noite em que você veio me ver..."

Ela cruzou os braços.

"Eu deixei você ir embora porque..."

Ela ficou esperando.

"Porque fui um fraco", disse ele.

"Quer dizer então que esse tipo de coisa o impede de se preocupar com uma amiga?"

"Nós não somos amigos, Nora."

"E então o que somos, Danny?" Ela estava de pé na calçada, os olhos fitando o chão, tão tensa que ele lhe via a pele arrepiada e os músculos do pescoço.

"Por favor, olhe para mim", disse Danny.

Ela continuou de cabeça baixa.

"Olhe para mim", repetiu ele.

Ela olhou-o nos olhos.

"Quando olhamos um para o outro como estamos olhando agora, não sei o que há entre nós, mas 'amizade' parece uma palavra muito fraca, você não acha?"

"Ah, você...", disse ela balançando a cabeça. "Você sempre com essa lábia. Eles teriam chamado a Pedra de Blarney* de Pedra de Danny, se soubessem..."

---

* Pedra de Blarney: pedra da Irlanda que, segundo a lenda, confere o dom da eloquência a quem a beija. (N. T.)

"Não faça isso", disse Danny. "Não faça pouco caso. Não se trata de algo pequeno, Nora."

"O que você está fazendo aqui?", disse ela num sussurro. "Meu Deus, Danny, o *quê*? Eu já tenho um marido, ou você ainda não sabe? E você sempre foi um menino num corpo de homem. Você vai passando de uma coisa a outra, você..."

"Você tem um *marido*?", disse ele com um riso.

"Ele ri", disse ela para a rua, soltando um suspiro alto.

"Rio mesmo." Ele se levantou, pôs a mão no peito dela, logo abaixo da garganta, apoiando os dedos levemente, tentando conter o sorriso ao vê-la encher-se de raiva. "Eu só... Nora, eu só... Sabe nós dois? Tentando ser muito respeitáveis... Não foi essa palavra que você usou?"

"Depois que você rompeu comigo", disse ela, rosto impassível feito pedra, mas ele vislumbrou uma luz acendendo-se em seus olhos. "Eu precisava de estabilidade. Eu precisava..."

Isso lhe provocou um rugido, uma explosão incontrolável que veio das entranhas e, mesmo no instante em que abria caminho ao longo das costelas, dava-lhe uma sensação melhor do que todas as que tivera em muito tempo. "Estabilidade?"

"Sim", disse ela batendo o punho no peito. "Eu queria ser uma boa moça americana, uma cidadã honesta."

"Bem, isso funcionou às mil maravilhas."

"Pare de *rir*."

"Não consigo."

"Por quê?", disse ela, o riso finalmente contaminando sua voz.

"Porque, porque..." Ele segurou-lhe os ombros, e o acesso de riso finalmente passou. Deslizou as mãos pelos seus braços, segurou-lhe as mãos, e desta vez ela deixou. "Porque durante todo o tempo em que você estava com Connor, queria estar comigo."

"Ah, que sujeito convencido você é, Danny Coughlin."

Ele puxou as mãos dela e inclinou o corpo até seus rostos ficarem no mesmo nível. "E eu queria estar com você. E nós dois perdemos tanto *tempo*, Nora, tentando ser..." Ele olhou para o céu com um sentimento de frustração "...seja lá que diabos pretendíamos ser."

"Eu sou *casada*."

"Estou cagando para isso. Não estou ligando para mais nada, Nora, exceto isto. Aqui e agora."

Ela balançou a cabeça. "Sua família vai deserdá-lo da mesma forma que me deserdou."

"E daí?"

"Daí que você ama eles."

"Sim, sim, amo sim", concordou Danny sacudindo os ombros. "Mas eu preciso de você, Nora." Ele tocou-lhe a fronte com a sua. "Preciso de você", repetiu ele num sussurro, as duas frontes se tocando.

"Você vai jogar fora todo o seu mundo", sussurrou ela, a voz um pouco embargada.

"De todo modo, já rompi com eles."

Ela deu um riso sufocado e fraco.

"Não poderemos casar na igreja."

"Estou pouco ligando para isso também", disse ele.

Eles se deixaram ficar ali por longo tempo, sentindo o cheiro das ruas molhadas pela chuva que caíra à noitinha.

"Você está chorando", disse ela. "Estou sentindo as lágrimas."

Ele afastou a fronte da dela, tentou falar, mas não conseguiu. Então sorriu, e as lágrimas lhe rolaram pelo queixo.

Ela inclinou o corpo para trás e recolheu uma no dedo.

"Não é por causa da dor?", disse ela levando a lágrima à boca.

"Não", disse Danny encostando novamente a fronte na de Nora. "Não é de dor."

Luther voltou para casa depois de um dia nos Coughlin em que, pela segunda vez desde que trabalhava lá, o capitão o chamou ao escritório.

"Sente-se, sente-se", disse o capitão tirando o casaco do uniforme e pendurando-o no cabide atrás da escrivaninha.

Luther sentou-se.

O capitão deu a volta à escrivaninha com dois copos de uísque na mão e deu um a Luther. "Soube do que você fez por Aiden. Gostaria de agradecer por salvar a vida do meu filho." Ele tocou seu copo pesado no de Luther.

"Não foi nada, senhor", respondeu Luther.

"Scollay Square."

"Senhor?"

"Scollay Square. Foi lá que você encontrou Aiden, não foi?"

"Ah, sim, senhor, foi lá."

"O que você tinha ido fazer lá? Você não tem amigos no West End, tem?"

"Não, senhor."

"E você mora no South End. A gente sabe que você trabalha aqui, portanto..."

O capitão ficou girando o copo entre as mãos e esperando.

"Bem, o senhor sabe por que muitos homens vão à Scollay Square", disse Luther ensaiando um sorriso de cumplicidade.

"Sei sim", disse o capitão. "Eu sei, Luther. Mas mesmo Scollay Square tem seus princípios. Devo concluir que você estava no Mama Hennigan's? É o único lugar que conheço na Square que atende negros."

"Sim, senhor", disse Luther, embora já se desse conta de que caíra numa armadilha.

O capitão pegou a caixa de charutos, tirou dois deles, cortou-lhes as pontas, deu um a Luther, acendeu-o e em seguida acendeu o seu.

"Fiquei sabendo que meu amigo Eddie andou pegando no seu pé."

"Ah, senhor, eu não sabia que isso iria..."

"Aiden me contou", disse o capitão.

"Oh."

"Falei com Eddie sobre você. Eu lhe devia isso por ter salvo a vida do meu filho."

"Obrigado, senhor."

"Garanto-lhe que ele não vai incomodá-lo mais."

"Fico muitíssimo grato, senhor. Mais uma vez obrigado."

O capitão ergueu o copo, Luther acompanhou-lhe o gesto, e ambos tomaram um gole do excelente uísque irlandês.

O capitão inclinou-se para trás novamente, pegou um envelope branco e bateu-o contra a coxa. "E Helen Grady está desempenhando bem seu papel como doméstica, não é?"

"Ah, sim, senhor."

"Não há nenhuma dúvida quanto à sua competência e ética profissional?"

"Absolutamente nenhuma, senhor."

Helen se mostrava tão fria e distante em relação a Luther quanto se mostrara no dia em que havia chegado, cinco meses antes, mas... rapaz, aquela mulher era uma verdadeira *máquina* para trabalhar.

"Que bom ouvir isso." O capitão entregou o envelope a Luther. "Porque agora ela vai trabalhar por duas pessoas."

Luther abriu o envelope e viu um pequeno maço de notas dentro.

"Aí está seu pagamento referente a duas semanas de trabalho. Nós fechamos o Mama Hennigan's há uma semana, por descumprimento das normas. A única pessoa que você conhece na Scollay Square é uma que já trabalhou para mim. Isso explica a comida que andou sumindo da despensa desta casa nestes últimos meses, roubo que Helen Grady começou a me comunicar há algumas semanas." Ele olhou para Luther por cima do copo de uísque enquanto o esvaziava. "Roubar comida da minha casa, Luther? Você tem consciência de que eu estaria em meu pleno direito se atirasse em você aí mesmo onde está?"

Luther não respondeu. Ele levantou a mão, pôs seu copo na beira da escrivaninha, levantou-se e estendeu a mão. O capitão olhou-a por um instante, depois descansou o charuto no cinzeiro e apertou a mão de Luther.

"Adeus, Luther", disse ele alegremente.

"Adeus, senhor capitão."

Quando ele voltou à casa na St. Botolph, não havia ninguém lá. Encontrou um bilhete na mesa da cozinha.

Luther,
Você deve estar fora, cuidando da boa obra (é o que esperamos). Isto veio para você. Há um prato na geladeira.

Isaiah

Sob o bilhete havia um grosso envelope com seu nome rabiscado com a letra de sua esposa. Visto o que acontecera da última vez que ele abriu um envelope, hesitou um pouco antes de apanhá-lo. Então ele disse: "Foda-se", sentindo-se estranhamente culpado por praguejar na cozinha de Yvette.

Abriu o envelope com cuidado e dele tirou dois pedaços de papelão amarrados com um barbante. Havia um bilhete dobrado sob o cordão. Luther o leu com as mãos trêmulas, depositou-o sobre a mesa e desatou o nó para tirar o papelão da parte de cima e olhar o que havia embaixo.

Ele se deixou ficar ali por um longo tempo. A certa altura se pôs a chorar, embora nunca em sua vida tivesse sentido uma alegria como aquela.

Saindo da Scollay Square, ele avançou pela ruazinha paralela ao edifício de Nora e entrou pela porta verde dos fundos, que ficava fechada apenas vinte e cinco por cento do tempo, o que não era o caso naquela noite. Ele andou rapidamente até a porta dela, bateu e ouviu o último som que esperaria ouvir do outro lado: som de risos.

Ouviu sussurros e "Psst, psst", e tornou a bater.

"Quem é?"

"Luther", disse ele, e temperou a garganta.

A porta se abriu. Lá estava Danny, cabelos negros caindo em mechas sobre a testa, um suspensório solto, os três primeiros botões da camisa abertos. Faces afogueadas, Nora estava de pé atrás dele, ajeitando o cabelo e em seguida alisando o vestido.

Danny exibia um largo sorriso, e Luther não precisou pensar muito para saber o que acabara de interromper.

"Eu volto depois", disse ele.

"O quê? Não, não." Danny olhou por sobre o ombro para ver se Nora estava devidamente vestida e então escancarou a porta. "Vamos, entre."

Luther entrou no quarto minúsculo, sentindo-se ridículo de repente. Ele não saberia explicar o que estava fazendo ali, por que se levantara da mesa da cozinha no South End e correra até ali com o grande envelope debaixo do braço.

Com o braço estendido, os pés descalços, Nora aproximou-se dele. O rosto estava vermelho por causa do sexo interrompido, mas exibia um rubor ainda maior, expressão de acolhimento e amor.

"Obrigada", disse ela tomando-lhe a mão, inclinando-se e encostando a face na dele. "Obrigada por salvá-lo. Obrigada por me salvar."

Naquele instante, pela primeira vez desde que partira de Tulsa, ele se sentiu em casa.

Danny perguntou: "Quer beber alguma coisa?".

"Claro, claro", disse Luther.

Danny foi à mesa minúscula onde Luther deixara as frutas no dia anterior. Nela havia uma garrafa e quatro copos baratos. Ele encheu três copos de uísque e passou um a Luther.

"Nós estamos apaixonados", disse Danny levantando o copo.

"É mesmo?", disse Luther com um risinho. "Finalmente caiu a ficha, hein?"

"Nós *estávamos* apaixonados", disse Nora a Danny, não a Luther. "E finalmente resolvemos assumir."

"Bem", disse Luther. "E não é uma maravilha?"

Nora riu, o sorriso de Danny se abriu ainda mais. Eles ergueram os copos e beberam.

"O que você tem aí debaixo do braço?", perguntou Danny.

"Oh, oh, é isto aqui." Luther pôs o copo na mesinha e abriu o envelope. Com as mãos trêmulas, tirou o papelão e passou-o a Nora. "Não sei por que vim aqui, por que eu quis lhe mostrar. Eu só...", disse ele sacudindo os ombros.

Nora estendeu a mão a apertou-lhe o braço. "Tudo bem."

"Achei importante mostrar a alguém. Mostrar a você."

Danny também depôs o copo e veio para perto de Nora. Ela levantou o papelão de cima e seus olhos se arregalaram. Nora passou o braço sob o de Danny e encostou o rosto no braço dele.

"Ele é bonito", disse Danny baixinho.

Luther fez que sim com a cabeça. "É meu filho", disse ele, o rosto afogueando-se. "É o meu filhão."

29.

Steve Coyle estava bêbado — mas de banho recém-tomado — quando, na qualidade de juiz de paz, realizou o casamento de Danny Coughlin e Nora O'Shea em 3 de junho de 1919.

Na noite anterior, uma bomba explodira em frente à casa do procurador geral Palmer, em Washington. A explosão surpreendeu o terrorista, que ainda estava a poucos metros da porta da casa de Palmer. Sua cabeça foi retirada do telhado de uma casa a quatro quarteirões de distância, mas as pernas e os braços nunca foram encontrados. Tentou-se em vão identificá-lo examinando-lhe a cabeça. A explosão destruiu a fachada da casa de Palmer e estilhaçou as janelas que davam para a rua. A sala de estar, a sala de visitas, o vestíbulo e a sala de jantar foram destruídos. Palmer estava na cozinha, nos fundos da casa, onde foi encontrado sob as ruínas, surpreendentemente intacto, pelo secretário adjunto da Marinha, Franklin Roosevelt, que morava do outro lado da rua. Embora não se pudesse identificar o autor do atentado pela cabeça carbonizada, os panfletos que trazia consigo e que flutuavam na R Street depois do atentado, e que caíram em seguida nas ruas e edifícios, numa área de quatro quarteirões, denunciavam-no como anarquista. Sob o título *Palavras francas*, a mensagem era praticamente idêntica às que se viam coladas nos postes de iluminação de Boston sete semanas antes:

VOCÊS NÃO NOS DEIXARAM ALTERNATIVA. HAVERÁ DERRAMAMENTO DE SANGUE. VAMOS LIVRAR O MUNDO DE SUAS INSTITUIÇÕES TIRÂNICAS. LONGA VIDA À REVOLUÇÃO SOCIAL. ABAIXO A TIRANIA.

OS COMBATENTES ANARQUISTAS

O procurador geral Palmer, que, segundo o *Washington Post* estava "abalado mas não amedrontado", prometeu redobrar esforços e agir com mais determinação. Ele advertiu todos os vermelhos em território americano de que deviam se considerar sob sua mira. "Este vai ser um mau verão", garantiu Palmer, "mas não para este país. Somente para os seus inimigos."

A recepção do casamento de Danny e Nora teve lugar no terraço do edifício onde Danny morava. Os policiais que compareceram eram todos de baixa patente. A maioria era composta de membros do BSC. Alguns vieram com as esposas, outros com as namoradas. Danny apresentou Luther a eles como "o homem que salvou minha vida". Para a maioria deles aquilo bastava, embora Luther tivesse notado que alguns relutavam em tirar os olhos de suas carteiras e de suas mulheres sempre que ele, Luther, estava por perto de umas ou de outras.

Mas a festa foi agradável. Um dos inquilinos, um jovem italiano, tocou violino até Luther achar que o braço dele ia cair. Mais tarde um policial acompanhou-o com um acordeão. Havia um monte de comida, vinho e uísque, além de muita Pickwick Ale no gelo. Os brancos ficaram dançando, rindo, e a certa altura começaram a fazer brindes, ao céu, no alto, e à terra, lá embaixo, à medida que a noite os tingia de azul.

Perto da meia-noite, Danny encontrava-se sentado no parapeito, ao lado de Luther, bêbado e sorridente. "A noiva está um pouco chateada porque você não a tirou para dançar."

Luther riu.

"Por que está rindo?"

"Um negro dançando com uma branca num terraço. Era só o que faltava."

"Faltava nada", disse Danny, a voz já meio pastosa. "A própria Nora me pediu. Mas, se você quer que a noiva fique triste no dia do casamento, tudo bem."

Luther olhou para ele. "Existem fronteiras, Danny. Fronteiras que a gente não pode cruzar, nem mesmo aqui."

"Fodam-se as fronteiras", disse Danny.

"Para você é fácil dizer", disse Luther. "Fácil até demais."

"Tudo bem, tudo bem."

Eles se entreolharam por algum tempo.

Finalmente, Danny perguntou: "E aí?".

"Você está me pedindo demais", disse Luther.

Danny tirou do bolso um maço de Murads e ofereceu um a Luther. Ele o aceitou, e Danny acendeu-o em seu cigarro. Danny soltou um filete de fumaça azul. "Ouvi dizer que a maior parte dos cargos administrativos da ANPPN é ocupada por mulheres brancas."

Luther não tinha ideia de aonde o outro queria chegar. "Há alguma verdade nisso, sim, mas o doutor Du Bois está pretendendo mudar isso. As mudanças se dão devagar."

"Hum hum", fez Danny. Ele tomou uma golada de uísque da garrafa aos seus pés e passou-a a Luther. "Você acha que eu sou como as mulheres brancas?"

Luther notou um dos policiais amigos de Danny olhando a garrafa que ele levava à boca, certamente prestando muita atenção para não beber dela dali em diante.

"Você acha, Luther? Você acha que estou tentando provar alguma coisa? Mostrar o quanto sou um branco de ideias arejadas?"

"Eu não sei o que você está fazendo", disse Luther devolvendo-lhe a garrafa.

Danny tomou outro gole. "Não estou fazendo merda nenhuma, apenas tentando fazer com que meu amigo dance com minha esposa no dia do seu casamento, porque ela me pediu isso."

"Danny", disse Luther sentindo o efeito da bebida no corpo. "O negócio é que as coisas..."

"As coisas?", disse Danny arqueando uma sobrancelha.

Luther balançou a cabeça. "...continuam como sempre foram. E elas não mudam simplesmente porque você quer que mudem."

Nora atravessou o terraço e aproximou-se deles, também um pouco alta, a julgar pelo andar vacilante, um copo de champanhe numa mão, um cigarro na outra.

Antes que Luther tivesse tempo de dizer alguma coisa, Danny falou: "Ele não quer dançar".

Ouvindo isso, Nora torceu o lábio inferior. Estava com um vestido de musselina de seda cor de pérola e brocado prateado. A barra de brocado estava amarrotada, todo o traje àquela altura já um tanto desfeito, mas os olhos e o rosto ainda tinham aquele aspecto inefável que lembravam a Luther coisas como "paz" e "lar".

"Acho que vou chorar." Os olhos dela estavam alegres e brilhantes por causa do álcool. "Buá."

Luther riu. Ele viu um monte de gente olhando para eles, e era exatamente o que temia.

Revirando os olhos, ele segurou a mão de Nora. Ela puxou a mão dele, fazendo-o levantar-se. O violinista e o acordeonista começaram a tocar. Ela o conduziu para o centro do terraço sob a meia-lua, e Luther sentiu o calor da mão dela na sua. A outra mão dele tocou-lhe a parte baixa das costas, e ele sentiu o calor da pele de Nora, o calor de seu queixo e o pulso de sua garganta. Ela cheirava a álcool, a jasmim e àquela inegável *brancura*, que ele percebera já da primeira vez em que lhe enlaçara o corpo, como se a carne dela nunca tivesse sido tocada pelo orvalho. Cheiro leve, que lembrava o de amido.

"Que mundo estranho, não?", disse ela.

"Sem dúvida."

Por causa do álcool, o sotaque dela estava mais carregado. "Sinto muito que tenha perdido o emprego."

"Eu não, já consegui outro."

"É mesmo?"

Ele fez que sim. "Nos currais. Começo depois de amanhã."

Luther levantou o braço, Nora fez um rodopio sob ele e voltou o corpo novamente para o do parceiro. "Você é o melhor e mais sincero amigo que tive na vida." Ela rodopiou novamente, leve como o verão.

Luther riu. "Você está bêbada, menina."

"Estou mesmo", disse ela alegremente. "Mas para mim você ainda é da família, Luther." Ela fez um gesto com a cabeça indicando Danny. "Para ele também. Você ainda nos considera da sua família, Luther?"

Luther olhou-a no rosto, e o resto do terraço dissipou-se. Que mulher estranha. Que homem estranho. Que mundo estranho.

"Claro, irmã. Claro."

* * *

No dia do casamento de seu filho mais velho, Thomas chegou ao trabalho e encontrou o agente Rayme Finch esperando-o na antessala, diante do balcão de recepção.

"Veio registrar uma queixa?"

Finch levantou-se, chapéu de palheta na mão. "Podemos conversar?"

Thomas apressou-se em conduzi-lo, através do salão principal, até seu escritório. Ele tirou o casaco e o chapéu, pendurou-o no cabideiro ao lado dos arquivos e perguntou a Finch se aceitava um café.

"Obrigado."

Thomas apertou o botão do interfone. "Stan, dois cafés, por favor." Ele olhou para Finch. "Seja bem-vindo. Vai demorar muito?"

Finch sacudiu os ombros evasivamente.

Thomas tirou o cachecol, pendurou-o sobre o casaco no cabideiro e deslocou para o lado esquerdo da escrivaninha a pilha de relatórios sobre o incidente da noite anterior, que estava junto do mata-borrão. Stan Beck trouxe o café e saiu. Thomas passou a xícara de café a Finch por cima da escrivaninha.

"Leite ou açúcar?"

"Nenhum dos dois", disse Finch pegando a xícara e balançando a cabeça.

Thomas pôs leite em seu café. "O que o traz aqui?"

"Soube que você tem uma verdadeira rede de homens que participa de reuniões de vários grupos radicais nesta cidade. Sei também que alguns deles, disfarçados, chegaram a se infiltrar em alguns grupos." Finch soprou o café, tomou um pequeno gole e passou a língua nos lábios para aliviar o ardor do café quente. "Pelo que concluo, ao contrário do que me deu a entender, você está compilando listas."

Thomas sentou-se e bebericou o café. "Sua ambição talvez esteja perturbando sua capacidade de julgamento, meu jovem."

Finch deu aquele seu sorrisinho. "Eu gostaria de ter acesso a essas listas."

"Acesso?"

"Cópias."

"Ah."

"Algum problema nisso?"

Thomas recostou-se na cadeira e apoiou os sapatos na escrivaninha. "No momento, não vejo que vantagem essa cooperação entre agências traria para o Departamento de Polícia de Boston."

"Talvez você esteja analisando as coisas de forma muito estreita."

"Acho que não", disse Thomas com um sorriso. "Mas estou sempre aberto a novas perspectivas."

Finch riscou um fósforo na borda da escrivaninha de Thomas e acendeu um cigarro. "Vamos imaginar qual seria a reação se vazasse a informação de que um bando do Departamento de Polícia de Boston está vendendo listas de membros e de contatos de conhecidas organizações radicais a empresas, em vez de partilhá-las com o governo federal."

"Permita-me corrigir um pequeno engano."

"Minha informação é absolutamente confiável."

Thomas cruzou as mãos sobre o abdome. "O erro que você cometeu, filho, foi usar a palavra 'bando'. Não somos um bando. Na verdade, se você apontar um dedo para mim ou para qualquer um dos meus colaboradores nesta cidade... Ora, agente Finch, com certeza você terá uma dúzia de outros apontados para você, para o senhor Hoover, para o procurador geral Palmer e para essa sua agência incipiente e parca de recursos." Thomas estendeu a mão e pegou a xícara de café. "Portanto, tenha cuidado ao fazer ameaças contra minha bela cidade."

Finch cruzou as pernas e bateu a cinza do cigarro no cinzeiro ao lado de sua cadeira. "Entendi seu ponto de vista."

"Folgo em saber."

"Pelo que sei, seu filho, o que matou o terrorista, está perdido para minha causa."

Thomas confirmou com um gesto de cabeça. "Agora virou um sindicalista de mão-cheia."

"Mas você tem outro filho. Pelo que me disseram, é advogado."

"Cuidado ao falar da minha família, agente Finch", disse Thomas passando a mão na nuca. "Você está andando num campo minado."

Finch levantou a mão. "Escute só isto. Partilhe suas listas conosco. Não estou dizendo que você não pode tirar o máximo proveito delas. Mas, se as partilhar conosco, posso garantir uma excelente promoção para seu filho advogado nos próximos meses."

Thomas balançou a cabeça. "Ele pertence ao procurador."

"Silas Pendergast?", disse Finch balançando a cabeça. "Ele é uma puta dos distritos, e todo mundo sabe que você manda nele, capitão."

Thomas estendeu as mãos. "Explique logo o que veio fazer aqui."

"A suspeita inicial de que a explosão do tanque de melaço foi um ato terrorista foi uma dádiva para nós. Indo direto ao ponto, este país está farto de terrorismo."

"Mas a explosão não foi um ato terrorista."

"Mas a raiva continua", disse Finch com um risinho. "Ninguém está mais surpreso que nós. Pensávamos que toda a agitação em torno do caso do melaço iria nos aniquilar. Mas foi justamente o contrário. As pessoas não querem a verdade, elas querem certezas." Ele deu de ombros. "Ou a ilusão da certeza."

"E você e o senhor Palmer estão felicíssimos em aproveitar a maré dessa necessidade."

Finch apagou o cigarro no cinzeiro. "Tenho ordens para deportar todo radical que conspire contra meu país. O ponto de vista tradicional sobre esse assunto é o de que a deportação é de competência apenas da jurisdição federal. Não obstante, o procurador geral Palmer, o senhor Hoover e eu concluímos há pouco tempo que o estado e as autoridades locais *podem* ter um papel mais ativo na deportação. Gostaria de saber como?"

Thomas olhou para o teto. "Eu diria que é por meio das leis antissindicais estaduais."

Finch o encarou. "Como você chegou a essa conclusão?"

"Eu não *cheguei* a lugar nenhum. Puro bom senso. As leis estão nos livros, e já faz muitos anos."

Finch perguntou: "Você já considerou a possibilidade de trabalhar em Washington?".

Thomas bateu na janela com os nós dos dedos. "Você está vendo ali fora, agente Finch? Está vendo a rua, as pessoas?"

"Sim."

"Levei quinze anos na Irlanda e um mês no mar para encontrá-lo. Meu mundo, meu lar. E um homem capaz de abandonar o próprio lar é capaz de abandonar qualquer coisa."

Finch bateu o chapéu no joelho. "Você é um sujeito esquisito."

"Isso mesmo", disse ele abrindo a mão e apontando-a para Finch. "Quer dizer então que são as leis antissindicais?"

"Elas abriram uma porta, que todos julgavam fechada, para o processo de deportação."

"Em termos locais."

"E estaduais também."

"Quer dizer então que vocês estão reunindo suas forças."

Finch fez que sim. "E gostaríamos que seu filho fizesse parte delas."

"Connor?"

"Sim."

Thomas tomou um gole de café. "Em que medida?"

"Bem, poderíamos pô-lo para trabalhar com um advogado do Departamento de Justiça ou..."

"Não. Ou ele assume a total responsabilidade dos casos em Boston, ou nada feito."

"Ele é jovem."

"É mais velho que o seu senhor Hoover."

Finch olhou em volta, indeciso. "Caso seu filho pegue esse trem, garanto que, durante toda a sua vida, ele não vai descarrilar."

"Ah", fez Thomas. "Mas eu quero que ele embarque no vagão da frente, e não no detrás. A vista é muito melhor, não acha?"

"Mais alguma coisa?"

"Sim. Chame o rapaz a Washington para contratá-lo. E cuide para que haja um fotógrafo de plantão."

"E, em troca, a equipe do procurador geral Palmer terá acesso às listas que seus homens estão compilando."

Thomas disse: "Sim, por meio de requisições específicas, submetidas à minha apreciação".

Thomas observou Finch refletindo sobre aquilo como se tivesse alguma escolha.

"É aceitável."

Thomas levantou-se e estendeu a mão por cima da escrivaninha.

Finch se pôs de pé e apertou-lhe a mão. "Então fechamos negócio."

"Fechamos um contrato, agente Finch." O aperto de mão de Thomas foi vigoroso. "Pode considerá-lo inviolável."

Luther observara que Boston, em muitos aspectos, era muito diferente do Meio-Oeste. A pessoas falavam engraçado. E nessa cidade todos *se vestiam*, vestiam-se como se fossem sair para jantar fora ou para um show todos os dias, mesmo as crianças — mas um curral é um curral. A mesma lama, o mesmo fedor, o mesmo barulho. E o mesmo trabalho para negros — na escala mais baixa. Um amigo de Isaiah, Walter Grange, trabalhou lá por quinze anos e chegara ao posto de chefe dos currais. Qualquer homem branco com quinze anos de trabalho, porém, já estaria no cargo de gerente geral.

Walter deu com Luther quando descia do bonde no alto da Market Street, em Brighton. Walter era um homem baixo, com enormes costeletas brancas que deviam servir para compensar, pensou Luther, todo o cabelo que perdera na cabeça. Seu peito era parecido com um barril de maçãs, as pernas fininhas feito ossos da sorte, e quando conduzia Luther pela Market Street, os braços grossos balançavam no ritmo dos quadris. "O senhor Giddreaux disse que você é do Meio-Oeste, não é?"

Luther fez que sim.

"Então você já viu isso antes."

"Trabalhei em estabelecimentos pecuários em Cincinnati."

"Bem, não sei como é Cincinnati, mas Brighton é uma cidade *dominada* pela pecuária. Quase tudo o que você vê aqui na Market tem a ver com pecuária."

Ele apontou para o Cattlemen's Hotel, na esquina da Market com a Washington, e o concorrente Stockyard Arms, do outro lado da rua, e fez um gesto mostrando empresas de acondicionamento e enlatamento de carnes, três açougues e várias casas de pensão para trabalhadores e vendedores.

"A gente se acostuma com o fedor", disse ele. "Eu nem sinto mais."

Luther tinha parado de senti-lo em Cincinnati, mas agora não conseguia lembrar como tinha conseguido isso. As chaminés lançavam negras espirais ao céu, que as mandava de volta para baixo, e o ar untuoso cheirava a sangue, gordura e carne queimada. E também a produtos químicos, esterco, feno e lama. A Market Street alargava-se depois do cruzamento com a Faneuil Street, e era ali que começavam os currais, estendendo-se por quarteirões inteiros de ambos os lados da rua, com as linhas de trem passando pelo meio deles. O cheiro de esterco piorava, elevando-se numa onda espessa. Cercas altas, encimadas por telas de metal, elevavam-se do chão, e o mundo de repente era só poeira e o som de assobios, relinchos, mugidos e balido de animais. Walter Grange abriu um portão de madeira e passou por ele com Luther. O chão que pisavam era escuro e lamacento.

"Um monte de gente tem negócios nesses currais", disse Walter. "Há pequenos fazendeiros e grandes pecuaristas, homens que compram diretamente e outros que o fazem em nome de terceiros, comissionistas e corretores de crédito. Há também representantes de vendas de ferrovias, operadores de telégrafos, analistas de mercado, cordoeiros, manobristas e carroceiros para transportar o gado depois de vendido. Há gente pronta para comprar o gado de manhã, levá-lo diretamente aos matadouros e vendê-lo em bifes ao meio-dia do dia seguinte. Há gente que trabalha na divulgação de notícias comerciais, guarda-cancelas, manobristas do pátio da ferrovia, escreventes, balanceiros e mais firmas de corretagem em regime de comissão do que você pode contar nos dedos. Isso sem falar nos trabalhadores não especializados." Ele olhou para Luther e arqueou uma sobrancelha. "Como é o seu caso."

Luther olhou em volta. Cincinnati inteira de novo, mas ele devia ter se esquecido um bocado de Cincinnati, devia ter obstruído boa parte das lembranças. Os currais eram enormes. Quilômetros de corredores lamacentos entre cercados cheios de animais que não paravam de bufar. Vacas, porcos, ovelhas e cordeiros. Homens andando por toda parte, alguns com botas de borracha, calça de brim e camisa de algodão de boiadeiro, mas outros de terno, gravata borboleta e chapéu de palha; outros ainda de camisas xadrez e chapéus de caubói. Chapéus de caubói em Boston! Ele passou por uma balança da largura de sua casa em Columbus e praticamente do mesmo tamanho, e viu um homem pôr sobre ela uma novilha que parecia assustada. Em seguida o homem ergueu a mão para outro que estava ao lado da balança com um lápis em cima de uma folha de papel. "Estou fazendo um levantamento geral, George."

"Desculpe, Lionel. Vá em frente."

O homem levou outra vaca para a balança, depois uma terceira e ainda outra. Luther se perguntou quanto peso a balança aguentava e se podia pesar um navio com gente dentro.

Luther se atrasou, teve de correr atrás de Walter e, quando o alcançou, ele estava dobrando à esquerda num caminho entre mais currais. Walter disse: "O chefe assume a responsabilidade por todo o gado que chega nos trens em seu turno de trabalho. É meu caso. Eu levo os animais para os currais, nós os alimentamos, cuidamos deles e os limpamos até serem vendidos. Então aparece um homem com um comprovante de compra, e nós os entregamos a ele".

Ele parou na esquina seguinte e passou uma pá a Luther.

Luther olhou-a com um sorriso amargo. "Sim, eu me lembro disso."

"Então posso poupar minha saliva. Nós cuidamos dos currais de número dezenove a cinquenta e sete, entendeu?"

Luther fez que sim com a cabeça.

"Toda vez que eu esvazio um deles, você o limpa e o reabastece de feno e água. Três vezes por semana, no fim do dia, você vai ali — ele apontou — e limpa aquilo também."

Luther acompanhou o movimento do dedo e viu um edifício baixo e marrom, no extremo oeste do curral. Nem era preciso conhecê-lo para saber qual era sua cruel finalidade. Nada naquele edifício acachapado, nu e de aspecto estritamente funcional poderia inspirar um sorriso em quem quer que fosse.

"O matadouro", disse Luther.

"Você tem algum problema com isso, filho?"

Luther sacudiu a cabeça. "É um trabalho."

Walter Grange concordou com um suspiro e um tapinha nas costas. "É um trabalho."

Dois dias depois do casamento de Danny e Nora, Connor encontrou-se com o procurador geral Palmer em sua casa em Washington. As janelas estavam vedadas com tábuas, as salas da frente danificadas, os tetos em ruínas, a escadaria logo depois do vestíbulo partida ao meio, a metade de baixo confundindo-se com o resto dos escombros, a metade superior pendendo acima do corredor de entrada. A polícia do distrito de Columbia e os agentes federais instalaram um posto de comando no lugar onde antes era a sala de visitas, e eles transitavam livremente pela casa no momento em que o criado de Mitchell Palmer conduzia Connor ao escritório, na parte de trás da casa.

Três homens o esperavam. Connor logo reconheceu o mais velho e mais gordo como sendo Mitchell Palmer. Ele tinha o corpo arredondado, sem chegar a ser corpulento, e o que havia de mais espesso nele eram os lábios, que se destacavam do rosto como uma rosa. Palmer apertou a mão de Connor, agradeceu-lhe por ter vindo e apresentou-o a um agente do Departamento de Investigação — um magrelo chamado Rayme Finch — e a John Hoover, um advogado da Secretaria de Justiça de olhos e cabelos negros.

Connor teve de passar por cima de alguns livros para se sentar na cadeira. A explosão os derrubara das prateleiras, e a estante embutida estava cheia de rachaduras. Gesso e tinta caíram do teto, e nas vidraças das janelas atrás de Mitchell Palmer havia duas pequenas rachaduras.

Palmer olhou-o nos olhos. "Você está vendo do que esses radicais são capazes."

"Sim, senhor."

"Mas lhe garanto que não pretendo lhes dar a satisfação de mudar daqui."

"Muita coragem da sua parte, senhor."

Palmer girava a cadeira ligeiramente para a esquerda e para a direita, conforme Hoover e Finch sentavam-se ao seu redor.

"Senhor Coughlin, o senhor está satisfeito com os rumos que nosso país está tomando?"

Connor imaginou Danny e sua piranha dançando no dia de seu casamento, dormindo em seu leito conspurcado. "Não, senhor."

"E por que não?"

"Parece que estamos entregando de graça a chave do nosso país."

"Bem colocado, jovem Coughlin. Você gostaria de nos ajudar a pôr um fim nisso?"

"Com prazer, senhor."

Palmer girou a cadeira até ficar de frente para as rachaduras da vidraça. "Tempos normais requerem leis normais. Você diria que estamos vivendo uma situação de normalidade?"

Connor negou com a cabeça. "Não, senhor."

"E situações excepcionais..."

"Requerem medidas excepcionais."

"Isso mesmo. Senhor Hoover?"

John Hoover puxou as pernas da calça na altura dos joelhos e inclinou-se para a frente. "O procurador geral está decidido a cortar pela raiz o mal que está entre nós. Com esse objetivo em mente, ele me pediu para chefiar uma nova seção do Departamento de Investigação, que doravante será chamada de Divisão Geral de Inteligência ou DGI. Nossa missão, como o nome indica, é colher informações que possam ser usadas contra os radicais, os comunistas, os bolcheviques, os anarquistas e os galleanistas. Em suma, os inimigos de uma sociedade livre e justa. Você?"

"Senhor Hoover?"

"Você", disse Hoover, olhos arregalados. "E você?"

Connor disse: "Acho que não estou...".

"E você, Coughlin? *Você*. O que você é?"

"Não sou nada disso", respondeu Connor, e o tom ríspido de sua voz o surpreendeu.

"Então, junte-se a nós, senhor Coughlin." Mitchell Palmer girou a cadeira voltando à posição anterior e estendeu a mão por cima da escrivaninha.

Connor levantou-se e apertou-a. "Para mim é uma honra, senhor."

"Bem-vindo à nossa mesa, filho."

Luther estava rebocando as paredes do térreo do edifício da Shawmut Avenue com Clayton Tomes quando três portas de carro bateram lá fora. Ele viu McKenna e dois policiais à paisana saírem do Hudson preto e subirem os degraus de acesso ao edifício.

Logo que McKenna entrou na sala, Luther viu nos olhos dele algo muito além da depravação normal, do desprezo de sempre. Ele viu uma coisa tão desvairada pela raiva que deveria estar numa cova, acorrentada e enjaulada.

Ao entrarem na sala, os dois policiais que vieram com ele se separaram. Sabe-se lá por quê, um deles trazia uma caixa de ferramentas. A julgar pela curvatura de seu ombro, a caixa era pesada. Ele a depositou no chão, perto do vão da porta da cozinha.

McKenna tirou o chapéu e acenou com ele para Clayton. "Que bom ver você novamente, filho."

"Senhor."

McKenna parou ao lado de Luther e olhou para o balde de argamassa a meio caminho entre eles. "Luther, você se ofenderia se eu lhe fizesse uma pergunta um tanto misteriosa?"

Luther pensou: o problema era grande demais para ser resolvido por Danny ou pelo capitão.

"Não, sor."

"Estou curioso para saber de onde vêm seus antepassados", disse McKenna. "África, Haiti? Quem sabe Austrália, hein? Você pode ser um dos aborígines, sabe, filho?"

"O que é isso, sor?"

"De onde você é?"

"Eu sou da América. Daqui dos Estados Unidos."

McKenna balançou a cabeça. "Você *mora* aqui agora. Mas de onde veio o seu povo, filho? Eu lhe pergunto: você sabe?"

Luther desistiu. "Não sei, sor."

"Eu sei." Ele apertou o ombro de Luther. "Quando a gente sabe o que procurar, sempre consegue descobrir a procedência de alguém. Seu bisavô, Luther — considerando-se esse seu nariz e esse cabelo pixaim e esses beiços de pneu de caminhão —, era da África subsaariana. Eu diria que ali pela Rodésia. Mas essa sua pele mais clara e essas sardas em volta das maçãs do rosto são, tão certo como estou aqui agora, das Antilhas. Portanto, seu bisavô veio do ramo dos macacos e sua bisavó do ramo ilhéu. Eles se tornaram escravos no Novo Mundo, geraram seu avô, que gerou seu pai, que gerou você. Mas esse Novo Mundo agora não é exatamente a América, é? Você é como um país dentro do país, não tenha a menor dúvida, mas de modo algum o próprio país. Você é um não americano que nasceu na América e nunca poderá se tornar um americano."

"Por quê?", disse Luther fitando os olhos desumanos do homem.

"Porque você é negro, filho. Negroide. Mel preto numa terra de leite branco. Em outras palavras: sabe de uma coisa, Luther? Você devia ter ficado na sua terra."

"Ninguém pediu para vir para cá."

"Então você devia ter lutado com mais garra", disse McKenna. "Porque seu verdadeiro lugar no mundo, Luther, é na porra do lugar de onde você veio."

"O senhor Marcus Garvey* diz a mesma coisa", afirmou Luther.

"Comparando-me com Garvey, não é?", disse McKenna com um sorriso levemente sonhador e um sacudir de ombros. "Isso não me incomoda. Você gosta de trabalhar para os Coughlin?"

---

* Marcus Garvey (1887–1940): jamaicano que, entre 1916 e 1927, postulava a emigração dos negros americanos para a África. (N. T.)

"Eu gostei."

Um dos policiais foi andando devagar até ficar bem atrás de Luther.

"É mesmo", disse McKenna. "Eu tinha me esquecido: você foi mandado embora. Matou um monte de gente em Tulsa, abandonou a mulher e o filho, veio aqui para trabalhar para um capitão da polícia e ainda *conseguiu* foder com isso. Se você fosse um gato, eu diria que você já está na sua última vida."

Luther sentia em si o olhar de Clayton. Ele devia ter sabido de Tulsa por meio de boatos, mas nunca haveria de imaginar que seu novo amigo estava envolvido naquela história. Luther queria explicar tudo aquilo, mas nada podia fazer senão olhar para McKenna.

"O que você quer que eu faça agora?", perguntou Luther. "É disso que estamos falando? Vai me obrigar a fazer alguma coisa para você?"

McKenna brindou àquilo com um cantil. "A coisa vai indo?"

"O quê?", perguntou Luther.

"Este edifício. Essa sua reforma." McKenna apanhou um pé-de-cabra no chão.

"Acho que sim."

"Eu diria que está quase acabando. Pelo menos neste piso." Ele quebrou duas vidraças com o pé-de-cabra. "Isso ajuda?"

Cacos de vidro caíram no chão, e Luther se perguntou por que certas pessoas se comprazíam tanto no ódio.

O policial atrás de Luther deu uma risadinha, aproximou-se dele e afagou-lhe o peito com o cassetete. Suas faces eram queimadas pelo vento frio, o rosto lembrava a Luther um nabo colhido muito depois do tempo, e ele cheirava a uísque.

O outro policial pegou a caixa de ferramentas e a pôs entre Luther e McKenna.

"Nós éramos dois homens que tínhamos um pacto", disse McKenna. "Homens", acrescentou ele inclinando-se sobre Luther o bastante para que este sentisse o cheiro de uísque mesclado ao de loção de barbear. "E você foi correndo atrás de Tommy Coughlin e do seu filho cheio de privilégios e malcriado? Você pensou que isso o salvaria, mas, meu Deus do céu, foi sua perdição."

McKenna esbofeteou Luther com tanta força que ele girou o corpo sem sair do lugar e caiu sobre o quadril.

"Levante-se!"

Luther se levantou.

"Você andou falando de *mim*?" McKenna chutou a canela de Luther com tanta força que ele teve de deslocar a outra perna para não cair. "Você pediu à régia estirpe dos Coughlin que o livrasse de *mim*?"

McKenna sacou o revólver e encostou-o na testa de Luther. "*Eu* sou Edward McKenna, do Departamento de Polícia de Boston. Não sou um qualquer. Não sou nenhum lacaio! Eu sou Edward McKenna, *tenente*, e você é um relapso!"

Luther voltou os olhos para cima. O cano negro da arma avultava da cabeça de Luther em direção à mão de McKenna como um tumor.

"Sim, sor."

"Não me venha com essa de 'sim, sor'", disse McKenna golpeando a cabeça de Luther com a coronha.

Os joelhos de Luther se dobraram, mas ele se recompôs antes que tocassem o chão. "Sim, sor", disse ele novamente.

McKenna estendeu o braço, encostou novamente o cano entre os olhos de Luther e engatilhou a arma, desengatilhou, tornou a engatilhar. Ele olhou para Luther com um largo sorriso de dentes amarelados.

Luther estava física e moralmente exausto. Viu o medo cobrindo o rosto de Clayton de suor, entendeu muito bem aquele pavor, identificou-se com ele, mas não conseguia sentir medo. Pelo menos naquele momento. Seu problema agora não era o medo. Era o cansaço. Ele estava cansado de correr, cansado de todo aquele jogo que vinha jogando desde que, menino, conseguiu equilibrar-se nas pernas. Cansado de policiais, cansado do poder, cansado deste mundo.

"Seja lá o que vai fazer, McKenna, faça e pronto, porra."

McKenna balançou a cabeça. McKenna sorriu. McKenna pôs a arma no coldre.

O cano deixou uma marca na testa de Luther, uma mossa que dava para ele sentir e que coçava. Ele deu um passo atrás e resistiu ao impulso de passar a mão na testa.

"Ah, filho, você me complicou com os Coughlin, e isso é uma coisa que um homem ambicioso como eu não pode suportar." Ele abriu os braços, num gesto largo. "Eu simplesmente não posso suportar."

"Tudo bem."

"Ah, se ao menos fosse tão fácil como esse 'tudo bem'. Mas não é. Você tem de pagar por isso." McKenna apontou para a caixa de ferramentas. "Faça-me o favor de colocar isso na galeria que você construiu."

Luther imaginou sua mãe observando-o lá do alto, com uma dor no coração pelo que o filho fizera da própria vida.

"O que tem aí dentro?"

"Coisas ruins", disse McKenna. "Coisas muito, muito ruins. Quero que você saiba disso, Luther. Quero que saiba que o que está fazendo é uma coisa terrível, uma coisa que vai prejudicar imensamente as pessoas de quem você gosta. Quero que entenda que você mesmo cavou sua cova e que não há a menor escapatória para você nem para a sua mulher."

Quando McKenna lhe encostou a arma na cabeça, Luther percebeu esta verdade acima de todas as outras: McKenna ia matá-lo antes que aquilo terminasse. Ia matá-lo e esquecer aquela história de uma vez por todas. Ele ia deixar Lila em paz, simplesmente porque não fazia o menor sentido envolver-se na perseguição de uma negra a quilômetros de distância, sendo que o causador de sua raiva já estaria morto. Então Luther não teve dúvida: não, Luther, seus entes queridos não correm perigo.

"Eu não vou vender meu povo", disse ele a McKenna. "Não vou plantar nada na sede da ANPPN. Foda-se isso e foda-se você."

Clayton soltou um assobio de incredulidade.

McKenna, porém, parecia já esperar por isso. "Você está decidido?"

"Estou", respondeu Luther olhando para a caixa de ferramentas, depois para McKenna. "Eu não vou..."

McKenna pôs a mão atrás da orelha para ouvir melhor, sacou o revólver e atirou no peito de Clayton Tomes.

Clayton levantou a mão, as palmas voltadas para a frente, abaixou a vista para a fumaça que subia, espiralando-se, do buraco de seu macacão. A fumaça deu lugar a um jorro espesso e escuro, e Clayton pôs a mão em concha sob o jorro. Clayton se voltou e andou com todo o cuidado em direção a uma das latas de argamassa em que ele e Luther, havia pouco, estavam sentados enquanto comiam, fumavam e batiam papo. Ele tocou a lata com a mão antes de sentar-se nela.

Ele disse "O que...?" e encostou a cabeça na parede.

McKenna cruzou as mãos sobre as virilhas e bateu a arma contra a coxa. "O que você estava dizendo, Luther?"

Os lábios de Luther tremiam, lágrimas ardentes lhe rolavam pelas faces. O ar cheirava a explosivo. As paredes vibravam com o vento do inverno.

"O que há de errado com você?", sussurrou Luther. "Que porra de..."

McKenna atirou novamente. Os olhos de Clayton se esbugalharam, sua boca deixou escapar um gemido de absoluta incredulidade. Então o buraco da bala apareceu, logo abaixo do pomo de adão. Ele fez uma careta como se tivesse comido alguma coisa indigesta e estendeu a mão em direção a Luther. Seus olhos se reviraram com o esforço, ele descansou a mão no colo, fechou os olhos, respirou fundo e então parou de emitir qualquer som.

McKenna tomou mais um gole do cantil. "Luther, olhe para mim."

Luther olhou para Clayton. Há pouco eles conversavam sobre o trabalho que ainda tinham pela frente, comiam sanduíches. Lágrimas corriam para a sua boca.

"Por que você fez isso? Ele não desejava mal a ninguém. Ele nunca..."

"Porque não é você quem está no comando desse show de macacos, mas sim eu." McKenna inclinou a cabeça e lançou um olhar penetrante a Luther. "Você é o macaco, certo?"

McKenna enfiou o cano da arma na boca de Luther. Ela ainda estava quente o bastante para queimar sua língua. O cano lhe deu ânsias de vômito. McKenna engatilhou a arma. "Ele não era americano. Ele não era membro de nenhum conceito aceitável de raça humana. Ele era mão de obra. Ele era um banco para apoiar os pés. Ele era uma besta de carga, claro, nada mais. Eu o liquidei para demonstrar o seguinte, Luther: eu lamentaria mais a perda de um banquinho que a morte de alguém da sua raça. Você acha que eu vou ficar quieto enquanto Isaiah Giddreaux e Du Bois, aquele orangotango vestido, tentam manchar a minha raça pela mestiçagem? Você está doido, rapaz?" Ele tirou a arma da boca de Luther e virou-a para as paredes. "Este edifício é uma afronta a qualquer valor pelo qual se possa morrer neste país. Daqui a vinte anos, as pessoas vão ficar espantadas ao saber que nós lhes permitimos viver na condição de homens livres. Que lhes pagamos *salários*. Que permitimos que conversassem conosco e tocassem nossa comida." Ele pôs a arma no coldre, segurou os ombros de Luther e os apertou. "Eu morrerei feliz por meus ideais. E você?"

Luther não disse nada. Ele não achou nada o que dizer. Ele teve vontade de ir até Clayton e segurar-lhe a mão. Embora Clayton estivesse morto, Luther achava que podia fazê-lo sentir-se um pouco menos sozinho.

"Se você contar a alguém o que se passou aqui, eu mato Yvette Giddreaux uma tarde dessas, depois que ela almoçar no Union Park. Se você não fizer exatamente o que eu mandar — seja lá o que eu mandar e sempre que eu mandar —, eu vou matar um preto toda semana nesta cidade. Você saberá que fui eu porque vou atirar no olho esquerdo, para que eles cheguem caolhos à presença do seu deus negro. E a morte deles estará na sua cabeça, Luther Laurence. Na sua, e na de ninguém mais. Estamos entendidos?"

Ele largou Luther e recuou.

"Estamos?"

Luther fez que sim.

"Bom crioulo", disse McKenna balançando a cabeça num gesto de aprovação. "Agora o agente Hamilton, o agente Temple e eu vamos ficar com você até... Você está ouvindo?"

O corpo de Clayton caiu da lata de argamassa e ficou estendido no chão, um braço apontando para a porta. Luther voltou a cabeça.

"Nós vamos ficar aqui com você até o anoitecer. Diga que ouviu, Luther."

"Eu ouvi", disse Luther.

"Isso não é o máximo?", disse McKenna passando o braço em volta de Luther. "Não é excelente?" Ele foi conduzindo Luther até os dois se encontrarem diante do corpo de Clayton.

"Vamos enterrá-lo no quintal", disse McKenna. E você vai pôr a caixa de ferramentas na galeria. E vamos inventar uma história aceitável para contar à senhora Amy Wagenfeld quando ela mandar um investigador conversar com você. Ela com certeza o fará, visto que você terá sido a última pessoa a ver o senhor Tomes antes de ele fugir da nossa bela cidade, provavelmente com uma garota branca e menor de idade. E depois de tudo isso, vamos esperar pelo anúncio da inauguração. E você vai ligar para mim *logo* que souber a data, senão...?"

"Você vai... você vai..."

"Matar um preto", disse McKenna, empurrando a cabeça de Luther para a frente e para trás, numa aquiescência forçada. "Há alguma coisa nisto tudo que eu precise repetir?"

Luther olhou nos olhos do homem. "Não."

"Maravilha", disse ele largando Luther e tirando o casaco. "Rapazes, tirem os casacos, vocês dois. Vamos dar uma mãozinha a Luther com essa argamassa? Não se deve fazer tudo sozinho, claro."

30.

A casa da K Street estava definhando. Os cômodos se estreitavam, o teto parecia se abaixar, e o silêncio que ficou no lugar de Nora era cheio de rancor. Ela ficou assim durante toda a primavera, e ainda mais sombria quando os Coughlin receberam a notícia de que Danny se casara com Nora. A mãe de Joe recolhia-se ao quarto com enxaquecas, e as poucas vezes em que Connor não estava trabalhando — e ultimamente ele trabalhava dia e noite —, ele fedia a álcool e ficava tão irritadiço que Joe tomava distância dele sempre que os dois se encontravam na mesma sala. O pai estava ainda pior — quando Joe levantava a vista, surpreendia o velho o encarando como se já estivesse fazendo isso por algum tempo. Na terceira vez que isso aconteceu, Joe perguntou: "O que é?".

O pai piscou os olhos. "O que você disse, rapaz?"

"Por que está me encarando assim?"

"Não seja atrevido comigo, filho."

Joe abaixou a vista. Nunca antes, talvez, em toda a sua vida, ele tinha sustentado o olhar do pai por tanto tempo. "Sim, senhor."

"Ah, você é igualzinho a ele", disse o pai, e abriu o jornal matutino bruscamente, fazendo estalar as páginas.

Joe não se deu ao trabalho de perguntar ao pai a quem estava se referindo. Desde o casamento, o nome de Danny fora parar junto com o de Nora, na lista das coisas de que não se podia falar. Mesmo aos doze anos, Joe tinha plena consciência de que aquela lista, que já existia bem antes de seu nascimento, constituía a chave da maioria dos mistérios da linhagem dos Coughlin. A lista nunca era objeto de discussão, porque também ela era um assunto proibido. Não obstante, ele percebia que as primeiras coisas da lista eram as que podiam causar constrangimento à família — parentes que eram bêbados notórios (o tio Mike), que não casaram na igreja (o primo Ed), que tinham cometido crimes (o primo Eoin, da Califórnia), que tinham se suicidado (o primo Eoin, novamente) ou dado à luz fora do matrimônio (tia Não-sei-das-quantas, de Vancouver; ela fora banida de forma tão completa da família que Joe não sabia seu nome; sua existência era como a de uma fumacinha que tivesse entrado na sala antes que alguém pensasse em fechar a porta). O sexo, Joe observara, estava estampado em negrito no alto da lista. Qualquer coisa que tivesse a ver com sexo. Qualquer leve indício de que alguém tivesse pensado nisso, quanto mais praticado.

Nunca se falava de dinheiro. Tampouco se discutiam os caprichos da opinião pública e os costumes modernos, ambos considerados, como sempre foram, contrários ao catolicismo e à Irlanda. Havia dezenas de outros itens na lista, mas só se sabia quais eram ao mencionar algum deles, quando então se percebia ter entrado num campo minado.

A coisa de que mais Joe sentia falta, na ausência de Danny, era o absoluto desprezo com que o irmão tratava a lista. Danny não acreditava nela. Tocava no tema do voto feminino à mesa do jantar, falava das discussões recentes sobre o comprimento das saias das mulheres, perguntava ao pai o que achava da escalada dos linchamentos de negros no Sul, perguntava em alto e bom som por que a Igreja Católica levara oitocentos anos para concluir que Maria era virgem.

"*Basta*", gritou sua mãe em resposta a isso, os olhos enchendo-se de lágrimas.

"Veja o que você fez", disse o pai.

Uma verdadeira façanha: conseguir atingir dois dos maiores e mais temerários itens da lista, o sexo e as deficiências da Igreja Católica ao mesmo tempo.

"Desculpe, mãe", disse Danny piscando para Joe.

Meu Deus, como Joe sentia falta daquela piscadela.

Danny apareceu na Gate of Heaven dois dias depois do casamento. Quando Joe estava saindo do edifício com os colegas, viu Danny sem uniforme, encostado à grade de ferro batido. Joe manteve a calma, embora uma vasta onda de calor lhe descesse da garganta aos tornozelos. Ele atravessou o portão com os amigos e foi em direção ao irmão com a maior naturalidade que lhe foi possível.

"Quer que lhe pague um cachorro-quente, mano?"

Danny nunca o chamara de "mano". Até então ele sempre fora o "irmãozinho". Aquilo mudava tudo, fazia Joe sentir-se uns trinta centímetros mais alto, e não obstante uma parte dele desejou imediatamente voltar à condição anterior.

"Claro."

Os dois foram andando pela West Broadway em direção ao ao carrinho de lanches do velho Sol, na esquina da C Street. Fazia pouco tempo que Sol acrescentara o cachorro-quente ao seu menu. Ele se recusara a fazê-lo durante a guerra porque salsicha parecia coisa de alemão e também porque ele, assim como a maioria dos restaurantes, teve muita dificuldade em mudar o nome do cachorro-quente para "Salsicha da Liberdade" na placa com o cardápio. Mas agora os alemães tinham sido derrotados, e não havia nenhum sentimento de hostilidade no South Boston. Além disso, a maioria dos carrinhos de lanche estava dando duro para oferecer também essa novidade que a Joe & Nemos ajudara a popularizar na cidade, ainda que, à época, a iniciativa tivesse lançado uma sombra de dúvida quanto ao seu patriotismo.

Danny comprou dois para cada um, eles se sentaram num banco de pedra na frente do carrinho e comeram os cachorros-quentes com cerveja preta, enquanto os carros ultrapassavam os cavalos e os cavalos ultrapassavam os carros na West Broadway, e o ar cheirava ao verão que já se anunciava.

"Você ficou sabendo", disse Danny.

Joe fez que sim. "Você se casou com Nora."

"Sim." Ele mordeu o cachorro-quente, arqueou as sobrancelhas e deu uma risada súbita antes de mastigar. "Queria que você pudesse ter ido ao casamento."

"É mesmo?"

"Nós dois queríamos."

"Certo."

"Mas eles nunca iriam deixar."

"Eu sei."

"Sabe?"

Joe deu de ombros. "Eles vão superar isso."

Danny sacudiu a cabeça. "Não vão não, mano. Não vão."

Joe teve vontade de chorar, mas em vez disso sorriu, engoliu um pouco de carne e tomou um gole de cerveja. "Eles vão superar sim. Você vai ver."

Danny tocou delicadamente em uma das faces de Joe. O garoto não sabia o que fazer, porque aquilo nunca tinha acontecido. A gente bate no ombro um do outro, esmurra as costelas, mas isso a gente não faz. Danny lhe dirigiu um olhar terno.

"Durante algum tempo você vai ter que se virar sozinho naquela casa, mano."

"Posso fazer uma visita?" Joe ouviu sua própria voz falhar, olhou para o sanduíche e alegrou-se por não ver lágrimas caindo sobre ele. "A você e a Nora?"

"Claro. Mas você vai cair em desgraça e sofrer feito um cão se eles descobrirem."

"Não seria a primeira vez", disse Joe. "Já aconteceu muitas vezes. Logo vou começar a latir."

Danny deu um riso que parecia um latido. "Você é um garoto legal, Joe."

Joe balançou a cabeça e sentiu o rosto afoguear-se. "Então por que você está me abandonando?"

Danny tocou o queixo do irmão com o dedo. "Eu não estou abandonando ninguém. Você pode vir nos visitar quando quiser."

"Claro."

"Joe, Joe, estou falando muito sério. Você é meu irmão. Eu não abandonei a família, a família é que me abandonou. Por causa de Nora."

"Papai e Con disseram que você é um bolchevique."

"O quê? Disseram isso a você?"

Joe negou com um gesto de cabeça. "Eu ouvi os dois conversando outra noite", disse ele com um sorriso. "Eu ouço tudo lá. Aquela casa é velha. Eles disseram que você traiu as origens, que você adora carcamanos e que se desencaminhou. Estavam muito bêbados."

"Como você sabe?"

"Lá para o final, começaram a cantar."

"É mesmo? 'Danny Boy'?"

Joe fez que sim. "E 'Kilgary Mountain' e 'She Moved Through the Fair'."

"Essa daí a gente não ouve muito."

"Só quando papai está chapado *pra valer*."

Danny riu, abraçou-o, e Joe resistiu ao abraço.

"Você perdeu as origens, Dan?"

Danny beijou-o na testa. Beijou mesmo. Joe se perguntou se o irmão estava bêbado.

Danny disse: "Sim, acho que sim, irmão".

"Você gosta dos italianos?"

Danny deu de ombros. "Não tenho nada contra eles. E você?"

"Eu gosto deles. Gosto do North End. Como você."

Danny bateu o punho de leve no joelho. "Então está tudo bem."

"Mas Con os odeia."

"Sim... bem, Con está cheio de ódio."

Joe comeu o resto do segundo cachorro-quente. "Por quê?"

Danny sacudiu os ombros. "Talvez porque, quando ele depara com uma coisa que não entende, precisa de uma resposta imediata. E se a resposta não estiver diante dele, ele a improvisa com o que estiver à mão." Danny deu de ombros novamente. "Mas, para falar a verdade, não sei. Desde o dia em que nasceu, Con tem uma coisa que o rói por dentro."

Eles se deixaram ficar em silêncio por um instante, Joe balançando as pernas. Um ambulante que vinha de um dia de trabalho na Haymarket Square estacionou junto ao meio-fio, desceu da carroça respirando ruidosamente, foi para a frente do cavalo e levantou-lhe a perna esquerda. O cavalo fungou de leve e sacudiu a cauda para espantar as moscas. O homem o fez parar, tirou uma pedra engastada no casco e jogou-a na West Broadway. Ele abaixou a perna do cavalo, acariciou-lhe a orelha e cochichou alguma coisa em seu ouvido. O cavalo fungou mais um pouco, enquanto o homem, olhos escuros e sonolentos, subia na carroça. O ambulante assobiou baixinho, e o cavalo voltou trotando para o meio da rua. O cavalo deixou cair uma massa de bosta de entre os flancos, empinando a cabeça — orgulhoso de sua obra. Joe, sem saber por quê, sentiu um sorriso desabrochar em seu rosto.

Danny, que também estava olhando, comentou: "Puxa, do tamanho de um *chapéu*".

Joe disse: "Do tamanho de um *cesto de pão*".

"Acho que você tem razão", disse Danny, e os dois se puseram a rir.

Eles se deixaram ficar ali sentados, enquanto, por trás dos edifícios ao longo do canal Fort Point, a luz do sol adquiria um tom de ferrugem. O ar estava saturado do cheiro de maresia, do fedor da Companhia Americana de Refino de Açúcar e dos gases da Companhia de Cerveja de Boston. Alguns homens cruzavam a Broadway Bridge em grupos, enquanto outros, saindo da Gilette, da Boston Ice e da Fábrica de Estopa, se punham a perambular nas imediações. A maioria entrava nos bares. Logo se viam os rapazes que recolhiam apostas nas redondezas entrarem e saírem dos mesmos bares. Do outro lado do canal, um apito marcava o encerramento de mais um dia de trabalho. Joe teve vontade de ficar ali para sempre, mesmo com o uniforme escolar, sentado ao lado do irmão num banco de pedra da West Broadway, contemplando a luz do dia morrer à sua volta.

Danny disse: "Você pode ter duas famílias na vida, Joe: uma em que você nasceu, outra que você constitui".

"Duas famílias", disse Joe fitando o irmão.

Danny fez que sim. "Sua primeira família é a de sangue, e você sempre vai ser leal a ela, o que não é pouco. Mas há outra família, aquela que você busca e encontra. Às vezes até por acaso. E sua relação com ela é tão visceral quanto com a de sangue. Talvez até mais, porque eles não o procuram e não o amam por *obrigação*. Fazem isso por livre escolha."

"Quer dizer então que você e Luther escolheram um ao outro?"

Danny inclinou a cabeça. "Eu estava pensando mais em mim e Nora, mas agora que você falou acho que vale para mim e Luther também."

"Duas famílias", disse Joe.

"Quando se tem sorte."

Joe pensou um pouco sobre aquilo e, no mais íntimo do seu ser, sentiu-se leve, como se fosse sair por aí flutuando.

"E que tipo de família nós dois somos?", disse Joe.

"A melhor de todas", disse Danny com um sorriso. "Nós pertencemos aos dois tipos, Joe."

Em casa, as coisas pioraram. Quando Connor falava era para discursar contra os anarquistas, os bolcheviques, os galleanistas e as raças imundas de onde saía seu maior contingente. Os judeus os financiavam, ele dizia, e os eslavos e carcamanos faziam seu trabalho sujo. Eles andavam agitando os negros lá no Sul e envenenando as mentes aqui no Leste. Por duas vezes tentaram matar o chefe dele, o procurador geral dos Estados Unidos da América. Eles falavam de sindicalização e de direitos dos trabalhadores, mas o que na verdade queriam era violência e despotismo em todo o país. Quando entrava nesse assunto, não conseguia mais parar e ficava a ponto de explodir se alguém falasse na possibilidade de uma greve de policiais.

Essa história foi assunto de comentários na casa dos Coughlin durante todo o verão; embora nunca se tocasse no nome de Danny, Joe sabia que o irmão tinha alguma coisa a ver com aquilo. O Boston Social Club, disse o pai a Connor, estava discutindo com a Federação Americana do Trabalho, com Samuel Gompers, a iminente filiação do BSC à FAT. Eles seriam então os primeiros policiais do país com filiação nacional a um sindicato de trabalhadores. Eles podiam mudar o curso da história, disse o pai, passando a mão nos olhos.

O pai envelheceu cinco anos naquele verão. Ele definhou. Sob seus olhos formaram-se bolsas pretas feito carvão, e os cabelos sem cor ficaram grisalhos.

Joe sabia que tinham retirado parte do seu poder e que o culpado era o comissário Curtis, um homem cujo nome seu pai pronunciava com rancor e desespero. Sabia que o pai parecia cansado de lutar e que o rompimento de Danny com a família doera-lhe muito mais do que ele queria deixar transparecer.

No último dia de aula, Joe voltou para casa e encontrou o pai e Connor na cozinha. Connor, recém-chegado de Washington, já tinha bebido bastante. A garrafa de uísque estava na mesa, a rolha ao lado dela.

"Se eles fizerem isso, vai ser um ato de rebelião."

"Ora, rapaz, não precisa fazer tanto drama."

"Eles são agentes da lei, pai, são a primeira linha da defesa nacional. Só em *falar* em suspender o trabalho, já estão cometendo um ato de traição. É como um pelotão que abandona o campo de batalha."

"É um pouco diferente", disse o pai de Joe, que parecia exausto.

Connor levantou a vista quando Joe entrou na sala, e era assim que aquele tipo de conversa costumava se encerrar. Daquela vez, porém, com um olhar vago e sombrio, Connor continuou.

"Todos eles deviam ser presos. Imediatamente. Bastava ir à próxima reunião do BSC e passar uma corrente em volta do edifício."

"E depois? Executá-los?" O sorriso do pai, tão raro naquela época, voltou aos seus lábios por um instante, mas era um sorriso chocho.

Connor deu de ombros e pôs mais uísque no copo.

"Você não está falando sério", disse o pai, que só notou a presença de Joe no momento em que ele pôs a mochila escolar no balcão da cozinha.

"Nós executamos soldados desertores", insistiu Connor.

O pai fitou a garrafa de uísque, mas não a pegou. "Embora eu discorde do plano de ação desses homens, eles têm um motivo justo para reclamar. Eles são mal pagos..."

"Então que vão embora e procurem outro emprego."

"...trabalham em péssimas condições sanitárias, para dizer o mínimo, e vivem perigosamente, sobrecarregados de trabalho."

"Você se solidariza com eles."

"Eu entendo o ponto de vista deles."

"Eles não trabalham em confecções", disse Connor. "Eles devem atuar em situações de emergência."

"Ele é seu irmão."

"Não mais. É um bolchevique e um traidor."

"Ah, pela madrugada!", exclamou o pai. "Você está falando loucuras."

"Se Danny é um dos cabeças disso e eles *fizerem* greve, ele merece o que quer que venha a lhe acontecer."

Ao dizer isso, olhou para Joe, girando a bebida no copo. Joe viu desprezo, medo e orgulho amargurado no semblante do irmão.

"Você tem alguma coisa a dizer, meu jovem turrão?", disse Connor antes de tomar outro gole.

Joe pensou um pouco. Ele queria dizer algo eloquente em defesa de Danny, alguma coisa memorável. As palavras, porém, lhe faltaram e ele disse apenas o que conseguiu.

"Você é um merda."

Ninguém se mexeu. Era como se os três tivessem se transformado em porcelana, e toda a cozinha também.

Então Connor jogou o copo na pia e partiu para o ataque. O pai pôs a mão em seu peito, mas Connor passou por ele, estendeu a mão para agarrar os cabelos de Joe, que se esquivou e caiu no chão. Connor lhe acertou um pontapé antes que o pai tivesse tempo de agarrá-lo por trás.

"Não", disse Connor. "Não! Você viu do que ele me chamou?"

Joe, caído no chão, passava a mão no ponto em que os dedos de Connor tocaram seus cabelos.

Por cima do ombro do pai, Connor apontou para ele. "Seu merdinha, a certa altura papai vai ter de sair para trabalhar, e você tem de dormir aqui!"

Joe levantou-se do chão e encarou a raiva do irmão, olhou-o diretamente no rosto, sentindo-se tranquilo e sem medo.

"Você acha que Danny devia ser executado?", perguntou ele.

O pai levantou o dedo para Joe. "Cale a boca, Joe."

"Você acha mesmo isso, Con?"

"Eu disse para calar a boca!"

"Ouça seu pai, rapaz", disse Connor ensaiando um sorriso.

"Vá se foder", disse Joe.

O menino teve tempo de ver os olhos de Connor arregalando-se, mas não de ver o pai virar-se para ele — o pai era um homem extraordinariamente rápido, mais rápido que Danny, mais rápido que Con e muitíssimo mais rápido que Joe — nem de se esquivar antes que sua mão lhe atingisse a boca, erguendo-o no ar. Quando Joe caiu no chão, o pai já estava em cima dele, as mãos em seus ombros. Ele o levantou do chão, bateu-lhe as costas contra a parede, de modo que os dois se viram cara a cara, os pés de Joe balançando-se a meio metro do chão.

Os olhos do pai se esbugalharam, e Joe notou o quanto estavam vermelhos. O pai rilhava os dentes, respirava ruidosamente pelas narinas. Uma mecha de seus cabelos, que havia pouco tempo tinham se tornado grisalhos, caiu-lhe sobre a fronte. Seus dedos afundaram nos ombros de Joe, e ele o apertou contra a parede como se quisesse fazê-lo passar através dela.

"Você diz uma coisa dessas na minha casa? Na *minha casa*?"

Joe teve juízo bastante para não responder.

"Na minha casa?", repetiu o pai num murmúrio. "Eu lhe dou comida, eu lhe dou roupas, eu o mando a uma boa escola, e você fala desse jeito aqui? Como se fosse da ralé?", acrescentou ele tornando a bater os ombros do filho contra a parede. "Como se você fosse uma pessoa baixa?" Ele diminuiu a pressão apenas o tempo bastante para Joe amolecer o corpo e bateu-o contra a parede mais uma vez. "Eu devia cortar sua língua."

"Pai", disse Connor. "Pai."

"Na casa da sua mãe?"

"Pai", repetiu Connor.

O pai levantou a cabeça, fuzilando Joe com os olhos vermelhos. Tirou então uma mão do ombro do filho e apertou-lhe a garganta.

"Meu Deus, pai."

O pai ergueu ainda mais o corpo de Joe, para que ele pudesse encarar seu rosto rubicundo.

"Você vai ter de lamber sabão pelo resto do dia", disse o pai. "Mas, antes de fazer isso, que fique bem claro o seguinte, Joseph: eu o pus no mundo e posso muito bem tirá-lo dele. Diga 'Sim, senhor'."

Era difícil falar com uma mão agarrando-lhe o pescoço, mas Joe conseguiu dizer: "Sim, senhor".

Connor estendeu a mão em direção ao ombro do pai, mas então parou, deixando-a erguida no ar. Pela expressão do pai, Joe percebeu que ele sentira a mão erguida atrás dele, e desejou que Connor fizesse o favor de recuar. Ele nem queria pensar no que seu pai faria se a mão abaixasse.

Connor pôs a mão no bolso e recuou um passo.

O pai piscou os olhos e tomou fôlego. "E você", disse ele olhando para Connor por cima do ombro, "nunca mais quero ouvi-lo falar em traição e no meu departamento de polícia. Nunca. Estou sendo claro?"

"Sim, senhor", disse Connor fitando os sapatos.

"Seu... advogado." Ele se voltou para Joe. "Como está respirando, rapaz?"

Joe sentiu as lágrimas rolando-lhe pelo rosto e respondeu num grasnido: "Bem, senhor".

O pai finalmente o abaixou da parede até os dois ficarem face a face. "Se você pronunciar essa palavra novamente nesta casa, não serei bonzinho como desta vez. A coisa vai ser muito diferente. Você entendeu tudo direitinho, meu filho?"

"Sim, senhor."

O pai levantou o braço livre, fechou a mão, e Joe viu o punho erguido a uns quinze centímetros de seu rosto. O pai deixou que Joe o olhasse, que visse o anel, as cicatrizes brancas já meio apagadas e uma articulação, duas vezes maior que as outras, que nunca cicatrizara totalmente. O pai olhou para ele, balançou a cabeça uma vez e deixou-o descer ao chão.

"Vocês dois me dão nojo." Ele foi até a mesa, arrolhou a garrafa de uísque e saiu da sala com ela debaixo do braço.

Ainda sentindo na boca o gosto de sabão e a bunda ardendo da surra que o pai lhe dera friamente, sem o menor sinal de emoção, depois de ter voltado do escritório meia hora mais tarde, Joe saiu pela janela de seu quarto com algumas roupas numa fronha e mergulhou na noite do South Boston. Fazia calor, e ele sentia o cheiro do mar no fim da rua, banhada na luz amarela dos postes de iluminação. Joe nunca estivera sozinho nas ruas tão tarde da noite. O silêncio era tão grande que ele ouvia os próprios passos — imaginando seu eco como uma coisa viva — fugindo de casa, a última coisa que alguém se lembraria de ouvir antes de eles se tornarem parte de uma lenda.

"Ele foi embora? Como assim?", disse Danny. "Quando?"

"Na noite passada", respondeu o pai. "Ele fugiu... não sei a que horas."

Quando Danny voltou para casa, viu que o pai o esperava à entrada do edifício. A primeira coisa que Danny notou foi que ele perdera peso. A segunda, que seus cabelos estavam grisalhos.

"Você não vai mais à sua delegacia, rapaz?"

"Na verdade, atualmente não pertenço a nenhuma delegacia, pai. Curtis tem me mandado reprimir todas as greves vagabundas que consegue desencavar. Passei o dia em Malden."

"Sapateiros?"

Danny fez que sim.

O pai deu um sorriso triste. "Será que existe alguém que não esteja em greve atualmente?"

"Você não tem nenhum motivo para supor que ele foi sequestrado ou coisa assim?", disse Danny.

"Não, não."

"Então ele teve algum motivo para fugir."

O pai sacudiu os ombros. "Na cabeça *dele*, com certeza."

Danny apoiou um pé no degrau da varanda e desabotoou o casaco. Ele sufocara de calor o dia inteiro. "Deixe-me adivinhar... você não poupou a vara nas costas dele."

O pai olhou para ele apertando os olhos à luz do céu poente. "Não poupei a vara com você, e nem por isso você entortou."

Danny esperou.

O pai levantou a mão. "Admito que fiquei um pouco mais exaltado que o normal."

"O que o menino fez?"

"Ele disse 'vá se foder'."

"Na frente da mamãe?"

O pai balançou a cabeça. "Na minha frente."

Danny balançou a cabeça. "É só uma palavra, pai."

"É *a* palavra, Aiden. A palavra das ruas, do povão. Um homem constitui seu lar para ser um santuário, e você não traz a lama das ruas para um santuário."

Danny suspirou. "O que você fez?"

Então foi a vez de o pai balançar a cabeça. "Seu irmão está em algum lugar, por essas ruas. Pus alguns homens para procurá-lo, homens bons de serviço, homens que vão atrás de fugitivos e vagabundos. No verão, porém, é difícil, com tantos rapazes nas ruas. Há tanta gente trabalhando em todos os horários que não é fácil distinguir uns de outros."

"Por que veio me procurar?"

"Você sabe muito bem por quê", respondeu o pai. "O rapaz adora você. Achei que ele pudesse ter vindo para cá."

Danny sacudiu a cabeça. "Se ele tivesse vindo, não teria me encontrado. Estava fazendo um turno de setenta e duas. Estou na minha primeira hora de folga."

"E quanto a...?" O pai inclinou a cabeça e contemplou o edifício.

"Quem?"

"Você sabe quem."

"Diga o nome dela."

"Não seja criança."

"Diga o nome dela."

O pai revirou os olhos. "Nora. Está feliz agora? *Nora* o viu?"

"Vamos perguntar a ela."

O pai enrijeceu o corpo e não se mexeu. Danny subiu os degraus, passou por ele, dirigiu-se à porta de entrada da casa, girou a chave na fechadura e voltou-se para o velho.

"Vamos procurar Joe, ou não?"

O pai levantou-se dos degraus, limpou os fundilhos, alisou a calça amarfanhada e avançou com o chapéu de capitão debaixo do braço.

"Isso não muda nada entre nós", disse ele.

"Tomara que não." Danny pôs a mão no coração, o que levou o pai a fazer uma careta, abriu a porta e entrou no vestíbulo. As escadas estavam pegajosas com o calor. Eles a subiram devagar, Danny sentindo que podia muito bem se deitar num dos patamares da escada e tirar uma soneca depois de três dias seguidos reprimindo greves.

"Você teve alguma notícia de Finch ultimamente?", perguntou ele.

"De vez em quando falo com ele por telefone", disse o pai. "Ele voltou para Washington."

"Você contou a ele que eu vi Tessa?"

"Toquei no assunto, mas ele não se mostrou muito interessado. É o Galleani que eles querem, e esse velho latino é esperto o bastante para treinar seu pessoal aqui e mandá-lo para fora do estado para fazer seus estragos."

Danny sentiu a mordacidade do próprio sorriso. "Ela é uma terrorista. Está fabricando bombas na nossa cidade e sabe-se lá mais o quê. Mas será que eles têm um peixe maior para pescar?"

O pai deu de ombros. "É assim que as coisas funcionam, rapaz. Se eles não tivessem apostado tudo na suposição de que os terroristas foram responsáveis pela explosão do tanque de melaço, as coisas com certeza seriam diferentes. Mas apostaram, e o melaço explodiu na cara deles. Agora Boston está numa enrascada, e você e seus rapazes do BSC não estão ajudando em nada."

"Ah, bom. Então os culpados somos nós."

"Não se faça de mártir. Eu não disse que a culpa era toda de vocês. Eu só disse que, em certos corredores da polícia federal, paira uma mancha no nosso querido departamento. E isso em parte por causa da quase histeria provocada pela explosão do tanque, em parte pelo medo de que vocês estorvem o país fazendo uma greve."

"Ninguém está falando em greve ainda, pai."

"Ainda." O pai parou no terceiro patamar da escada. "Meu Deus, aqui está mais quente que o traseiro de um rato." Ele olhou para a janela do corredor, com sua grossa vidraça coberta de fuligem e de gordura. "Estou no terceiro andar, e nem consigo ver minha cidade."

"Sua cidade", disse Danny com um riso.

O pai olhou para ele com um leve sorriso nos lábios. "É minha cidade, Aiden. Foram homens como eu e Eddie que criamos o departamento. Não os comissários, não O'Meara, por mais que eu o respeitasse, e tampouco Curtis, claro. Eu. E a situação da cidade reflete a situação da polícia." Ele enxugou a testa com um lenço. "Oh, seu velho pode estar meio por baixo no momento, mas logo vai recuperar o terreno perdido. Não tenha dúvida."

Eles subiram os dois últimos lances em silêncio. Diante do apartamento, o pai respirou fundo várias vezes, enquanto Danny punha a chave na fechadura.

Nora abriu a porta antes que ele tivesse tempo de girar a chave e sorriu. Ao ver, porém, quem estava ao lado de Danny, os olhos claros se anuviaram.

"O que é isso?", perguntou ela.

"Estou procurando Joe", disse o pai.

Ela continuou olhando para Danny como se não o tivesse ouvido. "Você o trouxe aqui?"

"Ele apareceu", disse Danny.

O pai disse: "Minha presença aqui me desagrada tanto quanto a você...".

"Puta", disse Nora a Danny. "Acho que foi a última palavra que ouvi da boca desse homem. Acho que ele cuspiu no assoalho da própria casa para reforçar o xingamento."

"Joe sumiu", disse Danny.

A princípio, aquilo não a abalou. Ela fitava Danny com uma raiva fria que, embora dirigida ao pai, sobrava também para ele por ter levado o homem à sua porta. Ela desviou os olhos de Danny e lançou um olhar ao rosto do pai.

"Do que é que você o chamou para fazê-lo fugir de casa?", perguntou ela.

"Eu só quero saber se o rapaz veio para cá."

"E eu quero saber por que ele fugiu."

"Tivemos um pequeno desentendimento", disse o pai.

"Ah", disse ela inclinando a cabeça para trás. "Eu sei como você resolve esses desentendimentos com o pequeno Joe. A vara entrou na jogada?"

O pai virou-se para Danny. "Não posso suportar indefinidamente uma situação que julgo indigna. Há um limite."

"Meu Deus", disse Danny. "Vocês dois... Joe está sumido, Nora."

Suas mandíbulas crisparam-se, o olhar continuou sombrio, mas ela se afastou da porta o bastante para que Danny e o pai pudessem entrar no apartamento.

Danny tirou o casaco imediatamente e retirou os suspensórios dos ombros. O pai ficou olhando a sala, as cortinas novas, a colcha nova, as flores no vaso na mesa junto à janela.

Nora ficou de pé ao lado da cama, ainda com o uniforme da fábrica — um macacão listrado com uma blusa bege por baixo. Ela segurou o punho esquerdo com a mão direita. Danny serviu uísque para os três, e o pai ergueu as sobrancelhas ao ver Nora tomando bebida alcoólica.

"Eu fumo também", disse ela, e Danny viu os lábios do pai crispando-se, o que ele interpretou como o sinal de um sorriso reprimido.

Nora e o pai de Danny pareciam disputar para ver quem bebia mais rápido. O pai sempre estava uma gota à frente de Nora. Finalmente os dois levantaram os copos, e Danny tornou a enchê-los. O pai levou seu copo para a mesa ao lado da janela, onde ele pôs o chapéu. Nora falou: "A senhora DiMassi disse que esta tarde veio um rapaz aqui".

"O quê?", perguntou o pai.

"Ele não falou o nome. A senhora DiMassi disse que ele ficou tocando a campainha, olhando para nossa janela. Quando ela apareceu na entrada do edifício, ele saiu correndo."

"Mais alguma coisa?"

Nora tomou mais uísque. "Ela disse que ele era a cara do Danny."

Danny viu os ombros e o pescoço do pai relaxarem enquanto tomava mais um gole de uísque.

Finalmente, ele limpou a garganta. "Obrigado, Nora."

"Não precisa me agradecer, senhor Coughlin. Eu gosto do rapaz. Mas você podia me retribuir o favor."

O pai tirou o lenço do bolso do casaco. "Claro. Pode dizer o que é."

"Termine sua bebida e vá embora."

31.

Dois dias depois, num sábado de junho, Thomas Coughlin saiu de sua casa na K Street e foi andando em direção a Carson Beach, para participar de uma reunião sobre o futuro de sua cidade. Embora estivesse vestido no seu terno mais leve, listrado de azul e branco, e as mangas fossem curtas, o calor penetrava na sua pele. Carregava uma mochila de couro marrom, que a cada duzentos metros ia ficando mais pesada. Ele já estava um pouco velho demais para bancar o caixeiro-viajante, mas não queria confiar aquela mochila a ninguém. A situação andava muito delicada em todos os distritos, onde os ventos podiam mudar de uma hora para outra. Sua querida Commonwealth estava sob o comando de um governador republicano, um sujeito vindo de Vermont, sem o menor amor pelos costumes nem pela história locais. O comissário de polícia era um homem rancoroso, de cérebro de galinha, que odiava os irlandeses, os católicos, e, portanto, odiava os distritos, os grandes distritos democráticos que tinham construído esta cidade. Ele só entendia o próprio ódio; nada entendia de conciliação, troca de favores, a maneira de fazer as coisas que fora estabelecida nesta cidade havia mais de setenta anos e desde então a caracterizara. O prefeito Peters era a ineficiência personificada, um homem que fora eleito apenas porque os chefes de distrito dormiram no ponto e a rivalidade entre os dois principais candidatos a prefeito, Curley e

Gallivan, se acirrara de tal forma que permitira a Peters colher os frutos na eleição de novembro. Desde que fora eleito, não fizera nada, absolutamente nada relevante, enquanto seu gabinete pilhava o dinheiro público tão descaradamente que logo o saqueio iria parar nas primeiras páginas dos jornais, trazendo à tona o maior inimigo dos políticos desde a aurora dos tempos: a informação.

No final da K Street, Thomas tirou o casaco, afrouxou a gravata, depositou a mochila aos seus pés e descansou um pouco à sombra de um grande olmo. O mar estava apenas doze metros mais adiante, a praia cheia. A brisa marinha, porém, estava um tanto inconstante, e o ar carregado de umidade. Sentia olhares sobre si, olhares daqueles que o reconheciam, mas não ousavam se aproximar. Aquilo lhe dava tal satisfação que o fez fechar os olhos à sombra do olmo por um instante, enquanto sonhava com uma brisa mais fresca. Há muitos anos ele estabelecera em seu bairro a reputação de benfeitor, amigo, chefe. Se alguém precisasse de alguma coisa, era só dar um toque em Tommy Coughlin, que com certeza ele dava um jeito de atender. Mas nunca — jamais — aos sábados. Nos sábados tinha-se de deixar Tommy Coughlin à vontade, para que pudesse dar atenção à sua família, aos amados filhos e à amada esposa.

Naquela época, puseram-lhe a alcunha de Tommy Quatro Mãos, um nome que alguns acreditavam se aplicar a um homem cujas mãos se metiam em muitos bolsos, mas que na verdade pegou mesmo quando ele prendeu Boxy Russo e mais três desordeiros da gangue de Tips Moran, no momento em que os quatro saíam pelos fundos de uma loja de peles de um judeu da Washington Street. Na época, ele trabalhava fazendo ronda. Depois de dominá-los ("Era preciso ter quatro mãos para lutar contra quatro homens!", comentou Butter O'Malley quando os autuou), Tommy amarrou-os dois a dois e ficou esperando o camburão. Eles não ofereceram muita resistência depois que Coughlin foi por trás de Boxy Russo e tacou-lhe o cassetete na cabeça. O trapalhão largou o lado do cofre que estava carregando, os outros foram obrigados a fazer o mesmo, e o resultado foi quatro pés esmagados e dois tornozelos quebrados.

Agora ele sorria lembrando-se disso. Naquela época as coisas eram mais simples. Bons tempos. Ele era jovem, forte e, claro, não era o homem mais rápido da força policial? Ele e Eddie McKenna trabalhavam na região portuária em Charlestown, no North End e em South Boston, e não havia lugar mais violento que aquele para um policial atuar. Nem mais acolhedor também, desde que os manda-chuvas perceberam que não conseguiriam pôr aqueles dois para correr e que tinham de dar um jeito de chegar a um acordo. Afinal de contas Boston era uma cidade portuária, e tudo o que pudesse estorvar a entrada nos portos era ruim para os negócios. E a alma do negócio, como Thomas Coughlin sabia desde que era um rapazinho em Clonakilty, no condado de Cork, era chegar a um acordo.

Coughlin abriu os olhos, que se encheram do brilho azul do mar, depois se pôs a caminho novamente, margeando o quebra-mar em direção a Carson Beach. Mesmo sem o calor, aquele verão já estava tomando ares de um pesadelo. Desavenças em suas fileiras que poderiam levar a uma greve em sua querida força policial. Danny metido nela. Danny, também, perdido para ele como filho. Com uma puta que, com toda a boa vontade, ele levara para sua casa quando não passava de uma massa informe de carne trêmula e dentes moles. Claro que ela era de Donegal, o que já devia ter servido de alerta; nunca se pode confiar nas pessoas de lá; elas tinham fama de mentir e semear a discórdia. E agora Joe sumido havia dois dias, em algum lugar da cidade, frustrando todas as tentativas de reencontrá-lo. Ele tinha muitíssimo de Danny, era fácil de ver, e muitíssimo do irmão de Thomas, Liam, um homem que tentou rebentar o mundo e só conseguiu fazer que o mundo o rebentasse. Já fazia vinte e oito anos que Liam morrera, esvaindo-se em sangue numa ruela atrás de um pub em Cork City, bolsos vazios, agredido por um desconhecido. O motivo fora uma discussão por causa de uma mulher ou uma dívida de jogo. No entender de Thomas, as duas coisas davam na mesma, no que se referia aos riscos e recompensas que propiciavam. Ele gostava de Liam, seu irmão gêmeo, da mesma forma que gostava de Danny e de Joe — um gostar cheio de perplexidade, admiração, mas de todo inútil. Eles eram dados a atacar moinhos de vento, a zombar da razão e fazer o que lhes mandava o coração. Como fizera Liam, como fizera o pai de Thomas, homem que foi bebendo a garrafa até que a garrafa o bebeu.

Thomas viu Patrick Donnegan e Claude Mesplede sentados no pequeno mirante que dava para o mar. Logo além dele, via-se um píer para pesca verde escuro, praticamente vazio ao meio-dia. Coughlin levantou a mão, os dois responderam ao aceno e ele se pôs a caminhar com dificuldade na areia, passando por famílias que tentavam fugir ao calor de suas casas, indo parar no calor daquela areia. Ele nunca haveria de entender esse costume esquisito de ficar de papo para o ar na areia, de levar a família inteira para se entregar ao ócio. Parecia uma coisa própria aos antigos romanos, ficar assando sob seus deuses do sol. Os homens não estavam destinados a ser mais ociosos que os cavalos. Esse tipo de coisa alimenta um desassossego de espírito, uma aceitação de possibilidades amorais e de filosofias relativistas. Se pudesse, Thomas tocaria aqueles homens da areia a pontapés, mandando-os de volta ao trabalho.

Patrick Donnegan e Claude Mesplede abriram um sorriso ao vê-lo aproximar-se. Aqueles dois viviam sempre sorrindo, uma dupla perfeita. Donnegan era o chefe da Sexta, e Mesplede, seu assistente, e eles já ocupavam esses cargos há dezoito anos, enquanto passavam prefeitos, governadores, chefes, comissários de polícia e presidentes. Aninhados nas frestas mais fundas da sociedade, para onde ninguém nem pensava em olhar, eles tocavam o barco, junto com uns poucos chefes de distrito, assistentes, congressistas e vereadores espertos o bastante para manter suas posições nos comitês-chave que controlavam os cais, os bares, os contratos de construção e as decisões referentes a zoneamento. Se se tem o controle dessas áreas, tem-se o controle do crime, da execução da lei e, portanto, de tudo o que rola nessa área, isto é, tudo o que faz uma cidade funcionar — os tribunais, as delegacias de polícia, os distritos, os jogos de azar, as mulheres, os negócios, os sindicatos, o voto. Este último, naturalmente, estava na raiz de tudo, o ovo que resultava numa galinha que dava mais ovos e mais galinhas, e assim as coisas se reproduziriam ao infinito.

A maioria dos homens, porém, ainda que vivesse centenas de anos na terra, nunca haveria de entender um processo tão simples que beirava o pueril.

Thomas entrou no mirante e encostou-se na parede interna. A madeira estava quente, e o sol forte atingia-lhe a testa como uma bala atinge um falcão.

"Como vai a família, Thomas?"

Thomas passou-lhe a mochila. "Está ótima, Patrick. Ótima. E a patroa?"

"Está bem, Thomas. Anda arrumando arquitetos para a casa que estamos construindo em Marblehead." Donnegan abriu a mochila e olhou dentro dela.

"E a sua, Claude?"

"Meu mais velho, Andre, passou no concurso para advogado."

"Que bom. Aqui?"

"Em Nova York. Ele se formou na Columbia."

"Você deve estar muito orgulhoso."

"Estou sim, Thomas, obrigado."

Donnegan parou de remexer na mochila. "Aqui estão todas as listas que pedimos?"

"E mais", disse Thomas confirmando com um gesto de cabeça. "Trouxe também, de brinde, a da ANPPN."

"Puxa, você é um trabalhador e tanto."

Thomas deu de ombros. "O trabalho foi mais do Eddie."

Claude entregou uma maleta a Thomas. Thomas abriu-a e viu dois pacotes de dinheiro dentro, ambos muito bem embrulhados em papel. Ele tinha olhos de lince no que dizia respeito àquele tipo de transação, e pelo volume notou que seu pagamento e o de Eddie eram ainda maiores do que fora combinado. Ele olhou para Claude e ergueu uma sobrancelha.

"Mais um grupo se juntou a nós", disse Claude. "A participação nos lucros aumentou na mesma proporção."

"Vamos andando, Thomas?", disse Patrick. "Está um calor dos diabos."

"Boa ideia."

Eles tiraram os casacos e se puseram a andar pelo píer. Ao meio-dia não se viam pescadores, salvo uns poucos que pareciam mais interessados na cerveja a seus pés que em algum peixe que pudessem puxar por cima do parapeito.

Eles se debruçaram no parapeito e puseram-se a contemplar o Atlântico. Claude Mesplede enrolou um cigarro, acendeu-o protegendo com a mão em concha a chama do fósforo e atirou o palito na água. "Fizemos uma lista dos bares que serão transformados em pensões."

Thomas Coughlin balançou a cabeça. "Não há nenhum elo fraco?"

"Nenhum."

"Nenhum histórico criminal com que nos preocupar?"

"Nenhum."

Ele balançou a cabeça em sinal de aprovação, pegou o casaco, tirou o charuto do bolso de dentro, cortou-lhe a ponta e acendeu-o.

"E todos têm porão?"

"Naturalmente."

"Então não vejo problema nenhum", disse ele soltando a fumaça do charuto devagar.

"Há um problema com os cais."

"Não na minha área."

"Nos cais canadenses."

Em vez de olhar para Mesplede, Thomas olhou para Donnegan.

"Estamos trabalhando no caso", disse Donnegan.

"Trabalhem mais rápido."

"Thomas."

Ele se voltou para Mesplede. "Você sabe o que vai acontecer se não controlarmos o ponto de entrada e o ponto de contato?"

"Sei."

"Sabe?"

"Já disse que sim."

"Os irlandeses malucos e os carcamanos malucos vão se organizar. E já não serão mais cães danados na rua, Claude. Eles formarão grupos. Eles controlarão os estivadores, o pessoal da área de transportes, e ficarão em condições de dar as cartas."

"Isso nunca vai acontecer."

Thomas olhou a cinza na ponta do charuto. Ele o levantou ao vento e ficou observando a cinza sendo carregada até a chama brilhar sob ela. Esperou-a passar de azul a vermelho, e só então tornou a falar.

"Se eles assumirem o controle disso, vão desequilibrar a balança e conseguir nos dominar. Ficaremos à mercê *deles*, e não o contrário, cavalheiros. Você é nosso homem com contatos no Canadá, Claude."

"E você é nosso homem no Departamento de Polícia de Boston, Thomas. E ouvi dizer que andam falando em uma greve."

"Não mude de assunto."

"Trata-se do mesmo assunto."

Thomas olhou para ele, Claude jogou a cinza no mar, tragou o charuto raivosamente, balançou a cabeça considerando a própria raiva e se pôs de costas para o mar. "Você está querendo me dizer que não vai haver greve? Pode garantir isso? Porque, pelo que vi no Primeiro de Maio, você tem um departamento de polícia nada confiável. Eles se metem numa briga de rua, e você quer nos dizer que é capaz de controlá-los?"

"Eu procurei você no ano passado para que o prefeito soubesse do caso, e o que foi que aconteceu?"

"Não me venha atribuir a responsabilidade disso, Tommy."

"Não estou fazendo isso, Claude. Estou perguntando onde anda o prefeito."

Claude olhou para Donnegan, soltou um "ora" e jogou o charuto no mar. "Peters não é prefeito, e você sabe disso. Ele passa o tempo todo às voltas com a amante de catorze anos, que por sinal é prima dele. Enquanto isso, seus homens, todos eles aventureiros políticos, fariam corar o gabinete corrupto de Ulysses Grant. Talvez até houvesse alguma simpatia pela causa dos seus homens, mas eles jogaram tudo para o alto, não foi?"

"Quando?"

"Em abril. Ofereceram-lhes um aumento de duzentos por ano, e eles recusaram."

"Meu Deus", disse Thomas. "O custo de vida subiu setenta e três por cento. *Setenta e três.*"

"Eu sei qual foi o índice."

"Esses duzentos eram um valor de antes da guerra. Quem ganha quinhentos por ano está na linha de pobreza, e a maioria dos policiais recebe bem menos que isso. Eles são a polícia, Claude, e estão trabalhando por muito menos do que ganham os negros e as mulheres."

Claude balançou a cabeça, pôs a mão no ombro de Thomas, apertando-o de leve. "Não vou discutir com você, mas o que se diz na Prefeitura e no gabinete do comissário é que os homens podem ser postos na geladeira porque se trata de pessoal que atua em casos de emergência. Eles não podem se filiar a um sindicato e não podem fazer greve de jeito nenhum."

"Mas eles podem."

"Não, Thomas", disse ele, o olhar límpido e frio. "Não podem. Se você quer saber, Patrick andou circulando pelos distritos, fazendo uma pesquisa informal. Patrick?"

Patrick espalmou as mãos sobre o parapeito. "Tom, é o seguinte: conversei com nossos eleitores e, se a polícia se atrever a fazer greve, eles vão voltar toda a sua raiva — por causa do desemprego, do custo de vida, da guerra, dos negros que vêm do Sul tomar nossos empregos, do custo que é se levantar a cada diabo de manhã — contra o município."

"Teremos uma revolta", disse Claude. "Exatamente como Montreal. E sabe o que acontece quando as pessoas são obrigadas a ver a turba que vive dentro delas? Elas não gostam. Elas querem que alguém pague o pato. Nas eleições, Tom. Sempre nas eleições."

Thomas soltou um suspiro e deu uma baforada no charuto. Lá adiante, no mar, um pequeno iate flutuava em seu campo de visão. Ele conseguia distinguir três silhuetas no convés, enquanto nuvens negras começavam a se formar ao sul, deslocando-se na direção do sol.

Patrick Donnegan disse: "Se seus rapazes fizerem greve, quem ganha é o grande comércio. Eles vão usar essa greve como um porrete para foder com as organizações operárias, com os irlandeses, os democratas. Vão foder com qualquer um que algum dia tenha sonhado com um pagamento decente por um bom dia de trabalho neste país. Se vocês deixarem que eles transformem isto aqui no que eles querem, a classe operária vai sofrer um retrocesso de trinta anos".

Thomas deu aquele seu sorriso. "A coisa não depende só de mim, rapazes. Se O'Meara — que Deus o tenha — ainda estivesse conosco, talvez minha ação pudesse ser mais efetiva. Mas esse tal de Curtis, esse sapo, vai destruir completamente esta cidade e passar a culpa aos chefes de distrito e aos homens que os controlam."

"Seu filho", disse Claude.

Thomas voltou-se, charuto entre os dentes apontando para o nariz de Claude. "O que é que tem?"

"Seu filho está ligado ao BSC. Um grande orador, pelo que dizem, como o pai."

Thomas tirou o charuto da boca. "Deixemos a família de fora, Claude. Essa é a regra."

"Talvez em tempos menos difíceis", disse Claude. "Mas seu filho está metido nisso, Tommy. Até o pescoço. E, pelo que eu ouvi dizer, ele está ganhando cada vez mais popularidade, e seu discurso vai ficando cada vez mais inflamado. Se você pudesse falar com ele, talvez...", disse Claude sacudindo os ombros.

"Nosso relacionamento já não comporta isso. Houve um racha entre nós."

Claude se pôs a ponderar sobre essa informação, os olhos pequenos voltando-se para cima por um instante, enquanto sugava levemente o lábio inferior. "Então você tem de dar um jeito nisso. Alguém tem de convencer esses rapazes a não fazer uma besteira. Eu vou tentar fazer a cabeça do prefeito e dos cupinchas dele. Patrick vai procurar influenciar a opinião pública. Vou até ver o que posso fazer para que se publiquem um ou dois artigos favoráveis na imprensa. Mas, Thomas, você tem de tentar convencer seu filho."

Thomas olhou para Patrick, que balançou a cabeça num gesto de concordância.

"Nós não queremos encrenca, não é, Thomas?"

Thomas recusou-se a responder. Ele pôs o charuto na boca e os três tornaram a se debruçar sobre o parapeito, pondo-se a contemplar o mar.

Patrick Donnegan ficou olhando o iate, agora sob as sombras projetadas pelas nuvens. "Eu andei pensando em ter um desses para mim. Menor, claro."

Claude riu.

"Do que está rindo?"

"Você está construindo uma casa na água. Para que ia querer um barco?"

"Para poder olhar para minha casa", disse Patrick.

Apesar de seu mau humor, Thomas arreganhou os dentes, e Claude riu.

"Receio que ele esteja viciado numa mordomia."

Patrick deu de ombros. "Reconheço que gosto de uma mordomia, rapazes. Aprecio uma mordomia. Mas é uma mordomiazinha à toa. Uma mordomia do tamanho de uma casa grande. Mas eles? Eles querem mordomias sem tamanho. Eles não sabem onde parar."

No iate, as três silhuetas puseram-se de repente a deslocar-se aos arrancos, com movimentos bruscos, quando as nuvens acima delas começaram a despejar água.

Claude cruzou as mãos e depois esfregou uma na outra. "Bem, a gente não quer pegar essa chuva", disse ele. "Ela está vindo para cá, cavalheiros."

"É mesmo", disse Patrick quando eles já se afastavam do píer. "Dá para notar."

Quando ele chegou em casa, estava caindo o maior temporal, um verdadeiro dilúvio do céu. Como nunca gostou muito do sol forte, sentiu-se revigorado, ainda que as gotas de chuva fossem quentes como suor e aumentassem ainda mais a umidade. Quando estava a uns poucos quarteirões de casa, diminuiu o passo e levantou o rosto para receber a chuva. Ao chegar, entrou pelos fundos, passando antes pela lateral para checar suas flores, que pareciam tão contentes como ele por finalmente receber um pouco de água. A porta de trás se abriu para a cozinha, e ele, parecendo um fugitivo da arca de Noé, deu um susto em Ellen ao entrar.

"Graças a Deus, Thomas!"

"Graças a Deus, mesmo, meu amor." Ele sorriu para ela, tentando lembrar a última vez que o fizera. Ela lhe retribuiu o sorriso, e ele tentou lembrar também a última vez que isso acontecera.

"Você está molhado até os ossos."

"Eu estava precisando disso."

"Sente-se aqui. Deixe-me pegar uma toalha."

"Eu estou ótimo, meu amor."

Ela voltou do closet com uma toalha. "Tenho notícias do Joe", disse ela com os olhos brilhantes e marejados.

"Pelo amor de Deus", disse ele. "Desembuche, Ellen."

Ela envolveu a cabeça dele com a toalha, esfregando vigorosamente, e falou como se estivesse se referindo a um gato perdido. "Ele apareceu na casa de Aiden."

Antes da fuga de Joe, ela se deixara ficar confinada no quarto, em estado de prostração, por causa do casamento de Danny. Quando Joe fugiu, ela ressurgiu, mergulhando numa frenética mania de limpeza, dizendo a Thomas que voltara a ser a mesma de sempre e pedindo-lhe que fizesse o favor de achar seu filho. Quando não estava limpando a casa, se punha a andar ou a fazer tricô. E não parava de perguntar o tempo todo ao marido o que estava fazendo para encontrar Joe. Ela o fazia da forma como faz uma mãe preocupada, sim, mas da forma como uma mãe preocupada falaria com um hóspede. Ao longo dos anos, ele perdera todos os laços que tinha com ela, acostumara-se com o calor que vez por outra se manifestava em sua voz, mas raramente nos olhos, porque os olhos não se iluminavam diante de nada, pareciam o tempo todo estar voltados ligeiramente para cima, como se ela estivesse perdida nos próprios pensamentos e nada mais. Ele não conhecia aquela mulher. Tinha certeza de que a amava, por causa do tempo, por causa do atrito, mas o tempo também os roubara um do outro, numa relação que vivia de si mesma e nada mais, não muito diferente da que existe entre um dono de bar e seu freguês mais assíduo. Gosta-se mais pelo hábito e por falta de melhores opções.

No que dizia respeito ao seu casamento, porém, ele tinha grande parcela de culpa. Estava quase certo disso. Ela era uma menina quando eles se casaram, e ele a tratava como uma menina, até que um belo dia, sabe-se lá quantos anos atrás, ele se deu conta de que desejava uma mulher que ocupasse o lugar dela. Mas já era tarde demais. Tarde demais. Então ele a amava na lembrança. Amava-a com uma versão de si mesmo que há muito superara, porque ela não o fizera. E ela o amava, supunha ele (se é que de fato o amava, ele já não sabia dizer), porque ele lhe alimentava as ilusões.

Estou tão cansado, pensou ele enquanto ela tirava a toalha de sua cabeça, mas o que ele disse foi: "Ele está na casa de Aiden?".

"Está. Aiden telefonou."

"Quando?"

"Agora há pouco." Ela lhe beijou a testa, outro gesto raro cuja última ocorrência ele não conseguia lembrar. "Ele está em segurança, Thomas." Ela se pôs de pé. "Quer chá?"

"Aiden vai trazê-lo para cá, Ellen? Nosso filho?"

"Ele disse que Joe queria passar a noite lá, e Aiden tinha de participar de uma reunião."

"Uma reunião."

Ela abriu o armário onde guardava as xícaras de chá. "Ele disse que vai trazê-lo para cá de manhã."

Thomas foi até o telefone do vestíbulo e ligou para a casa de Marty Kenneally, na West Fourth. Ele pôs a valise sob a mesinha do telefone. Marty atendeu ao terceiro toque, pondo-se a gritar no fone como sempre fazia.

"Alô? Alô? Alô?"

"Marty, aqui é o capitão Coughlin."

"É o senhor?", disse Marty ainda aos gritos, apesar do fato de que, tanto quanto Thomas sabia, ninguém mais ligava para ele.

"Sou eu, Marty. Quero que você me traga o carro."

"O carro vai ficar derrapando nessa chuva, senhor."

"Não lhe perguntei se ele vai derrapar, Marty, perguntei? Traga-o aqui dentro de dez minutos."

"Sim, senhor", gritou Marty, e Thomas desligou.

Ao voltar para a cozinha, a água da chaleira estava quase fervendo. Ele tirou a camisa e enxugou os braços e o tronco com a toalha. Notou o quanto os pelos do peito tinham embranquecido, o que lhe deu uma rápida e fúnebre visão de sua própria lápide, mas venceu esse sentimento observando a barriga não protuberante e o vigor de seus bíceps. Com a possível exceção de seu filho mais velho, ele não conseguia pensar em nenhum homem a quem temesse enfrentar num confronto direto, mesmo agora, já bem passado da meia-idade.

Você está na cova, Liam, já faz quase três décadas, mas ainda estou aqui, firme e forte.

Ellen voltou-se do fogão, viu-lhe o peito nu e desviou os olhos. Thomas soltou um suspiro e revirou os seus. "Meu Deus, mulher, sou eu. Seu marido."

"Cubra o corpo, Thomas. Os vizinhos."

Os vizinhos? Ela mal conhecia alguns deles. E estes que ela mal conhecia não tinham ideia dos valores a que ela se aferrava àquela época.

Meu Deus, pensou ele entrando no banheiro para vestir outra camisa e outra calça, como é que duas pessoas conseguiram sumir da vista uma da outra na mesma casa?

Houve um tempo em que ele manteve uma amante. Durou uns seis anos. Ela morava em Parker House, gastava o dinheiro dele a seu bel-prazer, mas sempre o recebia com um drinque, olhava-o nos olhos quando conversavam e até quando faziam amor. Então, no outono de 1909 ela se apaixonou por um mensageiro de hotel, e os dois deixaram a cidade para começar vida nova em Baltimore. O nome dela era Dee Dee Goodwin, e quando ele encostava a cabeça em seu peito nu sentia que podia dizer-lhe qualquer coisa, fechar os olhos e ser qualquer coisa.

Quando ele voltou à cozinha, sua mulher lhe passou o chá, e ele o bebeu de pé.

"Você vai sair novamente? Num sábado?"

Ele fez que sim.

"Mas eu pensei que você ia ficar em casa hoje. Que íamos ficar juntos, Thomas."

Para fazer *o quê?* — ele teve vontade de perguntar. Você vai falar das últimas notícias que recebeu dos parentes que ficaram na terrinha, parentes que há anos não via. E quando eu começar a falar, você vai se levantar de repente e começar a limpar a casa. Depois a gente janta em silêncio e você se enfia em seu quarto.

Ele disse: "Eu vou buscar Joe".

"Mas Aiden falou que..."

"Estou pouco ligando para o que Aiden disse. Ele é meu filho. Vou trazê-lo para casa."

"Eu vou lavar os lençóis dele", disse ela.

Ele balançou a cabeça e deu o nó na gravata. A chuva tinha parado, mas dentro de casa se podia sentir seu cheiro. A água gotejava das folhas no quintal, mas ele viu que o céu estava clareando.

Thomas inclinou-se e beijou o rosto da mulher. "Vou voltar com nosso menino."

Ela balançou a cabeça. "Você não terminou de tomar seu chá."

Ele levantou a xícara, esvaziou-a, colocou-a sobre a mesa, tirou o chapéu de palha do cabide e o pôs na cabeça.

"Você está muito elegante", disse ela.

"E você ainda é a mais bela garota vinda de County Kerry."

Ela lhe deu um sorriso e um aceno de cabeça melancólico.

Thomas já estava quase fora da cozinha quando ela o chamou.

"Thomas."

Ele se voltou. "Ahn?"

"Não seja duro demais com o menino."

Ele sentiu seus olhos se cerrarem, por isso tentou compensar aquela reação com um sorriso. "Estou muito satisfeito por ele estar são e salvo."

Ela balançou a cabeça, e ele notou um claro sinal de reconhecimento em seus olhos, como se ela voltasse a entendê-lo, como se os dois pudessem se curar do estranhamento. Ele a olhou nos olhos, abriu ainda mais o sorriso e sentiu uma ponta de esperança no peito.

"Só lhe peço que não o machuque", disse ela alegremente, e voltou à sua xícara de chá.

Foi Nora quem lhe barrou a entrada. Ela abriu a janela no quarto andar e gritou para Thomas, que se encontrava nos degraus de entrada do edifício. "Ele quer passar a noite aqui, senhor Coughlin."

Thomas sentiu-se ridículo gritando lá de baixo enquanto rios de gente latina enchiam a calçada e a rua às suas costas, em meio ao cheiro de merda, de frutas podres e de esgoto. "Eu quero meu filho."

"Eu já lhe disse que ele quer passar a noite aqui."

"Deixe-me falar com ele."

Ela sacudiu a cabeça, e ele se imaginou arrancando-a da janela puxando-a pelos cabelos.

"Nora."

"Vou fechar a janela."

"Sou um capitão da polícia."

"Eu sei o que você é."

"Eu posso subir."

"Não seria uma bela cena?", disse ela. "Com certeza todo mundo vai comentar o escarcéu que você vai aprontar."

Oh, que vagabunda recatada ela era.

"Onde está Aiden?"

"Numa reunião."

"Que tipo de reunião?"

"O que é que você acha?", disse ela. "Bom dia, senhor Coughlin."

Ela fechou a janela com estrondo.

Thomas desceu a escadinha da entrada do edifício, embrenhou-se no magote de latinos, e Marty lhe abriu a porta do carro. Marty deu a volta e se pôs ao volante. "Para onde vamos agora, capitão? Para casa, não é?"

Thomas sacudiu a cabeça. "Para Roxbury."

"Sim, senhor. Para a Nona, senhor?"

Thomas sacudiu a cabeça novamente. "Para o Intercolonial Hall, Marty."

Marty soltou a embreagem, o carro deu um sacolejo e o motor morreu. Ele pisou no acelerador e arrancou novamente. "Lá é a sede do BSC, senhor."

"Eu sei muito bem, Marty. Vamos logo com isso e me leve para lá."

"Levante a mão", disse Danny, "quem dos presentes nos ouviu discutir sobre 'greve', ou mesmo *pronunciar* essa palavra."

Havia mais de mil homens na sala, e ninguém levantou a mão.

"Então de onde é que essa palavra veio?", disse Danny. "Como é que de repente os jornais se põem a insinuar que é isso que estamos planejando?" Ele contemplou o mar de gente, e seus olhos avistaram Thomas no fundo do salão. "Quem tem motivos para querer que toda a cidade pense que vamos entrar em greve?"

Vários homens voltaram os olhos para Thomas Coughlin. Ele sorriu, fez um aceno, e uma gargalhada coletiva dominou a sala.

Danny, porém, não riu. Ele estava exaltado lá em cima. Thomas não conseguiu deixar de sentir um grande orgulho, vendo o filho no pódio. Danny, como Thomas antevira, encontrou seu lugar no mundo como líder de homens. Só que aquele não era exatamente o campo de batalha que Thomas escolheria para ele.

"Eles não querem nos pagar", disse Danny. "Eles não querem alimentar nossas famílias. Eles não querem que tenhamos condições de dar moradia e educação adequadas aos nossos filhos. E quando a gente reclama... eles nos tratam como homens? Eles negociam conosco? Não. Eles começam uma campanha surda para nos pintar como comunistas e subversivos. Eles amedrontam a população, fazendo-a pensar que vamos fazer greve para que, se algum dia isso vier a acontecer mesmo, possam dizer 'Bem que avisamos'. Eles nos pedem que derramemos nosso sangue por eles, cavalheiros, e quando o fazemos eles nos dão ataduras baratas e descontam cinco centavos do nosso salário."

Isso provocou um grande rugido que ecoou no salão, e Thomas notou que agora ninguém estava rindo.

Ele olhou para o filho e pensou: isso mesmo.

"Eles só podem nos vencer", disse Danny, "se cairmos nas suas armadilhas. Se começarmos a acreditar, mesmo que apenas por um segundo, nas suas mentiras. Se começarmos a acreditar que de certa forma estamos errados. Que exigir direitos humanos básicos é subversão. Nossos soldos nos põem abaixo da linha de pobreza, cavalheiros. Não *na* linha de pobreza, nem um pouco acima, mas abaixo. Eles dizem que não podemos criar um sindicato ou nos filiar à Federação Americana do Trabalho, porque nossos serviços são 'indispensáveis' à municipalidade. Mas, se somos indispensáveis, por que eles nos tratam como se não fôssemos? Um motorneiro de bonde, por exemplo, deve ser duas vezes mais indispensável, porque ganha o dobro do que ganhamos. Ele consegue alimentar sua família e não trabalha quinze dias sem folga. Ele não tem turnos de setenta e duas horas. Ele também não leva tiros, pelo que andei averiguando."

Agora os homem riam, e Danny se permitiu um sorriso.

"Ele não leva facadas, socos nem surras de desordeiros, como aconteceu na semana passada com Carl McClary em Fields Corner, leva? Ele não foi baleado, como Paul Welch, na revolta do Primeiro de Maio. Ele não arrisca a vida a cada minuto, como fizemos na época da epidemia de gripe, arrisca?"

Os homens gritavam "Não!", brandindo os punhos no ar.

"Nós fazemos todo o trabalho sujo nesta cidade, cavalheiros, e não pedimos um tratamento especial. Não pedimos nada além de justiça, de paridade." Danny lançou um olhar em torno do salão. "Um tratamento decente. Queremos ser tratados como homens, não como cavalos ou cães. Como homens."

Agora os homens silenciavam, não se ouvia um ruído no salão, nem mesmo uma tosse.

"Como vocês todos sabem, há muito tempo a FAT tem uma política de não endossar a criação de sindicatos de policiais. Vocês sabem também que nosso companheiro Mark Denton fez algumas propostas a Samuel Gompers, da FAT, que foram recusadas no ano passado — e receio que por várias vezes." Danny lançou um olhar a Denton, sentado no palco atrás dele, sorriu-lhe e voltou-se novamente para os homens. "Até o dia de hoje."

Levou algum tempo para que os homens entendessem toda a extensão do que fora dito. O próprio Thomas teve de repassar mentalmente as palavras várias vezes, antes que caísse a ficha. Os homens começaram a se entreolhar, depois a conversar. O burburinho ganhou o salão.

"Vocês ouviram?", disse Danny abrindo um largo sorriso. "A FAT mudou sua política em relação ao DPB, cavalheiros. Eles vão nos reconhecer o status de sindicato. Vão distribuir petições em todas as delegacias na segunda-feira de manhã." A voz de Danny trovejava na sala. "Agora estamos filiados ao maior sindicato nacional dos Estados Unidos da América!"

Os homens se levantavam, cadeiras caíam no chão e os aplausos explodiram no salão.

Thomas viu o filho em cima do palco abraçando Mark Denton, viu os dois voltarem-se para a multidão tentando alcançar as mãos estendidas de centenas de homens, viu o largo e ousado sorriso no rosto de Danny, tomado pela exaltação que ele mesmo despertara — e não podia ser diferente, dadas as circunstâncias. E Thomas pensou:

"Eu gerei um homem perigoso."

* * *

De volta à rua, a chuva voltara a cair, mas uma chuvinha tão leve que não se podia dizer se era um chuvisco ou uma neblina. Enquanto saíam do salão, os homens apertavam a mão de Danny e de Denton, davam-lhe os parabéns e tapinhas no ombro.

Alguns homens piscavam para Thomas ou acenavam para ele levando a mão ao chapéu. Ele respondia aos cumprimentos porque sabia que eles não o viam como o Inimigo, que ele era astucioso demais para se comprometer claramente com uma das duas partes em disputa. Como sempre, desconfiavam de Thomas, não havia dúvida, percebia-se uma ponta de admiração no olhar deles, admiração e um pouco de medo, mas não ódio.

Ele era um gigante do DPB, sim, mas não se prevalecia disso. Afinal de contas, exibições de vaidade eram um atributo dos deuses de segunda linha.

Danny, naturalmente, recusou-se a ir com ele no carro com motorista, por isso Thomas mandou Marty de volta ao North End sozinho, ao passo que ele e o filho pegaram a ferrovia elevada para atravessar a cidade. Eles tiveram de descer na estação Batterymarch, porque o trecho seguinte da ferrovia fora destruído pela onda de melaço e ainda estava sendo recuperado.

Enquanto andavam em direção ao edifício de Danny, Thomas disse: "Como ele está? Ele lhe contou alguma coisa?".

"Alguém o machucou um pouco. Ele me disse que foi agredido." Danny acendeu um cigarro e ofereceu o maço ao pai. Thomas tirou um para si, enquanto os dois avançavam em meio à neblina. "Não sei se acredito nele, mas o que é que se vai fazer? Ele insiste nessa história." Danny lançou um olhar ao pai. "Ele passou algumas noites dormindo na rua. Isso abala qualquer garoto."

Eles avançaram mais um quarteirão. Thomas disse: "Quer dizer então que você é o jovem Sêneca. Se é que me permite dizer, você se saiu muito bem lá em cima".

Danny lhe deu um sorriso oblíquo. "Obrigado."

"Agora vocês estão filiados a um sindicato nacional, não é?"

"Vamos parar com isso."

"Com o quê?"

"Não vamos discutir sobre isso", disse Danny.

"A FAT largou muitos sindicatos novos à própria sorte quando a pressão aumentou."

"Pai, eu falei para a gente deixar isso de lado."

"Tudo bem, tudo bem", respondeu o pai.

"Obrigado."

"Longe de mim mudar sua opinião sobre uma noite tão vitoriosa."

"Pai, eu já falei para parar com isso."

"O que eu estou fazendo?", disse Thomas.

"Você sabe muito bem, porra."

"Não sei, rapaz. Conte para mim."

O filho voltou a cabeça. Seus olhos mostravam uma exasperação que pouco a pouco deu lugar ao humor. Danny era o único dos três filhos que herdara o senso de ironia do pai. Os três podiam muito bem se mostrar engraçados — era uma característica da família que provavelmente remontava a várias gerações —, mas o humor de Joe era o humor de um garoto sabichão; o de Connor era mais abrangente, beirando o espírito do vaudevile, quando ele se dignava a isso. Danny também era capaz de se entregar a essas modalidades mas, o que era mais importante, partilhava com o pai a capacidade de se comprazer em situações ligeiramente absurdas. De fato, ele era capaz de rir de si mesmo, principalmente nos momentos de maior aflição. E aquele era um vínculo que nenhuma divergência de opinião seria capaz de destruir. Thomas cansara de ouvir pais e mães afirmarem não ter nenhuma preferência por nenhum dos filhos. Que bando de pamonhas! Uns pamonhas. O coração da gente é um coração, e elege seus afetos independentemente da cabeça. O filho preferido de Thomas não era surpresa para ninguém: Aiden, claro. Porque o rapaz entendia até o mais fundo de sua alma. Sempre entendeu. O que nem sempre era bom para Thomas, mas em contrapartida ele sempre entendera Aiden, o que equilibrava as coisas, não é?

"Se eu estivesse com meu revólver, velho, lhe daria um tiro."

"Você ia errar", disse Thomas. "Já vi você atirando, rapaz."

Pela segunda vez em dois dias, ele se encontrou na presença nada amistosa de Nora. Ela não lhe ofereceu uma bebida nem o convidou a se sentar.

Ela e Danny se dirigiram juntos a um canto da sala, e Thomas aproximou-se do filho caçula, que estava sentado à mesa junto à janela.

O menino viu-o aproximar-se, e Thomas logo ficou abalado ao ver o olhar vazio de Joe, como se alguma coisa nele tivesse sido rompida. Estava com um olho roxo e uma cicatriz escura acima do ouvido direito. Thomas notou também, não sem um grande pesar, que o pescoço do filho ainda tinha a marca vermelha das mãos do próprio pai e que os lábios estavam inchados pelo impacto de seu anel.

"Joseph", disse ele ao se aproximar.

Joe olhou para ele.

Thomas pôs um joelho no chão ao lado do filho, pôs as mãos em seu rosto, beijou-lhe a fronte, os cabelos, e apertou-o contra o peito. "Oh, meu Deus, Joseph", disse ele fechando os olhos, sentindo todo o medo que represara atrás do coração naqueles últimos dois dias irromper em seu sangue, músculos e ossos. Aproximou os lábios do ouvido do filho e sussurrou: "Eu amo você, Joe".

O corpo de Joe enrijeceu-se nos braços do pai.

Thomas inclinou-se para trás e passou as mãos nas faces do filho. "Eu fiquei morrendo de preocupação."

Joe sussurrou: "Sim, senhor".

Thomas procurou sinais do menino que ele conhecia, mas deparou com o olhar de um estranho.

"O que aconteceu com você, rapaz? Você está bem?"

"Estou bem, senhor. Fui agredido, só isso. Uns rapazes perto do depósito da ferrovia."

Só em imaginar seu sangue e sua carne debaixo de socos, Thomas teve um acesso momentâneo de raiva e quase esbofeteou o rapaz por ter lhe causado tanta agonia e noites em claro. Mas ele se conteve, e o impulso passou.

"Foi isso? Você foi agredido?"

"Sim, senhor."

Meu Deus, a frieza que emanava daquele garoto! Era a frieza de sua mãe, quando ela estava em seus acessos de rabugice. A frieza de Connor, quando as coisas não saíam do jeito que ele queria. Aquilo não vinha do lado da família Coughlin, disso ele tinha certeza.

"Você conhecia algum desses rapazes?"

Joe negou com a cabeça.

"Quer dizer que foi isso? Só aconteceu isso?"

Joe balançou a cabeça, confirmando.

"Vim para levá-lo para casa, Joseph."

"Sim, senhor."

Joe levantou-se e foi andando atrás do pai em direção à porta. Ele não dava mostra de nenhuma autopiedade infantil, de nenhuma angústia, alegria ou emoção de espécie alguma.

Alguma coisa morrera nele.

Thomas sentiu novamente a frieza do filho e se perguntou se tinha culpa naquilo, se estava fadado a proteger seus corpos e embotar-lhes a alma.

Ele olhou para Danny e Nora com um sorriso confiante. "Bem, estamos indo, então."

Nora lançou-lhe um olhar de ódio e desprezo, que Thomas não seria capaz de lançar nem ao mais odioso estuprador negro em sua delegacia. Aquele olhar queimava feito brasa os órgãos de seu corpo.

Ela afagou o rosto e os cabelos de Joe e beijou-lhe a testa. "Adeus, Joey."

"Adeus."

"Ora vamos", disse Danny em tom suave. "Acompanho vocês até lá embaixo."

Quando eles chegaram à rua, Marty Kennealy saiu do carro, abriu a porta e Joe entrou. Danny enfiou a cabeça dentro do carro, despediu-se e ficou de pé na calçada, ao lado do pai. Thomas sentiu o ar ameno da noite à sua volta. O verão imperava na cidade, e as ruas tinham o cheiro da chuva que caíra naquela tarde. Ele adorava aquele cheiro. Thomas estendeu a mão.

Danny apertou-a.

"Eles virão atrás de você."

"Quem?", disse Danny.

"Aqueles que a gente nunca vê", disse o pai.

"Por causa do sindicato?"

O pai confirmou com a cabeça. "Do que mais?"

Danny abaixou a mão e riu. "Que venham."

Thomas balançou a cabeça. "Não diga uma coisa dessas. Não desafie os deuses dessa forma. Nunca, Aiden. Nunca, rapaz."

Danny sacudiu os ombros. "Fodam-se. O que podem fazer contra mim?"

Thomas pôs o pé na beira do estribo. "Você pensa que pelo fato de ter um bom coração e uma boa causa está tudo bem? Ponha um homem de bom coração para lutar comigo quando quiser, Aiden, porque esse homem não enxerga todos os fatos."

"Que fatos?"

"Você acaba de provar que tenho razão."

"Se você está tentando me assustar..."

"Estou tentando salvá-lo, seu tonto. Você ainda é ingênuo o bastante para acreditar em jogo limpo? Você aprendeu *alguma coisa*, sendo filho de quem é? Eles sabem seu nome, notaram sua presença."

"Então que eles comecem a luta. E quando eles vierem, eu..."

"Você não vai vê-los chegar", disse o pai. "Ninguém nunca vê. É isso o que estou tentando dizer. Se você topar uma luta com esses caras, é melhor ir se preparando para sangrar a noite toda."

Ele abanou a mão, exasperado, e deixou o filho na escadinha de acesso ao edifício.

"Boa noite, pai."

Marty veio abrir a porta para ele; Thomas encostou-se nela por um instante, voltou-se e olhou para o filho. Tão forte. Tão orgulhoso. Tão inconsciente.

"Tessa."

"O quê?", disse Danny.

Ainda encostado na porta, ele olhou para o filho. "Eles virão atrás de você com Tessa."

Danny ficou calado por um instante.

"Tessa?"

Thomas bateu a porta. "É o que eu faria."

Ele cumprimentou o filho com um toque no chapéu, entrou no carro, sentou-se ao lado de Joe e disse a Marty que os levasse direto para casa.

BABE RUTH E O DECLÍNIO DO VERÃO

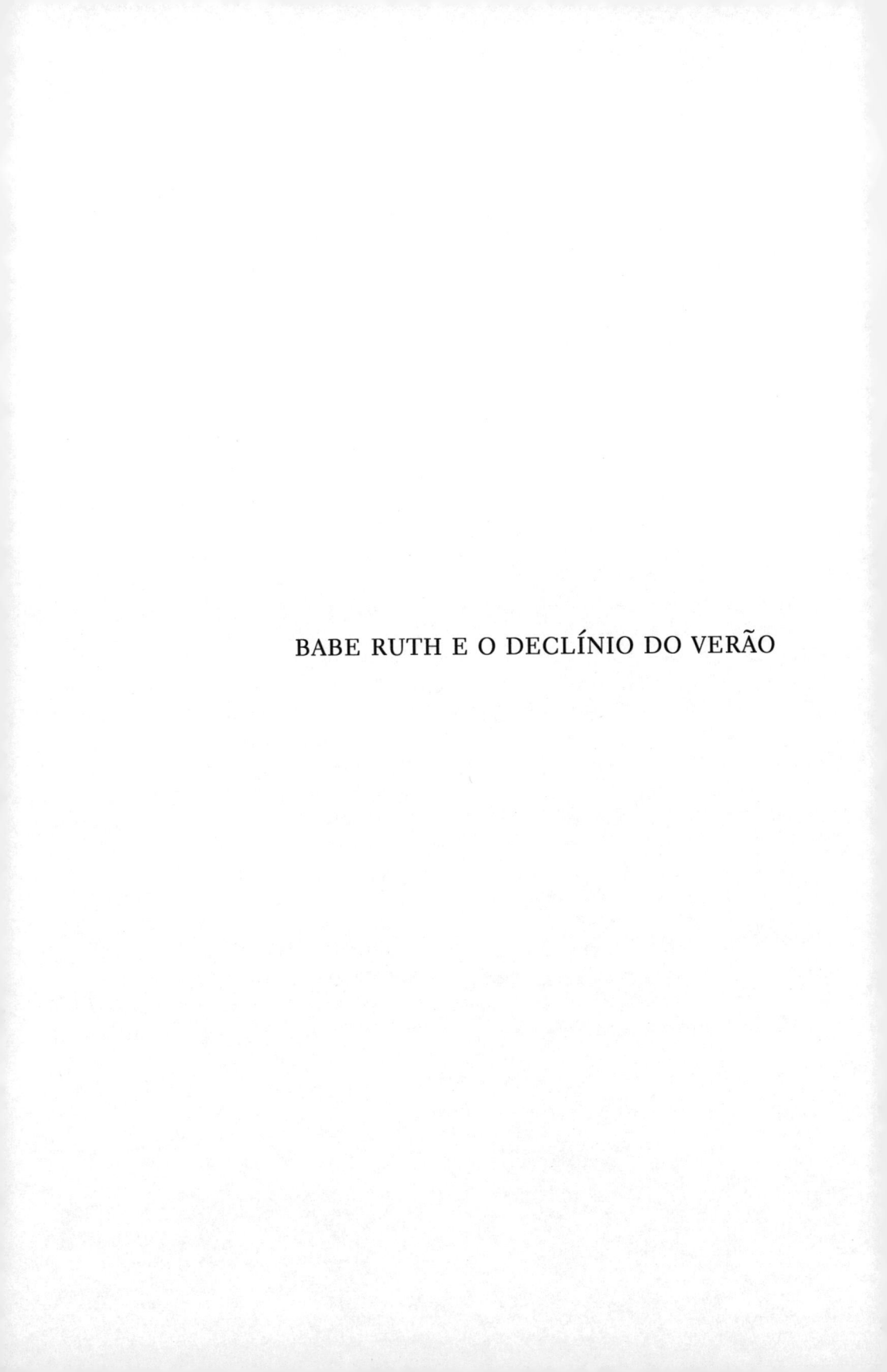

32.

Foi um verão louco. Não dava para fazer nenhuma previsão. Toda vez que Babe pensava tê-lo sob controle, ele escapava e saía correndo feito um porco de terreiro à vista do cutelo. A casa do procurador geral explodiu, greves e paralisações pipocavam por todos os lados, conflitos raciais, primeiro no distrito de Columbia, depois em Chicago. Na verdade, os negros de Chicago estavam reagindo, transformando um conflito racial numa guerra e assustando o país inteiro.

Não que tudo estivesse indo mal. Não, senhor. Para começar, quem haveria de imaginar o que Babe iria fazer com a bola branca? Ninguém, essa é que é a verdade. Ele teve um maio muito ruim, tentando bater bem forte, muitas vezes, e ainda assim se esperava que atuasse como lançador em todo o quinto jogo, de forma que sua média chegou ao fundo do poço: dezoito por cento de acertos. Oh, meu bom Deus. Ele não tivera a média de acertos tão baixa desde que atuara na quarta divisão da Liga pelo Baltimore. Mas então o treinador Barrow lhe permitiu que, até segunda ordem, ficasse fora da lista de lançadores que abriam o jogo, e Babe ajustou o próprio ritmo, forçando-se a começar o movimento com um pouco mais de antecedência, porém mais devagar, só acelerando para valer no meio do lance.

E junho foi glorioso.

Mas julho? Julho foi vulcânico.

O mês chegou com uma espiral de medo quando correu a notícia de que os desgraçados dos subversivos e bolcheviques tinham planejado uma nova onda de massacres para o Dia da Independência. Todos os estabelecimentos federais de Boston estavam rodeados de soldados. Na cidade de Nova York, toda a força policial foi encarregada de guardar os edifícios públicos. No final do dia, porém, nada tinha acontecido, exceto a greve do Sindicato dos Pescadores da Nova Inglaterra, e Babe não deu a mínima para isso, porque ele não comia nada que não fosse capaz de andar.

No dia seguinte, ele marcou dois *home runs* num único jogo. Ambos verdadeiros balões. Ele nunca conseguira isso antes. Uma semana depois, seu décimo primeiro *home run* da temporada cruzou a linha do horizonte de Chicago, e até os fãs do White Sox aplaudiram. No ano anterior ele ficara na liderança da Liga, com um *total* de onze. Este ano, ele nem ao menos se aquecera, e os fãs sabiam disso. Em meados do mês, em Cleveland, ele marcou seu segundo *home run* do jogo na nona rodada. Um feito por si só notável, mas naquele caso ainda mais especial pois dera a vitória ao time. A torcida da casa não vaiou. Babe não conseguia acreditar. Ele acabara de bater o último prego no caixão do adversário, mandando-o desta para melhor, mas as pessoas levantavam-se nas arquibancadas como uma multidão alegre e estupefata, entoando seu nome enquanto ele corria pelas bases. Quando ele cruzou a base do batedor, elas ainda estavam de pé, agitando os punhos no ar e gritando seu nome.

Babe.

Babe.

Babe...

Em Detroit, três dias depois, Babe acertou a bola de um arremesso baixo e fora, conseguindo o mais longo *home run* da história de Detroit. Os jornais, sempre um pouco atrasados em relação aos fãs, terminaram por notar. O recorde da Liga Americana numa só temporada, estabelecido em 1902 por Socks Seybold, fora dezesseis. Babe, entrando na terceira semana daquele julho estupendo, já chegara a catorze. E logo ele estaria rumando para Boston, para seu doce e querido Fenway. Desculpe, Socks, espero que tenha feito alguma coisa para se fazer lembrar pelo público, porque logo logo vou arrancar esse seu recordezinho, enrolar meu charuto com ele e acendê-lo.

De volta à sua terra, marcou seu décimo quinto já no primeiro jogo, contra os Yanks, atirando a bola na parte mais alta das arquibancadas descobertas da direita. Ele viu os fãs que estavam lá em cima, nas cadeiras baratas, brigando por ela como se se tratasse de comida ou de um emprego. Foi então que notou como o estádio estava lotado. Com certeza tinha o dobro dos torcedores que assistiram à Série Mundial no ano anterior. Agora eles estavam no terceiro lugar, no terceiro e descendo ainda mais. Ninguém tinha nenhuma ilusão de ganhar um troféu este ano. Portanto, a única coisa, praticamente, que continuava trazendo os fãs ao estádio era Ruth e seus *home runs*.

E, meu amigo... como vinha gente. Mesmo quando eles perderam para Detroit alguns dias depois, ninguém pareceu se importar, porque Babe acertou sua décima sexta bola longa do ano. Agora o pobre Socks Seybold não estava sozinho no pódio. Os motorneiros e maquinistas dos bondes e da ferrovia elevada entraram em greve naquela semana (e pela segunda vez naquele ano Babe teve a impressão de que o mundo inteiro estava entrando em greve), mas ainda assim as arquibancadas ficaram lotadas no dia seguinte, quando Babe foi em busca do décimo sétimo tento contra aqueles generosíssimos e maravilhosos Tigers.

Dava para sentir aquilo de dentro do abrigo. Ossie Vitt era o primeiro rebatedor, Scott o segundo, mas Babe seria o terceiro, e o estádio inteiro sabia disso. Ele arriscou um olhar para fora do abrigo, enquanto limpava o próprio taco com um trapo, viu metade dos olhares do estádio voltados em sua direção, na esperança de espiar um deus, e recuou para dentro, como se todo o seu corpo tivesse se esfriado. Como se estivesse frio feito um sorvete. O tipo de frio que ele imaginava que uma pessoa sentia logo depois de morrer e antes de ser metida no caixão, quando ainda há um lampejo de consciência. Ele levou um segundo para tomar consciência do que tinha visto. O que lhe teria provocado aquela reação. O que lhe roubara a confiança de braços, pernas e alma de forma tão completa que, ao ver Ossie Vitt ir tomar posição no círculo de espera, receou não fazer mais nenhum ponto pelo resto da temporada.

Luther.

Babe arriscou outro olhar oblíquo do círculo de espera, os olhos passando rapidamente pela fileira logo depois do abrigo. A fileira da frente. A fileira dos endinheirados. Não havia a menor chance de um negro estar sentado naqueles bancos. Nunca acontecera antes e não havia razão para achar que iria acontecer agora. Uma estranha ilusão de ótica, pois, uma peça que a mente lhe pregava, talvez por causa da pressão sob a qual ele se encontrava, e de que só agora se dava conta. Na verdade, uma bobagem, quando se considera que...

Lá estava ele. Certo como um dia depois do outro. Os mesmos olhos tristonhos e semicerrados, olhos que olhavam diretamente para Ruth, iluminando-se num breve lampejo de compreensão, e Luther levou os dedos à borda do chapéu, fazendo uma saudação a Ruth.

Babe tentou retribuir com um sorriso, mas os músculos de seu rosto recusaram-se a obedecer; Scott rebateu alto em direção ao campo direito e foi eliminado. Ele ouviu o locutor anunciar seu nome. Ele foi andando para a caixa do batedor, sentindo os olhos de Luther às suas costas o tempo todo. Babe se posicionou na marca e rebateu logo o primeiro arremesso direto na luva do arremessador.

"Quer dizer então que esse Clayton Tomes era amigo seu, não é?" Danny cruzou o olhar com o do vendedor de amendoim e levantou dois dedos.

Luther confirmou com um gesto de cabeça. "Era sim. Mas devia ter alma de cigano. Não me disse uma palavra, simplesmente se mandou."

"Ahn", fez Danny. "Cruzei com ele algumas vezes. Não me deu essa impressão. Pareceu-me mais um menino, um rapaz dócil."

Os saquinhos marrons de amendoim vieram voando no ar. Danny pegou o primeiro, mas deixou o segundo passar. Este bateu na testa de Luther e foi parar em seu colo.

"Pensei que você jogava beisebol." Danny fez passar uma moeda pela fileira de torcedores, e o último entregou-a ao vendedor de amendoim.

"Estou de cabeça cheia." Luther tirou o primeiro amendoim quente do saquinho e fez um movimento com o punho. O amendoim bateu no pomo de adão de Danny e caiu dentro de sua camisa. "O que é que a senhora Wagenfeld diz disso?"

"Simplesmente considerou como uma coisa de negro", disse Danny enfiando a mão dentro da camisa. "Contratou imediatamente outro criado."

"Negro?"

"Não. Acho que a nova tendência na zona leste, depois que você e Clayton não deram certo, é contratar gente de pele mais clara."

"Como as que estão aqui neste estádio, não é?"

Danny riu. Havia talvez vinte e cinco mil rostos no Fenway Park naquele dia, e nenhum deles, à exceção de Luther, era mais escuro que a bola. Os times estavam se revezando depois que Ruth jogou a bola direto nas mãos do lançador, e o sujeito corria para a esquerda apoiando-se em seus dedos de bailarina, os ombros encurvados como se temesse um ataque pelas costas. Luther sabia que Ruth o tinha visto e que aquilo o perturbara. O rosto do homem se cobriu de vergonha, como se esta tivesse esguichado de uma mangueira. Luther quase teve pena dele, mas então se lembrou do jogo em Ohio, da forma como aqueles rapazes brancos tinham conspurcado sua beleza simples e pensou: não quer sentir vergonha? Então não faça coisas vergonhosas, rapaz branco.

Danny disse: "Posso fazer alguma coisa para ajudar você?".

"Ajudar em quê?", disse Luther.

"Ajudar nessa coisa que vem afligindo você durante todo o verão. Não fui o único a notar. Nora também está preocupada."

Luther sacudiu os ombros. "Não tenho nada a dizer."

"Sou policial, você sabe", disse ele jogando casquinhas de amendoim em Luther.

Luther tirou as cascas das coxas. *Por enquanto.*

Danny deu aquele seu riso sombrio. "Isso já é dado como certo, não é?"

O batedor do Detroit deu um balão para a esquerda e a bola bateu com estrondo contra o painel do placar. Ruth calculou mal o ricochete, a bola passou por cima de sua luva e ele teve de ir atrás dela aos tropeções no gramado. Quando ele pegou a bola e jogou-a no campo interno, uma simples rebatida de uma base acabou virando uma rebatida de três bases e o ponto foi registrado.

"Você jogou mesmo com ele?", disse Danny.

"Acha que inventei isso?", perguntou Luther.

"Não, estava só me perguntando se não era igual aos *cáctus* de que você vive falando."

"Cacti."

"Certo."

Luther olhou para a esquerda, viu Ruth enxugar o suor do rosto com a camisa de jérsei. "Sim, eu joguei com ele. Ele e também outros caras do Cubs."

"Você ganhou?"

Luther sacudiu a cabeça. "Não se pode ganhar contra esse tipo de gente. Se eles dizem que o céu é verde, fazem os comparsas acreditarem e repetirem isso até *acreditarem*. Como se pode lutar contra uma coisa dessas?" Ele sacudiu os ombros. "Daí por diante, o céu é verde."

"Dá a impressão de que você está falando sobre o comissário de polícia, sobre a autoridade municipal."

"Toda a cidade pensa que vocês vão entrar em greve. Chamam vocês de bolcheviques."

"Não vamos entrar em greve. Estamos apenas tentando receber um tratamento justo."

Luther riu. "Neste mundo?"

"O mundo está mudando, Luther. A gente simples não vai mais ficar de cabeça baixa como costumava ficar."

"O mundo não está mudando", disse Luther. "E não vai mudar nunca. Se eles ficam lhe dizendo que o céu é verde até finalmente você dizer 'Isso mesmo, o céu é verde', eles se tornam *donos* do céu, Danny, e de tudo que há embaixo dele."

"E eu que pensava que era cínico."

Luther disse: "Não sou cínico, apenas tenho os olhos abertos. Lá em Chicago eles apedrejaram aquele menino negro porque ele foi para o lado deles da *água*. Água, Danny. Agora a cidade inteira está quase pegando fogo porque eles acham que são donos da água. E eles têm razão. São mesmo".

"Mas os negros estão reagindo", argumentou Danny.

"E no que isso vai dar?", disse Luther. "Ontem, seis negros acabaram com a raça de quatro brancos no cinturão negro de Chicago. Você soube?"

Danny balançou a cabeça. "Sim."

"Todo mundo agora está falando que os seis negros *massacraram* quatro brancos. Esses brancos desgraçados estavam com uma metralhadora no carro. Uma metralhadora, e estavam disparando contra os negros. Mas sobre isso ninguém comenta. Eles só falam de sangue de branco derramado por causa de negros ensandecidos. Eles são os donos da água, Danny, e o céu é verde. E ponto final."

"Não posso aceitar uma coisa dessas."

"É por isso que você é um homem bom. Mas ser bom não basta."

"Você está parecendo meu pai."

"Melhor que parecer com o meu." Luther olhou para Danny, o policial alto e forte que com certeza não se lembrava da última vez que o mundo não lhe sorriu. "Vocês dizem que não vão entrar em greve. Muito bem. Mas a cidade inteira, inclusive os negros, pensa que vocês vão. E sabe esses caras de quem vocês querem um tratamento justo? Eles estão dois passos adiante de vocês, e para eles não é uma questão de dinheiro. A questão é que vocês estão esquecendo seu lugar e saindo fora da linha. Eles não vão permitir isso."

"Talvez eles não tenham escolha", disse Danny.

"Para eles não é uma questão de escolha", afirmou Luther. "Não é uma questão de direitos ou de tratamento justo ou uma merda dessas. Vocês pensam que os estão desafiando a cumprir as ameaças, os blefes. O problema é que eles não estão blefando."

Luther se recostou no banco, Danny fez o mesmo, e os dois comeram o que sobrara dos amendoins. No quinto, eles tomaram umas cervejas e comeram uns cachorros-quentes, esperando para ver se Ruth iria quebrar o recorde de *home runs* da Liga Americana. Mas ele não quebrou. Ele falhou nas quatro tentativas de rebatida e cometeu dois erros. Uma atuação totalmente atípica para Babe, e alguns fãs se perguntaram se ele estava doente ou simplesmente de ressaca.

No caminho de volta do Estádio Fenway, o coração de Luther estava disparado. Aquilo vinha acontecendo durante todo o verão, mas raramente por um motivo especial. Sentia um aperto na garganta, o peito parecia inundar-se de água quente, e então... *tum-tum-tum-tum*, o coração disparava.

Quando iam andando pela Massachusetts Avenue, ele olhou para Danny e viu que este o observava atentamente.

"Quando você achar que está preparado", disse Danny.

Luther parou por um instante, exausto. Exaurido de carregar aquele peso. "Eu teria de confiar-lhe um segredo grave, gravíssimo, mais grave do que tudo o que alguém lhe confiou em toda a sua vida."

"Você apoiou Nora, quando ninguém mais o fez. Isso para mim vale mais do que ter salvado minha vida. Você mostrou afeto pela minha esposa, Luther, quando eu era estúpido demais para isso. O que quer que você me peça", disse Danny levando a mão ao peito, "você terá."

* * *

Uma hora depois, de pé sobre a nesga de terra que era o túmulo de Clayton Tomes no quintal do edifício da Shawmut Avenue, Danny disse: "Você tem razão. Isso é grande. Grande para caralho".

Dentro da casa, eles se sentaram no piso nu. O trabalho estava quase concluído, faltavam apenas o acabamento e a pintura. Luther terminou de contar toda a história, nos mínimos detalhes, até o dia, no mês anterior, em que ele rebentou a fechadura da caixa de ferramentas que McKenna lhe dera. Ele levou vinte minutos, e bastou uma olhada para ver tudo.
Não era de admirar que estivesse tão pesada.
Pistolas.
Ele as examinou uma a uma, viu que todas estavam muito bem azeitadas e em bom estado, embora certamente não fossem novas. Eram doze. Uma dúzia de armas carregadas a serem encontradas no dia em que a Polícia de Boston resolvesse dar uma batida na ANPPN, para dar a impressão de que se tratava de um exército preparando-se para uma guerra racial.
Danny se deixou ficar em silêncio por um bom tempo, bebendo do cantil. Por fim ele o passou a Luther. "Ele vai matar você de qualquer maneira."
"Eu sei", respondeu Luther. "Não é comigo que estou preocupado. É com Yvette. Ela é como uma mãe para mim. E sei muito bem qual é a dele: visto que ela é o que ele chama de 'burguesia negra', ele vai matá-la só por diversão. Não há dúvida de que quer metê-la na cadeia. É para isso que as armas vão servir."
Danny concordou com um gesto de cabeça.
"Eu sei que, para você, é como se ele fosse da família", disse Luther.
Danny levantou a mão, fechou os olhos e ficou balançando levemente o corpo, sem sair do lugar.
"Ele matou aquele *garoto*? Sem nenhum motivo?"
"Só por ser negro e estar vivo."
Danny abriu os olhos. "Seja lá o que a gente faça de agora em diante... Você entende."
Luther fez que sim. "Morre entre nós."

* * *

O primeiro grande caso federal de Connor tinha a ver com um operário metalúrgico chamado Massimo Pardi, que se levantou numa reunião do Sindicato dos Metalúrgicos de Roslindale, Seção Local Doze, e declarou que as condições de segurança na fundição Bay State Iron & Smelting deviam ser melhoradas imediatamente, do contrário a empresa "iria se fundir, indo parar no chão". Ele foi aplaudido vivamente, e em seguida quatro homens — Brian Sullivan, Robert Minton, Duka Skinner e Luis Ferriere — o carregaram nos ombros por todo o salão. Foi aquela declaração e aqueles homens que selaram o destino de Pardi: 1 + 4 = sindicalismo. Nada mais simples.

Connor encaminhou um pedido de deportação junto à vara federal e justificou-o ante o juiz afirmando que Pardi violara a lei contra espionagem e rebelião, constante na legislação antissindicalismo da Commonwealth, devendo portanto ser deportado para a Calábria, onde um juiz local poderia decidir se caberia mais alguma punição.

Até o próprio Connor se surpreendeu quando o juiz concordou.

Mas não da segunda vez que isso aconteceu. E com certeza não depois desta.

O que Connor finalmente percebeu — e que esperava pudesse mantê-lo em boa posição enquanto trabalhasse no judiciário — era que os melhores argumentos eram os desprovidos de emoção e de retórica exaltada. Prenda-se à letra da lei, evite a polêmica, deixe que os precedentes judiciais falem por você e que a parte contrária decida se deve enfrentar a justeza das leis que você invocou. Essa era a epifania. Enquanto a parte contrária trovejava, enfurecia-se e brandia os punhos diante de juízes cada vez mais exasperados, Connor salientava calmamente os rigores lógicos da justiça. E ele percebia nos olhos dos juízes que eles não *gostavam* daquilo, não *queriam* concordar. Seus corações moles inclinavam-se para os acusados, mas seus intelectos sabiam reconhecer a verdade quando a viam.

Em retrospecto, o caso Massimo Pardi haveria de se tornar emblemático. O operário metalúrgico linguarudo foi condenado a um ano de cadeia (menos os três meses em que passara preso, esperando o julgamento), ao mesmo tempo que se expedia uma ordem de deportação. Se sua expulsão do país viesse a ocorrer antes do cumprimento da sentença, os Estados Unidos, a título de liberalidade, a comutariam, tão logo ele chegasse a águas internacionais. Do contrário, ele teria de cumprir nove meses inteiros. Connor, naturalmente, sentia certa simpatia pelo homem. No geral, Pardi parecia ser do tipo inofensivo, um sujeito que trabalhava duro e estava de casamento marcado para o outono. Ele não constituía uma ameaça. Mas aquilo que ele representava — o primeiro passo rumo ao terrorismo — era muito ameaçador. Mitchell Palmer e os Estados Unidos tinham decidido mandar a mensagem ao mundo: não vamos mais viver com medo de vocês; vocês é que vão viver com medo de nós. E a mensagem devia ser despachada com toda calma, de forma implacável e contínua.

Por alguns meses daquele verão, Connor se esqueceu de que estava com raiva.

O Chicago White Sox veio à cidade depois de ter passado por Detroit, e Ruth saiu certa noite com alguns de seus jogadores, velhos amigos dos tempos da liga do interior. Eles lhe disseram que a ordem se restabelecera em sua cidade, que o exército dera um basta na rebelião dos negros e dominara a situação. Muito embora, acrescentaram eles, a coisa não fosse parar por ali. Quatro dias de tiroteios, pilhagem e incêndios, e tudo isso só porque um deles foi nadar onde os brancos achavam que ele não devia. E os brancos não o *apedrejaram*. Simplesmente ficaram jogando pedras na água para que se afastasse. Eles não tinham culpa se ele não era bom nadador.

Quinze brancos mortos. Dá para acreditar? Quinze. Tudo bem, talvez os negros tivessem *algumas* queixas legítimas, mas matar quinze brancos? O mundo estava de cabeça para baixo.

Para Babe, estava mesmo. Depois daquele jogo em que ele vira Luther, não conseguia acertar bola nenhuma. Nem bolas rápidas, nem bolas de efeito, nem bolas lançadas absolutamente dominadas, a uns quinze quilômetros por hora. Ele entrou na pior fase de sua carreira. E agora que os negros tinham sido postos em seu lugar no distrito de Columbia e em Chicago, que os anarquistas pareciam ter se aquietado e o país dava a impressão de poder respirar aliviado, os agitadores e a agitação pipocaram no último lugar onde se podia esperar: na polícia.

A polícia... pelo amor de Deus!

A cada dia da maré baixa de Ruth, apareciam mais sinais de que a investida era iminente e que a cidade de Boston iria fugir ao controle. Os jornais traziam boatos de uma greve de solidariedade que iria fazer Seattle parecer uma mera partida preliminar. Em Seattle, a greve fora de funcionários públicos, claro, mas tratava-se de lixeiros e gente da área de transportes. Corria o boato de que, em Boston, eles tinham conquistado a adesão dos bombeiros. Puxa vida! Se os policiais e os bombeiros entrassem em greve, da cidade só iriam restar escombros e cinza.

Agora Babe tinha encontros regulares com Kat Lawson no Hotel Buckminster. Certa noite, ele a deixou dormindo e, a caminho de casa, parou no bar. Chick Gandil, o primeira base do White Sox, estava no balcão com uns amigos; Babe fez menção de se aproximar deles, mas viu alguma coisa no olhar de Chick que logo o fez desistir da ideia. Ele se sentou no outro extremo do salão, pediu um uísque duplo e reconheceu os caras com quem Chick estava conversando. Sport Sullivan e Abe Attell, meninos de recado de Arnold Rothstein.

E Babe pensou: Ora, ora. Daí não pode sair nada que preste.

Quando Babe estava lá pelo seu terceiro uísque, Sport Sullivan e Abe Atell pegaram os casacos nos encostos dos bancos e saíram pela porta da frente. Chick Gandill foi deslizando seu uísque duplo pelo balcão, aboletou-se no banco junto ao de Babe e soltou um suspiro fundo.

"Gidge."

"Babe."

"Oh, certo, certo. Babe. Como vai?"

"Não ando perdendo tempo com babacas."

"Quem são os babacas?"

Babe olhou para Gandill. "Você sabe quem são os babacas. Sport Sullivan e Atell são babacas que trabalham para Rothstein, o maior de todos os babacas. Que diabos faz você falando com gente desse tipo, Chick?"

"Puxa, mãe, da próxima vez eu lhe peço permissão."

"Eles são mais sujos que pau de galinheiro, Gandill. Você sabe disso, e qualquer um que não seja cego também. Se você for visto com uma dupla de traficantes como esses, quem é que vai acreditar que você não anda se drogando?"

"Por que você acha que me encontrei com eles aqui?", disse Chick. "Isto aqui não é Chicago. É um lugar legal e tranquilo. E ninguém vai saber de nada, desde que você mantenha essa boca de preto fechada." Gandil sorriu, terminou de beber o uísque e pôs o copo no balcão. "Vá dando o fora, rapaz. Continue batendo duro. Você tem de acertar uma ainda este mês, certo?" Ele bateu nas costas de Babe, deu uma risada e saiu do bar.

Boca de preto. Merda.

Babe pediu mais um.

A polícia falando em entrar em greve, jogadores de papo com notórios traficantes, seus *home runs* empacados nos dezesseis pelo fato de ter visto, por acaso, um negro que ele conhecera em Ohio.

Puta que pariu, nada mais era sagrado?

A GREVE DA POLÍCIA DE BOSTON

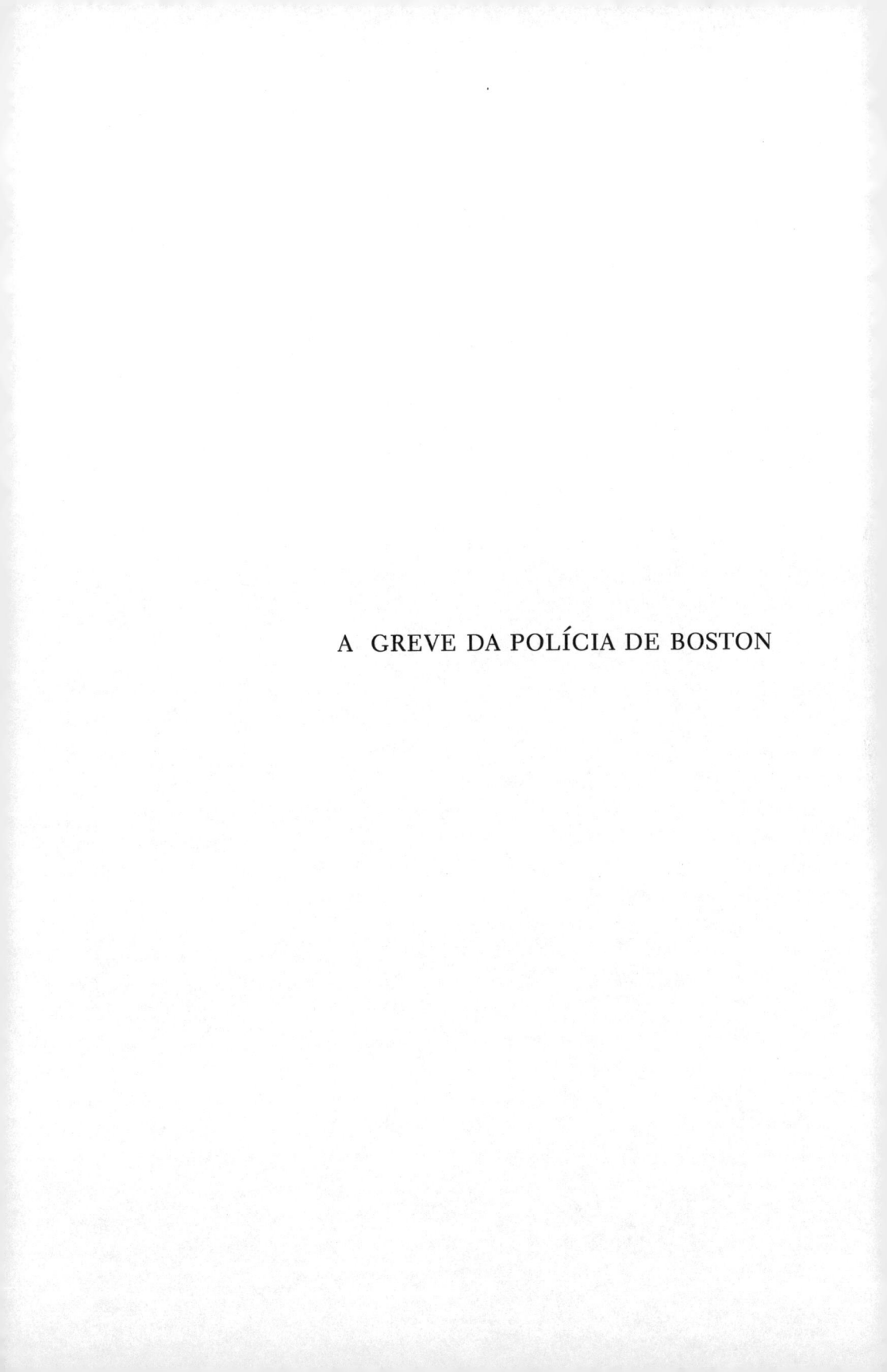

33.

Danny reuniu-se com Ralph Raphelson na sede da Central Sindical Operária de Boston na primeira quinta-feira de agosto. Raphelson era tão alto que Danny, ao lhe apertar a mão, teve de levantar a cabeça, coisa que raramente era obrigado a fazer. Magro feito um palito, finos cabelos loiros apressando-se em abandonar-lhe o íngreme aclive do crânio, ele conduziu Danny a uma cadeira e sentou-se à sua escrivaninha. Do outro lado das janelas, uma chuva quente e grossa feito sopa caía de nuvens bege, e as ruas cheiravam a cozido.

"Vamos começar pelo óbvio", disse Ralph Raphelson. "Se você está doido para fazer um comentário ou me encher o saco por causa do meu nome, por favor, pode falar já."

Danny deixou que Raphelson o observasse enquanto pensava um pouco, depois disse: "Não. Está tudo bem".

"Ótimo." Raphelson abriu as mãos. "O que podemos fazer pelo Departamento de Polícia de Boston esta manhã, agente Coughlin?"

"Eu represento o Boston Social Club", disse Danny. "Nós somos o braço organizado do..."

"Eu sei quem você é", disse Raphelson dando um tapinha no mata-borrão. "E conheço muito bem o BSC. Deixe-me tranquilizá-lo quanto ao seguinte: nós queremos ajudá-los."

Danny balançou a cabeça. "Senhor Raphelson..."

"Ralph."

"Ralph, se você sabe quem eu sou, sabe também que conversei com muitos membros da sua equipe."

"Ah, sei sim. Dizem que você é muito convincente."

Primeiro pensamento que ocorreu a Danny: sou? Ele sacudiu um pouco de água do casaco. "Se não nos derem alternativa e formos obrigados a largar o serviço, a Central Sindical nos dará apoio?"

"Um apoio verbal? Claro."

"Que tal um apoio efetivo?"

"Você está falando de uma greve de solidariedade."

Danny olhou-o nos olhos. "Isso mesmo."

Raphelson esfregou o queixo com as costas da mão. "Você tem ideia de quantos homens nossa Central representa?"

"Ouvi dizer que pouco menos de oitenta mil."

"Um pouco mais", disse Raphelson. "Acabamos de filiar um sindicato de encanadores de West Roxbury."

"Um pouco mais, então."

"Você já viu *oito* homens concordarem quanto a alguma coisa?"

"Isso é raro."

"E nós temos oitenta mil — bombeiros, encanadores, telefonistas, mecânicos, caminhoneiros, caldeireiros, gente da área de transportes. E agora você quer que eu os faça concordar em fazer greve em solidariedade a homens que os atacaram com porretes quando *eles* entraram em greve?"

"Sim."

"Por quê?"

"Por que não?"

Os olhos de Raphelson traíram um sorriso que não lhe chegou aos lábios.

"Por que não?", repetiu Danny. "Você conhece algum desses homens que você mencionou cujo salário acompanhou a alta do custo de vida? Conhece algum com condições de alimentar a família e ainda arrumar um tempo para ler histórias para os filhos antes de dormir? Eles não têm essas condições, Ralph. Eles não são tratados como trabalhadores. São tratados como escravos."

Raphelson cruzou as mãos atrás da cabeça e ficou olhando para Danny. "Você é muito bom em retórica inflamada, Coughlin. Muito bom."

"Obrigado."

"Não foi um elogio. Tenho que lidar com coisas práticas. Quando se puder prescindir da dignidade-fundamental-da-classe-trabalhadora, quem me garante que meus oitenta mil homens terão empregos para os quais voltar? Você viu os últimos dados sobre o nível de desemprego? Por que *esses* homens não tomariam os empregos dos meus homens? E se a greve de vocês se prolongar? Quem vai alimentar as famílias se os homens finalmente tiverem tempo de ler histórias para as crianças dormirem? A barriga dos filhos está roncando, mas, glória, glória, aleluia, eles têm *contos de fadas*. Você diz: 'Por que não?'. Existem oitenta mil razões *e* suas famílias. Aí está o por que não."

O escritório estava frio e escuro, as persianas meio fechadas naquele dia nublado. A única luz vinha de uma pequena luminária de mesa, próxima ao cotovelo de Raphelson. Danny cruzou o olhar com o de Raphelson e ficou esperando, sentindo no interlocutor um antegozo contido.

Raphelson deu um suspiro. "Apesar de tudo, pode ter certeza de que estou interessado."

Em sua cadeira, Danny inclinou-se para a frente. "Então é minha vez de perguntar por quê."

Raphelson mexeu nas persianas das janelas apenas o bastante para deixar passar mais um pouquinho de luz. "O operariado organizado está prestes a dar uma guinada. Avançamos um pouco nas duas últimas décadas, principalmente porque pegamos os magnatas de surpresa em algumas cidades maiores. Mas os magnatas ficaram espertos. Eles estão tomando a dianteira no debate, apropriando-se da linguagem. Você já não é um trabalhador que luta por seus direitos. Você é um *bolchevique*. Você é um 'subversivo'. Você não gosta da semana de oitenta horas? Você é um anarquista. Somente comunas esperam auxílio-doença." Ele fez um gesto em direção à janela. "Não são só as crianças que gostam de histórias na hora de dormir, Coughlin. Todos gostamos. Queremos que elas sejam simples e nos deem alento. E é isso que os magnatas estão fazendo agora com o operariado: contando-lhes um conto de fadas." Ele se voltou para Danny e deu-lhe um sorriso. "Talvez finalmente tenhamos uma oportunidade de reescrevê-lo."

"Isso seria ótimo", disse Danny.

Raphelson estendeu o braço comprido por cima da escrivaninha. "Manterei contato."

Danny apertou-lhe a mão. "Obrigado."

"Não me agradeça ainda, mas, como você disse", falou Raphelson olhando a chuva, "por que não?"

O comissário Edwin Upton Curtis jogou uma moeda ao mensageiro e levou as caixas para sua escrivaninha. Elas eram quatro, todas do tamanho de um tijolo. Ele pôs uma delas no meio do papel mata-borrão e tirou o invólucro de papelão para examinar o conteúdo. O que ele viu pareciam convites de casamento, e teve de conter uma triste e amarga reflexão sobre sua filha única, Marie, gorda e de olhos estúpidos desde o berço, que agora se deixava afundar em sua condição de solteirona com uma passividade que ele achava sórdida.

O comissário levantou e pegou a primeira tira de papel da caixa. Era uma bela impressão em papel de algodão especial cor de pele. Ele pôs a tira em cima da pilha e resolveu que mandaria ao dono da gráfica uma carta pessoal de agradecimento, um elogio por tão belo trabalho, entregue sob a pressão de uma encomenda de urgência.

Vindo do escritório, na sala ao lado, Herbert Parker entrou no gabinete do comissário e aproximou-se deste, que estava junto à escrivaninha. Os dois ficaram olhando a pilha de tiras de papel sobre o papel mata-borrão.

Para:

_____, Agente da Polícia de Boston

Pela autoridade conferida a mim, comissário de polícia, venho por meio desta demiti-lo do Departamento de Polícia de Boston. A supracitada demissão passa a vigorar no ato de recebimento desta notificação. As causas e os motivos da demissão são os seguintes:

Especificações: _____

Respeitosamente,
Edwin Upton Curtis

"A quem você encomendou?", perguntou Parker.
"A gráfica?"

"Sim."
"À Freeman and Sons, na School Street."
"Freeman. Judeu?"
"Escocês, acho."
"Belo trabalho."
"Não é mesmo?"

Fay Hall. Lotado. Presentes todos os homens do departamento que não estavam de plantão, e mesmo alguns que estavam, a sala cheirando a chuva morna e ao que valia por várias décadas de suor, cheiro de corpos, fumaça de charuto e de cigarro tão densa que cobria as paredes como mais uma demão de tinta.

Mark Denton estava num canto do palco falando com Frank McCarthy, o recém-chegado organizador da seção da Nova Inglaterra da Federação Americana do Trabalho. Danny estava no outro canto conversando com Tim Rose, um ronda da Segunda Delegacia que trabalhava nas imediações da Prefeitura e da Newspaper Row.

"Quem lhe disse isso?", perguntou Danny.

"O próprio Wes Freeman."

"O pai?"

"Não, o filho. O pai dele é um bêbado, viciado em gim. Agora o filho faz todo o trabalho sozinho."

"Mil avisos de demissão?"

Tim balançou a cabeça. "Quinhentas demissões, quinhentas suspensões."

"Já impressos."

Tim confirmou com um gesto de cabeça. "E entregues ao Imprestável Curtis em pessoa, às oito em ponto desta manhã."

Danny se pegou coçando o queixo e balançando a cabeça ao mesmo tempo, outro hábito que herdara do pai. Ele parou e olhou para Tim com um sorriso que se pretendia confiante. "Bem, acho que eles estão pegando pesado, não é?"

"Acho que sim", disse Tim apontando com o queixo para Mark Denton e Frank McCarthy. "Quem é o figurão ali com Denton?"

"Nosso contato na FAT."

Os olhos de Tim se iluminaram. "Ele está trazendo o protocolo de filiação?"

"Ele trouxe o protocolo, Tim."

"Acho que nós também estamos pegando pesado, hein, Dan?", disse Tim abrindo um largo sorriso.

"Com isso, sim." Danny bateu no ombro de Tim. No mesmo instante, Mark Denton apanhou o megafone do chão e andou em direção ao tablado.

Danny dirigiu-se ao palco, e Mark Denton se ajoelhou na borda para ouvir o que ele tinha a dizer. Danny contou-lhe das demissões e suspensões.

"Tem certeza?"

"Tenho sim. Os avisos chegaram ao escritório dele às oito desta manhã. Informação de fonte segura."

Mark apertou-lhe a mão. "Você vai dar um excelente vice-presidente."

Danny deu um passo atrás. "O quê?"

Denton lhe deu um sorriso malicioso e subiu na plataforma. "Senhores, obrigado por terem vindo. Este homem à minha esquerda é Frank McCarthy. Ele é o representante dos senhores, da Nova Inglaterra, junto à FAT. E veio nos trazer uma coisa."

Enquanto McCarthy subia na plataforma e pegava o megafone, Kevin McRae e vários outros membros daquilo que logo seria o *antigo* BSC passavam pelas filas de cadeiras distribuindo cédulas de votação, que os homens se encarregavam de passar aos outros, olhos dançando nas órbitas.

"Senhores do Departamento de Polícia de Boston", disse McCarthy. "Quando vocês marcarem essas cédulas com 'sim' ou 'não', estarão decidindo se isto continuará sendo o Boston Social Club ou se aceitarão este protocolo que tenho aqui nas minhas mãos, e ele passará a ser o Sindicato da Polícia de Boston, o número dezesseis mil oitocentos e sete da Federação Americana do Trabalho. Com isso vocês estarão, certamente com um pouco de tristeza, dando adeus à ideia e ao nome do Boston Social Club. Em compensação, porém, entrarão numa irmandade com a força que lhe conferem seus dois milhões de membros. Dois milhões, senhores. Pensem nisso. Nunca mais os senhores vão se sentir sozinhos. Nunca mais se sentirão fracos ou à mercê de seus chefes. Até o próprio prefeito terá receio de lhes dar ordens."

"Ele já tem!", gritou alguém, e risadas ressoaram no salão.

Risos nervosos, pensou Danny, pois os homens percebiam a importância do que estavam prestes a fazer. Depois daquele dia, não havia como voltar atrás. Deixariam para trás todo um mundo em que seus direitos eram desrespeitados, sim, mas essa falta de respeito pelo menos era previsível. E fazia sentir a terra firme sob os pés. Mas essa nova terra era uma coisa diferente. Uma terra estranha. E, apesar de toda aquela conversa de McCarthy sobre fraternidade, era uma terra solitária. Solitária por ser estranha, porque todos os caminhos eram desconhecidos. A cada passo estariam expostos a todo tipo de desgraça e de desastre, e cada um dos que estavam no salão percebia bem aquilo.

Eles foram passando as cédulas pelas fileiras. Pálido, Don Slatterly juntou as pilhas de cédulas, recolhidas pelos homens como se recolhem doações na missa, e levou as mil e quatrocentas para Danny, a passos um tanto pesados.

Danny recebeu a pilha das mãos dele, e Slattery disse: "Pesada, hein?".

Danny deu-lhe um sorriso meio incerto e fez que sim.

"Homens", gritou Frank McCarthy, "vocês garantem ter respondido à consulta da cédula de forma consciente, assinando em seguida? Levantem as mãos."

Todas as mãos se ergueram.

"Para que nosso jovem agente aqui à esquerda do palco não precise contar os votos aqui e agora, vocês poderiam levantar as mãos para vermos quantos votaram pela aceitação pelo protocolo de adesão à FAT? Os que votaram 'sim' façam o favor de ficar de pé."

Danny olhou por cima da pilha em suas mãos e viu mil e quatrocentas cadeiras sendo empurradas para trás e mil e quatrocentos homens pondo-se de pé.

McCarthy ergueu o megafone: "Bem-vindos à Federação Americana do Trabalho, senhores".

O grito coletivo que explodiu no Fay Hall percorreu a espinha de Danny, chegou-lhe ao centro do peito e encheu seu cérebro de uma luz branca. Mark Denton tomou a pilha de cédulas das mãos dele e jogou-as para o alto. Elas se ergueram no ar, depois começaram a cair lentamente, enquanto Mark levantava Danny do chão, beijava-lhe o rosto, abraçando-o com tanta força que seus ossos estalaram.

"Conseguimos", exclamou Mark, lágrimas rolando pelas faces. "Conseguimos, porra!"

Por entre as cédulas que ainda flutuavam, Danny olhou os homens subindo nas cadeiras, abraçando-se e gritando. Então agarrou a cabeça de Mark, enfiou os dedos em seus cabelos e sacudiu-a, pondo-se a gritar como todos os demais.

Quando Mark o soltou, a multidão se precipitou sobre eles. Os homens invadiram o palco, alguns escorregaram nas cédulas. Um deles tomou o protocolo de McCarthy e se pôs a correr de um lado para outro do palco com ele nas mãos. Caíram em cima de Danny, levantaram-no no ar, e então ele foi carregado por um mar de mãos. Subindo e descendo, rindo, desamparado, ocorreu-lhe de repente um pensamento que não teve tempo de reprimir:

E se nós estivermos enganados?

Depois da reunião, Steve Coyle encontrou-se com Danny na rua. Ainda em estado de euforia — ele fora eleito vice-presidente do Sindicato 16807, da Polícia de Boston, havia menos de meia hora —, Danny sentia a irritação costumeira que a presença de Steve lhe inspirava. O cara estava sempre bêbado, e ficava encarando o tempo todo, como se estivesse buscando em você sua vida antiga.

"Ela voltou", disse ele a Danny.

"Quem?"

"Tessa. Está no North End." Ele tirou seu cantil do bolso do casaco esfarrapado e teve dificuldade de abri-lo. Teve de semicerrar os olhos e respirar fundo para conseguir puxar a rolha.

"Você já comeu hoje?", perguntou Danny.

"Ouviu o que eu disse?", falou Steve. "Tessa voltou para o North End."

"Ouvi. Seu informante lhe contou?"

"Sim."

Danny pôs a mão no ombro do velho amigo. "Vou lhe pagar uma refeição. Uma sopa."

"Não preciso de sopa nenhuma, porra. Ela voltou para seu velho covil por causa da greve."

"Não estamos em greve. Apenas entramos para a FAT."

Steve continuou a falar como se não tivesse escutado. "Estão todos voltando. Todos os subversivos da Costa Leste estão lançando a sorte e vindo para cá. Quando nós entrarmos em greve..."

Nós.

"...eles acham que vão poder fazer o diabo. São Petersburgo. Eles vão pôr lenha na fogueira e..."

"Mas afinal onde ela está exatamente?", disse Danny, tentando conter a irritação.

"Minha fonte não quer dizer."

"Não quer dizer? Ou não quer dizer de graça?"

"Não quer dizer de graça."

"Quanto ele está pedindo desta vez? Seu informante?"

Steve olhou para a calçada. "Vinte."

"Desta vez é um salário de uma semana, hein?"

Steve empinou a cabeça. "Sabe de uma coisa, se você não quer encontrá-la, Coughlin, tudo bem."

Danny deu de ombros. "Tenho outras coisas em que pensar agora, Steve. Você entende."

Steve balançou a cabeça várias vezes.

"Que sujeito importante", disse ele, e saiu andando rua afora.

Na manhã seguinte, ao saber da decisão unânime do BSC de integrar-se à Federação Americana do Trabalho, Edwin Upton Curtis ordenou imediatamente o cancelamento de todas as férias de comandantes de divisão, capitães, tenentes e sargentos.

Ele convocou o superintendente Crowley ao seu escritório, deixou-o ficar em posição de sentido diante de sua escrivaninha por meio minuto e só então se virou da janela para encará-lo.

"Ouvi dizer que elegeram oficiais para o novo sindicato na noite passada."

Crowley confirmou com um gesto de cabeça. "Pelo que ouvi dizer, sim."

"Preciso dos nomes."

"Sim, senhor. Vou consegui-los imediatamente."

"E os homens que distribuíram as folhas para recolher assinaturas em cada uma das delegacias."

"Senhor?"

Curtis arqueou as sobrancelhas, recurso que sempre se mostrou muito útil à época em que fora o *prefeito* Curtis, muitos anos atrás. "Pelo que ouvi dizer, na semana passada os homens receberam folhas, que deveriam assinar, para ver quantos deles estariam interessados em integrar a FAT. Certo?"

"Sim, senhor."

"Quero os nomes dos homens que levaram essas folhas às delegacias."

"Isso leva um pouco mais de tempo, senhor."

"Então, que leve. Está dispensado."

Crowley girou os calcanhares ruidosamente e dirigiu-se à porta.

"Superintendente Crowley."

"Sim, senhor", disse Crowley voltando-se.

"O senhor não tem simpatia por eles, tem?"

Os olhos de Crowley fixaram-se num ponto alguns centímetros acima da cabeça de Edwin Upton Curtis. "Nenhuma, senhor."

"Faça-me o favor de olhar nos meus olhos, senhor."

Crowley olhou-o nos olhos.

"Quantas abstenções?"

"Senhor?"

"Na votação de ontem à noite, homem."

"Acho que nenhuma, senhor."

Curtis balançou a cabeça. "Quantos votos pelo 'não'?"

"Acho que nenhum, senhor."

Edwin sentiu um aperto no peito, a velha angina talvez, e se viu invadido por uma profunda tristeza. Isso não devia estar acontecendo. Nunca. Ele sempre se mostrara amigo daqueles homens. Ele lhes oferecera um aumento. Ele criara comissões para examinar suas reivindicações. Mas eles queriam mais. Eles sempre queriam mais. Crianças numa festa de aniversário, que não davam a mínima para os presentes.

Nenhum. Nenhum voto pelo não.

Mimo demais estraga a criança.

Bolcheviques.

"É só, superintendente."

Nora afastou-se de Danny encolhendo o corpo, soltou um suspiro e apertou a testa contra o travesseiro como se quisesse atravessá-lo.

Danny passou a mão em suas costas. "Que bom, hein?"

Ela soltou um riso abafado pelo travesseiro e voltou o rosto para encará-lo. "Posso dizer 'foda' na sua frente?"

"Acho que você acabou de dizer."

"Você não ficou escandalizado?"

"Escandalizado? Deixe-me fumar um cigarro, que estarei pronto para outra. Olhe só você. Deus do céu."

"O quê?"

"Você está simplesmente..." Ele foi passando a mão pelo calcanhar de Nora, pela panturrilha, pela bunda e novamente pelas costas. "Foda."

"Agora foi você quem falou."

"Eu sempre falo 'foda'." Ele beijou-lhe o ombro, depois atrás da orelha. "A propósito, por que você quer dizer 'foda'? Ou, no seu sotaque, 'fôda'?"

Ela meteu os dentes no pescoço dele. "Eu queria dizer que nunca fodi com um vice-presidente antes."

"Você se limitou a tesoureiros?"

Ela bateu no peito dele. "Você não está orgulhoso de si, rapaz?"

Ele se sentou, pegou o maço de Murads da mesa de cabeceira e acendeu um. "Quer uma resposta franca?"

"Claro."

"Sinto-me... honrado", disse ele. "Quando eles gritaram meu nome na votação... sabe, querida, eu não sabia o que ia acontecer ali."

"É mesmo?", disse ela passando a língua em seu abdome. Ela tirou o cigarro da mão dele, deu um trago e o devolveu.

"Não tinha a menor ideia", disse ele. "Até Denton me dar um toque, pouco antes da votação. Mas, merda, eu ganhei um posto para o qual nem sabia que estava concorrendo. Foi uma loucura."

Ela subiu em cima dele novamente, e ele adorou sentir-lhe o peso. "Quer dizer que você se sente honrado, mas sem nenhum orgulho?"

"Estou assustado", disse ele.

Ela riu e tomou-lhe o cigarro novamente. "Aiden, Aiden", sussurrou ela, "você não tem medo de nada."

"Claro que tenho. Tenho medo o tempo todo. Tenho medo de você."

Ela pôs o cigarro na boca dele. "Você está com medo de mim agora?"

"Apavorado." Ele afagou-lhe uma das faces e os cabelos. "Tenho medo de decepcionar você."

Ela beijou-lhe a mão. "Você nunca vai me decepcionar."
"É isso o que os homens do sindicato pensam, também."
"Então do que é que você está com medo agora?"
"De que todos vocês estejam errados."

Em 11 de agosto, com uma chuva morna fustigando a janela de seu escritório, o comissário Edwin Upton Curtis redigiu uma emenda às normas e regulamentos do Departamento de Polícia de Boston. Na emenda à norma trinta e cinco, parágrafo dezenove, lia-se:

Nenhum membro da força policial pode pertencer a nenhuma organização, clube ou organismo composto de membros e ex-membros da força policial que seja filiado ou faça parte de qualquer organização, clube ou organismo que não o departamento.

O comissário Curtis, depois de ter concluído o que viria a ser conhecido como norma trinta e cinco, voltou-se para Herbert Parker e mostrou-lhe o rascunho.

Parker o leu e pensou consigo mesmo que o documento bem podia ser mais duro. Mas aqueles eram tempos em que tudo estava de cabeça para baixo no país. Mesmo os sindicatos, esses bolcheviques inimigos do livre comércio, tinham de ser mimados. Por enquanto. Por enquanto.

"Assine-o, Edwin."

Curtis esperava um pouco mais de entusiasmo, mas de todo modo assinou, contemplou as vidraças obliteradas pela condensação do vapor e soltou um suspiro.

"Odeio chuva."

"A chuva de verão é a pior, Edwin."

Uma hora depois, Curtis distribuiu à imprensa a emenda recém-firmada.

Thomas e mais dezessete capitães estavam reunidos na antessala em frente ao gabinete do superintendente Crowley, na Pemberton Square. Formavam um círculo um tanto irregular e sacudiam as gotas de chuva de seus casacos e chapéus. Eles tossiam, reclamavam de seus motoristas, do trânsito e daquele tempo horrível.

Thomas se viu de pé ao lado de Don Eastman, que chefiava a Divisão Três, de Beacon Hill. Concentrado em desamarrotar os punhos molhados da camisa, Eastman falava em voz baixa. "Ouvi dizer que eles vão pôr um anúncio nos jornais."

"Não acredite em todo boato que você ouve."

"Para conseguir substitutos, Thomas. Uma milícia regular de voluntários armados."

"Como eu disse, trata-se de boataria."

"Boato ou não, Thomas, se os homens fizerem greve, vai ser uma tremenda de uma merda. Nenhum homem desta sala vai se livrar do banho de merda."

"Se não tiver sido obrigado a fugir da cidade de trem", disse Bernard King, o capitão da Décima Quarta, esmagando o cigarro no piso de mármore.

"Mantenham a calma", disse Thomas tranquilamente.

A porta do escritório de Crowley se abriu e dela saiu o próprio, o grandalhão Crowley. Ele fez apenas um aceno vago para indicar que eles deviam segui-lo pelo corredor.

Os homens o seguiram, alguns ainda fungando por causa da chuva. No fim do corredor, Crowley entrou numa sala de reuniões, seguido pela falange de capitães, e todos tomaram assento em volta da comprida mesa instalada no centro. Não havia cafeteiras nem bules de chá no aparador, tampouco fatias de bolo, bandejas com doces — nenhum desses pequenos confortos que o hábito já os fazia considerar de direito em reuniões como aquela. Apenas o superintendente Michael Crowley e seus dezoito capitães. Nem ao menos uma secretária para fazer anotações para a ata da reunião.

Crowley ficou de pé, com a grande janela às suas costas embaçada pela chuva e pela umidade. As formas dos altos edifícios erguiam-se trêmulas e indistintas atrás dele, como se estivessem prestes a desaparecer. Crowley interrompera bruscamente suas férias anuais na cidade de Hyannis. Seu rosto estava queimado de sol, o que fazia seus dentes parecerem ainda mais brancos quando ele falava.

"A norma trinta e cinco, que acaba de ser acrescentada ao regulamento do departamento, proíbe a filiação a qualquer sindicato nacional. Isso quer dizer que todos os mil e quatrocentos homens que se filiaram à FAT podem ser demitidos." Ele beliscou a pele entre os olhos, apertou o nariz e levantou a mão para fazer calar as perguntas. "Três anos atrás, mudamos de cassetetes-padrão para cassetetes menores. A maioria dos cassetetes, porém, ainda está com os agentes, para ocasiões especiais. Todos os comandantes de distrito devem confiscar esses cassetetes a partir de hoje. Contamos recuperá-los todos até o fim da semana."

Meu Deus, pensou Thomas. Eles estão se preparando para armar a milícia.

"Em cada uma das dezoito delegacias, foram distribuídas folhas para recolher assinaturas de adesão à FAT. Vocês têm de identificar o agente encarregado de coletar as assinaturas." Crowley voltou-lhes as costas e olhou para a janela, agora absolutamente opaca por causa da umidade. "Até o fim do dia o comissário vai me enviar uma lista dos patrulheiros com quem vou conversar sobre o descumprimento do dever. Pelo que me disseram, dessa lista constariam uns vinte nomes."

Ele tornou a se voltar para os homens e apoiou as mãos na cadeira. Dizia-se que Michael Crowley, um grandalhão incapaz de disfarçar o cansaço que avultava sob os olhos, não passava de um patrulheiro transformado por engano em alta patente. Um policial exemplar que foi subindo na hierarquia e sabia os nomes não apenas de todos os homens de todos os dezoito distritos, mas também dos faxineiros que esvaziavam os cestos de lixo e limpavam o assoalho. Quando ainda jovem sargento, resolvera o Crime do Porta-malas, um caso que ganhou as primeiras páginas dos jornais, e a repercussão que se seguiu o alçou feito um foguete — sem que tivesse feito nenhum esforço nesse sentido, como se notou — aos mais altos postos do departamento. Mesmo Thomas, cínico como era quanto às motivações dos seres humanos, reconhecia plenamente que Michael Crowley amava seus homens — sem distinção e na mesma medida.

Ele os encarou. "Sou o primeiro a reconhecer que os homens têm reivindicações legítimas. Mas um objeto em movimento não pode atravessar uma muralha de massa e densidade maior que a sua. Não pode. E no presente caso o comissário Curtis é essa muralha. Se eles insistirem nessa atitude desafiadora, vamos chegar a uma situação irreversível."

"Com todo o respeito, Michael", disse Don Eastman. "O que espera que a gente faça?"

"Conversem com eles", respondeu Crowley. "Com seus homens. Olho no olho. Convençam-nos de que não podem contar nem com uma vitória de Pirro, caso ponham o comissário numa posição que ele ache insustentável. O alcance desse caso já extrapola os limites da cidade de Boston."

Billy Coogan, o bajulador mais barato que já existiu, descartou a sugestão com um gesto. "Ah, Michael, não há dúvida. Isso tudo logo vai passar."

Crowley olhou para ele com um sorriso amargo. "Receio que esteja enganado, Billy. Dizem que as polícias de Londres e de Liverpool andaram se inspirando na rebelião daqui. Liverpool ficou em pé de guerra, ou você não soube? Foi preciso mandar navios de guerra da Marinha Britânica — navios de guerra, Billy — para controlar a multidão. Fomos informados de que em Jersey e no distrito de Columbia estão em andamento negociações com a FAT. E aqui mesmo — em Brockton, em Springfield e New Bedford, Lawrence e Worcester — os departamentos de polícia estão esperando para ver o que vamos fazer. Então, com todo o respeito também, Billy, isto está longe de ser um problema só de Boston. O mundo inteiro está de olho em nós, porra." Ele se deixou afundar na cadeira. "Até esta altura, deve ter havido mais de duas mil greves de trabalhadores este ano no país, senhores. Pensem bem nesta cifra: são dez por dia. Vocês querem saber quantas terminaram bem para os grevistas?"

Ninguém respondeu.

Em resposta àquele silêncio, Crowley balançou a cabeça e massageou a testa com os dedos. "Conversem com seus homens, senhores. Parem esse trem antes que os freios se queimem. Façam-nos parar antes que ninguém mais possa fazê-lo e ele descarrile com todos nós presos dentro dele."

Em Washington, Rayme Finch e John Hoover encontraram-se para o café da manhã no White Palace Café, na esquina da Nona com a D, não muito longe da Pennsylvania Avenue. Eles se viam uma vez por semana, salvo quando Finch estava fora da cidade, a serviço do Departamento de Investigação. Desde que eles começaram a ter esses encontros, Hoover sempre achava alguma coisa errada na comida ou na bebida e a devolvia. Daquela vez foi o chá. A infusão não estava ao seu gosto. Quando a garçonete voltou com outro bule, Hoover a fez esperar enquanto ele punha o chá em sua xícara. Ele pôs leite apenas o bastante para tingir a água e tomou um pequeno gole.

"Aceitável." Hoover dispensou-a com um gesto de mão, ela lhe lançou um olhar raivoso e se afastou.

Finch tinha certeza de que Hoover era bicha. Bebia o chá com o mindinho estendido, era cheio de melindres e não me toques, morava com a mãe — todos os sinais. Claro que, tratando-se de Hoover, nunca se podia ter certeza. Se Finch descobrisse que Hoover pintava a cara de preto e praticava felação em cavalos cantando *spirituals*, não ficaria surpreso. Nada mais surpreendia Finch. Em seus anos de trabalho no Bureau, ele aprendera a mais importante lição sobre os homens: todos somos doentes. Doentes são nossas cabeças, nossos corações, nossas almas.

"Boston", disse Hoover enquanto mexia o chá.

"O que é que tem Boston, John?"

"A polícia não aprendeu nada de Montreal nem de Liverpool."

"Pelo visto não. Você acha que eles vão mesmo entrar em greve?"

"Eles são quase todos irlandeses", disse Hoover com um leve sacudir de ombros. "Uma raça que nunca deixa a prudência ou a razão cobrir-lhe o discernimento. Repetidas vezes, ao longo da história, os irlandeses foram abrindo caminho para o Apocalipse. Não tenho nenhum motivo para acreditar que vão agir de forma diferente em Boston."

Finch bebericou o café. "Bela oportunidade para Galleani fazer das suas, se eles entrarem em greve."

Hoover balançou a cabeça, em sinal de concordância. "Galleani e todos os subversivos baratos do local. Sem falar da fauna de criminosos, que vai se esbaldar."

"Você acha que deveríamos interferir?"

Hoover observou-o com aqueles olhos penetrantes e insondáveis. "Para quê? Isso aqui pode ficar pior que Seattle. Pior que tudo o que este país testemunhou até agora. E se a população se vir forçada a se perguntar se este país é capaz de se policiar em nível local e nacional, a quem poderá recorrer?"

Finch se permitiu um sorriso. Dissessem o que dissessem de John, aquela sua mentezinha feia e escorregadia era brilhante. Se, em sua ascensão, ele não esbarrasse em quem não devia, nada seria capaz de detê-lo.

"Ao governo federal", disse Finch.

Hoover concordou com um gesto de cabeça. "Eles estão pavimentando a estrada para nós, senhor Finch. Só temos de esperar que terminem o trabalho para seguir por ela."

34.

Danny estava no telefone da sala dos oficiais, falando com Dipsy Figgis, da Décima Segunda, sobre a possibilidade de conseguir mais algumas cadeiras para a reunião daquela noite, quando Kevin McRae entrou com um papel na mão, a expressão perplexa de um homem que tivesse acabado de ver algo absolutamente inesperado, um parente morto há muito tempo, talvez, ou um canguru no porão da casa.

"Kev?"

Kevin olhou para Danny como se estivesse tentando localizá-lo.

"Qual é o problema?", disse Danny.

McRae aproximou-se dele com a mão estendida, o papel entre os dedos. "Fui suspenso, Dan." Ele arregalou os olhos e passou a folha de papel na cabeça como se fosse uma toalha. "Fui suspenso, porra. Você acredita numa coisa dessas? Curtis diz que seremos todos processados por descumprimento do dever."

"Todos?", disse Danny. "Quantos homens foram suspensos?"

"Ouvi dizer que foram dezenove. Dezenove." Ele olhou para Danny com uma cara de criança perdida na feira. "Que diabo vou fazer?" Ele agitou a folha de papel no meio da sala e acrescentou numa voz sumida, quase um sussurro. "Isto aqui era minha vida."

Todos os líderes do recém-criado Sindicato da Polícia de Boston-FAT foram suspensos, menos Danny. Todos os homens que distribuíram e recolheram as folhas de filiação à FAT também foram suspensos. Exceto Danny.

Ele ligou para o pai. "Por que não eu?"

"O que você acha?"

"Não sei. É por isso que estou ligando para você, pai."

Ele ouviu o tilintar de cubos de gelo num copo, enquanto o pai soltava um suspiro e tomava um gole. "Durante toda a sua vida, insisti para que você aprendesse a jogar xadrez."

"Durante toda a minha vida, você insistiu para que eu aprendesse piano também."

"Isso foi sua mãe. Eu só reforcei a ideia. Mas, se você tivesse aprendido a jogar xadrez, Aiden, isso agora lhe seria útil." Outro suspiro. "Muito mais útil que saber tocar uma peça musical. O que os homens acham disso?"

"De quê?"

"De você não ser punido? Todo mundo está esperando ser demitido por Curtis, e você, o vice-presidente do seu *sindicato*, está livre feito uma cotovia. Se você estivesse no lugar deles, não iria desconfiar?"

Danny, de pé ao lado do telefone que a sra. DiMassi tinha no vestíbulo, sentiu vontade de beber também quando ouviu o pai pondo mais bebida e cubos de gelo no copo.

"Se eu estivesse no lugar deles? Eu ia achar que não tinha perdido o emprego porque sou seu filho."

"É exatamente isso que Curtis quer que eles pensem."

Danny encostou a cabeça na parede, fechou os olhos, ouviu o pai riscar um fósforo e tragar um charuto até ele ficar bem aceso.

"Quer dizer então que o jogo é esse", disse Danny. "Semear a discórdia em nossas fileiras. Dividir para conquistar."

O pai deu um riso áspero. "Não, rapaz, isso ainda não é o jogo. É apenas o primeiro ato. Aiden, seu moleque tonto. Eu gosto de você, mas pelo visto não o eduquei direito. Como você acha que a imprensa vai reagir quando descobrir que você é o único membro do sindicato que *não foi* suspenso? Primeiro, eles vão dizer que isso mostra que o comissário é um homem razoável, que o município é sem dúvida imparcial e que os dezenove homens suspensos devem ter feito alguma coisa, porque o próprio vice-presidente não foi suspenso."

"Mas aí", disse Danny, vislumbrando uma réstia de esperança naquele dia sombrio, "eles vão notar que se trata de uma artimanha, que não passa de um arremedo de imparcialidade e então vão..."

"Seu idiota", disse Thomas, e Danny ouviu o ruído dos saltos dos sapatos do pai deixando-se cair da borda da escrivaninha. "Seu idiota. A imprensa vai ficar curiosa, Aiden. Eles vão investigar e logo vão descobrir que você é filho de um chefe de distrito. Eles vão passar o dia comentando isso, antes de resolverem aprofundar as investigações, e mais cedo ou mais tarde um jornalista decente vai deparar com um policial de plantão, aparentemente inofensivo, que menciona por acaso 'o incidente'. E o repórter vai perguntar: 'Que incidente?', ao que o policial responderá: 'Não sei do que você está falando'. Então esse repórter vai fuçar para valer, meu rapaz. E todos sabemos que as coisas que você tem feito ultimamente não resistem ao menor escrutínio. Curtis escolheu você para boi de piranha, filho, e elas já estão sentindo seu cheiro."

"Então o que este idiota aqui devia fazer, pai?"

"Capitular."

"Não posso fazer isso."

"Pode sim. Só que você ainda não está vendo as possibilidades. Mas garanto que vai surgir uma oportunidade. Eles não temem o sindicato de vocês tanto quanto vocês imaginam, mas pode acreditar que temem. Tire partido disso. Eles nunca vão ceder, Aiden, no que se refere à filiação à FAT. Eles não podem. Mas, se vocês souberem jogar essa ficha direitinho, eles vão ceder em outros pontos."

"Pai, se desistirmos da filiação à FAT, vamos estar traindo tudo aquilo que..."

"Aproveite o que você quiser destas minhas divagações", disse o pai. "Boa noite, filho, e faço votos de que os deuses lhe sorriam."

O prefeito Andrew J. Peters acreditava piamente na validade de um único princípio: as coisas tendem a se resolver por si mesmas.

Muitos homens gastavam seu tempo precioso e sua energia acreditando na balela de que podiam controlar o próprio destino, quando, na verdade, o mundo seguiria em seus caminhos e descaminhos independentemente de sua participação. Ora, bastava considerar o que se passara naquela terrível guerra no estrangeiro para ver a loucura de tomar decisões precipitadas. Ou qualquer tipo de decisão, para falar a verdade. Pense, diria Andrew Peters a Starr em finais de tarde como aquele, em como tudo teria sido diferente se, depois da morte de Franz Ferdinand, os austríacos se abstivessem de brandir seus sabres e os sérvios fizessem o mesmo. Para começar, pense também no despropósito do assassinato do arquiduque, cometido por Gavrilo Princip, aquele idiota consumado. Pense nisso! Todas as vidas perdidas, toda aquela devastação... e tudo isso para quê? Se os homens mantivessem a cabeça fria, se tivessem a sabedoria de não agir até que seus conterrâneos se esquecessem de tudo, até que voltassem para outros pensamentos e outras preocupações... que belo mundo teríamos atualmente!

Pois fora aquela guerra que envenenara tantas mentes jovens com ideias de autodeterminação. Naquele verão, os negros que tinham lutado do outro lado do mar foram os principais responsáveis pelos distúrbios que resultaram na morte de gente de sua própria raça em Washington, Omaha e, de forma mais terrível, em Chicago. Não que Peters justificasse o comportamento dos brancos que os mataram. De forma alguma. Mas dava para perceber o que tinha acontecido: os negros tentando virar tudo de cabeça para baixo. As pessoas não gostam de mudanças. Elas não gostam de confusão. Elas querem tomar refrescos nos dias quentes e fazer suas refeições nas horas certas.

"Autodeterminação", resmungou ele no convés. Starr, deitada ao lado dele numa chaise longue, estremeceu de leve.

"O que é isso?"

Ele se debruçou de sua chaise longue, beijou-a no ombro e pensou em desabotoar a calça. Mas o céu estava ficando nublado e baixo, e o mar sombrio como se estivesse de ressaca e agoniado.

"Nada, querida."

Starr fechou os olhos. Uma bela garota. Belíssima! Um rosto que o fazia pensar em maçãs que, de tão maduras, pareciam prestes a rebentar. E uma bunda estupenda. E tudo o mais tão viçoso, exuberante e firme que Andrew J. Peters, prefeito da grande cidade de Boston, vez por outra, quando estava dentro dela, imaginava-se um grego ou um romano da Antiguidade. Starr Faithful — não podia haver nome mais adequado.* Sua amante, sua prima.

---

* *Faithful*: em inglês, significa fiel, leal. (N. T.)

Catorze anos naquele verão, ainda assim muito mais madura e lasciva do que Martha poderia ser.

Ela estava nua diante dele, edênica, e quando a primeira gota de chuva caiu em sua espinha e se desfez, ele tirou o chapéu de palheta e o pôs sobre sua bunda. Ela riu, disse que gostava de chuva, virou a cabeça, estendeu a mão para o cós da calça dele, acrescentando que, para falar a verdade, *adorava* chuva. Naquele instante, ele viu passar pelos olhos dela alguma coisa negra e encapelada. Um pensamento. Não, mais que um pensamento: uma dúvida. Aquilo o perturbou — ela não devia ter dúvidas; as concubinas dos imperadores romanos não as tinham, era quase certo. Enquanto deixava que ela lhe desafivelasse o cinto, sucumbia a um sentimento de perda muito vago mas muito intenso. Quando a calça lhe caiu nos tornozelos, ele concluiu que seria melhor voltar para a cidade e ver se poderia colocar o pessoal todo nos trilhos.

Ele contemplou o mar. Tão infinito. "Afinal de contas, eu sou o prefeito."

Starr lhe sorriu. "Eu sei que você é, papai, e o melhor que existe."

O interrogatório dos dezenove agentes suspensos realizou-se no dia 26 de agosto, no escritório do comissário de polícia Curtis, na Pemberton Square. Danny estava de serviço, da mesma forma que o braço direito de Curtis, Herbert Parker. Clarence Rowley e James Vahey estavam diante de Curtis, na qualidade de dois advogados não oficiais dos dezenove acusados. Permitiu-se a entrada de um repórter de cada um dos jornais: *Globe*, *Transcript*, *Herald* e *Standard*. E só. Nas administrações anteriores, três capitães e o comissário compunham o júri, mas, sob o regime de Curtis, ele próprio era o único juiz.

"Observem", disse Curtis aos repórteres, "que eu permiti a presença de um agente não suspenso do sindicato ilegal de policiais filiado à FAT, para que não se pudesse afirmar que esse 'sindicato' não estava representado. Observem também que os acusados são representados por dois conceituados advogados, o senhor Vahey e o senhor Rowley, ambos com larga experiência em defender os interesses dos trabalhadores. Eu não trouxe nenhum advogado para me defender."

"Com o devido respeito, comissário", disse Danny, "o senhor não está sendo julgado."

Um dos repórteres balançou a cabeça vigorosamente, em sinal de aprovação, e rabiscou em seu caderno de anotações. Curtis lançou um olhar gélido a Danny, depois olhou para os dezenove homens sentados à sua frente em cadeiras de madeira pouco firmes.

"Os senhores foram acusados de descumprimento do dever, que é a pior transgressão que um agente de polícia pode cometer. Mais especificamente, vocês estão sendo acusados de violar a norma trinta e cinco do Código de Conduta da Polícia de Boston, segundo a qual nenhum agente pode se filiar a nenhuma organização que não faça parte do Departamento de Polícia de Boston."

Clarence Rowley disse: "Por esse critério, comissário, nenhum desses homens teria o direito de pertencer a um grupo de veteranos de guerra ou, digamos... a uma associação beneficente".

Dois repórteres e um patrulheiro deram risos abafados.

Curtis estendeu a mão e pegou um copo d'água. "Ainda não terminei, senhor Rowley. Com sua licença, senhor, não estamos num tribunal de justiça. Isto aqui é um julgamento interno do Departamento de Polícia de Boston, e se você pretende contestar a legalidade da norma trinta e cinco, deve mover um processo junto ao Tribunal Superior de Suffolk. A única questão que deve ser respondida aqui hoje é se esses homens violaram a norma trinta e cinco, e não a validade da própria norma, senhor." Curtis lançou um olhar à sala. "Patrulheiro Denton, ponha-se em posição de sentido."

Mark Denton, vestido em seu uniforme azul, levantou-se e enfiou o chapéu embaixo do braço.

"Patrulheiro Denton, você é filiado ao Sindicato da Polícia de Boston, de número dezesseis mil oitocentos e sete da Federação Americana do Trabalho?"

"Sim, senhor."

"Na verdade, você é o presidente do dito sindicato?"

"Sim, senhor. Com muito orgulho."

"Seu orgulho é irrelevante para esta comissão."

"Comissão?", disse Mark Denton olhando para a direita e para a esquerda de Curtis.

Curtis tomou um gole de água. "E você não distribuiu nas delegacias folhas para colher assinaturas de adesão à supracitada Federação Americana do Trabalho?"

"Com o mesmo supracitado orgulho, senhor", disse Denton.

"Pode se sentar, patrulheiro", disse Curtis. "Patrulheiro Kevin McRae, ponha-se em posição de sentido..."

Aquilo se prolongou por mais de duas horas, Curtis fazendo as mesmas perguntas monótonas no mesmo tom monótono, e cada policial respondendo com graus variados de petulância, desdém ou fatalismo.

Quando chegou a hora de a defesa se manifestar, James Vahey tomou a palavra. Consultor geral histórico da Associação dos Ferroviários da América, ele já era famoso antes de Danny nascer. Fora Mark Denton quem decidira, apenas duas semanas antes, engajá-lo naquela luta, a conselho de Samuel Gompers. Ele se moveu com uma desenvoltura de atleta quando veio do fundo da sala, olhou os dezenove homens, dando-lhes um sorriso astucioso e confiante, antes de voltar-se para encarar Curtis.

"Embora concorde que não estamos aqui hoje para discutir a legalidade da norma trinta e cinco, acho muito curioso que o próprio comissário, que é o criador da norma, reconheça seu caráter nebuloso. Se o próprio comissário não acredita firmemente na correção de sua própria norma, o que podemos pensar dela? Ora, o que podemos pensar dela é que se trata simplesmente... da maior invasão da liberdade pessoal de um homem..."

Curtis bateu seu martelo várias vezes.

"...e a mais ampla tentativa de restringir sua liberdade de ação de que tive notícia."

Curtis levantou o martelo novamente, mas Vahey apontou diretamente para o rosto dele.

"O senhor negou a esses homens seus direitos mais fundamentais de trabalhadores", continuou ele. "O senhor recusou-se cabalmente a aumentar seus salários para um nível acima da linha de pobreza, a lhes proporcionar quartéis em boas condições de salubridade, onde possam trabalhar e dormir, e exigiu-lhes uma carga horária que constitui uma ameaça para a segurança não apenas deles próprios, mas também da população. E o senhor se senta diante de nós, como único juiz, e tenta escamotear a responsabilidade que tem para com esses homens. Trata-se de um ato vil, senhor. Um ato vil. Nada do que o senhor disse hoje aqui lançou alguma dúvida sobre o compromisso desses homens com a população desta grande cidade. Esses homens não abandonaram seus postos, não faltaram ao cumprimento do dever, não deixaram, nunca, nem uma única vez, de defender a lei e proteger e servir o povo de Boston. Se o senhor tivesse provas do contrário, com certeza a esta altura já as teria apresentado. Em vez disso, o único erro — e, cá para nós, eu uso esse termo ironicamente — que esses homens cometeram foi o de não terem se submetido à sua determinação de não se filiarem a um sindicato nacional de trabalhadores. Só isso. E dado que uma simples consulta ao calendário demonstra que essa sua inclusão da norma trinta e cinco foi feita com uma pressa um tanto suspeita, estou absolutamente convicto de que qualquer juiz deste país vai considerá-la como uma clara manobra no sentido de restringir os direitos desses homens, tal como a consideramos aqui e agora." Ele se voltou para os homens e para os repórteres atrás deles, radioso com aquele seu terno, suas maneiras agradáveis e cabelos branquíssimos. "Eu não vou *defender* esses homens porque não há nada de que defendê-los. Não é o patriotismo ou o americanismo deles que deve ser questionado nesta sala hoje", trovejou Vahey. "É o seu, senhor!"

Curtis bateu o martelo várias vezes, enquanto Parker gritava pedindo ordem e os homens vaiavam, aplaudiam e se punham de pé.

Danny lembrou-se do comentário de Ralph Raphelson sobre retórica inflamada e se perguntou — mesmo tendo se deixado arrebatar pelo discurso de Vahey, como todos os demais — se aquilo não passava de mera exaltação dos ânimos.

Quando Vahey voltou para sua cadeira, os homens se sentaram. Agora era a vez de Danny. Ele se postou diante de Curtis, cujo rosto estava afogueado.

"Vou direto ao ponto. Ao que me parece, a questão aqui é saber se a filiação à Federação Americana do Trabalho vai diminuir a eficiência da força policial. Comissário Curtis, eu afirmo com toda a certeza que não é esse o caso. Um simples exame dos registros de detenções, de intimações e dos índices gerais de criminalidade nos dezoito distritos podem confirmar isso. Afirmo também, com toda a certeza, que as coisas continuarão assim. Antes de mais nada, somos policiais e juramos fazer cumprir a lei e manter a paz. Isso, posso lhe garantir, nunca haverá de mudar. Pelo menos no que depender de nós."

Os homens aplaudiram enquanto Danny se sentava. Curtis levantou-se. Ele parecia abalado, muito pálido, a gravata frouxa pendendo do pescoço, mechas de cabelo fora do lugar.

"Vou analisar todas as observações e todos os depoimentos", disse ele, mãos agarradas à borda da escrivaninha. "Bom dia, senhores."

E com isso ele e Herbert Parker saíram da sala.

PRECISA-SE DE HOMENS FISICAMENTE APTOS
O Departamento de Polícia de Boston procura novos elementos para a Força Policial Voluntária, a ser chefiada pelo ex-superintendente William Pierce. Apenas homens brancos. Preferencialmente que tenham experiência de guerra e/ou constituição robusta. Os interessados devem se apresentar no Arsenal da Commonwealth das 9h às 17h.

Luther colocou o jornal sobre o banco onde o tinha encontrado. Uma força policial voluntária. A impressão é que iam armar um bando de brancos ou imbecis demais para manterem seus empregos ou tão ansiosos para provar sua macheza que se dispunham a abandonar seus bons empregos. Em ambos os casos, uma combinação ruim. Ele imaginou o mesmo anúncio procurando negros para preencher aquelas vagas, riu alto e surpreendeu-se ao ouvir o próprio riso. E não foi o único: um homem branco que estava no banco ao lado enrijeceu o corpo, levantou-se e foi embora.

Luther passara um dia inteiro vagando pela cidade, porque estava a ponto de ficar louco. Um filho que ele ainda não vira o esperava em Tulsa. O filho dele. Lila, cada dia mais receptiva em relação a ele (era sua esperança), também o esperava. Houve um tempo em que ele acreditava que o mundo era uma grande festa à sua espera. Nessa festa haveria homens interessantes e belas mulheres, e eles de certa forma o completariam, cada um à sua maneira, até não haver nada a completar, e então Luther sentiria-se pleno, pela primeira vez desde que seu pai abandonou a família. Mas agora ele já sabia que não era bem assim. Ele conhecera Danny e Nora e sentia por eles uma afeição tão profunda que ainda o surpreendia. E Deus é testemunha do quanto amava os Giddreaux. Neles, Luther encontrara os avós com que sempre sonhara. Ultimamente, porém, isso já não fazia diferença, porque suas esperanças, seu coração e seus amores estavam em Greenwood. A festa? Nunca iria acontecer. Porque, mesmo que acontecesse, Luther estaria em casa. Com sua mulher. Com seu filho.

Desmond.

Este fora o nome que Lila lhe dera, e com o qual Luther se lembra de um dia ter concordado, antes de se meter com o Diácono. Desmond Laurence, o nome do avô de Lila, um homem que a punha no colo e lhe ensinava a Bíblia, o homem de quem ela herdara a determinação, ou pelo menor Luther imaginava, pois de algum lugar aquela determinação tinha de ter vindo.

Desmond.

Um nome bom e forte. Luther começou a amá-lo ao longo dos meses do verão, amá-lo a tal ponto que lhe vinham lágrimas aos olhos. Ele pusera *Desmond* no mundo, e Desmond algum dia iria realizar grandes coisas.

Se Luther pudesse voltar para ele. Para ela. Para eles.

Para ser feliz, um homem tem de buscar alguma coisa a vida inteira. Ele estava construindo uma vida, trabalhando para um homem branco, sim, mas trabalhando para sua mulher, para seus filhos, para seu sonho de que a vida deles fosse melhor, pelo simples fato de ele fazer parte dela. Isso, Luther terminou por entender, foi o que ele não percebeu em Tulsa, e o que seu pai nunca chegou a saber. Os homens devem *fazer* para aqueles a quem amam. Simples assim. De uma simplicidade e clareza cristalinas.

Luther vivia tão inquieto, tão absorvido pela simples necessidade de se mover — em toda parte, a qualquer tempo, fosse como fosse — que esquecera que o movimento tem de ter um objetivo.

Agora ele sabia. Agora ele sabia.

E não podia fazer coisa nenhuma quanto a isso. Mesmo se ele conseguisse dar um jeito em McKenna (um *se* bem grande), não poderia ir ao encontro da família, porque Smoke estava à sua espera. E não podia convencer Lila a vir ao seu encontro (ele tentara várias vezes desde o Natal), porque ela sentia que seu lugar era em Greenwood e também desconfiava — o que era perfeitamente compreensível — que, se resolvesse se mudar, Smoke haveria de segui-la.

Estou a ponto de ficar louco, pensou Luther pela quinquagésima vez naquele dia. Simplesmente louco, porra.

Ele pegou o jornal de cima do banco e se levantou. Do outro lado da Washington, na frente de uma loja de bugigangas baratas, dois homens o observavam. Eles usavam chapéus de cor clara, ternos de algodão listrados. Os dois eram baixos, pareciam assustados, e a coisa seria cômica — balconistas vestidos para parecerem sujeitos respeitáveis — se não fosse pelos volumosos coldres marrons que traziam nos quadris, os cabos das pistolas expostos ao mundo. Balconistas armados. Outras lojas tinham contratado detetives particulares, os bancos estavam solicitando a proteção de agentes federais, mas os pequenos negociantes tentavam se virar treinando seus empregados no manejo de armas de fogo. Eram mais instáveis que uma força policial de voluntários, de certo modo — pensou Luther, ou pelo menos era o que esperava —, porque os policiais voluntários teriam um treinamento um pouco melhor e um pouco mais de autoridade. Esses homens contratados como seguranças, porém — esses balconistas, empacotadores, filhos e genros de joalheiros, peleiros, padeiros e cavalariços —, agora eram vistos por toda a cidade e estavam assustados. Apavorados, nervosos. E armados.

Luther não conseguiu se conter — quando viu que eles o observavam, foi em sua direção e, embora a princípio não tivesse a intenção de fazer isso, atravessou a rua num passo gingado de negro, esboçando um leve sorriso para eles. Os dois homenzinhos se entreolharam, um deles esfregou a mão do lado da calça, logo abaixo da pistola.

"Lindo dia, não?", disse Luther subindo a calçada.

Nenhum dos dois disse nada.

"Belo céu azul", disse Luther. "O primeiro dia claro em uma semana mais ou menos... Vocês deviam *curtir*."

A dupla continuou em silêncio. Luther lhes fez um aceno levando a mão ao chapéu e seguiu caminho pela calçada. O que fizera fora ridículo, principalmente porque havia pouco estava pensando em Desmond, em Lila e em se tornar um homem mais responsável. Mas ele estava certo de que alguma coisa nas armas daqueles homens brancos iria despertar o diabo dentro dele.

E a julgar pela atmosfera que reinava na cidade, deveria haver mais um bocado como aqueles. Ele passou pelo terceiro pronto-socorro improvisado daquele dia, viu lá dentro algumas enfermeiras armando mesas dobráveis e empurrando camas com rodinhas. No começo da tarde, ele atravessara o West End, subira a Scollay Square, e a cada trecho de três quarteirões deparara com algumas ambulâncias esperando pelo que começava a parecer o inevitável. Ele contemplou o *Herald* que tinha nas mãos e deu uma olhada no editorial que ocupava a dobra superior da primeira página:

Em raras ocasiões esta comunidade se mostrou mais preocupada que nos dias de hoje, no que diz respeito às condições do departamento de polícia. Estamos numa encruzilhada. Estaremos dando um longo passo rumo à "russificação", ou para nos submeter ao jugo soviético, se, sob qualquer pretexto, permitirmos que um órgão da lei se ponha a serviço de determinados interesses...

Pobre Danny, pensou Luther. Pobre filho da puta decente e derrotado.

James Jackson Storrow era o homem mais abastado de Boston. Quando se tornou presidente da General Motors, reorganizou a empresa de alto a baixo sem demitir nenhum empregado nem perder a confiança de nenhum acionista. Fundou a Câmara de Comércio de Boston e dirigiu a Comissão de Custo de Vida no período anterior à Guerra Mundial. Durante esse período de privação e desesperança, foi nomeado administrador federal de Abastecimento de Combustíveis por Woodrow Wilson e cuidou para que nos lares da Nova Inglaterra nunca faltasse carvão nem petróleo, chegando a usar, em algumas ocasiões, seu crédito pessoal para garantir que os suprimentos não se atrasassem.

Ouvira outros dizerem que ele era um homem que usava o próprio poder de uma forma delicada, mas a verdade é que ele sempre achou que o poder, de qualquer espécie ou forma, não passava de uma protrusão de um coração egocêntrico. Como todos os egocêntricos eram inseguros e medrosos até a medula, exerciam seu "poder" de uma forma bárbara para que ninguém lhes percebesse a fraqueza.

Terríveis dias aqueles. Entre os "poderosos" e os "destituídos de poder", a batalha geral e absurda abrindo uma nova frente aqui nesta cidade, a cidade que ele amava mais que qualquer outra. E talvez a pior frente desde outubro de 1917.

Storrow recebeu o prefeito Peters na sala de bilhar de sua casa, na Louisburg Square. Logo que o prefeito entrou, Storrow notou seu bronzeado. Isso confirmava sua suspeita, já antiga, de que Peters era um homem frívolo, inadequado para o cargo em circunstâncias normais, e de forma ainda mais notória nas condições atuais.

Um sujeito afável, naturalmente, como a maioria dos homens frívolos, andando em direção a Storrow a passos lépidos de quem curte a primavera, um sorriso radioso e animado.

"Senhor Storrow, foi muita gentileza da sua parte concordar em me receber."

"A honra é toda minha, senhor prefeito."

O aperto de mão do prefeito foi surpreendentemente firme, e Storrow notou uma limpidez em seus olhos azuis que o fez se perguntar se não havia naquele homem mais do que ele inicialmente imaginara. Surpreenda-me, senhor prefeito, surpreenda-me.

"O senhor sabe por que eu vim aqui", disse Peters.

"Imagino que para discutir o problema da polícia."

"Exatamente, senhor."

Storrow conduziu o prefeito a duas poltronas de couro cor de cereja. Entre eles havia uma mesa com duas garrafas e dois copos. Numa garrafa havia conhaque. Na outra, água. Storrow fez um gesto em direção às garrafas, para indicar que estavam à disposição do prefeito.

Peters agradeceu com a cabeça e pôs água num copo.

Storrow cruzou as pernas e pôs-se novamente a observar o homem. Ele apontou para o próprio copo, Peters encheu-o de água, e ambos se recostaram em suas poltronas.

Storrow disse: "Em quê acha que posso ajudá-lo?".

"O senhor é o homem mais respeitado da cidade", disse Peters. "O senhor também é amado por tudo o que fez para manter os lares desta cidade aquecidos durante a guerra. Preciso do senhor e de mais quantos homens da Câmara de Comércio me possa indicar, para formar uma comissão que examine os problemas levantados pelos policiais e os contra-argumentos do comissário de polícia Curtis, e decidir, de uma vez por todas, quem tem razão e quem deverá sair vitorioso."

"Essa comissão seria meramente consultiva ou teria poder de decisão?"

"O regulamento do município determina que, a menos que haja provas de conduta irresponsável da parte do comissário de polícia, ele tem a palavra final em todos os assuntos referentes à polícia. Nem eu nem o governador Coolidge podemos passar por cima da sua autoridade."

"Quer dizer que teremos um poder limitado."

"Sim, será uma instância apenas consultiva. Porém, gozando do conceito de que o senhor goza não apenas neste estado, mas também na região e em nível nacional, estou certo de que seu parecer seria levado na devida conta."

"E quando eu formaria essa comissão?"

"Amanhã, sem maiores delongas."

Storrow terminou de tomar a água e abriu a garrafa de conhaque. Ele levantou a garrafa em direção a Peters, e o prefeito estendeu o copo vazio para Storrow, que o encheu.

"No que diz respeito ao sindicato dos policiais, não vejo forma de permitir que sua filiação à Federação Americana do Trabalho continue."

"Está muito bem, senhor."

"Quero me reunir imediatamente com os representantes do sindicato. Amanhã à tarde. Você pode acertar isso?"

"Sim."

"Quanto ao comissário Curtis, que impressão tem dele, senhor prefeito?"

"Ele é raivoso", disse Peters.

Storrow balançou a cabeça. "É assim que me lembro dele. Ele foi prefeito quando eu era superintendente em Harvard. Nos encontramos poucas vezes. Lembro-me apenas de sua raiva. Por mais reprimida que fosse, era a expressão do mais terrível ódio de si mesmo. Quando um homem como esse recupera um cargo de mando depois de muito tempo no ostracismo, isso me deixa preocupado, senhor prefeito."

"A mim também", disse Peters.

"Esses homens ficam perdendo tempo com ninharias enquanto as cidades pegam fogo." Storrow sentiu um longo suspiro saindo de si, ouviu-o deixar sua boca e ganhar a sala como se este tivesse passado tantas décadas testemunhando devastação e loucura, que no dia seguinte, quando Storrow voltasse à sala, o suspiro ainda estaria vagando por ali. "Homens desse tipo amam cinzas."

Na tarde seguinte, Danny, Mark Denton e Kevin McRae reuniram-se com James J. Storrow numa suíte do Parker House. Levavam consigo informações detalhadas sobre as condições sanitárias de todas as dezoito delegacias, relatórios assinados por mais de vinte patrulheiros listando a média de trabalho diária ou semanal, além de um gráfico com as médias de salário de mais de trinta profissões locais — inclusive dos porteiros da prefeitura, motorneiros de bondes e estivadores. Em comparação, os ganhos dos policiais eram irrisórios. Eles os espalharam diante de James J. Storrow e dos três empresários que compunham sua comissão e ficaram esperando enquanto eles examinavam os documentos, passavam entre si algumas folhas que os tinham interessado particularmente, balançando a cabeça surpresos, soltando resmungos de consternação e revirando os olhos de apatia, o que fez Danny temer ter despejado coisas demais nas mãos deles.

Storrow ia pegar na pilha mais um relatório de um patrulheiro, mas então empurrou toda a papelada para longe. "Já vi o suficiente", disse ele calmamente. "Já basta. Não é de estranhar que os senhores se sintam abandonados pela cidade que cuidam de proteger." Ele olhou para os outros três homens, os quais, alinhando-se com a posição de Storrow, tomaram-se de súbita comiseração e a expressaram balançando a cabeça para Danny, Mark Denton e Kevin McRae. "Isso é uma vergonha, senhores, e a culpa não recai apenas sobre o comissário Curtis. Isso aconteceu sob as vistas do comissário O'Meara e dos prefeitos Curley e Fitzgerald." Storrow deu a volta à mesa, estendeu a mão e cumprimentou sucessivamente Mark Denton, Danny e Kevin McRae. "Minhas mais profundas desculpas."

"Obrigado, senhor."

Storrow recostou-se na mesa. "O que temos de fazer, senhores?"

"Queremos apenas o que é justo, senhor", respondeu Mark Denton.

"E o que é que os senhores consideram justo?"

Danny disse: "Bem, para começar um aumento de trezentos ao ano em nossos soldos. O fim das horas extras e das missões especiais sem uma compensação equivalente à dessas outras trinta profissões cuja situação lhes apresentamos".

"O que mais?"

"Acabar", disse Kevin McRae, "com essa história de pagarmos por nossos uniformes e equipamentos. Queremos também delegacias limpas, camas limpas, banheiros que se possam usar, a exterminação de insetos e de piolhos."

Storrow balançou a cabeça, aquiescendo. Ele se voltou, encarou os outros homens, embora fosse evidente que sua palavra era a única que de fato contava. Então se voltou novamente para os policiais. "Eu concordo."

"Como, senhor?", disse Danny.

Os olhos de Storrow brilharam num sorriso. "Eu disse que concordo, agente. Com efeito, vou defender o ponto de vista de vocês e recomendar que suas reivindicações sejam atendidas na forma como vocês as apresentaram."

O primeiro pensamento de Danny: a coisa era assim tão fácil?

O segundo pensamento: vamos esperar pelo "mas".

"Mas", disse Storrow, "tenho competência apenas para recomendar. Não posso implementar as mudanças, só o comissário Curtis tem esse poder."

"Senhor", falou Mark Denton, "com o devido respeito, o comissário Curtis está resolvendo se não é o caso de dispensar dezenove dos nossos."

"Sei disso, mas acho que ele não o fará", disse Storrow. "Seria o cúmulo da imprudência. A cidade, acreditem ou não, está a favor dos senhores. As pessoas são francamente *contra* uma greve. Se os senhores concordarem que eu cuide desse assunto, talvez consigam tudo o que estão pleiteando. A decisão final caberá ao comissário, mas ele é um homem razoável."

Danny balançou a cabeça. "Ainda estou por ter provas disso, senhor."

Storrow deu aquele seu sorriso distante, quase tímido. "Seja como for, posso lhes garantir que a cidade, o prefeito, o governador e todo e qualquer cidadão de espírito imparcial haverão de entender os motivos de vocês com a mesma clareza com que os entendi hoje. Logo que eu conseguir elaborar e apresentar meu relatório, vocês terão justiça. Peço-lhes paciência, senhores. Peço-lhes prudência."

"O senhor as terá", disse Mark Denton.

Storrow deu novamente a volta à mesa e começou a remexer nos papéis. "Mas vocês vão ter de abrir mão da filiação à Federação Americana do Trabalho."

Então era aquilo. Danny teve vontade de atirar a mesa pela janela. Jogar todos os que estavam na sala pela janela. "E ficar à mercê de quem agora, senhor?"

"Não estou entendendo."

Danny se pôs de pé. "Senhor Storrow, nós todos o respeitamos. Mas já aceitamos meias medidas antes, e nenhuma delas deu resultado. Nós trabalhamos com salários de 1903 porque os homens que nos precederam se deixaram enganar durante doze anos e só começaram a exigir seus direitos em 1915. Nós aceitamos a promessa da prefeitura de que, embora não nos pudesse pagar o merecido durante a guerra, garantiriam uma compensação quando ela acabasse. Mas sabe o que acontece? Ainda estamos recebendo salários de 1903. E sabe o que mais? Não recebemos nenhuma recompensa adequada depois da guerra. Além disso, nossas delegacias continuam sendo verdadeiras cloacas, e nossos homens continuam sobrecarregados de trabalho. O comissário Curtis declara à imprensa que está formando 'comitês', mas esconde o fato de que esses 'comitês' são compostos de seus próprios homens e de que esses homens têm opiniões perniciosas. Depositamos nossa confiança nesta cidade antes, senhor Storrow, inúmeras vezes, e fomos enganados. E agora o senhor quer que rejeitemos a organização que nos deu uma esperança real e um poder de barganha efetivo?"

Storrow pôs ambas as mãos na mesa e olhou para Danny. "Sim, quero sim. Vocês podem usar a FAT como um trunfo. Vou lhes dizer agora, com toda a clareza: é uma jogada inteligente, portanto não abram mão disso por enquanto. Mas, filho, posso garantir que os senhores terão de abandonar a Federação. E se resolverem entrar em greve, farei o que puder para esmagar vocês e cuidarei para que nunca mais possam usar um distintivo da polícia." Ele se inclinou para a frente. "Eu *acredito* na causa de vocês, agente. Vou lutar por vocês. Mas não tentem encostar a mim ou a esta comissão contra a parede, porque vocês não sobreviverão à reação."

Atrás dele, as janelas exibiam um céu de um azul puríssimo. Um perfeito dia de verão, na primeira semana de setembro, capaz de fazer esquecer os sombrios dias chuvosos de agosto, e aquela clara sensação de que nunca mais pararia de chover.

Os três policiais se levantaram, saudaram James J. Storrow, seus homens e sua comissão, e foram embora.

Danny, Nora e Luther estavam jogando copas sobre um lençol velho posto entre duas chaminés no terraço do edifício de Danny. Anoitecia, os três estavam cansados — Luther fedendo a estábulo, Nora com o cheiro da fábrica. Ainda assim, lá estavam eles no alto, com duas garrafas de vinho e um baralho, porque havia poucos lugares em que um negro e um branco podiam se reunir em público, e ainda menos lugares em que uma mulher podia se juntar a esses homens e tomar tanto vinho. Quando os três se reuniam assim, Danny tinha a sensação de que estavam, de algum modo, derrotando o mundo.

Luther disse: "Quem é aquele?", com a voz pastosa por causa do vinho. Danny acompanhou o olhar de Luther e viu James Jackson Storrow atravessando o terraço, vindo na direção dele. Ele fez menção de se levantar, mas Nora agarrou-lhe o pulso quando ele esboçou o primeiro movimento nesse sentido.

"Uma italiana gentil me disse para procurá-lo aqui", disse Storrow. Ele contemplou os três, o lençol esfarrapado sobre o qual se espalhavam as cartas, as garrafas de vinho. "Desculpem a intromissão."

"Não tem problema", disse Danny enquanto Luther se punha de pé e estendia a mão a Nora. Nora segurou-lhe a mão, Luther ajudou-a a se levantar, e ela alisou o vestido.

"Senhor Storrow, esta é minha esposa, Nora, e este é meu amigo Luther."

Storrow apertou a mão dos dois como se aquele tipo de encontro fosse corriqueiro em Beacon Hill.

"É uma honra conhecê-los", disse ele com um gesto de cabeça para cada um. "Posso ter uma conversa particular com seu marido só por um instante, senhora Coughlin?"

"Claro, senhor. Mas cuidado com ele... ele não está muito bem das pernas."

Storrow lhe deu um sorriso largo. "Dá para notar, senhora. Não tem importância."

Ele a cumprimentou levando a mão ao chapéu, seguiu Danny até o outro lado do terraço, e os dois contemplaram o porto.

"O senhor considera os negros como seus iguais, agente Coughlin?"

"Se eles não tiverem nada contra", disse Danny, "também não tenho."

"E você também não se preocupa que sua mulher se embriague em público?"

Danny continuou a olhar o porto. "Nós não estamos em público, senhor, e se estivéssemos, eu estaria cagando e andando para isso. Ela é minha esposa. Ela significa muitíssimo mais para mim que o público." Ele voltou o olhar para Storrow. "E, aliás, mais que qualquer um."

"Muito justo." Storrow pôs um cachimbo na boca e levou um minuto para acendê-lo.

"Como o senhor me descobriu, senhor Storrow?"

"Não foi difícil."

"O que o traz aqui?"

"O presidente do sindicato de vocês, o senhor Denton, não estava em casa."

"Ah."

Storrow tirou uma baforada do cachimbo. "Sua esposa tem uma carnalidade que salta aos olhos."

"Uma 'carnalidade'?"

O outro confirmou com um gesto de cabeça. "Isso mesmo. É fácil entender por que você se encantou com ela." Ele tirou outra baforada. "Quanto ao crioulo, ainda estou tentando imaginar."

"Por que motivo veio aqui, senhor?"

Storrow voltou-se para poder encará-lo. "É bem possível que Mark Denton estivesse em casa. Não procurei verificar. Vim diretamente ao senhor, agente Coughlin, porque o senhor é ao mesmo tempo apaixonado e comedido, e seus homens, posso imaginar, sentem isso. Tive a impressão de que o agente Denton é muito inteligente, mas menos persuasivo que o senhor."

"Quem o senhor quer que eu persuada, senhor Storrow? E que peixe devo vender?"

"O mesmo que estou vendendo: resolver o problema pacificamente." Ele pôs a mão no braço de Danny. "Fale com seus homens. Podemos terminar com isso, filho. Você e eu. Vou apresentar meu relatório à imprensa amanhã à noite. Vou recomendar a plena aceitação das suas reivindicações. Com exceção de apenas uma."

Danny balançou a cabeça. "A filiação à FAT."

"Exatamente."

"Aí tornaremos a ficar sem nada, apenas com promessas."

"Mas agora são as *minhas* promessas, filho. Com todo o respaldo do prefeito, do governador e da Câmara de Comércio."

Nora riu alto. Danny olhou para o extremo oposto do terraço e viu-a atirando cartas em Luther e este levantando as mãos num fingido gesto de defesa. Danny sorriu. Nos últimos meses, que tinham passado tão depressa, ele descobriu que Luther preferia demonstrar sua afeição por Nora procurando irritá-la, afeição a que ela correspondia, alegremente, agindo da mesma forma.

Danny continuou olhando para eles. "Todo dia, neste país, estão acabando com sindicatos, senhor Storrow, e nos dizendo com quem podemos ou não podemos nos associar. Quando eles precisam de nós, invocam a família. Quando precisamos deles, eles falam em negócios. Minha mulher ali, meu amigo e eu mesmo... não passamos de párias, senhor. Sozinhos, com certeza afundaríamos. Mas juntos ganhamos alguma força, como um sindicato. Quando será que os magnatas vão pôr isso na cabeça?"

"Eles nunca o farão", disse Storrow. "Vocês acham que estão travando uma grande luta, e talvez estejam mesmo. Mas é uma luta velha como o tempo, e nunca terá fim. Ninguém vai agitar uma bandeira branca nem admitir ter sido derrotado. Você acha francamente que Lênin é diferente de JP Morgan? Que você, se lhe fosse dado um poder absoluto, agiria de modo diferente? Você sabe qual a diferença fundamental entre os homens e os deuses?"

"Não, senhor."

"Os deuses não acham que podem se tornar seres humanos."

Danny voltou-se, olhou Storrow nos olhos e não disse nada.

"Se vocês insistirem na filiação à FAT, terão de abandonar toda a esperança de melhorar a própria condição."

Danny voltou a olhar para Nora e Luther. "Tenho sua garantia de que, se eu convencer meus homens a saírem da FAT, a prefeitura nos dará o que nos é devido?"

"Você tem minha palavra, a do prefeito e a do governador."

"O que me importa é a sua", disse Danny estendendo-lhe a mão. "Vou tentar convencer meus homens."

Storrow apertou-lhe a mão e segurou-a com firmeza. "Sorria, meu jovem Coughlin — nós dois vamos salvar esta cidade."

"Não seria ótimo?"

Danny os convenceu. No Fay Hall, às nove da manhã do dia seguinte. Terminada a contagem dos votos, que deu um resultado apertado de quatrocentos e seis a trezentos e setenta e sete, Sid Pol perguntou: "E se eles nos traírem novamente?".

"Eles não fariam isso."

"Como você sabe?"

"Eu não sei", disse Danny. "Mas a esta altura não vejo nenhuma lógica nisso."

"E se essa história não tiver nada a ver com lógica?", gritou alguém.

Danny levantou as mãos porque não soube o que responder.

* * *

No domingo à tarde, Calvin Coolidge, Andrew Peters e James Storrow dirigiram-se à casa do comissário Curtis em Nahant. Eles se reuniram com o comissário na varanda no fundo da casa, de frente para o Atlântico, sob um céu pálido.

Várias coisas ficaram claras para Storrow, pouco depois de começada a reunião. A primeira era que Coolidge não tinha o menor respeito por Peters, e que este o odiava por isto. Toda vez que Peters abria a boca para dizer alguma coisa, Coolidge o interrompia.

A segunda coisa, ainda mais preocupante, era que a passagem do tempo nada fizera para tirar de Edwin Upton Curtis aquele ar de ódio de si mesmo e de misantropia, tão intensos que tingiam sua carne feito um vírus.

Peters disse: "Comissário Curtis, nós...".

"...viemos", disse Coolidge, "para informá-lo de que o senhor Storrow talvez tenha encontrado uma saída para nossa crise."

Peters continuou: "E de que...".

"...se o senhor estiver disposto a nos ouvir, tenho certeza de que haverá de concluir que chegamos a um acordo aceitável." Coolidge recostou-se na cadeira reclinável.

"Senhor Storrow", disse Curtis. "Como tem andado desde a última vez que nos encontramos?"

"Bem, Edwin. E você?"

Curtis dirigiu-se a Coolidge: "A última vez em que o senhor Storrow e eu nos encontramos foi numa fabulosa festa na casa de lady Dewar, na Louisburg Square. Uma noite realmente fabulosa, você não acha, James?".

Storrow não tinha a menor recordação daquela noite. Lady Dewar morrera havia mais de dez anos. Como socialite, ela tinha um status razoável, mas não figurava no primeiro time. "Sim, Edwin, foi um evento memorável."

"Eu era prefeito na época, claro", disse Curtis a Peters.

"E, aliás, um bom prefeito, comissário", disse Peters olhando para Coolidge, como se surpreso pelo fato de o governador tê-lo deixado terminar de exprimir um pensamento.

Mas essa sua intervenção não foi muito feliz. Uma sombra percorreu os olhinhos de Curtis, que tomou o alegre elogio de Peters como um insulto.

Ao chamá-lo de "comissário", o atual prefeito lembrou-o do que ele deixara de ser.

Meu Deus do céu, pensou Storrow, esta cidade vai queimar até o chão por causa de um narcisismo sem sentido e de um mal-entendido absurdo.

Curtis olhou para ele. "Você acha que os homens têm motivos para queixa, James?"

Devagar, Storrow se pôs a procurar o cachimbo. Depois de conseguir acendê-lo na terceira tentativa, por causa do vento que soprava do mar, cruzou as pernas. "Acho que têm sim, Edwin, mas é bom deixar claro que você herdou esses problemas da administração anterior. Ninguém o considera responsável por isso. O que se crê é que você tentou lidar com eles da forma mais digna possível."

Curtis balançou a cabeça. "Eu lhes ofereci um aumento. Eles o recusaram terminantemente."

Porque ele veio com dezesseis anos de atraso, pensou Storrow.

"Eu criei várias comissões para avaliar suas condições de trabalho."

Cheia de bajuladores escolhidos a dedo, pensou Storrow.

"Agora se tornou uma questão de respeito. Respeito pelo dever. Respeito por este país."

"Mas só se você encarar as coisas dessa maneira, Edwin." Storrow descruzou as pernas e inclinou-se para a frente. "Os homens o respeitam, comissário. Pode acreditar. E eles respeitam esta Commonwealth. Creio que meu relatório vai demonstrar isso."

"Seu relatório...", disse Curtis. "E quanto ao meu relatório? Quando minha opinião vai se fazer ouvir?"

Meu Deus, era como ficar disputando brinquedos num berçário.

"Comissário Curtis", disse o governador, "todos entendemos sua posição. Você não deve se sentir obrigado a atender às exigências descabidas de subordinados..."

"Obrigado?", disse Curtis. "Eu não sou disso, senhor. Eu estou sendo extorquido. É exatamente disso que se trata. De extorsão."

"Seja como for", disse Peter, "nós achamos que agora o melhor caminho..."

"...é deixar de lado os sentimentos pessoais", disse Coolidge.

"Não se trata de algo pessoal", disse Curtis inclinando a cabeça para a frente e contorcendo o rosto, fazendo cara de vítima. "Trata-se de algo público. Uma questão de princípio. Isto aqui é o mesmo que Seattle, senhores. E São Petersburgo. E Liverpool. Se permitirmos que eles vençam aqui, com certeza sofreremos um processo de russificação. Os princípios defendidos por Jefferson, Franklin e Washington serão..."

"Edwin, por favor." Storrow não conseguiu se conter. "Eu negociei um acordo que talvez nos permita reassumir o controle da situação tanto em termos locais quanto nacionais."

Edwin Curtis bateu palmas. "Bem, da minha parte, gostaria muito de ouvir essa proposta."

"O prefeito e a Câmara Municipal encontraram meios de aumentar o salário dos homens numa escala satisfatória para 1919 e os anos seguintes. É uma coisa justa, Edwin. Não se trata de uma grande capitulação, posso lhe garantir. Além disso, alocamos fundos para melhorar as condições de trabalho nas delegacias. Estamos trabalhando com um orçamento apertado, e outros funcionários públicos não vão receber verbas com as quais já contavam, mas tentamos minimizar as perdas. Isso resguardaria o interesse da maioria."

Com os lábios lívidos, Curtis balançou a cabeça. "Você é que pensa."

"Penso sim, Edwin." Storrow mantinha um tom suave e cálido.

"Esses homens se filiaram a um sindicato nacional contra minhas ordens expressas, desconsiderando abertamente as normas e os regulamentos do departamento de polícia. Essa filiação é uma afronta a este país."

Storrow lembrou-se da maravilhosa primavera de seu primeiro ano em Harvard, quando ele entrou na equipe de boxe e experimentou uma pureza de violência que ele nunca poderia ter imaginado se não estivesse esmurrando e sendo esmurrado nas tardes de terças e quintas-feiras. Seus pais terminaram por descobrir, e aquilo foi o fim do pugilismo para ele... Mas, puxa vida, como ele iria gostar de ajustar as luvas agora mesmo e esmagar com um soco o nariz de Curtis.

"Quer dizer que para você esse é o nó da questão, Edwin? A filiação à FAT?"

Curtis ergueu as mãos. "Claro que sim!"

"Digamos, então, que os homens concordassem em abrir mão da filiação?"

Curtis semicerrou os olhos. "Eles o fizeram?"

"Então, Edwin", disse Storrow devagar. "E se eles fizerem isso?"

"Eu levaria em consideração, vendo isso como um sinal."

"Sinal de *quê*?", perguntou Peters.

Storrow lançou-lhe um olhar que ele pretendia incisivo o bastante, e Peters abaixou a vista.

"Uma indicação, senhor prefeito, de um contexto mais amplo." Os olhos de Curtis voltaram-se para dentro, algo que Storrow tantas vezes vira em negociações financeiras — autocomiseração disfarçada de profunda reflexão.

"Edwin", disse ele, "os homens vão se retirar da Federação Americana do Trabalho. Eles vão ceder. A pergunta é: você também está disposto a ceder?"

A brisa marinha soprou no toldo sobre o vão da porta, fazendo suas abas baterem umas contra as outras.

"Os dezenove homens devem ser disciplinados, mas não punidos", disse o governador Coolidge. "Prudência, comissário, é isso que nós pedimos."

"Bom-senso", acrescentou Peters.

Fracas ondas chocando-se contra os rochedos.

Storrow viu Curtis olhando para ele como se esperando sua palavra final. Ele se levantou e estendeu a mão ao homenzinho. Curtis apertou-lhe a mão com os dedos úmidos.

"Tenho toda a confiança em você", disse Storrow.

Curtis lhe deu um sorriso soturno. "Isso é animador, James. Pode ter certeza de que vou levar em consideração."

No final da mesma tarde, num acontecimento que constituiria uma tremenda vergonha para o Departamento de Polícia de Boston caso vazasse para a imprensa, um pequeno destacamento de homens chegou à nova sede da ANPPN, na Shawmut Avenue. O tenente Eddie McKenna, munido de um mandado de busca, cavou a terra sob o piso da cozinha e no quintal.

Rodeado de convidados que tinham vindo para a cerimônia de inauguração, ele não achou nada.

Nem mesmo uma caixa de ferramentas.

O relatório Storrow foi entregue à imprensa naquela mesma noite.

Na manhã de segunda-feira, publicaram-se trechos dos relatórios, e os editoriais dos quatro maiores jornais proclamaram James J. Storrow o salvador da cidade. Equipes de trabalhadores vieram desmontar as tendas de pronto-socorro que tinham sido armadas em toda a cidade. Dispensaram também os motoristas das ambulâncias extras. Os presidentes da Jordan Marsh e da

Filene, duas grandes lojas de departamentos, decidiram interromper as aulas de tiro para os funcionários, e todas as armas fornecidas a eles foram retomadas. Divisões da Guarda Nacional e pelotões da Cavalaria dos Estados Unidos, que estavam concentrados em Concord em estado de alerta vermelho, passaram para o alerta azul.

Às três e meia da tarde, a Câmara Municipal aprovou uma lei determinando que se desse o nome de James J. Storrow a algum edifício ou logradouro público.

Às quatro, o prefeito Andrew Peters saiu da Prefeitura e deparou com uma multidão que o esperava. Ela o aplaudiu.

Às cinco e quarenta e cinco, policiais de todas as dezoito delegacias se reuniram para responder à chamada noturna. Foi quando o sargento que estava de serviço em cada delegacia informou aos homens que o comissário Curtis tinha ordenado o desligamento imediato dos dezenove homens suspensos na semana anterior.

No Fay Hall, às onze da noite, os membros do Departamento de Polícia de Boston votaram por reiterar a filiação à Federação Americana do Trabalho.

Às onze e cinco, eles votaram pela greve. Decidiu-se que ela começaria na chamada noturna do dia seguinte, uma terça-feira, quando mil e quatrocentos policiais iriam abandonar seus postos.

A votação foi unânime.

35.

Na cozinha vazia de sua casa, Eddie McKenna pôs dois dedos de uísque irlandês Powers num copo de leite morno e tomou-o enquanto comia um prato de frango e purê de batatas que Mary Pat deixara no forno. A cozinha estava mergulhada no silêncio, iluminada apenas por um pequeno lampião de gás em cima da mesa atrás dele. Eddie comeu na pia, como sempre fazia quando estava sozinho. Mary Pat tinha ido a uma reunião da Associação de Vigilância Constante, também conhecida como Associação da Nova Inglaterra para a Erradicação do Vício. Eddie, que mal admitia que se desse nome a um cachorro, nunca haveria de entender por que dar nome a uma organização, e não apenas um, mas dois. Ah, bem, agora que Edward Junior estava na Rutgers e Beth fora para um convento, pelo menos Mary Pat largara um pouco de seu pé. Bastou pensar em todas aquelas velhas frígidas juntando-se para implicar com os bêbados e as sufragistas para abrir um sorriso na cozinha meio às escuras, em Telegraph Hill.

Ele terminou a refeição, enfiou o prato dentro da pia e o copo vazio do lado dele. Em seguida pegou a garrafa de uísque irlandês, encheu um copo e subiu as escadas levando o copo e a garrafa. Uma bela noite, como previsto pela meteorologia. Boa para o terraço e para pensar por algumas horas, porque, à exceção do tempo, tudo tinha virado uma merda. Ele quase chegava a torcer para que o sindicato bolchevique dos policiais *entrasse* em greve, nem que fosse para manter o fiasco daquela tarde na ANPPN fora das primeiras páginas dos jornais. Deus era testemunha do que aquele negro lhe aprontara. Luther Laurence. Luther Laurence. Luther Laurence. O nome martelava em sua mente como um escárnio puro e refinado.

Ah, Luther. Você vai ter bons motivos para amaldiçoar o dia em que saiu da boceta velha de guerra da sua mãe. Pode ter certeza, rapaz.

Para além do terraço, lá no alto, as estrelas tinham um brilho fraco e indistinto, como se tivessem sido desenhadas por uma mão não muito firme. Fiapos de nuvens deslizavam por trás da fumaça da fábrica de estopa. De onde estava, ele via as luzes da Companhia Americana de Refino de Açúcar, uma monstruosidade composta de quatro blocos de edifícios que produzia continuamente poluentes pegajosos e roedores tão grandes que a gente podia selar e montar, e o canal Fort Point, que cheirava a óleo — nada disso, porém, lhe tirava o prazer de ficar lá em cima contemplando o bairro em que ele e Tommy Coughlin trabalharam como recrutas naquela terra nova que agora era a sua. Eles se conheceram no navio. Dois clandestinos que tinham sido pegos nas extremidades opostas da embarcação, já no segundo dia da viagem, e que foram obrigados ao trabalho escravo na cozinha. À noite, acorrentados um ao outro e à base de uma pia do tamanho de um cocho de cavalo, eles contavam histórias do Velho Mundo. Tommy deixara para trás um pai beberrão e um irmão gêmeo doentio na cabana de rendeiro em Southern Cork. Eddie só deixara um orfanato em Sligo. Não chegou a conhecer o pai, e sua mãe morrera de febre quando ele tinha oito anos. Assim, lá estavam eles, dois jovens espertos, mal entrados na adolescência, mas cheios de disposição, cheios de ambição.

Tommy, com seu fascinante sorriso de Cheshire e olhos brilhantes, terminou por se revelar mais ambicioso que Eddie. Enquanto Eddie, sem a menor dúvida, adaptava-se perfeitamente à sua pátria adotiva, Thomas Coughlin *prosperava*. Família perfeita, vida perfeita, uma tal quantidade de dinheiro guardado no cofre do escritório que faria Creso corar. Um homem que usava seu poder como um terno branco numa noite negra como carvão.

De início, a divisão de poder não foi tão notável. Quando eles entraram na força pública, passaram pela academia e fizeram suas primeiras rondas, nada distinguia particularmente um jovem do outro. A certa altura, porém, depois de seus primeiros anos na força, Tommy dera mostras de um intelecto sagaz, ao passo que Eddie continuava com sua mescla de adulação e ameaça, tornando-se a cada ano mais corpulento. O impecável Tommy continuava magro e astuto. Um sujeito pronto a enfrentar desafios, um madrugador, um punho de ferro sob uma luva de veludo.

"Ah, eu ainda pego você, Tommy", murmurava Eddie, embora soubesse que aquilo era mentira. Ele não tinha tino para negócios e política como Tommy. E se algum dia ele tivera condição de desenvolver aqueles talentos, esse dia há muito já passara. Não, ele tinha de se conformar...

A porta de seu telheiro estava aberta. Só um pouco, mas aberta. Ele foi até lá e abriu-a totalmente. Dava a impressão de que ele o tinha abandonado — uma vassoura e ferramentas de jardinagem de um lado, duas de suas mochilas puídas à direita. Ele as empurrou um pouco mais para o canto e tateou até encontrar a borda da tábua do assoalho. Puxou-a para cima, tentando obliterar a lembrança de ter feito exatamente a mesma coisa, naquela mesma tarde, na Shawmut Avenue, com todos aqueles crioulos bem vestidos à sua volta, expressão estoica nas faces, mas morrendo de rir por dentro.

Embaixo da tábua do assoalho estavam os maços de dinheiro. Ele sempre preferia tê-los ali. Thomas que pusesse o dinheiro dele no banco, aplicasse em imóveis ou guardasse no cofre de seu escritório. Eddie gostava dos maços de dinheiro, e gostava que ficassem ali, onde ele poderia se sentar depois de alguns drinques, mexer neles, sentir-lhes o cheiro. Quando havia dinheiro em excesso — um problema que, felizmente, acontecia mais ou menos a cada três anos —, ele levava para depositar numa caixa-forte do First National, em Uphams Corner. Até lá, ele ia guardá-lo bem à mão. Ali estavam os maços agora, claro, todos em seus lugares como insetos num tapete, da mesma forma como os deixara. Ele recolocou a tábua do assoalho, levantou-se e fechou a porta do telheiro até ouvir o clique da fechadura.

Parou no meio do terraço e inclinou a cabeça.

Na extremidade do terraço havia uma forma retangular encostada ao parapeito. Teria uns trinta centímetros de comprimento e uns quinze de altura.

O que era aquilo agora?

Eddie tomou uma golada de seu copo de Powers, olhou em volta no terraço às escuras e apurou o ouvido. Não da maneira como a maioria das pessoas se põe a escutar, mas no estilo de um policial com vinte anos de experiência em caçar idiotas em becos e em edifícios às escuras. O ar que ainda há pouco recendia a óleo e ao canal Fort Point, agora cheirava à sua própria carne úmida e ao cascalho sob seus pés. No porto, um navio tocou a sirene. No parque lá embaixo, alguém riu. Em algum lugar ali perto, uma janela se fechou. Um automóvel subia com dificuldade a G Street, arranhando marchas.

Não havia luar, e o lampião de gás mais próximo estava um andar abaixo.

Eddie ficou na escuta mais um pouco. À medida que seus olhos se acostumavam à escuridão, teve certeza de que a forma retangular não era uma ilusão criada pela noite. Ela estava mesmo lá, e ele sabia muito bem que diabo era aquilo.

Uma caixa de ferramentas.

A caixa de ferramentas, a mesma que ele dera a Luther Laurence, cheia de pistolas que ele surrupiara, em várias delegacias, de salas em que se guardavam armas apreendidas.

Eddie pôs a garrafa de Powers na gravela, tirou o trinta e oito do coldre e engatilhou-o.

"Você está aí?", disse ele segurando a arma junto do ouvido e escrutando a escuridão. "Você está aí, filho?"

Mais um minuto de silêncio. Mais um minuto em que ele não se mexeu.

E ainda nada, a não ser os sons do bairro que se estendia lá embaixo e o silêncio do terraço à sua frente. Ele abaixou o revólver de serviço, batendo-o contra a coxa enquanto atravessava o terraço e chegava à caixa de ferramentas. Ali havia muito mais luz, que vinha das lâmpadas do parque, da Old Harbor Street, das fábricas junto à água escura do canal e das fábricas do Telegraph Hill. Não havia dúvida de que a caixa de ferramentas era a que ele dera a Luther — as mesmas rachaduras na pintura, a mesma alça desgastada. Ele abaixou a vista, olhou para a caixa, tomou outro gole e viu quanta gente passeava pelo parque. Coisa rara àquela hora da noite, mas era uma sexta-feira, e talvez a primeira sexta-feira, durante todo um mês, que não fora estragada por uma chuva pesada.

Foi a lembrança da chuva que o fez olhar, por cima do parapeito, para as calhas de sua casa. Ele notou que uma dela se desprendera, afastando-se do tijolo, pendendo para a direita e para baixo. Ele já estava abrindo a caixa de ferramentas antes de se lembrar de que ela tinha apenas pistolas. Então pensou que ideia de jerico era aquela de abrir a caixa em vez de chamar o Esquadrão Antibomba. A caixa se abriu sem incidentes, porém. Eddie McKenna pôs no coldre o revólver de serviço, olhou para dentro da caixa e viu a última coisa que esperava ver naquela caixa.

Ferramentas.

Várias chaves de fenda, um martelo, três chaves tubulares, dois alicates, uma pequena serra.

A mão que tocou às suas costas o fez quase com delicadeza. Ele mal a sentiu. Corpulento como era, e desacostumado a que lhe pusessem a mão, ele imaginaria ser preciso mais força para tirá-lo do chão. Mas ele estava inclinado para a frente, os pés juntos, uma mão apoiada no joelho, a outra segurando o copo de uísque. Uma lufada fria bateu-lhe no peito quando ele se projetou no espaço entre sua casa e a dos Anderson, ouvindo o farfalhar de suas roupas no ar da noite. Abriu a boca, pensando que deveria gritar, e a janela da cozinha passou diante de seus olhos como a cabine de um elevador. Um vento enchia-lhe os ouvidos, numa noite sem vento. O copo de uísque caiu primeiro no pavimento da rua, seguido da cabeça dele. Foi um som desagradável, seguido de outro, quando sua espinha se quebrou.

Ele foi erguendo a vista, acompanhando a parede de sua casa, até divisar a borda do terraço, e então pensou ter visto alguém lá em cima olhando para ele, mas não dava para ter certeza. Seu olhar deparou com a parte da calha que tinha se soltado do tijolo, e então se lembrou de acrescentar aquilo à lista dos consertos a serem feitos. Era uma lista longa, interminável.

"Encontramos uma chave de fenda em cima do parapeito, capitão."

Thomas Coughlin abaixou os olhos e contemplou o corpo de Eddie McKenna. "Que significa isso?"

O detetive Chris Gleason balançou a cabeça. "O máximo que se pode dizer é que ele estava debruçado para tirar um velho prendedor da calha, não é? O prendedor tinha se partido em dois. Ele estava tentando arrancá-lo do tijolo e..." Gleason deu de ombros. "Sinto muito, capitão."

Thomas apontou para os cacos de vidro na mão esquerda de Eddie. "Ele estava com um copo na mão, detetive."

"Sim, senhor."

"Em sua *mão*." Thomas olhou para o telhado novamente. "Você está querendo me dizer que ele estava tirando um prendedor e bebendo ao mesmo tempo?"

"Encontramos uma garrafa lá, senhor. Powers & Sons. Um uísque irlandês."

"Eu sei qual a marca preferida dele, detetive. Mas ainda assim isso não explica por que ele estava com um copo numa mão e..."

"Ele era destro, não é, capitão?"

Thomas encarou Gleason. "Que tem isso?"

"O copo estava na mão esquerda." Gleason tirou o chapéu de palheta e alisou os cabelos da nuca. "Capitão, o senhor *sabe* que não estou tentando discutir com o senhor. Não quanto a isso. O homem era uma lenda, senhor. Se ao menos por um instante me passasse pela cabeça que pudesse haver alguma coisa errada nessa história, eu ia virar esse bairro de cabeça para baixo. Mas nenhum vizinho ouviu nada. O parque estava cheio de gente, e ninguém viu nada além de um homem sozinho no terraço. Nenhum sinal de luta, nenhum ferimento decorrente de um gesto de defesa. Não se ouviu nem um grito, capitão."

Thomas descartou o assunto com um gesto de mão, ao mesmo tempo que balançava a cabeça. Fechou os olhos por um instante e agachou-se ao lado de seu mais velho amigo. Ele viu a si mesmo e ao amigo ainda rapazes, ainda com o mau cheiro da longa travessia, fugindo daqueles que os tinham aprisionado. Fora Eddie quem quebrara os cadeados que os prendiam à base da pia do navio. Ele o fizera na última noite, e quando seus carcereiros, dois membros da tripulação chamados Laurette e Rivers, vieram procurá-los de manhã, eles já tinham se enfiado entre a multidão da terceira classe. Quando Laurette os avistou e começou a apontar e a gritar, a prancha de desembarque já tinha sido abaixada, e Thomas Coughlin e Eddie McKenna correram a toda a velocidade por entre um nunca acabar de pernas, de malas e engradados que balançavam no ar. Eles driblaram os marujos, o pessoal da alfândega e os policiais, deixando para trás os apitos agudos que tocavam por causa deles. Como se estivessem lhes dando as boas-vindas. Como se a lhes dizer: esta terra é toda sua, rapazes, mas vocês vão ter de *agarrá-la*.

Thomas olhou para Gleason por cima do ombro. "Deixe-nos sozinhos, detetive."

"Sim, senhor."

Logo que os passos de Gleason se perderam na ruela, Thomas segurou a mão direita de Eddie, contemplou as cicatrizes das articulações, a ponta do dedo médio decepada, resultado de uma luta de faca numa viela nos idos de 1903. Ele levou a mão do amigo aos lábios e beijou-a. Em seguida segurou-a com firmeza e encostou o rosto contra ela.

"Nós a agarramos, Eddie, não foi?" Thomas fechou os olhos e ficou por um instante mordendo o lábio inferior.

Ele abriu os olhos, pôs a outra mão no rosto de Eddie e cerrou-lhe as pálpebras.

"Ah, rapaz, nós a agarramos mesmo. Não há dúvida."

36.

Cinco minutos antes da chamada de cada turno, George Strivakis, o sargento de serviço da Primeira, na Hanover Street, tocou um gongo que havia bem na frente da porta da delegacia, para avisar aos homens que era hora de se apresentar. Quando ele abriu a porta no final da tarde de terça-feira, dia 9 de setembro, ignorou um ligeiro passo em falso, enquanto seus olhos se davam conta da multidão que havia na rua. Só depois de tocar o gongo, aplicando-lhe golpes vigorosos com a baqueta de metal, ele levantou bem a cabeça e pôde ter uma ideia do tamanho da multidão.

Devia haver pelo menos quinhentas pessoas diante dele. A retaguarda da aglomeração continuava a aumentar, à medida que homens, mulheres e os moleques da rua chegavam aos montes pelas vielas laterais. Os telhados do outro lado da Hanover se enchiam, principalmente de meninos, alguns um pouco mais velhos, que tinham o olhar sombrio de membros de gangues. O que de imediato impressionou o sargento George Strivakis foi o silêncio. Ouvia-se apenas o ruído de passos, o ocasional tilintar de chaves ou de moedas, mas ninguém dizia uma palavra. Os olhos, porém, estavam cheios de energia. Fosse homem, mulher ou criança, todos exibiam o mesmo semblante carregado, a aparência de cães de rua ao pôr do sol em noite de lua cheia.

George Strivakis desviou o olhar da parte detrás da multidão, concentrando-se nos homens que estavam à sua frente. Meu Deus. Todos policiais. Vestidos à paisana. Ele tocou o gongo novamente, e então quebrou o silêncio com um grito rouco: "Agentes, apresentem-se!".

Foi Danny Coughlin quem deu um passo à frente. Ele subiu os degraus e bateu continência. Ele sempre gostara de Danny, há muito já sabia que lhe faltava o tino político para ascender à patente de capitão, mas em seu íntimo torcia para que um dia ele se tornasse inspetor chefe, como Crowley. Ele estremeceu ao contemplar aquele jovem tão promissor prestes a se meter numa rebelião.

"Não faça isso, filho", sussurrou ele.

O olhar de Danny fixou-se num ponto um pouco além do ombro direito de Strivakis.

"Sargento", disse ele, "a Polícia de Boston está em greve."

Com isso, o silêncio deu lugar a um clamor de aplausos e chapéus atirados no ar.

Os grevistas entraram na delegacia e seguiram em fila para a sala que funcionava como depósito. O capitão Hoffman pusera quatro homens extras na divisão, e os grevistas foram se revezando e devolvendo os objetos de propriedade do departamento.

Danny estava de pé diante do sargento Mal Ellenburg, cuja carreira notável não conseguira apagar, durante a guerra, o fato de ele ter ascendência alemã. Desde 1916, ele só fazia trabalho interno, tornando-se o tipo de policial que muitas vezes esquece onde deixou o revólver.

Danny pôs o próprio revólver no balcão entre eles; Mal o registrou em seu bloco de anotações e jogou-o numa caixa embaixo do balcão. Depois de entregar o revólver, Danny devolveu também seu manual do departamento, a placa numerada do chapéu, as chaves do quadro telefônico e do armário, o cassetete. Mal anotou cada um dos objetos e distribuiu-os nas respectivas caixas. Ele olhou para Danny e ficou esperando.

Danny olhou para ele.

Mal estendeu a mão.

Danny olhou-o no rosto.

Mal fechou a mão e tornou a abrir.

"Você tem de pedir, Mal."

"Meu Deus, Dan."

Danny rangeu os dentes para evitar que seus lábios tremessem.

Mal desviou o olhar por um instante. Quando voltou a olhar, apoiou o cotovelo no balcão e espalmou a mão diante do peito de Danny.

"Por favor, devolva o distintivo, agente Coughlin."

Danny tirou o casaco, deixando à mostra o distintivo preso à camisa. Ele tirou-o do alfinete, recolocou este último no lugar e pôs o distintivo na mão de Mal Ellenburg.

"Vou voltar para recuperá-lo", disse Danny.

Os grevistas reuniram-se no salão de entrada. Eles ouviam a multidão lá fora e, pelo volume do rumor, Danny calculou que ela duplicara. Alguma coisa bateu contra a porta duas vezes, então ela se escancarou. Dez homens invadiram o salão e bateram a porta atrás deles. Em sua maioria, eram jovens. Havia uns poucos mais velhos, que davam a impressão de trazer a guerra no olhar. Eles tinham sido atacados com frutas e ovos.

Substitutos. Voluntários. Fura-greves.

Danny pôs as costas da mão no peito de Kevin McRae para fazê-lo compreender que deviam deixar os homens passarem sem ser molestados e sem que se lhes dessem atenção. Os grevistas abriram caminho para os substitutos, que avançaram por entre eles delegacia adentro e subiram as escadas.

Lá fora, o barulho da multidão provocava trepidações e abalos como um vento de tempestade.

No interior da delegacia, o barulho do manuseio de armamentos na sala de armas do térreo. Distribuíam-se armas para controle de tumultos, preparando-se para um enfrentamento.

Danny respirou funda e demoradamente e abriu a porta.

O barulho explodia de todos os lados, vindo também dos telhados. A multidão não tinha duplicado. Tinha triplicado. Lá fora haveria pelo menos mil e quinhentas pessoas, e era difícil dizer, a julgar pelas fisionomias, quem estava contra e quem estava a favor, porque aqueles rostos tinham se transformado em máscaras grotescas de alegria ou de fúria, e os gritos de "Nós gostamos de vocês, rapazes!" entremeavam-se com os de "Fodam-se, policiais!", queixas do tipo "Por quê? Por quê?" e "Quem vai nos proteger?". O aplauso seria ensurdecedor, não fosse pelas chacotas e as frutas e os ovos que voavam de todos os lados, a maioria dos quais se espatifava contra a parede. Uma buzina tocava insistentemente, e Danny conseguiu avistar um caminhão no fundo da multidão. A julgar pela aparência, os homens que estavam lá atrás eram substitutos, porque pareciam apavorados. Enquanto descia rumo à multidão, Danny a examinava o melhor que podia, constatando sinais explícitos de apoio ou reprovação. Os rostos eram italianos, irlandeses, jovens e velhos. Bolcheviques e anarquistas misturavam-se aos rostos arrogantes da Mão Negra. Não longe deles, Danny reconheceu alguns membros da *gusties*, a maior gangue de rua de Boston. Se eles estivessem no Southie, o velho bairro proletário irlandês onde os *gusties* se sentiam em casa, não seria de estranhar. Mas o fato de terem atravessado a cidade e espalhado suas tropas fazia Danny se indagar se poderia responder francamente aos gritos de "Quem vai nos proteger?" com outra frase que não "Eu não sei".

Um sujeito corpulento saiu da multidão e deu um murro no meio da cara de Kevin McRae. Entre ele e Danny havia uma dezena de pessoas. Enquanto abria caminho em sua direção, ele ouviu o sujeito corpulento gritar: "Lembra de mim, McRae? Você quebrou a porra do meu braço numa prisão, no ano passado. O que você vai fazer agora?". Quando Danny alcançou Kevin, o sujeito há muito havia sumido, mas outros seguiam-lhe o exemplo, outros que surgiram apenas para se vingar das pancadas que tinham recebido das mãos daqueles que já não eram mais policiais, mas ex-policiais.

Ex-policiais. Meu Deus.

Danny levantou Kevin nos braços, enquanto a multidão avançava, esbarrando neles. Os homens do caminhão tinham descido e agora abriam caminho em direção à delegacia. Alguém jogou um tijolo, e um dos fura-greves caiu. Ouviu-se um apito, as portas da delegacia se abriram, Strivakis e Ellenburg apareceram nos degraus, acompanhados de alguns sargentos e tenentes, mais uma meia dúzia de voluntários de rosto lívido.

Quando Danny viu os fura-greves abrindo caminho em direção aos degraus, e Strivakis e Ellenburg brandindo cassetetes para limpar a área, seu primeiro impulso foi correr para se juntar a eles e ajudá-los. Outro tijolo voou de entre a multidão e resvalou na cabeça de Strivakis. Ellenburg segurou-o antes que ele caísse, e os dois se puseram a brandir os cassetetes com fúria redobrada, o sangue escorrendo no rosto de Strivakis e descendo colarinho adentro. Danny deu um passo em sua direção, mas Kevin puxou-o para trás.

"Essa briga não é mais nossa, Dan."

Danny olhou para ele.

Kevin, dentes ensanguentados, ofegante, repetiu. "Essa briga não é nossa."

A custo, os fura-greves conseguiram entrar na delegacia, enquanto Danny e Kevin chegavam à retaguarda da multidão. No mesmo instante, Strivakis, depois de algumas investidas contra a turba, fechou as portas atrás de si. A multidão começou a bater nas portas. Alguns homens viraram o caminhão que tinha trazido os recrutas, e alguém pôs fogo ao conteúdo de um barril.

Ex-policiais, pensou Danny.

Pelo menos por enquanto.

Deus do céu.

Ex-policiais.

O comissário Curtis estava sentado à escrivaninha com um revólver logo à direita do mata-borrão. "Quer dizer que a coisa começou."

O prefeito Peters fez que sim. "Começou, comissário."

Um guarda-costas de Curtis estava postado atrás dele, braços cruzados sobre o peito. Outro esperava do outro lado da porta. Nenhum dos dois era do departamento, porque Curtis já não confiava em nenhum dos homens. Eles eram da agência de segurança Pinkerton. O que estava atrás de Curtis parecia velho e reumático, dando a impressão de que qualquer movimento brusco faria seus membros saírem voando. O que estava à porta beirava a obesidade. Nenhum dos dois, concluiu Peters, parecia apto a lhes dar proteção, portanto só poderiam ter outro tipo de serventia: seriam atiradores.

"Precisamos chamar a Guarda Nacional", disse Peters.

Curtis balançou a cabeça. "Não."

"Receio que essa decisão não caiba a você."

Curtis inclinou a cadeira para trás e fitou o teto. "Tampouco cabe ao senhor, prefeito. Cabe ao governador. Estive falando com ele ao telefone há menos de cinco minutos, e ele deixou bem claro que não devemos envolver a Guarda na atual situação."

"Que situação vocês dois prefeririam?", disse Peters. "Escombros?"

"O governador Coolidge afirmou que inúmeros estudos demonstraram que a revolta num caso como este nunca começa na primeira noite. A multidão precisa de um dia inteiro para se mobilizar."

"Visto que poucas cidades viram todo o seu Departamento de Polícia entrar em greve", disse Peters, tentando controlar o tom de voz, "me pergunto quantos desses *inúmeros* estudos dizem respeito à nossa presente situação, comissário."

"Senhor prefeito", disse Curtis olhando para o guarda-costas como se quisesse que ele derrubasse Peters no chão, "você precisa expor essas suas preocupações ao governador."

Andrew Peters levantou-se e tirou o chapéu de palheta do canto da escrivaninha. "Se você estiver enganado, comissário, não precisa vir trabalhar amanhã."

Ele saiu do escritório, tentando ignorar os tremores de suas panturrilhas.

"Luther!"

Luther parou na esquina da Winter com a Tremont e tentou descobrir de onde vinha a voz. Era difícil saber quem o teria chamado, porque as ruas enchiam-se de gente à medida que o sol batia de chapa nos tijolos vermelhos e os gramados do parque Common escureciam à sua passagem. Vários grupos de homens tinham se espalhado no parque e estavam jogando dados. As poucas mulheres que ainda permaneciam nas ruas andavam depressa, a maioria fechando os casacos e apertando as golas contra o pescoço.

Não há dúvida de que tempos difíceis estão chegando, pensou ele entrando na Tremont e tomando a direção da casa dos Giddreaux.

"Luther! Luther Laurence!"

Ele parou novamente, sentindo um frio na traqueia ao ouvir seu nome completo. Um rosto negro que lhe era familiar avultou entre dois rostos brancos que emergiam da multidão como dois pequenos balões. Luther identificou o rosto, mas ainda levou uns poucos segundos, cheios de ansiedade, para reconhecê-lo com segurança, enquanto o homem passava entre os dois brancos e avançava em sua direção, levantando a mão, animadamente, acima do ombro. Ele estendeu a mão para a de Luther e apertou-a com firmeza.

"Ora vejam, Luther Laurence!", disse o homem puxando Luther para si e abraçando-o.

"Byron", disse Luther depois de receber o abraço.

O Velho Byron Jackson. Seu ex-chefe no Hotel Tulsa, presidente do Sindicato dos Carregadores Negros. Um homem correto, responsável pela guarda das gorjetas que iam para um bolo comum. O Velho Byron, que abria o mais radioso sorriso para os brancos e lhes lançava as palavras mais grosseiras assim que eles lhe davam as costas. O Velho Byron, que morava sozinho em um apartamento em cima de uma loja de ferragens da Admiral e nunca falava sobre a esposa e a filha, retratadas no daguerreótipo acima de sua cômoda nua. O Velho Byron era gente boa.

"Um pouco ao norte demais para você, não?", disse Luther.

"É verdade", disse o Velho Byron. "Para você também, Luther. Eu nunca esperava encontrá-lo aqui. Andam dizendo..."

O Velho Byron lançou um olhar à multidão.

"Dizendo o quê?", perguntou Luther.

O Velho Byron inclinou-se para a frente, fitando a calçada. "Andam dizendo que você morreu, filho."

Luther fez um gesto de cabeça em direção à Tremont, o Velho Byron acertou o passo com ele e os dois seguiram rumo à Scollay Square, afastando-se da casa dos Giddreaux e do South End. A caminhada era lenta, pois a multidão se adensava a cada minuto.

"Não morri", disse Luther. "Estava em Boston."

O Velho Byron perguntou: "Por que tem tanta gente na rua?".

"A polícia acaba de entrar em greve."

"Você está brincando."

"Entrou sim", disse Luther.

"Eu li que eles *talvez* entrassem", disse o Velho Byron, "mas nunca acreditaria numa coisa dessas. Isso vai ser ruim para a nossa gente, Luther?"

Luther balançou a cabeça. "Acho que não. Por aqui não há muitos linchamentos, mas nunca se sabe o que vai acontecer quando alguém se esquece de amarrar o cachorro."

"Mesmo o cachorro mais mansinho, não é?"

"O mais mansinho de todos", disse Luther com um sorriso. "O que o trouxe aqui, Byron?"

"Meu irmão", disse o Velho Byron. "Ele está com câncer. Está devorando ele vivo."

Luther olhou para ele, viu o quanto aquilo pesava nos ombros do outro. "Ele tem alguma chance?"

O Velho Byron negou com um gesto de cabeça. "É nos ossos."

Luther pôs uma mão nas costas do homem. "Sinto muito."

"Obrigado, filho."

"Ele está no hospital?"

O Velho Byron negou com a cabeça. "Em casa", disse ele apontando um dedo para a esquerda. "Em West End."

"É seu único parente?"

"Tenho uma irmã. Ela mora em Texarkana. Está muito fraca para viajar."

Não sabendo mais o que dizer, Luther apenas repetiu "Sinto muito", e o Velho Byron deu de ombros.

"O que se pode fazer, não é mesmo?"

Alguém gritou à esquerda deles, e Luther viu uma mulher com o nariz ensanguentado, o rosto tenso como se esperando outro soco do homem que lhe arrancou o colar do pescoço e correu em direção ao Common. Alguém riu. Um menino subiu num poste, tirou um martelo do cinto e quebrou a lâmpada.

"A coisa está ficando feia", disse o Velho Byron.

"Está sim." Luther pensou em retroceder, visto que o grosso da multidão parecia se dirigir a Court Square, seguindo depois para a Scollay Square, mas quando olhou para trás percebeu que todo o espaço estava tomado. Ele só via ombros e cabeças. No meio da confusão agora se via também um bando de marinheiros bêbados, olhos vermelhos e rostos cheios de espinhas. Uma muralha em movimento, empurrando-os para a frente. Luther estava chateado por ter levado o Velho Byron para aquela confusão, por ter suspeitado, ainda que por um instante, que ele era mais que um velho prestes a perder o irmão. Luther levantou a cabeça acima da multidão tentando descobrir uma saída para eles e viu logo ali na frente, na esquina da City Hall Avenue, um grupo de homens jogando pedras nas vitrines da tabacaria Big Chief's, produzindo um som semelhante aos disparos de meia dúzia de rifles. A placa de vidro rompeu-se em estilhaços que ficaram rangendo por um instante no ar úmido, depois desabaram.

Um pedaço de vidro bateu no olho de um sujeito baixo, e ele teve tempo de tirá-lo antes que a multidão o atropelasse e invadisse a tabacaria. Os que não conseguiram entrar quebraram a vitrine da loja vizinha, que era uma padaria. Pães e bolinhos voavam e iam cair no meio da multidão.

O Velho Byron estava assustado, olhos arregalados. Luther passou o braço em seus ombros e procurou acalmar o velho puxando uma conversa fiada. "Como é o nome de seu irmão?"

O Velho Byron inclinou a cabeça como se não tivesse entendido a pergunta.

"Eu disse como é...?"

"Carnell", respondeu o Velho Byron. "Sim", disse ele com um sorriso incerto e um sacudir de cabeça. "O nome dele é Carnell."

Luther retribuiu-lhe o sorriso, esperando que fosse um sorriso confortador, e manteve o braço nos ombros do Velho Byron, mesmo temendo a lâmina ou a pistola que agora ele sabia que o homem carregava consigo em algum lugar.

Foi o "Sim" que o traiu. A forma como o Velho Byron o disse, como se estivesse confirmando aquilo para si mesmo, respondendo a uma pergunta em um teste para o qual se preparara muito.

Outra vitrine explodiu, dessa vez à sua direita. Depois outra. Um homem branco gordo empurrou-os com força para a esquerda, avançando contra a Chapelaria Peter Rabbit. A explosão das vitrines continuava — da Acessórios Sal Meyr's Gent's, da Sapataria Lewis, da Loja de Roupas Princeton, do Armarinho Drake's. Eram explosões surdas e secas. Vidro rebrilhando contra as paredes, rangendo sob os sapatos, voando no ar. Uns poucos passos à sua frente, um soldado bateu a perna de uma cadeira na cabeça de um marujo, a madeira já escurecida pelo sangue.

Carnell. Sim. O nome dele é Carnell.

Luther tirou o braço dos ombros do Velho Byron.

"O Cornell trabalha com o quê?", disse Luther, ao mesmo tempo que um marujo com os braços retalhados por cacos de vidro passava por eles, cobrindo de sangue tudo em que tocava.

"Luther, temos de sair daqui."

"O que o Cornell faz?", perguntou Luther.

"Ele trabalha no ramo de carnes", disse o Velho Byron.

"Cornell trabalha com carnes."

"Sim", gritou o Velho Byron. "Luther, temos de sair disto aqui."

"Pensei que você tinha dito que o nome dele era Carnell", disse Luther.

A boca do Velho Byron se abriu, mas ele não disse nada. Ele lançou um olhar desamparado e aflito, os lábios mexendo-se levemente, tentando encontrar o que dizer.

Luther balançou a cabeça devagar. "Velho Byron", disse ele. "Velho Byron."

"Posso explicar." O Velho Byron ensaiou um sorriso triste.

Luther balançou a cabeça, como se pronto para ouvir, depois o empurrou contra o grupo mais próximo à sua direita e rodopiou rapidamente entre dois homens mais brancos que lençóis e assustadíssimos. Ele se insinuou entre dois outros homens de costas um para o outro. Alguém quebrou outra vitrine, e alguns sujeitos começaram a atirar para cima. Uma das balas caiu e atingiu o braço de um cara ao lado de Luther. O sangue esguichou e o homem gritou. Luther conseguiu chegar à calçada oposta, escorregou em cacos de vidro, quase caiu, mas equilibrou-se no último instante e lançou um olhar ao outro lado da rua. Ele avistou o Velho Byron, as costas coladas a uma parede de tijolos, olhos lívidos, enquanto um homem lutava para fazer passar uma carcaça de porco pela vitrine quebrada de um açougue. A barriga do porco prendia-se aos estilhaços de vidro. Com um puxão, o homem conseguiu atirá-la na calçada. Três homens se puseram a esmurrar-lhe a cabeça, deixando-o cambaleante, e terminaram por atirá-lo para dentro do açougue através da vitrine quebrada. Eles pegaram a carcaça de porco ensanguentada e carregaram-na pela Tremont.

Carnell o cacete.

Luther foi andando com cuidado sobre os cacos de vidro, tentando ficar à margem da turba, mas em poucos minutos fora impelido novamente para o meio da confusão. Já não era um grupo de pessoas, era uma fera que se agitava dentro do próprio útero, um enxame vivo e pensante que comandava as abelhas que se encontravam em seu interior, alimentando-lhes a ansiedade e a fúria. Luther enterrou o chapéu e procurou manter a cabeça baixa.

Feridas pelos cacos de vidro, dezenas de pessoas queixavam-se e gemiam. Vendo-as e ouvindo-as, o enxame se agitava ainda mais. Quem quer que estivesse de chapéu de palheta, de repente se via privado dele, arrancado que era por mãos anônimas da multidão. Homens disputavam na porrada sapatos, pães e paletós roubados, na maioria das vezes destruindo o próprio objeto de que desejavam se apossar. Bandos de marujos e de soldados caçavam grupos inimigos, irrompendo da multidão em súbitas explosões para agredir seus rivais. Luther viu uma mulher empurrada para o vão de uma porta e assediada por vários homens. Ouviu-lhe os gritos, mas não pôde se aproximar dela, impedido que estava pela muralha de ombros, cabeças e troncos passando por ele como vagões de carga rente a um depósito de ferrovia. Ouviu a mulher gritar novamente, enquanto os homens riam e vaiavam. Ele olhou aquele mar horrendo de rostos brancos despidos de suas máscaras de todo dia e teve vontade de queimá-los todos numa grande fogueira.

Quando chegou à Scollay Square, já devia haver umas quatro mil pessoas lá. Naquela altura a Tremont se alargava, e Luther conseguiu se afastar do centro novamente, abriu caminho até a calçada, ouviu alguém dizer "Olha lá, o negro está de chapéu" e continuou avançando até esbarrar em outra muralha de homens que saíam precipitadamente de uma loja de bebidas depredada, esvaziando garrafas, estourando-as na calçada e abrindo outras. Alguns filhos da puta derrubaram a porta do Waldron's Casino a pontapés, e Luther ouviu silenciar lá dentro o espetáculo de teatro de revista. Vários homens saíram do cassino empurrando um piano, com o pianista deitado de bruços em cima dele, um dos sacanas sentado na bunda dele como se montado num cavalo.

Ele se voltou para a direita e o Velho Byron Jackson esfaqueou-lhe o bíceps. Luther bateu contra a parede do Waldron's Casino. O Velho Byron brandiu a faca novamente, o rosto uma verdadeira máscara de ferocidade. Luther repeliu-o com um pontapé e afastou-se da parede enquanto o Velho Byron investia novamente, sem conseguir, porém, acertar Luther, o brilho da faca refletindo-se na parede de tijolos. Luther deu-lhe um forte soco na altura do ouvido, fazendo o outro lado da cabeça chocar-se contra a parede.

"Por que você está fazendo isso, porra?", disse ele.

"Eu tenho dívidas", disse o Velho Byron, avançando novamente contra ele.

Luther esbarrou nas costas de alguém quando tentava escapar da investida. O homem contra o qual ele se chocara agarrou-lhe a camisa e fê-lo girar para poder encará-lo. Luther desvencilhou-se do homem, deu uma pernada para trás, ouviu o barulho do chute contra o corpo do Velho Byron Jackson e o velho soltar um "Uf!". O branco esmurrou-lhe o rosto, mas Luther já esperava por isso e, sob o impacto do soco, saiu rolando para o meio da multidão, que ainda se agitava na frente da loja de bebidas. Ele rompeu o aglomerado, saltou sobre as teclas do piano, ouviu uns vagos aplausos quando pulou do teclado por cima do pianista e do homem que o cavalgava. Luther caiu de pé do outro lado, notou a expressão de espanto de um sujeito que via aquele negro cair do céu, e adentrou a multidão.

A multidão avançava. Ela invadiu massivamente Faneuil Hall, soltou algumas vacas dos cercados, alguém virou a carrocinha de um ambulante, incendiou-a diante do dono, que caiu de joelhos e se pôs a arrancar pela raiz os cabelos do couro cabeludo ensanguentado. Mais adiante, uma súbita fuzilaria, várias pistolas fazendo disparos acima da multidão, depois um grito desesperado: "Somos policiais à paisana! Parem com isso imediatamente".

Mais tiros de advertência, e então a multidão começou a gritar.

"Morte aos policiais! Morte aos policiais!"

"Morte aos fura-greves!"

"Morte aos policiais!"

"Morte aos fura-greves!"

"Morte aos policiais!"

"Para trás, senão vamos atirar para matar! Para *trás*!"

Eles deviam estar falando sério, porque Luther sentiu a horda mudar de direção, fazendo-o rodopiar e retroceder sobre os próprios passos. Ouviram-se mais disparos. Outra carroça foi incendiada, as labaredas amarelas e vermelhas refletiam-se nas pedras cor de bronze do calçamento, nos tijolos vermelhos, enquanto Luther via a própria sombra, em meio àquelas cores, junto com outras sombras. Gritos erguiam-se no céu. Um estalar de ossos, um grito estridente, um estourar de vidro laminado, sirenes de carros de bombeiros tocando com tal insistência que Luther mal continuava a ouvi-las.

E então veio a chuva, um aguaceiro pesado, barulhento e sibilante, caindo sobre cabeças descobertas. A princípio Luther achou que aquilo iria fazer a multidão minguar. Se houve, porém, alguma mudança, foi no sentido de engrossá-la ainda mais. Luther foi sendo arrastado dentro do enxame, que destruiu mais dez vitrines de lojas, três restaurantes, investiu contra uma luta de boxe no Beach Hall e deixou os lutadores desmaiados. Avançou também contra os espectadores da luta.

Ao longo da Washington Street, as maiores lojas de departamentos — Filene's, White's, Chandler's e Jordan Marsh — estavam preparadas para resistir. Os caras que guardavam a Jordan Marsh os viram se aproximando, a dois quarteirões de distância, e foram para a calçada com pistolas e espingardas. Eles nem ao menos esperaram um enfrentamento. Postaram-se no meio da Washington Street, pelo menos quinze deles, e começaram a atirar. O enxame acaçapou-se, deu em seguida alguns passos à frente, mas os homens da Jordan Marsh os atacaram, os disparos pipocando, e a turba tornou a recuar. Luther ouviu gritos de terror, os homens da Jordan Marsh continuaram atirando e o enxame voltou correndo até a Scollay Square.

Que então tinha se transformado num zoológico sem jaulas. Todo mundo bêbado e uivando para a chuva. Jovens desvairadas tiravam as blusas e ficavam vagando de seios nus. Carros virados e fogueiras na calçada. Lápides arrancadas do Cemitério Old Granary e atiradas contra paredes e grades. Duas pessoas fodendo em cima de um Ford Bigode. Dois homens lutando boxe sem luvas no meio da Tremont Street, rodeados de apostadores, enquanto o sangue e os cacos de vidro molhados pela chuva rangiam sob seus pés. Quatro soldados arrastaram um marujo desmaiado até o para-choque de um carro depredado e mijaram em cima dele, sob os aplausos da multidão. Uma mulher apareceu na janela de um primeiro andar e gritou por socorro. A multidão a aplaudiu, e uma mão puxou-a pelo rosto para longe da janela. A multidão redobrou os aplausos.

Luther notou a mancha de sangue escura na manga da camisa, examinou a ferida e concluiu que não era profunda. Ele viu um sujeito desmaiado no meio-fio, uma garrafa de uísque entre as pernas, aproximou-se dele e pegou a garrafa. Luther derramou uísque no braço, tomou um pouco e viu outra vitrine explodir, ouviu mais gritos e gemidos, mas todos esses ruídos terminavam sendo abafados pelos aplausos maldosos daquele enxame triunfante.

Era para isso?, teve vontade de gritar. Era para isso que eu prestava reverência? Para vocês? Vocês fizeram que eu me sentisse um merda por não ser como *vocês*? Era a vocês que vivia dizendo "Sim, sor", "Não, sor"? A vocês?, A vocês, seus animais escrotos?

Ele tomou outro gole e, num movimento circular, seu olhar terminou indo parar no Velho Byron, do outro lado da rua, de pé diante de uma loja abandonada, onde há muitos anos funcionara uma livraria. Talvez a última vitrine que restava na Scollay Square. O Velho Byron estava olhando para a Tremont, na direção errada. Luther inclinou a cabeça, tomou o conteúdo da garrafa, deixou-a cair no chão e começou a atravessar a rua.

Faces brilhantes, brancas, sem as máscaras de sempre, surgiam à sua volta, embriagadas de álcool, de poder e de anarquia, mas embriagadas também de alguma coisa mais, alguma coisa até então sem nome, algo de que eles sempre tiveram consciência, mas fingiam não ter.

O oblívio.

Era exatamente isso. Eles faziam coisas em seu cotidiano e lhes davam outros nomes, nomes bonitos — idealismo, dever cívico, honra, objetivo. Mas agora a verdade estava bem diante deles. Ninguém fazia nada que não fosse motivado apenas pelo próprio desejo. Eles queriam se enfurecer, estuprar, queriam destruir o mais que pudessem pelo simples fato de que aquelas coisas podiam ser destruídas.

Foda-se, pensou Luther, e foda-se isto. Ele se aproximou do Velho Byron Jackson, enfiou uma mão entre as pernas dele e agarrou-lhe os cabelos com a outra.

Vou para casa.

Ele levantou o Velho Byron do chão, começou a balançá-lo no ar, enquanto o velho gritava. Quando o movimento pendular atingiu seu máximo, Luther deu um último e forte impulso e atirou o Velho Byron contra a vitrine de vidro laminado.

"Briga de crioulos", gritou alguém.

O Velho Byron foi cair no chão nu, sob uma chuva de cacos de vidro. Tentou se proteger com os braços, mas não conseguiu impedir que os cacos o ferissem. Um deles rasgou-lhe uma face, outro tirou-lhe um bife da coxa.

"Você vai matá-lo, rapaz?"

Luther se voltou e olhou para os três homens à sua esquerda. Eles nadavam em álcool.

"Bem que podia", disse ele.

Luther passou pela vitrine quebrada, entrou na loja e se aproximou do Velho Byron Jackson.

"Que tipo de dívida?"

O Velho Byron arfou enfurecido, e logo esse som se transformou num doloroso silvo. Ele segurou a própria coxa e soltou um gemido.

"Eu lhe fiz uma pergunta."

Atrás dele, um dos brancos soltou uma risadinha. "Está ouvindo? Ele lhe *fez* uma pergunta."

"Que tipo de dívida?"

"O que você acha?", disse o Velho Byron encostando a cabeça novamente nos cacos de vidro e arqueando as costas.

"Você é um viciado, imagino."

"Usei a minha vida inteira. Ópio, não heroína", disse o Velho Byron. "Quem você acha que fornecia a Jessie Tell, sua besta?"

Luther pisou no tornozelo do Velho Byron, o velho rilhou os dentes.

"Não pronuncie o nome dele", disse Luther. "Ele era meu amigo. Você, não."

Um dos brancos gritou: "Ei! Você vai ou não vai matar ele, crioulo?".

Luther balançou a cabeça e ouviu os homens murmurarem, tratando de ir embora.

"Mas não vou salvar você, Velho Byron. Se você morrer, morre. Veio até aqui só para matar um dos seus por causa dessa merda que você toma?" Luther cuspiu nos cacos de vidro.

O Velho Byron cuspiu sangue para cima, procurando atingir Luther, mas o sangue foi parar na própria camisa. "Nunca fui com sua cara, Luther. Você se acha muito especial."

Luther deu de ombros. "Eu sou especial. Qualquer dia nesta terra sem que eu seja você nem essa *escória*...", disse Luther apontando o polegar para trás. "Você está certíssimo quando diz que sou especial. Não tenho mais medo deles, não tenho medo de você, não tenho mais medo desta minha cor de pele. Que tudo isso se foda, e se foda para sempre."

O Velho Byron revirou os olhos. "Gosto ainda menos de você."

"Ótimo", disse Luther com um sorriso. Ele se agachou ao lado do Velho Byron. "Espero que você sobreviva, velho. Espero que pegue o trem de volta para Tulsa, está ouvindo? E quando descer do trem, corra com essa sua velha carcaça e vá dizer a Smoke que não conseguiu me matar. Diga a ele que isso não tem importância, porque de agora em diante ele não vai precisar fazer nenhum esforço para me procurar." Luther abaixou o rosto até ficar próximo o bastante para poder beijar o Velho Byron Jackson. "Diga a Smoke que vou atrás *dele*." Luther deu um tapa na cara do velho. "Vou voltar para casa, Velho Byron. Diga isso ao Smoke", falou Luther sacudindo os ombros. "Se você não disser, eu mesmo vou dizer a ele."

Ele se levantou, passou pelos cacos de vidro e pela vitrine quebrada sem se voltar nenhuma vez para olhar o Velho Byron. Abriu caminho por entre a massa de brancos febris, por entre os gritos, a chuva e o tumulto da multidão, convicto de que agora abandonara todas as mentiras em que se permitira acreditar, toda mentira que ele vivera, toda mentira.

    Scollay Square. Court Square. O North End. Newspaper Row. Roxbury Crossing. Pope's Hill. Codman Square e Eggleston Square. Os telefonemas vinham de toda a cidade, mas nenhuma delegacia recebia tantos quanto a de Thomas Coughlin. South Boston estava explodindo.
    As multidões tinham esvaziado as lojas da Broadway e jogado as mercadorias na rua. Thomas não conseguia ver nem um pingo de lógica naquilo — pelo menos *use* o que rapinou. Do porto até a Andrew Square, do canal Fort Point até a Farragut Road — não havia uma única vitrine intacta em nenhuma loja. Centenas de casas tinham sofrido depredações do mesmo tipo. East e West Broadway inchavam com a pior ralé, cerca de dez mil pessoas, e o contingente continuava a engrossar. Estupros — *estupros*, pensou Thomas rilhando os dentes — tinham se dado em público, três na West Broadway, um na East Fourth, outro num dos píers da Northern Avenue.
    E as chamadas continuavam.
    O gerente do Mully's Diner levou uma surra que o deixou inconsciente, quando todos os fregueses resolveram não pagar as contas. O coitado agora estava no pronto-socorro de Haymarket, de nariz quebrado, um tímpano danificado e meia dúzia de dentes a menos.
    Na Broadway e na E Street, uns engraçadinhos subiram na calçada com uma charrete roubada e avançaram contra a vitrine da Padaria O'Donnell's. Como se não bastasse, eles ainda tocaram fogo nela, que ficou reduzida a cinzas, assim como dezessete anos de sonhos de Declan O'Donnell.
    A Loja de Laticínios Budnick — destruída. A Connor & O'Kef's — cinzas. Nos dois sentidos da Broadway, armarinhos, alfaiatarias, lojas de penhores, de secos e molhados e até uma bicicletaria — tudo destruído. Todas totalmente queimadas ou danificadas, sem condições de recuperação.
    Meninos e meninas mais novos que Joe atiravam ovos e pedras do telhado do Mohican Market, e os poucos policiais que Thomas pôde mandar disseram que não podiam atacar crianças. Os bombeiros queixaram-se da mesma coisa.

Segundo o último informe, um bonde foi obrigado a parar na esquina da Broadway com a Dorchester Street por causa das mercadorias empilhadas no cruzamento. Em cima da pilha, a multidão ainda pôs caixas, tonéis e colchões, e então alguém trouxe um pouco de gasolina e uma caixa de fósforos. Os passageiros e o motorneiro foram obrigados a sair do bonde. Enquanto a maioria era agredida, a turba invadiu o bonde, arrancou os assentos dos grampos de metal e jogou-os através dos vidros das janelas.

Que tara era aquela por vidro quebrado? Era isso o que Thomas queria saber. Como se poderia fazer parar aquela loucura? Ele tinha apenas vinte e dois policiais sob seu comando, a maioria sargentos e tenentes, quase todos já quarentões, mais um contingente de voluntários assustados.

"Capitão Coughlin?"

Ele olhou para Mike Eigen, um sargento recém-promovido, que estava no vão da porta.

"Meu Deus, sargento, o que é agora?"

"Alguém enviou um contingente da Guarda dos Parques para patrulhar o Southie."

Thomas se pôs de pé. "Ninguém me informou disso."

"Não se sabe ao certo de onde partiu a ordem, capitão, mas estão tentando descobrir."

"O quê?"

Eigen confirmou com o gesto de cabeça. "Na igreja St. Augustine. Já temos algumas baixas."

"Vítimas de balas?"

Eigen negou com a cabeça. "De pedras, capitão."

Numa igreja. Companheiros de farda sendo apedrejados. Numa igreja. Em *seu distrito*.

Thomas Coughlin só percebeu que tinha virado sua escrivaninha quando ouviu o barulho da madeira contra o piso. O sargento Eigen deu um passo atrás.

"Basta", disse Thomas. "Por Deus, já basta."

Thomas levou a mão à cartucheira que pendurava toda manhã no cabide.

O sargento Eigen ficou observando Coughlin afivelando a cartucheira. "Tem razão, capitão."

Thomas abaixou-se e segurou a parte de baixo da escrivaninha tombada.

Ele levantou uma gaveta, depositou-a sobre as duas superiores, tirou uma caixa de balas calibre trinta e dois e meteu-a no bolso. Em seguida pegou uma caixa de balas de espingarda, enfiou-a no bolso do lado contrário e olhou para o sargento Eigen. "Por que você ainda está aí?"

"Capitão?"

"Reúna todos os homens que ainda estão neste mausoléu. Temos de acabar com uma baderna." Thomas ergueu as sobrancelhas. "E não podemos brincar em serviço, sargento."

Eigen bateu continência, um largo sorriso no rosto.

Thomas se pegou sorrindo também, enquanto tirava sua espingarda da prateleira acima do fichário. "Agora trate de cuidar disso, filho."

Eigen apressou-se em ir embora, enquanto Thomas carregava a espingarda, adorando ouvir o *clic-clic* das balas passando pela fenda. Aquele ruído fê-lo recuperar o ânimo, que ele tinha perdido desde o início da greve, às cinco e quarenta e cinco. Jazia no assoalho uma foto de Danny no dia em que se formara na Academia, o próprio Thomas prendendo o distintivo em seu peito. Sua fotografia preferida.

Ele se dirigiu à porta, e não podia negar a satisfação que sentiu ao ouvir o vidro esmigalhando-se.

"Você não quer proteger nossa cidade, rapaz?", disse ele. "Tudo bem, eu o farei."

Quando eles saíram das radiopatrulhas perto da igreja St. Augustine, a multidão voltou-se em sua direção. Thomas via o pessoal da Guarda dos Parques tentando conter a turba com cassetetes e armas em riste, mas eles já estavam ensanguentados. Os montes de pedras que cobriam os degraus de calcário indicavam que se tratava de uma batalha campal e que os policiais estavam perdendo.

O que Thomas sabia sobre uma multidão era muito simples: qualquer mudança de direção tirava-lhe a fala, nem que fosse por uma questão de segundos. Se você aproveitasse esses segundos, assumiria o controle da multidão. Se ela aproveitasse, ela é que assumiria o controle.

Ele saiu do carro. O homem que estava mais perto dele, um membro da *gusties* conhecido pela alcunha de Phil Scanlon, o Larápio, riu e disse: "Bem, capitão Coughlin...".

Com a coronha de sua espingarda, Thomas partiu-lhe o rosto, rompendo a carne até o osso. Phil caiu feito um cavalo alvejado na cabeça. Thomas apoiou a boca da espingarda no ombro do *gustie* atrás dele, Sparks Cabeção. O capitão apontou a arma para o céu, fez um disparo, e Cabeção perdeu a audição do ouvido esquerdo. Cabeção cambaleou, olhos embaçados, e Thomas disse a Eigen: "Faça as honras, sargento".

Eigen golpeou o rosto de Cabeção com o revólver de serviço, e adeus Cabeção por aquela noite.

Thomas apontou a espingarda para o chão e disparou.

A multidão recuou.

"Eu sou o capitão Thomas Coughlin", gritou ele, pisoteando o joelho de Phil. Como a pisada não fez o barulho que ele esperava, ele pisou de novo. Desta vez ele ouviu um leve estalar de osso quebrado, seguido do grito que era de se prever. Ele fez um aceno com o braço, e os onze homens que conseguira reunir espalharam-se à roda da multidão.

"Eu sou o capitão Thomas Coughlin", repetiu. "E não tenham dúvida: nós queremos derramar sangue." Percorrendo com o olhar as faces da multidão, acrescentou: "Mais precisamente, o sangue de vocês". Ele se voltou para os homens da Guarda dos Parques que estavam na escadaria da igreja. Eram dez, e pareciam ter se encolhido. "Levantem suas armas ou então parem de se chamar agentes da lei."

A multidão recuou mais um passo quando os policiais da Guarda levantaram as armas.

"Engatilhem as armas!", gritou Thomas.

Eles engatilharam, e a multidão recuou mais alguns passos.

"Se eu pegar alguém jogando pedra", gritou Thomas, "atiro para matar."

Ele avançou cinco passos e encostou a espingarda no peito de um homem com uma pedra na mão. O homem largou a pedra, e a urina escorreu por sua perna esquerda. Thomas pensou em mostrar indulgência, mas logo concluiu que seria inadequado naquela circunstância. Ele abriu a testa do mijão com a coronha da espingarda e pisou em cima dele.

"Corram, seus vira-latas desgraçados." Ele abarcou a multidão com um olhar. "CORRAM!"

Ninguém se mexeu — eles estavam por demais estupefatos. Thomas voltou-se para Eigen, para os homens em volta da multidão, para os homens da Guarda dos Parques.

"Atirem à vontade."

Os policiais da Guarda olharam para ele.

Thomas revirou os olhos, sacou o revólver de serviço, levantou-o acima da cabeça e disparou seis vezes.

Os homens entenderam, começaram a disparar as armas para o alto, e a multidão se esparramou como gotas de um balde de água estilhaçado. Eles corriam rua acima, corriam, corriam precipitando-se em ruelas e ruas transversais, chocando-se contra carros virados, caindo na calçada, pisoteando uns aos outros, correndo para dentro das lojas e caindo sobre os vidros que, apenas uma hora antes, eles mesmos tinham quebrado.

Thomas sacudiu o punho, jogando as cápsulas de bala na rua. Ele pôs a espingarda a seus pés e recarregou o revólver de serviço. No ar carregado do cheiro de pólvora, ecoava o barulho da fuzilaria. O longo verão de impotência e confusão apagou-se de seu coração. Ele se sentia como se tivesse vinte e cinco anos de idade.

Pneus cantaram atrás dele. Thomas se voltou quando um Buick preto e quatro radiopatrulhas pararam. Começou a cair uma chuvinha fraca. O superintendente Michael Crowley saiu do Buick trazendo uma espingarda e, num coldre preso ao ombro, o revólver de serviço. Exibia um curativo novo na testa, e seu belo terno preto estava salpicado de gema e fragmentos de casca de ovo.

Thomas lhe sorriu, e Crowley respondeu com um sorriso cansado.

"É hora de termos um pouco de lei e ordem, não acha, capitão?"

"É verdade, superintendente."

Eles se puseram a andar no meio da rua, e todos os outros homens os seguiram.

"Como nos velhos tempos, hein, Tommy?", disse Crowley quando eles começaram a avistar as primeiras fileiras de uma multidão concentrada na Andrew Square, dois quarteirões mais adiante.

"Eu estava pensando exatamente a mesma coisa, Michael."

"E quando a gente os expulsar daqui?"

Quando os expulsar. Não *se*. Thomas gostou daquilo.

"A gente retoma a Broadway."

Crowley deu um tapinha no ombro de Thomas.

"Ah, que saudades que eu tinha disso."

"Eu também, Michael. Eu também."

* * *

O motorista do prefeito Peters, Horace Russell, fazia deslizar mansamente o Rolls Royce Silver Ghost pela periferia do tumulto, sem entrar em nenhuma rua entulhada de escombros ou ocupada pela turba, que logo os obrigaria a retroceder. E assim, enquanto a multidão se amotinava, seu prefeito observava de tal distância que não podia ouvir seus terríveis gritos de guerra, seus guinchos e risadas estridentes, o impacto de uma súbita fuzilaria, o contínuo ruído de vidros estilhaçados.

Depois de passar pela Scollay Square, pensou já ter visto o pior, mas então ele viu o North End e, não muito depois, South Boston. E se deu conta de que pesadelos que nunca ousara imaginar tinham se materializado.

Ele recebeu dos eleitores uma cidade de reputação incomparável. A Atenas da América, o berço da Revolução Americana e de dois presidentes, lugar onde se tinha uma educação mais elevada que em todas as outras cidades do país, o Eixo.*

E, sob sua guarda, tijolo a tijolo, estava sendo demolida.

Eles atravessaram de volta a Broadway Bridge, deixando para trás as chamas e os gritos dos bairros pobres de South Boston. Andrew Peters mandou que Horace Russell o levasse à cabine de telefone mais próxima. Eles encontraram uma no Castle Square Hotel, no South End, que, até o momento, era o único bairro tranquilo de todos pelos quais eles tinham passado naquela noite.

Sob os olhares atentos do carregador e do gerente, o prefeito Peters ligou para o Arsenal da Commonwealth. Ele disse quem era ao soldado que atendeu e pediu que chamasse imediatamente o major Dallup.

"Aqui é Dallup."

"Major, aqui é o prefeito Peters."

"Sim, senhor?"

"É você que está atualmente à frente da divisão motorizada da Primeira Companhia de Cavalaria?"

"Sim, senhor. Sob o comando do general Stevens e do coronel Dalton, senhor."

---

* Boston é chamada de *The Hub*: o eixo, o ponto central. (N. T.)

"Onde eles estão agora?"

"Acho que com o governador Coolidge, na Assembleia Legislativa, senhor."

"Então é você quem está no comando, major. Seus homens devem permanecer de prontidão no arsenal. Não devem ir para casa, entendido?"

"Sim, senhor."

"Vou aí para passá-los em revista e lhe dar instruções sobre como dispor as tropas."

"Sim, senhor."

"Você vai reprimir alguns motins esta noite, major."

"Será um prazer, senhor."

Quinze minutos depois, quando Peters chegou ao arsenal, viu um soldado sair do edifício e seguir pela Commonwealth em direção a Brighton.

"Soldado!", gritou ele saindo do carro e levantando a mão. "Para onde você vai?"

O soldado olhou para ele. "Quem diabos você é?"

"Sou o prefeito de Boston."

O soldado imediatamente se pôs em posição de sentido e prestou continência. "Desculpe-me, senhor."

Peters retribuiu-lhe a saudação. "Para onde você vai, filho?"

"Para casa, senhor. Eu moro bem ali..."

"Você recebeu ordem para ficar de prontidão."

O soldado confirmou com um gesto de cabeça. "Mas essa ordem foi revogada pelo general Stevens."

"Volte para dentro", disse Peters.

Quando o soldado abriu a porta, muitos outros soldados começaram a sair em fila, mas o primeiro empurrou-os para dentro dizendo: "O prefeito, o prefeito".

Peters entrou a passos largos e imediatamente avistou um homem com divisas de major ao lado da escadaria que levava ao gabinete do comandante.

"Major Dallup!"

"Senhor!"

"Que significa isso?", disse Peters abarcando com um gesto o arsenal, os homens de colarinho desabotoado, sem armas, andando de um lado para outro.

"Senhor, se eu puder explicar..."

"Por favor!" Peters surpreendeu-se com o som da própria voz, exaltado, duro.

Antes que o major Dallup tivesse tempo de explicar o que quer que fosse, porém, uma voz retumbou do alto da escada.

"Esses homens vão para casa!" O governador Coolidge encontrava-se no patamar da escada, em posição superior a todos os demais. "Prefeito Peters, você não tem o que fazer aqui. Vá embora também."

Enquanto Coolidge descia a escada, ladeado pelo general Stevens e pelo coronel Dalton, Peters precipitou-se escada acima. Os quatro homens se encontraram no meio da escadaria.

"Há uma revolta na cidade."

"Não está havendo revolta nenhuma."

"Eu dei uma volta pela cidade, governador, e lhe digo que, que, que..." Peters odiava a gagueira que o acometia quando se sentia perturbado, mas daquela vez ele não deixaria que ela o contivesse. "Eu lhe digo, senhor, que não é uma coisa localizada. São dezenas de milhares de homens, e eles estão..."

"Não há revolta nenhuma", disse Colidge.

"Há sim! Em South Boston e no North End, na Scollay Square! Vá olhar você mesmo, homem, se não acredita em mim."

"Eu olhei."

"Onde?"

"Da Assembleia Legislativa."

"Da Assembleia Legislativa?", disse Peters, que agora gritava, a voz soando aos próprios ouvidos como a de uma criança. Uma menina. "A revolta não está acontecendo em Beacon Hill, governador. Está acontecendo..."

"Basta", disse Coolidge levantando a mão.

"*Basta*?", falou Peters.

"Vá embora, prefeito. Vá embora."

O que aborreceu Andrew Peters foi o tom de voz, o tom de insatisfação com que um pai se dirige a uma criança com um ataque de birra.

Então o prefeito Andrew Peters fez uma coisa que nunca — ele tinha quase certeza — acontecera na política de Boston: deu um soco na cara do governador.

Ele teve de pular de um degrau mais baixo para fazer isso. E, para começar, Coolidge era alto, portanto o soco não foi lá grande coisa. Mas ele atingiu o olho esquerdo do governador.

De tão estupefato, Coolidge não se mexeu. Peters ficou tão satisfeito que resolveu repetir a dose.

O general e o coronel agarraram o braço dele, e vários soldados correram escada acima, mas naqueles poucos segundos Peters tinha conseguido desfechar mais alguns golpes.

Curiosamente, o governador não recuou nem levantou as mãos para se defender.

Vários soldados levaram o prefeito Andrew Peters até o pé da escada e puseram-no no chão.

Peters pensou em investir contra eles novamente.

Em vez disso, apontou para o governador Coolidge: "Isso vai ficar na sua consciência".

"Mas na sua conta", disse Coolidge permitindo-se um meio sorriso. "Na sua conta, senhor."

37.

Horace Russel levou o prefeito Peters à Assembleia Legislativa quarta-feira de manhã, às sete e meia. Livres de conflagrações, gritos e escuridão, as ruas já não tinham mais aquele aspecto brutal, mas as marcas deixadas pela turba estavam por toda parte. Não havia uma vitrine intacta ao longo da Washington e da Tremont e em nenhuma das vias transversais a estas. Onde antes havia lojas de comércio, agora havia escombros. Carcaças de automóveis incendiados. Havia tanto lixo e tanto entulho nas ruas que Peters imaginou que assim ficavam as cidades depois de batalhas prolongadas e bombardeios esporádicos.

Ao longo do parque Boston Common, homens prostrados, estuporados pelo álcool ou absorvidos pelos jogos de dados. Do outro lado da Tremont, umas poucas almas vedavam suas vitrines com placas de compensado. Homens com espingardas e rifles andavam na frente de algumas lojas. Linhas telefônicas cortadas pendiam dos postes. Todos os sinais de trânsito tinham sido arrancados, e a maioria dos lampiões de gás estava estilhaçada.

Sentindo uma irresistível vontade de chorar, Peters protegeu os olhos com a mão. Um mantra começou a martelar em sua cabeça de forma tão insistente que ele levou um minuto para notar que obrigava sua língua a um sussurro: *Isso não devia acontecer, isso não devia acontecer, isso não devia acontecer...*

Quando chegaram à prefeitura, sua vontade de chorar deu lugar a algo mais frio. Peters dirigiu-se a passos largos ao escritório e ligou imediatamente para o quartel-general da polícia.

O próprio Curtis atendeu ao telefone, a voz uma mera sombra de si mesma. "Alô."

"Comissário, aqui é Peters."

"Imagino que ligou para me demitir."

"Liguei para falar das ocorrências. Vamos começar daí."

Curtis soltou um suspiro. "Cento e vinte e nove detenções. Cinco baderneiros baleados, alguns com ferimentos graves. Quinhentas e sessenta e duas pessoas atendidas no pronto-socorro da Haymarket, um terço delas feridas por cacos de vidro. Noventa e quatro assaltos registrados. Sessenta e sete assaltos com agressão. Seis estupros."

"Seis?"

"Sim, registrados."

"Isso é uma estimativa sua ou o número exato?"

Outro suspiro. "Considerando informes ainda não confirmados do North End e de South Boston, eu diria que foram dezenas. Uns trinta, digamos."

"Trinta", repetiu Peters sentindo novamente vontade de chorar, vontade que não era uma onda avassaladora, mas uma mera sensação de dor na parte posterior dos olhos. "Prejuízos materiais?"

"Na casa de centenas de milhares."

"Sim, centenas de milhares. Essa também foi minha impressão."

"A maioria pequenas lojas. Os bancos e as lojas de departamento..."

"Contrataram segurança privada. Eu sei."

"Agora os bombeiros não vão querer fazer greve."

"O quê?"

"Os bombeiros", disse Curtis. "A greve de solidariedade. Meu contato no departamento me falou que eles estão tão furiosos com os trotes que receberam na noite passada que se voltaram contra os grevistas."

"Em quê essa informação pode nos ajudar no presente momento, comissário?"

"Não vou pedir demissão", disse Curtis.

O atrevimento daquele homem. A gana. Uma cidade sitiada pela turba, e ele só sabe pensar em seu emprego e em seu orgulho.

"Você não vai precisar fazer isso", disse Peters. "Eu mesmo vou tirá-lo do comando."

"Você não pode."

"Ah, posso. Você adora regras, comissário. Por favor, consulte o parágrafo seis, capítulo trezentos e vinte e três do regulamento municipal de 1885. Depois de ter feito isso, desocupe sua escrivaninha. Seu substituto estará aí às nove horas."

Peters desligou. Ele esperava se sentir mais satisfeito, mas o que mais o acabrunhava em toda aquela história era o fato de que a única possibilidade de cantar vitória teria sido evitar a greve. Uma vez começada, ninguém, e muito menos ele, podia reclamar para si o mérito de nenhum grande feito. Ligou para sua secretária, Martha Pooley, e ela foi até seu gabinete com a lista dos nomes que ele tinha pedido. Ele começou com o coronel Sullivan, da Guarda Nacional. Quando ele atendeu, Peter ignorou as formalidades e foi direto ao ponto.

"Coronel Sullivan, aqui é o prefeito. Vou lhe dar uma ordem que não pode ser revogada. Entendido?"

"Sim, senhor prefeito."

"Reúna toda a Guarda Nacional na área de Boston. Vou deixar o Décimo Regimento, o Primeiro Pelotão de Cavalaria, a Primeira Divisão Motorizada e o serviço de ambulâncias sob seu comando. Há alguma coisa que o impeça de executar essa ordem, coronel?"

"Absolutamente nenhuma, senhor."

"Então trate de executá-la."

"Sim, senhor prefeito."

Peters desligou e telefonou imediatamente para a casa do general Charles Cole, ex-comandante da Quinquagésima Segunda Divisão Yankee e um dos principais membros da Comissão Storrow. "General Cole."

"Senhor prefeito."

"O senhor aceitaria servir sua cidade na condição de comissário de polícia interino?"

"Seria uma honra."

"Vou mandar um carro. A que horas o senhor estaria pronto, general?"

"Já estou vestido, senhor prefeito."

O governador Coolidge deu uma entrevista coletiva às dez. Ele anunciou que, além dos regimentos que o prefeito Peters tinha convocado, ele pedira ao general brigadeiro Nelson Bryant que assumisse o comando da operação para conter a crise. O general Bryant aceitou, passando assim a chefiar o Décimo Primeiro, o Décimo Segundo e o Décimo Quinto regimentos da Guarda Nacional, bem como uma Companhia de Metralhadoras.

Voluntários continuavam a acorrer à Câmara de Comércio para receber distintivos, uniformes e armas. A maioria, como ele notou, era composta de ex-oficiais da Divisão Yankee de Massachusetts que tinham servido com distinção na Guerra Mundial. Notou também que cento e cinquenta estudantes de Harvard, inclusive um time inteiro de futebol, tinham se alistado no departamento de polícia voluntária.

"Estamos em boas mãos, senhores."

Quando perguntado por que a Guarda Nacional não tinha sido chamada na noite anterior, o governador Coolidge respondeu: "Ontem eu estava convencido de que o melhor era deixar as questões de segurança pública nas mãos das autoridades municipais. Depois me arrependi de ter confiado tanto".

Quando um repórter perguntou ao governador sobre a origem do arranhão sob o olho esquerdo, ele respondeu que a entrevista coletiva tinha acabado e deixou o salão.

Danny estava com Nora no terraço de seu edifício, olhando o North End. Na fase mais crítica do levante, alguns homens bloquearam a Salem Street com pneus de caminhão que eles tinham molhado de gasolina e tocado fogo. Danny viu um dos pneus derretido na rua, ainda soltando fumaça, o fedor invadindo-lhe as narinas. Durante toda a noite, a multidão foi engrossando, agitada, inquieta. Por volta das dez horas, ela parou de se agitar e começou a dar vazão à sua fúria. Danny observara tudo de sua janela. Impotente.

Quando a multidão se dispersou, por volta de duas da manhã, as ruas estavam tão destruídas e devastadas como depois do desastre do melaço. As vozes das vítimas — de assaltos, de agressões, de surras sem motivo, de estupro — erguiam-se das ruas e das janelas dos conjuntos habitacionais e das pensões. Gemidos, lamentos, choros. Os gritos das vítimas aleatórias da violência, consternadas com a consciência de que nunca haveriam de conhecer justiça neste mundo.

E a culpa era dele.

Nora lhe disse que não era, mas ele percebeu que ela não acreditava muito naquilo. Ela foi mudando à medida que a noite passava; seus olhos exprimiam dúvida. Dúvida quanto à escolha que ele fizera, dúvida quanto a ele. Quando finalmente, na noite anterior, ao se deitarem na cama, ela beijou-lhe o rosto, seus lábios estavam frios e hesitantes. Em vez de dormir com um braço enlaçando-lhe o peito e uma perna sobre a dele, como de costume, ela virou o corpo para o lado esquerdo. Suas costas tocavam a dele, portanto não se tratava de uma rejeição completa, mas de todo modo ele a sentiu.

Agora, de pé no terraço com seu café, olhando os estragos que se descortinavam lá embaixo à luz cinzenta de uma manhã nublada, ela pôs a mão na parte mais baixa das costas de Danny. Foi um toque levíssimo, e ela logo retirou a mão. Quando Danny se voltou, ela mordia a ponta do polegar, os olhos rasos d'água.

"Você não vai trabalhar hoje."

Ela balançou a cabeça, mas não disse nada.

"Nora."

Ela parou de morder o polegar, tirou a xícara de café do parapeito, olhou para ele, olhos bem abertos e vazios, impenetráveis.

"Você não vai..."

"Vou sim", disse ela.

Ele sacudiu a cabeça. "É muito perigoso. Não quero você andando por essas ruas."

Os ombros dela se moveram quase imperceptivelmente. "É o meu trabalho. Não quero ser despedida."

"Você não vai ser despedida."

Outro minúsculo sacudir de ombros. "E se você estiver enganado? Como vamos colocar comida na mesa?"

"Isso vai acabar logo."

Ela negou com um gesto de cabeça.

"Vai sim. Quando a cidade perceber que não temos escolha e que..."

Ela se voltou para Danny. "A cidade vai odiar vocês, Danny." Ela indicou com o braço as ruas lá embaixo. "Eles nunca vão lhes perdoar isso."

"Quer dizer que estávamos errados?" Uma sensação de isolamento surgiu dentro dele, uma desolação e um desespero como nunca sentira antes.

"Não", disse ela. "Não." Ela se chegou a ele, e o toque de suas mãos era como uma salvação. "Não, não, não." Ela moveu o rosto dele, para que ele a olhasse nos olhos. "Vocês não estavam errados. Vocês fizeram a única coisa possível. Só que..." Ela lançou um olhar ao longe novamente.

"Só que o quê?"

"Eles agiram de tal forma que a única opção que restou a vocês foi a que lhes traria a ruína." Ela o beijou; ele sentiu o gosto de suas lágrimas. "*Eu* amo você. *Eu* acredito no que vocês fizeram."

"Mas você acha que estamos perdidos."

Suas mãos aliviaram a pressão no rosto dele, abandonaram-se e ficaram pendentes ao lado do corpo. "Eu acho..." Enquanto ele a observava, o rosto dela assumia uma expressão mais fria. Ele estava começando a perceber a necessidade que Nora tinha de enfrentar as crises com um certo distanciamento. Ela levantou os olhos, agora já secos. "Acho que você vai perder o emprego", disse ela com um sorriso triste e tenso. "Portanto, não posso perder o meu, não é?"

Ele a acompanhou até o trabalho.

À sua volta, cinzas e o rangido interminável dos cacos de vidro. Retalhos de roupas ensanguentados, tortas esparramadas no calçamento entre pedaços de tijolo e madeira queimada. Fachadas de lojas enegrecidas. Carroças viradas e queimadas. Duas metades de uma saia na sarjeta, molhadas e cobertas de fuligem.

Quando eles saíram do North End, os estragos não se mostravam mais graves, apenas mais repetitivos e, quando chegaram à Scollay Square, de maior gravidade e maiores proporções. Ele tentou puxar Nora para junto de si, mas ela preferia andar sozinha. De vez em quando ela olhava a própria mão afastada da dele e lançava a Danny um olhar que traía uma tristeza íntima. Quando os dois avançavam pela Bowdoin Street, ela recostou a cabeça no ombro dele, mas não disse nada.

Ele também não.

Não havia nada a dizer.

* * *

Depois de deixá-la no trabalho, ele voltou andando para o North End e juntou-se ao piquete dos grevistas na frente da Primeira Delegacia. Durante as últimas horas da manhã e as primeiras da tarde, eles ficaram andando de um lado para outro da Hanover Street. Alguns transeuntes lhes dirigiam palavras de apoio, outros gritavam "Que vergonha!", mas a maioria não dizia nada. Passavam pela beira da calçada, de olhos baixos, ou então olhavam através de Danny e dos outros homens como se estes fossem fantasmas.

Ao longo do dia assistiu-se à chegada de mais e mais fura-greves. Danny ordenou que os deixassem entrar, desde que passassem ao longo do piquete, sem tentar atravessá-lo. Afora uma pequena escaramuça e algumas vaias, os fura-greves passaram e entraram na delegacia sem maiores problemas.

Em toda a Hanover ecoava o som de martelos. Os homens vedavam as vitrines com compensado, enquanto outros varriam os cacos de vidro e recolhiam de entre os escombros os produtos que a turba deixara de levar. Giuseppe Balari, um sapateiro conhecido de Danny, se deixou ficar por longo tempo contemplando as ruínas de sua oficina. Ele encostou as placas de compensado na porta da oficina, mas, em vez de começar a cobrir a fachada da oficina com elas, largou o martelo na calçada e simplesmente ficou ali, mãos ao longo do corpo, palmas viradas para cima. Assim ele permaneceu por dez minutos.

Quando ele se voltou, Danny não conseguiu abaixar a vista antes do olhar de Giuseppe cruzar com o seu. Ele olhou para Danny, do outro lado da rua, e articulou uma pergunta com os lábios: *por quê?*

Danny balançou a cabeça num gesto de desamparo e virou o rosto para a frente, enquanto iniciava outro giro diante da delegacia. Quando ele tornou a olhar, Giuseppe já estava pregando a primeira placa de compensado na vitrine.

Lá pelo meio-dia, vários caminhões da prefeitura estavam limpando as ruas. Detritos chocalhavam e retiniam no calçamento, e os motoristas dos caminhões muitas vezes tinham de parar para recolher o que tinha caído no chão. Pouco depois, um Packard Single Six estacionou junto à calçada, ao lado do piquete dos grevistas, e Raphelson pôs a cabeça para fora da janela. "Um minuto, agente?"

Danny virou seu cartaz de ponta-cabeça e encostou-o num poste de iluminação. Ele se sentou no banco traseiro do carro com Raphelson, que lhe deu um sorriso sem graça e não disse nada. Danny olhou pela janela, viu os homens andando em círculos, as placas de compensado nas lojas, de ambos os lados da Hanover.

Raphelson disse: "A votação de uma greve de solidariedade foi adiada".

A primeira reação de Danny foi de gélido torpor. "Adiada?"

Raphelson fez que sim.

"Até quando?"

Raphelson olhou pela janela. "Difícil dizer. Tivemos dificuldade em contatar vários delegados."

"Não se pode fazer a votação sem eles?"

Ele balançou a cabeça. "Todos os delegados devem estar presentes. Essa regra é sagrada."

"Quanto tempo vocês vão levar para reunir todo mundo?"

"Difícil dizer."

Danny voltou-se no banco. "Quanto tempo?"

"Pode ser no fim do dia de hoje. Pode ser amanhã."

O torpor de Danny sumiu de repente, dando lugar a uma pontada de medo. "Mas não depois."

Raphelson ficou calado.

"Ralph", disse Danny. "Ralph."

Raphelson voltou a cabeça e olhou para ele.

"Não pode passar de amanhã,", disse Danny. "Certo?"

"Não posso garantir nada."

Danny recostou-se no banco. "Oh, meu Deus", sussurrou ele. "Oh, meu Deus."

No quarto de Luther, ele e Isaiah arrumavam na mala a roupa trazida pela sra. Grouse. Isaiah, viajante experiente, ensinou Luther a enrolar as roupas, em vez de dobrá-las, e os dois as puseram na valise de Luther.

"Assim você ganha muito mais espaço", disse ele, "e a roupa amarrota menos. Mas você tem de enrolar bem firme. Assim."

Luther observou os movimentos de Isaiah, depois pegou as pernas de uma calça e começou a enrolar a partir das bainhas.

"Um pouco mais apertado."

Luther desenrolou a calça e fez a primeira volta duas vezes mais apertada, segurando o tecido com firmeza e continuando a enrolar.

"Agora você está pegando o jeito."

Luther prendeu o tecido entre os dedos. "Ela vai ficar bem?"

"Vai passar, tenho certeza." Isaiah estendeu uma camisa na cama, abotoou-a, dobrou-a, alisou os vincos e a enrolou. Feito isso, voltou-se, enfiou-a na valise e alisou-a com a palma da mão uma última vez. "Vai passar."

Quando eles desceram ao térreo, deixaram a valise no pé da escada e encontraram Yvette na sala de estar. Olhos brilhantes, ela olhou por cima da edição vespertina do *The Examiner*.

"Acho que vão mandar a Guarda Nacional para os locais onde há tumulto."

Luther fez que sim com a cabeça.

Isaiah sentou-se no lugar de sempre, junto à lareira. "Espero que os distúrbios já estejam chegando ao fim."

"Espero que sim." Yvette dobrou o jornal e depositou-o sobre a mesinha. Ela alisou o vestido na altura dos joelhos. "Luther, quer fazer o favor de me servir uma xícara de chá?"

Luther foi até o serviço de chá do aparador, pôs um cubinho de açúcar e uma colher de leite numa xícara e adicionou o chá. Em seguida, pôs a xícara no pires e levou-a à sra. Giddreaux. Ela lhe agradeceu sorrindo e inclinando a cabeça.

"Onde você estava?", disse ela.

"Lá em cima."

"Não agora", disse ela tomando um gole de chá. "Durante a grande inauguração. Na hora em que cortaram a fita."

Luther voltou ao aparador e pôs chá em outra xícara. "Senhor Giddreaux?"

Isaiah levantou a mão. "Obrigado, mas não, filho."

Luther balançou a cabeça, pôs um cubinho de açúcar no chá e sentou-se de frente para a sra. Giddreaux. "Eu me atrasei, desculpe."

Ela disse: "Aquele policial grandalhão, ah, ele ficou louco. Dava a impressão de saber *exatamente* onde procurar, mas não achou absolutamente nada".

"Estranho", disse Luther.

A sra. Giddreaux tomou mais um gole de chá. "Que sorte a nossa."

"Acho que assim a história se encerra."

"E agora você vai embora para Tulsa."

"Senhora, é lá que estão minha mulher e meu filho. A senhora sabe que, se eu não tivesse razões tão fortes, nunca iria embora."

Ela sorriu e fitou os próprios joelhos. "Quem sabe você nos escreve."

Isso acabou com Luther, quase o fez cair de joelhos.

"A senhora sabe que vou escrever. A senhora deve saber muito bem disso."

Ela abarcou a alma dele com aqueles olhos lindos. "Faça isso, meu filho. Faça isso."

Quando ela tornou a olhar para os joelhos, o olhar de Luther cruzou com o de Isaiah. Ele fez um gesto de cabeça para o ancião. "Se me permitem..."

A sra. Giddreaux olhou para ele.

"Ainda tenho umas coisas a resolver com os amigos brancos que arranjei."

"Que tipo de coisa?"

"Uma despedida nos conformes", disse Luther. "Se eu pudesse ficar mais uma ou duas noites, com certeza as coisas seriam mais fáceis."

Ela inclinou o corpo para a frente. "Você está tratando uma velha senhora com condescendência, Luther?"

"Nunca, senhora."

Ela lhe apontou um dedo e balançou-o de leve. "Manteiga não derreteria em sua boca."

"Poderia derreter", disse Luther, "desde que fosse com um pouco daquele seu frango assado, senhora."

"Então a jogada é essa?"

"Acho que é."

A sra. Giddreaux levantou-se, alisou a saia e voltou-se para a cozinha. "Tenho batatas por descascar e feijão para catar, meu jovem. Não fique aí parado."

Ela saiu da sala, e Luther a seguiu. "Nem em sonho."

O sol já se punha quando as multidões voltaram às ruas. Em algumas regiões — South Boston e Charlestown — era o mesmo vandalismo aleatório; em outras, porém, principalmente em Roxbury e South End, ela tinha adquirido um caráter político. Quando Andrew Peters ficou sabendo disso, ordenou a Horace Russel que o levasse para a Columbus Avenue. O general Cole não queria que ele saísse sem uma escolta militar, mas Peters convenceu-o de que não haveria problemas com ele. Na noite anterior ele já fizera suas incursões, e era muito mais fácil deslocar-se com um carro que com três.

Horace Russel parou o carro na esquina da Arlington com a Columbus. A multidão estava um quarteirão mais adiante. Peters saiu do carro e andou meio quarteirão. No caminho, passou por três barris cheios de piche, com tochas apontando deles. A visão daqueles barris — o clima medieval que criavam — aumentou seu medo.

Os cartazes agora eram piores. Os poucos que foram vistos na noite anterior não passavam, em sua maioria, de variações de "Foda-se a polícia" ou de "Fodam-se os fura-greves". Os novos, porém, tinham sido cuidadosamente pintados em letras vermelhas, brilhantes e frescas feito sangue. Vários estavam em russo, mas os demais eram bastante claros:

REVOLUÇÃO JÁ!
ABAIXO A TIRANIA DO ESTADO!
MORTE AO CAPITALISMO! MORTE AOS FEITORES DE ESCRAVOS!
ABAIXO A MONARQUIA CAPITALISTA!

...e aquele de que o prefeito Andrew J. Peters menos gostou...

QUEIMA, BOSTON, QUEIMA!

Ele apressou-se em voltar para o carro e ordenou a Horace Russel que fosse direto para onde estava o general Cole.

O general Cole ouviu as notícias e, com um gesto de cabeça, deu a entender que já sabia de tudo. "Recebemos informes de que a multidão concentrada na Scollay Square também está politizando sua manifestação. O South Boston já está ficando fora de controle. Acho que eles não poderão controlar a multidão com quarenta policiais, como fizeram na noite passada. Vou enviar voluntários para as duas áreas, para ver se conseguem controlar os distúrbios. Com instruções para que nos tragam informações sobre o tamanho da multidão e o alcance da influência bolchevique."

"'Queima, Boston, queima'", sussurrou Peters.

"A coisa não vai chegar tão longe, senhor prefeito. Eu lhe garanto. Todo o time de futebol de Harvard está armado, esperando ordens. São rapazes muito bons. E mantenho contato permanente com o major Sullivan e o comando da Guarda Nacional. Eles estão à nossa disposição, senhor, prontos para entrar em ação."

Peters balançou a cabeça, sentindo-se um pouco aliviado. Quatro regimentos completos mais uma companhia de metralhadoras, ambulâncias e uma divisão motorizada.

"Agora vou ver como estão as coisas com o major Sullivan", disse Peters.

"Tenha cuidado, senhor prefeito. Logo vai escurecer."

Peters saiu do escritório que ainda no dia anterior era ocupado por Edwin Curtis. Ele foi subindo a colina em direção à Assembleia Legislativa, e seu coração disparou quando os avistou — meu Deus, é um verdadeiro exército! Sob as grandes arcadas dos fundos do edifício, o Primeiro Pelotão de Cavalaria desfilava com seus cavalos para cima e para baixo, formando uma corrente compacta. O ruído de suas patas contra as pedras do calçamento soava como tiros abafados. Nos gramados em frente à Beacon Street, o Décimo Segundo e o Décimo Quinto Regimentos estavam em posição de descanso. Do outro lado da rua, na parte mais alta do parque Commonwealth, o Décimo e o Décimo Primeiro, prontos para entrar em ação. Embora Peters não tivesse desejado que as coisas chegassem àquele ponto, pode muito bem ser desculpado pelo orgulho que lhe invadiu o peito à visão do Commonwealth. Aquilo era a antítese da turba. Aquilo era uma força calculada, presa às regras da lei, capaz de moderação e de violência em igual medida. Aquilo era o punho cerrado por baixo da luva de veludo da democracia, e era uma maravilha.

Ele foi saudado ao passar pelas fileiras e subir as escadarias da Assembleia Legislativa. Sentia-se muito leve quando atravessou o grande corredor de mármore e foi conduzido à retaguarda da Primeira Cavalaria, onde se encontrava o major Sullivan. O major instalara seu comando sob as arcadas. Numa mesa à sua frente, os telefones e rádios portáteis de campanha tocavam furiosamente. Oficiais respondiam às chamadas, faziam anotações apressadas e entregavam os papéis ao major Sullivan. Este notou que o prefeito se aproximava e voltou a examinar o último relatório.

O major prestou continência a Andrew Peters. "Senhor prefeito, o senhor chegou bem a tempo."

"De quê?"

"A força de voluntários que o general Cole mandou à Scollay Square caiu numa emboscada, senhor. Houve disparos e muitos feridos."

"Meu Deus."

O major Sullivan balançou a cabeça. "Mas a coisa não vai durar, senhor. Na verdade, acho que não dura nem cinco minutos."

Bem, lá estava.

"Seus homens estão prontos?"

"Eles estão à sua frente, senhor."

"A cavalaria?", disse Peters.

"Não há forma mais rápida de romper uma multidão e dominá-la, senhor prefeito."

Peter espantou-se com o absurdo daquilo tudo — uma ação militar ao estilo do século XIX na América do século XX. Absurdo, mas de todo modo oportuno.

Peters deu a ordem: "Salve os voluntários, major".

"Vai ser um prazer, senhor." O major Sullivan bateu continência, e um jovem capitão lhe trouxe seu cavalo. Sullivan pôs o pé no estribo sem olhar para ele e, num gesto elegante, montou. O capitão subiu no cavalo que estava atrás do de Sullivan e pôs uma corneta no ombro.

"O Primeiro Pelotão de Cavalaria, sob meu comando, deve avançar até a Scollay Square e seguir para o cruzamento de Cornhill com a Sudbury. Vamos resgatar os policiais voluntários e restabelecer a ordem. Vocês só devem atirar na multidão se não tiverem — vou repetir, se não tiverem *mesmo* — escolha. Está entendido?"

A resposta veio num coro vigoroso: "Sim, senhor!".

"Então, cavalheiros, a-ten-ção!"

Os cavalos dispuseram-se em fileiras afiadas e retas feito navalhas.

Peters pensou. Esperem um pouco. Esperem aí. Vamos com calma. Vamos pensar sobre isso.

"Atacar!"

A corneta tocou e o cavalo do major Sullivan precipitou-se através das arcadas como se tivesse sido disparado por uma arma de fogo. O resto da cavalaria foi atrás, e o prefeito Peters se pegou correndo junto com eles. Sentia-se como uma criança em seu primeiro desfile, mas aquilo era melhor que qualquer desfile, e ele não era mais criança, mas um líder de homens, um homem digno de continências prestadas sem ironia.

Ele quase foi esmagado pelo flanco de um cavalo, quando eles dobraram a esquina da mureta da Assembleia Legislativa. Eles guinaram para a direita, seguiram em disparada pela esquerda e entraram na Beacon a todo galope. O som de todas aquelas patas não se comparava a nada do que ele ouvira em toda a sua vida, como se o céu tivesse atirado centenas, milhares de pedregulhos, e súbitas rachaduras tivessem surgido nas vitrines ao longo da parte baixa de Beacon, e o próprio Beacon Hill tremesse ante a fúria gloriosa dos animais e de seus cavaleiros.

O grosso da tropa já se distanciara dele ao dobrar à esquerda na Cambridge Street, seguindo para a Scollay Square, mas o prefeito Peters continuou correndo, e o declive acentuado da Beacon aumentou-lhe a velocidade. Quando desembocou na Cambridge, eles apareceram diante dele, uma quarteirão à frente, sabres levantados no ar, a corneta anunciando ruidosamente sua chegada. E, imediatamente depois deles, a multidão, semelhante a um vasto oceano vermelho, espalhando-se em todas as direções.

Como Andrew Peters desejou ter nascido duas vezes mais veloz, dotado de asas, ao contemplar aqueles majestosos animais castanhos e seus magníficos cavaleiros rompendo a multidão! Eles dividiram aquele oceano vermelho, enquanto Andrew Peters continuava a correr e os vermelhos tornavam-se mais nítidos, transformando-se em cabeças e rostos. Os sons também se tornavam mais distintos. Gritos, guinchos, alguns dos quais pareciam inumanos, o clangor e o retinir de metal, o primeiro disparo de arma de fogo.

Seguido do segundo.

Seguido do terceiro.

Andrew Peters conseguiu alcançar a Scollay Square a tempo de ver um cavalo e seu cavaleiro caírem, atravessando a vitrine de uma farmácia incendiada. Uma mulher jazia na calçada, o sangue escorrendo-lhe dos ouvidos, a marca de uma pata no meio da testa. Sabres golpeavam ferozmente braços e pernas. Um homem com o rosto todo ensanguentado passou pelo prefeito. Um policial da força voluntária, que perdera quase todos os dentes, jazia encolhido na calçada, chorando, a mão agarrando o lado do corpo. Os cavalos giravam em círculos ferozes, as grandes pernas martelando com os cascos o calçamento, seus cavaleiros brandindo os sabres.

Um cavalo tombou para a frente, escoiceando e relinchando. Houve gente que caiu, que levou coice, que gritou. O cavalo continuava escoiceando. O cavaleiro manteve-se firme no estribo, e o cavalo ergueu-se em meio à multidão, olhos brancos e grandes feito ovos, arregalados de terror, no momento em que se erguia nas pernas dianteiras, batendo com as traseiras, quando então tornou a tropeçar, com um relincho de perturbação e desamparo.

Bem na frente do prefeito Peters, um policial da força voluntária com um rifle Springfield e o rosto contorcido pelo medo apontava a arma. Andrew Peters percebeu o que ia acontecer uma fração de segundo antes, viu o outro homem de chapéu-coco preto com a vara, parecendo atordoado como se tivesse levado um golpe na cabeça, mas ainda segurando a vara e brandindo-a. E Andrew Peters gritou: "Não!".

Mas a bala saiu do rifle do policial voluntário e entrou no peito do homem atordoado com a vara na mão. Atravessou o corpo dele, saiu do outro lado e foi se alojar no ombro de outro homem, que rodopiou e caiu no chão. O policial e Andrew Peters viram o homem com a vara permanecer no lugar, o corpo dobrado na cintura. Ficou assim por alguns segundos, depois deixou cair a vara, mergulhou para a frente e caiu no chão. A perna dele contraiu-se e então, arfando, expeliu uma pasta de sangue negro e se imobilizou.

Andrew Peters sentiu todo aquele verão horrível cristalizar-se naquele instante. Todos os sonhos que ele tinha de paz, de uma solução que beneficiasse ambas as partes, todo o trabalho duro, toda a boa vontade e boa-fé, toda a esperança...

O prefeito da grande cidade de Boston abaixou a cabeça e chorou.

38.

Thomas esperava que o trabalho feito por ele e Crowley e seu bando de esfarrapados na noite anterior tivesse dado o recado ao populacho, mas não foi o que aconteceu. Sim, eles tinham quebrado cabeças na noite anterior. Eles avançaram, ferozes e destemidos, e enfrentaram a multidão na Andrew Square, depois novamente na West Broadway, e a dispersaram. Dois veteranos de guerra e trinta e dois soldados rasos com graus variados de experiência e de medo. Trinta e quatro contra milhares! Quando finalmente chegou em casa, Thomas levou horas para conseguir dormir.

Mas agora a multidão estava de volta. E o número de manifestantes duplicara. Ao contrário da noite passada, porém, eles estavam organizados. Bolcheviques e anarquistas movimentavam-se no meio deles, distribuindo armas e retórica em igual medida. Os membros da *gusties* e uma variedade de bandidos do próprio estado e de outros tinham formado esquadrões que estavam estourando cofres em toda a Broadway. Vandalismo, sim, porém não mais impensado.

Thomas recebeu um chamado do próprio prefeito pedindo-lhe que se abstivesse de qualquer ação repressiva até a chegada da Guarda Nacional. Thomas perguntou quando Sua Excelência esperava que chegasse o reforço, e o prefeito informou que tinha havido tumultos imprevistos na Scollay Square, mas que em breve os homens já deviam estar chegando.

Em breve.

A West Broadway estava um caos. Os cidadãos que Thomas jurara proteger estavam sendo vitimizados naquele mesmo instante. E os únicos salvadores possíveis iriam chegar... em breve.

Thomas passou a mão nos olhos, tirou o telefone do gancho e pediu à telefonista que ligasse para a sua casa. Connor atendeu.

"Tudo tranquilo?"

"Aqui?", perguntou Connor. "Claro. E como estão as ruas?"

"Mal", disse Thomas. "Não saia de casa."

"Você precisa de reforços? Eu posso ajudar, pai."

Thomas fechou os olhos por um instante, desejando gostar mais daquele filho. "Reforços não vão fazer grande diferença agora, Con. Já passamos desse ponto."

"O puto do Danny."

"Con", disse Thomas, "quantas vezes tenho de lhe dizer de minha aversão a palavrões? Será que alguma coisa relacionada a isso consegue entrar nessa sua cabeça dura, filho?"

"Desculpe, pai. Desculpe." A respiração difícil de Connor era perceptível na outra ponta da linha telefônica. "Eu... só... Danny é responsável por isso. Danny, pai. A cidade inteira está se dilacerando..."

"Danny não é o único responsável. Ele é apenas um."

"Sim", disse Connor, "mas a gente achava que ele era da família."

Aquilo mexeu com alguma coisa no íntimo de Thomas. O "achava que ele era". Era naquilo em que tinha se transformado o orgulho por seu rebento? Era aquele o destino da jornada que começara quando você segurou o primeiro fruto do útero de sua esposa e se permitiu sonhar com seu futuro? Era aquele o preço de se entregar a um amor cego e desmedido?

"Ele é da família", afirmou Thomas. "Ele é do nosso sangue, Con."

"Talvez para você."

Oh, meu Deus. Aquele era o preço. Com certeza era. Do amor. Da família.

"Onde está sua mãe?", perguntou Thomas.

"Na cama."

Não era de surpreender: uma avestruz sempre busca o monte de areia mais próximo.

"Onde está o Joe?"

"Na cama também."

Thomas deixou cair os pés do tampo da escrivaninha. "São nove horas."

"Sim, ele passou o dia doente."

"O que ele tem?"

"Não sei. Talvez um resfriado."

A isso, Thomas balançou a cabeça. Joe era como Aiden — nada o derrubava. Era mais fácil ele furar os próprios olhos que ir para a cama numa noite como aquela.

"Vá ver como ele está."

"O quê?"

"Con, vá ver como ele está."

"Tudo bem, tudo bem."

Connor largou o fone, e Thomas ouviu seus passos no corredor e o rangido quando Connor abriu a porta do quarto de Joe. Silêncio. Depois o ruído dos passos, mais rápidos, voltando em direção ao telefone. Thomas apressou-se em falar tão logo ouviu o filho pegar o fone:

"Ele saiu, não é?"

"Meu Deus, pai."

"Quando foi a última vez que você o viu?"

"Há mais ou menos uma hora. Escute, ele não pode..."

"Vá procurá-lo", disse Thomas, surpreso ao notar que as palavras saíram num sibilo em vez de um grito exaltado. "Está me entendendo, Con? Estamos entendidos?"

"Sim, senhor."

"Vá procurar seu irmão", disse Thomas. "Já."

Em junho passado, da primeira vez que Joe fugira da casa da K Street, ele fez amizade com Teeny Watkins, um menino que cursou o primeiro e o segundo anos na Gate of Heaven com ele, quando então abandonou a escola para sustentar a mãe e as três irmãs. Teeny era jornaleiro, e Joe, durante os três dias que passou nas ruas, sonhou em trabalhar com isso também. Os jornaleiros andavam em bandos, que se formavam de acordo com o jornal que distribuíam. Brigas de gangues eram comuns. Se fosse acreditar no que Teeny dizia, também eram comuns os arrombamentos, em benefício de gangues como a dos *gusties*, uma vez que os jornaleiros eram pequenos e conseguiam entrar por janelas que um adulto não conseguiria penetrar.

Andando com os pequenos jornaleiros, Joe descortinou um mundo mais brilhante, mais barulhento. Ele ficou conhecendo a baixa Washington Street, com todos os seus jornais, seus bares e suas altercações. Ele andava com seu novo grupo nas imediações da Scollay Square e da West Broadway, imaginando o dia em que iria dar um passo adiante e participar daquele mundo noturno.

No terceiro dia, porém, Teeny deu a Joe uma lata de gasolina e uma caixa de fósforos e lhe disse para tocar fogo numa banca de jornais do *Traveler*, na Dover Street. Joe se recusou, e Teeny não insistiu. Ele pegou a lata e os fósforos de volta e bateu em Joe na frente dos outros jornaleiros, muitos dos quais estavam fazendo apostas. Não havia nenhuma fúria naquela surra, nenhuma emoção. Toda vez que Joe olhava nos olhos de Teeny, ao receber um soco na cara, era evidente que Teeny *podia* bater nele até matar, se quisesse. Joe então percebeu que aquele era o motivo da aposta dos pequenos jornaleiros. Se Teeny o mataria ou não, era uma coisa que deixava o próprio Teeny indiferente.

Joe levou alguns meses para se recuperar da frieza com que fora surrado. Em comparação, a própria surra era algo que ele quase podia esquecer. Agora, porém, sabendo que a cidade estava despertando — e até se dividindo — de uma forma que não se repetiria mais em toda a sua vida, todas as dores e lições daquele dia empalideceram, sendo substituídas por seu apetite pelo mundo da noite e o possível lugar que teria nele.

Quando Joe saiu de casa, avançou dois quarteirões e subiu a H Street em direção ao tumulto. Na noite anterior ele ouvira tudo de seu quarto — na West Broadway havia ainda mais barulho que o normal. Era ali que ficavam os bares, casas e mais casas de pensão, antros de jogatina e rapazes jogando passe-passe nas esquinas e assobiando para as mulheres postadas às janelas de quartos iluminadas por luzes vermelhas, laranja ou mostarda. A East Broadway atravessava a City Point, a parte mais abonada de South Boston, a região onde Joe morava. Bastava, porém, cruzar a East Broadway e descer a colina para chegar ao cruzamento da East Broadway com a West Broadway e a Dorchester Street. Ali ficava o resto do Southie, sua área mais vasta, onde já não havia nada de tranquilo, respeitável ou bem cuidado. Ela sacudia-se e explodia em gargalhadas, brigas, gritos e cantorias desafinadas em altos brados. Subindo a West Broadway até chegar à ponte, descendo a Dorchester Street até a Andrew Square. Naquela área, ninguém tinha carro, muito menos motorista, como o pai dele. Ninguém era dono da casa em que morava; ali era o território dos inquilinos. E a única coisa mais rara que um carro era um jardim. Boston propriamente dita tinha a Scollay Square, que lhe servia de escape, mas o Southie tinha a West Broadway. Não tão grande nem tão iluminada, mas tão cheia de marujos, ladrões e homens enchendo a cara quanto ela.

Agora, às nove da noite, era uma verdadeira festa. Joe foi para o meio da rua, onde homens bebiam diretamente de garrafas e era preciso ter cuidado para não pisar numa manta onde jogavam dados. Um sujeito gritava "Belas damas para todos os gostos". Quando ele viu Joe, acrescentou: "Todas as idades são bem-vindas! Se você for um sujeito de verdade e não um frouxo, entre! Belas damas enfileiradas para o seu deleite!". Um bêbado esbarrou em Joe, e ele caiu na rua. O sujeito olhou-o por cima do ombro e seguiu em frente cambaleando. Joe sacudiu a poeira. Sentindo o cheiro de fumaça no ar, viu alguns homens passarem por ele carregando uma cômoda com uma grande pilha de roupas em cima. De cada grupo de três homens, um carregava um rifle. Uns poucos estavam com espingardas. Ele andou mais meio quarteirão, desviou-se de duas mulheres que se esmurravam e começou a desconfiar que aquela não era a melhor noite para explorar a West Broadway. Mais adiante, a loja de departamentos McCory ardia em chamas, e havia pessoas em volta dando vivas às chamas e à fumaça. Joe ouviu um grande ruído, levantou a vista e viu um corpo caindo da janela de um terceiro andar. Ele recuou, o corpo caiu na rua, quebrou-se em vários pedaços, e a multidão vaiou. Um manequim. A cabeça de cerâmica rachou, uma orelha partiu-se em vários cacos. Joe olhou para cima novamente e viu o segundo corpo projetando-se da mesma janela. Este caiu aos seus pés e partiu-se ao meio na altura da cintura. Alguém arrancou a cabeça do primeiro manequim e jogou-a no meio da multidão.

Joe concluiu que já era mais que tempo de voltar. Quando ele se virou, um homenzinho de óculos, cabelos molhados e dentes amarelos estava na sua frente, impedindo-lhe a passagem. "Você parece um tipo esportivo, meu pequeno John. Você é um tipo esportivo?"

"Meu nome não é John."

"Quem quer saber de nomes? É o que sempre digo. Você é um tipo esportivo? É? É?" O homem pôs a mão no ombro dele. "Porque, meu pequeno John, mais adiante naquela viela temos alguns dos melhores jogos de apostas do mundo."

Joe deu de ombros. "Cães?"

"Sim, cães", disse o homem. "Temos cães lutando contra cães. E galos contra galos. E temos cães lutando contra ratos, dez de cada vez!"

Joe fez um movimento para a esquerda, o homem o acompanhou.

"Não gosta de ratos?" O homem gargalhou. "Mais um motivo para vê-los morrerem." Ele apontou. "Logo ali adiante na viela."

"Não", disse Joe tentando livrar-se daquilo. "Eu não acho..."

"Isso mesmo! Para que achar?" O homem cambaleou para a frente e Joe sentiu o cheiro de vinho e de ovo em seu hálito. "Vamos lá, pequeno John. Vamos lá."

O homem estendeu a mão para agarrar seu punho. Joe aproveitou o gesto para passar depressa pelo sujeito. O cara agarrou o ombro dele, mas Joe desvencilhou-se e continuou andando rápido, olhou para trás e viu que o cara vinha atrás dele.

"Você é um dândi, não é, meu pequeno John? Quer dizer então que é senhor John, não é? Oh, mil desculpas! Nós não agradamos seu gosto refinado, senhoria?"

O homem corria à sua frente, pendendo de um lado para outro como se animado e lépido ante a perspectiva de um novo esporte.

"Vamos, pequeno John, vamos ser amigos."

O homem tentou agarrá-lo novamente, Joe guinou depressa para a direita e disparou na frente novamente. Voltou-se com tempo bastante para levantar as mãos espalmadas, mostrando ao homem que não queria confusão. Então tornou a seguir em frente e apertou o passo, esperando que o sujeito se cansasse daquele jogo e fosse gastar suas energias numa empreitada menos difícil.

"Seus cabelos são bonitos, jovem John. Da cor de alguns gatos que eu vi, pode crer."

Joe ouviu o homem ganhar velocidade subitamente, logo atrás dele, numa correria louca e estapafúrdia. Joe pulou para a calçada, abaixou o corpo e passou correndo por entre as saias de duas mulheres altas que fumavam charutos e lhe deram uns tapas, caindo na gargalhada. Ele as olhou por cima do ombro, mas elas já tinham voltado a atenção para o homem de dentes amarelos, que continuava a persegui-lo.

"Ah, deixe-o em paz, seu cretino."

"Cuidem de suas vidas, minhas damas, senão eu volto com minha espada."

As mulheres riram. "Já vimos sua espada, Rory, e ela é uma vergonha de tão pequena."

Joe precipitou-se novamente para o meio da rua.

Rory ia correndo ao lado dele. "Posso engraxar seus sapatos, meu senhor? Posso arrumar sua cama?"

"Deixe-o em paz, seu cafetão", gritou uma das mulheres, mas pelo seu tom de voz Joe percebeu que elas tinham perdido o interesse. Joe ia balançando os braços ao longo do corpo, fingindo não notar Rory, também balançando os braços logo atrás dele, soltando gritos de macaco. Joe mantinha a cabeça voltada para a frente, tentando parecer um rapaz bem ciente de para onde estava indo, internando-se mais e mais na multidão cada vez mais compacta.

Rory passou a mão de leve em um dos lados da cabeça de Joe, e este o esmurrou.

O punho bateu na cabeça de Rory, fazendo-o piscar. Vários homens que estavam na calçada riram. Joe disparou a correr, e os risos o seguiram rua acima.

"Posso ajudá-lo em alguma coisa?", gritou Rory correndo atrás dele. "Posso ajudá-lo a suportar seus sofrimentos? Eles devem ser muito pesados para você."

Ele ganhava terreno. Joe contornou em velocidade uma carroça virada e passou disparado entre um grupo de homens. Passou correndo por dois homens armados de espingardas, entrou num bar, se pôs à esquerda da porta e ficou vigiando-a, tomando fôlego. Então olhou os homens à sua volta, muitos em suas roupas de trabalho e suspensórios, a maioria com bigodes de pontas viradas e chapéus-coco pretos. Eles também o olharam. Vindos de algum lugar no fundo do salão do bar, para além da multidão e da fumaça, Joe ouviu grunhidos e gemidos, percebeu que tinha interrompido alguma espécie de espetáculo lá atrás. Abriu a boca para dizer que estava sendo perseguido, viu no mesmo instante o olhar do barman, que apontou para ele e disse: "Ponham esse puto desse menino para fora daqui".

Duas mãos agarraram seus braços, seus pés ergueram-se do chão e lá estava ele navegando pelo ar, passando de novo pela porta do bar. Ele voou por cima da calçada, caiu no meio da rua e seu corpo quicou. Sentiu queimarem-lhe os joelhos e a mão direita, enquanto tentava parar. Notou então que seu corpo não estava mais quicando. Alguém passou por cima dele e seguiu em frente. Ficou ali caído, nauseado, e ouviu Rory, o sujeito de dentes amarelos, dizer: "Não, permita-me, Sua Senhoria".

Rory agarrou Joe pelos cabelos. Joe bateu no braço dele, Rory apertou com mais força.

Ele levantou Joe alguns centímetros do chão. A dor no couro cabeludo fez o menino gritar. Ao sorrir, Rory mostrou os dentes detrás escuros. Ele arrotou, e lá veio novamente o cheiro de vinho e de ovos. "Você tem unhas polidas e, puxa vida... roupas finas também, meu jovem John. Você faz uma bela figura."

Joe disse: "Meu pai é...".

Rory apertou o queixo de Joe com a mão. "Eu vou ser um novo pai para você. Portanto, faça o favor de poupar essa porra dessa sua energia, meu lorde."

Rory recuou a mão, e Joe deu-lhe um pontapé no joelho, fazendo com que ele lhe segurasse os cabelos com menos firmeza. Num segundo pontapé, Joe aplicou a força de todo o seu corpo, atingindo o lado interno da coxa do homem. Ele queria acertar-lhe as virilhas, mas errou o chute. Ainda assim, o pontapé foi forte o bastante para fazer Rory sibilar, recuar e largar seus cabelos.

Foi então que a navalha apareceu.

Joe caiu de quatro no chão e passou entre as pernas de Rory. Depois de ter passado por elas, seguiu na mesma posição, avançando por entre a densa multidão, impulsionando o corpo com as mãos e os joelhos — passando entre as pernas de uma calça preta, depois de uma marrom amarelada, em seguida entre polainas bicolores, seguidas de botas de trabalho marrons emporcalhadas de lama seca. Sem olhar para trás. Simplesmente continuava andando de quatro, sentindo-se um caranguejo, deslocando-se rapidamente para a esquerda, para a direita, novamente para a esquerda. Os pares de pernas iam ficando cada vez mais densos, o ar cada vez com menos oxigênio, à medida que se internava mais e mais, sempre andando de quatro, no coração da multidão.

* * *

Às nove e quinze, Thomas recebeu um telefonema do general Cole, o comissário interino.

"Você está em contato com o capitão Morton, da Sexta Delegacia?", perguntou o general Cole.

"Contato constante, general."

"Quantos homens ele tem sob seu comando?"

"Uma centena, senhor. Em sua maioria, voluntários."

"E você, capitão?"

"Mais ou menos o mesmo, general."

O general Cole disse: "Vamos mandar o Décimo Regimento da Guarda Nacional para a Broadway Bridge. Você e o capitão Morton devem empurrar a multidão pela West Broadway, em direção à ponte. Entendido, capitão?".

"Sim, general."

"Vamos começar a prender esses sujeitos e enfiá-los em caminhões. Isso bastará para dispersar a maioria deles."

"Concordo."

"Vamos nos encontrar na ponte às vinte e duas horas, capitão. Você acha que terá tempo de empurrá-los para a minha rede?"

"Eu só estava esperando suas ordens, general."

"Bem, agora eu já as dei, capitão. Até logo."

Thomas ligou para a sala do sargento Eigen. Quando ele atendeu, Thomas disse "Reúna os homens imediatamente", e desligou.

Thomas ligou para o capitão Morton. "Está pronto, Vincent?"

"Pronto e disposto, Thomas."

"Vamos mandá-los em sua direção."

"Mal posso esperar esse momento", disse Morton.

"A gente se vê na ponte."

"A gente se vê na ponte."

Thomas cumpriu o mesmo ritual da noite anterior: pôs o coldre, encheu os bolsos de balas e carregou sua Remington. Em seguida saiu do escritório e entrou no salão onde se fazia a chamada.

Estavam todos reunidos — seus homens, os homens da Guarda dos Parques da noite anterior e sessenta e seis voluntários. Estes últimos fizeram-no hesitar um pouco. O que o preocupara não eram os veteranos de guerra já um tanto idosos, eram os mais jovens, principalmente o contingente de Harvard. Thomas não estava gostando nada do olhar deles, que brilhava como se estivessem numa brincadeira de estudantes. Dois deles, sentados numa mesa no fundo do salão, não paravam de cochichar e de rir enquanto ele dava as instruções.

"...e quando entrarmos na West Broadway, vamos pegá-los pelos flancos. Vamos nos enfileirar de um lado a outro da rua, e *não vamos deixar* romper a linha. Vamos empurrá-los para o oeste, em direção à ponte. Não façam questão de levar de arrastão todos deles. Alguns vão ficar para trás. Desde que não representem uma ameaça direta, podem ficar para trás. É só continuar o arrastão."

Um dos futebolistas de Harvard cutucou o outro, e os dois caíram na gargalhada.

Thomas desceu da plataforma e continuou falando enquanto avançava por entre os homens. "Se vocês forem atingidos por projéteis, ignorem. Continuem empurrando. Se atirarem em nós, darei ordens para revidarem. Só eu. Vocês só poderão atirar quando ouvirem minha ordem."

Os rapazes de Harvard, sorrisos radiantes no rosto, viam-no aproximar-se.

"Quando chegarmos à D Street", disse Thomas, "os homens do Sexto Distrito se juntarão a nós. Lá formaremos uma pinça e empurraremos os remanescentes da multidão para a Broadway Bridge. A essa altura, não vamos deixar nenhum vagabundo para trás. Todo mundo vai ter de ir."

Thomas aproximou-se dos rapazes de Harvard. Eles o encararam, arqueando as sobrancelhas. Um deles era loiro, de olhos azuis; o outro usava óculos, tinha cabelos castanhos e a testa cheia de espinhas. Seus amigos estavam ao longo da parede do fundo, olhando para ver o que ia acontecer.

Thomas perguntou ao loiro: "Como é seu nome, filho?".

"Chas Hudson, capitão."

"E o do seu amigo?"

"Benjamin Lorne", disse o de cabelos castanhos. "Eu estou aqui."

Thomas olhou para ele, balançou a cabeça e voltou-se novamente para Chas. "Filho, sabe o que acontece quando não se leva uma batalha a sério?"

Chas revirou os olhos. "Imagino que o senhor vai me dizer, capitão."

Thomas deu uma bofetada tão forte em Benjamin Lorne que ele caiu da mesa e os óculos voaram, indo parar na fileira detrás. Ele ficou lá no chão, de joelhos, o sangue escorrendo da boca.

Chas abriu a boca, mas Thomas interrompeu o que quer que ele fosse dizer, aplicando-lhe a mão no queixo. "O que acontece, filho, é que o homem ao seu lado fica ferido." Por cima de Chas, Thomas olhou para os companheiros do rapaz, enquanto este gorgolejava. "Esta noite vocês são agentes da lei, está estendido?"

Oito cabeças balançaram, em sinal de assentimento.

Thomas voltou-se novamente para Chas. "Não quero nem saber de que família você é, filho. Se você cometer um erro esta noite, dou-lhe um tiro no coração."

Ele o empurrou contra a parede e largou-lhe o queixo.

Thomas voltou-se para os outros homens. "Alguma pergunta?"

Tudo correu muito bem até eles chegarem à F Street. Atiravam-lhes ovos e pedras, mas o grosso da multidão avançava pela West Broadway. Quando alguém resistia, recebia um golpe de cassetete, o recado estava dado, e a multidão se punha novamente em marcha. Muitos jogavam os rifles na calçada, os policiais e voluntários os recolhiam e seguiam em frente. Cinco quarteirões mais adiante, cada homem estava levando um rifle extra, e Thomas os fez parar por tempo bastante para retirar as balas. A multidão também se deteve, e Thomas viu vários rostos que podiam muito bem estar fazendo planos para aquelas armas, por isso ordenou aos homens que as arrebentassem, batendo-as contra o calçamento. À vista daquela cena, a multidão se pôs em marcha novamente, movendo-se a passos regulares, e Thomas começou a sentir a mesma confiança que sentira na noite anterior, quando desimpediu a Andrew Square junto com Crowley.

Na F Street, porém, eles depararam com uma ala radicalizada — os que carregavam cartazes, os que faziam discursos inflamados, os bolcheviques e os anarquistas. Muitos eram lutadores, e armou-se uma briga na esquina da F Street com a Broadway quando doze voluntários que vinham na retaguarda foram alcançados e cercados por subversivos. A maioria estava armada com pedaços de cano, mas a certa altura Thomas avistou um sujeito barbudo erguendo uma pistola. O capitão sacou o revólver e atirou no homem.

A bala atingiu-lhe o ombro, e ele girou e caiu. Quando Thomas apontou o revólver para o homem que se encontrava junto ao primeiro, os demais bolcheviques ficaram paralisados. Thomas olhou para seus homens, dispostos à sua volta, e deu a ordem:

"Apontar!"

Os rifles se ergueram, enfileirando-se rapidamente, como se coreografados, e os bolcheviques se voltaram e correram para salvar a pele. Muitos voluntários estavam feridos e sangravam, embora nenhum em estado grave, e Thomas lhes concedeu um minuto para verificar se tinham algum ferimento sério. Nesse meio tempo, o sargento Eigen examinava o homem que Thomas baleara.

"Ele não vai morrer, capitão."

Thomas balançou a cabeça. "Então deixe ele aí onde está."

A partir daí eles não sofreram nenhum desafio e avançaram dois quarteirões, com a multidão correndo à sua frente. A barreira começou quando eles chegaram à D Street, onde ficava a Sexta Delegacia. O capitão Morton e seus homens tinham empurrado a multidão pelos flancos, e agora ela estava toda aglomerada e movendo-se em círculos entre a D Street e A Street, bem perto da Broadway Bridge. Thomas viu o próprio Morton no lado norte da Broadway. Quando seus olhares se cruzaram, Thomas apontou para o lado sul, e Morton respondeu com um gesto de cabeça. Thomas e seus homens avançaram em leque pelo lado sul da rua, enquanto os homens de Morton pegavam o lado norte, agora empurrando com mais vigor. Empurravam para valer. Formaram uma barreira com seus rifles, valendo-se do aço e de sua própria fúria e medo para obrigar a multidão a seguir em frente, sempre em frente. Ao longo de vários quarteirões, era como se eles estivessem tentando enfiar um bando de leões numa toca de rato. Thomas perdeu as contas de quantas vezes sofreu cusparadas e arranhões, e não era possível dizer que fluidos lhe cobriam o rosto e o pescoço. Ainda assim, ele achou um motivo para se permitir um sorriso quando avistou, no meio de toda a confusão, o ex-janota Chas Hudson com o nariz quebrado e um olho escuro feito uma naja.

Os rostos que se viam na multidão, porém, não lhe inspiravam nada semelhante a alegria. Seu povo, os rostos mais próximos dele tão irlandeses quanto batatas e sentimentalismo de bêbado, todos retorcidos em máscaras repulsivas e bárbaras de raiva e autopiedade. Como se eles tivessem o *direito* de fazer aquilo. Como se este país tivesse de dar a eles mais do que dera a Thomas quando ele desceu do navio, isto é, nada além de uma nova chance. Ele queria empurrá-los direto de volta para a Irlanda, direto para os braços acolhedores dos britânicos, de volta para seus campos gélidos, seus pubs úmidos e suas mulheres desdentadas. O que aquele país cinzento lhes tinha dado exceto melancolia, alcoolismo e o humor sombrio dos eternos derrotados? Então eles vieram para cá, uma das poucas cidades do mundo que lhes oferecia igualdade de oportunidades. Mas eles agiam como americanos? Eles agiam com respeito e gratidão? Não. Eles agiam como o que de fato eram: os crioulos da Europa. Como se atreviam? Quando aquilo estivesse acabado, Thomas e outros bons irlandeses levariam uma década para reparar os estragos que aquela multidão fizera em dois dias. Danem-se vocês todos, pensou ele, continuando a empurrá-los para trás. Danem-se vocês todos por mais uma vez mancharem sua raça.

Logo depois da A Street, ele sentiu um certo desafogo. Ali a Broadway se alargava, abrindo-se numa bacia no ponto em que se encontrava com o canal Fort Point. Logo adiante era a Broadway Bridge, e o coração de Thomas disparou ao ver os policiais dispostos na ponte e os caminhões saindo dela e entrando na praça. Ele se permitiu um segundo sorriso naquela noite, e foi então que alguém deu um tiro na barriga do sargento Eigen. O som do disparo pairou no ar, enquanto o rosto de Eigen exibia um olhar de surpresa que ia se mesclando a uma consciência cada vez maior do que lhe acontecera. Então ele caiu na rua. Thomas e o tenente Stone foram os primeiros a se aproximar dele. Outra bala atingiu um cano de escoamento logo à sua esquerda, os homens revidaram, uma dezena de rifles disparando ao mesmo tempo, enquanto Thomas e Stone levantavam Eigen do chão e o levavam para a calçada.

Foi então que ele viu Joe. O menino vinha correndo pelo lado norte da rua em direção à ponte, e Thomas também viu o homem que perseguia seu filho, um sujeito que acumulava as funções de cafetão e camelô de prostitutas chamado Rory Droon, um pervertido e estuprador — agora perseguindo seu filho. Thomas levou Eigen para a calçada. Eles o acomodaram de forma que suas costas se apoiassem numa parede. Eigen disse: "Estou morrendo, capitão?".

"Não, mas você vai sentir uma dor terrível, filho." Thomas lançou um olhar à multidão, procurando o filho. Ele não conseguia avistar Joe, mas de repente viu Connor correndo rua acima em direção à ponte, desviando-se de uns, sempre que podia, abrindo caminho violentamente por entre outros, e Thomas sentiu uma ponta de orgulho daquele filho. Aquilo o surpreendeu porque ele não se lembrava da última vez em que tivera tal sentimento.

"Pegue-o", sussurrou ele.

"O que é, senhor?", perguntou Stone.

"Fique com o sargento Eigen", disse Thomas. "Estanque o sangramento."

"Sim, capitão."

"Volto logo", disse Thomas, e adentrou a multidão.

A saraivada de balas fez a multidão ferver. Connor não sabia de onde vinham as balas, só sabia que estavam vindo, ricocheteando com ruído em postes, tijolos e sinais de trânsito. Ele se perguntava se foi assim que os homens se sentiram na guerra, durante uma batalha, aquela sensação de caos absoluto, de sua própria morte zunindo no ar, passando por você, ricocheteando em alguma coisa dura e voltando para um segundo ataque. As pessoas corriam para todos os lados, esbarravam umas nas outras, fraturavam tornozelos, acotovelavam-se, ralavam-se e gritavam aterrorizadas. Um casal à sua frente caiu, atingido por uma bala ou por uma pedra, ou simplesmente porque embaralharam as pernas e tropeçaram, e Connor pulou por cima deles. Quando voltou ao chão, viu Joe mais acima, perto da ponte, e o sujeito repulsivo erguendo-o no ar. Connor desviou-se de um cara que brandia um cano sem visar ninguém em particular, evitou se chocar com uma mulher que estava de joelhos. O agressor de Joe estava se voltando em sua direção quando Connor o esmurrou no meio da cara. A velocidade com que ele vinha projetou-o para a frente, de modo que ele completou o golpe caindo em cima do sujeito e derrubando-o no meio da rua. Connor se levantou cambaleando, agarrou o pescoço do cara, levantou o punho novamente, mas o sujeito estava desmaiado, frio, uma pequena poça de sangue formando-se no calçamento, no lugar onde sua cabeça batera. Connor levantou-se, procurou Joe, viu o menino encolhido, o corpo enovelado formando uma bola. Ele se aproximou do irmão, virou o corpo dele. Joe, olhos arregalados, olhou para ele.

"Você está bem?"

"Estou, estou."

"Aqui." Connor inclinou-se, Joe enlaçou-lhe os ombros, e Connor levantou-o do calçamento.

"Atirem à vontade!"

Connor se voltou, viu os soldados da Guarda Nacional vindo da ponte, rifles em riste. De entre a multidão outros rifles apontavam na direção contrária. Um grupo de policiais da força voluntária, um deles de olho roxo e nariz quebrado, também apontava armas. Todo mundo apontava para todo mundo, como se não houvesse lados, apenas alvos.

"Feche os olhos, Joe. Feche os olhos."

Ele apertou a cabeça de Joe contra seu ombro, e todos os rifles pareceram disparar ao mesmo tempo. O ar se encheu da fumaça branca da boca das armas. De repente, um grito alto, agudíssimo. Um membro da Guarda Nacional levara a mão ao pescoço. Uma mão ensanguentada ergueu-se no ar. Levando Joe nos braços, Connor andou em direção a um carro virado na base da ponte, quando ouviu outro disparo de rifle. Balas produziram fagulhas na lateral do carro, fazendo um barulho semelhante ao de pesadas moedas lançadas numa tigela de metal. Connor apertou com mais força a cabeça de Joe contra o ombro. Uma bala passou zunindo à sua direita e atingiu o joelho de um cara. O sujeito caiu. Connor virou a cabeça para não ver. Quando estava quase chegando na frente do carro, as balas atingiram a janela. Estilhaços de vidro voaram no ar como granizo, translúcidos, uma chuva de prata jorrando de toda aquela escuridão.

Connor se viu deitado de costas. Não se lembrava de ter escorregado, mas de repente estava no chão. Ouviu o zunido das balas, que agora diminuíam, gritos, gemidos e gente soltando palavrões. Sentiu o cheiro de explosivo e de fumaça no ar e, sabe-se lá por quê, um leve cheiro de carne assada. Ouviu Joe falar seu nome, depois gritá-lo em altos brados, a voz embargada pelo terror e pela tristeza. Estendeu a mão, sentiu a de Joe sobrepor-se à dele, mas Joe continuou a gritar.

Ouviu, então, a voz de seu pai dizendo a Joe que parasse de gritar, falando-lhe mansamente. "Joseph, Joseph, eu estou aqui. Psst."

"Pai?", disse Connor.

"Connor", disse o pai.

"Quem apagou as luzes?"

"Jesus", sussurrou o pai.

"Não estou vendo nada, pai."
"Eu sei, filho."
"Por que não consigo ver nada?"
"Vamos levá-lo ao hospital, filho. Imediatamente. Pode confiar."
"Pai?"
Ele sentiu a mão do pai em seu peito. "Sossegue, filho. Sossegue."

39.

Na manhã seguinte, a Guarda Nacional pôs uma metralhadora num tripé na extremidade nordeste da West Broadway, em South Boston. Eles puseram outra no cruzamento da West Broadway com a G Street e uma terceira no cruzamento da Broadway com a Dorchester. O Décimo Regimento patrulhava as ruas. O Décimo Primeiro vigiava os telhados.

Eles tomaram as mesmas precauções na Scollay Square e ao longo da Atlantic Avenue, no North End. O general Cole bloqueou o acesso a todas as ruas que davam para a Scollay Square e pôs um posto de controle na Broadway Bridge. Todos os que fossem pegos nessas ruas sem um motivo convincente para lá estarem eram passíveis de detenção imediata.

A cidade permaneceu tranquila durante todo o dia. As ruas ficaram desertas.

O governador Coolidge deu uma entrevista coletiva. Embora lamentasse os nove mortos e as centenas de feridos, declarou que a própria multidão era a responsável pelo acontecido. A multidão e os policiais que abandonaram seus postos. O governador chegou a dizer que, embora o prefeito tivesse procurado dar respaldo à cidade durante o terrível tumulto, ficou patente que ele não estava preparado para enfrentar uma crise de tais proporções. Assim sendo, o estado e o próprio governador assumiriam o controle dali por diante. Nessa condição, a primeira providência a tomar seria reconduzir Edwin Upton Curtis ao posto de comissário de polícia, cargo a que fazia jus.

Curtis surgiu ao seu lado na plataforma e anunciou que o Departamento de Polícia da grande cidade de Boston, atuando em parceria com a Guarda Nacional, não iria tolerar nenhuma rebelião. "Ou se respeita a lei, ou haverá terríveis consequências. Isto aqui não é a Rússia. Vamos recorrer a todas as medidas de força ao nosso dispor para garantir a democracia aos nossos cidadãos. A anarquia acaba hoje."

Um repórter do *Transcript* levantou a mão. "Governador Coolidge, devo entender que, em sua opinião, o prefeito Peters tem alguma culpa pelo caos que se estabeleceu nas duas últimas noites?"

Coolidge negou com um gesto de cabeça. "A culpa é da multidão e dos policiais que traíram seu juramento. A culpa não é do prefeito Peters. Ele simplesmente foi pego de surpresa e, por isso, se mostrou um tanto ineficiente nos primeiros estágios das rebeliões."

"Mas governador", disse o repórter, "várias vezes fomos informados de que o prefeito Peters propôs chamar a Guarda Nacional uma hora depois que os policiais entraram em greve, e que o senhor e o comissário Curtis vetaram a proposta."

"Sua informação está incorreta", disse Coolidge.

"Mas governador..."

"Sua informação está incorreta", repetiu Coolidge. "A entrevista coletiva acabou."

Thomas Coughlin ficou segurando a mão do filho enquanto ele chorava. Connor não dizia absolutamente nada, mas as lágrimas escorriam livremente de entre as ataduras brancas que lhe cobriam os olhos, pingavam do queixo e empapavam sua camisola hospitalar.

Trêmula, com os olhos secos, sua mãe olhou pela janela do Hospital Geral de Massachusetts.

Joe estava sentado na cadeira junto à cama. Ele não dissera uma palavra desde que Connor fora posto na ambulância na noite anterior.

Thomas tocou no rosto de Connor. "Está tudo bem", sussurrou ele.

"Como está tudo bem?", disse Connor. "Eu estou cego."

"Eu sei, eu sei, filho. Mas vamos superar isso."

Connor virou a cabeça para o outro lado, tentou retirar a mão, mas Thomas segurou-a com força.

"Con", disse Thomas sentindo o desamparo em sua própria voz. "É um golpe terrível, não há a menor dúvida. Mas não se entregue ao pecado do desespero, meu filho. É o pior de todos os pecados. Deus o ajudará a superar isso. Ele só pede que a gente tenha força."

"Força?", disse Connor rindo por entre lágrimas. "Eu estou *cego*."

À janela, Ellen se benzeu.

"Cego", sussurrou Connor.

Thomas não soube o que dizer. Talvez *aquilo* fosse, entre tudo o mais, o verdadeiro e pior ônus da família: ser incapaz de mudar as dores mais agudas das pessoas que a gente ama. Incapaz de extrair a dor do sangue, do coração, da cabeça. A gente os tem, a gente lhes dá nome, alimenta-os, faz planos para eles, sem nunca ter a plena percepção de que o mundo estava sempre lá fora, esperando a chance de meter-lhes os dentes.

Danny entrou no quarto e ficou paralisado.

Thomas não havia pensado naquilo, mas imediatamente teve a exata noção do que Danny via nos olhos deles: eles o culpavam.

Bem, claro que o culpavam. Quem mais eles poderiam culpar?

Mesmo Joe, que idolatrava Danny há tanto tempo, lançou-lhe um olhar confuso, cheio de rancor.

Thomas foi direto ao ponto. "Seu irmão ficou cego a noite passada." Ele levou a mão de Connor aos lábios e beijou-a. "Nas rebeliões."

"Dan", disse Connor. "É você?"

"Sou eu, Con."

"Estou cego, Dan."

"Eu sei."

"Eu não o culpo, Dan. Não mesmo."

Danny abaixou a cabeça, e seus ombros estremeceram. Joe desviou o olhar.

"Não o culpo", repetiu Connor.

Ellen afastou-se da janela, atravessou o quarto em direção a Danny e pôs a mão em seu ombro. Danny levantou a cabeça. Ellen olhou-o nos olhos enquanto Danny deixava cair as mãos ao longo do corpo, voltando as palmas para cima.

Ellen o esbofeteou.

O rosto de Danny como que se desmanchou. Ellen tornou a esbofeteá-lo.

"Fora daqui", sussurrou ela. "Fora daqui, seu... seu bolchevique." Ela apontou para Connor. "Você é o culpado disso. Você. Fora."

Danny olhou para Joe, mas o menino desviou o olhar.

Danny olhou para Thomas. O pai sustentou-lhe o olhar e em seguida balançou a cabeça e virou o rosto.

Naquela noite a Guarda Nacional baleou quatro homens no bairro Jamaica Plain. Um deles morreu. O Décimo Regimento removeu os jogadores de dados do parque Boston Common, conduzindo-os à força de baionetas pela Tremont Street. Formou-se uma multidão. Dispararam-se tiros de advertência. Um homem que tentava ajudar um outro que jogava dados levou um tiro no peito. Ele não resistiu aos ferimentos e morreu naquela mesma noite.

O resto da cidade estava mergulhado em silêncio.

Danny passou os dois dias seguintes tentando conseguir apoio. Alguém lhe garantiu, pessoalmente, que o Sindicato dos Correios e Telégrafos estava pronto a entrar em greve a qualquer momento. O Sindicato dos Garçons lhe garantiu a mesma coisa, da mesma forma que a União dos Sindicatos de Comércio Hebreus e dos eletricitários. Os bombeiros, porém, não concordaram em apoiá-los e não responderam aos seus telefonemas.

"Vim para me despedir", disse Luther.

Nora saiu de detrás da porta. "Entre, entre."

Luther entrou. "Danny está por aí?"

"Não. Está numa reunião em Roxbury."

Luther notou que ela estava de casaco. "Você vai para lá."

"Vou. Acho que talvez as coisas não deem certo."

"Deixe-me acompanhá-la até lá."

Nora sorriu. "Eu acho ótimo."

A caminho da ferrovia elevada, eles foram alvo de muitos olhares, aquela mulher branca andando pelo North End com um negro. Luther pensou em andar um passo atrás dela, para dar a impressão de ser seu criado ou alguma coisa do tipo, mas então lembrou que ia voltar a Tulsa, lembrou do que vira naquela multidão e manteve-se ao lado dela, cabeça erguida, olhar tranquilo voltado para a frente.

"Quer dizer que você vai voltar", disse Nora.

"Sim. Tenho de voltar. Sinto falta da minha mulher. Quero ver meu filho."

"Mas vai ser perigoso."

"E o que não é nos dias de hoje?", disse Luther.

Ela deu um pequeno sorriso. "Tem razão."

No elevado, Luther sentiu as pernas se enrijecerem involuntariamente ao cruzar a parte que tinha sido atingida pela onda de melaço. Há muito ela fora consertada e reforçada, mas Luther não estava certo de algum dia poder atravessá-la sem se sentir inseguro.

Que ano! Se ele vivesse dezenas de vidas, será que veria doze meses como aqueles? Ele viera para Boston em busca de segurança, mas a lembrança disso o fazia reprimir um riso — Eddie McKenna, os distúrbios do Primeiro de Maio, a greve dos policiais... Boston era a cidade *menos* segura em que poderia ter ido parar. A Atenas da América o cacete. Considerando o que aqueles ianques pirados vinham aprontando desde a chegada de Luther, deviam mudar o nome para o Hospício da América.

No vagão, ele surpreendeu Nora sorrindo para ele da área reservada para os brancos e saudou-a com um toque no chapéu, ao que ela respondeu com uma divertida mesura. Que achado, aquela mulher. Se Danny desse um jeito de foder com tudo, ele ficaria feliz em envelhecer com ela ao seu lado. Não que Danny desse a impressão de querer acabar com aquilo, mas afinal de contas ele era um homem, e ninguém mais que Luther tinha consciência do quanto um homem é capaz de pisar no próprio pau quando o que ele pensa que deseja se opõe ao que ele sabe que necessita.

O trem avançava pelo espectro de uma cidade, uma cidade fantasma composta de cinzas e vidro quebrado. Ninguém nas ruas, exceto a Guarda Nacional. Toda a fúria dos dois últimos dias tinha sido cabalmente reprimida. As metralhadoras haviam provocado aquilo, Luther não tinha dúvida, mas ele se perguntava se tudo podia ser explicado apenas pela mera demonstração de poder. Talvez, afinal de contas, a necessidade de adiar a verdade — nós somos a massa — fosse mais forte que o êxtase de se entregar a ela. Talvez todos tivessem acordado naquela manhã envergonhados, cansados, sem ânimo para encarar mais uma noite sem sentido. Talvez tenham olhado para aquelas metralhadoras com um suspiro de alívio. Agora o papai estava em casa. Eles não precisavam mais temer terem sido abandonados, entregues à própria sorte.

Luther e Nora desceram na Roxbury Crossing e andaram em direção ao Fay Hall.

Nora disse: "O que os Giddreaux acham de você ir embora?".

Luther deu de ombros. "Eles entendem. Acho que Yvette se apegou mais a mim do que ela imaginava, por isso é duro, mas eles entendem."

"Você vai embora hoje?"

"Amanhã", disse Luther.

"Escreva."

"Sim, senhora. Vocês deviam ir nos visitar."

"Vou falar com ele. Não sabemos o que vamos fazer, Luther. Eu com certeza não sei."

Luther olhou para ela, percebendo o ligeiro tremor de seu queixo. "Você acha que eles vão ser readmitidos?"

"Não sei. Não sei."

No Fay Hall, fez-se uma votação para decidir se eles permaneciam ou não na Federação Americana do Trabalho. O resultado foi pela permanência, mil trezentos e trinta e oito a catorze. Fizeram uma segunda votação para decidir sobre a continuação da greve. Esse tema foi um pouco mais controverso. Os homens gritavam da plateia, perguntando a Danny se a Central Sindical Operária iria cumprir a promessa de fazer uma greve de solidariedade. Outro policial disse que ouvira falar que os bombeiros estavam vacilando. Estavam aborrecidos com todos os alarmes falsos por ocasião das rebeliões, e o Corpo de Bombeiros tinha feito o maior estardalhaço, chamando voluntários para substituí-los. O número dos que se apresentaram foi o dobro do esperado.

Danny deixara duas mensagens no escritório de Ralph Raphelson pedindo-lhe que fosse ao Fay Hall, mas não teve resposta. Ele subiu no estrado. "A Central Sindical está tentando reunir todos os seus delegados. Tão logo os reúnam, farão uma votação. Não tenho a menor ideia de como vão votar, a não ser pelos prognósticos que nos foram dados por eles próprios. Olhem, a imprensa está caindo de pau na gente. Eu entendo. Os tumultos nos prejudicam."

"Estão nos massacrando também nos púlpitos", gritou Francis Leonard. "Você precisava ouvir o que andam dizendo de nós na missa da manhã."

Danny levantou a mão. "Eu ouvi, eu ouvi. Mas ainda podemos ganhar a parada. Basta nos mantermos unidos, firmes na nossa resolução. O governador e o prefeito ainda temem greves de apoio, e contamos com o respaldo da FAT. Ainda podemos vencer."

Danny não sabia ao certo o quanto acreditava nas próprias palavras, mas sentiu uma súbita onda de esperança quando viu Nora e Luther entrando no fundo do salão. Nora lhe fez um aceno, deu-lhe um sorriso radioso, que ele retribuiu.

Então, enquanto os dois se deslocavam para a direita, Ralph Raphelson ocupou o lugar em que eles estavam. Ele tirou o chapéu, e seu olhar cruzou com o de Danny.

Ele balançou a cabeça.

Danny sentiu como se tivesse sido atingido na espinha por um cano e ferido na barriga por uma faca gelada.

Raphelson tornou a pôr o chapéu, voltou-se para ir embora, mas Danny não ia deixá-lo escapar, não agora, não naquela noite.

"Senhores, por favor, deem uma recepção calorosa a Ralph Raphelson, da Central Sindical de Boston!"

Raphelson voltou-se com uma careta, ao mesmo tempo que os homens se voltavam, avistavam-no e prorrompiam em aplausos.

"Ralph", gritou Danny ao mesmo tempo que acenava, "venha até aqui em cima e diga-lhes quais são os planos da Central Sindical."

Raphelson desceu pelo corredor a passos pesados, com um sorriso amarelo colado no rosto. Subiu os degraus do palco, apertou a mão de Danny e sussurrou: "Você vai me pagar por isso, Coughlin".

"É mesmo?", disse Danny apertando-lhe a mão com força, comprimindo-lhe os ossos e abrindo um grande sorriso. "Eu quero mais é que você morra sufocado."

Ele largou a mão do outro e recuou para o fundo do palco. Enquanto isso, Raphelson subia ao pódio e Mark aproximava-se de Danny.

"Ele vai nos trair?"

"Ele já nos traiu."

"A coisa está piorando", disse Mark.

Danny voltou-se, viu que os olhos de Mark estavam úmidos e com olheiras.

"Meu Deus, como podia piorar?"

"Olhe aqui um telegrama que Samuel Gompers enviou ao governador Coolidge esta manhã. Coolidge passou o telegrama à imprensa. Leia só a parte que circulei."

Os olhos de Danny examinaram a página até achar a parte circulada a lápis:

> Embora saibamos que a Polícia de Boston estava mal assistida e tendo seus direitos trabalhistas negados pelo senhor e pelo comissário de polícia Curtis, a posição da Federação Americana do Trabalho sempre foi a de desencorajar todas as greves de servidores públicos.

Agora os homens estavam vaiando Raphelson, a maioria de pé. Muitas cadeiras foram derrubadas.

Danny deixou cair a cópia do telegrama no piso do palco. "Estamos fritos."

"Ainda há esperança, Dan."

"Esperança de quê?", disse Danny olhando para ele. "A Federação Americana do Trabalho e a Central Sindical nos traíram no mesmo dia. Que porra de *esperança* é essa?"

"Ainda podemos recuperar nosso emprego."

Vários homens invadiram o palco. Ralph Raphelson recuou meia dúzia de passos.

"Eles nunca vão nos readmitir", disse Danny. "Nunca."

A viagem de trem de volta ao North End foi ruim. Luther nunca vira Danny tão mal-humorado. O mau humor o envolvia como um manto. Ele se sentou ao lado de Luther na ala reservada para os negros, lançando um olhar duro aos passageiros que manifestavam algum estranhamento. Sentada ao seu lado, Nora esfregava a mão dele nervosamente, como para tranquilizá-lo, mas na verdade para se acalmar, como Luther percebeu.

Luther conhecia Danny há tempo bastante para saber que era preciso ser louco para comprar uma briga com ele. Ele era grande demais, intrépido demais, insensível à dor. Por isso ele nunca cometeu a asneira de testar a força de Danny. Mas Luther nunca estivera próximo o bastante para sentir o potencial de violência que habitava aquele homem como uma segunda natureza, mais profunda.

Os outros homens que estavam no vagão pararam de olhar torto. Aliás, pararam de olhar para eles. Danny simplesmente deixava-se ficar ali sentado, observando o resto do vagão, parecendo nunca piscar, olhos negros esperando apenas um pretexto para fazer o resto do corpo explodir.

Eles desceram no North End, subiram a Hanover em direção à Salem Street. A noite caíra enquanto eles estavam no trem, mas as ruas estavam quase vazias, devido à presença da Guarda Nacional. Quando já tinham percorrido metade da Hanover e passavam pelo parque Prado, alguém gritou o nome de Danny. Era uma voz rouca e fraca. Eles se voltaram. Nora deu um pequeno grito quando um homem emergiu das sombras do Prado com um buraco no casaco soltando fumaça.

"Meu Deus, Steve", disse Danny, e segurou o homem quando ele caiu em seus braços. "Nora, querida, você pode procurar um guarda e lhe dizer que um policial foi baleado?"

"Eu não sou policial", disse Steve.

"Você é um policial, é um policial."

Ele deitou Steve no chão enquanto Nora subia a rua correndo.

"Steve, Steve."

Steve abriu os olhos, e a fumaça continuava saindo do buraco em seu peito. "Todo esse tempo procurando, e acabo de esbarrar nela. Virei na ruela entre Stillman e Cooper, olhei, e lá estava ela. Tessa. *Tum*."

Steve piscava. Danny tirou a camisa, rasgou um pedaço dela, enrolou-o e apertou-o contra o buraco.

Steve abriu os olhos. "Agora ela deve estar... indo embora, Dan. Agora mesmo."

Ouviu-se o apito de um guarda, e Danny viu Nora descendo a rua correndo em sua direção. Ele se voltou para Luther. "Ponha a mão aqui. Aperte com força."

Luther seguiu as instruções dele, apertou o peito da mão contra a camisa embolada e viu-a tingir-se de vermelho.

Danny levantou-se.

"Espere! Aonde você vai?"

"Pegar a pessoa que fez isso. Você diz aos guardas que foi uma mulher chamada Tessa Ficara. Ouviu bem o nome?"

"Sim, sim. Tessa Ficara."

Danny saiu correndo pelo Prado.

Ele a surpreendeu descendo pela escada de incêndio. Danny estava na porta dos fundos de uma camisaria, do outro lado da viela, e viu-a passar de uma janela do segundo andar para a escada de incêndio e descer para o andar de baixo. Ela levantou a escada até os ganchos desencaixarem e prendeu-a novamente depois de tê-la descido ao nível do calçamento. Quando virou o corpo para começar a descer, ele sacou o revólver e atravessou a viela. Quando ela chegou ao último degrau e pôs o pé no calçamento, ele encostou o revólver no seu pescoço.

"Mantenha as mãos na escada e não se volte."

"Agente Danny", disse Tessa. Ela começou a se voltar, e ele bateu-lhe no rosto com a mão livre.

"O que foi que eu disse? Mãos na escada, e não se vire."

"Como quiser."

Ele correu a mão pelos bolsos de seu casaco e pelas dobras de sua roupa.

"Está gostando disso?", disse ela. "Está gostando de passar a mão em mim?"

"Quer levar outro tapa?", disse ele.

"Se quiser bater", disse ela, "bata com mais força."

Sua mão esbarrou num grosso volume na entreperna de Tessa, e ele sentiu o corpo dela contrair-se.

"Imagino que não lhe nasceu um caralho, Tessa."

Danny desceu a mão pela sua perna, depois sob o vestido e a combinação. Ele tirou a pistola Derringer da cintura de sua calcinha e enfiou-a no bolso.

"Satisfeito?", disse ela.

"Não vi nada que me deslumbrasse."

"E que notícias me dá do seu caralho, Danny?", disse ela, e a palavra soou como "careilho", como se ela a estivesse pronunciando pela primeira vez. Mas ele sabia, por experiência própria, que não.

"Levante a perna direita", disse ele.

Ela obedeceu. "Está duro?"

Ela usava botas de cadarço cinza-metálicas com salto cubano e belbutina preta na parte de cima. Ele passou a mão por cima e em volta.

"Agora a outra."

Ela abaixou a perna direita. Enquanto levantava a perna esquerda, deu-lhe uma bundada. "Oh, sim. Muito duro."

Ele achou a faca na bota esquerda. Era pequena e fina, mas sem dúvida muito afiada. Ele a retirou com a bainha tosca e a enfiou no bolso, junto com a pistola.

"Você quer que eu abaixe a perna ou quer me foder onde estou?"

Ele via o hálito dela condensado pelo frio. "Foder com você não está nos meus planos esta noite, sua puta."

Ele passou a mão no corpo dela novamente, ouvindo sua respiração regular. O chapéu dela era de abas largas voltadas para cima, cingido por uma faixa vermelha que terminava num laço na parte da frente. Ele o tirou, deu um passo para trás, afastando-se dela, passou a mão em cima da faixa, achou duas lâminas de barbear embaixo da seda e jogou-as na viela, junto com o chapéu.

"Você sujou meu chapéu", disse ela. "Pobre chapéu."

Ele pôs uma mão nas costas dela, tirou-lhe todos os grampos dos cabelos até eles se derramarem ao longo da nuca, jogou os grampos fora e recuou novamente.

"Vire-se."

"Sim, chefe."

Ela se virou, encostou-se na escada, cruzou as mãos na altura da cintura e sorriu. Danny teve vontade de bater nela novamente.

"Você acha que agora vai me prender?"

Ele tirou do bolso um par de algemas e deixou-as balançar no dedo.

Ela balançou a cabeça, mantendo o sorriso. "Você não é mais agente da polícia, Danny. Eu entendo dessas coisas."

"Prisão efetuada por cidadão comum", disse ele.

"Se você me prender, eu me enforco."

Foi a vez de Danny sacudir os ombros. "Tudo bem."

"E o bebê que tenho na barriga também vai morrer."

Ele disse: "Engravidou de novo, hein?".

"*Sí.*"

Ela o fitou, olhos grandes e negros como sempre, e passou a mão na barriga. "Uma vida vive em mim."

"Uh uh", fez Danny. "Tente outra, meu bem."

"Não preciso fazer isso. Prenda-me, e o médico da prisão confirmará que estou grávida. Eu lhe garanto que vou me enforcar. E a criança vai morrer no meu útero."

Ele fechou as algemas em seus pulsos e deu-lhe um puxão tão forte que o corpo dela se chocou contra o seu, e seus rostos quase se tocaram.

"Não tente me enganar, sua puta. Você já conseguiu uma vez, mas não haverá uma segunda enquanto você estiver viva."

"Sei disso", disse ela, e ele sentia o gosto de seu hálito. "Sou uma revolucionária, Danny, e eu..."

"Você é uma merda duma terrorista. Fabricante de bombas." Ele agarrou a corrente das algemas e puxou-a para mais perto. "Você acaba de atirar num cara que passou os últimos nove meses procurando um emprego. Ele era 'do povo'. Apenas mais um trabalhador comum tentando levar a vida, e você atirou nele, porra."

"Ex-agente Danny", disse ela, e seu tom de voz era a de uma senhora falando com uma criança. "As baixas fazem parte da guerra. Pergunte ao meu falecido marido."

O metal disparou de entre as mãos dela e penetrou no corpo dele, mordeu-lhe a carne, atingiu-lhe o osso, perfurando-o. Seu quadril pegou fogo e a pontada de dor percorreu-lhe a coxa e chegou ao joelho.

Ele a empurrou, ela cambaleou e, cabelos caídos sobre o rosto e lábios úmidos de saliva, olhou para ele.

Danny olhou para a faca que apontava de seu quadril. Sua perna fraquejou e ele caiu de bunda no chão da viela, olhando o sangue escorrer pela coxa. Ele levantou sua quarenta e cinco e apontou para ela.

A dor vinha em pontadas que sacudiam todo seu corpo. Era pior do que tudo o que sentira quando levou um tiro no peito.

"Eu estou grávida", disse ela dando um passo atrás.

Danny respirou fundo, puxando o ar por entre os dentes.

Tessa estendeu as mãos, ele atirou no queixo dela, depois entre os seios.

Ela caiu na viela, agitando-se feito um peixe. Os calcanhares bateram no calçamento e ela tentou sentar-se, tomando fôlego, o sangue escorrendo-lhe pelo casaco. Danny viu os olhos dela se revirando. Então a cabeça tombou no calçamento e ela ficou quieta. Luzes se acenderam nas janelas.

Danny ia recostar-se, e alguma coisa lhe atingiu a coxa. Ele ouviu o disparo da pistola meio segundo antes de o segundo tiro lhe atingir o lado direito do peito. Ele tentou levantar a pistola, ergueu a cabeça e viu um homem de pé na escada de incêndio. A arma dele disparou, e a bala despedaçou-se contra o calçamento. Danny continuou tentando levantar a pistola, mas o braço não obedecia ao seu comando. O disparo seguinte atingiu sua mão esquerda. Durante todo esse tempo, ele não conseguia parar de pensar: quem diabos é esse cara, porra?

Danny se apoiou nos cotovelos e deixou a arma cair da mão direita. Ele gostaria de ter morrido em outro dia, não naquele. Aquele lhe trouxera derrotas demais, desespero demais, e ele gostaria de deixar o mundo acreditando em alguma coisa.

O homem que estava na escada de incêndio apoiou os cotovelos no corrimão e apontou para ele.

Danny fechou os olhos.

Ele ouviu um grito, na verdade um gemido, e se perguntou se fora ele. Um tinido de metal, um grito mais agudo. Abriu os olhos e viu o homem no ar, precipitando-se no chão, e sua cabeça fez um grande barulho ao se chocar contra as pedras do calçamento, o corpo dobrado em dois.

Luther ouviu o primeiro tiro depois de já ter passado pela viela. Ele ficou quieto na calçada, e durante quase um minuto não ouviu nada. Já estava para ir embora quando escutou o segundo tiro — um estampido seco, seguido imediatamente de outro. Ele voltou correndo para a viela. Algumas luzes tinham se acendido e ele avistou duas silhuetas deitadas no meio da viela, uma delas tentando apanhar uma arma do calçamento. Danny.

Havia um homem na escada de incêndio. Estava de chapéu-coco preto e apontava uma arma para Danny. Luther viu o tijolo caído junto a uma lata de lixo. A princípio pensou se tratar de um rato, mesmo no momento em que se aproximava dele, mas o rato não se mexeu. Ele o abarcou com a mão, levantou-o, e lá estava... um tijolo.

Quando Danny ergueu-se novamente sobre os cotovelos, Luther anteviu a execução, sentiu-a dentro do peito, e soltou o grito mais alto de que foi capaz, um absurdo "Aaaahhhh" que pareceu sugar-lhe o sangue do coração e da alma.

O homem da escada de incêndio levantou a vista. A essa altura Luther já estava com o braço erguido. Ele sentia a relva sob seus pés, o cheiro de um campo de beisebol no fim de agosto, o cheiro de couro, terra e suor, viu o corredor tentando atingir a última base, tentando levar a melhor contra *seu* braço, exibindo-se daquele jeito. Os pés de Luther ergueram-se do calçamento e seu braço virou uma catapulta. Ele viu uma luva de apanhador esperando, e o ar zuniu quando ele atirou o tijolo contra ela. O tijolo chegou ao seu destino com uma velocidade dos diabos, como se tivesse saído do fogo de seu fabricante somente para aquele propósito. Aquele tijolo tinha *ambição*.

Atingiu o filho da puta bem do lado do chapéu idiota. Esmagou o chapéu e metade da cabeça dele. O cara cambaleou. O cara tombou. Ele caiu sobre a escada de incêndio, tentou agarrá-la, firmar as pernas nela, mas não havia nenhuma esperança naquilo. Ele simplesmente caiu. Caiu direto no chão, gritando feito uma menina... e caiu de cabeça.

Danny sorriu. O sangue esguichava dele como se fosse apagar um incêndio, e o desgraçado *sorria*!

"Você me salvou a vida duas vezes."

"Psst."

Nora veio correndo pela viela, os sapatos estalando nas pedras do calçamento, e caiu de joelhos diante do marido.

"Estanque o sangue, querida", disse Danny. "Seu cachecol. Esqueça a perna. O peito, o peito, o peito."

Ela apertou o cachecol contra o buraco no lado esquerdo do peito. Luther tirou o casaco e aplicou-o no buraco da perna, que era maior. Os dois se curvaram sobre ele, apoiando o próprio peso no peito dele.

"Danny, não me abandone."

"Não estou abandonando", disse Danny. "Forte. Amo você."

As lágrimas de Nora caíram no rosto dele. "Sim, sim, você é forte."

"Luther."

"Sim?"

Uma sirene gemeu na noite, seguida de outra.

"Puta lançamento."

"Psst."

"Você devia..." Danny sorriu, o sangue borbulhou em seus lábios. "...ser jogador de beisebol ou algo assim."

BABE VAI PARA O SUL

40.

Luther chegou de volta a Tulsa em fins de setembro, durante uma tremenda onda de calor e uma brisa úmida que levantava poeira e dava um ar bronzeado à cidade. Ele tinha ficado algum tempo em East St. Louis, com seu tio Hollis, tempo bastante para lhe crescer uma barba. Além disso, parou de pentear o cabelo e trocou o chapéu-coco por um chapéu de cavalariano em petição de miséria, aba ensebada e a parte de cima roída de traças. Ele até consentiu que o tio Hollis o enchesse de comida, de modo que, pela primeira vez na vida, ele se viu com uma barriguinha e uma pequena papada. Quando desceu do vagão de carga em Tulsa, estava parecendo um mendigo. Que era o que pretendia. Um mendigo com uma mochila.

Quase toda vez que ele olhava para a mochila, se punha a rir. Não dava para controlar. Pacotes de dinheiro escondidos no fundo, produto da ganância de outro homem, de propinas recebidas por outro homem. O correspondente a uma década de corrupção, tudo empilhado, empacotado, atado, e agora cheirando ao futuro de outro homem.

Ele levou a mochila a um campo de ervas daninhas ao norte dos trilhos da via férrea e enterrou-a com uma pá que trouxera de East St. Louis. Então, depois de cruzar os trilhos de Santa Fe, foi para Greenwood e dirigiu-se à Admiral, onde garotos de programa faziam ponto. Passaram-se quatro horas antes que ele avistasse Smoke saindo de um salão de bilhar que ainda não existia quando Luther partiu, um ano antes. O lugar chamava-se Poulson's, e Luther levou algum tempo para se lembrar de que aquele era o sobrenome de Smoke. Se tivesse pensado nisso antes, talvez não tivesse perdido quatro horas, andando para cima e para baixo na Admiral.

Smoke estava acompanhado de três homens, que o rodearam até ele se aproximar de um Maxwell vermelho. Um deles abriu a porta traseira. Smoke entrou, e eles foram embora. Luther voltou ao campo de ervas daninhas, desenterrou a mochila, pegou o que precisava e tornou a enterrá-la. Andou de volta para Greenwood e seguiu caminho até chegar à periferia, onde achou o lugar que estava procurando: o Ferro-Velho Deval, do velho Latimer Deval, que de vez em quando fazia algum trabalho avulso para o tio James. Luther nunca conhecera Deval pessoalmente, mas à época em que ele morava na cidade passara por ali vezes bastantes para saber que Deval sempre tinha alguns carros velhos à venda no gramado em frente ao ferro-velho.

Ele comprou um Franklin Tourer 1910 por trezentos. Os dois mal trocaram algumas palavras. Foi só o dinheiro e a chave. Luther voltou no carro para a Admiral e estacionou a um quarteirão da Poulson's.

Durante a semana seguinte, Luther os seguiu. Ele não foi à sua casa em Elwood, embora lhe doesse mais que qualquer outra coisa estar tão perto, depois de tanto tempo longe. Mas ele sabia que se visse Lila ou seu filho perderia as forças. Não poderia deixar de correr até eles para abraçá-los, cheirá-los e molhá-los com suas lágrimas. E aí com certeza ele seria um homem morto. Então toda noite ele ia no Franklin até um terreno devoluto, dormia lá, e no dia seguinte estava de volta ao trabalho de se informar sobre a rotina de Smoke.

Smoke almoçava sempre no mesmo restaurante, mas jantava em lugares diferentes: umas noites no Torchy's, outras na Alma's Shop House, outra no Riley's, um clube de jazz que tomara o lugar do Club Almighty. Luther se perguntou em que Smoke pensava enquanto jantava de frente para o palco onde quase sangrara até a morte. Podiam dizer o que quisessem daquele homem, mas não havia dúvida de que era um sujeito de grande resistência.

Passada uma semana, Luther já se sentia razoavelmente bem informado sobre a rotina do homem, porque Smoke era um homem de rotina. Ainda que a cada noite jantasse num lugar diferente, sempre chegava às seis em ponto. Às terças e quintas, ia ao encontro de sua mulher no interior, numa choupana de meeiro, e seus homens esperavam do lado de fora, enquanto ele resolvia suas coisas. Saía duas horas depois, ajeitando a camisa dentro da calça. Ele morava no pavimento de cima de seu salão de bilhar. Seus três guarda-costas o acompanhavam até dentro do edifício, em seguida entravam em seu carro e voltavam precisamente às cinco e trinta da manhã seguinte.

Quando Luther fez uma ideia de como era a rotina da tarde — almoço ao meio-dia e meia, arrecadação de uma e meia às três, de volta ao Poulson's às três e cinco —, concluiu que descobrira uma brecha. Ele foi a uma loja de ferragens e comprou uma maçaneta e uma fechadura semelhantes à da porta que levava ao apartamento de Smoke. Luther passou tardes no carro, tentando descobrir como enfiar um clipe de papel no buraco da fechadura. Quando conseguiu abrir a fechadura dez vezes em dez tentativas em menos de vinte segundos, começou a praticar à noite, estacionado ao lado da mata escura, sem ao menos o luar para guiá-lo, até poder abrir a fechadura sem ver absolutamente nada.

Numa noite de quinta-feira em que Luther sabia que Smoke e seus homens estavam na choupana da amante, ele cruzou a Admiral ao anoitecer e passou pela porta numa velocidade que nunca conseguira atingir jogando beisebol. Viu-se diante de uma escadaria que cheirava a sabão, subiu e chegou a uma segunda porta, também fechada. O cilindro da fechadura era diferente, por isso Luther levou dois minutos para pegar a manha dele. Então a porta se abriu e ele se viu do lado de dentro. Ele se voltou, agachou-se no vestíbulo e ficou olhando até encontrar um fio de cabelo preto na soleira. Ele o pegou, colocou-o de volta na fechadura e fechou a porta.

Naquela manhã Luther se banhara no rio, os dentes batendo de frio, enquanto cobria cada centímetro de seu corpo fedido com sabonete caseiro. Então ele tirou da mochila que estava no banco da frente do carro as roupas novas que comprara em East St. Louis e as vestiu. Agora se felicitava por ter feito isso, pois imaginara, corretamente, que o apartamento de Smoke deveria ser tão bem arrumado quanto suas roupas. O apartamento era impecavelmente limpo e absolutamente despojado. Nada nas paredes. Na sala de estar, apenas um tapetinho. Mesinha de centro nua, vitrola sem um grão de poeira e sem uma mancha, por menor que fosse.

Luther descobriu o closet no corredor e notou que vários dos casacos que ele vira Smoke usar na semana anterior estavam pendurados em perfeita ordem em cabides de madeira. O cabide vazio esperava o casaco azul com gola de couro que Smoke estava usando naquele dia. Luther se enfiou entre as roupas, fechou a porta e ficou esperando.

Levou mais ou menos uma hora, mas lhe pareceu que foram cinco. Ele ouviu passos nos quatro lances de escada, pegou o relógio do bolso, mas estava escuro demais para conseguir ver, por isso tornou a guardá-lo, notando que prendera a respiração. Ele expirou devagar quando a chave girou na fechadura. A porta se abriu, e um homem disse: "Tudo bem, senhor Poulson?".

"Sim, Red. Até amanhã de manhã."

"Até, senhor."

A porta se fechou, Luther ergueu a pistola, e por um instante terrível ele se viu presa de um tremendo pavor, um desejo de fechar os olhos e apagar aquele momento, passar por Smoke enquanto a porta ainda estivesse aberta e correr para salvar a própria pele.

Mas era tarde demais, porque Smoke foi direto ao closet, a porta se abriu e Luther não teve escolha senão enfiar a pistola na ponta do nariz de Smoke.

"Se você fizer qualquer barulho, mato você agora mesmo."

Smoke levantou os braços. Ele ainda estava com o casaco azul.

"Recue alguns passos. Mantenha os braços levantados." Luther saiu para o corredor.

Smoke apertou os olhos. "Caipira?"

Luther fez que sim.

"Você mudou um pouco. Com essa barba, eu nunca o reconheceria na rua."

"Você não reconheceu."

Smoke ergueu levemente as sobrancelhas.

"Para a cozinha", disse Luther. "Você vai na frente. Cruze as mãos no alto da cabeça."

Smoke obedeceu, avançou pelo corredor e entrou na cozinha. Lá havia uma mesa pequena com uma toalha xadrez vermelha e preta e quatro cadeiras de madeira. Luther fez um gesto para que Smoke sentasse numa delas e sentou-se na outra, à sua frente.

"Pode tirar as mãos da cabeça. Basta deixá-las em cima da mesa."

Smoke descruzou os dedos e pôs as mãos na mesa.

"O Velho Byron procurou você?"

Smoke fez que sim. "Disse que você o atirou através de uma vitrine."

"Ele disse que eu vinha atrás de você?"

"Sim, ele disse isso."

"É por isso que você tem três guarda-costas?"

"Por isso", disse Smoke, "e por causa de sócios rivais muito esquentados."

Luther enfiou a mão no bolso do casaco, tirou um saquinho de papel marrom e o pôs na mesa. Ficou observando Smoke olhar para o saquinho, dando-lhe um tempo para que ele se perguntasse o que era aquilo.

"O que você acha de Chicago?", disse Luther.

Smoke inclinou a cabeça. "Os tumultos?"

Luther fez que sim.

"Achei que foi uma vergonha termos matado apenas quinze brancos."

"E Washington?"

"Aonde você quer chegar com isso?"

"Faça o que lhe peço, senhor Poulson."

Smoke ergueu a sobrancelha novamente. "Washington? A mesma coisa. Mas eu queria que os negros tivessem reagido. Os de Chicago mostraram uma certa coragem."

"Nas minhas viagens, passei por East St. Louis. Duas vezes."

"É mesmo? E como é?"

"Cinza", disse Luther.

Smoke tamborilou os dedos levemente no tampo da mesa. "Você não veio aqui para me matar, não é?"

"Negativo." Luther inclinou o saquinho. Dele caiu um maço de dinheiro firmemente preso num elástico vermelho. "Aí tem mil dólares. Isso corresponde à metade do que penso dever a você."

"Para não me matar?"

Luther sacudiu a cabeça, abaixou a arma, depositou-a sobre a mesa, empurrou-a por cima da toalha, afastou a mão dela e recostou-se na cadeira. "Para você não me matar."

Smoke não pegou a pistola imediatamente. Inclinou a cabeça para olhar a arma, depois para observar Luther.

"Já estou de saco cheio de ver gente da nossa raça matando os nossos", disse Luther. "Os brancos já matam bastante. Não quero mais saber de nada disso. Se você quiser continuar nessa, pode me matar e ficar com esses mil. Se não quiser, você ganha dois mil. Se você quer que eu morra, estou diante de você dizendo-lhe que puxe essa porra de gatilho."

Smoke estava com a pistola na mão. Luther nunca o vira tão perplexo, mas lá estava a pistola apontada diretamente para seu olho direito. Smoke puxou o cão da arma.

"Você deve estar me confundindo com alguém que tem alma", disse ele.

"Talvez."

"E você acha que não sou o tipo de pessoa capaz de dar um tiro no seu olho, depois procurar sua mulher, comer o rabo dela, cortar sua garganta quando gozar e fazer uma sopa do seu filho."

Luther não disse nada.

Smoke passou a boca da arma no rosto de Luther. Ele virou a pistola para a direita e foi passando a mira no rosto de Luther, rasgando a carne.

"*Você*", disse ele, "nunca vai se associar a jogadores, beberrões ou drogados. *Você* vai ficar fora da vida noturna de Greenwood. Inegavelmente fora. Nunca vai entrar num lugar onde eu possa cruzar com você. E sabe o que vai acontecer se *você* algum dia abandonar seu filho porque a vida simples é simples demais para você? Eu vou retalhar você, pedaço por pedaço, num silo, durante uma semana, antes de deixar você morrer. Há algum ponto nesse acordo do qual você discorda, senhor Laurence?"

"Nenhum", disse Luther.

"Deixe os outros dois mil em meu bilhar amanhã à tarde. Dê a um homem chamado Rodney. É o cara que entrega as bolas para os clientes. Até as duas horas, entendeu?"

"Não são dois mil. São mil.."

Smoke olhou para ele, pálpebras se fechando.

Luther disse "Dois mil".

Smoke desengatilhou a arma e passou-a a Luther. Luther pegou-a e pôs no casaco.

"Agora, fora da minha casa, Luther."

Luther levantou-se.

Quando ele chegou à porta da cozinha, Smoke disse: "Você percebe que, em toda a sua vida, nunca vai ter uma sorte dessas?".

"Sim."

Smoke acendeu um cigarro. "Então, não peque mais, seu merda."

* * *

Luther subiu os degraus da casa em Elwood. Ele notou que os corrimãos precisavam de pintura e decidiu que seria a primeira coisa a fazer no dia seguinte.

Hoje, porém...

Não havia uma palavra para aquilo, pensou ele enquanto abria a porta de tela e entrava, estando a outra porta já aberta. Nenhuma palavra. Passaram-se dez meses desde aquela noite horrível em que ele partira. Dez meses vagando pelo mundo, escondendo-se e tentando ser outra pessoa numa cidade desconhecida lá no norte. Dez meses vivendo sem a única coisa na vida que fizera certo.

A casa estava vazia. Ele ficou na pequena sala de estar e lançou um olhar à porta da cozinha, que dava para o quintal da casa. Estava aberta, e ele ouviu o ranger de uma corda sendo puxada num varal. Então pensou que era mais uma coisa que devia ser reparada, pôr um pouco de óleo na roldana. Ele atravessou a sala de estar, entrou na cozinha, sentiu cheiro de bebê, cheiro de leite, de alguma coisa que ainda se formava.

Começou a descer os degraus que davam para o quintal. Ela estava se inclinando para tirar outra peça de roupa molhada da cesta, mas aí levantou a cabeça e olhou. Ela estava com uma blusa azul escura e uma saia amarela desbotada de usar em casa, uma de suas preferidas. Desmond estava sentado aos pés dela, chupando uma colher e olhando a grama.

Ela sussurrou o nome dele. Ela sussurrou "Luther".

Toda a antiga dor entrou nos olhos dela, toda a mágoa e dor que ele lhe causara, todo o medo e preocupação. Será que poderia tornar a abrir o coração? Poderia confiar nele?

Torcendo para que ela visse o outro lado, Luther lançou-lhe um olhar em que pôs todo o seu amor, toda a sua determinação, todo o seu coração.

Ela sorriu.

Deus do céu, aquilo era deslumbrante.

Ela estendeu a mão.

Ele atravessou o gramado, caiu de joelhos, tomou-lhe a mão e beijou-a, abraçou-lhe a cintura e derramou lágrimas em sua blusa. Ela se pôs de joelhos e beijou-o, chorando também, rindo também. Os dois compunham uma verdadeira cena, chorando, rindo, abraçando-se, beijando-se e provando as lágrimas um do outro.

Desmond começou a chorar. Ou antes, a gritar, um grito tão agudo que parecia um prego no ouvido de Luther.

Lila inclinou-se para trás. "E então?"

"Então?"

"Faça-o parar", disse ela.

Luther olhou para aquela criaturinha sentada na grama chorando, olhos vermelhos, nariz escorrendo. Ele se abaixou e o pôs no ombro. Ele estava *quente*. Quente feito uma chaleira envolta numa toalha. Luther nunca dera com um corpo que exalasse tanto calor.

"Ele está bem?", ele perguntou a Lila. "Ele está quente."

"Ele está ótimo", disse ela. "É só um bebê que tomou sol."

Luther segurou-o diante de si. Viu um pouco de Lila nos olhos dele e um pouco do nariz dele próprio. Viu o queixo da mãe, as orelhas do pai. Beijou-lhe a cabeça. Beijou-lhe o nariz. O menino continuava a gritar.

"Desmond", disse ele beijando os lábios do filho. "Desmond, é seu papai."

Desmond não estava dando a mínima. Ele gritava, guinchava e chorava como se o mundo estivesse acabando. Luther ajeitou-o no ombro novamente, segurou-o com firmeza, esfregou-lhe as costas, arrulhou em seu ouvido. E beijou-o tantas vezes que perdeu a conta.

Lila passou a mão na cabeça de Luther e inclinou-se para um beijo.

E Luther finalmente encontrou a palavra para aquele dia...

Plenitude.

Ele podia parar de correr. Ele podia parar de buscar qualquer outra coisa. O que ele queria não era outra coisa. O que tinha agora era tudo o que desejara desde seu nascimento.

Os gritos de Desmond pararam, simplesmente se apagaram como um fósforo soprado pelo vento. Luther olhou para a cesta a seus pés, ainda com metade da roupa molhada.

"Vamos estender essas roupas", disse ele.

Lila pegou uma camisa da pilha. "Oh, você vai ajudar, não é?"

"Se você me der uns pregadores, eu ajudo."

Ela lhe passou um punhado deles. Ele pôs Desmond no quadril e ajudou a mulher a estender a roupa. O ar úmido estava cheio do zumbido de cigarras. O céu estava baixo, liso e brilhante. Luther riu.

"Do que você está rindo?", perguntou Lila.
"De tudo", disse ele.

Em sua primeira noite no hospital, Danny passou nove horas na mesa de operação. A facada em sua perna cortara-lhe a artéria femoral. A bala em seu peito atingira um osso, e alguns fragmentos foram parar no pulmão direito. Uma bala lhe atravessara a mão esquerda e, pelo menos por enquanto, os dedos estavam sem movimento. Quando o tiraram da ambulância, ele tinha um litro de sangue no corpo.

Ele saiu do coma no sexto dia. Depois de meia hora acordado, sentiu o lado esquerdo do cérebro pegar fogo. Perdeu a visão do olho esquerdo e tentou dizer ao médico que estava acontecendo alguma coisa com ele, uma coisa estranha, como se seus cabelos estivessem em chamas, e seu corpo começou a tremer. Era um tremor violento, totalmente fora de controle. Ele vomitou. Os enfermeiros mantiveram-no no lugar e enfiaram um objeto de couro em sua boca. As ataduras do peito se rasgaram e o sangue começou a escorrer novamente. Àquela altura o fogo já lhe varava todo o crânio. Ele vomitou novamente, e eles tiraram o couro de sua boca, viraram seu corpo de lado para evitar que ele sufocasse.

Quando acordou alguns dias depois, não conseguia falar direito, e todo o lado esquerdo do corpo estava entorpecido.

"Você teve um derrame cerebral", explicou o médico.

"Eu tenho vinte e sete anos", disse Danny, mas o que se ouviu foi: "Ô zenho zinti zet onos".

O médico balançou a cabeça, como se ele tivesse falado claramente. "A maioria das pessoas de vinte e sete anos não toma facadas e mais três tiros de brinde. Se você fosse muito mais velho, duvido que tivesse sobrevivido. Na verdade, nem sei como sobreviveu."

"Nora."

"Ela está lá fora. Quer mesmo vê-la na situação em que você se encontra?"

"Ela mimulher."

O médico assentiu com um gesto de cabeça.

Quando ele saiu do quarto, Danny ouviu as palavras tal como tinham saído de sua boca. Agora ele conseguia reconstituí-las em sua cabeça — *ela é minha mulher*, que tinham saído *Ela mimulher*. Um coisa horrorosa, humilhante. Lágrimas encheram-lhe os olhos, lágrimas quentes de medo e vergonha, e ele as enxugou com a mão direita, a que estava sã.

Nora entrou no quarto, muito pálida e muito assustada. Sentou-se na cadeira junto à cama, pegou a mão direita dele e levantou-a e apertou-a contra o rosto.

"Eu amo você."

Danny rangeu os dentes, concentrou-se enquanto a cabeça doía e latejava, concentrou-se, querendo que as palavras saíssem de sua boca corretamente. "Amo você."

Nada mau. Na verdade, ele falou "Amo focê". Bastante próximo.

"O médico disse que você vai ter dificuldade de falar por algum tempo. E também de andar, sabe? Mas você é jovem, é muito forte, e eu estarei ao seu lado. Vai dar tudo certo, Danny."

Ela está fazendo a maior força para não chorar, pensou ele.

"Amo focê", repetiu ele.

Nora riu. Um riso por entre lágrimas. Ela enxugou os olhos, abaixou a cabeça e a encostou no ombro dele. Ele sentiu o calor dela em seu rosto.

Se houve um lado bom nos ferimentos de Danny, foi o fato de ter passado três semanas sem ver um jornal. Se tivesse visto, descobriria que no dia seguinte à fuzilaria da viela o comissário Curtis declarou que todos os postos dos oficiais da polícia em greve estavam vagos. O governador Coolidge o apoiou. O presidente Wilson afirmou que as ações dos policiais que deixaram seus postos constituíam "um crime contra a civilização".

Os anúncios buscando a renovação da força policial continham um novo padrão e uma nova remuneração, todas elas atendendo às reivindicações iniciais dos grevistas. A base salarial era mil e quatrocentos dólares por ano. Uniformes, distintivos e revólveres de serviço seriam fornecidos de graça. Duas semanas depois dos tumultos, equipes de limpeza da cidade, encanadores autorizados, eletricistas e carpinteiros começaram a chegar a cada uma das delegacias para limpá-las e reformá-las até atingirem o nível sanitário e de segurança exigido pelas leis do estado.

O governador Coolidge elaborou um telegrama para Samuel Gompers, da FAT. Antes de mandar o telegrama para Gompers, ele o distribuiu à imprensa. Na manhã seguinte ele estava na primeira página de todos os jornais. O telegrama também foi divulgado pelo telégrafo, e nos dois dias seguintes seria publicado em setenta jornais em todo o país. O governador Coolidge fez a seguinte declaração: "Ninguém, em parte alguma, em tempo algum, tem o direito de fazer greve contra a segurança pública".

No espaço de uma semana, aquelas palavras tinham transformado o governador Coolidge num herói nacional, e houve quem considerasse a possibilidade de uma candidatura à presidência no ano seguinte.

Andrew Peters perdeu toda a visibilidade. Sua ineficiência foi considerada, se não criminosa, pelo menos uma demonstração de insensatez. O fato de não ter chamado a Guarda Nacional na primeira noite da greve constituía um imperdoável descumprimento de seus deveres. E a opinião pública julgava que só o raciocínio rápido e a firme determinação do governador Coolidge e do injustamente caluniado comissário Curtis salvaram a cidade de si mesma.

Enquanto o resto da força policial via seus postos ameaçados, Steve Coyle recebia todas as honras de um funeral de policial. O comissário Curtis apontou o ex-patrulheiro Stephen Coyle como um exemplo de policial da "velha guarda", que punha o dever acima de tudo. Curtis insistiu em ignorar que Coyle tinha sido dispensado de seu posto no Departamento de Polícia de Boston quase um ano antes. E prometeu formar uma comissão para transferir o seguro-saúde de Coyle para seus parentes mais próximos.

Nos primeiros dias depois da morte de Tessa Ficara, os jornais chamaram a atenção para este fato irônico: em menos de um ano, um policial grevista provocou a morte de dois dos terroristas mais procurados do país, assim como a de Bartolomeo Stellina, o homem que Luther matou com o tijolo, considerados por todos um galleanista de carteirinha. Ainda que agora os grevistas fossem alvo de uma hostilidade antes reservada aos alemães (aos quais muitas vezes eram comparados), o relato dos atos heroicos do agente Coughlin fizeram que o público voltasse a sentir solidariedade para com os grevistas. Se eles voltassem a seus postos imediatamente, quem sabe *alguns deles*, pelo menos os que tivessem uma ficha de serviços parecida com a do agente Coughlin, poderiam ser reintegrados.

No dia seguinte, porém, o *Post* informou que o agente Coughlin podia ter conhecido os Ficara, e o vespertino *Transcript*, citando fontes não identificadas do Departamento de Investigações, divulgou que em certa época o agente Coughlin e os Ficara tinham vivido no mesmo andar de um edifício no North End. Na manhã seguinte, o *Globe* publicou uma matéria com o depoimento de vários inquilinos do edifício. Estes qualificavam o relacionamento entre o agente Coughlin e os Ficara como meramente social, tão social, na verdade, que as relações com Tessa Ficara podem ter ido um pouco mais além do conveniente; ficava no ar a questão de saber se ele pagara pelos favores que dela recebera. Com essa pergunta em mente, o fato de ter matado o marido de repente levantava a possibilidade de ter sido motivado por algo mais que o senso do dever. A opinião pública voltou-se contra o agente Coughlin, o policial sujo, e contra todos os seus "camaradas" grevistas. E deixou-se de falar na reintegração de grevistas.

A cobertura nacional dos dois dias de rebelião entrou no campo da mitologia. Vários jornais falaram de metralhadoras apontadas para as multidões inofensivas, de mortes que chegariam à casa das centenas, prejuízos materiais que chegavam a milhões. Na verdade, os mortos não passaram de nove, e os prejuízos materiais não foram além de um milhão de dólares, mas o público não queria saber disso. Os grevistas eram bolcheviques, e a greve desencadeou a guerra civil em Boston.

Quando Danny saiu do hospital em meados de outubro, ainda arrastava o pé esquerdo e tinha dificuldade em segurar com a mão esquerda algo mais pesado que uma xícara de chá. Mas recuperara plenamente a fala. Ele poderia ter saído do hospital duas semanas antes, mas um de seus ferimentos infeccionou. Ele sofreu um choque séptico e, pela segunda vez naquele mês, recebeu a extrema-unção.

Depois de Danny ser difamado nos jornais, Nora foi obrigada a sair do edifício da Salem Street, mudando-se, com seus poucos pertences, para um apartamento que alugara no West End. Foi para lá que eles foram quando Danny teve alta do hospital. Ela optara pelo West End porque o acompanhamento médico seria feito no Hospital Geral de Massachusetts, cuja distância do apartamento poderia ser percorrida a pé em questão de minutos. Danny subiu as escadas que levavam ao primeiro andar. Ele e Nora entraram no quarto encardido, com uma janela cinzenta que dava para uma viela.

"É o que estava ao nosso alcance", disse Nora.

"Está ótimo."

"Tentei tirar a sujeira da parte de fora da janela, mas, por mais que esfregasse..."

Ele a enlaçou com o braço são. "Está ótimo, querida. Não vamos ficar aqui por muito tempo."

Certa noite de novembro, ele estava na cama com a mulher depois de terem conseguido fazer amor pela primeira vez desde que ele fora ferido. "Nunca mais vou conseguir emprego aqui."

"Vai sim."

Ele olhou para ela.

Ela sorriu, revirou os olhos e bateu de leve no peito dele. "É nisso que dá, rapaz, dormir com uma terrorista."

Ele deu uma risadinha. Era bom ser capaz de brincar com uma coisa tão triste.

A família dele o visitara duas vezes no hospital, quando ele ainda estava em coma. Seu pai viera uma vez, depois do derrame, para dizer-lhe que eles sempre haveriam de amá-lo, claro, mas não poderiam recebê-lo em sua casa. Danny fez que sim com a cabeça, apertou a mão do pai e esperou cinco minutos, depois que ele foi embora, para chorar.

"Não há nada que nos prenda aqui depois que eu me recuperar", disse ele.

"Não."

"Você está interessada em se meter numa aventura?"

Ela deslizou o braço em seu peito. "Eu estou interessada em qualquer coisa."

Tessa abortara um dia antes de morrer. Ou pelo menos foi o que o legista disse a Danny. Ele nunca haveria de saber se o médico tinha mentido para livrá-lo do sentimento de culpa, mas resolveu acreditar nele, porque temia que a alternativa pudesse lhe ser muito nociva.

Quando ele conheceu Tessa, ela estava em trabalho de parto. Quando cruzou com ela novamente em maio, ela fingia estar grávida. E agora, quando de sua morte, grávida novamente. Era como se ela tivesse uma necessidade premente de reconstituir sua raiva em carne e sangue, para ter certeza de permanecer e atravessar gerações. Essa necessidade (e a própria Tessa) era algo que ele nunca haveria de entender.

Às vezes ele acordava de um sonho com o eco frio do riso dela soando em seus ouvidos.

Chegou uma encomenda da parte de Luther. Nela havia dois mil dólares — dois anos de salário — e um retrato convencional de Luther, Lila e Desmond sentados diante de uma lareira. Eles estavam vestidos na última moda; Luther usava até uma casaca com abas que se sobrepunham às extremidades da gola.

"Ela é bonita", disse Nora. "E esse menino, meu Deus..."

O bilhete de Luther era curto:

Caros Danny e Nora,
Estou em casa agora. Estou feliz. Acho que isso basta. Se precisarem de mais, telegrafem que eu mando.

Seu amigo,
Luther

Danny abriu o pacote de notas e mostrou-o a Nora.

"Meu Jesus!", exclamou ela meio rindo e meio chorando. "Onde será que ele conseguiu isso?"

"Eu faço uma ideia", disse Danny.

"E?"

"Você não gostaria de saber", disse ele. "Pode acreditar."

No dia 10 de janeiro, sob uma neve fraca, Thomas Coughlin saiu de sua delegacia. Os novos recrutas estavam vindo mais rápido do que se esperava. Em sua maioria, eles eram espertos. E tinham vontade. A Guarda Nacional ainda patrulhava as ruas, mas as unidades já tinham começado a se desmobilizar. Ao cabo de um mês, eles tinham ido embora; o Departamento de Polícia de Boston tomaria seu lugar.

Thomas ia andando pela rua, em direção à sua casa. Na esquina, viu o filho encostado a um poste de iluminação.

"Você acredita que os Sox venderam Ruth?", disse Danny.

Thomas deu de ombros. "Nunca gostei desse esporte."

"Para Nova York", disse Danny.

"Com certeza seu irmão mais novo está arrasado com isso. Eu nunca o vi tão transtornado desde que..."

O pai não precisou terminar a frase, mas mesmo assim aquilo atingiu Danny.

"Como vai o Con?"

O pai balançou a mão. "Uns dias está bem, outros nem tanto. Está aprendendo a ler com os dedos. Em Back Bay há uma escola que ensina. Se ele não se deixasse vencer pela amargura, poderia estar bem."

"Você se deixa vencer por ela?"

"Nada me vence, Aiden." Por causa do frio, o hálito do pai estava branco. "Eu sou um homem."

Danny não disse nada.

O pai falou: "Bem, você parece ter voltado à boa forma. Bom, acho que vou indo".

"Nós vamos embora desta cidade, pai."

"Vocês..."

Danny fez que sim. "Na verdade, vamos sair do estado. Vamos para o oeste."

O pai se mostrou perturbado. "Aqui é sua terra."

Danny balançou a cabeça. "Agora não mais."

Talvez seu pai imaginasse que ele iria se mudar de estado, mas não para muito longe. Com isso Thomas Coughlin poderia viver na ilusão de que sua família ainda estava intacta. Quando Danny tivesse partido, porém, seria aberto um buraco para o qual nem mesmo Thomas estaria preparado.

"Quer dizer então que vocês já estão de malas prontas."

"Sim. Seguimos para Nova York antes que a Lei Seca comece a vigorar. Nunca tivemos uma lua de mel dentro dos conformes."

O pai fez um gesto de aquiescência e manteve a cabeça baixa, a neve caindo em seus cabelos.

"Adeus, pai."

Danny já ia passando pelo pai quando este lhe segurou o braço. "Escreva para mim."

"Você vai responder?"

"Não, mas eu vou querer saber..."

"Então não vou escrever."

O rosto do pai endureceu. Ele fez um curto gesto de cabeça e soltou o braço do filho.

Danny foi andando pela rua, a neve se adensando, as pegadas do pai já indistintas.

"Aiden!"

Danny se voltou, mas mal conseguia ver o homem, com todo aquele branco torvelinhando entre os dois. Flocos grudaram em seus cílios, e ele piscou os olhos para se livrar deles.

"Eu vou responder suas cartas", gritou o pai.

Uma súbita rajada de vento sacudiu os carros ao longo da rua.

"Então está bem", respondeu Danny.

"Cuide-se, filho."

"Você também."

O pai levantou a mão, Danny levantou a sua. Então os dois se voltaram e foram andando sob a neve em direções opostas.

No trem para Nova York, todo mundo estava bêbado, até os cabineiros. Era meio-dia, e as pessoas estavam enchendo a cara de champanhe e de uísque de centeio. Uma banda tocava no quarto vagão, os músicos estavam bêbados. Ninguém estava sentado no próprio lugar. Todos se abraçavam, se beijavam e dançavam. A lei do país agora era a proibição. A imposição da lei começaria dali a quatro dias, no dia 16.

Babe Ruth tinha um vagão privativo no trem, e a princípio tentou se manter fora da bagunça. Ele lia atentamente uma cópia do contrato que iria assinar oficialmente, no fim do dia, no escritório do Colonels no Estádio Polo Grounds. Agora ele era um Yankee. A venda fora anunciada dez dias antes, embora Ruth não tivesse antevisto nada. Passou dois dias embriagado para lidar com a depressão. Mas Johnny Igoe o encontrou e o trouxe de volta à sobriedade. Explicou que Babe agora era o mais bem pago jogador de beisebol da história. Mostrou-lhe inúmeros jornais de Nova York proclamando sua alegria, seu entusiasmo por ter o mais temido dos batedores em *seu* time.

"Você ainda nem chegou, Babe, e já conquistou a cidade."

Aquilo lhe dava uma nova visão das coisas. Babe temia que Nova York fosse grande demais, alta demais, ampla demais. Ela o engoliria. Agora ele percebia que era exatamente o contrário: ele era grande demais para Boston. Alto demais. Amplo demais. Ela não o comportaria. Era pequena demais, provinciana demais. Nova York era o único palco grande o bastante para Babe. Nova York, e apenas Nova York. Ela não iria engolir Babe. Ele é que *a* engoliria.

Eu sou Babe Ruth. Sou maior, melhor, mais forte e mais popular que qualquer um. Qualquer um.

Algumas mulheres bêbadas bateram em sua porta. Ele ouviu as risadinhas delas, e aqueles sons bastaram para provocar-lhe uma ereção.

Que diabo estava ele fazendo sozinho ali atrás, quando bem podia estar no meio de seu público, batendo papo, dando autógrafos, dando-lhes uma história que podiam contar aos netos?

Ele saiu da cabine, foi direto ao vagão restaurante, abriu caminho por entre bêbados que dançavam. Viu uma franguinha numa mesa, sacudindo as pernas como se estivesse num teatro de revista. Ele andou de lado até o balcão e pediu um uísque duplo.

"Por que vai nos abandonar, Babe?"

Ele se voltou, olhou para o bêbado ao seu lado, um sujeito baixinho com uma namorada alta, ambos de cara cheia.

"Eu não os *abandonei*", disse Babe. "Harry Frazee me vendeu. Não pude dar nenhum palpite. Sou apenas um proletário."

"Quer dizer que um dia você vai voltar?", disse o cara. "Vai terminar o contrato e voltar para nós?"

"Claro", mentiu Babe. "A ideia é essa mesmo, mano."

O homem deu-lhe um tapinha nas costas: "Obrigado, senhor Ruth".

"Obrigado", disse Ruth piscando o olho para a namorada do outro. Ele tomou o drinque e pediu mais um.

Babe terminou por entabular uma conversa com o sujeito grandalhão e sua esposa irlandesa. Ele veio a saber que o cara era um dos policiais grevistas e que ele ia para Nova York, para uma pequena lua de mel, e em seguida ia visitar um amigo no Oeste.

"O que vocês estavam querendo?", perguntou-lhe Ruth.

"Só queríamos receber um tratamento justo", disse o ex-policial.

"Mas as coisas não funcionam assim", disse Babe olhando a mulher do outro, uma gostosona, e com um sotaque para lá de sexy. "Veja o meu caso. Sou o maior jogador de beisebol do mundo, e não tenho direito a dar um pio quando eles me vendem. Não tenho poder nenhum. São eles que assinam os cheques e ditam as regras."

O ex-policial sorriu. Era um sorriso triste e distante. "Diferentes regras para diferentes tipos de pessoas, senhor Ruth."

"Ah, claro. Quando é que foi diferente?"

Eles tomaram mais alguns copos, e Ruth teve de admitir que nunca vira um casal tão apaixonado. Eles mal se tocaram, não se mostraram melosos um com o outro, não se falaram como se fala com bebês nem chamaram um ao outro de "docinho". Ainda assim, era como se houvesse uma corda entre eles, invisível, mas carregada de eletricidade, e essa corda os ligava de forma mais efetiva do que se partilhassem os mesmos membros. A corda não apenas era carregada de eletricidade, mas também serena. Tinha um brilho cálido e tranquilo. Verdadeiro.

Ruth ficou triste. Ele nunca sentira aquele tipo de amor, nem mesmo em seus primeiros tempos com Helen. Ele nunca tivera aquele sentimento para com outro ser humano. Nunca.

Paz. Sinceridade. Lar.

Meu Deus, será que ao menos era possível?

Com certeza era, porque dava para perceber isso naqueles dois. A certa altura, a mulher tocou na mão do ex-policial só com um dedo. Apenas um pequeno toque. Ele olhou para ela e ela sorriu, expondo os dentes superiores, que se apoiavam no lábio inferior. Algum dia alguém olhara para ele daquela maneira?

Não.

Será que alguém o faria?

Não.

Seu ânimo só melhorou depois, quando ele desceu na estação e fez um aceno de despedida ao casal, que se dirigia à fila do táxi. Pelo visto, ia ser uma longa espera, num dia frio, mas Babe não precisava se preocupar. O Colonels mandara um carro, um Stuttgart preto com um motorista que levantou a mão para saudar Babe quando vinha em sua direção.

"É Babe Ruth!", alguém gritou, e várias pessoas apontaram e gritaram seu nome. Na Quinta Avenida, uma meia dúzia de carros buzinou.

Ele se voltou para olhar o casal na fila do táxi. O frio estava de amargar. Por um instante, Babe pensou em chamá-los e oferecer-lhes uma carona para o hotel. Mas eles nem ao menos olhavam em sua direção. Manhattan o aplaudia, buzinando, gritando "viva", mas o casal não ouvia nada daquilo. Eles estavam concentrados um no outro, o casaco do ex-policial envolvendo o corpo dela, para protegê-la do vento. Babe novamente se sentiu desamparado, abandonado. Temia de certa forma ter perdido a parte mais fundamental da vida. Temia que o que perdera nunca voltasse a entrar em seu mundo. Ele desviou os olhos do casal e concluiu que eles bem podiam esperar um táxi. Eles estavam muito bem.

Entrou no carro, abaixou o vidro da janela para acenar aos novos fãs, e o motorista deu a partida. A Lei Seca estava a caminho, mas ele não tinha muito o que temer. Diziam que o governo não tinha contratado efetivos bastantes para fazê-la cumprir. Além disso, Babe e gente como ele teriam direito a certas concessões. Como sempre tiveram. Afinal de contas, era assim que as coisas funcionavam.

Babe levantou o vidro da janela quando o carro acelerou.

"Motorista, como você se chama?"

"George, senhor Ruth."

"Não é uma puta coincidência? Eu também me chamo George. Mas pode me chamar de Babe, certo, George?"

"Certo, Babe. É uma honra conhecê-lo, senhor."

"Ah, eu sou apenas um jogador, George. Nem ao menos sei ler direito."

"Mas sabe bater, senhor. Sua batida alcança milhas. Eu só queria ser o primeiro a dizer: 'Bem-vindo a Nova York, Babe'."

"Bem, muito obrigado, George. Que bom estar aqui. Acho que vai ser um bom ano."

"Uma boa década", disse George.

"Falou e disse."

Uma boa década. Assim seria. Pela janela, Babe olhou para Nova York em toda a sua agitação e brilho, todas as suas luzes, cartazes e torres de calcário. Que dia, aquele. Que cidade. Que época para se viver.

Agradecimentos

A *City in Terror*, de Francis Russell, é um relato competente e idôneo sobre a greve da polícia de Boston e seus desdobramentos. Foi uma fonte muito valiosa.

Outras obras que me serviram de fonte foram: *The Great Influenza*, de John M. Barry; *Babe: The Legend Comes to Life*, de Robert W. Creamer; *The Burning*, de Tim Madigan; *Reds*, de Ted Morgan; *Standing at Armageddon*, de Nell Irvin Painter; *Dark Tide*, de Stephen Puleo; *Babe Ruth: Launching the Legend*, de Jim Reisler; *Perilous Times*, de Geoffrey R. Stone; *The Red Sox Century*, de Glenn Stout e Richard A. Johnson; *The Year the Red Sox Won the World Series*, de Ty Waterman e Mel Springer; *Babe Ruth and the 1918 Red Sox*, de Allan Wood; e *A People's History of the United States*, de Howard Zinn.

Agradeço muitíssimo a Leonard Alkins, Tom Bernardo, Kristy Cardellio, Christine Caya, John J. Devine, John Dorsey, Alix Douglas, Carla Eigen, Mal Ellenburg, Tom Franklin, Lisa Gallagher, Federica Maggio, William P. Marchione, Julieanne McNarry, Michael Morrison, Thomas O'Connor (o decano dos historiadores de Boston), George Pelecanos, Paula Posnick Jr., Richard Price, Ann Rittenberg, Hilda Rogers, Henry F. Scannel, Claire Wachtel, Sterling Watson e Donna Wells.

Para encerrar, desejo expressar minha especial gratidão ao sargento do Exército dos Estados Unidos Luis Araujo, cujos desprendimento e heroísmo me serviram de grande estímulo.

ESTA OBRA FOI COMPOSTA PELO GRUPO DE CRIAÇÃO EM ELECTRA E
IMPRESSA PELA GEOGRÁFICA EM OFSETE SOBRE PAPEL PÓLEN SOFT
DA SUZANO PAPEL E CELULOSE PARA A EDITORA SCHWARCZ
EM OUTUBRO DE 2009